改变，从阅读开始

EX-LIBRIS

一九八五年三月三日元宵之前三日於光前子
同访绀弩公寓其乙髮日卧床而
精神萎蘼。屋涌而果伤
眶帘。寄即拉一
废纸为之写像。
艾寒所在滑车
高楼之上临窗下望
南屈车马行人在日。
我笑送他曰:

冷眼对窗看世界 芳工对日
越阳偎枕男又卑 竟或狠
绀翁回头一笑赞许之。

右凤阁誌

聂绀弩旧体诗
全编注解集评
〔上〕

侯井天　注解　集评

山西出版传媒集团　山西人民出版社

图书在版编目（CIP）数据

聂绀弩旧体诗全编注解集评 / 聂绀弩著；侯井天注解． -- 太原：山西人民出版社，2019.6
 ISBN 978-7-203-10706-4

Ⅰ．①聂… Ⅱ．①聂… ②侯… Ⅲ．①诗集－中国－当代 Ⅳ．①I227

中国版本图书馆CIP数据核字(2019)第026446号

聂绀弩旧体诗全编注解集评

著　　者：	聂绀弩
注　　解：	侯井天
责任编辑：	王新斐
复　　审：	贾　娟
终　　审：	阎卫斌
选题策划：	北京汉唐阳光
出 版 者：	山西出版传媒集团·山西人民出版社
地　　址：	太原市建设南路 21 号
邮　　编：	030012
发行营销：	010－62142290
	0351－4922220　4955996　4956039
	0351－4922127（传真）　4956038（邮购）
E－mail：	sxskcb@163.com（发行部）
	sxskcb@163.com（总编室）
网　　址：	www.sxskcb.com
经 销 者：	山西出版传媒集团·山西新华书店集团有限公司
承 印 者：	鸿博昊天科技有限公司
开　　本：	655mm×965mm　1/16
印　　张：	61.5
字　　数：	1000 千字
版　　次：	2019 年 6 月　第 1 版
印　　次：	2019 年 6 月　第 1 次印刷
书　　号：	ISBN 978-7-203-10706-4
定　　价：	258.00 元

如有印装质量问题请与本社联系调换

总　序

　　庾信平生最萧瑟,暮年诗赋动江关。杜甫的诗竟像是专门为一千二百年后的聂绀弩写的。

　　我没有见过聂先生,从年龄上说他是前辈,这个名字我所以记得,最早是在批判胡风的高潮中,我在《人民日报》上读到了聂先生的批胡文字。我无意在这里哪壶不开提哪壶,更无意在这里丧尽天良地横扫一切,我只是说我们并没有假装全部忘记了我们的昨天。我们也不会因为某些人的毫不腰痛地站着说风凉话就信了他们的胡说八道。

　　直到"文化大革命"以后,聂诗流传到我耳朵里来了。我强调是流传,因为我未见其书,未知其人,未寻其句,它却硬是进入了我眼我心。例如这一类句子,最早是从友人的信中看到的:

　　　　哀莫大于心不死……
　　　　无多幻想要全删……

这样的句子直击要害,见血封喉,一看,你傻了,你怔了。

　　　　何处有苗无有草,每回锄草总伤苗。
　　　　培苗常恨草相混,锄草又怜苗太娇。
　　　　未见新苗高一尺,来锄杂草已三遭。

> 停锄不觉手挥汗，物理难通心自焦。

聂的锄草诗，与我的生活经验百分之百地一致。其实这里有接受改造的含意，说明下乡劳动是何等艰难，何等伟大，知识分子是何等无能，何等汗颜。不，这里绝对不包含诉苦，农民锄个草还不是小菜一碟？人生本来就不公平，庄稼本来就不好长，"未见新苗高一尺"云云，倒是有点内心不快、不那么顺气的感觉，本来那个时期人们都说是大丰收，放卫星的。锄草三遭，苗未长一尺，看来聂公那时已经开始删除幻想了。

此外他老还写过许多诚恳地乃至是诗情画意地描写劳动生活的诗，例如搓草绳之类的题材。

他本来是宁愿在热爱劳动的高调中逆来顺受的。

他写刨冻菜，"明珰翠羽碧琉璃"，居然有富贵气。写挑水"一担乾坤肩上下，双悬日月臂东西"（当年拙作有句："肩挑日月添神力，足踏山川闹自然"，盖斯时亦受"大跃进"气氛之影响也）。写向日葵地，"赤日中天朝恳挚，秋风落叶立清遒"，仍然峭美自傲，中气十足。写削土豆种伤手，"狂言在口终羞说，以此微红献国家"，我坚信此二句仍然是诚挚得近乎天真烂漫的。尤其是写推磨，说是要"把坏心思磨粉碎，到新天地作环游"，干脆是决心书与思想汇报的文体了。

可叹的是，到了写逸马（逃跑的马）的时候，聂先生叹曰："越追越远心越灰""斑白老军叹逝骓"。对于有过那种经历的人来说，这都是大实话而已。你不是愿意老老实实地紧跟并且改造吗？越改造越没有底没有完啦。这个世界这段历史可真是怎么别扭怎么来呀。

后来的一些诗就越来越沉郁了。

> 此后定难窗再铁，何时重以鹊为桥？
> 携将冰雪回京去，老了十年为探牢。

聂诗中有许多写给他的妻子周颖女士的诗，悲怆中不无自嘲，震惊中仍有调笑。例如：

> 孤山与我偶相携，我赠孤山几句诗。
> 雪满三冬高士饿，梅开二度美人迟。
> 吾今丧我形全槁，君果为谁忆费思。
> 纳履随君天下往，无非山在缺柴时。

此是组诗三首中之一，诗前注曰：

> 出狱初，同周婆上理发馆，览镜大骇，不识镜中为谁。亦不识周婆何以未如叶生之妻，弃箕帚而遁也……

患难夫妻百事哀，哀而成诗，诗而成绝唱，绝唱中有血有泪，有寒冬雪梅之傲，亦有情有趣，有美人云云，有《聊斋》中叶妻见到叶生作鬼归来，吓得落荒而逃的故事。把镜中自己的骇人形象说成是《庄子》中的得道真人南郭子綦的吾丧我的境界。这也是我喜说的"泪尽则喜"的意思吧。

谁说读书无用，至少可以用来打趣自己的噩运。

从这些诗中我们也可以看到聂周伉俪感情之笃，历练之苦，再不无变态地传播风言风语，于心何忍？

> 狂热浩歌中中寒，复于天上见深渊。
> 文章信口雌黄易，思想锥心坦白难。

以上是他为冯雪峰写的诗，头两句取自鲁迅散文诗，而此后两句，声声泣血，字字钻心。只这十四字，就如闻霹雳，如见闪电，足以振聋发聩，力当千钧。只这十四字就令仁者哭，令懦者耻，令机会分子无颜苟活，令强梁大人一无所获。所谓旧体诗竟能写到这样真挚深情、奇突穿透、警醒骇世，惊心动魄，同时仍然是基本中规中矩的中华诗歌大树上的奇葩异果，这样的诗如有神助，如有鬼魂帮衬。聂先生有学问，更有血性，有词儿有掌故，更有"摇落人间六十年，补天失计共忧天"的如磐忧思。

即使忧愤如铅，也阻挡不住聂先生的豪情：下面的句子永远令人豪迈，即使是"百年牢狱千夫指"了，你还是拿聂这样的文人毫无办法：

> 二十岁人天怕我，新闻记者笔饶谁。

落魄文人而能作此语者，舍聂其谁？

> 世有奇诗须汝写，天将大任与人担。

奇诗本身就是大任，此言直追司马迁。中国历史提供了足够的范本，你必须准备受苦，再受苦。你必须忍辱负重，你必须写下来，而且只许写得好上加好。

> 今世曹刘君与妾，古之梁孟案齐眉。

与"周婆"的关系也是大有来历，自有出处！

> 奇诗何止三千首，定不随君到九泉。

这也是"尔曹身与名俱灭，不废江河万古流！"真正的文人有一千条弱点，但是他留下的是诗文，"你"留下的是骂名！

> 男儿脸刻黄金印，一笑心轻白虎堂。

将黄金印都入了诗，还一笑心轻，学问就是力量，才华更是力量，聂公诗力扫颓靡，如今且看谁笑谁？

> 昨梦君立海边山，苍苍者天茫茫水。

文学与海天同在，与山水同辉。他这是写胡风。

> 天狗吐吞惟日月，鲲鱼去住总沧溟。

他这是写夏衍。你可以吐,你可以吞,而日月之光不会衰减。我可以走,我可以住——驻,我的平台是沧海北(南)溟,你呢,无非是嘛也不是罢了。

聂绀弩是有一些可怕的经历的,例如下面这首诗:

> 解晋途中与包于轨同铐,戏赠
> 牛鬼蛇神第几车,屡同回首望京华。
> 曾经沧海难为泪,便到长城岂是家……

是说在那个无法无天的时期,他与"同案犯"包先生铐在一起起解。诗很厉害,令人难以正视,但是文词之美又带来几分患难的浪漫与风流,犹能屡屡回首望京华?犹能沧海呀长城呀地忽悠?却原来苦难也成诗,也成豪兴,也成佳句,抒忿之中仍有自慰与独运的匠心。

现在,中文圈子中聂的旧体诗是一座奇峰。从伟大中华历史来看,这样的诗篇也属空前绝后。屈原的《离骚》当然绮丽繁华,忧愤沉郁,但没有聂的芜杂中的真挚,俚俗中的古雅,纷纷世相的真切刻骨,荒唐经历的难信堪惊。他老先生是无事不可入诗,无词不可入诗,无日不可入诗,无情——愤怒、无奈、叹息、感激、惭愧、戏耍、沉痛、悲怆、惊讶、坚忍、豪兴、大方——不可以入诗。他的诗如怪石,如荆棘,如黑云,如利刃,如泄洪,如哭号,如骷髅造型,如古树参天,如碾压,如旋风,如断了线的风筝,不知将冲破几重灵霄宝殿。

现在,由侯井天先生作了句解、详注、集评的《聂绀弩旧体诗全编注解集评》即将由山西人民出版社出版了。我本无资格对聂绀弩先生其人其诗置喙,经不住编辑先生的抬举与不懈要求,只得零零星星地写下一点读后感,表达我对这位天才诗人的怀念尊敬之意。往者已矣,来者可追,中国诗,大有得写呀!

王蒙
2009 年 10 月 18 日

总目录

总　序　王蒙　/01

散宜生诗　/001

拾遗草　/435

集评补编　/888

代跋一　绀弩"诗案"的侦破
　　　　　——侯注《聂绀弩旧体诗全编注解集评》　舒芜　/912

代跋二　九年辛苦出奇书　罗孚　/918

后　记　注聂心路　侯井天　/923

附　录　聂绀弩旧体诗主要研究资料　/938

篇目索引　/945

再版后记　/955

目录

总　序　/ 01

散宜生诗

序一　胡　序　/ 005
序二　高　序　/ 009
序三　自　序　/ 012

[北荒草]

搓草绳　/ 019
锄草　/ 021
刨冻菜　/ 023
挑水　/ 024
削土豆种伤手　/ 026
推磨　/ 029
地里烧开水　/ 036
给马飞天送饭　/ 038
遇狼　/ 040
马号　/ 042
马逸　/ 043
放牛（三首）　/ 044

受表扬　/ 049
丁聪画《老头上工图》　/ 050
瘦石画《苏武牧羊图》　/ 053
柬周婆　/ 054
周婆来探后回京　/ 057
清厕同枚子（二首）　/ 061
拾穗同祖光（二首）　/ 068
脱坯同林义　/ 072
夜战　/ 073
草宿同党沛家　/ 074
割草赠莫言　/ 075
背草赠李泽传王海宸　/ 077
排水赠姚法规　/ 079
伐木赠李锦波　/ 081
伐木赠董汉岑　/ 082
伐木赠尊棋　/ 084
伐木赠张先怡　/ 085
冰道　/ 087
怯问　/ 089

挽毕高士 / 091

嘲王子夫妇怕冷 / 093

嘲王奇赶车 / 094

送王觉往东方红农场 / 096

怀张惟 / 097

赠徐介城 / 100

往事 / 101

赠胡考 / 102

赠王观泉 / 104

闻某诗人他调 / 105

麦垛 / 107

风车 / 108

过刈后向日葵地 / 109

球鞋 / 112

拾野鸭蛋 / 114

画报社鱼酒之会赠张作良 / 115

女乘务员 / 116

归途 / 118

〔赠答草〕

序诗 / 123

步酬查九寒斋题壁 / 125

除夜怀查九 / 127

中秋寄高旅 / 128

元日寄高旅 / 132

寄高旅 / 133

念高旅 / 134

永玉家 / 136

萧军枉过 / 137

夏公赠八皮罗士 / 139

步酬怀沙以诗勖戒诗 / 140

赠梁羽生 / 142

李大姐干杯 / 143

步酬敏之见怀 / 146

瘦石六十 / 147

赠织工小裴 / 149

一缘居士丈枉过失迓 / 150

真宅 / 151

赠巨赞 / 154

赠老梅 / 155

赠迈进 / 156

闻伍禾入院就医 / 157

秋夜北海怀冰夐禾曙 / 159

晨与曙南过长江大桥访鲁肃墓 / 160

以诗一卷赠曙南志别 / 161

赠董冰如高启洁夫妇武昌 / 162

沁园春·赠木工李四 / 164

推水同李四 / 166

重到海城呈彭母（二首）/ 167

柬钟三 / 170

钟三往四清 / 172

钟三四清归 / 173

读钟三民间文学理论史近著 / 176

以拙集《杂文选》赠重禹系以一诗 / 178

重禹六十 / 180

赠《谁解其中味》一文作者重禹 / 181

答重禹二绝 / 182

迩冬五十 / 184

九日戏柬迩冬 / 185

题迩冬诗卷 / 188

答迩冬托向人乞兰 / 189

迩冬七十病胃 / 190

悠然五十八（四首） / 192

悠然六十（五首） / 195

赠雪峰 / 200

雪峰以诗见勖依韵奉答（二首） / 201

雪峰南寻洪杨遗迹（四首） / 204

雪峰六十（四首） / 207

有赠（四首） / 213

赠周婆（二首） / 218

惊闻海燕之变后又赠 / 221

代周婆答（三首） / 226

题韩羽画盗御马 / 230

题韩羽画虹霓关 / 232

遇有光西安 / 232

有光枉过 / 234

赠浩子（二首） / 235

赠戴行健姑娘 / 236

即事用雷父韵 / 238

南行别雷父用其钱送韵 / 239

辛之赠印 / 240

又谢辛之赠印 / 243

秦似夜话 / 244

铭德季惺金婚 / 245

赠周而复 / 247

题刘再复《深海的追寻》 / 249

读刘再复《太阳·土地·人》漫为三绝句 / 249

读李锐《怀念十篇》 / 250

解晋途中与包于轨同铐，戏赠 / 251

胡风八十 / 254

吕剑索诗 / 256

[南山草]

鹧鸪天 / 261

即事（二首） / 262

杂诗（四首） / 264

六十（四首） / 272

六十赠周婆（二首） / 276

自遣 / 279

夜读 / 281

武汉大桥（十首） / 283

    一 桥上（二首） / 283

    二 望桥 / 285

    三 桥夜（二首） / 286

    四 桥上望江（二首） / 290

    五 桥夜想起赤壁 / 291

六　桥上有询黄鹤楼遗址不得
　　而惆怅者 / 292

七　寿桥 / 293

颐和园 / 294

斥鹦 / 296

六鹛 / 298

船屋（二首）/ 300

蜑户 / 303

七十 / 304

对镜（三首）/ 306

钓台 / 311

琴台 / 313

没字碑 / 314

华清池 / 315

咏旧小说（五首）/ 317

一　水浒 / 317

二　聊斋志异 / 318

三　花月痕 / 319

四　孽海花 / 320

五　老残游记 / 322

红楼梦人物（七首）/ 323

一　宝玉与黛玉 / 323

二　晴雯 / 325

三　紫鹃 / 326

四　鸳鸯 / 328

五　尤三姐 / 329

六　妙玉 / 331

七　探春 / 332

水浒人物（五首）/ 335

一　鲁智深 / 335

二　林冲（二首）/ 336

三　林冲娘子 / 342

四　董超薛霸 / 343

人境庐诗 / 347

岁暮焚所作 / 348

除夜题所作 / 349

《花城》以"迎春"为题索诗 / 350

八十（三首）/ 351

[第四章]

哭周总理 / 359

挽陈帅（三首）/ 360

挽贺帅 / 364

挽老舍 / 366

挽雪峰（二首）/ 367

挽荃麟 / 371

挽孟超 / 374

挽云彬 / 377

挽柏山 / 378

挽胡明树 / 379

挽包于轨 / 381

挽王莹 / 383

追念伍禾（三首）/ 385

浣溪沙·扫萧红墓（在香港浅水湾）/ 387

再扫萧红墓（四首） /388
访丘东平烈士故居（三首） /393
与海燕公园看牡丹，以其意成一绝句 /397
为鲁迅先生百岁诞辰而歌（二十二首） /398
  一 题《鲁迅全集》 /398
  二 题《狂人日记》 /400
  三 小说三人物 /402
  四 题《示众》 /407
  五 题《药》兼吊秋瑾 /407
  六 改《野草》七题为七律 /409
  七 题歇脚庵抄鲁诗手卷（三首） /416
  八 杂诗（三首） /419
  九 赠鲁迅 /424
  十 尘中望且介亭不见 /425
外一首 题朱正作《鲁迅传略》 /426

后记 /428

附记 /432

散宜生诗

关于诗集名，聂绀弩《自序》文尾，有一大段说明。

刘岚山《为散宜生祝寿——关于聂绀弩旧体诗集〈散宜生诗〉》：1981年编好后，"他起个书名叫《吾诗集》，这样就发稿了"。10月16日"得他通知，改为现名"——《散宜生诗》。"他借用《庄子·人间世》载匠石对栎社树（即土地庙边不能器用的树）的评论和周初文王九大乱（即治）臣之一的散宜生，截取之以为书名，这是他的自谦和别出心裁，但也是他真实的自况。"（见《诗刊》1982年第10期）

文怀沙《挽聂绀弩七绝二首》的后记说：聂绀弩在《自序》中对书名的解释，"我觉得这是作者故意把话扯远了。然则'散宜生'是什么意思呢？根据我对作者的了解，我认为可释为：'我是你们啃不烂、咬不动的硬木头、硬骨头，我将永远生意盎然！有诗为证，你们其奈我何！'因为无论绀弩其人或其诗，都浸透着作为一个社会斗士的魂魄，他是庄子精神的反动；他无愧是鲁迅精神的继承者！"（见挽聂绀弩挽联挽诗集《落在心中的陨石》）

王希坚《喜读〈散宜生诗〉》："聂绀弩的诗，是耐人寻味的精品，又是推陈出新的典范。单说他这部诗集的名字，也具备这个特点。'散宜生'本来是西周初年一个大臣的名字，这人曾协助周文王逃脱了殷纣王的监禁，又协助武王伐纣成功。聂绀弩用这个名字当然不是自比这位功在社稷的名人，而是借用这个'散'字和这个'宜'字，大概是表白自己是一个散放不为世用的人，只'宜'于散诞不羁的态度对人对事的意思吧？我在想，像他这样博学多能的人，为什么不能像古代的散宜生那样,得到朝廷的重用呢?当然,这只是我想,聂绀弩是不会这样想的。诗曰:'自称散宜生,岂借古人名,牛棚痴说梦,识者有同情。'"(见《历山诗刊》1990年总第15期)

李慎之《胡乔木请钱锺书改诗种种》:"散宜生是《封神演义》里周朝的大夫,聂老以此名集,是取《庄子》'散木宜生'之义。"(见《百年潮》1997年第2期)

舒芜《人海波涛共几回——哭诗人陈迩冬》:"散宜生,是聂绀弩晚年自署诗集的别号。"(见《新文学史料》1991年第4期)

罗孚(罗承勋)《九年辛苦出奇书》:"聂绀弩自己说的,改名散宜生,就是'无用(散)终天年'(适宜于生存)之意。"(见香港《开卷有益》1997年第1期)

聂绀弩夫人周颖说:"好好的'聂绀弩诗'不叫,偏要叫什么《散宜生诗》!别人还以为是哪个姓散的写的什么歪诗哪!"(见周健强《聂绀弩传》之《从传主和"庸人自传"说起》)

寓真(李玉臻)《聂绀弩刑事档案》:"散宜生既然是周文王的十大名臣之一,聂绀弩用以为自己的诗集命名,是否有自况的意思呢?他自己没有给出解释,而事实上,这种意思是不言而喻的。把一个古代人名用来作自己的名号,难道仅是从字面上解释,只是用那三个孤立的文字吗?那么,如果散宜生不是一个贤臣,而是一个佞臣,这个名字会不会被人借用呢?像唐朝杨国忠、宋朝贾似道、明朝魏忠贤,这样的从字面意思看都不错,却绝不会被人借用作笔名或书名的。""纵观其漫漫一生,那种真笃、忠耿、义烈的秉性,贯彻于始终。若以散宜生的同心同德自况,他是当之无愧的。"(见《中国作家》2009年第4期)

序一

胡　序

聂绀弩同志把他原在香港野草出版社出的旧体诗集《三草》（指《北荒草》《赠答草》《南山草》）一书加以删订，交人民文学出版社出版，改题《散宜生诗》。我很高兴为这本诗集的新版写几句话。

绀弩同志是当代不可多得的杂文家，这有他的《聂绀弩杂文集》（三联书店出版）为证。我似乎没有读过他过去写的新体诗。在我读到他的这部旧体诗集的时候，心情很是感动和振奋。绀弩同志大我十岁，虽然也有过几次工作上的接触，对他的生平却并不熟悉，因而难以向读者作什么介绍。在1957年以后，他遭到了厄运，在十年浩劫中他更是备尝了肉体上的折磨，以至他在《对镜（三首）》中说明："出狱初，同周婆（指他的夫人周颖同志）上理发馆，览镜大骇，不识镜中为谁。亦不识周婆何以未如叶生[1]之妻，弃箕帚而遁也。"这我可以证明，我在再次同他见面时，实在也难凭三十年前的记忆来辨认他的面目了。我认为他的诗集特别可宝贵的有以下三点：

一、用诗记录了他本人以及与他相关的一些同志二十多年来真实的历史，这段历史是痛苦的，也是值得我们认真纪念的。

二、作者虽然生活在难以想象的苦境中，却从未表现颓唐悲观，对生活始终保有乐趣甚至诙谐感，对革命前途始终抱有信心。这确实是极其难

---

[1] 叶生事见蒲松龄《聊斋志异·叶生》。

能可贵的。

三、作者所写的诗虽然大都是格律完整的七言律诗，诗中杂用的"典故"也很不少，[1]但从头到尾却又是用新的感情写成的。他还用了不少新颖的句法，那是从来的旧体诗人所不会用或不敢用的。这就形成了这部诗集在艺术上很难达到的新的风格和新的水平。

我不是诗人或诗论家，但是热烈希望一切旧体诗、新体诗的爱好者不要忽略作者以热血和微笑留给我们的一株奇花——它的特色也许是过去、现在、将来的诗史上独一无二的。

胡乔木
1982 年 7 月 14 日

侯按[2]：

胡绳 1989 年 12 月 5 日给侯井天的信中说："1982 年 5 月"，"我向胡乔木同志推荐聂的诗作，乔木同志很赞赏，曾特地去看望聂"。

谷羽（胡乔木夫人）《胡乔木与知识分子》："（乔木）得知人民文学出版社要出版聂的旧体诗集《散宜生诗》，他向韦君宜要来清样，先睹为快，还主动为这部诗集作序……"（见《文汇读书周报》1995 年 8 月 5 日）

聂绀弩得知胡乔木激赏他的诗作，要为他的诗集写序，1982 年 6 月 8 日致胡："纶音霄降，非想所及。人情所荣，我何能外？恶诗臆造，不堪寓目。竟遭青赏，自是异数。至云欲觅暇下顾，闻之甚骇，岂中有非所宜言，欲加面诫乎？然近来脑力大减，不耐思索，知所止矣。"（见《聂绀弩全集》第 9 卷 191 页）

---

[1] 为了帮助青年的读者理解这些诗作，我盼望人民文学出版社能在再版这部诗集的时候加上一些必要的注解。我没有能够早日提出这个建议，因为我一知道这部诗集将要在北京出版，它已经排好了，我仅仅来得及写这篇短序。《人民日报》副刊希望转载这篇短文，我因此就加上了这个序文中所没有的注解。我祝愿这本诗集的北京初版能早日销完，以便出版社能早日出一种加注的新版。

[2] 本书中，"侯井天按"皆略作"侯按"，"侯井天注"皆略作"侯注"。——编注

李慎之1996年1月6日给侯井天的信中说:"1982年我随胡乔木在玉泉山准备十二大文件,胡于我处得见香港版之《三草》,大为叹赏,不日即亲赴聂寓所造访。据舒芜告我,胡先曾函告聂翁,聂以为大人过访,或发现其诗有违碍处,不料胡竟称其'思想改造可得一百分',聂不敢相信,曾请舒转询我胡本意。我以为胡本意确是赞扬。""惟其如此,胡亲自为《散宜生诗》作序……"

李慎之《胡乔木请钱锺书改诗种种》:1982年"在玉泉山","大概已经到七月份了,胡绳同志带来一本香港出版的聂绀弩的《三草》……被乔公看到了,稍加翻阅,立即诧为奇诗。他与聂老虽然是三十年前的老相识,却并不知道他在千难万劫之中写出这样震古铄今的诗篇来,因此立刻给聂老写信说要去看他,而且确实也冒着盛暑大热到新源里(侯按:其时聂绀弩实已迁住劲松区,此为误记)去拜访了整年斜躺在床上的绀弩先生,不但竭力赞扬他的诗,而且夸奖他'思想改造可得一百分'。以后还立刻指示人民文学出版社尽快出版根据《三草》补订的《散宜生诗》……而且马上就在七月十四日为诗集写出了序言。"(见《百年潮》1997年第2期)

黎虹(胡乔木秘书)《也谈胡乔木为聂绀弩〈散宜生诗〉作序》:"(1982年)7月4日下午,我陪同胡乔木去看望了聂绀弩。"(见《新文学史料》2004年第3期)

1982年7月14日,胡乔木为《散宜生诗》作序。7月21日聂绀弩致胡乔木:"顷闻人民文学出版社人言,您要为拙诗写一序,该集正候尊序排印,想系真事,不图暮年打油,竟逢此殊遇,真放翁所谓'丈夫不死谁能料'也。惟年事既高,且复多病,朝不虑夕,深以能亲见此序为快耳。"(见《聂绀弩全集》第9卷192页)

郭力(郭曙南之子、聂海燕初婚夫)《聂绀弩之死》:"一天,胡乔木带着秘书来到他简陋的小公寓时,绀弩叔仍然弓腰斜躺在靠窗的小床上。家里没有沙发,最豪华的一张是绀弩叔常倚着下棋的旧藤椅,周颖婶连忙让胡乔木坐在藤椅上。'老聂,你还认得我吗?''对不起,我记不得了。'绀弩叔仍拥被而卧,但他把上身抬高一些。'听说你身体不大好,特来问候,小平同志也很关心你。''不敢当啰。谢谢!'当胡乔木提出要为《散宜生诗》作序时，绀弩叔也是木讷讷的，无所表示，多亏周颖婶连连表示谢意，答应下来。绀弩叔目送这位意识形态的泰斗出门后，长长吁了一口气。当问他为什么对胡乔木作序的好意不表态时，他悠悠地说：'我怕贵人多忘事，耽误我诗集出版的时间啊！'胡乔木很快就送来序言，绀弩叔比较满意，只是认为过奖。"（见《武汉文史资料》2006年第3期）

聂绀弩1982年8月2日致高旅："胡乔木同志……做事负责，近对我颇好感，曾见访一次，并自动为《三草》作序，谓其特色也许为过去、现在、将来诗史上独一无二的。溢美不论，对我有此兴趣……"（见《聂绀弩全集》第9卷332页）

1982年8月16日，《人民日报》刊载《胡序》，胡并加注。同月《散宜生诗》北京第一版出版，印15000册。目录内只有《高序》《自序》——《胡序》订在目录页之前。

1985年7月，人民文学出版社出版《散宜生诗》（增订、注释本），印8000册（精装本1000册，平装本7000册）。目录依次为《胡序》《高序》《自序》。

李锐《直言·黎澍十年祭》："1987年5月25日下午，黎澍与我一同到钱（锺书）家，谈到六点……我们谈到聂绀弩的诗集出版时，乔木毛遂自荐写序言……"

王梦奎《回忆胡乔木》："我问过胡乔木：为什么在为聂绀弩的《散宜生诗》写的序言里，说'它的特色也许是过去、现在、将来的诗史上独一无二的'？胡乔木说明他的用意，并且讲了聂的坎坷经历，对聂的遭遇深表同情，感慨唏嘘。我对他在序言里所说的聂诗'对生活始终保有乐趣甚至诙谐感，对革命前途始终抱有信心'持不同看法，认为那是逆境中的辛酸、无奈和强为笑颜。胡乔木对我的看法既未肯定，也不反驳，谈话陷入沉默。根据我同他接触的经验，是引起了他的思索，一时还不能或者不便明确表示态度。"（见《百年潮》2008年第9期）

序二

高　序[1]

绀弩旧诗集将刊行，嘱为小序。

集中二百余首，绝大部分作于1960年至1964年，曾陆续寄示，忝为最早读者之一，且戏以孙盛将《晋阳秋》抄寄辽东作喻，不意此语竟一部分成谶。

有三事可代诗人更正者：一、或曰绀弩初作新诗，晚年始作旧诗。非。新诗在运动中，多有发表，旧诗词不必运动，少作而已，今且散佚。二、或曰"文章信口雌黄易，思想锥心坦白难"系1966年劫后被囚时作。非。1962年曾读之，列一组杂诗中。三、或以为《北荒草》咏北大荒生活，《南山草》当在晋西南作。误。自北大荒归后，1961年初寄即为《即事两首》。劫后之作，数首而已。

清初汪琬序唐诗，论诗之正、变，云系于客观社会环境，作者不知，惟后人经排比知之。似谓与作者之主观作用无关。诗诚有正、变，谓作者不知则未的。即如晚唐温、李，求变皆用心为之，焉得不知？

汪琬之正、变说且不论。绀弩原无意于旧诗，今竟成帙，可谓无意得之。1960年冬自北大荒返京，居半壁街，自谦云："前于人民文学出版社主持古典文学部，每有外行语，乃读书，尤于旧诗，曾手抄《少陵集》及《昌谷集》，（如此读法！）期他日再出工作，或有用也。"余时不免自作。

---
[1]《高序》原为1981年6月香港出版之《三草》所作。

有句谓"胸中五岳成平地",实则将胸中五岳,移至五十六字一组之诗中,遂呈奇峰处处。

其过程极自然。正如鲁迅所云,受伤后躲入森林,舔净血,养好伤,重出战斗之气概同。绀弩非"浪漫谛克的革命家",于挽荃麟、雪峰诗中,皆有"狂热浩歌中中寒"等句,用鲁迅《野草》语。即此,非仅于死之战友为赞辞,于生之同志亦为良箴。于是有热烈之冷隽,无沉静之冷嘲。绀弩诗如此,文章亦如此。有云:"诵其诗,读其书,方可知人论世",可移此作一解法,更可益以"观其行"三字。1963 年,绀弩曾专程赴海丰山间,探已故战友丘东平老母,有诗。仆曰:此事即诗,今诗而诗之,绀弩得之。亦其行之一也。

故其诗格调高,非仅一端,不尽在句韵间。赐书时有论诗者,兹摘数则:

"作诗有很大的娱乐性,吸力亦在此。诗有打油与否之分,我以为只是旧说。截然界线殊难画,且如完全不打油,作诗就是自讨苦吃;而专门打油,又苦无多油可打。以尔我两人论,我较怕打油,恐全滑也;君诗本涩,打油反好,故你认为打油者,我反认为标准。"(1961 年 3 月 15 日)

"五四后新诗,其佳者确在文学上辟一新境界,此与学外国诗颇有关系。至今新旧异体并存,实为两物,各不相能,而旧诗终以难为通俗,通俗太过,又已不成其为旧诗,故虽有大力,亦不能使之重归文学与小说、戏剧同科。新诗则尽管有不可人意者,却终为文学形式之一。其中原因非一,可谈者亦多,惜无人谈之耳。"(1962 年 3 月 3 日)

另函中又自谦谓:"……作诗本为自遣,根本不懂作法,过去根基也浅,(过去有时搞搞新诗,有看不起或厌恶旧诗之意)……"

此为前云"无意得之"又一证。而求变之意亦灼然,惟与汪琬之旨异趣,一涤近代旧诗徒尚空言、诛求字屑之衰疲。

刘勰云:"斯斟酌乎质文之间,而櫽括乎雅俗之际,可与言通变矣。"足以当之。是以迥然不落前人窠臼。启功先生许为"如此新声世所稀",洵有自也。

仆则以为旧诗有感情容量度,他种文学形式所能容者能之,不能者亦能之,其"娱乐性"或有用性似在此;旧诗虽不盛,方块汉字一日存在,旧诗终当不灭，而维持其"娱乐性"或有用性。

不闻"生活为文学艺术之源泉"乎？诗人以刑狱流放，颇历坎坷，岂非"这也是生活"（鲁迅语）？于是有此诗，有此集，在此作证。

敬为序。

高旅

1980年5月，于香港

侯按：

高旅《为绀弩诗集作序后作》："人当乱局难容命，君有奇诗未称心。天地本来悬日月，风生四海遍晴阴。文章无用弃绳墨，船到五湖疑古今。不见红楼堪作梦，徒然题壁又题襟。"

序三

自　序[1]

　　1959年某月,我在北大荒八五〇农场第五队劳动。一天夜晚,正准备睡觉了,指导员忽然来宣布,要每人都做诗,说是上级指示,全国一样,无论什么人都做诗。说是要使中国出多少李白、杜甫;多少鲁迅、郭沫若。这个要求一传达,不用说,马上引起全体震惊和骚嚷。但也立刻每人炕头都点上一盏灯,这房里是两条几十人一条的长炕,一时百来盏灯点起来,满屋通明,甚于白昼。并且都抽出笔来,不知从何处找出纸来,甚至有笔在纸上划得沙沙作响。但另一方面又几乎全体在嚷不会做诗,乃至自己是文盲半文盲等等。且说我,几十年前,学过一点旧诗的格律,如对仗、声韵之类的,不过不曾正式做过。拥护白话文,反对文言文,根本不做旧诗。这回领导要做诗,不知怎么一来,忽然想起做旧诗来了。大概因为越在文坛之外,越是只认为旧诗是诗,其中有传统、习惯甚至与民族形式、旧瓶新酒之类有关。我已经五六十岁了,虽参加过军队生活,却从来没有劳动过。劳动现场的一切,对我都是陌生的,也就都是新事物。尽管我天天劳累不堪,有时还不免因劳累而怨天尤人,但这新事物又有许多都是我想写或能写的。领导不教写,还想偷偷地写,何况强迫要写?于是这一夜,第一次写劳动,也第一次正式写旧诗,大概大半夜,我交了一首七言古体长诗。第二天领导宣布我做了三十二首——以四句为一首,这首古

[1]本篇又题作《我与诗》。——编注

风,有三十二个四句。我就是这样开始做旧诗的。如果有所谓奉命文学或遵命文学,我的旧诗,开始时就是这种文学。

以后过几天来这么一次,我也过几天做一首七古,当然都是以劳动为题材。但做来做去,渐渐感觉得烦重了,于是越做越短,短到只四句或八句。随后又觉得对对子很好玩,且有低回咏叹之致,于是改做律诗。但做得很少,在北大荒主要的是古风,有的还自觉有些创格,可惜都散失了。七律则是回京之后,买了一些名家诗集读、抄、背,请朋友指导之后才正式做。写北大荒生活(《北荒草》)的一些七律也是这时候补做的,正所谓一不做二不休,弄假成真,从玩票到下海(其实又何尝下海),年已六十,倒真学做起诗来了。当然,也只能浮慕浅尝地学。

做了诗,不知何故,爱抄给人看(为了抄诗给人看,觉得毛笔字太坏,又学过一个时期的字,一直学到十年浩劫入狱以前),这也好,这可以友为师,从人家的脸色上、念句的口音上,看出他对我的诗的估价,如果肯说,当然更好。记得那时,我有两个值得一提的老师,陈迩冬和钟静闻。迩冬乐于奖掖后进,诗格宽,隐恶扬善,尽说好不说坏。假如八句诗,没有一句他会说不好的,只好从他未称赞或未太称赞的地方去领悟它如何不好。静闻比较严肃或严格,一三五不论不行,孤平孤仄不行,还有忘记了的什么不行。他六十岁时,我费了很大劲做了一首七古,相当长,全以入声为韵,说他在东南西北如何为人师以及为我师……写好了,很高兴地送到他的家里去,他看来看去,一句话未说,一个字未提,一直到我告辞(不,一直到现在,二十来年了)。但我更尊敬他,喜欢他,因为他丝毫不苟。我的多么可爱的两个老师,一个是李广,一个是程不识;一个是郭子仪,一个是李光弼。一宽一严,从他俩我都学得了不少东西。

一下子到了开雪峰的追悼会,东拼西凑,凑了几首挽诗(真是东拼西凑,用他生前我赠他的,赠别人的,我自赠的……新做的除"从今不买筒筒菜,免忆朝歌老比干"两句外,只有一首,今存集中)。某日舒芜兄来看我,其时我出狱不久,二十年未见,东谈西谈,不免也谈到诗,我知道他是懂诗的,拿出挽雪峰的几首诗给他看。他说好,并说要抄下来,把底子也拿去了。后来又写信来要看我的全部所做。我本以友为师,也就都给他了。他大概也都抄下了。退还底稿时,说了很多称赞的话。本来迩冬在十年前已曾称赞，我以为是应酬性的；这回舒芜说的更离谱，我不相信。我未学诗，并无师承，对别人的诗也看不懂（不知什么是好，好到什么程度。又什么是不好，又到什么程度）。做做诗，不过因为已经做过几首了，随便做得玩玩。以为旧诗适合于表达某种情感，二十余年来，我恰有此种情感，故发而为诗；诗有时自己形成，不用我做。如斯而已，哪里会好？而好又能好到哪里去？不意有人从舒芜那里看见我的诗了，写信给我叫好；舒芜又和我不认识的诗家谈我的诗，甚至说是"奇诗"，诗家回他的信，都谈得很认真，说我别开生面。舒芜把人家给他的信寄给我看，我想，他们串通了来蒙混我的必要，大概是没有的，才渐渐相信他所说有些是真的。但到现在也仍然不完全相信我做的诗果真是诗，不懂别人所做的诗有何好坏。

人也真矛盾，我一面以为做的不是或不一定是诗，一面又希望得到赞赏，希望舒芜和别人所说有些是真，并印成油印小册送人，意在求人推许。适逢罗孚兄自港来看见，说，这种东西在港复制只需几分钟。我便请他替我复制或印刷，他满口答应。将全部稿子拿去了。这就是所谓《三草》（《北荒草》《赠答草》《南山草》），但此册印成却费了两三年工夫，可见预料一件事之难。朋友高旅为《三草》作小序，说我的诗是变体，并引启元白先生说是"新声"为证。这么一来我都懂了，静闻说不合格律，舒芜说是"奇诗"，某诗家说"别开生面"，高旅说是"变格"，启公说是"新声"，这种种都说的一件事：我未学过诗，不懂诗，也不懂做诗。做诗不过瞎做，做了人家也说是诗，不过北京话说的"蒙上了！"，故乡话谓之"瞎猫碰到死老鼠"！

以上说做诗经过，现在解释一下书名。

赠人伐木句云："高材见汝胆齐落，矮树逢人肩互摩。"不知何以忽得此二句，窃自喜之。以为不枉读了一回《庄子》。庄子以某种树为散木，以不材终天年。少时常见人自称散人，以为散是闲散。及读《庄子》乃知为不材或无用之意。知识分子（旧知识分子尤然）一入老境，很容易领悟到此生虚度，自己真是不材，无用，即偶有成就，亦微不足道，故自称散人。我已如批林批孔时期的冯友兰教授，年届八旬。半个多世纪以来，目睹前辈和友辈，英才硕学，呕尽心肝；志士仁人，成仁取义；英雄豪杰，转战沙场；高明之家，人鬼均嫉。往往或二十几岁便死，如柔石、白莽。或三十来岁便死，如萧红、东平。命稍长者亦不过四五十岁，如瞿秋白、鲁迅……有时悲从中来，不知何故，所谓"泪倩封神三眼流"（拙句）者，人或以为滑稽，自视则十分严肃，且谓庄子的极端自私的个人主义思想亦未尝全无所见，然真人类及历史之大悲也！但此意未必始于庄子。殷周之际似已有之。周文王的"乱臣"九人中，有名"散宜生"者，此名了无涵义则已，假定"名以义取"，则恰为"无用（散）终天年"（适宜于生存）、"无用之用，实为大用"（苟活偷生的大用）。老夫耄矣，久自知为散人散木，无志无才，唯一可述：或能终此久病之天年而已。因窃假"散宜生"为号，而命所做诗为《散宜生诗》云。

因人民文学出版社为印《散宜生诗》（这是以香港印的《三草》为底本而略有增删变易的），略述做诗和印诗经过为序。

聂绀弩

1981年10月16日，于北京

侯按：

《自序》原为1982年7月人民文学出版社出版之《散宜生诗》所作。

聂绀弩1981年国庆前一日致高旅："前几天苗子来，他说你给写的《三草》序很好，他没说如何好法，我也没问。这之类的事，出乎我的知识之外，我说我不懂诗，不会看诗，更不会谈，人多不信。我亦无法，有人怀诗不耻下问而来，要求面谈，真窘死我了！我对我诗也不知好否，别人说好，而那好的程度，均出乎想象之外，比如你就说'可以不朽矣'，这是真的吗？我何以一下子能到此境？你未详说，我亦不好意思明言强求详说。我不过胡作瞎作，少依古法，亦不知何谓古法，也就是变体，独特，别裁！此书文学出版社要给我在国内出版，我添了一自序，主要是谈这一点。有人说是谦虚，真乃无话可说！"（见《聂绀弩全集》第9卷323页）

聂绀弩 1981 年 11 月 15 日致高旅："《三草》据曾敏公（曾敏之，侯注）云，印三千，一本未销。正式书店均不售，出钱老板大蚀其本，斯福（罗孚，侯注）亦垫款者之一，只有浩叹。但一好处，即旧诗终久不行了。国内情况有不然者：人民文学出版社要出版，已发稿。我只于高序之后添一自序，其他无什变动，明年第一季至迟上半年可出。"（见《聂绀弩全集》第 9 卷 325 页）

散宜生诗

【北荒草】

侯按："北荒"即"北大荒"。"草"，诗的草稿——诗草，匆忙写成的诗，粗劣的诗。聂绀弩诗赠友人，多题"绀弩草""绀弩未是草"，是谦词。

旧指黑龙江省嫩江流域、黑龙江谷地和三江平原广大荒芜地区为"北大荒"。聂绀弩诗中的"北荒"，特指黑龙江省东南边境的密山、虎林、饶河三县地方。

1956年6月6日在密山成立铁道兵农垦局，1959年11月改名牡丹江农垦局。局领导机关设在密山、虎林县城。当时——1958、1959年和以后若干年，农垦局属国家农垦部领导。局下设总场、分场、队（少数或叫"连"）。聂绀弩到北大荒后，先在850总场（1955年1月成立）5分场排水连，后改名4分场2队，后到5队，再后到7队，约于1959年10月中旬到农垦局政治部《北大荒文艺》编辑室。

高旅1978年5月11日作《归诗记》诗前记："绀弩作《北大荒吟草》等诗，乱中荡然无存，幸已抄寄海外（指香港，高居香港，侯注）！今归之，附以拙句。昔孙盛著《晋阳秋》（参看《高序》，侯注），抄寄辽东，曾以作比。乃不数年而事到眼前来，岂世事甚易察？抑今日以孙盛为鉴，明日当以绀弩为鉴也。"（见《高旅诗词》）

搓草绳①

冷水浸盆捣杵歌,掌心膝上正翻搓。
一双两好缠绵久,万转千回缱绻多。②
缚得苍龙归北面,绾教红日莫西矬。③
能将此草绳搓紧,泥里机车定可拖。

①《搓草绳》和《北荒草》这集诗里的《锄草》《刨冻菜》《挑水》《削土豆种》《推磨》《烧开水》《送饭》《放牛》《清厕》《拾穗》《脱坯》《割草》《背草》《排水》《伐木》等诗,都是写在北大荒850总场4分场第2队、第5队所参加过的劳动项目,或者说所干过的"活"。

②元／无名氏《梧桐叶》第三折:"只要得女貌郎才,不枉了一双两好。"

③【苍龙】即木星、太岁。旧时术数家说太岁所在的方位主凶,忌掘土、建筑,所以俗话说"胆敢太岁头上动土"。垦荒当然是"动土"了;垦荒者不但敢"动"它,而且能够"缚"得它打躬、叩头。林千典1992年6月17日给侯井天的信中说:"'苍龙'——愚意不妨引毛主席词'今日长缨在手,何时缚住苍龙?'缨,泛指带子,因草绳而同类联想。引木星、太岁之说反嫌隔。"

朱正注引唐／李白《惜余春赋》:"恨不得挂长绳于青天,系此西飞之白日。"又,唐／李商隐《谒山》:"从来系日乏长绳,水去云回恨不胜。"

【矬西】明／冯梦龙《醒世恒言》二十七:"急回头仰天观望,果然日已矬西。"

王琦《忆绀弩·读〈北荒草〉》:"当时情况,处在农闲时期,抓紧时间盖宿舍(此时我们住在帐篷或马架子里)准备过冬,无房板,用荆条代替。放在人字架上不牢固,固定住既无钉子又无铁线,只好搓草绳绑之。"

罗孚:"搓草绳,粗活也,却被绀弩既写得细腻、情深——'缠绵''缱绻',又写得气壮——'缚苍龙''绾红日',怎能不令人叫绝?"(本书注评中所引罗孚、郭隽杰语,未注出处的,多出自罗孚编《聂绀弩诗全编》笺注及按语。编注)

罗孚《聂绀弩诗全编·后记》：（罗引聂诗1—4句，此略）"真是缠绵、缱绻，使人为之神往，有谁能不从这精致的描绘中感到感情如被翻搓的别有细致的美？这是多么生动！"

杨九如《聂绀弩的诗趣》："'一双两好缠绵久，万转千回缱绻多。'此非一般咏物诗……当日在北大荒会作诗的人并不少，绀弩却能触处生春，顿现神奇，管它天寒地冻，手中草绳似化成人，甜甜蜜蜜地搓在一起。"（见《武汉晚报》1996年1月17日）

吴海发《聂绀弩：半生坎坷换得诗千秋》："（吴引聂诗全首，此略）这大概是诗史上没有先例的新诗句。"（见《二十世纪中国诗词史稿》）

陈明强《聂绀弩旧体诗全编选讲》："此诗妙在想象奇特。由搓绳的普通活展现三种想象：恋境、壮境、实境，虚实并举，刚柔交错，创出完整的美好的劳动境界，表现了欢快的心情。"

党沛家《读〈北荒草〉谈绀弩及侯注》："搓草绳时，小董（承汉）哼起他家乡的白族民歌，有什么'进山只见藤缠树，从来未见树缠藤'之类的歌词。聂绀弩听了便说小董是单相思，他举起手中那段松松垮垮的草绳教人看，说是两股绳儿万转千回紧紧地缠在一起，这才是一双两好！不用说，他的话音未落，便遭来大家的嘲笑。在笑谑声中，我们的劳动就会十分轻松又愉快。""《搓草绳》一首，可说是他的《北荒草》的代表作，也是绀弩的得意之作。读起来有民歌的风韵，也有'遵命文学'的味道。他以一联'一双两好缠绵久，万转千回缱绻多'，便给他的草绳注入了生命的活力，顿使妙趣横生起来。他把搓草绳劳动写得如此儿女情长，又如此英雄气壮。尾联尤其隽永，祖国三年灾害，举国维艰，报国之情溢于言外。然而草绳能有多少拉力？况是绀弩搓的！"（见《当代诗词》1997年第2期）

方印中《聂绀弩诗三百首》："聂诗'缚得''绾教'两句，对仗工巧，比前人诗又另有一番韵味。颔联委婉，颈联豪放，俱带浪漫色彩，而尾联则是写实，这是大写实，透出来的是北大荒人的大气概。""全诗婉约、豪放、浪漫、写实，各得其妙。虚实并举，刚柔相生。"

锄草①

何处有苗无有草，每回锄草总伤苗。
培苗常恨草相混，锄草又怜苗太娇。
未见新苗高一尺，来锄杂草已三遭。
停锄不觉手挥汗，物理难通心自焦。

①毛泽东《打退资产阶级右派的进攻》："毒草让它出来，然后锄掉，锄倒可以作肥料。"

罗孚："五十六字之中，'苗'与'草'各五见，读之不感其重复，反觉有味。聂诗惯有此种手法。"

杨九如《聂诗管窥·从赏析聂绀弩吟劳动诗的特色谈到对联的文学性》："（杨引聂诗全首，此略）新苗未高，杂草频锄，苗草相混，锄草伤苗。杂草需锄，问题在于'已三遭'。"

党沛家《忆聂绀弩在北大荒》："我们也不难从'每回锄草总伤苗'，'物理难通心自焦'里，看到他内心世界的波澜。"

章文龙："此诗托物言志，寄寓了对政治运动中错划、误判的看法和心情。"

高朗《良师益友散宜生》：（聂绀弩1962年10月到武昌看望董锄平、高朗夫妇）"锄平把他为胡风问题隔离反省三百天的日记给绀弩看，当他看到十二月十五日时说：'运动有如除稗，虽老农也难保丝毫不伤正苗，成功之处是稗除后，禾苗茂盛成长而得丰收。'说着，他就把他写的《锄草》诗抄给我们看，他俩真是见解相同，心心相印啊！"（见《聂绀弩还活着》）

梁羽生《笔·剑·书》中《杂记聂绀弩》一文引《锄草》《清厕同枚子》诗后写道："他以写杂文著名，诗也很有杂文味道。好像信笔写来，毫不着力，而功力俱见。而他苦难中仍不减其豪情，也确实可称为硬汉子的。"

商为东《散宜生诗漫话》："作者律诗中常有重字出现，并不着意避免。不仅如此,作者还有意在一首律诗中多次使用重字,辗转反复,以增强艺术表现效果……有两首律诗重字用得最多。现举《锄草》:……(此略)诗中'苗''草'二字各见五次,'锄'字四次。另一首是《放牛》之一,'牛'字出现五次。"(见《团结报》1993年3月)

萧星璧《诗魂永在——读〈散宜生诗〉后》:"(萧引聂诗全首,此略)旧体诗切忌重字,聂诗好像故意在重复……这种反复重复,并不觉得有什么不好,相反,读起来,倒还顶顺口,怪自然的,是在加深语气,突出锄草的弦外之音,言外之意……聂诗的这种故意重复,反倒增强了该诗的艺术表现效果,能说不是聂诗的'新'之所在、'变'之所在、'奇'之所在、'独'之所在!?……收到一种从来没有过的旧体诗中的美的感受。"

陈声聪《荷堂诗话·散宜生》:"锄草惟恐伤苗,仁者之心如见。诗亦一气呵成,八句可当一句读。"

党沛家《读〈北荒草〉谈绀弩及侯注》:"《锄草》的整首诗都凝聚着他深沉的思索,难言的隐痛和强烈矛盾的心理状态。他以锄草喻政治运动,以锄草伤苗来理解他在反右中被错划右派。但他又对草苗相混、锄草过勤弄不明白,而感到万分的焦虑。其赤子之心、爱母之情是不言而喻的,但这仅限于对他的组织及信仰而言。"

徐城北《依旧乾坤一布衣》:"从《锄草》联想到前些年所搞的一系列扩大化的政治运动,其弦外之音就颇使人惊心动魄。尤其可贵的是,这首诗并未浅显、教条地指明原因,而在发出'何处有苗无有草'的美好善良期盼的同时,只在结尾道出'物理难通心自焦'的感慨,这就使诗的时代感更加鲜明。"

谢梅庄《梅庄遗韵》:"寄寓了对频繁政治运动每多累及无辜的看法和心情。"

陈章《双峰并峙,二水争流——聂绀弩、熊鉴诗词赏析》:"荒芜先生更直截了当地称'公推郁柳苏田上',说聂绀弩诗比'郁柳苏田'(侯按:指郁达夫、柳亚子、苏曼殊、田汉)高出一筹,一点都不过分,试看他这首《锄草》诗:……(陈引聂诗全首,此略)该诗一气呵成,毫不着力。但诗味盎然,哲理深邃。诗中'苗''草'二字反复出现五次,'锄'字出现四次,读来不觉重复,反觉别有韵味。"(见《当代诗词》2001年

第3期）

王琦《忆绀弩·读〈北荒草〉》："（王引聂诗全首，此略）真理和谬误是一对矛盾。划清他们的界限时要认真地掌握好尺寸，在批判谬误的东西时，保护好新生事物，把正确的东西伤害了，心里多么难受啊！把孩子和水一齐泼掉吗？对不分敌友的乱斗多么心痛。"

于永森《红禅室诗词丛话》："'培苗常恨草相混，锄草又怜苗太娇'，心境义理，宛临其境，而出之又绝无痕迹。"

雍文华《解读聂绀弩诗》："这种培苗未尺、锄草三遭、不断锄草、不断伤苗的政治运动，使作者感到'物理难通'的'心焦'。这是悲人，亦是悲己。"

刨冻菜

白菜隆冬冻出奇，明珰翠羽碧琉璃。
故宫盆景嵌珠宝，元夜花灯下垄畦。
千朵锄刨飞玉屑，一兜手捧吻冰姿。
方思寄与旁人赏，堕地惊成破碗瓷。①

①宋／杨万里《稚子弄冰》："敲成玉磬穿林响，忽作玻璃碎地声。"

罗孚《聂绀弩诗全编·后记》："一棵冻得结了冰的白菜，在诗人的笔下竟成了珠玉、琉璃、名瓷，真是美得出奇。"

杨九如《聂诗管窥·从赏析聂绀弩吟劳动诗的特色谈到对联的文学性》："（杨引聂诗全首，此略）这是自己劳动的果实啊！把冻菜形容得玲珑剔透，诗人表现得逸兴遄飞，情景交融，诗味浓郁，没有丝毫劳动时的劳累感觉。"

陈明强《聂绀弩旧体诗全编选讲》："此诗妙在比喻。粗菜受冻，何美之有？而在诗人笔下，却成玲珑剔透的奇珍异宝，连用八个比喻，诗中罕见，却写得有密有疏，静动兼有，无堆砌之弊，又现劳动者的神态、动作和情绪的变化。冰天雪地中刨冻菜，不觉其苦，似乎在艺术宫中徜徉。这是热爱生活的诗心的流露。"

王琦《忆绀弩·读〈北荒草〉》："读此诗受益是形式与内容要统一，乔装打扮了的形式美，最终如同破碗瓷。"

孔汝煌《散宜生诗的人文精神》："《刨冻菜》。首联美化劳动对象：'白菜隆冬冻出奇，明珰翠羽碧琉璃。'颔联美化劳动场景：'故宫盆景嵌珠宝，元夜花灯下垄畦。'颈联讴歌劳作者的形神：'千朵锄刨飞玉屑，一兜手捧吻冰姿。'尾联写劳动者得而复失的心理：'方思寄与旁人赏，堕地惊成破碗瓷。'显然有借题发挥的谐笔，但主旨是歌颂劳动生活。"（见《聂绀弩百岁诞辰纪念集》）

挑水

这头高便那头低，片木能平桶面漪。
一担乾坤肩上下，双悬日月臂东西。①
汲前古镜人留影，行后征鸿爪印泥。②
任重途修坡又陡，鹧鸪偏向井边啼。③

①唐/李白《上皇西巡南京歌十首》其十："少帝长安开紫极，双悬日月照乾坤。"

②宋/苏轼《和子由渑池怀旧》："人生到处知何似，应似飞鸿踏雪泥。泥上偶然留指爪，鸿飞那复计东西。"

③【任重】《论语·泰伯》："士不可以不弘毅，任重而道远。"

朱正注引唐/韩愈《晚次宣溪辱韶州张端公使君惠书叙别酬以绝句》："客泪数行元自落，鹧鸪休傍耳边啼。"

宋/梁栋《四禽言》："行不得也哥哥，湖南湖北春水多。九嶷山前叫虞舜，奈此乾坤无路何？行不得也哥哥。"

作者自注：鹧鸪鸣声，人谓为"行不得也哥哥"，此借其意，非真闻其声，北大荒似无此鸟。

杨九如《聂绀弩的诗趣》："'一担乾坤肩上下，双悬日月臂东西。'一担水挑着，好比乾坤在肩之上下，两桶水一边一只，犹如日月双悬在臂之东西，多么雄伟的巨人，多么潇洒的气概！'天将降大任与斯人也'，可谓大矣、重矣。是自况的比兴？还是诙谐的雅谑？反正这种语言，有浓浓的诗的趣味，我读时忍不住好笑，却又笑不出来。"（见《武汉晚报》1996年1月17日）

陈声聪《荷堂诗话·散宜生》："通篇稳贴，'一担'二语高隽。"

侯孝琼："木片平漪，无妨水桶高低，狼狈中自嘲亦自信：乾坤在肩，日月悬臂，气何其壮也；汲前留影，行后印泥，迹何其明也！担重、途修、坡陡，言挑水所经可，言人生途程亦可，结句着一'偏'字，感慨尽出。""中国士人，常以自嘲之态度处逆境，以调节自我，超越现实。从其诗中，即可见其达人之胸怀，又可见哲人之智慧，切不可仅作挑水细事看。"（见《当代诗词点评》）

顾学颉《杂谈聂绀弩诗》："（聂绀弩）他以似乎轻松而其实沉重的笔调，写出似乎庄重而其实可笑（可叹）的感受。有板有眼，亦庄亦谐，好像讲别人的故事一样，把当时的情境、心理，勾画得惟妙惟肖。如果仅止于此，也就是只有前六句，或者虽有最后两句但无力量或寓意，也算不得好诗，也表现不出作者的怨怨不平，妙处就在末笔的画龙点睛。'任重途修坡又陡，鹧鸪偏向井边啼。'任重而道远，本是孔老夫子的修身齐家治国平天下的大道理的话，乍听很庄重，但聂则诙谐地借用来形容担重、路途难走的狼狈情状，'坡又陡'三字才现出'原形'（原意）……'鹧鸪啼'，据说，鹧鸪鸟的叫声，好像'行不得也哥哥'，于是用这三字表示行走不利索的意思。这里聂用来代表此刻心烦意焦听到不入耳的声音的无限烦恼。""全诗并无半句牢骚或悲愤的话，但使人读起来感到无限心酸，无边沉痛，却被外表的幽默、自然、平淡的语调所遮掩。曾经身历其境的人固然能深解其味，即是幸运儿没尝过苦头的人读之，报之一笑之后，也会慢慢地品尝到它的橄榄果苦涩味的。"（见《随笔》1992年第4期）

袁第锐《当代之离骚 诗家之楷模——关于聂绀弩诗体的重新评价》："此诗纯用白描，活脱脱一个'改造'中的知识分子形象跃然纸上。其中如'这头高便那头低，片木能平桶面漪''汲前古镜人留影，行后征鸿爪印泥'，均极生动。末句不说艰于行步，只说'鹧鸪偏向井边啼'，暗喻'行不得也'，既写艰苦入木三分，却又含而不露，令人激发共鸣，扼腕叹息。试问几人在相同遭遇之中，能够写出如此佳句！"（见《甘肃诗词》2001年第2期）

马斗全《关于以现代语入诗的思考》："用典，但为常用之典。""全诗仍一读即懂，把劳动改造时的挑水，写得颇有意味而又令人心酸。"（马又引聂诗《锄草》《地里烧开水》《放牛》《清厕同枚子》《拾穗同祖光》《瘦石画苏武牧羊图》中的句子，此略）之类的句子，集中随处可见，令人一读难忘。"（见《晋阳学刊》1994年第6期）

萧星璧《八十回眸》："读到聂绀弩在北大荒的《挑水》（萧引聂诗全首，此略）让人忍俊不住。我有绀弩在北大荒挑水的经历，却没有他那样笑对人生灾祸、寓庄于谐的风趣与才华，一个糟老头子能度过北大荒与十年监狱的苦难生涯，活到八十三岁高龄，不有其笑对人生灾祸的风趣诙谐，焉能至此！"

雍文华《解读聂绀弩诗》："对于这种改造知识分子平凡琐碎的'挑水'劳动，却大而无当地扯上'乾坤''日月'这样庄严、伟大、雄浑、壮阔的字词和意象，只能为历史留下滑稽可悲的形象，故最终发出'行不得也哥哥'的浩叹。这只能看作是自嘲和嘲人，而不能仅以'谐趣'和'发现生活的美好内蕴'视之。"

削土豆种伤手

豆上无坑不有芽，手忙刀快眼昏花。
两三点血红谁见，六十岁人白自夸。①
欲把相思栽北国，难凭赤手建中华。②

狂言在口终羞说：以此微红献国家。③

①王浩天 1995 年 8 月 8 日给侯井天的信中说："聂诗常有双关语意。这里的'白'恐怕不仅是'没有效果'的意思，还有与'红专'相对的'白专'的意思。不过这显然是反话正说，'白'也是别人强加于他，非自己真认为'白'也。"

②【相思】《本草纲目》卷三十五："相思子生岭南……其花似皂荚，其荚似扁豆，其子大如小豆，半截红色，半截黑色，彼人以嵌为首饰。"

唐／王维《相思》："红豆生南国……此物最相思。"

舒芜读诗笔记：此处将染血的土豆拟为红豆。

侯按：手削破了，流血，所以叫"赤手"。

③鲁迅《自题小像》："寄意寒星荃不察，我以我血荐轩辕。"

山西省临汾第三监狱教育科李春华 1988 年 5 月 11 日复侯井天的信中说："我和他（指聂绀弩，侯注）个别谈过话，主要是他部分小诗含意是什么，他作过口头解释。"5 月 20 日信中又说："'文化大革命'时监狱经常搞清查，七二年清查时，他所在中队干部对聂用各种纸片、笔记本写的东西，审查不清。我去过他们中队，但有些我也弄不明白，和中队干部商量之后，决定直接向聂询问。现在回忆，只记得现在《北荒草》中削山药蛋，将手指削破流血之事。他说：'北大荒种山药蛋，要把带芽的一块块用刀削下去下种，不小心竟将手削破流血，自愧。'……他解释之后再去看他所记，就是这些意思，我自认为没有什么政治方面的反意，就让他回监房了。"聂绀弩《怀监狱》提到他参加劳动，"在厨房洗菜、削土豆、萝卜之类"。

李邦佐《试评〈倾盖集〉》："《削土豆种伤手》一律，前四句全属白描：（李引聂诗 1—4 句，此略）句似俚俗而别具情趣，全是从生活中得来。"（见纽约《海内外》1986 年总 52 期）

尚弓（常恒强）《一株浸血含笑的奇花——〈散宜生诗〉》："写得情意深长，妙不可言：……（尚引聂诗全首，此略）手被削伤流几点血，似乎不值一提。然而留心品味，就会感到作者爱心的博大。他要以谁也没看见的'微红'献给国家,和鲁迅那'我以我血荐轩辕'的赤子之心是一脉相承的。可怜的是,他胸怀不可抑止的报国之愿,竟羞于倾吐,唯恐说出来被当成'狂言',因为他毕竟是'右派',是劳改中的'负罪之身'啊!所谓'差说',不恰恰是无声的抗议吗!由于极左路线和过火的政治运动的闹腾,是与非、美与丑被搅乱了,好端端的人被歪曲了,才出现这种带怪味的悲剧。但是,作者对祖国不计一切的热爱,是任何权势也否定不了的!"(见《文艺鉴赏大观》)

罗孚:"'以此微红献国家',于浅伤处见深情,老头子有儿女态,此亦辛词中之'妩媚'乎?"

罗孚《聂绀弩诗全编·后记》:"友人对这最后一句十分叹赏,说是此情此景,此心此意,使人低回久之。一件再平常不过的事,写得如此之美,不能不使人叹绝。也许有人会嘲笑说,这'献'莫不是献媚?我想,那就实在是不了解一位劳动者的赤子之心,一位知识分子的报国之情了。"

王林书、张盛荣《当代旧体诗论·说"绀弩体"》:"两三点血,真是区区小事,但是聂翁却写出了如此深情的篇章。充分发挥了即事诗——观天地于须臾,抚古今于一瞬的特点。"

王林书、张盛荣《当代旧体诗论·新旧体诗的决裂与融合》:"当代的融合情况大体分为两种,其中之一以格律体为主走向新诗,通过吸收口语的途径,以改造旧体诗,正是白居易开创的道路的继承,聂绀弩、胡风可为代表……聂绀弩则大量引进口语,尽量化去格律的痕迹,如《削土豆种伤手》。"

杨九如《聂诗管窥·闲话〈北荒草〉》:"此律佳句妙联,令人目不暇接;见于报刊时,众口交誉。我看好就好在'以此微红献国家'的结穴处。当诗人身处那样的环境,手削土豆种时,犹思对国家做出应有的贡献。这种高尚的风格和伟大的情操难能可贵。只是虽有'欲把相思栽北国'之心,难偿'赤手建中华'之志,这对于曾经的'马上戎衣天下士'(《放牛》)来说,本非'狂言',不过'在口终羞说'罢了。"

陈明强《聂绀弩旧体诗全编选讲》:"'红谁见'三字有嚼头。手上割出血,按常理总得处理一下,却为什么无人见无人知呢?是自己不声张不处理。这与劳改身份有关。'白自夸',自我谴责,自嘲,这里'夸'字为入韵而用，不一定真夸过口，而是与前'手忙'相承，曾有不服老想要积极多干的意思，与'红'相对，则是取其表层颜色的字面意思。此种俏皮的对仗，聂老惯用。如'文章信口雌黄易，思想锥心坦白难'……'口中白字捎三二，头上黄毛辫一双。'""劳动本身是有乐趣的，而作为受惩罚来劳动，便有苦涩成分。此诗好处就在于细致地突现了这种复杂心态。"

党沛家《读〈北荒草〉谈绀弩及侯注》："（党沛家引聂诗全首，此略）这是绀弩在劳动改造思想中，奉献给祖国和人民的一点心意。虽只两三点血，却有如万绿丛中一点红，是患难之中最难见的真情。实则，他是以心头滴血，染出五六十朵奇葩，向人们展现出他灵魂深处的光彩。没有疾呼，却听到了呐喊；没有怨愤，却感到控诉。读了这首用热血与微笑写成的篇章，却在人的内心深处，浮起阵阵寒潮。"

王树声《奇人奇诗聂绀弩》："一个对革命有过贡献的作家竟被放逐劳动，去削土豆种。这件事本身，就是对啼笑皆非的现实的揭露与嘲谑。伤了手，流了血，触动诗人许多联想——热血未向山河洒，却滴向削土豆的刀上，诗人的感慨与叹息交织在一起！"（见《清华诗词》2001年总第13期）

雍文华《解读聂绀弩诗》："（雍引聂诗5—8句，此略）北大荒真值得永远相思吗？说它是一段难忘的伤心的记忆，似乎更准确。自己报国无门，仅能以数点指血表示对国家的忠诚。然而，几点指血能与'建中华'相比吗？'以此微红献国家'便成了自嘲和讥讽了。"

方印中《聂绀弩诗三百首》："'两三点血红'是微微的，但诗人'欲把相思栽北国''以此微红献国家'的心意却是深深的。每个以真诚之心读聂诗的读者，都会感受到这片真诚之心的所在。而在诗人被流放到北大荒的那样一个时代，真诚的心声被听成'狂言'，则是历史的悲哀了。"

推磨

百事输人我老牛，惟余转磨稍风流。

春雷隐隐全中国，玉雪霏霏一小楼。①
　　把坏心思磨粉碎，到新天地作环游。
　　连朝齐步三千里，不在雷池更外头。②

　　①《诗经·小雅·采薇》："今我来思，雨雪霏霏。"
　　②【雷池】水名，即大雷池，今名杨溪河，在安徽省望江县南。晋/庾亮《报温峤书》："吾忧西陲，过于历阳，足下无过雷池一步也。"

　　杨九如《聂诗管窥·从赏析聂绀弩吟劳动诗的特色谈到对联的文学性》："（杨引聂诗，此略）春雷隐隐，磨声响也，玉雪霏霏，面粉落也，恰遇推磨情景，无可替代。其形凸现，无可替代。"

　　丁继松《聂绀弩在北大荒的日子里》："1959年初夏"，"他一言不发默默地拿了一张宣传部给《北大荒文艺》编辑部的介绍信，便走了"。"当时由于房屋紧张，编辑部被挤到一个剧场楼上的一间放映室里"。"这间十多平方米的空间，是他拥有的极乐世界。他有一首诗写道：'春雷隐隐全中国，玉雪霏霏一小楼'，就是写的这个情景"。当时"我刚从部队转业"到"牡丹江农垦局宣传部工作"。（见《光明日报》1992年7月25日）

　　王林书、张盛荣《当代旧体诗论·笔洒雄词抒国愤——谈丁芒的〈军中吟草〉》："'百事输人我老牛，惟余转磨稍风流'，聂绀弩则往往是对丑恶出之以幽默。"

　　王林书、张盛荣《当代旧体诗论·说"绀弩体"》："（王引聂诗3、4句，此略）是推磨劳动景象的描写，有声有色，完全不是其他劳动。后半句指出远连中国寒裹小楼，这意象又不是推磨这个劳动所局限的，真有天下同难、小楼难躲的深长意味。""诗意是很难捕捉的"，"既去其贬义，又避开艰辛，而贬义自在言外，辛酸自在言中，尤其是'风流'二字笼罩全篇，是寓庄于谐的警策。整篇构思就是围绕'风流'这两个字展开的。"

　　章文龙："美哉此诗！悲哉此诗：以非为是，循规蹈矩。讽喻乎？聂公之狡狯乎？"

　　周健强《聂绀弩谈〈三草〉》："那最单调的推磨，不但写得诗趣盎然，还能联系到思想改造上去，好个'把坏心思磨粉碎，到新天地作环游'！"

陈明强《聂绀弩旧体诗全编选讲》："诗人在欣赏自己的劳动的同时，不可避免地想到这种令人啼笑皆非的'改造'，于是有了下面的绝妙隽语。诗人以调侃对荒唐，用顺应的口吻进行讽嘲。巧妙地将转磨动作加以夸大，与当时惯用的批判语言作令人解颐的组合：'把坏心思磨粉碎'——你们要改造反动思想！是呀，磨粉就是磨坏心思呢。'到新天地作环游'——北大荒是你们脱胎换骨的新天地！是呀，围着石磨打转就是环游新天地呀！'连朝齐步三千里，不在雷池更外头'——你们要规规矩矩，不许乱说乱动！——你看我走许多路，都没有走到磨道外头去，正是不越雷池一步啊！""总体来看，八句诗，句句不离推磨，而前后各有侧重。以'风流'为枢纽贯连。前半歌颂劳动，化艰苦为美好，情感直与中国相连。一重风流。后半揶揄'改造'，以喜悦表轻蔑，似在心里与'批判者'对话。又一种风流。垂老做'牛'，身心受重压，精神仍然活跃昂扬，正是革命者的风流本色。全诗展现出一种悲壮的美。""我们的诗人呢，不得不以放诞诙谐来表现自己的坚贞与无奈，为思想涂上保护色。"

尹贤《当代诗词揽胜·（一）诗词革新的一株奇花》："用以改造有'坏思想'的知识分子的牛马劳动，是作为'老牛'的他感到唯一'稍风流'的事。三四句写转磨的情景，轰轰的噪声和满身的粉尘，人难以堪，他却视作环游天地，还自得其乐：自己在这里进行思想改造，永远不会越出雷池一步，不用再担惊受怕，上边领导大概总可以放心了吧。他真是高兴欣慰吗？说不清，'连朝齐步三千里'的过来人自会明白。"（见《中国老年报》1998年6月19日）

徐城北《融化在诗思中的种种——读聂绀弩的旧体诗》："五六两句向'政治'上硬贴，显得牵强附会；而结束两句，以媚态邀宠，完全破坏了前面造成的境界。"（见《读书》1989年第10期）

（侯按：把徐对这两句诗的"评"收在这里，表示聂诗曾经得过像徐这样的评论。另外，徐城北有一篇《百事输人我老牛——聂绀弩在北大荒》，发表在1986年第11期《报告文学》上。这之后，1987年第5期《北大荒文艺》因徐文发表了《聂绀弩与〈北大荒文艺〉——兼驳徐城北的〈百事输人我老牛〉》。"——《北大荒文艺》编者"在这一标题下，加上440字的按语后，接下来是王观泉《叫一声冤屈》和罗炽晶《忆聂老与创办时的〈北大荒文艺〉》两篇文章。顺便"按"出这个"蔓"来。)

蔡厚示:"身遭迫害犹嬉谑若此,足见诗人精神境界之高。'春雷''玉雪',状磨面之声色,颈联用唐人'近寒食雨草萋萋,着麦苗风柳映堤'句法,形象恰切。诗中,语益诙谐,则意益沉痛。"(见《当代诗词点评》)

罗孚《聂绀弩诗全编·后记》:"春雷隐隐,玉雪霏霏,把本来的一派荒寒写得多美!朋友中有人认为颈联牵强附会,硬贴上政治;尾联更是'媚态邀宠'。我看也实在是厚责诗人了。""朋友们多半知道,绀弩平生不仅不主动邀宠,也不愿被动受宠。当有'宠'意外飞来时,他避之不得,勉强承受,真是何'邀'之有?'媚'更无从说起。至于因磨而想到'把坏心思磨粉碎',那也不是为了邀宠的献媚。或者有人要问,既然如此,为什么对明明是强加于知识分子的惩罚性劳动也要如此歌颂呢?原因可能是知识分子经过多年多方'教育',已经成了'原罪主义者',承认有原罪在身,必须接受如此这般的劳动来自我改造,因此而对这样的劳动歌颂。绀弩不是说过,他的歌颂有时是'勉强歌颂'吗?'勉强'就不是为了邀宠,邀宠就不会'勉强'。另一些时候,他又是'以阿Q精神歌颂',用他的话来说,也就是以'奴性的变种'的精神来歌颂,以求自己取得精神的胜利。""劳动是值得歌颂的,惩罚则未必。歌颂是复杂的,复杂到包括了'滑稽亦自伟'以至于阿Q气。"

高旅1995年12月致邵济安:"有人竟以绀弩诗有'献媚''邀宠'之作,不禁好笑,怎么看出来的?其人尚不能读诗,更不能读聂绀弩之诗,识力学力只在某种水平耳。""作旧诗,向例有恭维的句子,或可称'拍马屁',诗圣、诗仙都不例外。却不是什么'献媚''邀宠'这类字眼可以形容。若真如此的,自然一看就看得出。而'百事输人'一诗,开头四个字已说明一切,再读下去,当字字明白用意,尤不属于'拍马屁'一类,遑论见到'献媚''邀宠'?"

王浩天1995年8月8日给侯井天的信中说:"'硬贴''邀宠'之说,实属荒谬,直指其非,很有必要。但仅指出这点,恐怕不够,说自承有罪在身,亦恐未必。把它作为调侃、嘲讽甚至控诉看,可不可以呢?"

王存诚《敢当史诗聂绀弩》:"第三联被称为'勉强联系政治',因而是'献媚';末联的'不在雷池更外头'显然被理解为循规蹈矩、俯首听命了,因而被指责为'邀宠'。赞誉此诗的人也只是认为作者能在劳动中见到美,能于苦痛中仍寓乐观昂扬的精神。这都是没有设身处地,而或是居高审判,或是从旁欣赏。诗中有几个关键字眼可能因为觉得费解而被人忽略了。第三句中的'全中国'放在那里岂非更显得'勉强'?第七句中'齐步'的'齐'字做何理解?明明是一人推磨(聂诗中凡咏与他人一起劳动的,都在题中标明'同某某'),何来的齐步,难道并脚跳着推么?这等文理不是有点像当年某些红卫兵的豪言壮语了吗,聂绀弩岂能出此?其实说此诗联系政治是一点也不错的,并不止第三联,第二联的'春雷隐隐全中国'难道不是政治感受么?对句中的'小楼'应该与鲁迅先生的'躲进小楼成一统'句中的'小楼'对读。鲁迅说'管他冬夏与春秋'是反语;这里聂绀弩则正说,身在小楼,心却仍在'春雷隐隐'的'全中国'。这首诗收在《北荒草》中,讲的是大跃进时代作者正在北大荒劳动改造时的事。当时的客观形势要求大家(相信这也是诗人的心愿)批判自己的'坏思想',而能够跃升到某个应许的'新天地'中去,而结果如何呢?诗中的'齐步'必须与'全中国'联系起来读才可索解。'全中国''连朝齐步三千里',真可谓大跃进了,然而却丝毫也未能越'雷池'一步,仍然在原地打转而已。这就是诗人眼中的情景。他自己在推磨,还看到全国人民都在无谓地推磨。试问,要是'不在雷池更外头',如何能'到新天地作环游'呢?这个被人们忽略了的矛盾才真正是诗人想要表达的,这正是聂绀弩的深刻之处。这里反映的既是现实生活的矛盾,也是诗人自己思想深处的矛盾。在同一首诗里表露出两种相反的思想倾向,而并不人为地加以掩饰或调和,这是聂绀弩的一个显著特点。这是因为他要保存真实,而这也正是他易为人误解之处。""侯注《全编》还提供了这首诗后四句的较早的版本:'万里雷池终不越,一朝天下几周游。神行太保呵呵笑,需我一鞭助汝不?'这意义就更明显了。有某位'神行太保',自己跑得快,还嫌别人慢,他要别人也跑得一样快,不惜一鞭相助。即使'一鞭'不是说真正的鞭子,而是借指代步的'甲马',看过《水浒传》的也都知道和戴宗一起去请公孙胜的李逵是什么滋味,他恨不得用板斧把自己的腿砍下来!这就是磨道里的诗人的感受。"(见《聂绀弩百岁诞辰纪念集》)

"碰壁书斋"《读〈毛泽东诗词集〉杂想之十·大判断与小结果》："'春雷隐隐'写磨转的声音,'玉雪霏霏'写磨出的细末从磨边洒出的模样,都相当贴切。'春风吹,战鼓擂'、'春雷'等都是那个时代自歌自赞、描写形势发展的习用语,这联诗上句也许隐喻着时代风气。聂是鲁迅之后继承鲁迅风骨有数的杂文家之一,曾把鲁迅的杂文用旧诗写出来过,他必定熟悉鲁迅'躲进小楼成一统,管他冬夏与春秋'那一句,我疑心聂的'一小楼'便用鲁翁诗意,时代铆着劲朝春天奔,只自己留在冬天里,给时代抛撇在一边——同时,也像他自己甘愿躲进这小楼里,把时代、春夏秋冬抛撇到一边,对时代的发展和自吹不大以为然、不大感兴趣。接下来一联,'磨粉碎''作环游'只是推磨的精当赋写,加进'坏思想''新天地',诗意立即添加一个层次,像行尸走肉寻了灵魂来,显得饱满而活跃。上句讲出这些劳动意在改造思想。下句是指思想改造的后果,你可以纳入'新天地'——也就是上一联所谓'春雷隐隐'的那个世界;如果它不是被改造者的必然后果,至少是改造者的初衷。'不在雷池更外头',表面看来,写这条磨牛诚恳、守规矩;暗底下是否隐示思想改造的目的便是叫人的思想不敢越雷池一步,使人变好的思想改造只是把人桎梏的思想圈套?他那个'齐'字,孤阳独长,在上下文里找不到概括根据,除非作者牵着牛一起转磨,两个齐步共进;但是不管如何,这个'齐'字可以对文意再加限制,把文意与'思想钳制'锁得更紧。"

党沛家1998年10月26日给侯井天的信中说:"(19)59年春,伙房做小豆腐,我与绀弩被派推磨,张南(监察司长彭达之妻,志愿伴夫来此劳动)掌勺上豆……推磨劳动只此一次,七队面粉由分场机械加工。"

党沛家《读〈北荒草〉谈绀弩及侯注》:"《推磨》中有'把坏心思磨粉碎,到新天地作环游'。这是一首通过推磨劳动来表现思想感情产生变化的诗篇。诗由自悲自叹开始而转入风流自信,由自信看到了希望,由看到希望又自激自励,进而坚定信念勇往直前。"

彭维新《读〈聂绀弩旧体诗全编〉的几点启示》:"聂诗之所以在全国诗坛产生重大影响,受到读者的爱戴,成为当今诗坛独树一帜的奇峰,就在于他敢于秉笔直书,从不同角度、用不同手法把中国大地20世纪50到70年代在极左思潮泛滥下发生的光怪陆离的历史事件记录了下来。有怨、有恨、有怒、有忧、有喜、有悲，觉察深透，领悟深刻，使读者随着他嬉戏诙谐的吟唱领悟到世事沧桑人间炎凉的许多真谛。请体味一番他的《推磨》：……（彭引聂诗全首，此略）看似在写推磨这一日常小事，实际是把世界风云变幻，自身的冤苦磨难，时代的坎坷悲剧尽情地吐露出来。"

侯按：自此诗"惟余转磨稍风流"以下，聂诗共17处使用"风流"二字抒怀，正说、反说、概说，其义异同不一。如："人物风流谁无死"（《挽周总理》）、"绝代风流戛焉止"（《挽陈帅》）、"人物风流最此时"（《集体写诗》）、"风流人物今推李"（《赠李慎之》）、"人物风流笛奏夸"（《放牛》）、"风流欲绾日西斜"（《拾遗草·搓草绳》）、"老始风流君莫笑"（《柬周婆》）、"管得风流嫁与谁"（《有答》三首）、"风流忽似郑元和"（《代周婆答》）、"不是风流是泪流"（《和何满子、卢鸿基》）、"风流人物何今古"（《雪峰南寻洪杨遗迹》）、"浪沙淘尽古风流"（《鹦鹉洲》）、"人物风流古今殊"（《读刘再复〈太阳·土地·人〉漫为三绝句》）、"几多人物误风流"（《六十赠周婆》）、"一时裙屐竟风流"（《题尹瘦石〈漓江祝嘏图〉》）、"纵然是梦也风流"（《枕头》）、"调笑风流讽辛辣"（《聊斋志异》）。

陈明强《读聂绀弩〈推磨〉》："隐隐春雷玉雪扬，这般清景不寻常。遥看环宇春同在，一统磨房牛自狂。尔举长鞭行改造，俺凭犄角谑荒唐。忧天痛史迷魂阵，无怪人称献媚羊。"

雍文华《解读聂绀弩诗》："'老牛'而'稍风流'，且于'推磨'中见出，这是含泪的幽默和自嘲，作者真承认自己有'坏思想'、有罪吗？这种无穷无尽的所谓思想改造、重新做人，只是叫知识分子战战兢兢，如履薄冰，不敢越雷池一步。"

方印中《聂绀弩诗三百首》："全诗虚虚实实写来，把现时的辛酸遭遇同诗境优美结合在一起，把悲情与谐谑结合在一起，把诗人的某些相反的思想倾向，如'到新天地作环游'与'不在雷池更外头'之类，结合在一起，这样的'风流'，使读者更耐咀嚼。诗中，也寄托诗人彼时彼地的政治感受。"

地里烧开水

大伙田间臭汗挥,我烧开水事轻微。
搜来残雪和泥捧,碰到湿柴用口吹。①
风里敲锅冰未化,烟中老眼泪先垂。
如何一炬阿房火,无预今朝冷灶炊。②

①唐/杜荀鹤《山中寡妇》:"时挑野菜和根煮,旋斫生柴带叶烧。"
②《史记·项羽本纪》:"项羽引兵西屠咸阳,杀秦降王子婴,烧秦宫室。火三月不灭。"唐/杜牧《阿房宫赋》:"楚人一炬,可怜焦土。"

作者自注:曾因烧炕失慎,判一年缓刑。

萧星壁《诗魂永在——读〈散宜生诗〉后》:"诗人从冷灶难烧,怨天尤人,一下子神驰到两千一百多年前项羽一把火点燃了秦始皇的阿房宫,大火熊熊,三月不灭的故事来发泄他胸中的郁闷,埋怨项羽当初为什么如此容易,而自己今天烧开水却这么艰难?也许因而使他那不平衡的心理,得到暂时的平衡。"

陈明强《聂绀弩旧体诗全编选讲》:"阿房,应作'那房'解。指的是聂曾烧炕不慎失火烧了草房之事……那场火怎么就那么意外地易燃呢?联想似乎滑稽,岂知倒霉事,情景使然。"

党沛家1997年9月5日给侯井天的《续读〈北荒草〉》中说:"董承汉曾两次向我谈起绀弩烧炕失火的事,一次是1959年夏在七队,一次是1965年秋在昆明。他讲的有声有色十分详尽,他是参加救火的人员之一。他说:绀弩真是倒霉,他烧的那房子就是你同王世瑜住的那间小房(伙房人员宿舍,只有一铺三米长的小炕)。原是伙房堆放杂物的仓库,要住人便搭了炕,绀弩便派去烧炕(烘干),由于烧炕的火势过猛(劈柴),柴多风大,火星便由烟囱飞出把屋顶的茅草燃着。当时大家还没有睡下,便都拿起脸盆跑去救火。这时绀弩还不知道(屋内没有起火,除劈柴外也无一物),听见大家呼叫才由屋子里出来,愣愣的站在一边呆呆地看着。那位队长大喊大叫的在火前边吼边指挥,他曾担任'劳改'队长职务多年,由于他的'职业病'积习难改,有时不免也把我们看作劳改犯来,大家对他早就不满,只是奈何他不得。这回机会来了,不知是谁带了头,把一盆冷水兜头盖脑地向他泼去,他刚喊了一声:谁!就被接连飞至的雪块、冷水打了回去,他刚缓过一口气又喊了一声:咋!就被泼得再也发不出声音来,他便乖乖地跑回家去。火本不大(只烧了屋顶的茅草),由于发现得早很快被扑灭了。论经济损失,连割草在内也不过十几个工日,合人民币最多不过三十多元,但绀弩却被抓走了,你说这队长有多可恶!这老聂冤不冤……小董还说:他们很内疚,没想到后果会是这样。其实,没这些小的'复仇'行动,绀弩也照样逃不脱的。难道分场、总场、农垦局、法院真的不知内情吗?他们怎不听听绀弩怎样说?他们怎不到现场看看?他们是有意把绀弩作为阶级斗争的战果,才把他送上十字架的。以前我们只知道北大荒的冬天,是我们最冷的冬天,现在才知道还有比这最冷的冬天还冷酷的冬天——这便是北大荒的某些领导人的心!以至绀弩出狱时在《周婆来探后回京》诗中说:'行李一肩强自挑,日光如水水如刀!'他的感受要比我们深刻得多。"

郑加真《北大荒移民录·36·"右派"大学生》:"(郑加真)曾看到过当年一份题为《关于右派分子在密山垦区劳动改造情况》的考察报告……写道:……特别是中东局势紧张时,他们乘机蠢动,活动更为猖狂。如……文化部右派聂绀弩在烧炕时不会烧火,把房子烧掉等。"(侯按:一、聂绀弩"烧炕时不会烧火,把房子烧掉",这等于说:如果"会烧火",就不至于"把房子烧掉",这哪能是因"中东局势紧张""乘机蠢动"呢?!这等于为聂绀弩开脱说:"烧掉房子"的原因是"不会烧火"。二、关于时间,郑看到的那"报告"说"从6—7月份开始"如何如何,"从8月起"如何如何。胡乱联系,扣大帽子,治人以罪。所谓"中东局势紧张",指的是1958年7月14日伊拉克人民发动革命,推翻了封建王朝,美国直接出兵入侵黎巴嫩,随后英国又入侵约旦。同时美国于7月15日宣布其远东地区陆海空军进入戒备状态。中东形势骤然紧张,成为世界矛盾的焦点。这时聂绀弩还在北京——聂绀弩到农场的时间则是8月1日。)

王林书、张盛荣《当代旧体诗论·说"绀弩体"》:"叙事详赡,凄苦如见。"

王观泉《我记忆中的老聂》:"他在《散宜生诗》中的《搓草绳》《挑水》《削土豆种伤手》《推磨》《地里烧开水》等既是生活又是劳动的真实写照,如若这些诗要有诗意,那真是难为老聂了。"(见《聂绀弩还活着》)

杨九如《聂诗管窥·闲话〈北荒草〉》:"明白如话,诗有别裁。"

洁泯《因求索而寻书》:"最凄苦的还是那首《地里烧开水》(洁泯引聂诗全首,此略),一炬火烧去了草房,他被判银铛入狱,我读此诗时,每每眼泪滚滚。就诗而论,真而且实,颇有杜诗味。"(见《书摘》1996年第1期)

庄严、章铸《中国诗歌美学史·继承与创新的时代巨子(鲁迅——柳亚子——聂绀弩)》:"生活贴近劳动美——艺术美来源于生活美,古今诗篇中反映的生活美,是多姿多彩,不胜枚举的。但反映劳动、歌颂劳动的诗篇,却很少见。而劳动美则是生活美编织的云锦、绽开的花朵,是自然健康的呼吸、美好心灵的外现。聂绀弩《北荒草》中的诗,善于捕捉劳动生活的每一幅场景,每一个瞬间,每一片云彩,每一束花钿,使人仿佛触到自然呼吸的深浅、人类心灵的震颤,这不仅贴近生活的真实,而且使生活更加典型化、审美化、艺术化了。例如:……(庄、章引聂诗全首,此略)地里烧开水,这本来是生活中的一件小事,劳动中的一幕小景,而作者信手拈来,涉笔成趣,又如此亲切有味。'看似平常却奇崛,成如容易实艰辛',只有深切懂得审美创造和审美欣赏的人,才能领略这一点。"

方印中《聂绀弩诗三百首》:"诗的语言明白如话,四联一气贯注。信笔写来,自成诗趣——一种风火烟中之苦趣。前人评诗,有'不烦斤削,自是天籁'之语,用来评《地里烧开水》,也是很恰当的。"

给马飞天送饭①

昼夜人停车不停,大田漠漠铁牛耕。②
风高能卷千重土,月黑惟看两盏灯。③

车上姑娘和汗下，雨中芍药让人清。④
馌羹捧献心惭绝，君自飞天我地行。⑤

①【马飞天】党沛家 1987 年 7 月 13 日给侯井天的信中说："马飞天可以肯定没有其人，因为我替换聂绀弩给机车送饭。当时机手都是男性转业人员。这首诗好像在 1963 年时曾与聂绀弩谈过，他说得写几个女性才好。"

侯按：党沛家说"当时机手都是男性转业人员"，不能一语概全，我所在的 850 总场 4 分场 5 队有一机手就是西安军医大学转业的女护士姜俏君。据舒芜说，他曾问聂绀弩："马飞天是什么人？"聂说："是部队的。"舒芜问："他是犯了什么错误到北大荒的？"聂说："不清楚。"

②【铁牛】拖拉机的浑号。

③元/靴然子《挩掌录》：欧阳公（欧阳修）与人行令，各作诗两句，须犯徒（徒刑）以上罪者。一云："月黑杀人夜，风高放火天。"

④【让】不及、亚于。

⑤【馌（yè）】给在田间耕作的人送饭。

【飞天】佛教壁画或石刻中的空中飞舞的神，多是女相。

杨九如《聂诗管窥·闲话〈北荒草〉》："'让'字不必作'比'解……把'雨中芍药'譬为'和汗'的姑娘。"

陈明强《聂绀弩旧体诗全编选讲》："'和汗下'仅仅三字写外貌，足够精彩。春耕时的北大荒，风高之夜还淌汗，可知紧张劳累。满脸泥汗，实际上不大可能清爽，'雨中芍药'的美丽比喻，'让人清'的感觉，是对她精神面貌的确切把握。"

于永森：芍药似比方此女，"清"指让人清而非言女子清秀。

党沛家《读〈北荒草〉谈绀弩及侯注》："第六句，当年寄给我时，是'路边芍药媚人清'。读后觉得牵强，黑夜之中，一盏微光怎能看出路边芍药的妩媚？且与姑娘毫不相干。后见油印本，方知是'雨中芍药让人清'。如系误抄，则无话可说。如系改定，则这一改意境全新。"

舒芜《毁塔者的声音——论聂绀弩的妇女观（下）》："（舒芜引聂诗

5—6句，此略）这是写一个年轻的女拖拉机手，吃饭时，满脸带汗地从拖拉机上跳下来，带雨的芍药花，还比不上她的清秀。这不仅是写她形象的美丽，而且写出了她在沉重的劳动中，仍然保持了人的美和尊严。"（见《鲁迅研究》月刊1993年第12期）

党沛家《读〈北荒草〉谈绀弩及侯注》："绀弩以'风高能卷千重土，月黑惟看两盏灯'之句，表明他在黑暗的危境中，仍有前行的航标。在赞颂、羡慕女拖拉机手在北大荒原中，如天马行空的同时，也自叹自愧自己在体力劳动中的无能。如此鲜明的对比，形成强烈的反差，教人不得不去思考。"

陈明强："此处的'马飞天'姑娘，则是一个艺术形象，聂公给拖拉机手送饭，实有其事。他说'得写几个女性才好'，改了性别。当时北大荒有个马飞天，是部队的。诗人综合三者，加工出一个女拖拉机手，艺术地反映了生活的真实。"

方印中《聂绀弩诗三百首》："首联叙事，从'昼夜人停车不停'，见开荒任务的繁重，为表现人物作了铺垫，也是'大跃进'年代的特色。第二联承上，一句写'昼'景，一句写'夜'景，这是对人物的极鲜明的烘托。在这样的情景中，女拖拉机手的豪迈气概得到了充分的体现。'月黑''风高'四字，曾见于前人诗句，但在本诗，意思迥然不同。所写景象，如此真切，非亲历其境，并有高超的语言能力，是绝然写不出来的。"

另稿：聂绀弩1961年10月27日致高旅附抄诗手迹，第3句"能"作"怒"，第4句"惟"作"遥"，第6句"让"作"避"，第7句"心"作"真"。

遇狼

送饭途逢野犬黄，狞牙巨口向人张。
哮天势似来杨戬，搏虎威疑嚎下庄。①

**我盒中丰无汝份，吾刀首肯畀君尝。
见余挥杖仓皇遁，旋有人呼赶打狼。**

①【卞庄】卞庄子，春秋时鲁国卞邑大夫。《史记·张仪列传》有陈轸说卞庄子刺双虎的故事。

党沛家《忆聂绀弩在北大荒》："五九年秋，机车昼夜开荒。队长说他干不了重活，就派他去送饭。我担心他遇狼，就叫他带上粪叉。怕他回来时迷失方向，就在伙房外挂上灯。谁知三四天后，他说真的看见狼了。"

王沛霖1999年12月2日给侯井天的信中说："话说得很搅绕，似乎并未把诗内原意表述清楚。我觉得诗句似谓：胸怀制服这条野狗强大威力的我，就好像被嗾使去搏虎的卞庄子。'嗾'是'被嗾使'的意思。'疑'是'好比'的意思。"

陈明强《聂绀弩旧体诗全编选讲》："'哮天势似来杨戬'，写'犬'之势。'哮天'，形容它咆哮震怒的样子，这势头好似神话中的杨戬来了，放出他的法宝哮天犬。但再厉害，也是犬，怕什么？'搏虎威疑嗾卞庄'，状我之威。嗾，是唆使狗咬人的动词。它的主语是杨戬，承前省略。宾语是卞庄。意思是说，我威风凛凛，绝不退缩，我这样子能使人怀疑杨戬看错了对象，他嗾使哮天犬来对付的正是有缚虎之威的卞庄子。壮语表现了诗人懵懵懂懂的勇敢。""遇狼而误以为是狗，对险情估计不足，但孤身相峙时，也多了一分勇气与信心，甚至有幽默感。如此稀里糊涂地吓跑了狼，确是一段佳话，一个诗材。""善良的人往往遇险而不知，不怯不馁，坦然自信，若因此而侥幸平安，亦人生之一景。"

高旅1991年5月21日给侯井天的信中说："并不是'狼'，是当作'野犬黄'的，等到这条以为是'野犬'的逃跑了，才听到人在喊'打狼'。盖遇险而不知，实突出在末一句，至此始悟也。所以那个'狼'字，宜注解为'黄毛野犬'。全首'诗意'在此……直情是当它野犬，注者误解，往往在此等地方。"

方印中《聂绀弩诗三百首》："寥寥数语的这个小小情节，却写得波澜起伏，耐人寻味……似乎是'无知'才'无畏'，诗人没有心理负担，所以能奋起'搏虎'之威，挥杖打跑'野犬'，如果老年诗人开始就知道那是一条恶狼，情况会怎么样？……诗人处狞牙巨口之前，哮天气势之中，丝毫不失从容，且以幽默处之（第三联），是在危险中显胸襟，此等气概，实在令人赞赏。这些'耐人寻味'之处，就是极好的诗材。"

马号①

王良造父九方皋，造次相逢瑞雪飘。②
日日轩辕驱驽马，宵宵草豆实空槽。③
曾闻买骨来多士，行见挥鞭上九霄。④
嗟我老无千里足，唾壶完好未轻敲。⑤

①【马号】公家养马的地方。清/吴敬梓《儒林外史》四十三："看见城门已开，即奔到总兵衙门马号的墙外。"

②【王良造父九方皋】王良、造父皆方之善御者。九方皋为春秋时善相马者。

③【轩辕】即车辀，借指车。清/朱骏声《说文通训定声·孚部》："大车左右两木直而平者谓之辕，小车居中一木曲而向上者谓之辀。故亦曰轩辕，谓其穹隆而高也。"

④【买骨】《战国策·燕策》："涓人对曰：'死马且买之五百金，况生马乎？天下必以王为能市马，马今至矣！于是不期年，千里之马至者三。今王诚欲致士，先以隗始，隗且见事，况贤于隗者乎？岂远千里哉！'于是昭王为隗筑宫而师之，乐毅自魏往，邹衍自齐往，剧辛自赵往；士争凑燕。"

【多士】古指众多的贤士，也指百官。《书·多方》："猷告尔有方多士，暨殷多士。"

⑤【唾壶】南朝宋/刘义庆《世说新语·豪爽》："王处仲（敦）每酒后，辄咏（曹操诗）：'老骥伏枥，志在千里；烈士暮年，壮心不已。'以

如意打唾壶（击节），壶口尽缺。"

林千典《如此新声世所稀》："用旧典能翻新意，如'唾壶完好未轻敲'，把那种'受了伤'无法发挥作用的心情，通过诙谐语调说出，反显得含蓄深沉。"（见《江南诗词》1986年第3、4期）

方印中《聂绀弩诗三百首》："尾联同'行见挥鞭上九霄'相对照，抒发的是'烈士暮年'、时不我待的叹息。""诗中用的这些旧典，都是诗人为自己的抒情，为表达新意所用的。唾壶一典，用得十分贴切，生动形象之中，包含着深深的沉痛。"

另稿：《三草》同题诗，第2句"瑞"作"塞"。

马逸

脱缰羸马也难追，赛跑浑如兔与龟。
无谔无嘉无话喊，越追越远越心灰。①
苍茫暮色迷奔影，斑白老军叹逝骓。②
今夕塞翁真失马，倘非马会自行归。③

①作者自注：谔、嘉皆叱马声。
②【骓】青白杂色的马。
作者自注：反用项羽《垓下歌》："时不利兮骓不逝"意。
③《淮南子·人间训》："近塞上之人，有善术者，马无故亡而入胡，人皆吊之，其父曰：'此何遽不为福乎？'居数月，其马将胡骏马而归。"后人因此说："塞翁失马，安知非福。"

侯按：周健强著《聂绀弩传》在"跃进诗人"一章里，提到聂绀弩"放马"一事，即劳动改造时，被指派干过放马的活儿。

李邦佐《试评〈倾盖集〉》："（李引聂诗1—2、7—8句，此略）真能作到妙语解颐。佳句之来似出无意，但波澜迭起，令人叫绝。"

陈明强《聂绀弩旧体诗全编选讲》："诗从马脱缰写起，依次写追的狼狈，追不上的丧气，不见马影时自我解嘲的感叹，直至最后寄希望于马自己回来和失马的后果的思虑。丝丝入扣，情状毕现。""诗的语言是灵活多变：龟兔赛跑、塞翁失马、叹逝骓等成语典故，或正用或反用，'越''无'的重复使用，尤其叱马声的使用，前所未见。作者调遣雅俗能力的高超，是表现力强的重要原因。"

方印中《聂绀弩诗三百首》："首联、颔联，诗句似从口中自然流出，'无''无''越''越'及叱马声，明白通畅的口语同严整的格律浑然妙合，是典型的聂诗手笔。""颈联、尾联则语言典雅，是另一种风格，同前二联相映成趣而不相隔。""口语同三个典故的结合使用，显示作者调遣语言能力的高超。"

另稿：王以铸、吕剑、聂绀弩等九人的旧体诗合集《倾盖集》中，聂的自选集《咄堂诗》中同题诗，第6句"军"作"夫"。

放牛（三首）

一

生来便是放牛娃，真放牛时日已斜。①
马上戎衣天下士，牛旁稿荐牧夫家。②
江山雨过牛鸣赏，人物风流笛奏夸。
苏武牧羊牛我放，共怜芳草各天涯。③

二

千里青青百草齐，牛倌草上替牛饥。
一鞭在手矜天下，万众归心吻地皮。
大野人稀空草媚，边山客老幸牛骑。

无书挂角眠茵好，又恐奔牛奋马蹄。^④

三

朝饭群牛三五十，日中正是饮牛时。^⑤
老牛舐犊犊呼母，春水黏天天在池。^⑥
水镜偷香唇就吻，烟波祝酒沼为卮。^⑦
青牛此饮尤当饱，函谷关高缺渼陂。^⑧

①杨九如《聂诗管窥·闲话〈北荒草〉》："湖北京山一带的土语，'放牛娃'者，男娃之代称也。"

②【戎衣】《尚书·武成》："一戎衣，天下大定。"

侯按：1922年聂绀弩在国民革命军东路军前敌总指挥部任秘书处文书。1924年入广州中央陆军军官学校（黄埔军校）第二期。1938年在新四军军部任文化委员会委员兼秘书，编辑军部刊物《抗敌》的文艺部分，所以说自己是"马上戎衣"之士。

③宋／苏轼《蝶恋花》："天涯何处无芳草。"

侯按：诗人以苏武自况。苏武被放逐到贝加尔湖牧羊，聂绀弩被发配到北大荒放牛，坚贞不屈，各有千秋。

④朱正注云：隋末李密少时好读书，常以蒲鞍骑牛背，挂《汉书》于牛角上，且行且读。

⑤《淮南子·道应训》：春秋时卫人宁戚赶车宿在齐国城门外，敲着牛角唱歌。《古诗源》有《饭牛歌》三首，其中有"从昏饭牛薄夜半""清朝饭牛至夜半"。

⑥【舐犊】《后汉书·杨震传》，曹操杀了杨彪的儿子杨修，之后见到杨彪，"问曰：'公何瘦之甚？'对曰：'愧无日石单先见之明，犹怀老牛舐犊之爱！'操为之改容。"

宋／叶梦得《贺新郎》词："浪黏天，葡萄涨绿，半空烟雨。"

⑦【偷香】《晋书·贾充传》："时西域有贡奇香，一著人则经月不歇，帝甚贵之，惟以赐充及大司马陈骞。其女密盗以遗寿，充僚属与寿燕处，

闻其芬馥，称之于充。自是充意知女与寿通，而其门扃严峻，不知所由得入。乃夜中阳惊，托言有盗，因使循墙以观其变。左右白曰：'无余异，惟东北角如狐狸行处。'充乃拷问女之左右，具以状对。充秘之，遂以女妻寿。"偷香，指男女暗中通情或与女子发生不正当的关系。成语"窃玉偷香"。

【卮】古代盛酒的器皿。

⑧【青牛】《史记·老子韩非列传》司马贞索隐引《列异传》："老子西游，关令尹喜望见有紫气浮关，而老子果骑青牛而过也。"

【渼陂】古池名，在今陕西户县西，东北流注涝水。

作者自注：此句全误。函谷为地低处，故曰谷。渼陂在陕西户县，恰在函谷以西。错是错，亦不必改，改则意境全非。

唐/杜甫《秋兴八首》其八："紫阁峰阴入渼陂。"

侯按：在中国现代文学馆收藏的聂绀弩手稿中，有云："九十匹牛，在（虎林）宝东光荣村放。说是放牛，其实是作放牛人老刘的助手。老刘坐在地里看报读小说，（我）替他送饭。老刘，北京人，左权是他姐夫，他十五六岁参军，解放后作××部××处长。""下雨，浑身娇气犊呼母，遍体哀怜为舐犊。"看来这是创作《放牛》的最初意念。于是有了《拾遗草》中《放牛戏作》"昨点牛头九十九，今朝重点百头差"，和定稿后的《放牛》"江山雨过牛鸣赏""无书挂角眠茵好""老牛舐犊犊呼母"等句。

杨九如《"天外诗星"写奇联——介绍聂绀弩七律中的颔颈联》："'江山雨过'对'人物风流'，词性、平仄无一不合，'雨过'与'风流'相对，古今罕有其对，信手拈来？千锤百炼？不得而知。但在放牛的环境里，江山经一阵雨的洗染，草绿欲滴，牛唇抢张，正好吃个欢畅，不时高兴得哞哞鸣上几声，而放牛'娃'此刻牛忙己闲，横起短笛无腔地信口吹将起来；未放牛者焉知此乐，放牛时又具诗人奇才之绀弩方有此天然妙句。"（见《对联》1995年第6期）

杨九如《聂诗管窥·闲话〈北荒草〉》："'水镜'漾得朦胧，'偷香'吻得顽艳；'烟波祝酒'，凭添豪情，以'沼为卮'，实在气派。"

林千典《如此新声世所稀》:"挥鞭放牛,他有'苏武牧羊牛我放,共怜芳草各天涯'的旷远自尊。"

王林书、张盛荣《当代旧体诗论·说"绀弩体"》:"用一条历史故实一方面将古今不幸融为一体;一方面又将前面的轻松愉快加以升华。""过去现在,天上地下,绿草如茵,风笛远奏……按角徐行,连牛也欣赏起雨后江山来,清新之气扑面而来。""一杆牛鞭,就要指傲天下……这真是极大的不幸!同时,由于历史巨眼的青睐,这些人更是历史上所没有的空前的巨人。"

舒芜1993年2月21日给侯井天的信中说:"'一鞭在手''万众归心',都是说我这个老牛倌,如今居然也有一鞭在手,万众归心了,都是通过貌似自嘲,而有所讽刺……形式上的主语是'我',实际上这个'我'另有所指,这样理解就没有'不至于口吐这样的狂言'的问题。"

刘坦宾《当朝诗史活〈春秋〉——聂绀弩〈散宜生诗〉谐笔欣赏》:"《放牛》中,昔虽天下士,今乃放牛娃,居然'一鞭在手矜天下',这根鞭子是当年'固一世之雄'的魏武帝所以煊赫权势足矜天下之鞭呢?还是苏曼殊所有的那根江山代出、独领风骚、足矜天下的'桃花红欲上吟鞭'之鞭呢?"(见《名作欣赏》1994年第1期)

侯孝琼《也说聂绀弩体》:"写放牛,他说,'一鞭在手矜天下,万众归心吻地皮',在牧牛中过了把'矜天下,役万民'的瘾。其中也未必没有对那些专政他们,作威作的福人的嘲讽。"

李邦佐《试评〈倾盖集〉》:"'苏武牧羊牛我放'以及'无书挂角眠茵好,又恐奔牛奋马蹄',诗句看似不经意,但用事极巧,所谓'佳句本天成,妙手偶得之'。"

党沛家《读〈北荒草〉谈绀弩及侯注》:"(党沛家引《放牛》三首,此略)绀弩何以能在'行见挥鞭'的生活环境中,写出如此心情愉快、语意清新、极有情致的诗篇来。这组诗以优美透明的旋律,鸣奏出北大荒原的自然之美,与诗人愉快的心境的和弦。读如黄鹂鸣柳,看似出水芙蓉,清芬之气、悦耳之音,给人以无限的遐想和美的享受,集歌颂、隽永于一体。是聂诗中最美丽的篇章,也是绀弩最为得意之作。其中联语,更为人所称道,尤以'一鞭在手矜天下,万众归心吻地皮'为最。绀弩只不过放了几天的牛，就给我们留下了三首空前绝后的千古奇唱。在我国历代的诗歌海洋里挂角高吟的诗人雅士不知有多少，但不知哪位哪篇抒写放牛的诗，能如绀弩的美妙？"

聂绀弩1977年1月16日致舒芜："《放牛》诗本为北大荒旧作，亦改成三首"。22日："你谈的诗真好，《焚稿》也好，《放牛》也好，听起来真像样，似乎去唐宋名家也不很远了，有这回事么？我真疑心说的古人，现在的诗人有这么好的么？如果是今人，那也是别人，不能是你说的那个。"

方印中《聂绀弩诗三百首》："第一首写牧人……首联抒发的，是不胜今昔之感。'日已斜'三字，既可以指眼前景，又指迟暮之年，是情景交融之笔。颔联承前，今昔对比之间，感慨何止万千，但联中不着一形容词，不着一动词，感情全在六个名词之内，蕴涵更加深沉，也更加耐人寻味。颈联由景生情，诗人情绪一扬，雨后江山的美景，让诗人暂且搁下悲愁。所谓牛'鸣赏'者，其实是诗人自己的'鸣赏'，找回了风流人物的自我。'笛奏夸'三字，使这一联显得有声有色有情……以'风流'对'雨过'，何止贴切而已，是极奇巧而又含义丰富的对仗。但是，诗人的悲愁感慨是挥之不去的，'才下眉头，又上心头'，尾联以忠愤坚贞的苏武自况，怜惜之叹，如天涯芳草'更行更远还生'。"

方印中（同上）："第二首写牛吃草"。"全诗以牛倌自居，骄矜之情，溢于言表。在大野人稀的情况下，面对牛群，油然而生'唯我独尊'的感觉，是很自然的。从更深层说，这是诗人久受压抑，一朝回到了千里青青、芳草鲜美的自然环境里，身心一时得到解脱，在情绪上的一种反弹，并不是一般所说的'阿Q气''自嘲'……""诗中所写草场的景象、牧人形象、牛群影象，都十分鲜明，清新有致。末联刚说'好'而又即生'恐'，虽只两句，也成波澜。'无书挂角'……诗中反用这一典故，得自然巧妙的诗趣。"

方印中（同上）："第三首写饮牛。""把饮牛写得这样美，当属独一无二。写的是饮牛事，传达出来的是诗人丰富的感情，有亲情、艳情、豪情。这些感情，又是同诗中鲜明的景物融合在一起的。'老牛'联所表现的，是天赋万物的亲情，这种亲情同泱泱春水，净净蓝天，紧紧地'黏'

在一起，十分感人。'水镜'句写的艳情，异常浪漫，是诗人本人气质的一种表现。'烟波'句，昂扬的豪情同迷蒙的景象联系在一起，增强了表现力。诗人身处北大荒，以劳动改造之身，却洋溢着饱满的感情，使读者不得不感叹人性的优美深长的一面……从北大荒而至函谷关，从眼前事而及古代的老子，'思接千载，视通万里'，展现了丰富的想象力。"

高旅《绀弩自镌小印曰"牛倌"》："风雨无常水倒流，牧牛犹胜作耕牛。望中工厂红砖屋，天外面包白塔油。举国隆重呼万岁，全民节约奉千秋。人材可省亦须省，省却作家亦善谋。"

另稿：第2首第8句"又恐"作"恐梦"；第3首第1句"饭"作"赶"。

受表扬

超额百分之二百，乍听疑是说他人。
支书竖拇夸豪迈，连长拍肩慰苦辛。
梁颢老登龙虎榜，孔丘难化溺沮身。①
寥寥数语休轻视，何处荣名比更真。

①作者自注：《三字经》："若梁颢，八十二，对大廷，魁多士。"

【梁颢】（963—1004），字太素，宋郓州须城（今山东东平县）人，雍熙进士。他二十三岁登第，《遁斋闲览》误作八十二及第，因此相传有梁颢八十二中状元之说。

【龙虎榜】《新唐书·欧阳詹传》："举进士，与韩愈、李观、李绛、崔群、王涯、冯宿、庾承宣联第，皆天下选，时称'龙虎榜'。"旧因以"龙虎榜"称一时知名之士登同一榜。

【溺沮】即桀溺、长沮，春秋时楚国叶邑的两名避世隐者。《论语·微子》："长沮、桀溺耦而耕。孔子过之，使子路问津焉。"东汉/王粲《从军诗五首》其一："不能效沮溺，相随把锄犁。"

舒芜曾当面问过聂绀弩，这次表扬，是什么劳动任务完成了超额百分之二百？聂绀弩说，是拾麦穗。拾麦穗而有任务指标，本来是很可笑的。这样的表扬，也很可笑的。所以此诗实是讽刺。末联真意是，这样的表扬固然不值什么，但是世上一些所谓荣名，还比不上这个真实，大都不过那么一回事罢了。（据舒芜读诗笔记）

林千典1992年6月17日给侯井天的信中说："愚意认为（做句解时）直接点出长沮、桀溺的避世隐者的身份更好。避世隐者逃名，而诗人这里写听到表扬很高兴，自己变不成溺沮一类人物。"

李良辉《简评聂绀弩诗》："聂诗诙谐，颇多情趣。如……'梁颢老登龙虎榜，孔丘难化溺沮身'。聂诗的谐句俯拾皆是，但他的诙谐不是戏谑。"［见《凤矞》（内刊）1995年第4期］

冯启明《聂诗表现艺术拾零》："聂绀弩先生还把这种妙笔生花的白描手法，由单一的形象扩大到人物相互关系的表现方面，把众多人物形象容纳在寥寥几个字中。（冯引聂诗全首，此略）在这首诗中，出现了诗人、支书、连长、梁灏、孔子、桀溺、长沮七人形象，后六人都是给诗人作陪衬的，再现了一个接受'改造'的知识分子'受表扬—惊诧—欣喜'的精神面貌转化的全过程，实际上也是短短的一瞬间。因为长期挨批，与表扬无缘，一旦临身，将信将疑。颔联通过动作，直写了支书、连长这些基层干部的朴实、直率形象。颈联与结联，写了诗人'自我慰藉'式的'喜悦'心情。"

丁聪画《老头上工图》①

驼背猫腰短短衣，鬓边毛发雪争飞。
身长丈二吉诃德，骨瘦嶙三南郭綦。②
小伙轩然齐跃进，老夫耄矣啥能为。③

美其名曰上工去，恰被丁聪画眼窥。

①【丁聪】（1916—2009），笔名小丁，上海人，漫画家、舞台美术家。主要作品有《小朱从军记》《阿Q正传插图》《现象图》《丁聪漫画》等。

②【丈二】明/周清源《西湖二集》卷二八："张漆匠便不敢开口，却似丈二长的和尚摸不着头脑。"毛泽东《反对党八股》："语言无味，像个瘪三……干瘪得很，样子十分难看。"

【南郭綦】《庄子·齐物论》："南郭子綦……形……如槁木……"一位得道者的人名，住在城郭南端，因以为号。

③【老夫耄矣】《左传·隐公四年》："石碏使告于陈曰：'老夫耄矣，无能为也。'"耄，年老，八九十岁的年纪。

彭宇咸《怀念聂绀弩先生》："'身长丈二吉诃德，骨瘦瘪三南郭綦。'画中老头就是先生，以堂·吉诃德、瘪三表自身形象，以南郭先生表自己身世及迂拙性格，可说是诗中有画，活画出老知识分子劳改形象。"（见《京山诗词》2003年总第7辑）

王观泉《我记忆中的老聂》："老聂被放出班房又经农垦部的同意到了《北大荒文艺》编辑部工作。他和小丁……成了编辑部的一对老右。""那时是政治灾难后的自然灾害，人饿得精瘦，老聂在看了小丁画的连环漫画《老头上工图》写诗道：'身长丈二吉诃德，骨瘦瘪三南郭綦'，是取其外形的写照。""只是出于对老年人的生理疲劳、抬挑不灵、行动迟缓等方面的同情，我们这些二十多岁的青年人才给老聂小丁一点儿照顾，帮助做些鸡零狗碎的生活琐事和轻的体力劳动，不是老聂有诗自嘲'美其名曰上工去'吗？"

郑加真《北大荒六十年》："丁聪还画了一幅《聂绀弩上工图》，凝聚着两人深厚的情谊。老聂当时曾在画上题诗一首，至今传为佳话。"

老头上工图　丁聪绘

瘦石画《苏武牧羊图》①

神游忽到贝加湖,湖上轻呼汉使苏。②
北海今朝飞雪矣,先生当日有裘乎?
一身胡汉资何力,万古人羊仅此图。
十九年长天下小,问谁曾写五单于。③

①【瘦石】尹瘦石(1919—1998),江苏宜兴人。历任内蒙古文学艺术界联合会副主席、中国美术家协会内蒙古分会主席、北京中国画院秘书长、北京画院(原北京中国画院)副院长、北京市文学艺术界联合会副主席、中国美术家协会北京分会主席、中国美术家协会理事、中国书法家协会理事、中国文学艺术界联合会副主席。

尹瘦石1987年5月11日给侯井天的信说:"《苏武牧羊图》作于(19)60年初回京之后,确切年代记不起了。"并说,画"于'文化大革命'中抄失"。

②作者自注:"贝加湖"应作"贝加尔湖",今省去"尔"字,迁就七字句也。

侯按:后《念高旅》"港上浮家缺姓施","姓施"当作"姓施的";《探春》"王善保家尝耳光","王善保家"当作"王善保家的"。

③【五单于】《汉书·匈奴传》载,呼韩邪单于、屠耆单于、呼揭单于、车犁单于、乌借单于之间攻战杀伐。

李邦佐《试评〈倾盖集〉》:"'北海今朝飞雪矣,先生当日有裘乎?'以虚字入对,备极风趣。"

包立民《聂绀弩与尹瘦石的诗画之交》:1961年冬,"据尹瘦石回忆……有一次,他(聂)请老尹画一幅苏武牧羊图,老尹……一口答应,不几天,一幅四尺三开的苏武牧羊图送到了老聂的家中,作为一个交换条件,老尹请老聂在画上题一首诗。老聂笑着对老尹说:'好,我题一首诗,不过不是在画上,而是在另一张纸上,我的字写得不好,一题到画上,不是毁了这幅画吗?'""这首诗表面上写的是历史故事。实际上是借苏武写自己包括老尹流放北大荒乌苏里江畔的感受。诗写得很隐晦，心中有牢骚要发，但又怕人听到自己的牢骚，只得曲折地借题发挥。"（见《名人传记》1992 年第 10 期）

陈明强《聂绀弩旧体诗全编选讲》："主旨在于赞颂气节。神游，呼唤，嘘寒问暖，看图神驰，是心仪已久。五六句谓其孤身重任，当万古流芳，而'资何力''仅此图'，则气节式微之遗憾明矣。尾联以'长''小'反说，言其义高天下，更以五单于之反衬，言权势与气节强弱轻重，人心自有秤一杆。"

袁第锐《当代之离骚　诗家之楷模——关于聂绀弩诗体的重新评价》：尾联"是画龙点睛之作"。"各联俱含蓄蕴藉，末联感慨特深。'十九年长天下小'乃对苏武陷于匈奴十九年漫长岁月之怆怀，而'问谁曾写五单于'，乃言将苏武陷于此等惨遇者皆五单于所为，但五单于之凶残形象何人知晓，所以诗人于同情苏武之后，要'问谁曾写五单于'！其哀怨所在，岂不令人深思。"

另稿：聂绀弩 1962 年"中秋后一日"致高旅附抄诗手迹，题作《题苗子画苏武牧羊图》，第 1 句"忽"作"独"；第 2 句"湖上轻呼"作"醉酒追呼"；第 3 句"今朝"作"重阳"；第 4 句"有"作"拥"；第 5 句"资何力"作"撑奇骨"；第 6 句"仅"作"但"。

柬周婆[①]

龙江打水虎林樵，龙虎风云一担挑。[②]
逸矣双飞梁上燕，苍然一树雪中蕉。[③]
大风背草穿荒径，细雨推车上小桥。[④]
老始风流君莫笑，好诗端在夕阳锹。

①作为信件，给夫人周颖。称周婆，是诗人依湖北京山习惯，是

昵称。

【周婆】周颖（1905—1991），聂绀弩的夫人。原名之芹，河北省南宫县人。天津女师毕业，后曾留日。1929年与聂绀弩结婚。曾任中国人民政治协商会议全国委员会常务委员、中国国民党革命委员会中央监察委员会副主席。

②【虎林】黑龙江省的一个县名，聂绀弩1958—1961年间"劳动改造"时所在的生产队，就在虎林县境内。

《周易·乾·文言》："云从龙，风从虎。"

③唐/杜甫《江村》："自去自来梁上燕，相亲相近水中鸥。"

宋/沈括《梦溪笔谈》卷十七："书画之妙，当以神会，难可以形器求也……如彦远《画评》言：'王维画物，多不问四时……'予家所藏摩诘《袁安卧雪图》，有雪中芭蕉……"

聂绀弩1962年11月28日致高旅："我自喜'苍然一树雪中蕉'"。

④唐/杜牧《怀吴中冯秀才》："唯有别时今不忘，暮烟秋雨过枫桥。"

杨九如《聂诗管窥·闲话〈北荒草〉》："气魄之大，开阔无际。饮黑龙江水，采虎林里的柴，本是生活实际，平凡得不能再平凡了，诗人写成把'龙虎风云一担挑'起，这真浪漫得可以。生活如此艰辛，而诗人笔下如此雄奇而潇洒，虽是与老伴逗趣之语，实有冲淡生活苦况相与慰藉之心。"

方印中《聂绀弩诗三百首》："有关龙虎地名的巧用，使满纸为之生辉。""聂诗中写到的雨、桥，是诗化了劳动的一种景象。"

徐城北《依旧乾坤一布衣》："'邈矣'句是对昔日夫妻生活的回顾，鲜明而不悲伤；'苍然'句是对当前自己处境的描绘，窘迫而不哀愁。"

徐城北《好诗端在夕阳锹》："诗作包含了两个方面——既有对自己心情的描摹，又有对妻子怀念的设想。""这两句（第5、6句）虽写的是劳动，但流露出来的却是豪迈乐观的情绪。"

党沛家《读〈北荒草〉谈绀弩及侯注》："'苍然一树雪中蕉'……'苍'字应取苍茫解，'然'字在苍字后为形容词后缀。所以当作如下句解：在大雪纷飞天地苍茫之中，你我当如一株叶翠花红的芭蕉那样从容自若。暗喻他们虽处险境,依然从容自若傲岸挺立。如此一解,人增风流,诗添风采,方与全诗意境相和谐。""出语便有雄风,阳刚之气跃然而出,消千辛万苦于谈笑之间。虽老夫妻间戏语,若非人中豪杰,也未必能说出这等话来。梁上双飞情真意切,雪中芭蕉从容自若,大风背草,细雨推车,又置劳辛于诗情画意之中,有悠然自得之趣。尾联又于笑语声中尽显情怀。"

陈明强《聂绀弩旧体诗全编选讲》:"自古以来寄内诗大多诉旅愁离恨,哀思缠绵,何曾见过这等雄奇之作。比较起来,写'何时倚虚幌,双照泪痕干'的杜工部也要逊他一筹。"

林从龙《中华诗选·序》:"此诗物趣情趣兼蓄,诗情画意俱丰。一幅美好的诗画配,跃然纸上。"

吕尚《读聂诗的启示》:"这是聂绀弩在北大荒劳动改造时,寄给在京妻子周颖的一首诗……首联中,他告诉妻子,自己每天上山打柴……第二联中说,以前与妻子生活在一起像梁上燕子双栖双飞的情景已感到渺茫了,现在却像一株被雪压的芭蕉显得如此苍然衰老了。第三联中说,即使大风天气(当地人管这种天地迷漫的大风叫烟儿泡)也要去背草穿过荒野的小道(冒风背草走路阻力更大,每前进一步都要费很大力气);即使下着细雨,也要推车从桥上通过(桥面窄狭,雨湿路滑,随时有翻车的危险)。第四联作者理解妻子一定为他担心,所以转而去安慰她,和她逗趣,说自己虽老了,但也算个英雄人物,这么多困难危险没有把他压倒,竟然顺利地度过了。在夕阳西下的时候,还一面用锹翻地一面吟诗呢!……这是眼中泪和心头血的结晶啊!'君莫笑',哪能笑得起来呢?真要说笑的话,那不过是黄连树下弹琴——苦中作乐而已。除去极左路线执行者,谁能说它不是好诗?"(见《边塞诗声》2001年第2期)

党沛家《忆聂绀弩在北大荒》:"绀弩十分珍惜北大荒的那段生活。记得他从虎林狱中出来后曾感慨地说过:想不到我晚年的生活,会如此丰富多彩!是的,那是他晚年取之不尽的创作源泉。他自己也说:'老始风流君莫笑,好诗端在夕阳锹。'"

王希坚《喜读〈散宜生诗〉》:"仅仅用了'细雨'这两个字,就令人想起陆放翁的名句'此身合是诗人未,细雨骑驴入剑门',由此想象他在这里推车背草,还像陆放翁一样,没忘记自己是个文雅的诗人呢!"

蔡厚示:"古今赠内诗多矣,而未见谐谑情真若此者。《诗》云:'善戏谑兮,不为虐兮!'此之谓也。中两联尤精致。末句'夕阳锹'三字稍拗。"(见《当代诗词点评》)

陈明强《谈诗艺·略论"诗味"》:"(陈引聂诗7—8句,此略)……反映了时代精神,一扫往古诗人悲秋叹老的消沉。"

王培元《感受绀弩》:"他的诗《柬周婆》……向她报告自己的劳动生活状况(王引聂诗全首,此略)。在这里,劳动的辛苦被诗化了;他的'苍然'和'风流',也写得神态毕现。"(见《上海文学》2006年第8期)

周婆来探后回京[1]

行李一肩强自挑,日光如水水如刀。[2]
请看天上九头鸟,化作田间三脚猫。[3]
此后定难窗再铁,何时重以鹊为桥?[4]
携将冰雪回京去,老了十年为探牢。

[1] 1959年2月7日,夏历除夕,周颖到虎林。这一天是聂绀弩56岁生日。

[2] 姚锡佩1991年10月8日给侯井天的信中说:"'行李一担强自挑'句,我写成是绀弩自背行李,系听周婆说,她是看到绀弩开释回农场后才回京的。"

唐/赵嘏《江楼感旧》:"独上江楼思悄然,月光如水水如天。"

[3]【九头鸟】又名苍鹡,古代传说中的不祥怪鸟。《太平御览》九二七《鬼车》引《三国典略》:"齐后园有九头鸟见,色赤,似鸭,而九头皆鸣。"后演化为迷信故事。宋/周密《齐东野语》卷十九"鬼车鸟":"鬼车,俗称九头鸟……世传此鸟昔有十头,为犬噬其一,至今血滴人家,能为灾咎。故闻之者必叱犬灭灯,以速其过。"

谚语："天上九头鸟，地上湖北佬。"

明/冯梦龙《古今谭概·委蜕部·三耳秀才》、宋/曾慥《类说·幽怪录·三耳秀才》，两书均有"天有九头鸟，地有三耳秀才"一语。

【三脚猫】明/郎瑛《七修类稿》卷五十一："俗以事不尽善者，谓之三脚猫。"即俗指只会败事的人。朱正注引元末明初/陶宗仪《南村辍耕录》："张明善作北乐府《水仙子》讥时云：'……说英雄，谁是英雄？五眼鸡，岐山鸣凤；两头蛇，南阳卧龙；三脚猫，渭水飞熊。'"

④【窗再铁】聂绀弩《地里烧开水》自注："曾因烧炕失慎，判一年缓刑。"周健强《聂绀弩传》"跃进诗人"一章中写道："天天开绀弩的批斗会，说是他放的火，他当然不承认。"聂绀弩对五队的党支部书记说："如果党要我承认火是我放的，如果承认了对工作有利，我……可以承认。""阶下囚"一章中写道：1959年夏历除夕（阳历2月7日）傍晚，"两位民警"把聂绀弩"带到招待所，周颖在房门口迎接"。"由于周颖的力争，也感谢那位热情的农垦局长，新年刚过，绀弩立即被提审了。他被判处一年徒刑——提前执行"，"周颖在招待所等到结案，才陪着这个刚刚被释放的'纵火犯'一起离开虎林"。绀弩回到850农场生产队，周颖回北京，故言"此后定难窗再铁"。

杨九如《聂诗管窥·闲话〈北荒草〉》："唐/赵嘏'月光如水水如天'；清/郑板桥'月来满地水'；鲁迅'月光如水照缁衣'。古往今来的诗人把月光喻之为水的诗句不胜枚举，绀弩也不例外，如'月光如水又吟诗'（《六十》）、'月光如水复如烟'（《夏公赠八皮罗士》），可诗人在《周婆来探后回京》有奇句如异峰突起，吟出了'日光如水水如刀'！我开始瞠目相对，继而思之未悟，终乃拍案而起：这是描写北大荒特有的警句！""诗中的情此时'冻'得化不开。'请看天上九头鸟，化作田间三脚猫'是诗人老更傲岸的形象。'此后定难窗再铁，何时重以鹊为桥'，是诗人好心的预测，殷切的祝愿。对老伴何以为报，作为馈赠的只有洁白无瑕的冰雪，'聊掬一捧雪'吧，你携将回京的是绀弩的一片冰心。"

王存诚1997年3月20日给侯井天的信中说："'九头鸟'而兼蓄'湖北人'与'三耳（聂也）秀才'两义，用来嘲弄自己，再确切不过。可见聂诗用典之妙。"

侯按：聂绀弩，湖北省京山县人。这位"九头鸟"被划为"右派"，发往北大荒劳动改造，却闹出烧炕不慎失火烧了一间草房的事，真是"只会败事"的"三脚猫"。聂绀弩真会取笑自己。

舒芜读诗笔记："'天上九头鸟'对'田间三脚猫'对得工巧。"

侯井天据自己1959年1月25日日记回忆：自庆丰水库工地去虎林。《北大荒文艺》编辑室罗炽晶在农垦局食堂管午饭。晚上她叫我宿编辑室。这是一所草苫的方形屋，在虎林东西大街路北，临街。一进门，见一位身高干瘦的老者先在。我有礼貌地寒暄："贵姓？"答："聂绀弩。"老者接着回问我："贵姓？"答："侯井天。"1949年移防今河南辉县城里时，读《鲁迅全集》，碰到聂绀弩人名；1957年在总政文化部工作时，知道北京文艺界名人聂绀弩是"右派"。此刻问答，我知道他是谁，他不知道我是谁。宁已宁人，邂逅无言。聂绀弩睡在靠东北角、南北放的床上；我睡在靠西北角、东西放的床上。26日晨3时半，我悄然离去。[钟涛（符宗涛）《在〈北大荒〉最初创刊的日子里》："编辑室从密山迁到虎林时，没住处，临时在大街上找了幢房子……白天上班的时候，经常有老乡闯了进来，口口声声要买药……我们搬来之前，这里是爿药店。""后来编辑室……搬到……一幢孤立坐落在农垦局西北角的房子"。侯井天与聂绀弩邂逅的房子，就是《北大荒文艺》编辑部搬走后空下来的这间房子。]我说聂绀弩1月25日或25日以前某日，已不在狱中。如果按周健强著《聂绀弩传》说法：1959年夏历除夕（阳历2月7日）傍晚，"两位民警"把聂绀弩"带到招待所，周颖在房门口迎接"。——侯井天何以在1月25日晚与聂绀弩同宿一室呢？

夏衍《绀弩还活着》："周总理说过他（绀弩）是'大自由主义者'……不注意生活细节，不小心烟火，使他在北大荒时引起了一场火灾，被判为'纵火犯'，坐了一年牢（侯按：实为坐牢两个月，参阅《北荒草拾遗·出狱》集评）。我对总理说，绀弩这人，不听话，胡说些话，都有可能，但放火是绝对不可能的。"

侯按：说什么"窗再铁""此后定难"！不幸，并未言中——1959年2月出虎林狱，过了不到8年——1967年1月25日，"二进宫"；"窗再铁",一"铁"十年!

陈明强《聂绀弩旧体诗全编选讲》:"'此后定难窗再铁',乐观自信中含着感念的深情;'铁',用得极好,拆开'铁窗',作成巧对,意趣横生。'何时重以鹊为桥',自己还要回农场劳改,牛郎织女相会又在何年!"

杨九如《聂诗管窥·闲话〈北荒草〉》:"京山土语'老了十年',表明一件事遇到麻烦吃了亏,或意外使人难堪,就以'老了十年'代之。"

尚弓《一株泣血含笑的奇花——〈散宜生诗〉》:"记述与妻子周颖匆匆相会又相别,不胜依依,但情采与历来的离愁诗不大相同。(尚引聂诗,此略)……在这种情况下送别探牢的妻子,内心的哀怨是可想而知的。然而悲形于色又何济于事,徒增折磨而已。所以便用开玩笑话来宽慰妻子,活跃气氛。他自喻为古代神话中的不祥之鸟'九头鸟',而现在变成在田间劳作的'三脚猫'了。俗称事情办不好的人为'三脚猫'。作者一介文人,又年迈体衰,要论种田只能算个蹩脚的劳动力。因此,这笑话何尝不是实话。接着老牛郎对老织女情语绵绵,盼望着下次'鹊为桥'的重逢。唐代诗人王昌龄有句:'洛阳亲友如相问,一片冰心在玉壶。''冰心''玉壶',指清高淡泊之志。而作者要捎回北京的'冰雪',则是对革命理想和光明前途的坚定信念;对于周婆来说,又是忠贞不渝、颠扑不破的爱情。"

宋时盛《二十年逆境铸诗魂——读〈聂绀弩旧体诗全编〉》:"聂老根据当时自身处境,借典说事,幽默自嘲,抒发了内心的诸多感受。"

方印中《聂绀弩诗三百首》:"'行李一肩强自挑'句,开始就表达了千里探牢的艰难。'日光如水水如刀',是写北大荒酷寒的警句,既是景语,又是情语,非亲历其地,又有诗人气质的人,就无从写出……聂诗化'月'字为'日'字,便前无古人;化'水'字为'刀'字,情调同(唐/赵嘏)江楼玩月迥然不同,便觉刻骨铭心……烧炕失慎起火,戴有'帽子',而又被判刑,雪上加霜,败事之情态有加,以'九头鸟''三脚猫'自譬,自伤中又有自嘲,苦涩中又有苦笑,使得读者同诗人一道感到哀伤……颈联写老夫妻见面时的感受,期盼之中含劝慰……尾联的'携将冰雪'句,内心一片冰凉,是这种情态的反映,而'老了十年'则是这种情态的加深。"

清厕同枚子(二首)①

一

君自舀来仆自挑,燕昭台畔雨潇潇。②
高低深浅两双手,香臭稠稀一把瓢。
白雪阳春同掩鼻,苍蝇盛夏共弯腰。③
澄清天下吾曹事,污秽成坑便肯饶?④

二

何处肥源未共求,风来同冷汗同流。
天涯二老连三月,茅厕千锹遣百愁。⑤
手散黄金成粪土,天将大任予曹刘。⑥
笑他遗臭桓司马,不解红旗是上游。⑦

①【枚子】万枚子(1905—2005),生于北京,祖籍湖北潜江。资深报人。出版小说《时代女儿》等。

②【燕昭台】又叫黄金台、金台、燕台。故址在河北易县东南——北易水之南。相传为战国燕昭王所筑,置千金于台上,延请天下士,故名。后世慕名,在今北京市和徐水、满城、定兴等县皆有台以"黄金"为名。参看《北荒草·马号》注④。这里借指黄色的粪堆。

③【白雪阳春】阳春白雪,本来是古代楚国较高雅的乐曲之名,此处是借用字面意义。

④【澄清天下】《后汉书·党锢列传》:"(范)滂登车揽辔,慨然有澄清天下之志。"

⑤侯按:冬天,粪冻如石,所以清厕、清厩非用锹不可。

⑥《重订增广贤文》:"钱财如粪土,仁义值千金。"

【天将大任】《孟子·告子下》:"故天将降大任于斯人也,必先苦其心志,劳其筋骨,饿其体肤,空乏其身,行拂乱其所为,所以动心忍性,增益其所不能。"

【曹刘】曹操、刘备。《三国志·蜀书·蜀先主传》：是时曹公从容谓先主曰："今天下英雄，唯使君与操耳。"宋/辛弃疾《南乡子》："天下英雄谁敌手？曹、刘。"

⑦【桓司马】桓温，晋大将，晋明帝之婿，素有雄才大略，官至大司马。《晋书·桓温传》："（温）既而抚枕起曰：'既不能流芳百世，不足复遗臭万载邪！'"

万枚子1987年7月7日给侯井天的信中说："聂兄约在8、9月由他队转来850总场4分场5队，我俩常一块淘粪积肥。"此诗，1961年曾以《戏赠枚子》为题写赠万枚子。

侯按：北大荒农场生产队的公共厕所，很大；就地挖坑，往小里说长也有十米，宽也有三米，深足有两米多；土坑上架粗木，粗木上横架细木，咯咯吱吱，悬空而"便"；四面和顶苦草，八面透风；全队男女一二百人，"只此一家，别无分店"。

王林书、张盛荣《当代旧体诗论·说"绀弩体"》："抓住清厕劳动远景做文章，渲染出一个细雨潇潇、诗意迷蒙的背景。"

党沛家《读〈北荒草〉谈绀弩及侯注》："他（绀弩）同万枚子清厕时，担不动那两只大桶，便派我去挑。当粪坑见底时，我说行了，咱们收工吧。可是绀弩不听，说还没净，便下到坑底去，活尚未干就发奇想：小党，你知道古时有个黄金台吗？他指着用大圆木搭起的蹲台说：那可是专门放上黄金，招聘天下知识分子的。我没好气，便说：我只听说古时有个皇帝，专门挖坑活埋多嘴的读书人，还强迫知识分子去种南瓜！他大为扫兴，便说：你这人可真没有味道。"

李邦佐《试评〈倾盖集〉》："《清厕》的颔联'高低深浅两双手，香臭稠稀一把瓢'，类似自嘲，实存隐痛。"

王希坚《喜读〈散宜生诗〉》："白雪阳春算是个最文雅最高尚的词语了，他能用'苍蝇盛夏'四个字来逐字对上，这真堪称为'香臭稠稀一把瓢'了。"

陈声聪《荷堂诗话·散宜生》："《清厕同枚子》云：……（陈引聂诗第一首全首，此略）通篇稳贴……'澄清'二字阔大。"

王林书、张盛荣《当代旧体诗论·说"绀弩体"》:"当仁不让,比'位卑未敢忘忧国'更进一层,是一种充满自豪感、责任感、正义感的战士形象。"

庄严、章铸《中国诗歌美学史·继承与创新的时代巨子(鲁迅——柳亚子——聂绀弩)》:聂绀弩"语言实践大众化——诗的语言,是审美的语言。诗人艾青说得好:'深厚博大的思想,通过最浅显的语言表演出来,才是最理想的诗。'聂绀弩正是为了努力做到这一点,所以不避俗语白话,融入崭新句法,使他的诗真正适应大众的审美需要,适合大众的审美趣味,从'俗中见雅'提到'雅俗共赏'的高级层次,例如:……(庄、章引聂诗一全首,此略)"

王树声《奇人奇诗聂绀弩》:"(王引《清厕同枚子》第一首,此略)就是淘厕所这种从来与诗无缘的题材,手握奇笔的绀弩,竟以冷峻嘲谑而又寄意深微的手法,写下了饶有韵致的诗篇,怎么不叫人赞叹和折服!""诗的真实内涵,则需要从'燕昭台畔'一句中去求解,燕昭王筑黄金台于易水,置千金于台上,以迎天下士。为国求贤,传为千古美谈。但黄金台与北大荒的 850 农场相距几千里,事隔两千年,与淘厕所何干!这是借潇潇雨掩金台这样一幅凄迷的历史画图,来暗示这是一个不尊重知识和人才的时代,才出现'作家被迫淘厕所'的荒唐事。'白雪阳春''苍蝇盛夏'一联,既是写实,又是象征寓意;尽管一切有头脑的人都厌恶那些丑恶的瘟神,而追脏逐臭的小丑们却适逢其会,使邪恶势力得以肆虐于一时。'澄清天下吾曹事',则是一句双关语:厕所虽脏虽臭,终将淘尽,而那些臭如厕所的人间丑恶的东西,也最终会被清除尽。""正是这种手法的概括语,透过这些亦庄亦谐、言在此而意在彼的诗句,我们看到了一个革命者和诗人倔强的心灵。"

李良辉《简评聂绀弩诗》:"把劳动写得很美、很轻松。这个特色是前无古人的,打开了传统诗词的新局面。如……(李引聂诗第 1 首 5、6 句,第 2 首 3、4 句,此略)其诗虽荒唐可笑,却理在其中,语意双关,意在言外,给人以美的享受。"

刘坦宾 1992 年 8 月 28 日给侯井天的信:"可奈那个'流芳遗臭'谬论名世的桓温,他也困惑不解于三面红旗怎么会是流芳百世的好事

（上游）。"

萧星璧《诗魂永生——读〈散宜生诗〉后》："最可笑的是晋时大将军、大司马桓温……确乎不懂得今天的总路线、大跃进、人民公社这三面红旗，正是要'力争上游'流芳百世。这诙谐、调侃之中，寄寓着多少辛酸与多么辛辣的讽刺！"

候按：聂绀弩在北大荒"劳动改造"，一面挖大粪茅子，一面想到古时燕昭王筑黄金台招贤纳士，今古对比，真是意趣非常！并且说就在这大粪茅子旁边——黄金台畔，"阶级斗争"仍旧风急雨暴。我当时所在的850总场6分场第5生产队，就是凌晨四五点钟起床、上工，下午七八点钟收工，晚饭后开会，不批这个，就批那个，有时批斗通宵，天亮照旧出工。把不是"右派"的，"补课"补成"漏网右派"。

王林书、张盛荣《当代旧体诗论·说"绀弩体"》："茅厕千锹遣百愁，其事可笑，其诗句也可笑。'黄金如土'又是双关。写撒粪劳动，也写国事荒唐。""手撒粪土，身遭践踏，却心怀大任，口比曹刘，这些劳动者其实都是革命事业的绝对忠诚者，唯其忠诚才落得如此下场；落得如此下场，仍如此忠诚，这又是可笑之处。"

尚弓《一株浥血含笑的奇花——〈散宜生诗〉》："（尚引《清厕同枚子》第一首，此略）将淘大粪这类脏活堂而皇之地写进诗章，岂非有伤大雅？作者可不管那一套，不但写，而且敢把淘粪处比作'燕昭台'。战国时代的燕昭王，曾置千金于台上招聘天下粪。而今视黄金如粪，厕所如台，那么，淘粪者自然是招聘来的高才志士了。这种劳动中的幽默、打趣，可谓解疲忘忧的良方；但对于迫害知识分子、扼杀人才的错误做法，也是不无嘲讽的。尾联竟公然宣称，要以'澄清天下'为己任。令人在会心一笑之余，不禁浩叹：其志何壮哉！作者蒙受着苦难，反而征服了苦难；煎熬着自我，而又超越了自我。"

林千典《如此新声世所稀》："一面是与人'高低深浅两双手，香臭稠稀一把瓢'，一面却表露的是'澄清天下吾曹事，污秽成坑便肯饶'的济世雄心，'茅厕千锹遣百愁'的超脱和'天将大任予曹刘'的励志自持精神。虽然身在粪池边，抒发的却是高洁昂奋的感情。"

蔡厚示："此真奇格，化丑为美，故美者益美，而丑者益丑焉。尾联

调甚高,言外之旨,当细细从弦外听之。"(见《当代诗词点评》)

罗孚:"'白雪阳春'对'苍蝇盛夏',妙!将此等事写来澄清天下,大任曹刘,红旗上游,亦见巧思。"

顾学颉《杂谈聂绀弩诗》:"描写两人一同清理厕所淘粪的劳动,写得有声有色,开头两句就道出无限悲愤的心情:'君自舀来仆自挑,燕昭台畔雨潇潇。'一人舀,一人挑,满身粪臭,满身泥浆,这样的苦役,偏偏是在古时燕昭王招士的黄金台畔进行的……燕昭王筑黄金台用千金招士,不管怎么说,他总是尊重有知识有才能的人的。今古对比之下,能教人说什么呢?诗的前大半详细描写之后,末了,又以自我解嘲的语气,来了个'曲终奏雅':'澄清天下吾曹事,污秽成坑便肯饶?'天下的污秽事太多了,我等又怎可袖手旁观不管呢?语涉双关,暗示天下虽'盛明',而'污秽'仍然'成坑'。说是骂世,未尝不可。这首诗,正好和当时的童谣——'高级香烟高级糖,高级老头淘茅房(厕所)'——互相印证而生辉。"

刘坦宾《当朝诗史活〈春秋〉——聂绀弩〈散宜生诗〉谐笔欣赏》:"清厕这件事作为一种清洁劳作,其内容、对象、氛围,讲实在的并不美妙,难以下笔,更难入诗。作为一种劳动,在世俗的眼光中非常低贱,但社会效用却又特别崇高,值得礼赞;将它作为对一个无辜者进行劳动惩罚的项目,则是极具人格侮辱性,难以容忍的恶作剧。但是,就是这种性质特异、效用多面化的题材,居然被作者寥寥的'五十六浮词'写得活灵活现,载情载理,亦庄亦谐,有声有色,而且有庄言掩盖下的抒愤,有谐语伪装下的反击,有'解人'的心照不宣,有'辨者'的幽然默契,是令警察束手、法官无奈的无奸可捉的偷情,无赃可拿的盗案。"

"碰壁书斋"《读〈毛泽东诗词集〉杂想之十·大判断与小结果》:"《清厕》对劳动改造有点儿牢骚,对劳动本身又像怀有好感。散粪那样的琐屑、污秽的劳动,给聂讲成澄清天下的大任,似讽又似傲。一个有理想有抱负的知识分子,不叫他干可有作为的本行,而罚他去挑粪;他把挑粪写得兴致勃勃,可是又拖出燕昭王黄金台的典故来,是自认挑粪便算作国士待遇,还是故作反照?他最终像是也把挑粪当澄清天下的正务,是对时代的蔑视,还是确实觉得挑粪本身也可算大任?——跟旧文人不同,聂受过新思想的熏陶,对纯粹的劳动并不厌恶……聂笔下的'红旗'难讲不是反话,但又并非悲愤的反击,而像感觉滑稽的反讽。他的诗思像鱼那样溜滑,我们不易捉得住,这一面由他使出杂文家那些皮里阳秋的狡猾嘲讽、自嘲手法;另一面,我疑心这也是他下意识的一个策略,不想让咱们低着头死心眼儿盯着那些具体的诗意,他想巴望咱们眼略抬高一点儿,看看具体诗意上的东西。作者怎么对待那些具体的诗意呢?他把改造与劳动、时风与自己的牢骚并放在一起,都算可笑的对象,他要咱们觉察那些对象搅在一起时显示出来的荒诞意味、作家对它们的滑稽印象。""聂诗写法上最打眼的特征是:错位。我把《清厕》作例子来看这个笔法。'君自召来仆自挑,燕昭台畔雨潇潇。'古代绝句有一路写法,好搬地名,爱用秋、枫、雨、风等等意思不甚浓烈的字面,构成清远萧淡的意境。这类东西写得好时颇有风致,写得不切实时全成空洞的衣架子。清朝的王士禛便喜欢这一套。他倘看到聂的'燕昭台畔雨潇潇',当会觉得顺眼,拈髭点头。可是他倘看到'君自召来仆自挑',一定摇头,吹起胡子瞪起眼睛。他会感到两句完全不般套。俗语描写人以群分,话须知己,有所谓'秀才讲书,屠夫讲猪',聂诗的上一句便像秀才在谈书,下句两个老农商量着派任务,正近乎屠夫的讲猪;他偏把屠夫跟秀才捆到一处,这位秀才——屠夫同样——会感到'秀才碰到兵,有理讲不清',这两句气格上绝不相侔。下边一联,他用相当精致的文人笔墨来作对仗,而所写内容却是舀粪;真是'鲜花插到牛粪上',两边又搭挡不来。'白雪阳春'意指高雅得无人能配,词本身也清雅、古雅;聂挖空心思找来俚语的'苍蝇盛夏'跟它配对,我想'阳春白雪'这个词自己也会对聂的写法'掩鼻'。好些病态的讲究对仗的人,用事时只能汉人语对汉人语的,聂又一次点乱了鸳鸯谱。'澄清天下吾曹事',讲起来字正腔圆、慷慨激昂,可是下一句,这位大英雄发表豪壮的宣言后,所干实事竟然只是对付一个粪坑。传统向我们灌输的阅读心理、经验给我们讲解的事理逻辑,都支使我们看诗时,对下一句有个大致的期待范围;而聂给出的答卷老出人意料,完全落在这个范围之外,我们心理上扑个空,不由得骇笑。正是这个错位笔法制造了落差,打破了和谐,叫咱们一跟头栽进了荒诞别扭、突梯滑稽里。'天涯二老连三月',很有古诗里流离落拓的意味,我们准备这二老遗'愁'的办法是饮酒赋诗或者登高望远,谁知那二老去散粪,锹上散出去的粪便就是胸中散出去的愁怀。李白一年'散金三十余万',是极为豪奢的派头;大家讲'视黄金如粪土'一句话时,也无不神情兀傲,语调疏狂;聂'手散黄金成粪土'一句却仿佛说:别看我散出去的东西也金黄的好像黄金,实际只是粪便而已。比较我们的成见,又是个落差。这句讲得如此不堪,下句想该也类似,但我们又失算了,他讲'天将大任予曹刘'。曹操对刘备讲了句名言:'天下英雄唯使君与操耳',聂把挑粪的二老攀到那两位身上去了,口气不知多壮阔。古人又有名言说:'生不五鼎食,死即五鼎烹。'桓温见解相同,用语稍异,他这样表达:'既不能流芳百世,亦不足复遗臭万载耶!'文人学者们大半像独眼龙,只盯着'流芳'那一面;政客们像时髦语所谓'两条腿走路'的,并不偏废'遗臭万年'那一边,桓温那句话很大程度上概括了政客行事的心理基础。聂诗《清厕之二》的末联,因'粪'及'臭',由'臭'勾连到桓温。在当时的舆论里,聂自己便给判入'遗臭万年'一队里,'笑他'实际是'笑我',笑人也就是自笑。'红旗、上游'在当时都属正面、神圣的官家语汇,可是聂通过桓温作介绍人,把它们与'臭、粪'配成眷属。"

毛大风:"将清厕这种劳动入诗,绀弩乃是天下第一人;此可以宣告曰:无事不可入诗。"(见《聂绀弩百岁诞辰纪念集·聂诗撷英》)

雍文华《解读聂绀弩诗》:"为什么想到燕昭王黄金台?燕昭王筑黄金台是为了招揽天下贤才。唐代罗隐有句云:'浮世近来轻骏骨,高台何处有黄金。'聂诗当然比罗诗更深入。现在不但是轻骏骨,不养育人才,反而是用苦役式的劳动来折磨、侮辱知识分子,高、低、香、臭,阳春白雪、苍蝇蛆虫,均已混成一团。在这样严酷的现实面前,我不相信诗人还会唱起'天将降大任予人''澄清天下'之类的高调,稍有头脑的人都知道,知识分子在那样的社会环境下,这无异如痴人说梦。其他解读只是表象。"

方印中《聂绀弩诗三百首》:"由诗人意之所之,本不能登大雅之堂的题材'清厕',便成就为中国诗史中从未有过的好诗。全诗以浅显的语言,化丑为美,表现出一种深厚博大的思想……诗人在黄色的粪边,由于形象,更由于包括自己在内的许多人才的遭遇,而想到这个黄金台,其中当包含隐隐的痛楚。""在'连三月'的清厕中，所伴生的'百愁'，而想用'千锹'加以排遣。""将清厕目为'大任'，将'同枚子'两人喻为曹、刘，则'百愁'之中仍有一股豪气在。""由臭而联想到桓温，并在苦中展颜一笑，而后归结到清厕也是在'鼓足干劲，力争上游'（1958年总路线语）。出于当时气氛，以及诗人对劳动的真诚感情，诗人的'解'是可以理解的。这一苦一笑，一庄一谐，自有深味于言外。"

万枚子和诗："同声相应气相求，浩翰荒原竞上流。妙句独成推七步，长锹一举化千愁。西庐失慎东身碎，君胆超曹我愧刘。痞去甘来同好梦，双星朗照正当头。"

另稿：第1首在《三草》中题作《清厕同柳堂》，第8句"便肯"作"肯便"。第2首在高旅所存《北大荒吟草》中题作《清厕戏赠枚子》，第3句"天涯"作"绝边"，"连"作"逢"；第4句"遣"作"解"；第5句"成粪土"作"几沮溺"。

拾穗同祖光（二首）①

一

不用镰锄铲镬锹，无须掘割捆拾挑。
一丘田有几遗穗，五合米需千折腰。②
俯仰雍容君逸少，屈伸艰拙仆曹交。③
才因拾得抬身起，忽见身边又一条。

二

乱风吹草草萧萧，卷起沟边穗儿条。
如笑一双天下士，都无十五女儿腰。④
鞠躬金殿三呼起，仰首名山百拜朝。⑤
寄语完山尹弥勒，尔来休当妇人描。⑥

①【祖光】吴祖光（1917—2003），江苏武进人。剧作家，导演。著作有《吴祖光戏剧集》《后台朋友》《海棠集》等。导演过十多部影片。

②【丘】量词，指用田塍隔开的水田，一块叫一丘。

【合】读 gě，容量单位，一合等于一斗的百分之一。

【折腰】《晋书·陶渊明传》："潜叹曰：'吾不能为五斗米折腰，拳拳事乡里小人邪！'"

③【逸少】王羲之，字逸少，晋杰出的书法家，琅琊临沂（今山东临沂）人，居会稽山阴（今浙江绍兴），曾任右军将军。

【俯仰】王羲之在《兰亭序》一文里，有"仰观""俯察""俯仰一世""俯仰之间"四处用"俯、仰"二字。

【曹交】古曹国贵族的后裔，曹君的弟弟。《孟子·告子下》："交闻文王十尺，汤九尺，今交九尺四寸以长，食粟而已，如何则可？"

④唐／杜甫《绝句漫兴九首》其九："隔户杨柳弱袅袅，恰似十五女儿腰。"

⑤聂绀弩《我若为王》："我若为王，将终于不能为王，却也真的为古今中外最大的王了。'万岁，万岁，万万岁！'我将和全世界的人们一同三呼。"（见《聂绀弩全集》第1卷388页）

⑥【完山】完达山，在黑龙江省东部，属长白山脉。

作者自注：十九世纪法国画家米勒（J.F.Millet，1814—1875），另译弥勒、米耳。名作有《拾穗者》，所绘为妇女形象。

尹瘦石1987年5月11日给侯井天的信中说："（19）60年春"，"在农垦局宣传部，聂绀弩在《北大荒文艺》，我在《北大荒画报》，夏，宣传部将我等'右派'又组成生产队参加劳动，聂诗《拾穗同祖光》（吴祖光时在文工团）写于此时。"

陈明强《聂绀弩旧体诗全编选讲》："诗以排他法开头，表现拾穗工作的特点……采用否定句做对仗，整齐中事物纷呈，平添许多趣味。""'五合米'与'千折腰'的字面，自然使人联想起陶渊明不为五斗米折腰、辞官归隐的故事。他不事权贵，自视清高；我虽狼狈，却为人民。狼狈时神会古人,是文人的幽默。""这里借用'俯仰雍容',实际是对吴祖光起俯困难、动作迟缓的美化与善意讽嘲。至于自己,则以身高出名的曹交作比,直写屈伸艰拙。两个比拟的运用,既俭省笔墨,又丰富了意蕴。""'才因拾得抬身起,忽见身边又一条',两句大实话,活画出老人苦笑的眼神与疲惫强撑的身姿。在某一事物的感受抒写殆尽、似乎再无话可说的时候,陡然起笔作画,绘出刹那间的神态作结束,是很高明的写法。""面君朝圣,鞠躬仰首,三呼万岁,百拜名山,何等庄严,何等虔诚!原来,大地里有一个个金黄色麦垛,四处是远远近近的群山,场景肃穆,人在此间认真地弯腰拾穗,景与情合,妙喻天成,阿Q气的自豪跃然纸上。""乱风,荒草,声萧萧,野茫茫,起笔很有声势,渲染出旷阔苍凉。这既是背景,也是主调。""这两首诗艺术性很强,单一的拾穗动作,被描绘得异彩纷呈,运用数词对比、古人比拟、神态刻画、拟人法,特别是异想天开的跪拜比喻。使人读来忘却了劳动的艰辛,时时发出会心的笑,欣赏诗人的谐趣。"

楼适夷《说绀弩》:"《拾穗》一首'一丘田有几遗穗,五合米需千折腰'写他收割后在田里拾穗,却好像'采菊东篱下,悠然见南山'似的,想起陶渊明为五斗米折腰的事来了,可陶渊明五斗米折一次腰,他可得五合米折一千次腰才够吃一顿饭的粮食,可见他身在艰苦的劳改,也折磨不了他悠然而乐观的心情。"(见《新文学史料》1987年第2期)

王希坚《喜读〈散宜生诗〉》:"'五合米需千折腰'。读者定会联想到陶渊明不为五斗米折腰那个故事,有人会说,五斗米不值得折一次腰,为五合米折千次腰就更不值得了。其实这里不是值不值得的问题。聂绀弩不是说的向权贵折腰,而是嘲笑自己干不了一个半劳力的活。下面一联'俯仰雍容君逸少,屈伸艰拙仆曹交'就讲明了这个意思。"

周健强《聂绀弩谈〈三草〉》:"《拾穗》那首更绝,像说大实话一样:'一丘田有几遗穗,五合米需千折腰。'写出了'谁知盘中餐,粒粒皆辛苦'的深意。而'才因拾得抬身起,忽见身边又一条',活画出你这个慵懒成性的老头儿,从事力所难及的艰苦劳动时,那种无可奈何、勉力强支的样子。"

罗孚《聂绀弩诗全编·后记》:"(罗引聂诗第2首3—6句,此略)

又是阿Q气，又是很美。读者就是读到'才因拾得抬身起，忽见身边又一条'，也会忘却拾穗者又要弯腰的辛苦，而只是不免一笑，欣赏诗人的谐趣。"

李邦佐《试评〈倾盖集〉》："《拾穗同吴晗》（吴祖光）二律，佳句迭出，妙趣横生。如……（李引聂诗第1首3—8句、第2首5—6句，此略）非但刻画入微，而且苦中有乐，情趣盎然。"（见纽约《海内外》1986年总52期）

杨九如《聂绀弩的诗趣》："'如笑一双天下士，都无十五女儿腰；鞠躬金殿三呼起，仰首名山百拜朝。'……当时他俩都年近六旬了，怎么会有十五六岁女儿灵活的腰身呢？如今令人行古礼，要'金殿'上'三呼'，'名山'上'百拜'，也够受的了。细味诗，可以说是彼时、彼地恰遇此等人，才会有这样的诗。堪称岁月千载难逢，别人万首无一啊！"

侯孝琼《也说聂绀弩体》："（侯引聂诗第2首3—6句，此略）形容拾穗情景。令人在失笑之余，联想到这些文化精英在无奈的劳动'改造'中，用谈笑表示对'折腰'的抗争和对个人崇拜的讥刺。"

尹瘦石1987年1月17日给侯井天的信中说："米勒绘有《拾穗者》，所绘为妇女形象。今之拾穗者皆老头，故言'尔来休当妇人描'。"

刘友竹《聂绀弩诗注释补正》："聂翁改译'弥勒'，正是为了合律，如果是用'尹米勒'，则成'三仄脚'，乃诗家所忌。"（见《当代诗词》1994年总30期）

方印中《聂绀弩诗三百首》："'拾穗'如果作为谜语，'不用镰锄'两句就是极佳的谜面……陶渊明当年不为五斗米折腰，而诗人却为五合米千折腰，这里的诗味就深厚悠长了……把一个老年人拾穗初时可为、继而难为又不得不为、只好勉力而为的情况，表现得淋漓尽致……这首诗是一件语言艺术精品。""所谓风中草，沟边穗的'笑'，其实是诗人的自叹自嘲。把拾穗这一平常事写成'鞠躬金殿''仰首名山'，越写得庄重，就越显得诙谐，比之'千折腰'的苦，'三呼起''百拜朝'平添了许多谐趣。尾联所写，通过联想，谐趣又增几分，而把屈伸艰拙之苦，又冲淡了几分。"

脱坯同林义①

天晴日暖水澌澌，要起高墙好脱坯。
看我一匡天下土，与君九合塞边泥。②
万方俯首归行列，广厦萦心定作为。③
倘晋文公来讨饭，赏他一块已丰施。④

①卢庆儒1997年1月22日给侯井天的信中说："林义，姓马。马林义，是国家文化部的干部。"（侯按：卢、马、聂同在一个队。）

②【一匡天下】《论语·宪问》："子曰：管仲相桓公，霸诸侯，一匡天下"。（此处"匡"谐"筐"字音）"子曰：桓公九合诸侯，不以兵车，管仲之力也。"（此处"合"谐"和"字音）

③唐/杜甫《茅屋为秋风所破歌》："安得广厦千万间。"

④【一块】《左传·僖公二十三年》：春秋时晋国国君晋文公，流亡国外十九年，"过卫，卫文公不礼焉。出于五鹿，乞食于野人，野人与之块，公子怒，欲鞭之。子犯曰：'天赐也。'稽首，受而载之。"

季龙华《绀弩体——旧体诗坛上一朵崭新的奇葩》："明明只是在和泥脱坯，他却用《论语》'管仲相桓公霸诸侯一匡天下'和'桓公九合诸侯'的典故来比喻，好像他们今天的劳动和当年的齐桓公、管仲一样，在干一件建国创业的大事，而且巧妙地利用'匡、筐'与'合、和'的谐音，使这副颔联的思想和艺术的结合达到了绝妙的程度。"

王存诚1994年7月22日给侯井天的信中说："（王引聂诗5—6句，此略）二句字面意思是，万方（土坯单位）都分行列规矩排好，按照盖房的实际需要来确定土坯的生产规模。引申意则与上面的'一匡天下'相关。聂诗多此种双关之妙。"

方印中《聂绀弩诗三百首》："写脱坯，字里行间，就散发出浓浓的泥土气息。诗的精彩之处在颔和尾联。""匡又谐'筐'字音，合又谐'和'（和泥巴的'和'）字音，筐土和泥又的确是在写脱坯，这就极尽谐音双关之妙。下联的'万方俯首归行列'，也由此而生……晋文公讨饭事——这个典故并不生僻，但用在这里，备极风趣。"

另稿：寓真《聂绀弩刑事档案·轶句拾零》中指出，此诗第7、8句有异，为"额汗桃花同雨坠，千间广厦有来时。"暗示前6句相同。（侯按：如此则"广厦"字面与第6句重复，可见前6句亦必有差异，注此备考。）

夜战①

你一镢头我一锹，熊熊篝火照天烧。②
朔风自冷人方热，河底渐低岸更高。
千古荒原多隐沼，一干神禹战通宵。
缩将冬夜成俄顷，鬓发须眉雪欲飘。③

①侯按："夜战"，就是夜里突击干农活。"地里三顿饭，夜里接着干""一天等于二十年"等，都是"大跃进"时挂在人们嘴皮子上的话。北大荒农场的职工（劳动改造者、劳动锻炼者和农业工人）无冬无夏，任何活儿都常常是凌晨四点钟以前出工，中午田间吃饭，下午干到七八点钟，晚饭后再"夜战"，有时到半夜，有时干通宵。疲劳战术，不讲一张一弛、劳逸结合。"左"的情绪支配着，阶级斗争的弦绷紧着，多快好省地建设社会主义和口头上又宣布进入共产主义等等号召着，真是"干劲冲天"。这里写的是夜战的一战——挖沟。北大荒地冻层，厚一米半，挖排水沟像开山一样，用一头扁、一头尖的鹤嘴镐，"打冻块"。一镐下去一个白点、一个小眼，冻土冰末四溅，震裂了手虎口，震麻了胳膊和手的关节，触电一般，十几镐打下块冻土，打的打，敛的敛，搬的搬。就是这样"夜战"的。

②毛泽东《送瘟神》："借问瘟君欲何往，纸船明烛照天烧。"
③毛泽东《张冠道中》："戎衣犹铁甲，须眉等银冰。"

侯按：北大荒冬夜极冷，虽然浑身大汗，为了保护耳朵，也不敢把皮帽翅卷起来。头上热气腾腾，由于劳动强度又大，呼吸急促，嘴总是呼呼地出气。热气遇冷成霜，于是帽翅、帽檐皮毛上，鬓角、胡子、眉毛上，积满霜雪，厚厚一层。

吴海发《聂绀弩：半生坎坷换得诗千秋》："这是一首白描式的诗，无需渲染，只需写实，就是好诗，无怨无艾中滚动着一腔热血，跳动着千万夏禹的赤心。"

另稿：罗孚编《聂绀弩诗全编·拾遗草》，题作《排水夜战》，引自《北大荒吟草》，第1句作"一镐一钩又一锹"；第2句"照天"作"破空"；第5句"古"作"载"，"隐沼"作"沮洳"。

草宿同党沛家①

成百英雄方夜战，一双老小稍清闲。②
眠于软软茅堆里，暖过熊熊篝火边。
高士何需刘秀榻，东风不揭少陵椽。③
清晨哨响犹贪睡，伸出头来雪满山。

①【党沛家】1937年生，辽宁辽阳人。1956年毕业于哈尔滨测量学校。任冶金部北京有色冶金设计院技术员、组长。1958年下放北大荒，与聂绀弩同队。1959年调北京，分配到云南会泽矿务局任技术员、宣传干事。1979年调辽阳房产局文圣房管所任干事。1980年任住宅公司工程师、厂长、试验室主任。

②【一双老小】聂绀弩55岁，党沛家21岁。

③【刘秀榻】《后汉书·逸民列传》载，严光少时与刘秀同学，后刘秀即皇帝位，遣使聘之，尝共卧一榻。"因共偃卧，以足加帝腹上"。

【少陵椽】唐诗人杜甫，在诗中尝自称"少陵野老"。他的《茅屋为秋风所破歌》有"八月秋高风怒号，卷我屋上三重茅"。

党沛家《忆绀弩在北大荒》："（1958年）9月中旬，我们调去场部脱谷，工作十分紧张繁重……初24小时，后36小时，再后48小时。这时不得不承认，我们不是什么钢铁战士，而是血肉之躯了。我们不但可以站着睡，就是一边干活，也能一边睡着！生理本能驱使我拉着绀弩钻进了那蓬松的麦秸堆中……总之我们美美地睡了一觉。"

陈明强《聂绀弩旧体诗全编选讲》："刘秀以帝王之尊邀老同学'高士'严光同榻，不过为沽名，哪里赶得上这种情谊，所以说'何需刘秀榻'。"

郭省非《伟大聂绀弩，神奇格律诗》："'成百英雄方夜战，一双老小稍清闲'……就是这么一点点艰苦中的小憩，诗人很是知足，'眠于软软茅堆里，暖过熊熊篝火边'。不仅如此知足，还浮想联翩地吟道：'高士何需刘秀榻，东风不揭少陵椽。'骄傲地认为比东汉与光武帝同榻的严光要幸福得多，也比诗圣杜甫住的茅屋在春天时暖和得多。"

割草赠莫言①

长柄大镰四面挥，眼前高草立纷披。②
风云怒叱天山骇，敕勒狂歌地母悲。
整日黄河身上泻，有时芦管口中吹。③
莫言料恐言多败，草为金人缚嘴皮。④

①侯按：早春、初冬是割草的季节。小叶章，一望无边地长着，密密麻麻，高过一米，野火春风，年复一年。下雪前已老黄，割倒，扎成捆子，运回住地，可以苫房、烧炕、铺炕。

【莫言】实名莫然。

②侯按：聂绀弩所说的"大镰"，北大荒当地叫芟刀。把长两米多，

刀头长约半米。有的在刀尖处钻有一孔，拴上一条细绳，斜拉到镰柄手握处，绳、镰刀头、把，呈三角形，右臂伸直握把，镰刀和地皮保持平行，左手牵绳握镰把末端，自右侧偏后扇形挥动到左侧偏后，站稳，腰扭动，两脚交互前进，割草效率很高。草倒得也很整齐，一趟趟挨排割下去。

③唐/李贺《秦宫诗并序》："卷起黄河向身泻。"

宋/雷震《村晚》："牧童归去横牛背，短笛无腔信口吹。"

④【金人】金属做的"人"，即铜人。汉/刘向《说苑·敬慎》："孔子之周，观于太庙，右陛之前，有金人焉，三缄其口，而铭其背曰：'古之慎言人也。戒之哉！戒之哉！无多言，多言必败。'"

侯按：聂绀弩从枯草的土黄色，想到黄河水的土黄色，又想到"金人"全身的金黄色，从而过渡到"莫言"，只吹曲儿不说话，于是得出"反右"时被划为"右派分子"的经验教训是：封起嘴巴，莫言，莫言，言多败事！

于永森："第2句中纷披为草割倒后之象，'披'言其下倒之势，未必直下倒地，故曰'纷'。"

王存诚1994年7月22日给侯井天的信中说："'风云怒叱'与'敕勒狂歌'均为倒装，两句主语都是割草人，他怒叱风云，狂歌《敕勒歌》，使天地为之变色。形容气势之威猛。""这里'黄河'的'黄'还形象地描绘了汗与泥俱下的情景。"

杨九如《聂诗管窥·"短笛无腔信口吹"——读〈割草赠莫言〉》："此诗无赠酬之词句，俱情景之迷幻；通篇比兴，句全意象；妙还在都出于对'割'与'草'的联想。""'草为金人缚嘴皮'恐'金'为'今'的谐音。这可能是绀弩借京山故乡土语'猪嘴扎得住，人嘴扎不住'予以的暗喻，也就难得指证了。"

陈明强《聂绀弩旧体诗全编选讲》："劳动中的积极分子与以言获罪的'右派分子'统一于一身，在北大荒人中有其典型性。莫言，未必实有其人，诗创造的艺术形象却是历史的真实。"

王琦《忆绀弩·读〈北荒草〉》："莫言（然）是转业军官，因为说了些正义话，被下放到右派连队劳动改造，整天不言不语汗流浃背地劳动,以示反抗。某日割芦,莫作笛吹之,而后不扔,含在口中,自称:锁头。""从诗中可见当时言论不自由和反抗精神,诗人将莫然改为莫言,妙也。"

方印中《聂绀弩诗三百首》:"'反右'也是'割草',当年就有'锄毒草'之说。所谓'长柄大镰四面挥'云云,所谓'风云怒叱天山骇'云云都是当年'反右斗争'激烈气氛的再现。这样看来,'整日黄河身上泻',是否有批斗会连日不停地开,有'跳进黄河也洗不清'的意味呢?而'有时芦管口中吹'者,是否偶有辩白之言呢?诗人是否用'金人'作'今人'的谐音呢?用谐音是否诗人又'恐言多败'呢?'缚嘴皮'自是人生悲剧,而草果真能缚得住嘴皮吗?写这首诗本身不也就等于说,人的嘴皮子是缚不住的吗?所有这些,都值得仔细地品味。"

另稿:《三草》题作《割草赠莫炎》。《北大荒吟草》1962年高旅手抄稿,题作《割草赠莫炎》,第7、8句作"行看极北无荒野,任务当今肯让谁"。山西狱中档案存稿,第7、8句作"诛茅拓土平生事,岂逐流风偶一为"。(见《新文学史料》2003年第3期,载寓真《聂绀弩出狱之谜及其轶诗》)

背草赠李泽传王海宸[①]

如何堆起如何捆,更倩何人送上肩?
九月罡风吹草死,三山鳌背与天连。[②]
茅庐自走吾方骇,大野无边尔正便。
小李中王齐大笑,我将背草一千年。

[①]【李泽传】辗转打听此人,不得下落。
【王海宸】即王海辰,1937年生于热河省新惠县王子庙(今属内蒙古赤峰市),原籍山东。1947年随家迁北京,入天主教耕莘中学,后入石油

工业部半工半读五年，1957年任技术员，1958年到北大荒，1959年年底分配到甘肃省河西堡建设委员会任技术员。1960年调永昌拖拉机修配厂。1963年在武威柴油机厂工作，任科室负责人。1988年1月2日王海辰给侯井天的信中说："'宸'字非我所用，不知何因，在北大荒时人们对我简称'王海'……聂老将我的辰字误写为'宸'。特予更正。"

②【罡风】亦作"刚风"。道家语，高空的风。

【三山】《史记·秦始皇本纪》："齐人徐市等上书，言海中有三神山，名曰蓬莱、方丈、瀛洲，仙人居之。"（亦见《史记·封禅书》）

【鳌背】《列子·汤问》："五山之根无所连箸，常随潮波上下往还……帝恐流于西极，失群仙圣之居，乃命禺强使巨鳌十五举首而戴之。"

北周/庾信《谢赵工赍犀带等启》："花开四照，惟见其荣，鳌戴三山，深知其重。"

陈明强《聂绀弩旧体诗全编选讲》："'三山鳌背与天连'，背草为神鳌背三山，草垛之大，可接天宇，气概之伟，亦冲霄汉。一幅浪漫的背草图，鸣响着人力天意互相较量的悲壮旋律。"

于永森："'尔正便'，疑为'便便'省作'便'，形容背上草捆大至于不见人，虽动而迟缓之象也。"

李师金1993年6月25日给侯井天的信："杨万里诗《鸦》'一鸦飞立钩栏角，仔细看来还有须'。聂诗《背草赠李泽传王海宸》'茅庐自走吾方骇，大野无边尔正便'。鸦本无须，在稚子眼中，因'老鸦'之'老'，联想到'须'，感觉中便果然有'须'了。'茅屋'何能'自走'，背草时见草而不见人，草如茅屋，因人而走，便觉屋走。以物理而言，两者都是假，以诗人感觉而言，两者都是真……吟之成诗便成了艺术品……古今二人都善于抢镜头，都善于精加工，如此清新活泼的句子，不仅不能在古人诗卷中抄袭得来，恐怕也难以在捻须苦吟中找到。"

罗孚："'茅庐自走'，生动极矣！"

方印中《聂绀弩诗论稿》："夸张。'茅庐自走吾方骇，大野无边尔正便'，写在北大荒风中背草，准确至极，又生动清新至极，如不用夸张修辞，或在散文中写，是不会有这样的诗味的。"

王沛霖1999年12月2日给侯井天的信中说："'便'疑是'便姗'之意,即是步履安详的样子。意思是说李、王二人背着如山的草捆在无边大野中,虽然罡风劲吹,但仍步履安详。"

吴海发《聂绀弩:半生坎坷换得诗千秋》:"便:指大便小便很方便。尾联说地广草多,背不完;大小便方便,所以李、王二位笑了……末尾一句气势不凡,表示抗议。在艺术上有篇末点题的效果。"

侯按:在中国现代文学馆收藏的聂绀弩文稿中有"后一句指最近一次评比,小李又被登光荣榜而言"。

另稿:1962年3月,聂绀弩自编《马山集》,题作《记人背草》,第6句"大野无边"作"暴雨不来";第7、8句作"小李小王真两杰,一居狼洞一凉泉"。第7、8句又作"小李小王谁甲乙,苍茫大地两青年",又作"锦绣文章谁草创,无人不道李生贤"。

排水赠姚法规①

鹤嘴锄同二齿钩,红旗招展气吞牛。②
荒原百战鹿谁手,大喝一声豹子头。③
零下更低三十度,丈夫焉用肃霜裘。④
坚冰冻土皆何物,依照法规不许留。

①【姚法规】辗转打听此人,不得下落。
②【气吞牛】明/胡文焕编《群音类选·〈蟠桃记·诞孙小庆〉》:"看兰孙,气吞牛斗,知不是等闲人。"明/孙梅锡《琴心记·勉拨房资》:"男儿汉壮气吞牛,丈夫志岂困荒丘?"
③【鹿谁手】鹿死谁手,《史记·淮阴侯列传》:"秦失其鹿,天下共逐之,于是高材疾足者先得焉。"《晋书·石勒载记下》:"脱遇光武,当并驱于中原,未知鹿死谁手。"鹿,指猎取的对象,比喻政权。说天下不

知道为谁所得。这里借指劳动竞赛，看谁得红旗。

【豹子头】《水浒传》中的"八十万禁军枪棒教头林武师"——林冲，因为"生得豹头、环眼、燕颔、虎须"，所以绰号豹子头。

聂绀弩《金圣叹的意识问题》："林冲是第一个上梁山的人。他的浑名叫'豹子头'。为什么叫'豹子头'呢？金圣叹的高见：豹子是吃父母的，等于无父无君的恶人。梁山上的强盗，都是无父无君的，都是豹子。林冲头一个上山，又是头子之一，所以叫'豹子头'。"（见《聂绀弩全集》第7卷402页）

④【丈夫】《谷梁传·文公十二年》："男子二十而冠，冠而列丈夫。"《孟子·滕文公下》："富贵不能淫，贫贱不能移，威武不能屈，此之谓大丈夫。"

【肃霜裘】东晋/葛洪《西京杂记》："司马相如初与卓文君还成都，居贫愁懑，以所著鹔鹴裘就市人阳昌贳酒，与文君为欢。"鹔鹴，鸟名，以其毛织为裘。

王存诚1994年4月12日给侯井天的信中说："'豹子头'另有一解，用在此恐更贴切。豹子头指豹的首领，即最勇者。禁军个个骁勇似豹，故八十万禁军的教头林冲称豹子头（此说据田连元评书《水浒人物传》，当另有文字出处，待查）。诗中的'豹子头'中的'子'字还兼对上句中的'谁'字。两句可解为：若问荒原劳动战场上谁能夺得锦标的话，就要数'大喝一声'的你（姚法规）堪称最勇了。"

李良辉《简评聂绀弩诗》："有人说聂诗'开七律未有之境'。而其新奇的对仗便是重要因素。如……'荒原百战鹿谁手，大喝一声豹子头。'……对仗雅俗相谐，文白并列，叫人瞠目结舌，感叹不已。"

赵京战《融铸生活，别开诗境》："'鹿谁手'是'鹿死谁手'之义，与'豹子头'无法相对，但词中每一个字鹿与豹，谁与子，手与头，恰好两两相对，这样化整为零，形成对仗。但诗人的本义还是'鹿死谁手'，并非要说明动物的'鹿'，肢体的'手'。'分割成对，整体取义'是这种对仗的原则和特征。"（见《江南诗词》1998年第2期）

陈明强《聂绀弩旧体诗全编选讲》："'肃霜裘'，司马相如所服的裘，原本出在'卖柰与卓文君对饮'的雅话,用在这些粗犷的劳动者身上,说'焉用',固然为表达不畏寒冷的意思,而古今雅俗的强烈反差,使人哑然失笑之余,感觉到劳动者的潇洒风貌。""那个时候,人海大战,插红旗,争上游,场面雄壮干劲足,确是如此。惟这类题材的诗歌多为壮言豪语的堆砌,难得见这般活现声情气氛的好诗。"

舒芜读诗笔记:"这里借'姚法规'的名字说,依照你的名字,这些都是'法规'所不能留存的。"

林千典《如此新声世所稀》:"将共同劳动者的人名活用,生动地表达了劳动时的豪迈情绪。"

另稿:聂绀弩1962年4月8日致高旅附抄诗手迹,题作《排水(即掘渠)赠规》,第1句"鹤嘴锄"作"十字镐";第3句"荒"作"中";第7、8句作"寒风冻土飚风里,不信何人更上游"。

伐木赠李锦波①

终日执柯以伐柯,红松黑桧黄波罗。②
高材见汝胆齐落,矮树逢人肩互摩。
草木深山谁赏美,栋梁中土岂嫌多?③
投柯四顾漫山雪,今夜家中烤火么?④

①【李锦波】应为李景波(1914—1981),山东省清平县人。1933年考入北平京华美专国画系。话剧及电影演员、导演。一生参加拍摄影片35部,创作话剧、电影剧本多种。著作有《艺术生涯回忆录》《影星随想》。

黄苗子《长歌行——读舒芜〈让那伐木者醒来〉》:"最是荒唐李景波,开荒要种红烧肉。(李景波当时语人:眼看大伙嘴馋,想种几亩红烧肉,给大家过个瘾。)"(见《三家诗·无腔集》)

②《礼记·中庸》:"执柯以伐柯"。

③【中土】《后汉书·西域传》："其国则殷乎中土。"
④作者自注：七、八句一作"思函完达山中雪，寄与北京家主婆。"

方印中《聂绀弩诗三百首》："解读全诗的关键在颔联的'高材见汝胆齐落'一句。""'高材'，当然首先会被砍伐，'胆齐落'。诗人所说的'矮树'，应是在运动中的某种类型幸免于难的人，不会被'伐'，甚而可能是'执柯'的人，这是颔联的含义。""《伐木赠李锦波》作为政治诗，所指则隐晦曲折，其原因，也只好到诗人所处的时代、身世里去找了。"

侯按：第3、4两句是说：那些英才硕学、志士仁人、英雄豪杰、高明之家，见到你李景波这样的伐木人（也包括聂绀弩自己），胆子几乎吓掉，若碰到那些不成器的矮树们，倒和你摩擦过来、摩擦过去，它们的高度，有的仅仅搭到你的肩膀。

陈章《当代诗仙聂绀弩》："（陈引聂诗，此略）状难写之景如在目前，含不尽之意见于言外，多么形象生动、精妙绝伦的一联诗句！"（见《广东工商报》2003年10月22日）

朱学成《浅论诗与隐喻》："诗与作者自隐……'高材见汝胆齐落，矮树逢人肩互摩'，看起来是赋，实则是隐喻，这比起'摧残人才'的直白或把大树比喻为人才更具有美学价值……隐喻所造成的美，既是直观，又是隐含的，使作品给予读者的想象和玩味更加丰富，也更加多姿多彩。"（见《敬亭山诗词》2001年）

另稿：《三草》题作《伐木赠景颇》。

伐木赠董汉岑①

弃被抛裘入老林，一冠一锯一提琴。
满怀流水高山意，一片苍松翠柏心。②
冬至袄冠争蝶舞，夜深弓锯共龙吟。③
明朝风卷人琴去，墓志滇南董汉岑。④

①作者自注：董袱被上山伐木，及至，仅提琴在，道远力穷，余均弃矣。（见聂绀弩1962年11月1日致高旅信）

党沛家1987年7月13日给侯井天的信中说："不是董汉岑，是董承汉，聂绀弩将名字记错了。1962年10月间，绀弩给我写了一幅赠诗墨迹，同时也给他写了一幅（即《伐木赠董汉岑》），后由我带给他的。当时我告诉绀弩，名字错了。绀弩立即在其后注明，大意是：名误记，诗已成，今不必改也。"

董承汉，1935年生，云南省大理人，白族。云南大学中文系毕业。任北京大学助教，1958年春到北大荒。1959年在虎林中学任教。后回昆明当土建临时工，1979年后恢复工作，在昆明设计院。（侯井天1988年9月10日写信托昆明军区政治部友人曹延路，找见了董承汉。但董的简历是党沛家提供的。）

②【高山流水】《列子·汤问》："伯牙善鼓琴，钟子期善听。伯牙鼓琴，志在登高山，钟子期曰：'善哉，峨峨兮若泰山！'志在流水，钟子期曰：'善哉，洋洋兮若江河！'伯牙所念，钟子期必得之。"

【翠柏心】《礼·礼器》："其在人也，如竹箭之有筠也，如松柏之有心也……故贯四时而不改柯易叶。"（原注："人经夷险，不变其德，由礼使然，譬松柏陵寒而郁茂，由其内心贞和故也。"）

毛泽东（1947年9月）《挽续范亭联》下联："有云水襟怀，有松柏气节，典型顿失，人尽含悲！"

③侯按：长毛、大翅、深筒的皮帽子，拉锯抡斧，累得满头大汗，把帽翅掀平，不系带，帽翅左右展开，随人体动作，舞动起来，袄的大襟敞开散热，也舞动起来。

④南朝宋/刘义庆《世说新语·伤逝》："王子猷（徽之）、子敬（献之）俱病笃，而子敬先亡。子猷……奔丧，都不哭。子敬素好琴，便径入坐灵床上，取子敬琴弹，弦既不调，掷地云：'子敬，子敬，人琴俱亡！'因恸良久。月余亦卒。"

周启安《浅读聂绀弩先生及其诗》："聂老一生用手中的笔和诗人的

正义抨击黑暗、腐朽，保持着特有的气节，终生如一……'满怀流水高山意，一片苍松翠柏心'就是真实的表达。"

伐木赠尊棋①

千年古树啥人栽，万叠蓬山我辈开。
斧锯何关天下计？乾坤须有出群材。②
山中鸟语如人语，路上新苔掩旧苔。
四手一心同一锯，你拉我扯去还来。

①【尊棋】即刘尊棋（1911—1993），湖北鄂城人。著名新闻记者，翻译家。

刘尊棋1987年4月15日给侯井天的信中说："1958年我和绀弩同在北大荒劳动的地方是850农场5分场排水连（后改为××队），位于虎林县城西约20公里。"

②唐/杜甫《诸将五首》其五："西蜀地形天下险，安危须仗出群材。"
唐/杜甫《蜀相》："三顾频烦天下计，两朝开济老臣心。"
清/秋瑾《黄海舟中日人索句并见日俄战争地图》："浊酒不销忧国泪，救时应仗出群才。"

林千典1992年6月17日给侯井天的信中说："'斧锯何关天下计？乾坤须有出群材。'愚以为按句的表层意思可认为是流水对，一问一答。即要问斧锯与天下大计有何关系哩？因为天地间（搞建设）需要（依仗斧锯采伐）超出一般的大材。"

林千典《如此新声世所稀》："到老林伐木，他更缠萦着'斧锯何关天下计？乾坤须有出群材'的苍生之念。"

符家钦《诗里诗外刘尊棋》："这首诗应该说是明白如话吧，但'诗无达诂'，评论家对'斧锯何关天下计？乾坤须有出群才'就各有各的说

法。"(见《书城》1997 年第 1 期)

方印中《聂绀弩诗三百首》:"首联以对句入诗,写得气势豪迈。颈联写得情致婉然。尾联写伐木动作,全是口语,但形象毕现,其语调急促,同来回的锯声相应,最为传神,从古至今,应是伐木诗的语言精彩之最。但此诗人毕竟是蒙受过政治'斧锯'之痛的人,于是在颔联中不由自主又流露出一番感慨:那些过火的政治运动的'斧锯',不仅无助于国家大计,而且对乾坤所需的出众之材,只会造成伤害。此联为典型的聂式曲笔。"

另稿:罗孚编《聂绀弩诗全编·拾遗草》,题作《送王奇上山伐木》,引自《北大荒吟草》,第 4 句作"国家须有栋梁材"。

伐木赠张先怡[1]

湖南儿女不知愁,完达山中雪作裘。
百日皆夸茅屋暖,一冬尽与赤松游。[2]
大呼乔木迎声倒,小憩新歌信口流。
痒煞烹调能手技,替人风里煮猴头。

[1]【张先怡】1925 年生,湖南宁乡人。1949 年 7 月南京中央大学外语系三年级肄业,随即入北京外国语学校。1950 年 6 月调外交部,1952 年在沈阳外事处,1953 年调冶金部。1958 年被错划"右派",5 月去北大荒,与聂绀弩同在 850 总场 4 分场 2 队。1959 年起先后在武钢、一冶和舞阳钢铁公司,1979 年回冶金工业部。1985 年离休。

[2]【赤松】《史记·留侯世家》:"愿弃人间事,欲从赤松子游耳。"赤松子,相传是仙人。有人说是神农氏的雨师。

惜醇(林锡纯)《茶余诗话》:"'大呼乔木迎声倒,小憩新歌信口流。'本来是写伐木时的感受,无意中却说出写作自身的一些道理。写作离不开生活，没有亲身体验，当然难以写出'高材见汝胆齐落，矮树逢人肩互摩'这样既有真情实感又含丰富理趣的诗句，但在'大呼'的紧张时刻是无心作诗的，只有'小憩'时才有心唱上一曲。"

张先怡1996年5月23日给侯井天的信中说，"我和另七名算是身强力壮的女同志""的确上山了""吃住在山上"，"总的任务是'伐木'，具体到这些女同志则是'修路'，是供将来运木材的拖拉机行走的路"。"这修路实质上是伐木工作一个必要的组成部分。题名《伐木赠张先怡》是完全可以的。""关于'大呼乔木迎声倒'——伐木时有一条规矩，即在被伐的树木将要倒下之前，伐木的人必须连喊数声'迎（或顺、左、右）山——倒！'为的是将树倒的方向（迎山、顺山、左山、右山）告诉附近可能有的旁人，以便其及时避让，不致误伤。因为具体伐树的都是男同志，我们女同志很少有机会体验这种豪情。但修路时有时也需要伐掉一些挡道的树木，那时我们自己也动手伐，也就有了机会喊上它几嗓子了。"（5月11日给侯井天的信）"'小憩新歌信口流'倒是真的。我生性乐观，又自觉问心无愧，故而劳动之余，往往'忘了身份'而唱起歌来，估计聂老对我平日爱唱已有印象，所以想象我在山上也会唱。'替人风里煮猴头'，记得队里确实专门布置过一次采猴头的任务，但与伐木是两回事。那天确实采了一些猴头，更多的是蘑菇。中午便在山上煮蘑菇当午餐，但猴头是要上交的，是山珍，除非坏了、破碎了的，岂可随便煮食？煮蘑菇的人七手八脚，我也算不上主力。大概这些都出自诗人的想象吧？'湖南儿女''不知愁''夸茅屋暖'，倒都是实情。""据我记忆，聂老作为弱劳力，似乎并未被挑选上山伐木。此诗可能是根据他人的叙述，发挥诗人自己的想象力写出来的。"

方印中《聂绀弩诗三百首》："诗中的张先怡个性鲜明，同《给马飞天送饭》中的马飞天一样，都是《北荒草》中少有的妇女形象。她乐观、豪放、热情、能干，在冰天雪地、茅屋乔木的背景中，形象特别突出。'小憩新歌信口流'，如闻其声；'替人风里煮猴头'，如见其人……所谓'湖南儿女不知愁'者，说明不是没有愁，只是不知而已。所以，这首诗是在北大荒那样的环境中投下的一抹亮色。""把一个冬天都在砍伐红松的艰苦劳动，说成是一个冬天都在跟随仙人赤松子在游历，何等潇洒！这里面也有诗人自己的豁达、幽默的感情在内。"

冰道①

冰道银河似耶非？魂存瀑死梦依稀。
一痕界破千山雪，匹练能裁几件衣。②
屋建瓴高天并泻，橇因地险虎真飞。③
此间尽运降龙木，可战天门百八回。④

①作者自注：从山上到山下之雪中直道。以沸水使雪融后，复结成冰，则载木之爬犁（橇）顺流直下，无须且不可推挽者，谓之冰道。
②晋/孙绰《游天台山赋》："瀑布飞流以界道。"唐/徐凝《庐山瀑布》："今古长如白练飞，一条界破青山色。"
③【屋建瓴高】《史记·高祖本纪》："（秦中）地势便利，其以下兵于诸侯，譬犹居高屋之上建瓴水也。"三国/蜀/诸葛亮《心书·兵机》："将能执兵之权，操兵之势，而临群下，譬如猛虎加之羽翼，而翱翔四海。"
④【降龙木】《杨家将演义》第三十五回，穆桂英用穆柯寨后的降龙木制斧子柄，可以破天门阵。
【天门】天门阵，明/熊大木《杨家将演义》第三十二至三十七回、明/吴元泰《东游记》第三十三至四十三回，八仙中汉钟离和吕洞宾互相打赌宋和辽的兴败，吕洞宾化名颜洞宾，携柳树精助辽摆设天门阵一百零八阵。

孙鹏航2009年3月12日自平度给侯井天的信中说："我于1958、1959年两个冬天均在完达山中伐木。凡伐木、打杈、归楞、装车、修冰道等活均干过。关于冰道的具体情况是这样的：先用镐刨两条与拖拉机、爬犁宽相等，深约数十公分的冰道，再在冰道内浇入水，使结冰，拖拉机所拉装木材之爬犁，沿冰道行走，完成运木任务。我所修及浇灌之冰道，是深夜即起,那个冷啊,至今思之犹胆寒。凿开河冰,排水灌入冰道。而不是取雪烧开水灌入冰道。当然,也可能有少量无法取水地段,只好化雪取水,但那可能是个别现象。至于是否另有不靠河流的冰道,只能靠化雪取水,我不得而知。"

李师金1993年6月25日给侯井天的信:"(李引聂诗1、2句,此略)'魂存瀑死'四字匪夷所思,绘形传神,堪称绝唱。"

袁第锐《当代之离骚 诗家之楷模——关于聂绀弩诗体的重新评价》:"亦庄亦谐,亦虚亦实,将浪漫主义与现实主义的手法融于一炉,十分奇绝。首联写……冰道……很像银河;原来有水下淌,形似瀑布,今已死亡,但却以冰道形式保存下来,所以是'魂存瀑死'。冰道虽在天地之间,只有'一痕',但却界破了千山之雪;冰道又似匹练,幻想其能裁出多少衣服,供人享用。冰道由上而下,有如高屋建瓴,从天而泻。(原木)在冰道上只能用雪橇滑行,又因地险,恍同飞虎。这里一切譬喻,皆极形象确切。末联点到冰道乃运木之道的正题,却以家喻户晓的《杨家将》故事加以形象描述,为许多'降龙木'不得运出而在'大战天门'中一显身手而惋惜。从构思到用词用典,皆是十分审慎、凝炼,从而隐喻到国家对人才的闲置与浪费。所咏虽是普通事物,用力却非一般。"

吴海发《聂绀弩:半生坎坷换得诗千秋》:"'死'和'险'二字笼罩全诗,气氛阴冷,有如北大荒之雨日冬夜,鬼湿声啾。"

方印中《聂绀弩诗三百首》:"'冰道'诗是一首特异的咏物诗。""首联以银河、瀑布作比拟,颔联以'一痕界破千山雪'为形容,状冰道难写之景如在目前,都写得景象阔大。""颈联的'天并泻''虎真飞',化静为动,都写得气魄宏伟。""尾联引《杨家将演义》中穆桂英用降龙木制斧子柄,以及吕洞宾摆设天门阵的事,增加了冰道的神奇色彩。""全诗最值得品味的是'魂存瀑死'四字。此四字点出冰道之神,最为精警。瀑死而魂尚存,真把冰道写绝了。"

寓真《聂绀弩刑事档案》:聂绀弩的诗,作为"反动诗词"送到公安机关领导人那里,举报人奉命"解释"云:"前面六句是描写冰道运木材。问题是最后的两句,大意是:当年为了保卫大宋江山,杨家将费了许多劲,去找降龙木,降龙木这种宝贝在北大荒却有的是。意指在那里劳动的

'右派'都是天下奇才。但是，在这月色茫茫的夜里，一任它在冰道上滑走，它们将滑到哪里去呢？"

另稿：作者手迹题作《〈北大荒吟草〉呈周颖大姐》（二首之一），第7句"尽运"作"多少"；第8句作"月下奔流何处归"。

怯问[1]

怯问检尺小姑娘，我是何材儿立方？
努嘴崖边多节树，弯弯曲曲两人长。[2]

[1]作者自注：袭小说家马力意。马文极有情致，此但嘲谑，所谓点石成铁也。闻马君已故，敬留此示念。
[2]聂绀弩《散宜生诗·自序》："某种树""不材或无用"。

党沛家《忆聂绀弩在北大荒》："大约是（19）59年10月中旬，聂绀弩的运气好了起来，调他去北大荒文艺社。"王观泉《我记忆中的老聂》："说起马力，还是老聂发现的作者哩。有一天，老聂说来了几篇好稿，这就是马力的散文诗般的小说《检尺》等。""马力……在文革运动期间自杀了。""1976年底，在聂刚刚出狱我去看望他时，向他如实地说马力死了。""《怯问》一诗简直是这篇小说的缩影。"

《北大荒文艺》1959年第12期发表马力的散文诗《座标》《飞爬犁》《检尺》三题，《怯问》即"袭"之马文《检尺》："记得当年在靶场上，首长站在我的身旁，尽管我的手是那么的稳健有力，可是心里总有些发慌。/ 记得当年坚守在阵地上，弹药手蹲在我的身旁，尽管我机枪发射得那么勇猛，我的心啊却愈发显得紧张！/ 如今这两种心肠，又交织在一起，可又完全不像，因为站在我身旁的，是一位检尺的姑娘。/ 姑娘紧跟在我的身旁，每当我伐下一棵大树，她就细心地为我把战绩丈量，每当我伐下一棵大树，她总是举起斧子，默默地帮我的忙，那笃笃地打桠子的斧声，每一下都像叩在我的心上。/ 唉。这姑娘……/ 尽管我抡起斧锯在森林里一窜多远，心里什么也不去想，可是当她来到了我的身旁，我啊，总是那么紧张、发慌。然而当一旦离开了她，心里却又像少了什么零件一样。唉，我的心啊，你到底跟我闹什么故障！/ 那天，我壮了壮胆终于说了出来：'请为我检一检尺吧，姑娘，你看我够几等材？请算我这颗心还差多少……立方'/ 姑娘红了脸，低头没有看我：啪，一声，却把钢印打在一根八米红松上；/ '好一根一级良材，只是……不够直爽！'/ 唉！你瞧瞧这位姑娘……/ 1958.11 于伐木时"。

　　黄苗子《长歌行——读舒芜〈让那伐木者醒来〉》："君不闻，先君去者聂绀老，曾问'我是何材值几钱？'"（见《三家诗·无腔集》）

　　方印中《聂绀弩诗三百首》："《北荒草》中，《怯问》是唯一的七绝。诗的中心点在'我是何材'四字。诗题'怯问'，表现了复杂的心态：对于'我是何材'，虽怯而犹问，虽问而犹怯。为什么'怯'？这是每次政治运动中，被错误地刀斧砍伐的结果，所谓'高材见汝胆齐落'，焉得不'怯'？为什么还要问？这是对这个'我'的自身价值，还有一丝希望能得到肯定。所问的是'何材'，而非'是不是材'，就包含期望得到哪怕一丝肯定的意思。对于一个'马上戎衣天下士'的'高材'而言，'怯问'二字包含深沉的悲哀。""小姑娘不是回答的回答，使《怯问》得到的，不仅是一般的悲哀，而且是人生的悲剧了。"

　　惜醇《〈散宜生诗〉艺术魅力探微》："乍看像民谣，吟诵起来才知道是七绝，而从构思上考究则很像一首新诗。这类作品在当代旧体诗作中是罕见的。""以开玩笑的形式写自己不成材，油味儿够足的了，但联系作者另一首写伐木的诗中'高材见汝胆齐落，矮树逢人肩互摩'来仔细品味，就会感到无比深沉。""以崖边多节树自比，这是大悲大恸铸造的诙谐，又是大彻大悟后的冷峻！"（见《西宁晚报》1992年4月14日）

挽毕高士①

九尺曹交尚出头，终身恨未打篮球。②
丈夫白死花岗石，天下苍生风马牛。③
雪满完山高士毕，鹤归华表古城秋。④
送君冠带棺中去，恐尔棺中也自愁。

①【毕高士】尹瘦石1991年7月1日给侯井天的信中说："毕是文化部干部……当时同我和绀翁同期去北大荒的，高个子，善打篮球，绀翁或以其身高，故称他为'高士'，因年久已记不起他的名字。"党沛家1994年2月8日复印尹瘦石给他的信的一页，中有"毕高士名字已记不起来，他原单位是文化部，不是右派，是音乐家李尼的内弟，当时同在一队，二年困难劳累而死。"王福时《不朽的忠诚——刘尊棋纪念文集·怀念与反思》："某日在北大荒我去看病的医务室门外，停着两口棺材，同去的老毕，个头大……成为我们同去的人中最早死去的一个。"

②【曹交】见《北荒草·拾穗同祖光》注③。

③毛泽东《介绍一个合作社》："至死不变、愿意带着花岗岩头脑去见上帝的人，肯定有的，那也无关大局。"

【风马牛】"风马牛不相及"的略语。《左传·僖公四年》："君处北海，寡人处南海，唯是风马牛不相及也。"服虔注："牝牡相诱谓之风……此言'风马牛'，谓马牛风逸，牝牡相诱，盖是末界之微事，言此事不相及，故以取喻不相干也。"一说：齐楚两国相去甚远，即使牲畜走失，亦不致越入对方国界。后因以喻互不相干。

④明/高启《梅花九首》其一："雪满山中高士卧，月明林下美人来。"

【鹤归华表】旧题晋/陶渊明撰《搜神后记》："丁令威本辽东人，学道于灵虚山。后化鹤归辽，集城门华表柱。"华表，古代立于宫殿、城、垣或陵墓前的石柱，柱身刻有花纹。鹤归、化鹤，比喻人亡故。

王琦《忆绀弩·读〈北荒草〉》："毕是中央某部下放到北大荒劳动改造的干部，约33岁，身高1米90，大家送外号'高士'。毕为人老实忠厚，正直坦率，业余时，互相询问到北大荒劳动改造的具体因由，毕无言可对，只说党委找他谈话：到北大荒劳动。问他是右派吗？答：在整风中没说什么……旧社会高中毕业……他整天是老老实实劳动，有时看点古典文学，毕是右派队里第一个死去的人，葬于完达山，死因营养不良，心力衰竭。""诗人对反右扩大化提出了控诉：'丈夫白死花岗石，天下苍生风马牛。'"

王存诚1994年7月22日给侯井天的信中说："毕高士善打篮球，因此未打篮球的应是曹交。这二句（第1、2句）是说，曹交白长了那么高而没打过篮球，暗含的意思是说，同样是高个子的毕高士这一点上比古人强。虽是玩笑话，也见亲切。"

舒芜读诗笔记："'白死'对'苍生'、'花岗石'对'风马牛'，都对得工巧。"

林千典《如此新声世所稀》："在律诗对仗联中常用借对，往往也饶有风趣，如'丈夫白死花岗石，天下苍生风马牛。'"

罗孚："人虽死，仍被批为带着花岗石的脑袋去见上帝，乃当年流行语。"

何永沂《漫谈借对》："'丈夫白死花岗石，天下苍生风马牛。'……这一联挽得无奈、挽得辛酸，读之令人黯然。"（见《当代诗词》2007年第2期）

赵京战《融铸生活，别开生面》："'毕'，结束、完结之意。高士毕，高雅的人都没有了。但这里同时借用毕字的姓氏之意，以与名词'秋'字相对。这样，'高士毕'又兼指毕高士其人，因而既是借意又是双关……是对偶艺术的创新之举。"

党沛家《续读〈北荒草〉》："死而尚'愁'，其愁之深实不可言。只此一字便胜过万语千言。既有沉痛的惋惜，也有不尽的哀思，更有愤怒的谴责。"

另稿：《倾盖集·咄堂诗》及《三草》同题诗中，第7句"送君"作"漫云"；第8句"恐尔棺中"作"万木森森"。

嘲王子夫妇怕冷[1]

塞北逢春不似春,清明过了雪霏纷。[2]
丈夫刚胆何寅悚,娘子铁腰少欠伸。[3]
此夜四窗皆白昼,全家一炕共奇温。
无人道是南归好,只道外婆惦外孙。

①【王子】王其力,又名王力,1935年生,吉林省辉南县人。1950年参加中国人民解放军,毕业于军内专科学校。任译电员、文化教员和《防空》杂志、《人民空军》报通联助理员。1958年到北大荒,任《北大荒文艺》编辑。后在《黑龙江画报》社工作。

②唐/杜牧《清明》:"清明时节雨纷纷,路上行人欲断魂。"

③【寅悚】恭敬、戒惧,小心谨慎的意思。《尚书·周书·无逸》:"严恭寅畏天命,自度。""悚""畏",均为害怕。

唐/白居易《江上对酒二首》其二:"坐稳便箕踞,眠多爱欠伸。"

王其力1987年5月22日给侯井天的信中说,"我家自密山搬虎林后,住一间简陋的茅草房"。"崔嵬带摄制组来垦区拍电影《北大荒人》的时候",某晚,聂"单独去见崔嵬。谈完话,崔问聂还缺什么?聂讲,市面上没有酒买。崔让人找招待所办交涉,把聂带去的四只啤酒瓶灌上白酒。然后,他兴致极好地背着书包来到我家"。"我家的陋室,窗子只一层玻璃,窗上结着厚重的霜花。一间屋四分之三的面积作内室,炕的面积又占内室的四分之三。内外室之间是一堵火墙,火墙连着火炕,炉火融融。我家共四口人,我,爱人,家妹(当时家妹来虎林读书)和一个襁褓中的男孩"。"我们边喝酒边谈,谈天说地,免不了要说到家乡如何,爱人家苏州如何,南方家人对北国儿女的系念种种,均在情理之中"。"老人家偏要在'嘲'字上做文章,或则'说者无心,听者有意',这种情形也是有的"。"诗,是我到《黑龙江画报》后,编文学版,写信找他要稿,他抄录给我的,时间为1979年12月,诗成时间不详"。"1982年我又去北京看聂","在赠我香港版《三草》时,指着《嘲王子夫妇怕冷》一首说:

'写得不错'"。

杨九如《聂诗管窥·闲话〈北荒草〉》："北大荒此时此际满山头白，雪仍霏纷，奇寒无比，使得'丈夫''寅悚'，'娘子''少伸'。而聂诗却写道'无人道是南归好'，这种背反的逻辑，扭曲的人性，联系到'只道外婆惦外孙'，才悟到人心还是肉长的，只不过'王顾左右而言他'罢了。"

方印中《聂绀弩诗三百首》："最妙的是末尾一句，不道南归，'只道外婆惦外孙'，矛盾就在诗中化解了。这种化解，于情于理皆合，但又是一种善良的托词，其嘲意也在此。"

另稿：聂绀弩1962年4月8日致高旅，附抄诗手迹，题作《嘲王子夫妇》，第1句"塞北"作"北地"；第2句作"落花时节雪飞纷"；第3句"寅"作"惶"；第8句"道"作"说"，"惦"作"忺"，并自注"音欠，惦也"。

嘲王奇赶车①

阎王泡子陆兴波，老板挥鞭此地过。②
驷马俱颓两轮陷，一人其奈千钧何。③
倒翻粮食天不管，拔出车身日已矬。
你是唐朝薛仁贵，奇功汗马淤泥河。④

①【王奇】应为王琦（1931—1997），黑龙江肇东市人。1946年参军，曾任文化教员。1952—1956年在东北人民大学中文系学习。毕业后任《中国水利》杂志编辑。1957年被错划为"右派"，1979年改正后任肇东市政协委员、市电大校长，1985年评为副教授。1990年离休。

②候按：北大荒当地，把那些大大小小的洼地积水、从来不见干涸的小湖，叫水泡子。因为它边沿淤泥过膝，隔断耕地、阻碍通道、淹死人

畜、不能行船水运、无一点水利可言的这种水泡子，人们又约定俗成地给它一个恶号——阎王泡子。

【老板】作者自注：北大荒人称赶车者为老板。（侯按：或叫"车老板"。）

③【驷马】《论语·季氏》："齐景公有马千驷。"《疏》："马四匹为驷，千驷，四千匹也。"

【驷马俱颓】《诗经·周南·卷耳》："陟彼崔嵬，我马虺隤。"《毛传》："虺隤，病也。"

④【奇功汗马】《韩非子·五蠹》："弃私家之事，而必汗马之劳。"

【淤泥河】《征东全传》第二十九回：唐太宗李世民，出猎遇盖苏文，大惊而逃，马陷入淤泥河中，盖苏文逼李世民写降表时，薛仁贵突然来到，打败盖苏文，救李世民出险。

侯井天 1995 年 8 月 31 日收到王琦的信中说："在北大荒，赶车。在一次赶车中，车陷污泥中，一下午始出泥坑，聂老见此情，收工回来做《嘲王琦赶车》。"

方印中《聂绀弩诗三百首》："尾联陡然一转：如此困境，如此狼狈，却变成了'你是唐朝薛仁贵'，并且立下了'汗马功劳'！于是，不见于前六句的'嘲'，于此点明。"

侯里笑《〈读聂绀弩旧体诗全编〉笔记摘抄十二则》："《嘲王琦赶车》一诗，用了九个典。聂翁简直是个'典故'篓子。""可贵的是用典不露痕迹。"

另稿：聂绀弩 1961 年 10 月 27 日致高旅附抄诗，题作《嘲王琦赶车》，第 1 句"陆兴波"作"水阎罗"；第 2 句"挥"作"麾"；第 7 句"你"作"尔"；第 8 句"汗马"作"端在"。

送王觉往东方红农场①

贪与王阳一局棋，虎林白日任高低。②
废书焚去烹牛肉，秋水汲来灌马蹄。③
共织荒原为锦绣，独憎人世有夫妻。④
东方红要诗千首，豆麦开花等你题。

①【王觉】据王其力1987年6月8日、许彻1987年6月18日、宫玺1987年8月1日给侯井天的信提供王觉生平情况，综述王觉简历如下：约生于1922年（1957年时好像35岁），沈阳人。1963年去世（聂绀弩《挽同劳动者王君》："才得四旬又一秋"，即终年41岁）。伪满洲国"国高"学生。1948年我军解放洛阳或开封时，解放王觉于国民党狱中。1948年参军，在26军文工团。1950年参加中国人民志愿军到抗美援朝前线。归国后调华东军区话剧院任编剧。1955年调华东防空军高炮528团任俱乐部主任。1956年在南京军区防空军政治部（1957年空、防合并为空四军）文化处任文艺助理员。1958年春与许彻同时转业到北大荒，先在牡丹江种畜场工会，后到《农垦报》工作。文学造诣颇佳，为人耿介、热情，擅文艺，业余善围棋，聂绀弩、王觉二人常以棋会友。1960年被遣送往东方红农场。著有短篇小说集《一座看不见的大桥》，与人合著散文集《窗之歌》。

【东方红农场】虎林县委宣传部吴常友1987年4月15日给侯井天的信中说，"经向县志办有关同志了解"，"不叫东方红农场，而叫东方红水库（也叫小清河水库），跟农场平级单位"，"在虎林县城东北85里处"，"现当地政府是东方红镇"。

②【王阳】即王吉，字子阳，汉琅琊郡（今山东诸城县）人，官至谏议大夫。为人重视品节，因妻摘东邻家的枣子，竟休之。东邻家于心不安，要伐了枣树。邻里即劝止伐树，又请王吉把妻接回家来。后以"王阳迁妇"，表示夫妻间纠纷。

③朱正注云：《秋水》《马蹄》皆《庄子》篇名，借以成趣。马蹄，两粤人对荸荠之称，此处借以代称农作物。

④作者自注:某次运动中,王妻揭发王有反动言论,因夫妻间语,无需另证,皆被认为真实。王因得罪,且死于劳动中。另有吊诗,见《为鲁迅先生百岁诞辰而歌》中《杂诗》三首之二,首句"华盖运骄尔自求"。

杨九如《聂诗管窥·闲话〈北荒草〉》:"明明是'王觉',却要称之为'王阳',用典转喻,乃诗家惯技……这也可能是此处应平,换'觉'为'阳',不仅合律,且与'白日'巧对,这是诗人精心推敲所致吧?""'牛肉'与'马蹄'天然妙对。"

陈光照:"北大荒并无荸荠,也不是真煮马蹄子,是作者善于用字面成妙文。"

方印中《聂绀弩诗三百首》:(尾联)"从来的送别诗,多有劝慰之语,但这一联写得别开生面。"

另稿:《三草》题作《送王拙之东方红》。

怀张惟①

第一书记上马记,绝世文章惹大波。
开会百回批掉了,发言一句可听么?
英雄巨像千尊少,皇帝新衣半件多。
北大荒人谁最健?张惟豪气壮山河。

①【张惟】1932年生于印尼,随后迁回祖国,定居龙岩。当代作家,原名张汉荣。作品有《卢沟桥畔》《毛主席在闽西》《雁行集》《古田颂》《觅踪访史录》《中国,走出古田山凹》等十余部散文集。

张惟1987年4月15日给侯井天的信中说:"1958年3月弟抵850农场3分场6队,同年调850总场政治部任宣传干事……1959年春,弟调牡丹江农垦局《北大荒文艺》编辑室。弟于该刊第九期发表小说《第一书记上马记》，实为反浮夸风之作，被召开文艺大会和万人广播大会批判，定为'右倾机会主义大毒草'。聂老见某些人之嘴脸……愤而作《怀张惟》。聂老当时自处逆境，此举真是浩然正气，石破天惊。1981年秋弟于北京劲松寓所拜谒聂老，聂亲笔忆录此诗给我。"

王存诚1994年7月22日给侯井天的信中说："'发言一句可听么？'或可解作：被批判的人的发言是一句也不被考虑的。历来的'批判会'上都是这种一面之词，不容置辩。"

党沛家《在北大荒》：这两句诗（第5、6句）"直言不讳"。（见《聂绀弩还活着》）

郑加真《北大荒移民录·54·"皇帝新衣半件多"》："为了庆祝国庆十周年，垦区的文艺刊物《北大荒文艺》正筹备出刊'国庆特大号'，向党献礼。编辑正为缺乏'拳头作品'而发愁。突然张惟送来他的中篇小说《第一书记上马记》。大伙看后不禁拍案叫绝，都说这是一篇不可多得的力作。作品以巨大的热情塑造了转业军官、生产队指导员王宏德的艺术形象，鞭辟入里地揭示了'大跃进'掩盖着的'浮夸风'和'放卫星'等的虚假；最后因抵制错误而被撤了职的指导员由于总场党委书记韦克俭的及时发现和纠正，当场向他道歉，并提升为分场党委第一书记。作品的结尾是这样的：总场党委书记韦克俭对王宏德把手一扬，向广阔的原野说：'第一书记上马吧！'正巧省刊《北方文学》也为国庆献礼来北大荒组稿，见了作品，高兴异常，当下拍板成交：《北大荒文艺》先发，而后《北方文学》转载。共同为黑龙江推出一篇振聋发聩力作。作品刊出后，果然引起了强烈反响。本是对'大跃进'中浮夸风和官僚主义的奋力一击，却不知当时党中央在庐山正召开一次重要的会议：原来反对左倾变为反对右倾了。这篇在荒原草棚里写就的作品，居然与彭德怀的万言书联系在一起，成了'右倾机会主义'的大毒草。""犹如挨了一下重锤，整个编辑部同志都愣住了，紧忙给《北方文学》挂电话，撤回转载稿——其实对方早已听到风声，并表示理解和同情。幸好农垦局宣传部领导人对此比较宽容，指示召开业余作者座谈会'批判'一下；刊物要发表评论文章，让作者'检讨'一下云云。于是刊物接连两期，在《坚决向右倾机会主义作无情的斗争》的总标题下，刊发了一组评论文章，诸如《不能令人容忍》《是谁上马？》等等。张惟则在座谈会上作了有气无力的检讨，责任编辑——来自总政文化部的一位中尉军官也象征性自我批判了一番……在座的业余作者们大部分是转业尉官，他们对这场一百八十度大转弯的运动颇不理解，但，屈于当时的政治形势，就一个个'心照不宣'地正襟危坐着听着。这里需要指出的台下有一位'特殊编辑'——聂绀弩，他却冷眼客观地赋诗一首……（郑引聂诗全首，此略）"

赖丹《艺窗琐记·北去南飞雁》："聂绀弩从奖掖厚爱文学青年出发，恐其遭逢不测而抒发了对他（指张惟，侯注）的深切怀念的真挚心情。今天读来，聂绀弩的诗所表达的正气凛然的耿直豪爽，仍旧跃然纸上，动人心魄。"

杨九如《聂诗管窥·闲话〈北荒草〉》："'开会百回批掉了'，'掉'字下得奇！谁掉了？正确的，掉不了本来不存在，从何掉起？'百回'胡搅蛮缠总有要'掉'者……诗人结尾曰：'张惟豪气壮山河'，想是有同感，抑或自况也。"

庄严、章铸《中国诗歌美学史》："聂绀弩诗歌的特色……'以文为诗'现代性——韩愈开创'以文为诗'的意义在于：突破诗的旧界线，开拓诗的新天地。聂绀弩在新的历史条件下，继承和发展了韩愈这种艺术方法，以写杂文的风格来写诗，可以说，这是审美选择的一个创举，即运用独特的诗歌形式，来造成一种哀怨其内、调侃于外的独特审美效应，因而带有鲜明的现代性和强烈的召唤性。正像朱正在《散宜生诗·附记》指出的：'散宜生诗为杂文之一体'，也就是在诗意的微笑中，闪现匕首的光芒，露出投枪的锋利，给丑的事物以致命的一击，而美的向往，也就更加令人倾心注目。例如《怀张惟》这首诗……（庄、章引聂诗全首，此略）这是一首诗，也是一篇杂文，嬉笑怒骂，皆成文章，夹叙夹议，妙趣横生，它充分显示了审美的主体性与诗人的独创性。"

黄道奇《让我们的思想更解放一点——从读〈散宜生诗〉谈起》："诗中'第一书记上马记'，是张惟一篇小说的名字，直接入诗是很大胆的了，接着第三句和第四句，口语化到有点打油的程度。但总观全诗，气宇轩昂，真实地反映了当时社会现实的一个侧面，从苦难中见到光明。我想正是作者大胆地解脱了旧体诗词的一些框框的束缚，这就形成了别人很难达

到的新的风格和新的水平。"（见《湖南诗词》1991年第4期）

方印中《聂绀弩诗三百首》："全诗也像一篇杂文，嬉笑怒骂，皆成文章，夹叙夹议，妙趣横生。"

涂德海《意境、格律、风格——聂诗〈北荒草〉读后》："在诗的开头，以其小说题名入诗，一字不改，不顾禁忌，随即颂之为'绝世文章'。继而又以杂文为诗，责问苍天：其人批倒了吗？其作批掉了吗？以致最后喊出：'张惟豪气壮山河'！""柔肠侠骨，视扬清激浊为己任，真乃性情中人。"

赠徐介城[1]

切土全身尽上锹，路探兴凯水齐腰。
端阳七队曾牛饮，大雪三冬在虎饶。[2]
地里葵花和雨画，袖中茶叶当烟烧。[3]
辛勤最是催耕鸟，日日催人过小桥。[4]

[1]【徐介城】（1929—1985），山东青岛人。1949年参加中国人民解放军。曾任第四野战军《战士生活》杂志社美术编辑、总政治部《解放军战士》杂志社美术编辑。1958年春被错划右派后去北大荒，任《北大荒画报》创作员。1961年任哈尔滨艺术学院油画专业主任教员，哈尔滨市文化局美术创作员。1978年任解放军艺术学院美术系教师，系中国美术家协会会员。中央美术学院本科毕业，擅油画、连环画。

[2]【牛饮】俯身就地而饮，形如牛。《史记·殷本纪》："以酒为池。"《正义》引《太公·六韬》："纣为酒池回船糟丘而牛饮者三千余人为辈。"后来用以指大口大口地喝。

【三冬】聂绀弩1958年7月底到北大荒，1960年冬回北京，在北大荒三年，或把"三冬"解作"三年"。俞樾《古书疑义举例》卷三："三冬亦即三岁也。"

【虎饶】虎林、饶河，黑龙江省两个县名。1960年合并为虎饶县，1964年撤销虎饶县，各恢复原县。

　　③唐/杜荀鹤《山中寡妇》："时挑野菜和根煮，旋斫生柴带叶烧。"

　　④【催耕鸟】即布谷，其鸣又正当播种时节，故俗以布谷知劝耕，或催耕。（因第六字不得为仄声字而改。）

　　舒芜读诗笔记："'牛饮'是个成语，'虎饶'是个地名，但拆开来'牛'对'虎'，'饮'对'饶'，对得非常工巧。"

　　张任伟《赠诗表信念》："1963年夏天，聂绀弩从北京回京山来了。""他谈了许多在北大荒劳动改造的情况。""他说：'在北大荒最不好受的是时常没有烟抽。不过天无绝人之路，只要动脑筋还是可以解决问题的。在我们劳改场地去厕所的半路上，有个办公室，办公室的窗外经常有一些丢弃的香烟头。每逢断烟的时候，我就去那里绕行一周，拾它几个，因为怕别人看到不好意思，就趁人家下班的时候去拾。回来就与那个老头共享劳动所得，一个烟头两人轮流抽几口，其味道实在不亚于进口的高级香烟。'"（见《聂绀弩还活着》）

　　方印中《聂绀弩诗三百首》："《赠徐介城》几乎可以说是在北大荒劳动锻炼、劳动改造的文化人生活、劳动全景的一个缩影。""尾联写催耕鸟，其实衬托出来的，最辛勤的还是劳动者自身。如果截取颈联和尾联四句，就是一首优美的绝句。其景味俱足，声情并茂，即使放在唐人千首绝句中，也是上品。"

　　另稿：聂绀弩1962年4月8日致高旅附抄诗手迹，题作《赠介》。

往事

饶河某晚会，约定我讲一笑话，后因领导不同意，遂罢。
　　大雪漫天散碎鹅，从天降到小饶河。
　　饶河谁比姑娘乐，开口便哼敕勒歌。

不许诙谐唇舌省,无须思考脑筋磨。
人间万事皆前定,几个笸箕几个螺。①

①侯按:在我家乡(济南西南50公里),指头肚上圆纹叫"斗",不圆的叫"sha子"。斗,旧时粮食量器。sha子,往容器里撮粮食的家什。——簸箕柳编,比簸箕窄、陡、深,前有横木,作为握手。sha,方言,无此字。谣曰:"一斗穷,二斗富,三斗开个杂货铺;四斗做官,五斗卖烟;七斗八sha子,老了端着碗磕子(讨饭)。"此种民谣,因地而异,虽有宿命色彩,但无人确信,仅仅说着好玩罢了。

杨九如《聂诗管窥·闲话〈北荒草〉》:"《北荒草》诗中有序仅此一首。此诗如无此序,就会让人丈二金刚,摸不着头脑。""题曰《往事》,可见事后忆及有感而发;时间的界定从诗中语气,可能是获得自由后的反思。"

方印中《聂绀弩诗三百首》:"从约讲笑话到不许讲笑话,这件'往事'虽小,但颇能反映那个极左思潮泛滥时期的某种社会气氛:清规戒律,草木皆兵,'斗争'之弦紧绷。""全诗以诙谐的语气评说'不许诙谐',以严肃的思想考评说'无须思考',诗意显得格外沉重。而所谓'人间万事皆前定'云云,有豁达,也有无可奈何的排遣。"

赠胡考①

霜雪能教胃病松,操劳似把敌巢攻。②
几经春夏秋冬日,一笑东南西北风。③
狼洞难留青面兽,虎林微访白头翁。④
不知新四军连队,与此生涯果异同。

①【胡考】(1912—1994),生于上海,原籍浙江余姚。现代作家、

画家。创作有话剧《妻》《丈夫》，小说《行军记事》《新四军的一个连队》《两重奏》等。

②侯井天1990年4月1日写信请教胡考，胡在侯所提问题旁批字作答："我有胃病，聂老当知道，但在北大荒并未发病。'操劳'我以为可以就字面解。"

③清／郑板桥《竹石》："千磨万击还坚韧，任尔东西南北风。"

④【狼洞】当年和聂绀弩、胡考同在850总场4分场7队的党沛家，1987年9月17日从辽阳来济南侯井天家，当面对侯说："7队位于虎林县宝东西北30华里处，该队附近草甸子里有一处地名——狼洞。"（侯按：胡考在上述侯请教信上批字："我们劳动处似有以狼命名的地名，但具体不详。"）

【青面兽】指《水浒传》天罡星三十六员"青面兽"杨志。第十二回："王伦心里想道：'若留林冲，实形容得我们不济，不如我做个人情，并留了杨志，与他作敌。'""杨志道：'洒家有个亲眷，见在东京居住……今日欲要投那里走一遭，望众头领还了洒家行李；如不肯还，杨志空手也去了。'"（侯按：胡考在上述侯请教信上批字："青面兽、白头翁恐是诗人臆托，我无法解答，当时虎林方面并无白头老翁可访。"）

侯按：王伦不怀好意，难以留下青面兽杨志。7队这个有地名叫"狼洞"的生产队也难以留住胡考——1959年冬，胡考调《北大荒画报》。"狼洞"里才有"兽"，所以用武艺超群、绰号有个"兽"字的杨志，来比附学养很深的胡考。

方印中《聂绀弩诗三百首》："'几经春夏秋冬日'一联，是意境开阔、情调高昂的好句。意思既是指胡，也是自况，诗作者称此联'亦自觉有神'（侯按：见聂绀弩1962年4月8日致高旅以后的一未署上款亦无月日的短笺）。"

于永森《红禅室诗词丛话》："'几经春夏秋冬日，一笑东南西北风'，自然工致，自是笑傲恣肆情状。"

赠王观泉①

投荒垂老一尘轻,走石飞沙塞上情。
何日同寻青冢好,此身亲见黄河清。②
我从滟滪堆边至,君在蓬莱顶上行。③
偶尔相逢成一笑,不知何处不春明。④

①【王观泉】(1932—2017),上海人。作家,美术史家。著有《鲁迅年谱》《鲁迅美术系年》《鲁迅与美术》《欧洲美术中的神话和传说》等。

②【青冢】西汉王昭君墓,在内蒙古自治区呼和浩特市南郊大黑河南。

【黄河清】《左传·襄公八年》:"俟河之清,人寿几何!"黄河浑浊难清,有时忽清,旧时以为祥瑞。此处指新中国。李康《运命论》:"黄河清而圣人生。"又以此比喻难得、罕见的事情。

③【滟滪堆】俗称燕窝石,长江江心突起的巨石,在四川奉节县东5公里瞿塘峡口,旧时为长江三峡著名险滩。为了安全通航,1958年将该巨石炸毁。(林语堂《苏东坡传》第五章:"滟滪堆,是因为惊涛骇浪向巨大岩石上冲击,水花飞散起来,犹如美女头上的云鬟雾鬓,因此而得名。")

宋/黄庭坚《雨中登岳阳楼望君山二首》其一:"投荒万死鬓毛斑,生入瞿塘滟滪关。"

唐/李白《怀仙歌》:"我欲蓬莱顶上行。"

作者自注:所谓海外三神山,一曰方丈,言其窄狭;一曰瀛洲,言其卑湿;一曰蓬莱,言其荒芜。此我自解,此处即此义,与蓬莱、宫阙之类义殊。

④【春明】唐代京城东面有三个门,中间的叫作春明门,后人因称首都曰"春明"。

侯按:聂绀弩1977年2月2日致舒芜:"吴梅村送吴汉槎(是否一家?):开头,山非山兮水非水,生非生兮死非死……这样叠了好几句,初读时喜极,认为它很投合我的桀骜之气,而且真写得一通到底。但是,我所经历的远比汉公经历的深广得多,但一点也未觉得像梅公所说的那样,倒是觉得到处是生活、天地、社会,山繁水复、柳暗花明(这是说主导的一面，其他暂略）以及歌不尽颂不完的东西……"（见《聂绀弩全集》第9卷380页）可与"不知何处不春明"诗句参看。

王观泉《我记忆中的老聂》："我们都在850农场，我在云山畜牧场，他在5分场，这就是他在赠我的诗中那句'我从滟滪堆边至，君在蓬莱顶上行'的时代背景。"

王观泉《我心中流淌泪水……》："流人聂绀弩赠移民王观泉的一首诗中有'我从滟滪堆边至，君在蓬莱顶上行'句，我老大不满意，后来老聂恢复了光荣，诗集出版了，我见到一条注释：'所谓海外三神山……一曰蓬莱，言其荒芜。此我自解，此处即此意，与蓬莱宫阙之类义殊。'我读到了，我心里平复了。"（见《黑龙江日报》1996年1月31日）

郭隽杰："诗中'滟滪堆'，仅借意其险，喻自身'右派'境地，与其名无关。"

另稿：聂绀弩1961年10月21日致高旅附抄诗手迹，题作《赠王觉（生产队长）》，第3句"何日同寻"作"北地人传"。

闻某诗人他调[①]

地耕伊尹耕前地，天补女娲补后天。[②]
不荷犁锄到东北，谁知冰雪是山川？
刀头猎色人寒胆，虎口谈兵鬼耸肩。
此后哦诗休近水，宵深处处有龙眠。[③]

①【某诗人】指朱彩斌（1930—1971），湖北省房县人。1948年参加中国人民解放军，在陕西省军区文工团，1951年调八一电影制片厂，任编导、资料组长、制片。曾到朝鲜参加抗美援朝。1958年转业到北大荒，任《北大荒文艺》编辑。1963年调哈尔滨文联任专业作家。写过电影剧本、影片解说词，创作诗近百首。1980年出版诗集《完达山抒情》，收入

诗 44 首。

②【伊尹】商初大臣，名伊，尹是官名，一说名挚。传说奴隶出身，原为汤妻有莘氏女的陪嫁之臣，汤用为"小臣"，后来任以国政。

《孟子·万章上》："伊尹耕于有莘之野。"

③唐/李白《夜泊黄山闻殷十四吴吟》："龙惊不敢水中卧，猿啸时闻岩下音。"

王观泉《我记忆中的老聂》：在《北大荒文艺》编辑部里"与老聂谈得来的人中有一位诗人，就是朱彩斌……大凡他和老聂两人脸朝天花板躺着聊天时，正是彩斌大苦时，那么聂公是不是在开导诗人呢？""'刀头猎色人寒胆，虎口谈兵鬼耸肩'……没什么了不起的"。"不久，我们一度分散去种水田旱田，彩斌兄则……被送到伐木场劳动。老聂写的那首《闻某诗人他调》该是写这的罢"。

林千典《如此新声世所稀》："在不少新颖句法的运用上，特色也是显著的，如'地耕伊尹耕前地，天补女娲补后天'，'生事逼人何咄咄，牢骚发我但偷偷'，'光线无钱窥紫外，文章憎命到红中'等，造成诗篇的奇崛风格。"

方印中《聂绀弩诗三百首》："《北荒草》中多有写北大荒的名句，其中当以本诗首联'地耕'两句，最得北大荒神髓。北大荒，北大荒，正是北国的地老天荒之地。这一联句法奇崛，特色鲜明。"

党沛家《续读〈北荒草〉》："'不荷犁锄到东北，谁知冰雪是山川？'绀弩是带着他的'满怀高山流水意，一片苍松翠柏心'而来到北大荒的。他是那样的天真、善良而又弱小。但那时在北大荒这块土地上，弱者的生存是困难的。"

林千典 1992 年 6 月 17 日给侯井天的信中说："'刀头猎色'所解，疑非作者意，恐另有'本事'。"

党沛家 1987 年 9 月 17 日从辽阳来到济南侯井天家，当面对侯说："这两句（第 7、8 句）的意思是，此后说话时多加小心，别在好'打小报告'的人跟前说长道短，——这种人到处是。"

党沛家《忆聂绀弩在北大荒》："那时我们的领头，是彭达同志……

这位老革命（监察司司长），看来威风还没扫尽，他那浓郁的延安气息和作风，深受大家的喜爱和尊敬。但是他太天真了，天真到竟在大会上推心置腹起来。要大家'同甘共苦，共患难'……他哪里想到，第二天就把他撤了，并且还不断的受到批判。""当我得知，是那位长得很不错的姑娘××打的小报告，心里很难过了一阵子。绀弩大概也有感于此吧？每当我翻开《散宜生诗》，看到那'刀头猎色人寒胆，虎口谈兵鬼耸肩。此后哦诗休近水，宵深处处有龙眠'的时候，就不禁想起这段往事。"

另稿：聂绀弩1963年6月20日致高旅附抄诗手迹，称近作，题作《送某诗人行》。

麦垛

麦垛千堆又万堆，长城迤逦复迂回。
散兵线上黄金满，金字塔边赤日辉。
天下人民无冻馁，吾侪手足任胼胝。①
明朝不雨当酣战，新到最新脱粒机。

①【冻馁】《孟子·尽心上》："五十非帛不暖，七十非肉不饱。不暖不饱，谓之冻馁。文王之民无冻馁之老者，此之谓也。"

【手足任胼胝】《庄子·让王》："曾子居卫，缊袍无表，颜色肿哙，手足胼胝。"

党沛家《忆聂绀弩在北大荒》："绀弩不愧是一个伟大的共产主义战士。他的伟大，也有他的诗为证：看看那'天下人民无冻馁，吾侪手足任胼胝'的共产党人的情操。"

杨九如《"天外诗星"写奇联——介绍聂绀弩七律中的颔颈联》："（颈联）充分流露了对人民在'自然灾害'时的关心和自己劳动时手足胼胝认为无足轻重的伟大情操；与鲁迅的名句'横眉冷对千夫指，俯首甘为孺子牛'有异曲同工之妙，异句同意之蕴。胡乔木在《散宜生诗·序》中写道：'作者虽然生活在难以想象的苦境中，却从未表现颓唐悲观，对生活始终保有乐趣甚至诙谐感，对革命前途始终抱有信心，这确实是极其难能可贵的。'这是对聂绀弩一生的评价，也是对本联的评价。"

另稿：作者手迹，题作《〈北大荒吟草〉呈周颖大姐》（二首之一），第1句"又"作"更"；第5、6句作"手足吾侪有胼胝，人民天下无馑饥"。

风车

八臂朝天一纺轮，朝挥行雨暮行云。①
俯看平地疑流水，仰慕高踪远塞尘。
天际东风春猎猎，磨坊文札雪纷纷。②
吉诃德定真神勇，竟敢操戈斗巨人。

①战国楚／宋玉《高唐赋》："旦为朝云，暮为行雨。"

②【磨坊文札】《磨坊文札》，法国／都德（1840—1895）著，是一本由24篇散文、随笔组成的故事集。

王存诚1994年7月22日给侯井天的信中说："这二句（第3、4句）解作诗人的感受较顺。由于看到风车不停旋转而联想到自己生活中见过的水车，不由得向地面上看，是有流水在冲动这巨大的转轮吗？再抬头看到风车那么高大，远离尘嚣，因而觉得羡慕。"

方印中《聂绀弩诗三百首》："把风车放在'天际东风'的广阔背景中，于是境界全出。""颈联、尾联，还从眼前展开想象，连及都德的《磨坊书简》和塞万提斯的《堂·吉诃德》，把这首咏物诗的意境提升到一个更高的层次。'磨坊文札雪纷纷'句子精巧，用的是洋典，比之首联的壮观，别是一种情味。"

毛大风:"此为聂公一首抒情小诗。"(见《聂绀弩百岁诞辰纪念集·聂诗撷英》)

另稿:《三草》中题作《风车式收割机》,第6句"文札雪纷纷"作"粉雪昼纷纷"。

过刈后向日葵地

曾见黄花插满头,孤高傲岸逗风流。①
田横五百人何在,曼倩三千牍似留。②
赤日中天朝恳挚,秋风落叶立清遒。③
齐桓不喜葵花子,肯会诸侯到尔丘。④

①唐/杜牧《九日齐安登高》:"尘世难逢开口笑,菊花须插满头归。"

②【田横】狄县(今山东省庆云县东南)人,本是齐国贵族。秦末跟随他哥哥田儋起兵,重建齐国。楚汉战争中自立为齐王,不久被汉军打败,投奔彭越。汉朝建立,率领部下五百多人逃往海岛,汉高祖刘邦叫他到洛阳,被迫前往,因不愿向汉称臣,在途中自杀。留在海岛上的部属听到田横自杀消息,也全部自杀。事见《史记·田儋列传》。

朱正注引清/龚自珍《咏史》:"田横五百人安在。"(侯按:聂诗中"安"作"何",显然也是在"咏史"。)

【曼倩】即东方朔(前154—前93),字曼倩,西汉大臣,文学家,平原厌次(今山东省惠民县东北)人。性诙谐滑稽,善辞赋。武帝初即位,征举方正贤良材力之士,他上书自荐,任常侍郎、太中大夫等职,常以正道讽谏武帝。因终不得重用,故作散文赋《答客难》,以抒发有才智而无有施展的苦闷。事见《史记·滑稽列传》。

朱正注引《史记·滑稽列传》:"(东方)朔初入长安,至公车上书,凡用三千奏牍。"

③侯按：此两句寄托形象以抒怀抱。

④【齐桓】即齐桓公，春秋时齐国君。姜姓，名小白。公元前685—前643年在位。他多次大会诸侯，订立盟约，成为春秋时第一个霸主。《左传·僖公九年》："夏，会于葵丘，寻盟，且修好。"

【尔丘】即葵丘，宋地，齐桓公会诸侯于此。今河南省杞县东有葵丘聚。《考城县志》："葵丘东南有会盟台，其地亦名会盟乡。"

杨九如《聂诗管窥·闲话〈北荒草〉》："八句五十六字，是诗人的一幅自画像。读时必当将诗题多加咀嚼，方能品出滋味。"

方印中《聂绀弩诗三百首》："这里写到的向日葵形象繁茂，格调不俗。诗中的花格即人格，是诗人在'反右'这场政治运动前的自画。""诗中以田横事作比，突现向日葵被刈的悲剧气氛……向日葵在刈后，田横及五百壮士壮烈之气没有了，但断胺残简的残秆中，还残存东方朔式的诙谐。这也正是诗人自身的写照。当然'五百人'也有文人群体的含义"。"'赤日'句写当年葵花朝向中天赤日的恳挚之情……但恳挚遭遇的是'秋风'，而至落叶，而至被刈，留下残秆。但虽然是残秆，却依然挺立，清挺遒劲，衷心不改。这样一个形象，很有悲壮的意味。""齐桓公以霸主身份在葵丘会盟诸侯。诗的尾联用此典故语意双关：葵丘双关多生长葵花的北大荒，会诸侯双关各处文化人会聚在北大荒。"

杨九如《"天外诗星"写奇联——介绍聂绀弩七律中的颔颈联》："这是诗人的自画像……'赤日中天'，譬党的事业；'秋风落叶'慨自己衰老，可诗人衷心不改，清挺仍遒。对得工稳而别出心裁，对以反意为佳，此之谓'绀弩体'也。"

侯按：向日葵在没有被割倒时，满头黄花，孤高、傲岸、风流。一朝被割，像历史上田横五百壮士那样，一人也不存在了。然而那剩下来的葵花秆仍然一根根地挺立在那里，好像历史上有名的诙谐滑稽、善于辞赋的东方朔所留下的三千简牍一样。讲今怀古，聂绀弩又说到自己，他这葵花是恳切、诚挚地向着太阳的，不过禁不起肃杀的秋风，摧残得他成为"光秆"，却不曾损伤他强健的身心。

舒芜读诗笔记："末了借'葵丘'的地名，双关葵花地，借历史上有名的'葵丘会盟',双关北大荒一时人才荟萃。意思是说:如今大家会集在这里,好像当年各路诸侯会集在葵丘一样,而齐桓公之所以选定葵丘之地,大概因为他喜欢吃葵花子吧。因葵而想到葵丘,又想到葵花子,这种涉笔成趣的诙谐,是聂诗的一大特点。"

杨九如《聂诗管窥·闲话〈北荒草〉》:"联想到各路'诸侯'到'尔丘',这是为什么?其奈齐桓不喜葵花子何?"

袁第锐《当代之离骚 诗家之楷模——关于聂绀弩诗体的重新评价》:"被刈去葵花头的垄亩,一望无际的无头秃秆,对其景象,人们往往忽视。能如聂翁那样运用形象思维写成绝妙诗句的实所仅见。诗的首联回忆未被收获(即刈去葵花头)时形象:满头黄花,孤高傲岸。颈联上句把葵花秃秆比喻成田横正义凛然的五百壮士,下句想起了东方朔上给汉武帝的三千奏牍。思路奇特,但恰到好处。腹联上句表明葵花秆虽在赤日中天之下,仍然中怀恳挚,挺拔向上,下句说葵秆在秋风萧瑟之中,犹自傲然耸立,不减清道。结联忽然想到齐桓公葵丘之会,将齐桓公会盟的地名与诗中所咏的葵花地联系起来,以表故土之思,使人并不觉得其牵强,益觉其温柔、敦厚。"

王树声《奇人奇诗聂绀弩》:"这首诗通篇用比兴,以历史人物作比喻,道出多少被误解、受屈辱、一贯对党忠诚的同志的激愤之情!对功成之后不听忠谏、不亲贤臣的霸主式的人物给予幽默的嘲讽!"

郭生杰《哲人的执著与诗人的浪漫》:"他的咏物诗联想丰富,纵横驰骋,充满了浪漫主义色彩……(郭引聂诗全首,此略)拟人化的手法,'黄花插满头'的人物,却有'孤高傲岸'的'风流',能比那'田横五百'之壮士,上顶炎炎之烈日,下立瑟瑟之秋风,劲拔清峻,雄浑悲壮,谁不为之动容?即使齐桓公这样的千秋霸主,虽然不喜欢葵瓜子,只怕也要为其气势所夺,而把会盟天下诸侯的地点改在此处了啊!这是一种怎样奇绝的浪漫哦!真叫人一见倾心啊!"

另稿:《三草》中同题诗,第7、8句作"手抓一把葵花子,齿颊生香过尔丘。"

球鞋

不知吾足果何缘，一着球鞋便欲仙。
山径羊肠平似砥，掌心鸡眼软如绵。
老头能有年轻脚，天下当无不种田。
得意还愁人未觉，频来故往众人前。

舒芜读诗笔记："'羊肠'对'鸡眼'，对得工巧。"

林千典《如此新声世所稀》："他没有在叹老嗟卑中委靡凄恻，潦倒神伤，而是畅想着'老头能有年轻脚，天下当无不种田'。"

周健强《聂绀弩谈〈三草〉》："（周引聂诗第7、8句，此略）十六字画出一个可爱的'老儿童'那知足心常乐的天真……"

陈明强《谈诗艺·略论"诗味"》："诗人在逆境中的精神情趣何等感人！"

徐城北《融化在诗思中的种种——读聂绀弩的旧体诗》："自然中有了深度。五、六两句味道隽永，形象如画。"（见《读书》1989年第10期）

党沛家《读〈北荒草〉谈绀弩及侯注》："我去供销社买鞋，他要我也给他捎一双，我便买回两双球鞋。他一试之后便兴高采烈起来，说从未穿过。还不停地走来走去，边走边夸，比小孩子过年还要高兴。大家收工回来，他兴犹未尽，又当众表演起来，那模样才教好看！"

王玉祥《当代诗词佳篇赏析·咏物题材的新开拓》："古往今来，诗人们在咏物诗的广阔天地里纵横驰骋，大则山川风月，小则花鸟鱼虫，信笔吟去，屡见不鲜。而如上所述聂绀弩先生之咏球鞋者，却是同类题材中罕见之例。一双球鞋本身既无喻意，又无甚掌故，平白便要生发成一首律诗，不可否认是个棘手的难题。写什么呢？但是请看，摆在面前的这首《球鞋》，竟然这般描形绘影，抒情达意，摇曳多姿，淋漓尽致！我以为，诗人超迈的艺术联想起了决定性的作用。于是，围绕着寻常一双球鞋，顿时就翻出许多名堂，层层展开，乃成妙构。开篇二句以设问入咏，点出'一着球鞋'的总体感受是飘飘'欲仙'。'山径'二句紧承前意，写穿起球鞋即使走在山间崎岖羊肠小道上，也自觉平坦如磨刀石，而脚掌中鸡眼因此竟变得如丝绵般柔软起来（球鞋之功，何其大也）。接下去'老头'二句，则是在这种亢奋的心绪支配下产生的又一大胆联想，虽然'天下'一句略有夸张，但从主观上讲，也并不悖乎情理，更使全诗的抒情达到高潮。再加上结尾二句描状'得意'之态的精彩镜头的映现，一位活泼可爱的'老顽童'式的形象便跃然面前了。所以，此诗名为咏物，实为写人，句句咏其物，句句写其人，物咏毕而人亦写出矣。"现在，读者的疑问也许是：凭他写得妙笔生花，那么，这《球鞋》的选题究竟有什么意义呢？"如果说，写这首诗，诗人仍坐在北京、坐在人民文学出版社的编辑室里，当然是没有多大必要无端费心来咏一双球鞋的。因为，球鞋对彼时彼地的他来说，实在没有什么特殊的诗意可寻。但是，后来，当他于五十年代末期随着那股人流远赴北大荒从事体力劳动时，白云苍狗，情景就大不相同了。在北大荒，跋山涉水，推车割豆，轻便利落的球鞋，自然显出优于皮鞋、布鞋之类鞋子的特殊功用，也就理所当然地格外受到包括诗人在内的劳动者的青睐，同时也就进入了他的诗歌创作选题范围。况且，在当时的条件下，诗人得以受用一双新球鞋，看来也算是一件值得高兴的事，整首诗尤其是开头两句流露的情调足以证实这一点。所以他乘兴挥毫，一气呵成这首咏球鞋诗，其特殊意味是不言而喻的。倘若读者肯再深入一层，摆脱孤立的一人一物的局限而将此诗放在宏大的历史背景下加以观照，那么，似乎还可以透过这诙谐多趣的题咏，想见诗人苦中寻乐的旷达胸怀……"（见《当代诗词》1996年第1期）

方印中《聂绀弩诗三百首》："球鞋这样的事物还能入诗，还能是极好的诗，并且是旧体格律诗，这说明诗人在'旧瓶新酒'方面成就之高。""因写球鞋而老益壮，推己及天下……这里没有叹老嗟卑，没有委靡凄恻，而是开怀畅想，这也许是凡夫俗子所不可以理解的。"

另稿：第8句"众人前"作"在田边"。

拾野鸭蛋

野鸭冲天捉对飞，几人归去路歧迷。
正穿稠密芦千管，奇遇浑圆玉一堆。
明日壶觞端午酒，此时包裹小丁衣。①
数来三十多三个，一路欢呼满载归。

①晋/陶渊明《归去来兮辞》："引壶觞以自酌，眄庭柯以怡颜。"
【小丁】即丁聪，详见《北荒草·丁聪画〈老头上工图〉》注①。

1999年1月25日上午在北京丁聪家，丁聪是83岁的老人，对侯井天谈到时近40年前拾野鸭蛋时，喜笑颜开："可以改善生活了！"

舒芜读诗笔记："'端午'对'小丁'，前者是节令名，后者是人名，拆开来'端'和'小'都是形容词，'午'是地支，'丁'是天干，对得极工巧。"

方印中《聂绀弩诗三百首》："'明日'对'此时'两句是逆挽对。这固然是平仄粘对的需要，也真切地反映了诗人当时的心理过程。"

丁继松《聂绀弩在北大荒的日子里》："聂老的格律诗功底极深，而且自成一格，在北大荒的三年中，他写了不少反映生活、劳动和边疆山水风情的诗，我印象最深的是一首题为《拾野鸭蛋》的诗：（丁引聂诗全首，此略）这首诗是写1960年夏，编辑部人员到一个农场去劳动，黄昏归来时在一片芦苇丛中捡到一窝野鸭蛋的情景，充满了生活情趣。"

侯孝琼《也说聂绀弩体》："也有一些如《拾野鸭蛋》《球鞋》这类读来似乎十分轻松可笑的诗。买一双球鞋，便飘飘欲仙，'得意还愁人未觉，频来故往众人前'；拾一窝野鸭蛋，便作'明日壶觞端午酒'的揣想，'一路欢呼满载归'。但这并不一定如某些人所说，在苦境中，如何始终'乐观自信'。这些诗中夸张描画的'老顽童'品性，未始不是对逆境的挑战，它所表现的是一种'你奈我何'的精神优势。"

画报社鱼酒之会赠张作良[1]

口中淡出鸟来无,寒夜壶浆马哈鱼。[2]
旨酒能尝斯醉矣,佳鱼信美况馋乎。[3]
早知画报人慷慨,加以荒原境特殊。
君且重干一杯酒,我将全扫此盘余。

[1]【画报】《北大荒画报》,黑龙江铁道兵农垦局政治部出版,1959年1月创刊,出版一期,停刊。
【张作良】(1927—2003),山东省莱西县人。现代版画家。
[2]【口中淡出鸟来】《水浒传》第四回:"鲁智深在五台山寺中,不觉搅了四五个月……寻思道:'干鸟么?俺往常好酒好肉,每日不离口,如今教洒家做了和尚,饿得干瘪了。赵员外这几日又不使人送些东西来与洒家吃,口中淡出鸟来。'"
【壶浆】以壶盛酒浆。《公羊传·昭公二十五年》:"高子执箪食……国子执壶浆。"《孟子·梁惠王下》:"箪食壶浆,以迎王师。"
[3]【旨酒】美酒。《诗经·小雅·鹿鸣》:"我有旨酒。"

张作良1987年7月5日给侯井天的信中说:"1960年深秋,我陪《人民日报》记者赵志方同志去乌苏里江渔场、农场深入生活。回来带了些大马哈鱼,借此便请了一些志同道合的朋友在一块儿聚一聚。聂公绀弩的诗就是这样引出来的。""现记得当时参加这个荒原酒会的同志有丁聪、尹瘦石、聂绀弩、张路、关剑痕、吕向泉、孙承武、徐介城、张钦若、李景波(以上为所谓右派),还有王观泉、郝伯义、张祯其、张作良、吴守业、贺全安等同志。""当时还有些来往比较密切的如艾青、黄苗子、杨角、张晓非等,因他们不在局里。""今参加者已先后去世了李景波、张路、徐介城三位同志。"

王观泉《我记忆中的老聂》:"那次鱼酒会","电影演员李景波……讲了一则……笑话……老聂也特别高兴,话也渐渐多了起来,待到老聂从笑话中醒来而想到鱼时,装鱼的大脸盆已经见底了,因此末句'我将全扫此盘余'。"

方印中《聂绀弩诗三百首》:"如果说《球鞋》诗写的是'鞋趣',《拾野鸭蛋》写的'蛋趣',那么,这首诗写的则是'馋趣'——馋得有趣。首联两句,直接引鲁智深的话入诗,化粗俗为豪爽,也切全诗的气氛:在《水浒传》里梁山好汉是'大碗喝酒,大块吃肉';在画报社鱼酒之会上,是大口喝酒,大盆吃鱼。"

另稿:《三草》此诗题中无"赠张作良"四字,第4句"信"作"自",第8句"全"作"净"。

女乘务员

长身制服袖尤长,叫卖新刊北大荒。①
主席诗词歌宛转,人民日报诵铿锵。
口中白字捎三二,头上黄毛辫一双。②
两颊通红愁冻破,厢中乘客浴春光。

①【北大荒】指《北大荒文艺》月刊,1959年1月创刊,1960年12月停刊。黑龙江铁道兵农垦局政治部出版。1979年1月复刊,1980年起全国发行。

②聂绀弩《一个文字改革工作者的话》:"汉字还有个特殊情况:认白(别)字,写白字。这恐怕是汉字独有的。"(见《聂绀弩全集》第8卷276页)

王观泉《我记忆中的老聂》:在《北大荒文艺》编辑部,"老聂对工作十分卖力,他不仅积极编选评论稿件,而且协助编务。当时我们在虎林编刊,在密山印刷","小丁……和我们一起乘……火车去密山……校对刊物。""虎——密、密——虎来来往往火车乘多了,就认识了列车上那群吱吱喳喳的列车小姑娘……老聂却诗兴大作",(王引聂诗第1、2、7、8

句,此略)"爷爷辈的怜爱之情跃然纸上"。

方印中《聂绀弩诗三百首》:"'主席诗词''人民日报'这样的典型的新词,自然融合在七律之中,而又音律中规中矩,这是聂绀弩体诗歌在语言上的独创之一。""'两颊通红愁冻破'句极传神,北国严寒,豆蔻年华,青春活力,诸般情状跃然纸上,一个'愁'字,爷爷般的怜爱之情全出。""全诗语言浅显活泼而诗意浓郁,如同一幅着了暖色调的漫画,既有温婉的微讽,更有热烈的爱心。"

舒芜读诗笔记:"'白字'本亦可作'别字'。这里作'白字',与'黄毛'相对,对得工巧。"

王希坚《喜读〈散宜生诗〉》:"这两句逐字成为对仗,而且'白字'竟能对上'黄毛',令人觉得火车上那女乘务员既可爱又有点可笑,形象逼真,格外生动。"

谌震《旧体诗特有的魅力》:"'口中白字捎三二,头上黄毛辫一双',诗人在流放中遇到这位乘务员,既喜其热情,又惜其无知,而这又是那个时代的特征,诗人悲天悯人,无可奈何,遂出之以轻嘲。"(见《东方文化》1996年第5期)

李邦佐《试评〈倾盖集〉》:"《女乘务员》起句'长身制服袖尤长',只此七个字便把特定的时期那小女乘务员的特征勾勒得十分传神。'口中白字捎三二,头上黄毛辫一双'及结句'两颊通红愁冻破,厢中乘客浴春光'则于嘲讽中又寓歌颂,讽咏再三,可称妙绝。"

陈明强《聂绀弩旧体诗全编选讲》:"不用典,不用比兴,语言浅显活泼,与内容协调,想必这位小姑娘也能懂的。见出诗人根据题材使用语言的用心。"

舒芜《毁塔者的声音——论聂绀弩的妇女观(下)》:"……女乘务员,一双黄毛小辫,两颊通红,一身太大了的不合身的制服,不断叫卖着新出的《北大荒》杂志,唱着毛主席诗词,朗诵着《人民日报》上的文章,念着念着就捎带出两个白字,这是一个多么可爱的形象,带几分愚昧而又非常热情,生气勃勃之中,打上那个时代的标记,诗人是用老祖父抚爱孙女的眼光来抚爱着她。"

何满子《亦喜亦忧集·"口中白字捎三二"》:"聂绀弩一首题为《女

乘务员》的七律……诗的中间两联道：……（何引聂诗，此略）诗人是带着爱心写这个小姑娘的，因此她吟诗读报时捎带几个白（别）字，诗句也仿佛带着一种溺爱孩子的心情，觉得很是有趣。本来，一个列车乘务员，不是专职的传媒工作者，这样辛苦地分出精力来做点分外的服务，就够值得赞赏了，因此诗的结句是'厢中乘客浴春光'。"

涂德海《意境、格律、风格——聂诗〈北荒草〉读后》："'口中白字捎三二，头上黄毛辫一双'。此联怪得出奇，对得出彩。奇在哪里？奇在讽嘲中又寓歌颂；彩在何处？彩在'黄毛'配'白字'之上。让一个神采飞扬的极富时代特征的活泼可爱的小姑娘跃然纸上。"

归途

东北北东得得归，归程何处未依依。①
犁锄既已交朋友，风雪何能损帽衣。
击壤三年翁失马，沿途两耳妃呼豨。②
贝加湖想邻青冢，怀古情多事又非。

①朱正注引唐/贯休《陈情献蜀皇帝》："一瓶一钵垂垂老，千水千山得得来。"

唐/刘禹锡《杨柳词八首》其二："南陌东城春早时，相逢何处不依依？"

②【击壤】《击壤歌》，古歌名。相传唐尧时有老人击壤而唱此歌："日出而作，日入而息。凿井而饮，耕田而食。帝力于我何有哉？"（见《群书治要》卷十一引《帝王世纪》）。

聂绀弩《从〈击壤歌〉扯到〈封神演义〉》："如果不像注疏家们那样牵强，照文直解，就是一个老百姓说皇帝对于他没什么好处。"（见《聂绀弩全集》第1卷410页）

【妃呼豨】《汉铙歌·有所思》："鸡鸣狗吠，兄嫂当知之，妃呼豨，秋风肃肃晨风飔。东方须臾高知之。"妃呼狶是乐府曲调的余声、助声词，无义。

方印中《聂绀弩诗三百首》："首句以声传情，'得得'，一般解为'特地'，不妥，此处应是拟马蹄声，烘托归途中轻快的心情。""颔联写对劳动感情之深，在劳动中变得更加坚强，不改初衷。""妃呼狶是汉代乐府曲调的余声，象声词，无义；在本诗中拟两耳所闻风声。颈联的对仗极巧，'妃（妇女）呼（唤）狶（猪）'，对'翁失马'，字面上字字贴切，三个字整体上又形容风声，而拟声本身又非常形象。这样的对仗，使人盛赞诗人想象力丰富，这或许就是'佳句本天成，妙手偶得之'吧。""'怀古情多'。'怀古'其实是伤今。为什么在归途百感交集之时又一次想起古人的事呢？所谓'事又非'又是指什么呢？诗句的意思应该是，当年苏武留在北海（贝加尔湖）边十九年才南归，诗人本以为自己也要长时间羁留北大荒的，而现在只过了三年就踏上归途了，这是'事又非'之一。在《赠王观泉》诗中有'何日同寻青冢好'句，看来诗人在垂老投荒之日，已经打算如同王昭君一样，葬身北荒青冢的了，现在竟然能'生出'北大荒，这是'事又非'之二。总的说来，'事又非'是比照古人，慨叹自己能大难不死的意思。"

方印中《聂绀弩诗论稿》："妃呼狶，就算一般读者望文生义，以为是妇女唤猪的声音，虽是误读，也别有情趣吧。"

李栋才2002年5月30日给侯井天的信中说："'击壤'二字，我认为聂先生的原意，不是指击壤歌，而是借来指从事农业劳动"。

舒芜读诗笔记："归途两耳所闻的肃肃风声，而字面上'妃呼狶'又与'翁失马'字字相对。"

杨九如《细味聂诗·归途》："借《汉铙歌·有所思》中的助声词'妃呼狶'来与'翁失马'巧对，意蕴笺内，音飘弦外，真是妙到秋毫了。"

王沛霖1999年12月2日给侯井天的信中说："作者似说'翻了三年土，即劳动三年，收获很大'。塞翁失马，焉知非福。"

何永沂《漫谈借对》："'击壤三年翁失马，沿途两耳妃呼狶。'……旷语谐语相对，慨在其中矣！"

党沛家《续读〈北荒草〉》:"聂绀弩把他的三年流放生活看作塞翁失马,非但没有什么损失,反而大有收获。他还说:'犁锄既已交朋友,风雪何能损帽衣',这真是孙行者被关进了老君炉,不但毫毛未损,还锻炼出火眼金睛来。他还认为真正有所损失的不是他,而是那些整治他的人,他们把猪丢了,把好的东西失掉了,即使千呼万唤也找不回来了。"

散宜生诗

【赠答草】

聂绀弩1961年11月21日致高旅："你说赠答之类可收档。自是正论，但一时尚未能收。我的诗，是我有一部分时间，想了解一点我国古典诗内容和方法的副产品……再，这几年来，感情上也不可能完全正常，不免要发抒发抒，不管如何发抒都好。为了学本事，同时也发抒一点郁积，暂时还不免感恩赠答一番。"1962年"五一前一日"致高旅："赠答诗有时惟被赠人最解，他人读之则需加注。"

寓真《聂绀弩刑事档案》：1965年2月某日聂绀弩同朋友张友鸾等一起晚饭，他说："我细算了一下，这几年做的诗，写给别人看，别人赠诗做了答诗或者有赠而别人不答的，总共有五十多人。

序诗

秋老天低叶乱飞，黄花依旧比人肥。①
风前短发愁吹帽，雨里重阳怕振衣。②
尊酒有清还有浊，吾谋全是亦全非。③
感恩赠答诗千首，语涩心艰辨者稀。

①宋/李清照《醉花阴》："帘卷西风，人比黄花瘦。"
②晋/陶渊明《晋故征西大将军长史孟府君传》：九月九日"温游龙山……有风吹君帽堕落。"
　唐/杜甫《九日蓝田崔氏庄》："羞将短发还吹帽，笑倩傍人为正冠。"
　晋/左思《咏史八首》其五："振衣千仞冈，濯足万里流。"
③唐/杜甫《羌村三首》其三："手中各有携，倾榼浊复清。"

方印中《聂绀弩诗三百首》："诗人头上的右派'帽子'，四人帮强加的'反革命'的帽子，虽然没有了——那已被'风'吹掉——但历史问题仍然得不到澄清，情景'依旧'，这就是'愁'的原因。人生已至重阳季节，但时运不济，是'雨里重阳'不见'夕阳红'；之所以'怕振衣'，是因为怕振衣而动心，从而激起更多的'愁'。""颈联两句，对照强烈，含意深长，是几十年生涯的反思，反思有感悟，也有愤慨——一种深沉得不见火气的愤慨……为什么就'吾谋全是亦全非'，不仅是是非难辨，而且是非全然相反呢？'吾谋'可能于此'全是'，于彼'全非'；第二，'吾谋可能于动机全是'，于效果'全非'；第三，'吾谋'可能于己为'全是'，于人为'全非'，或者相反；第四，'吾谋'事实上'全是'却在政治运动中被批得'全非'；第五，'吾谋'在现在看是'全是'，而在当时看是'全非'，或者相反；第六，愤激之余，或一切看透之余，就认为'全是'亦'全非'，'全非'亦'全是'，等等，所有这些，都是政治运动折腾的结果。""（尾联）这里的'感恩'，同常义不同，是相互交流、相互感动、相互理解之意……'语涩心艰'，'心艰'是'语涩'之因，这也是时代之使然。"

姚锡佩《杂文大家聂绀弩的坎坷路》："这是他几十年自我解剖后的思想飞扬。然而，其间因检查思想创作上的清浊是非而备受的煎熬及付出的代价，又有谁评说？"（见《新华文摘》1992年第9期）

王存诚1994年7月22日给侯井天的信中说："'尊酒'中的'尊'对下句的'吾'，意思应是'您'（赠答中的对方），这一句的意思可解作，别人赠给自己的诗确有不同的味道，有的使人慰藉（清），有的使人痛苦（浊），当然还可能包括其他各种情感。因为本诗题目是为《赠答草》作序，所以本联应这样解。"

于永森《红禅室诗词丛话》："'尊酒有清还有浊，吾谋全是亦全非'，颇博辩。"

舒芜《记聂绀弩谈诗遗札》："聂老做诗的态度非常严肃，要求自己非常严格。他所谓对自己的诗的怀疑，其实就是要与传统的诗学严格划清界线，怀疑前人是否懂得这个界线，是否仍然用了传统的标准来肯定他赞美他。他有句云：'感恩赠答诗千首，语涩心艰辨者稀。'又有云：'老想题诗天下遍，微嫌得句解人稀。'（侯按：后两句见《南山草·斥鹖》）都是这个意思。"（见《读书》1986年第7期）

顾学颉《杂谈聂绀弩诗》："绀弩自己说，他的诗，'语涩心艰辨者稀'。语涩心艰，的确如此；辨者虽稀，但'一篇锦瑟解人难'，终久有好事者去作'郑笺'的。"

邵燕祥《重读聂绀弩的诗》："绀弩自己说过：'感恩赠答诗千首，语涩心艰辨者稀。'我们是不是于他淋漓酣畅处留意较多，于他的'语涩、心艰'会心不足呢？"（见香港《大公报》1993年2月15日）

启功《次韵聂君绀弩一首，绀翁曾被四人帮刑禁多年》："汤火惊魂竟不飞，万方有罪四人肥。二毛无恙移干土，上坐依然摄敝衣。后日自知销后患，先生初计已先非。学诗曾读群贤集，如此新声世所稀。"

虞愚《次绀弩〈赠答草·序诗〉韵》："豁目晴霄接隼飞，网罗冲决道能肥。已成铅椠千秋业，依旧乾坤一布衣。毁室夜鸮终自陨，掠空海燕辨谁非。新诗中有经天泪，狂侠温文并世稀。"

另稿：聂绀弩1961年11月2日致高旅信中附诗手迹，题作《秋老》，第4句"怕"作"未"。《马山集》同此。

步酬查九寒斋题壁①

忆水南门十字街，儿时相逐跃台阶。②
胡然初白玉堂叟，下顾三红金水斋。③
四境鸡鸣无狗盗，两生鸽异对狐谐。④
龙蛇走壁风雷吼，知是尊诗抑鄙怀。⑤

①【查九】查慧九（排行第九，1901—1976），字可恩，湖北京山城关水南门人。新中国成立前在重庆任国民党政府军政部专员、正和银行课长、兵役部部附、国防部兵役局专员。新中国成立后在湖北社科工作协会及中南大学工作和学习。曾任浠水县土改工作队队员、中南人事部"三反五反"队员。1952年任广东省府参事室研究员。1953年到广东省府做总务、秘书工作。后任广东省府第一干部中学历史教员、第二干部中学语文教员。1976年3月24日病逝于成都。

②湖北京山县县志编纂委员会的易平宇1987年5月4日给侯井天的信中说："京山县城过去有水南门和十字街两个小地名，查九住水南门，聂老住十字街，两家相距二三百米。"

③【胡然】《诗经·鄘风·君子偕老》："胡然而天也，胡然而帝也。"
【玉堂】官署名。宋代淳化年间，宋仁宗亲书"玉堂之署"四字予翰林院，自此"玉堂"便成为翰林院的专称。清诗人查慎行，晚号初白，尝授翰林院编修，故称之为"玉堂叟"。（侯按：此借指查九。）
【三红金水斋】黄苗子《半壁街忆语》记述：他"一时好玩"，给聂绀弩的书房写了个匾额："三红金水之斋"，时在1964年左右。（见《聂绀弩还活着》）

作者自注：友人给我取一斋名："三红金水斋"，以斋中有《三国》《红楼梦》《水浒传》《金瓶梅》等小说。次序无义。或包括《三言》《聊斋志异》。

④【鸡鸣狗盗】战国时齐国的贵族孟尝君，姓田名文，以好客出名，他养着食客几千人。孟尝君作为使者出使秦国，被扣留。他想求幸姬说项放他，可是幸姬想得到白狐皮裘，这时该裘已经献给昭王了。孟尝君的食客中有人具有偷鸡盗狗的本事，替他偷来该裘献给幸姬。因此被放走。在离开秦国时，到了函谷关，按关法，鸡叫时才可以开关放人。还不到鸡叫的时候出不了关。孟尝君食客中有会学鸡叫的人，一学鸡叫，引起群鸡啼叫，得以提前出关，逃出秦国国境。事见《史记·孟尝君列传》。

【鸽异对狐谐】作者自注：《鸽异》《狐谐》皆《聊斋志异》篇名，此处借用字面为趣，与原文无涉。

⑤【龙蛇走壁风雷吼】唐/李白《草书歌行》："起来向壁不停手，一行数字大如斗。恍恍如闻神鬼惊，时时只见龙蛇走。"

唐/鲁收《怀素上人草书歌》："有时兴酣发神机，抽毫点墨纵横挥。风声吼烈随手起，龙蛇进落空壁飞。"

方印中《聂绀弩诗三百首》："'初白玉堂叟'对'三红金水斋'，对仗精巧到了极点，诗人是如何构思出来的，读者宜细细体会，方知其妙。""字面为什么有趣？也许就是以'鸽'喻个性特异的查，以'狐'喻个性诙谐的自己；而老友见面，谈的亦是异事及谐事。而这联对仗本身，也备极谐趣。"

陈光照："鸽"，拆开为"合""鸟"——两只九头鸟相会；"异"，二人是同乡，如今一居北京，一居广州，各在"异"乡为异客。"狐谐"，"狐"朋相叙，促膝谈心，既投机又风趣。"四境鸡鸣无狗盗"，可以"四境"解为"四邻八舍"；"鸡鸣无狗盗"，似可转弯解为"我家四邻八舍之间，没有鸡鸣狗盗之辈"。

王沛霖1999年12月2日给侯井天的信中说："疑与孟尝君无涉……四境鸡鸣疑用《老子》八十章'邻国相望，鸡犬之声相闻'之典。诗意谓人民安居乐业，治安状况良好。"

除夜怀查九

宜春帖子换屠苏,传世文章应世迂。①
脚在羊城冬怕冷,人无狗监老当孤。②
难寻布底棉鞋了,尚着条花睡裤乎?
此夜高楼微醉后,哦诗欲倒一鸠扶。③

①【宜春帖子】南朝梁/宗懔《荆楚岁时记》:"立春日,悉剪彩为燕以戴之,贴宜春之字。"

【屠苏】唐/韩鄂《岁华纪丽·元日》"进屠苏"注:"俗说乃草庵之名。昔有人居草庵之中,每岁除夜遗闾里一药帖,令囊浸水中,至元日取水,置于酒樽,合家饮之,不病瘟疫。今人得其方而不知其姓名,但曰屠苏而已。"

②【羊城】五羊城,简称羊城,广州市的别称。

【狗监】代掌管皇帝猎犬的官。司马相如因为狗监杨得意之荐始进用。事见《史记·司马相如列传》。

③【鸠】朱正注引《后汉书·礼仪志》:民年八十九十者,所授玉杖,"端以鸠鸟为饰"。

方印中《聂绀弩诗三百首》:"可知查九书法很好。首联从书写、剪贴宜春帖子写起,希望查九能写出一些传世文章。""以司马相如隐隐比之查九,指查九擅文,对照首联'传世文章'句意。'狗监'二字,有讽刺意。'狗监'对'羊城',对仗极工,典故似顺手拈来,亏诗人想得出!"

舒芜读诗笔记:"'羊城'对'狗监'对得极工。"

侯按:查一群(查慧九之女)《聂绀弩和潘从先、查慧九》中说"聂绀弩与查慧九同为京山县县立高等小学同学,并且沾点亲戚关系""1963年聂绀弩因事到广州,会见了查慧九"。"回京后绀弩作了两首诗寄查慧九"。即《步酬查九寒斋题壁》《除夜怀查九》连同《拾遗草》中的《查九枉顾步见赠韵》三首,写作时间推定在1963—1966这四年间,根据是:一、"下顾三红金水斋"的斋名,是1964年"左右",黄苗子"一时好玩"才给聂绀弩取的斋名写的匾；二、1967 年 1 月 26 日聂绀弩入狱，及 1976 年 11 月 2 日从山西临汾回到北京，查九已早于多半年前（1976 年 3 月 24 日）病逝——因而查"下顾"聂不是到监狱；聂出狱后，已病逝的查当然也不可能"下顾"聂了。"下顾三红金水斋""君从南国到京华"，都是说查从他的工作地到北京，与此不同的记述，恐怕不可靠。

中秋寄高旅①

丹丹久盼过中秋，香港捎来两罐头。②
万里友朋仁义重，一家大小圣贤愁。③
红烧肉带三分瘦，黄豆芽烹半碗油。
此腹今宵方不负，剔牙正喜月当楼。④

①【高旅】（1918—1997），原名邵元成，字慎之，现代作家，江苏常熟人。1950 年到香港《文汇报》工作。著有《补鞋匠传奇》《彩凤集》《困》《限期结婚记》《杜秋娘》《钻窗记》《金剃刀》《高旅诗词》等。

②作者自注：一、丹丹，友人女（侯按："友人"乃吴奚如），现寄养在我家。二、两罐头只开了一个。（见聂绀弩 1961 年 9 月 26 日致高旅函）

【丹丹】姓吴，1947 年生。她在《一束小白花》（见《聂绀弩还活着》）一文中自述道："父亲（聂绀弩）母亲（周颖）不是我的生身父母，由于我的生身父母之间感情不合"，"命运之神将八岁的我交给了他们抚养"。"1955 年，我到了父亲家。"吴丹丹曾任《团结报》记者。现留居挪威。

③【仁义重】宋/沈作哲《寓简》引邢俊臣《嘲置花石纲——临江仙》词："巍峨万丈与天高，物轻人意重，千里送鹅毛。"

作者自注：圣贤愁，见《笑林广记》，意谓白吃者圣贤亦无奈何。

【圣贤愁】清/程世爵《笑林广记·圣贤愁》："有一人姓白，绰号白吃，无论何处宴会，不请即至，坐下就吃。村中人甚恶之，公议在村前三圣祠立一匾，上写'圣贤愁'三字。一日，吕洞宾、铁拐李云游至此，看见匾上'圣贤愁'三字，不解所谓，遂化作云游道人，访问缘由。土人云：'我们这里有一白吃者，吃遍一方，见了虽圣贤亦要愁，故有此匾。'洞宾说：'我二人虽不是圣贤，见了他断不至于愁，倒要会会他，看他有何白吃之术。'二人坐在庙廊之上，吕祖吹了一口仙气，变了一壶酒，几碟菜，刚斟酒，白吃已至庙前，说：'你二位在此，多有失陪。'坐在一旁就要动手吃酒，二仙急忙拦阻说：'我们这酒不是白吃的，要将匾上三字各吟诗一首，说对了方准吃酒，说不对驱出境。'白吃说：'请二位先说。'洞宾即指匾上第一'圣'字说：'口耳王，口耳王，壶中有酒我先尝，席上无肴难下酒'，拔出宝剑将耳朵割下，说：'割个耳朵尝一尝。'铁拐李又指匾上第二'贤'字说：'臣又贝，臣又贝，壶中有酒我先醉，席上无肴难下酒'，将洞宾手内宝剑接过，把鼻子割下来，说：'割下鼻子配一配。'白吃看了大惊，说：'我从来没见过如此请客者，轮到我不能不说。'指着匾上第三'愁'字说道：'禾火心，禾火心，壶中有酒我先斟，席上无肴难下酒，拔根汗毛表寸心。'二仙说：'你真岂有此理，我们一个割了耳，一个割了鼻，你因何只拔一毛？'白吃说：'今日遇见你二位，若要是别人，我连一毛也不拔。'"

④【此腹今宵方不负】朱正注引明/冯梦龙《古今谭概》："党太尉（进）尝食饱，扪腹叹曰：我不负汝。左右曰：将军不负此腹，恨此腹负将军。"

聂绀弩 1961 年 9 月 26 日（农历八月十七日，侯注）致高旅："十六日信与诗均收到。罐头也已取来，并于中秋节吃去一罐，其情况写了诗一首，附呈。""看信上的话，你把我的情况想得太穷，其实不是那么回事。除了没有高级待遇，钱也少了一些外，别的都一样。我有几千块钱存着，公债也不少，目前夫妇收入（每月，侯注）共二百六十元，女儿自己负担有余，哪里会穷！问题是有钱没东西买，又不能寄给你。"12 月 15 日致高旅："中秋未食之另一罐头，近已吃了，远不如前次好吃，前次只加了一斤黄豆芽，鲜美油多，这回穷凶恶极地放了些东西，大上其当。"

方印中《聂绀弩诗三百首》："以罐头入诗，又有十分诗意，从古到今，本诗大概是第一首。"

舒芜读诗笔记："'仁义'对'圣贤'，'重'对'愁'，对得极为工巧。"

王希坚《喜读〈散宜生诗〉》：第5、6两句"字字对仗，俗而不伤其雅"。

梁羽生《笔·剑·书》中《杂记聂绀弩》："他有《中秋寄高旅》诗一首云：（梁引聂诗全首，此略）老饕之态可掬，但两罐红烧肉已令诗人感叹'此腹今宵方不负'了，读后令人笑中带泪。"

侯按：1960年11月（聂绀弩1961年5月29日致高旅信，说"现已回京半年多"，据此确定聂离开北大荒的时间为1960年11月。其他种种说法无凭。据山东省委1960年9月25日文件，是贯彻执行中央批转中央组织部、统战部《关于右派分子工作的几点意见》，令各市、地委"应即研究执行"。略谓：右派分子中的妇女和年老体弱、有病的，由于他们不适宜搞重劳动或长期体力劳动，遵照中央意见，应给他们分配适当的工作，或者轻微的劳动。对右派分子中代表性较大的和高级知识分子，也可以按照这种精神处理。可见聂绀弩离开北大荒返回北京的时间与"中发"文件吻合。并非照顾聂绀弩一人）聂绀弩从北大荒回北京。翌年9月24日是中秋节。聂绀弩"一家大小"在北京自己家里过节。《中秋寄高旅》就是这年、这个中秋节寄高旅的诗。——高旅从香港给聂绀弩"捎来两罐头"。

时间、地点确定无误。1961年，是怎样一个"年"？应该说明白：1960—1962年，史称"三年困难时期"。农村、城市，几乎人人说"饿"。口粮少、口粮绝；"瓜菜代"，没得代。主食如此，副食别提：鱼肉禽蛋、瓜果菜奶、油盐酱醋、烟酒糖茶，没一样不艰窘；吃的穿的用的，没一样不奇缺。本来平平常常、随时可以见到的、得到的物品，见不到，得不到；得不到，怎能上得身、进得口、应得手！

1959年这一年，聂绀弩在虎林，我也在虎林。1959年底以后我在哈尔滨，也出差到大中小城市和农村，饿滋味、难滋味，统统尝到了。试想在这样特定的年月过节，有两个肉罐头——而且又多肥少瘦，简直是神来之物！否则，谁大作这种"罐头"诗文！"三年困难时期"，《中国共产党的七十年》这样写道："1960年同1957年相比，城乡人民平均的粮食消费量减少19.4%，其中农村人均消费量减少23.7%。植物油人均消费量减少23%。猪肉人均消费量减少70%。许多地区因食物营养不足而相当普遍地发生浮肿病，不少省份农村人口死亡增加。由于出生率大幅度大面积降低，死亡率显著增高，突出的如河南信阳地区，为正常年份的好几倍。"《中国共产党的七十年》一书，在列举了以上统计数字以后写道："原本希望快一点让人民群众过上较好的日子，结果却出现令人痛心的事实。"

聂绀弩所在的牡丹江农垦局，有无可据的统计"数字"，说明"三年困难时期"的实况呢？有。郑加真《北大荒移民录》第十二章《三年特大自然灾害》："自1960年11月起，牡丹江垦区职工口粮减为12.5公斤……到12月，职工口粮又减到10公斤……到1961年1月，职工口粮再减到7.25公斤……人们的视野不得不转向一切可以用来'代食'的物品：豆秸、玉米秸、玉米叶、麦麸、稻糠、酒糟、豆粕、树皮……"

李锐1960年9月下半月日记："粮食减二斤，甚有影响，全局问题"。"目前多吃野菜，大小豆叶均可吃"，"吃生土豆一枚"。"吃了几个生玉米，刚摘下者可食"。"最近吃地瓜秧多"。"九月起……整劳力每月（口粮）也减到十五斤"。（见《李锐其人》）

于永森《红禅室诗词丛话》："《中秋寄高旅》一篇，读之令人哭笑不得，笑中带泪；'万里友朋仁义重，一家大小圣贤愁'，暗合《孟子》'食色性也'，尚不及色而仅止于食，故'圣贤'一语大堪品味；'红烧肉带三分瘦，黄豆芽烹半碗油'，妙句不易；'此腹今宵方不负，剔牙正喜月当楼'，昔东坡谓介甫'此老真野狐精'，今余言此老'姜是老的辣'也。"

另稿：1961年9月26日致高旅信中附抄诗手迹，题作《中秋即事》，第2句"捎"作"寄"，第8句"剔牙正喜"作"桂香虽少"。

元日寄高旅

比年元旦例吟诗，首寄香江杜牧之。①
祖国灾荒曾去日，先生包裹尚今时。
笔逢秋姊有书写，命犯孤鸾无药医。②
多少世间豪富客，名驹肯借窭人骑？③

①【杜牧之】即杜牧，字牧之，有《杜秋娘》诗。高旅曾作小说《杜秋娘》，所以这里称高旅为今日香港的杜牧之。

②【命犯孤鸾】舒芜读诗笔记："迷信算命的术语。命运中如果犯了'孤鸾'，便娶不到老婆，孤身打光棍。'鸾凤'是夫妻成双的象征，'孤鸾寡凤'是夫妻不能成双的象征。"

③【窭人】《论语·卫灵公》："子曰：吾犹及史之阙文也。有马者借人乘之，今亡已夫！"《汉书·霍光传》："又诸儒生多窭人子，远客饥寒，喜妄说狂言，不避忌讳。"

聂绀弩1961年10月5日致高旅："我以为你结婚已久，故前信有请寄照片之说。今老余（所亚）说并无其事……昔为有病，今已健康，仍复如此，殊不可解。独身对身体不一定好。"

高旅1987年6月20日给侯井天的信中说："抗战中我未婚，（19）50年与绀弩再晤时仍未婚及其自北大荒归，知我犹未婚，于是有此诗。此1961年事，具十分关心之意"。"'无药医'三字亦有来源，我患肺病久，人云今有特效药，不足惧矣，不料所谓特效药，于我皆无效，百治不愈，其后用手术，再用中国传统调理之法治愈。绀弩于此未详，但闻'无药医'，于是凑上四字成句"。"打油调侃，开开玩笑，都是不细论的……但见其中透出一种友情便得"。

舒芜1987年7月15日给侯井天的信中说："邵慎之（高旅）虽已结婚，但结婚甚晚，故聂诗云'命犯孤鸾'这一点似应注出。若是对于一个年龄不大的未婚青年，则不能如此说也。如邵解'无药医'，则一句说两事，上四字说未婚，下三字说肺病，似无此句法。我一向理解为'命中犯了孤鸾，此事无药可医'也。'孤鸾'是用算命术语，命中犯了'孤鸾'之运，无可解救也。聂对邵迟迟未婚，甚有同情，故如此说。此事聂向我谈过"。"但聂诗本意，确是同情而且甚有些代为扼腕的"。

杨九如《聂诗管窥·解"无药医"》："京山土语有'冇得药医'。它在三种情况下脱口而出：一是上辈对下辈恨铁不成钢；二是亲友劝阻无效；三是夫妻之间相互娇嗔戏谑。准此，'命犯孤鸾无药医'，不仅诗意盎然，而友情跃然于纸上了。"（侯按：冇，音卯，即方言"没有"。）

另稿：高旅存作者手迹，题作《六四年元旦赋赠》。

寄高旅

定因风雨故人怀，万版秋娘入梦来。①
好梦千场犹恨少，相思一寸也该灰。②
老夫耄矣人谁信，微子去之迹近哀。③
君在天南我天北，拔天柯干两樗材。④

①【风雨故人】《诗经·郑风·风雨》三章，描写风雨中见到好朋友的喜悦之情。
【版】图书排印一次，叫一版。
作者自注：《杜秋娘》为高旅著历史小说。
②唐/李商隐《无题四首》其二："春心莫共花争发，一寸相思一寸灰。"
③【微子去之】《论语·微子》："微子去之，箕子为之奴，比干谏而死。"微子，周代宋国的始祖，名启，或开。殷纣王的同父异母哥哥。封在微（今山东省梁山县西北）。因见商代将亡，数谏纣王，王不听，遂出走。周武王灭商时，向周乞降。周公旦攻灭武庚后，封他于宋。这里借"微子去之"指高旅1950年去香港《文汇报》工作。

④罗孚《聂绀弩诗全编·后记》:"绀弩又喜欢以'樗材'自称。樗材是臭椿,自古被称为'恶木'。常和栎联在一起,称樗栎;又和散联在一起,称樗散。都是无用之材的意思。樗散是因无用而被散置的樗。樗栎是一对无用之材,《庄子·逍遥游》说樗:'吾有大树,人谓之樗,其大本臃肿而不中绳墨,其小枝卷曲而不中规矩,立之途,匠者不顾。'《庄子·人间世》说栎:'其大蔽数千牛,絜之百围……散木也,以为舟则沉,以为棺椁则速腐,以为器则速毁,以为门户则液樠,以为柱则蠹。是不材之木也,无所可用。'真是说得太不堪了。"

王存诚1997年3月20日给侯井天的信中说:"由'老夫耄矣',可知此诗作于'文革'之后。夏衍《绀弩还活着》:'1976年受到"特赦",拖着病体回到北京……我见到他时,他提出的却是希望帮助解决远在香港的作家高旅的问题。'高旅是什么问题呢?高旅1996年7月1日答王存诚、邵济安询问信曰:'其实无什么冤抑,只是抗命掷笔而已。'四人帮'倒后,京中友人以为应"平反",事情还闹到胡公耀邦处,写了条子,但港中仍是"四人帮"时代拥趸旧人,竟宣称"不惩办他已是便宜"。居然抗命,我亦意兴不前,随它去了。事隔多年,已不必再提。'"

北山(施蛰存)《管城三寸尚能雄》:"聂绀弩旧体诗的更大特点是他的谐趣、一种诙谐的趣味……《寄高旅》《萧军枉过》《悠然六十》,都是极饶谐趣的诗篇,使人读了禁不住一笑,佩服其设想之妙"。(见《读书》1983年第2期)

另稿:1978年4月28日寄高旅信中抄诗手迹,题作《老人诗》,第1句"定因"作"岂关",第7句"我天"作"吾地",第8句"拔天柯干"作"一般天下"。

念高旅

天外飞来杜牧之,手提天下古今诗。

空中涉笔多成史，港上浮家缺姓施。①
易水朝霞惊夏梦，燕山夜雨话秋词。②
一张贫嘴聒复聒，千里故人知未知。③

①【浮家】浮家泛宅。《新唐书·张志和传》："颜真卿为湖州刺史，志和来谒，真卿以舟敝漏，请更之。志和曰：'愿为浮家泛宅，往来苕、霅间。'"

宋／陆游《秋夜怀吴中》："更堪临水登山处，正是浮家泛宅时。"

【施】指西施。相传越灭吴后，西施同范蠡偕隐五湖。

②【秋词】作者自注：秋词，指高著《杜秋娘》中杜秋词："劝君莫惜金缕衣……"云云。

唐／李商隐《夜雨寄北》："君问归期未有期，巴山夜雨涨秋池。"

③罗孚："（此句）亦指屡提无伴宜婚事。"

《庄子·天下》："强聒而不舍者也。"

高旅 1987 年 6 月 20 日给侯井天的信中说："绀弩诗'港上浮家缺姓施'，言范蠡故事，'施'系'西施'也。""但不切，我那时任职《文汇报》，颇感冗忙，'港'上生活，非'泛舟五湖'也。当然，未用此语，但意思是如此。或云，一旦你'泛舟五湖'时身边缺少一个伴，亦可解。而诗本来有时须'夸张'，不能'敲钉转脚'的。"

罗孚："'易水、燕山'，'皆作者自喻'。""夏梦，莎士比亚著有《仲夏夜之梦》"。

王存诚 1994 年 7 月 22 日给侯井天的信中说："此诗（《念高旅》）和上一首（《寄高旅》）都是借述梦以寄遐思。因此这二句可解作：我在梦中和你说了这么多话，你在千里之外也能够知道吗？语虽近谑而情实深。"

另稿：聂绀弩 1982 年 9 月 5 日寄高旅信中附抄诗，题作《高旅枉顾》，末署日期"1982.8.25"，第 6 句"话"作"唱"，第 7、8 句作"人生八十诚云老，及见重来未可知"。9 月 15 日致高旅信中说："前诗改为《盼高旅信不至》"，第 6 句"话"仍为"唱"，第 7、8 句改为"缘何一去无消息，辗转匡床有所思"。下注："在收到你信之前，我确以为和斯福同命运去了。"（侯按：指被拘禁。）

永玉家[1]

夫作插画妻著书，父刻木刻子构图。
四岁女儿闲不住，画个黑猫妙矣呼。
此是凤凰黄永玉，一家四口斗室居。
画满低墙书满架，书画气压人喘呼。
偶尔开门天一线，鹅鸡狗兔乱庭除。
道是米家书画舫，多他两代女相如。[2]
君家不乐谁家乐，一体浑然盘走珠。

[1]【永玉】黄永玉，1924年生，湖南凤凰人，土家族。画家，作家。有《黄永玉木刻集》《永玉六记》等。

[2]【米家书画舫】宋代米芾（字元章）、米友仁父子皆为名画家。黄庭坚《戏赠米元章二首》其一："沧江静夜虹贯月，定是米家书画船。"任渊注："崇宁间，元章为江淮发运，揭碑于行舸之上，曰'米家书画船'云。"米芾喜蓄书画，行止不离，也作书画舫。《元诗百一钞》：周砥《芝云堂》，"邀我醉眠书画舫，月明吹笛看云汀。"

【相如】司马相如，西汉辞赋家，字长卿，今四川成都人。景帝时，为武骑常侍。武帝好辞赋，召至长安任为"郎"，因功转为孝文园令。有《子虚》《上林》《大人》等赋，词藻瑰丽，气韵排宕。

侯按：黄永玉的夫人张梅溪著有小说《绿色的回忆》《好猎人》等。

张梅溪1998年9月12日给侯井天的信中说："现我把儿子黑蛮与女儿黑妮的简历告你：黄黑蛮，1952年生于香港，毕业于意大利米兰设计学院，现居香港，为职业画家；黄黑妮，1956年生于北京，毕业于意大利佛罗伦萨美术学院,现居意大利,除从事艺术创作,并为侨胞服务于社会工作。"

《新凤霞回忆录·画家黄永玉的好妻子——张梅溪》:"一九五六年","我到梅溪家里去","一间小房子也就十二三平米","小得没法再小了"。

黄永玉《太阳下的风景》一帧"照片说明":"黄永玉北京旧居风光(画室、客厅、饭厅、工作室……尽在这不到60平方米的斗室中)。"

王存诚1994年7月22日给侯井天的信中说:"'凤凰黄永玉'中的'凤凰'语义双关,谓黄永玉是人中之凤(杰出人物)。"

《新凤霞回忆录·画家黄永玉的好妻子——张梅溪》:"小动物是永玉的好朋友,他养着鸟、猫、狗、松鼠、猴",甚至还有"刺猬"和新凤霞的大儿子送给他的"两只荷兰猪"。

另稿:聂绀弩1961年10月21日致高旅附抄诗手迹,题作《书永玉》,第10句"鹅"作"鸭";第12句"多他两代"作"比他多个"。

萧军枉过[①]

剥啄惊回午梦魂,开门猛讶尔萧军。
老朋友喜今朝见,大跃进来何处存?
八月乡村五月矿,十年风雨百年人。[②]
千言万语从何说,先到街头饮一巡。[③]

[①]【萧军】(1907—1988),原名刘鸿霖,辽宁省义县人。现代作家。著有《八月的乡村》《武王伐纣》《五月的矿山》《过去的年代》等,及诗词800余首。

【枉过】谦词,降低身份。

[②]【八月乡村】《八月的乡村》,萧军第一部长篇小说,鲁迅为之作序,1935年8月出版。萧军成名之作。

聂绀弩《〈八月的乡村〉》:"《八月的乡村》是一部十五万字的长篇小说,写的是为民族生存的战斗的一角,是同类题材中间的最好的一部,也是整个现中国文坛上最值得夸耀的收获。"(见《聂绀弩全集》第 3 卷 312 页)

【五月矿】《五月的矿山》,萧军长篇小说,1954 年 11 月出版。

唐 / 王勃《春园》:"还持千日醉,共作百年人。"

《管子·权修》:"一年之计,莫如树谷;十年之计,莫如树木;终身之计,莫如树人。"

③唐 / 郑谷《燕》:"千言万语无人会,又逐流莺过短墙。"

王沛霖 1999 年 12 月 2 日给侯井天的信中说:"'十年风雨'似说萧军的不幸遭遇,'百年人'似说相逢时年纪已老。"

马斗全《关于以现代语入诗词的思考》:"(马引聂诗全首,此略)语汇似现代自由诗与散文之类,且合律而富于诗意。"

方印中《聂绀弩诗三百首》:"首联的'惊''猛''讶',颔联的'喜',写出对萧军来访的激动之深。一个'存'字,颇多感慨,全句简直有大难不死的意味。颈联的'十年风雨百年人',用来表现那种今昔之感,可以让读者想象的太多了。这一联,从构思看,应是先有对句,回头再推敲出句'八月乡村五月矿',而这个出句,实在太贴切了,这就是语言艺术,堪称'神工'。尾联让过一笔,既是千言万语一时无从说起,诗中也就'此地无声胜有声'了。"

聂绀弩 1962 年"五一前一日"致高旅:"赠军之作,陈迩冬认为好极。据云'尔萧军'一'尔'字,绘色绘形,颈联尤'神工'。此公多注意形式制作方面,有此论不足怪也。"

另稿:聂绀弩 1962 年 4 月 8 日致高旅信附抄诗手迹,题作《军过》,第 7 句作"沧桑话要从头起";第 8 句"到"作"上"。

夏公赠八皮罗士①

八皮罗士产苏联，长者深情不夜天。
冻笔封题签夏衍，寒梅消息报春先。
梦中披荔来山鬼，案上凌波供水仙。②
绕屋彷徨终一试，月光如水复如烟。③

①【夏公】夏衍（1900—1995），原名沈乃熙，字端先，浙江杭州人。现代作家，电影戏剧家，社会活动家。作品有《狂流》《春蚕》《赛金花》《上海屋檐下》等。

【八皮罗士】朱正注云：俄文 папироса 的译音。苏联产的带嘴的白杆烟卷。（侯按：梁羽生《笔·剑·书》："'八皮罗士'者，苏联名酒伏特加也。"误。）

②【山鬼】战国楚/屈原《九歌·山鬼》："若有人兮山之阿，被薛荔兮带女萝。"山鬼即山女神。鬼是精灵之意。屈原这里说的是一位缠绵多情的山中女神。

朱正注引清/魏秀仁《花月痕》第七回："莫去凌波学水仙。"

三国魏/曹植《洛神赋》："凌波微步，罗袜生尘。"

③唐/赵嘏《江楼感旧》："独上江楼思渺然，月光如水水如天。"

舒芜读诗笔记："'夏衍'是人名，但拆开来'夏'对'春'，'衍'（衍，有繁衍多余之意）对'先'，对得很工巧。"

夏衍《绀弩还活着》："很多人不知道我为什么要送烟给他，正是我听说他不小心失火是由于抽烟，这才送他烟抽。"（侯按：夏说误。失火的原因不是因为"抽烟"。请参阅《地里烧开水》集评党沛家说。）

方印中《聂绀弩诗三百首》："在聂诗中，诗题以'公'称人的，此诗独一无二……赠烟一事，可能就是预示政治气温转暖的预兆。'寒梅消息报春先'，就有这样的含意……诗人对'深情'的感受情犹未已，于是就有了颈联的描写。'披荔来山鬼'和'凌波供水仙'，都是十分优美的形象，从这形象中传达出诗人的快慰心情……尾联的'彷徨'，表达的是一种一时间莫可名状的心态。'月光如水复如烟'，是同这种心态一致的景象，语带朦胧，更耐人寻味。"

另稿：《马山集》题作《谢夏公赠八比罗士》，第1句"皮"作"比"；第4句"先"作"妍"；第8句"复"作"更"。

步酬怀沙以诗勖戒诗①

画虎难成改画蛇，斑斑蛇足暮栖鸦。②
人嗤蝴蝶初干句，自宝酴醾欲谢花。③
留一狂夫天意厚，白双老眼帽檐斜。④
从今只赋门前雪，不管皤然两鬓华。⑤

①【怀沙】文怀沙（1911—2018），号燕叟，另署王耳。祖籍湖南衡阳。建国后曾任人民文学出版社古典文学编辑，北京师范大学、中央音乐学院、中央美术学院教授。著作有《屈原集注》《屈原九歌·九章·离骚·招魂今译》等。

②【画虎难成】东汉／马援《诫兄子严、敦书》："所谓画虎不成反类狗者也。"

【蛇足】即画蛇添足。

③【蝴蝶初干】朱正注引清／袁枚《随园诗话》卷四记颜懋伦嘲屈复语："'足下诗，有《书中干蝴蝶》二十首，此委巷小家子题目，李杜集中可曾有否？'屈默然惭。"

作者自注：清人全祖望、朱骏声均作过《干蝴蝶》诗，鲁迅曾讥之。（侯按：鲁迅在何文中"讥之"？查未得。）

【酴醾】花名，落叶灌木。因为颜色似酴醾酒，才叫这个名字。

宋／苏轼《杜沂游武昌以酴醾花菩萨泉见饷》："酴醾不争春，寂寞开最晚。"

④清／厉鹗《蒙阴》："冲风苦爱帽檐斜，历尾无多感岁华。"

⑤【门前雪】元／高明《琵琶记》第三十出："难道各人自扫门前雪，莫管他家瓦上霜？"

文怀沙1987年12月2日给侯井天的信说："你要知道，时为1960年，'岁在庚子'——祖国自然灾害极为深重之秋，聂公被划为'右派'已吃了三年苦头——'白双老眼帽檐斜'的年代。"

方印中《聂绀弩诗三百首》："'白双老眼'，表现的是愤世嫉俗。'帽檐斜'，既是'狂态'，更是不甘于头上那顶'右派分子'的帽子的那种情态。""尾联回答友人，诗还是要写的，不能不写，但'从今只赋门前雪'便了。这里的'从今只赋门前雪'，并不是躲进'风花雪月'之中。为什么有'幡然两鬓华'呢？这是伤时伤己的结果。"

张友鸾《聂绀弩诗赠周婆》："二十年前就有人劝他少作诗，'牢骚太盛防肠断'嘛。他嘿然无言，似乎接受意见。过几天诗兴又来了，哪里忍得住，'头断'也不管，何况几寸肠子乎？他在被祸的前夕，有那么多'内查外调'的，遍处搜查他往来的朋友，看看有没有他的诗，简直要给他编一本'诗账'。（苏东坡诗集自注：'仆以诗得罪，有司移杭，取境内所留诗：杭州供数百首，谓之诗账。'）旋则关在山西牢里，总该不作诗了吧？谁知技痒难熬，还是自吟自唱。有一首的颔联两句道：'文章信口雌黄易，检讨交心坦白难。'不但传了出来，而且传到了北京。熟悉的朋友，都能确定'货真价实'是他所作。这还是四五年前的事，大家当时都替他捏一把汗。他回京之后，曾把全诗念给朋友们听。可是谁传出来的，怎样传出来的，却是个谜。"［见香港《文汇报》1979年4月14日。侯按：张文中所提"文章信口雌黄易，检讨交心坦白难"，见《拾遗草·归途》和《第四草·挽雪峰》。《散宜生诗·高序》："有三事可代诗人更正者"，"二、或曰'文章信口雌黄易，思想锥心坦白难'系（19）66年劫后被囚时作。非。1962年曾读之，列一组杂诗中"。应以高说为是。］

刘羽《在稷山县看守所》："聂老总是一个人揣着手靠着被子打坐，似睡非睡地口中念念有词。我常凑过去问他在做什么，他说是在念诗，念自己作的一些旧诗……现在想把那些旧诗回忆起来，记不清的就重新补

作。已经在脑子里回忆起三十几首了,他说,还再作新的。"(见《聂绀弩还活着》)

侯按:据张友鸾《聂绀弩诗赠周婆》一文写于1979年,文中说"二十年前就有人劝他少作诗",是否推定劝他的人即文怀沙呢?"二十年前"是否即1959年前后呢?如果这推定大致不差,那么聂绀弩这首《步酬怀沙以诗劝戒诗》则写于1959年以后。

另稿:《三草》中题作《怀沙以诗劝戒诗步韵》。朱正存作者手迹中,一题作《答劝不作诗者》,第3句"人嗤"作"凭讥";又题作《答怀沙劝戒作诗》,第7句"只"作"但"。

赠梁羽生①

武侠传奇本禁区,梁兄酒后又茶余。②
昆仑泰岱山高矮,红线黄衫事有无?③
酒不醉人人怎醉,书诚愚我我原愚。④
尊书只许真人赏,机器人前莫出书。⑤

①【梁羽生】(1923—2009),原名陈文统,广西壮族自治区蒙山县人。作品以武侠小说为主,代表作有《白发魔女传》《七剑下天山》《萍踪侠影录》《龙虎斗京华》,被誉为开创新派武侠小说先例的佳作。另有历史小说、文艺随笔等。

②作者自注:禁区,羽生某文中语。

梁羽生1987年8月9日给侯井天的信中说:1985年2月在《文艺报》发表《回归·感想·声明》:"我的作品以武侠小说为主,武侠小说在国内长期以来是个禁区。"

③【昆仑】即昆仑山。

【泰岱】即泰山。

罗孚:"昆仑、泰岱乃指武侠之派别。"

④《水浒传》第四十一回:"酒不醉人人自醉,花不迷人人自迷。"
柳亚子《迷楼曲》:"楼不迷人人自迷,夭桃红换蘼芜绿。"

⑤作者自注:少年有因读此等小说而赴武当、少林学道者,作此语防之。

侯按:聂绀弩旧体诗里,对人的称呼有君、公、子、丈、叟、婆、先生、大姐、中×、小×、丫鬟和居士等,称兄道弟却只对梁羽生一人。这称呼,使人立即想到戏曲唱词里,祝英台亲切地唱着称梁山伯"梁兄呀"……不禁使人会心一笑!

赖丹《艺窗琐记·成人的童话》:"聂绀弩是老牌的革命家,资历深,功底厚,但是读了梁羽生的著作,也笑纳鉴赏,承认其玄妙迷人的艺术魅力。'书诚愚我我原愚',把非常机警精灵的聂绀弩,也出人意外地醉入龙腾虎跃的刀光剑影之中,并自谦为'原愚''自醉',足见这朵艺苑奇葩的独具芳馨了。聂绀弩所谓'尊书只许真人赏'中的'真人',就是尚具一颗'童心'的成人。"

柳苏(罗孚)《侠影下的梁羽生》:"事实上,世间虽有'机器人',到底是少而又少的,多的总是'真人',不会自愚,不会自醉。聂绀弩虽然在打油赠友,却未免有些严肃有余了。"(见《读书》1988年第3期)

舒芜读诗笔记:"而且,聂绀弩这一联自有其多义性,除本题所指的武侠小说书外,可能还泛指其他能使人愚信盲从的书。如果不是这些书像酒一样能够'醉人'的话,人们怎么'醉'呢?这些书诚然愚弄了我们,可也是我们自己原来就有受愚弄的内因的缘故。这是又进一层。读诗者原可'以意逆志',不必太为作者自注所局限了。"

李大姐干杯①

幺女归才美,闲官罢更清。②

中年多隐痛，垂老淡虚名。③
无预北京市，宁非李健生。
酒杯当响碰，天马要空行。④

①【李大姐】李健生（1908—1990），河北怀安县人。章伯钧的夫人。1927—1928年参加大革命。1928—1933年在北大医学院学习。1933—1935年流亡日本、香港。1938年任民主政团同盟中央妇委会秘书。1946年被选为农工民主党候补委员。1948年从香港赴东北解放区。建国后任全国妇联执委、民盟中央候补中委、北京市卫生局副局长、赴朝慰问团副团长，及一、二、五、六届全国政协委员。1953年访苏，1956年访印。生前最后任中国农工民主党北京市委副主任委员等。

②【幺女归才美】据朱静芳1995年1月12日给侯井天的信综述如下：章伯钧、李健生的小女儿——章诒和正在北京某学院读书时，被分配到成都某学院工作。一次交代思想说她父母被划为"右派"，不公正，父母是革命的。此言被认为为其父母翻案，打成现行反革命，判刑20年。这时，章诒和有孕，其母李健生刚从"五七干校"回来、其父章伯钧已病逝，心情可想而知。章分娩，假释一月。李健生去四川找房子，接出女儿。假释期满，章诒和收监。李健生请奶母哺乳外孙，一段时期后带回北京抚养。当时，朱静芳与李健生设法营救章诒和，均无用。朱静芳长章诒和20岁（侯按：朱静芳生于1922年），李健生托孤于朱静芳。（1978年12月）中共十一届三中全会后，李健生被选为全国政协委员，此时章诒和已坐牢十年，被宣布无罪，返回北京。聂诗"幺女归才美"，"归"字指章诒和回到北京李健生身边。

【闲官罢更清】闲官，指北京市政协委员。1977年李健生未接到参加政协会议的通知。（1958年李健生被免去北京市卫生局副局长职务。）

③【隐痛】1957年"反右"，李健生、章伯钧夫妇被划为"右派分子"。当时说是章伯钧、罗隆基结成"政治联盟"（章罗联盟）反对共产党和社会主义。建国后，章伯钧任中央人民政府委员、交通部部长、政协全国委员会副主席、中国民主同盟中央副主席等。

④【天马要空行】天马行空。天马,汉武帝从西域大宛国得到的汗血马,称为"天马"。行空,比喻才思纵横,不受拘束。明/刘子钟《萨天锡诗集序》:"其所以神化而超出于众表者,殆犹天马行空,而步骤不凡。"

章诒和《斯人寂寞——聂绀弩晚年片断》:"1982年11月,北京市政协重新开张,恢复活动,召开了五届一次会议,从前一直是北京政协委员的母亲却未接到'当选委员,参加会议'的通知,而其他老委员都收到了,她不明白到底是什么原因独独没有自己(的)份儿。她来到聂家,对聂绀弩夫妇说,自己很想不通,也很不服气。聂绀弩对周颖说:'你去买点酒菜来,中午请李大姐在家里吃饭。'……一般情况下,母亲是不在他家吃饭的,但今天例外,母亲同意了。饭桌上,聂绀弩持箸进菜,殷勤相劝,又向母亲举杯,而且一定要'干'了。过后,对母亲说:'李大姐,我送你一首诗吧!怎么样?'(章引聂诗全首,此略)听着听着,母亲脸红了。'李大姐,你看我说得对吗?'聂绀弩问。'对得很。无预北京市,宁非李健生。这两句多好。'母亲笑了。'你说好,那就好。'三日后,聂绀弩将诗写于信内,寄来。在以后的日子里,母亲偶遇不快,便常吟这首《李大姐干杯》。"(见《新文学史料》2003年第3期)

侯按:据注②朱静芳之信,朱静芳、李健生、陈凤兮同时在聂绀弩家,因李健生小女儿章诒和获释,大家为之高兴,聂写诗赠李。

方印中《聂绀弩诗三百首》:"诗题本身就传达出一股豪气。聂诗集中少五律,这首五律很有特色。首联开始就以对仗入律,一直到尾联的对仗,全用流畅的语言道出,如同一篇只有40字的精美散文。颈联的流水对,以地名、人名入律,十分自然和谐,'健生'二字,且语义双关——姓名和坚强生活。尾联写得有声有色,音响清越,形象宏大,把'罢官'、'隐痛'、'垂老'的晦暗之气一扫而空,把'干杯'包含的深意发挥得淋漓尽致。此诗虽然是赠李健生,但又句句都有诗人自己的身影和感受。况且'干杯'又是双方面的行为,因此,从这一点看,这首又可以说是诗人的自白。"

另稿:朱正存作者手迹,第1句"才"作"诚";第4句"垂老"作"老景";第5句"预"作"与";第7句"当"作"须"。

步酬敏之见怀①

天下文名曾子固,忽颁佳句动衰颜。②
清猿我自啼三峡,明月君来照一滩。③
除夕岁朝添活火,悬崖空谷访幽兰。④
天安门外常来往,始证人间路正宽。

①作者自注:曾诗如雪里送炭。

【敏之】曾敏之(1917—2015),现代作家、记者。祖籍广东,后落籍广西罗城。著有《盐船》《拾荒者》《闻一多的道路》《十年谈判的周恩来》《鲁迅在广州的日子》《谈红楼梦》《岭南随笔》《望云海》《读诗札记》等。

②【曾子固】曾巩,字子固,北宋文学家,江西南丰人。善写散文,为"唐宋八大家"之一,著有《元丰类稿》。这里借曾姓指曾敏之。

③【清猿我自啼三峡】朱正注引北魏/郦道元《水经注·江水》:"渔者歌曰:巴东三峡巫峡长,猿鸣三声泪沾裳。"

唐/李白《梦游天姥吟留别》:"谢公宿处今尚在,渌水荡漾清猿啼。"

④宋/苏轼《汲江煎茶》:"活水还须活火烹,自临钓石取深情。"

曾敏之《遥寿绀弩京华一律》:"遥望京华忆脱骖,风霜半纪损朱颜。昔曾走马红都路,后骋文思黄浦滩。漠漠北荒吹短笛,悠悠汾水赋骚兰。有容无外天难老,知倚松梅醉境宽。"

曾敏之1988年10月18日给侯井天的信中说:聂绀弩从山西获释回北京之时"适逢他七十生辰(侯按:应为七十三岁),故赠一诗。他收到后十分高兴,即步我的原韵复信寄来"。"'明月君来照一滩'句,我的理解是:以明月喻友人,这在杜甫诗怀李白就有'落月满屋梁,犹疑照颜色'……因此他是说难得你如明月一样,照到了我这里,令我感到高兴。""'悬崖空谷访幽兰'句,是一种自喻的意思。杜甫诗云'绝代有佳人,幽居在空谷'。绀弩性高洁而傲世,有如山崖中的幽兰,不为世重,但却自珍。在当时,举世浊流,要找到我们这类洁身自爱、孤芳自赏的人,只能如访幽兰而到幽谷才可见到了。"

方印中《聂绀弩诗三百首》:"颔联恰如一幅完整的画面。在这幅可称之为'三峡猿啼图'的图画中,有峡谷、清猿、明月、石滩,还有下一联写到的悬崖、空谷、幽兰。以一幅形象的画面,表达诗人当时的处境和心情,表达对友人赠诗的喜悦,这样的写法很有特色,也很高明……诗人饱受牢狱之灾,其时虽已获释,但年事已高,步履维艰,感怀身世,能不悲怆!在这样的情况下,曾的赠诗,如'明月'照亮内心,能不'动衰颜'!颈联的'除夕岁朝',恰也是诗人生日之时(诗人生日在大年三十)……诗人曾在七十生日诗中形容自己像'死灰'……因此,联中的'添活火',就越发显出曾诗使自己感动之深……尾联写出的豁达和大度,对于一个饱经忧患的老年诗人来说,是极其难能可贵的。这同当时的社会形势有关,从中也可以看到诗人对曾诗使自己感动之深。"

瘦石六十①

万马奔腾六秩翁,酒酣泼墨纸生风。②
骅骝骐骥昂其首,驰骤纵横荡我胸。③
本住江南烟景好,一巡冀北马群空。④
何时得间来描我,古道斜阳跛且聋。⑤

①瘦石,即尹瘦石,详见《北荒草·瘦石画〈苏武牧羊图〉》注①。
②【秩】十年为一秩。
③【骅骝】赤色骏马。相传为周穆王八骏之一。
【骐骥】良马。《庄子·秋水》:"骐骥骅骝,一日而驰千里。"
唐/杜甫《望岳》:"荡胸生曾云,决眦入归鸟。"
④朱正注引唐/韩愈《送温处士赴河阳军序》:"伯乐一过冀北之野,而马群遂空。"

侯按:韩愈的意思是伯乐把冀北的良马——称得上是"马"的马都选

完了，比喻当权的人善于选用贤才，一个没有遗漏。聂诗这里似乎是在兼说：尹瘦石家在长江之南、太湖之滨；1945年10月24日在重庆，又在中苏文化大会开幕时，举行柳亚子诗尹瘦石画联合展览，毛泽东为《新华日报》特刊题了"柳诗尹画展特刊"，何等光彩——"江南烟景好"。建国以后在北京（位于河北省北部——冀北），1957年被划为"右派分子"，遣送到北大荒劳动改造，这样的人材被摧残了，好像另一意义上的不画马了，"马群空"了。

联语："骏马秋风冀北；杏花春雨江南。"

⑤元/马致远《天净沙·秋思》："古道西风瘦马。夕阳西下，断肠人在天涯。"

尹瘦石1987年5月11日给侯井天的信中说："至于《六十》寿诗中'一巡冀北马群空'句，乃谬许之词。"

包立民《聂绀弩与尹瘦石的诗画之交》："与老聂彻底平反的差不多同时，尹瘦石自己长期遗留下来的错划'右派'，也得到改正，党籍也得到了恢复，还出任了北京画院的副院长。这一年，他正好是六十岁。老聂为祝贺老友的六十大寿……写了一首《瘦石六十》的赠诗"。"17年前，老聂六秩之季，老尹曾以《老骥伏枥图》相赠，当年的老聂对自己这匹老骥能否再行千里产生过怀疑，所以不以为然地摇了摇头。而今老尹的60大寿，却躬逢盛世，可以大展宏图了，正所谓'骅骝骐骥昂其首，驰骤纵横荡我胸'，他为酒酣之际，泼墨挥写万马奔腾的六秩画翁而高兴欢呼，但也为犹如西下夕阳、又跛又聋的自己的龙钟老态而深感遗憾。"

方印中《聂绀弩诗三百首》："'万马奔腾六秩翁'，开篇便场面宏大，'酒酣'句进一步渲染，于是老画家的风度便显得不凡。'骅骝'句，写出各色良马，骏拔高昂。'驰骤'句，写出各色动态，激动人心……颈联进一步展开，以虚写之笔赞扬瘦石画马在画界所达到的水平之高。尾联由'骅骝骐骥'这样的骏马，联想到'古道西风瘦马'……自嘲自己就是这一情景下的'跛且聋'的瘦马。这是诗人顺笔'幽'了自己一'默'，但这里幽默又使人大为感叹：一匹'跛且聋的瘦马'，却能感受到'万马奔腾'，感受到'酒酣泼墨纸生风'，感受到'昂其首'、'荡我胸'，这又是一匹如何历经劫难,而又壮心不死的'瘦马'啊!"

罗孚:"景色古道西风,人物则跛且聋,自嘲语也。"

赠织工小裴①

武斗文争事已非,又挑蟀蚁斗蛛螚。②
晨风凛冽铅丝网,暮雨萧疏铁板扉。
二十岁人天不管,两三里路梦难归。
班房不是红梅阁,那有莺声唱《放裴》。③

①【小裴】侯按:仅听说"小裴",男。经辗转打听,不知下落。据舒芜说,他曾于 1978 年左右,在聂绀弩北京新源里寓所,遇着这位小裴来看望聂绀弩。

②【武斗文争】侯按:所谓"武斗",即打群架,动刀枪。"文化大革命"中期,各派之间拉山头、夺权位、势不两立。有的占领一校、一厂、一楼、一院,有的封锁城市的某一街区、地段。抢劫粮食、武器、弹药;构筑碉堡、街垒。坦克上街,大炮轰楼。机枪扫射,地雷爆炸。1966 年 9 月 5 日,《人民日报》发表题为《用文斗,不用武斗》的社论,这说明已经不是一地"武斗"起来了。8 个半月以后,即 1967 年 5 月 22 日,《人民日报》发表题为《立即制止武斗》的社论,这说明已经"武斗"得不可开交了。社论说"不能用咒骂也不能用拳头,更不能用刀枪"。然而两个月后,即 1967 年 7 月 22 日,"无产阶级司令部"的江青,却在对河南省一派群众组织的代表讲话时,提出了所谓"文攻武卫"的口号,从此全国"武斗"急剧升级,陷入了"全面内战"的混乱局面。

【螚】蟑螂,也叫螚蠊。

③【红梅】《红梅记》,传奇剧本。明/周朝俊作。写宋时书生裴禹同卢昭容相爱,受权相贾似道迫害,后终于结合的故事。剧中有"放裴"一折,写贾似道侍妾李慧娘因顾盼裴而被贾杀害,鬼魂同裴相会,救裴脱

险,并与贾似道面辩等情节。取材于明/瞿佑《剪灯新话·绿衣人传》。

袁第锐《当代之离骚　诗家之楷模——关天聂绀弩诗体的重新评价》:"诗中'蜂蚁斗蛛蜚',把'四人帮'武斗,写来又是轻松、又是可恶;'铅丝网''铁板扉'写小裴的铁窗生涯,虽有'晨风凛冽'和'暮雨萧疏',仍觉凄怆一片。末联告诉小裴,这是坐'班房',不可能像戏曲《红梅阁》那样有人来救你,呼吁'放裴'。其中'二十岁人天不管,两三里路梦难归'着重写小裴正在'天不管'之年龄而罹惨祸,虽离家仅'两三里路'却不能归家。全诗不言哀怨,而自哀怨之至。"

方印中《聂绀弩诗三百首》:"'红梅''莺声',本带一点亮色和柔声,但被'不是''那(哪)有'全抹去,只剩下一片'凛冽'和'萧疏'了。全诗不言哀怨,而自哀之至。"

一缘居士丈枉过失迓①

主人出买青梅酒,居士来颁白雪篇。②
暮夜携瓶回庑下,琳琅满目落杯前。③
君逢长老占三偈,我恨名贤失一缘。
何与剡溪戴安道,子猷兴尽自归船。④

①陈铭枢老丈降低身份来看望,没有亲自迎接,表示歉意。(指客人来访不遇的一种客气说法。)

【一缘】陈铭枢的法号。(一缘,佛教用语。一种机缘或因缘。《法华经·玄义》卷一上:"一根一缘,同一道味。"《大集经》卷三八:"苦心不动,行住坐卧,常系一缘。")

【陈铭枢】(1889—1965),字真如,广东合浦(今属广西)人。保定陆军军官学校毕业,同盟会成员。北伐时任国民革命军11军军长。1927年任国民革命军总政治部副主任。1929年任国民党广东省政府主席。

1930年参加对工农红军发动的"第三次围剿"。参加"一·二八"淞沪抗战,后代理国民政府行政院长。1933年参加福建成立的"中华共和国人民革命政府"。组织社会民主党、神州国光社。赞同中共《八一宣言》。抗战胜利后参与组织民主政团同盟。任中国国民党革命委员会中央委员会常务委员。1949年出席第一届中国人民政治协商会议全体会议,建国后任中央人民政府委员、中南军政委员会副主席、全国人民代表大会常务委员会委员、中国人民政治协商会议全国委员会常务委员会委员。从政之余,雅好翰墨。与友人合撰《海南岛志》。

【丈】古时对老年男子的尊称。

②【白雪篇】战国/楚/宋玉《对楚王问》:"其为《阳春》《白雪》,国中属而和者不过数十人。"

③【庑】正房对面和两侧的小屋子。

④【子猷兴尽】南朝宋/刘义庆《世说新语·任诞》:"王子猷居山阴,夜大雪……忽忆戴安道,时戴在剡,即便夜乘小船就之。经宿方至。造门不前而返。人问其故,王曰:'吾本乘兴而行,兴尽而返,何必见戴。'"

舒芜读诗笔记:"'青梅酒'对'白雪篇',对得很工。""(第6句中)'一缘',双关陈的法号'一缘'"。

赵京战《融铸生活,别开生面》:"'君逢长老占三偈,我恨名贤失一缘。''一缘'既指'一面之缘',又指一缘居士其人。""聂诗在对仗中大量使用双关修辞,使对仗灵气生动,回味无穷,诗的意境也因之曲折婉转,层楼迭起,大大增强了对偶句的艺术表现力。"

真宅①

淡淡勋名浅浅居,夫妻儿女画诗书。
乾坤定后无棋局,酒肉香中一佛徒。

郭有道碑何处在，陈将军字满墙糊。②
到门不敢题凡鸟，略想狂歌效接舆。③

①【真宅】指陈铭枢的住所。陈铭枢，字真如。
②【郭有道碑】东汉/蔡邕撰并书。碑文见《文选》，碑石已失，有谓为外人盗去。
③【题凡鸟】唐/王维《春日与裴迪过新昌里访吕逸人不遇》："到门不敢题凡鸟，看竹何须问主人。"
【凡鸟】比喻庸才，是吕安对嵇喜的讽刺。南朝/宋/刘义庆撰《世说新语·简傲》："嵇康与吕安善，每一相思，千里命驾。安后来，值康不在。（康兄）喜出户延之，不入，题门上作'凤'字而去。喜不觉，犹以为忻故作。'凤'字，凡鸟也。"（"凤"字的繁体为"鳳"，"凡""鸟"二字合成。）
【狂歌接舆】楚狂接舆，《论语·微子》："楚狂接舆，歌而过孔子曰：'凤兮凤兮！何德之衰？往者不可谏，来者犹可追。已而已而！今之从政者殆而！'"陆通，字接舆。楚昭王时，政令无常，陆通被发佯狂不仕，时人称为"楚狂"。一说，接舆即"接"，迎。"舆"，车。迎面遇着孔子的车。因其事而呼其人为"接舆"。

方印中《聂绀弩诗三百首》："'乾坤定后无棋局'句，除表达形势改变这层意思外，也有一种'是非成败转头空'（《三国演义》开篇）的诗味——虽然这也是淡淡的、浅浅的。"

李良辉《简评聂绀弩诗》："在谐趣的深层，却隐藏着苦涩……如'乾坤定后无棋局，酒肉香中一佛徒'。他以谐趣寓不易说之情，使之成为破涕之笑。由于他敢从事离经叛道的创造，故其诗能焕发奇异的光彩。"

王存诚2003年1月27日给侯井天的信中说："方瞳请我夫妇到他家帮助清理聂周二老遗留的信件等物……有幅是一缘居士（陈铭枢）书赠聂老的（临郭有道碑），可能是得聂赠诗后知聂喜欢而书赠的。原幅为四尺整宣纸……左下角有红色印'真如'二字……署'临郭有道碑癸卯应绀弩诗家一缘'。"侯按：癸卯是1963年。

遂寺览六经探
综图纬周流华
夏随文武

汇友承郓处笔法
诸象呈逸研庚师先
纠笔诗书一缘

罗孚：绀弩湖北人，因自比为楚狂，尊陈如孔。

赠巨赞①

成住倘能不坏空，谁悲猿鹤与沙虫？②
耽窥天地有形外，误堕风云无既中。③
别矣西湖灵隐寺，放诸香阜鬼愁峰。④
东坡际事多堪羡，未见乌台遇赞公。⑤

①【巨赞】（1908—1984），原名潘楚桐，字琴朴，笔名万均、周行，江苏江阴人。佛学家。法名巨赞。主要著作有《如是斋琐议》《评熊十力所著书》《新佛教运动的回顾与前瞻》《灵隐小志》等。曾任中国佛教协会副会长、中国佛教学院副院长。

②朱正注云：佛家认为一切事物都要经历成（生成）、住（存在）、坏（颓败）、空（消失）四个阶段。

《太平御览》卷九一六引古本《抱朴子》："周穆王南征，一军尽化，君子为猿为鹤，小人为沙为虫。"（侯按：后用这个典故借指战死的将士或因战乱而死的人民。）

③宋/程颢《秋日偶成二首》其二："道通天地有形外，思入风云变态中。"

④罗孚："借指巨赞自杭居京。"

【香阜】即香山。

【鬼愁峰】即鬼见愁，香山的主峰俗名。

方印中："'误堕风云'、'香阜鬼愁峰'借指半步桥监狱。"

⑤【乌台】宋御史台。苏轼因诗获罪，系御史台狱，世称"乌台诗案"。

舒芜读诗笔记："赞公（公，尊称），唐代大云寺一位和尚，与杜甫有来往，杜甫有《宿赞公房》诗，这里借以指称巨赞。"

聂绀弩《脚印·怀监狱》："在北京半步桥监狱时"，"在这号里，十几个犯人中有七个高级知识分子。如巨赞、梅洛、徐迈进等。"（见《聂绀弩全集》第 4 卷 314 页）

赠老梅①

你也来来我也来，一番风雨几帆歪。②
刘玄德岂池中物，庞士元非百里材。③
天下祸多从口出，号间门偶向人开。
杂花生树群莺乱，笑倒先春报信梅。④

①【老梅】梅洛（1918—2006），生于浙江，高中肄业，抗战前夕参加革命。曾任国家物资总局科教局局长。
②宋/辛弃疾《摸鱼儿》："更能消、几番风雨。"
③【刘玄德岂池中物】刘玄德，名备，三国时蜀汉的建立者，221—223 年在位，涿郡（今河北涿县）人。《三国志·吴书·周瑜传》："瑜上书曰：'刘备以枭雄之姿，而有关羽、张飞熊虎之将，必非久屈为人用者……恐蛟龙得云雨，终非池中物也。'"

【庞士元非百里材】庞士元，名统，刘备的谋士，今湖北襄樊（2010 年，襄樊改回襄阳，编注）人。初与诸葛亮齐名，号凤雏。刘备领荆州，任他为耒阳令，在县不治事。《三国志·蜀书·庞统传》："吴将鲁肃遗先主书曰：'庞士元非百里才也，使处治中、别驾之任，始当展其骥足耳。'"

④南朝梁/丘迟《与陈伯之书》："暮春三月，江南草长，杂花生树，群莺乱飞。"

毛泽东《卜算子·咏梅》："俏也不争春，只把春来报。待到山花烂漫时，她在丛中笑。"

梅洛 1991 年 4 月 30 日给侯井天的信中说："'祸从口出'是指有些

人因为被诬为有'反革命言论'而入狱的。号间门偶尔开启,可能是指偶尔有人被提出去调号子,或释放或转送别处……'群莺乱'是指良莠杂处,表现各异吧。"

侯按:一场"文化大革命",这一派、那一派,你打倒我,我轰击你。工宣队、军宣队,又"三支"、又"两军"。各种名目的"战斗队",混战着;各种名目的小报,满天飞。大字报、大字块、传单、海报、勒令,五颜六色的纸张,千奇百怪的内容,贴满街巷,挂上高楼;汽车满身是,火车满身是,脚下满路是!高音喇叭,震耳欲聋;拳头挥舞,眼花缭乱!在"四人帮"兴风作浪的那棵"树"上,真可谓生了"杂花",乱了"群莺"!

赠迈进①

丘家有儿女孩儿,问得人人乐不支。②
自己班房何所惧,浑身胖病早当医。③
须眉一世徐公老,喉鼻两声绛树奇。④
毛泽东思想都学,输君把卷定忘疲。⑤

①【迈进】徐迈进(1907—1987),江苏吴县人。中国共产党新闻和文化工作的卓越组织者与活动家。

②《论语·公冶长》:"子谓公冶长:'可妻也。虽在缧绁之中,非其罪也。'以其子妻之。"

侯按:孔子认为虽然公冶长被关押在监狱里,他并无罪,是冤案,仍然决定把女儿嫁给公冶长。聂绀弩、徐迈进、巨赞、梅洛等,都关押在同一监号里,他们虽"在缧绁之中",但都"非其罪也"。如果像孔丘"以其子妻"公冶长那样,就该有好多"女孩儿"了。

【乐不支】乐不可支,《后汉书·张堪传》:百姓歌颂张堪"桑无附枝,麦穗两岐。张君为政,乐不可支"。

③【胖病早当医】1968年冬天，从北京功德林监狱转移到北京半步桥监狱，徐迈进在《囚徒一曲忆绀弩》中写道："我和老聂分在一个号子里，相对默坐在炕板上。""一日两餐，大多是窝窝头"，"实际上餐后仍然饥肠辘辘"。

聂绀弩《散宜生诗·后记》："'自己班房何所惧，浑身胖病早当医'虽是迈进常说的话，也是由我的阿Q气采用的。"

④【徐公】《战国策·齐策》："城北徐公，齐国之美丽者也。"这里借徐姓指徐迈进。

【绛树】古女歌者名。朱正注云：戚蓼生《石头记序》："吾闻绛树两歌，一声在喉，一声在鼻。"

徐迈进《囚徒一曲忆绀弩》："1935年冬天"，徐迈进"刚从监狱出来"，在"上海四马路一家图书杂志公司"遇见聂绀弩。聂绀弩问徐迈进"关在哪里"？徐说"杭州监狱"。聂问"有一曲《囚徒歌》"，"是何人所作"？一位朋友指着徐迈进说："此人就是作者。""有一次"，徐迈进在"（张）天翼住所，遇到了绀弩"，绀弩说："今天你可以把《囚徒歌》给我唱一遍听听了吧？"徐迈进"压低三度音，唱出了这支歌"。

⑤徐迈进《囚徒一曲忆绀弩》："日子长了，监狱里的年轻人也开始生事，经常为了一些小事争吵，甚至打架。我和老聂商量，想把这些年轻人组织起来学习……我们决定就从《毛泽东选集》中选些文章来读。"

方印中《聂绀弩诗三百首》："虽处监狱之中，仍乐观幽默，而且旷达（首联、颔联）。'喉鼻'句如闻其声，'徐公老'的情态全出。"

闻伍禾入院就医①

一生守口口难瓶，九死形骸长颈罂。②
曾有信来诗满牍，相期病好酒千觥。③
汉江日夜东流水，你我乾坤无尽情。④

端午前当能出院，欲披明月武昌行。

①伍禾（1913—1968），原名胡德辉，湖北武昌人。诗人。著有《梦之歌》《寒伧的歌》《萧》《汨罗江边》《行列》等。

②【守口口难瓶】唐/道世《诸经要集·择交部·惩过》引《摩诘经》："防意如城，守口如瓶。"

【九死】战国/楚/屈原《离骚》："亦余心之所善兮，虽九死其犹未悔。"刘良注："虽九死无一生，未足悔恨。"

【罍】古代酒器。

③【牍】古代写字用的狭长竹板。

【觚】古代酒器。

④唐/李白《金陵酒肆留别》："请君试问东流水，别意与之谁短长。"

罗孚："披明月，语极潇洒。"

梅志（胡风夫人）在《胡风沉冤录·深山养病》中说："老聂（绀弩）的信基本上是录了几首诗"，"那首报告伍禾已入院的诗"，胡风"看后引起了他对故人的怀念，但他今天已没有能力来抒发自己的心情，只有深深的叹息。连'乘风回武汉'的梦都不敢想啊！"梅志说明在1966年国庆节后，"成都给我们转来了几封信"，聂绀弩"录了几首诗"，其中有一首《闻伍禾入院就医》的，就是"几封信"中的一封。伍禾入院就医在1966年上半年，所以聂诗第7句说夏历"端午前当能出院"，可推定诗写于1966年春。

方印中《聂绀弩诗三百首》："'汉江日夜东流水''欲披明月武昌行'等句的意境，我们都能从唐诗中体会到。闻'入院就医'，而推算出'端午前当能出院'，是'你我乾坤无尽情'的一种表现。"

另稿：聂绀弩1963年6月20日致高旅信中附抄诗手迹，题作《寄伍禾武昌时因割肺住院》，第6句"你"作"尔"。

秋夜北海怀冰奚禾曙①

此日荆南几病夫，倘非筇竹倩谁扶。②
偶来打桨水天一，忽觉隔云山月孤。③
我欲乘风回武汉，人当相忘在江湖。④
平生自诩闲愁少，老遇秋怀也喟吁。

①【冰奚禾曙】指董冰如、吴奚如、伍禾、郭曙南。

②【荆南】唐方镇名。至德二年（957）置，治所在荆州（今湖北江陵）。这里借称湖北武汉。

【筇竹】四川邛崃邛山所产之竹，中实而节高，可作手杖，又称筇杖、筇枝、扶老竹。

③唐／王勃《滕王阁序》："落霞与孤鹜齐飞，秋水共长天一色。"

④宋／苏轼《水调歌头》："我欲乘风归去。"

《庄子·天运》："泉涸，鱼相与处于陆，相呴以湿，相濡以沫，不若相忘于江湖。"

方印中《聂绀弩诗三百首》："聂绀弩生活的那个时代，政治运动频仍，亲朋故旧之间，常有株连，因此才会有'人当相忘在江湖'这样沉痛的话。"

侯按：1966年郭曙南逝，1968年伍禾逝，1969年董冰如逝，1985年吴奚如逝，所以推定此诗写于1966年郭曙南病逝之前。

另稿：聂绀弩1963年9月23日致高旅附抄诗手迹，题作《秋夜北海怀曙南伍禾》，首句"几"为"两"；第2句"筇"为"藤"；第7、8句为"不知今夜长桥畔，知有人游北海无"。

晨与曙南过长江大桥访鲁肃墓①

出瓶水倾江中,将以沽酒,其水尚温,在广州时所灌。

拾将落月打狵龙,误中桥头小店窗。②
郭老登桥嘲鲍老,珠江打水灌长江。③
访三国墓差情种,酹大别山一酒缸。④
庄惠人鱼方辨乐,蛇龟挤眼一桥扛。⑤

①【曙南】郭曙南(1900—1966),号福荣,湖北京山人。1946年受中共地下党委托,筹建天南运输公司,任总经理。1948年被捕入狱,经地下党营救出狱。1949年初受贺龙委派到四川作上层人物策反工作。1949年武汉解放,任中南军政委员会内河航行处处长。

②【狵(máng)】杂色多毛的狗,泛指狗。《诗经·召南·野有死麕》:"无使狵也吠。"

③【郭老】作者自注:傀儡——作郭郎、郭老,音变而然。曙南姓郭,因以为戏。

【鲍老】一种纸糊作人头形的玩具,所绘面目滑稽可笑,玩时套在头上,逗人笑乐。

宋/杨亿《咏傀儡》:"鲍老当筵笑郭郎,笑他舞袖太郎当。若教鲍老当筵舞,转更郎当舞袖长。"

④【情种】清/王士禛《花草蒙拾》:"钟隐入汴后,'春花秋月'诸词与'此中日夕只以眼泪洗面'一帖,同是千古情种。"("钟隐"即李后主署于画作的笔名,李自号"钟山隐士"。)

【大别山】作者自注:大别山即龟山,鲁肃墓在其处。(侯按:龟山一称鲁山,在武汉市汉阳城东北,东滨长江,北临汉水。)

⑤【人鱼方辨乐】《庄子·秋水》:"庄子与惠子游于濠梁之上。庄子曰:'鲦鱼出游从容,是鱼之乐也。'惠子曰:'子非鱼,安知鱼之乐?'庄子曰:'子非我,安知我不知鱼之乐?'"

【龟蛇】龟山、蛇山。蛇山称黄鹤山、黄鹄山,横亘于武汉市武昌城中，和汉阳龟山隔江对峙。以山形蜿蜒如蛇得名。

王浩天1997年8月25日给侯井天的信中说:"第一句我以为不一定坐实拣石头打狗,那只是一种意象、想象,一种近似顽皮的假想。是说拣起落月来打狗('噪龙'甚至可能是借喻呼啸着的庞然大物——火车),却打到小店的窗子里去了(是说窗中有了月亮)。""最后一句不是说两座山用一道桥把两个人扛起来,而是说两座山把一道长江大桥扛起来"。

舒芜读诗笔记:"'庄惠人鱼方辨乐,龟蛇挤眼一桥扛'这两句写桥上两个人的高兴心情,看什么都有趣,把桥和人,桥上的人和桥两端的山的关系,写得又生动,又诙谐,又豪迈。上面'珠江打水灌长江'一句,也把一件小事写得极为豪迈。本只是在广州灌了水,乘火车到武昌后,将水倒掉而已,却说成'珠江打水灌长江',一下把两条大江联结起来。"

陈明强《聂绀弩旧体诗全编选讲》:"全诗以'乐'字贯穿始终,如此欢乐的诗在绀弩的篇章中实在不多。"

方印中《聂绀弩诗三百首》:"见到了思念的朋友,酒逢知己,话语投机,又是在访鲁肃墓这样的雅事中,身心都舒畅。于是,种种逸兴、幽默、情趣油然而生,就写出了这一首诗。"

另稿:第7、8句作"游女汉皋应指点,长桥旦走老人双"。

以诗一卷赠曙南志别

略剩须眉仅此编,临歧持赠大江边。
但伤君我秋同老,岂谓人诗世定传?
黄鹤楼高云梦泽,黑龙江远雪霜天。①
匆匆别矣无多祝,祝气管炎各早痊。

①作者自注:曙南子在北大荒工作。〔侯按:郭曙南之子郭力1988年2月14日给侯井天的信中说,他现任黑龙江农垦总局(在佳木斯)"北大

荒文联"常务副主席。]

罗孚："尾联事则严肃，诗则打油矣。"

陈明强《聂绀弩旧体诗全编选讲》："修饰自己诗卷的'略剩须眉'四字值得玩味。身处逆境以后，难以有所作为，唯有以诗言志，自己的信仰情操志趣，只能寄托在旧体诗中，这句话道出聂老晚年竭尽心力创作旧体诗的根本原因。'十年已在人前矮'，'百事输人我老牛'，仅仅此篇保留着剩下的一点须眉男子本色。此言悲凉，从中也看出诗人的硬骨头精神。"

另稿：朱正存作者手迹，题作《诗稿一卷留别曙南》，第6句"远"作"已"；第7句"匆匆"作"今番"；第8句"祝"作"支"。

赠董冰如高启洁夫妇武昌①

平生高洁董冰如，老至双栖水果湖。②
门对珞珈山不远，人携辩证法同居。③
国风译好诗情重，血压防高菜味殊。④
有客叩烟兼扰酒，黄昏双送上街车。

①【董冰如】（1894—1969），又名锄平、楚屏、方城，湖北京山人。1941年与高启洁结婚。1920年加入中国社会主义青年团，经陈独秀介绍加入共产主义小组，参加中共"一大"筹备工作。1923年冬被派去南洋开展工作。1924年任仰光《觉民日报》总编辑。1927年参加南昌起义，后任中国共产党江苏省委员会候补执行委员。1928年被捕，失掉党的关系。1932年到美国纽约。1933年在福建任中华共和国人民革命政府侨务委员会主任委员。1934年重去菲律宾。1937—1949年，在国内由周恩来、董必武直接领导，为党工作。1949年6月由上海到北京，任国际联络委员会副秘书长。1949年冬任劳动部政策研究室主任，12月恢复党籍。

1959年调任武汉哲学社会科学研究所副所长（李达是名誉所长）。

【高启洁】女（1913—1991），又名高朗。湖北京山人。1937年毕业于北平师大。1942年春经董必武介绍到重庆军事委员会政治部文化工作委员会工作，加入民主同盟。后加入国民党革命委员会，任妇女主任委员。1946年高朗、董冰如夫妇在中共地下机关工作。高任《华侨通讯社》编辑，中共派高打入上海国民党社会局，掩护地下革命工作，直到解放。1949年7月参加亚澳工会筹备工作。后调中华全国总工会文教部。后任湖北社会科学院助理研究员。

②【水果湖】湖名，与东湖相连。湖北省委机关宿舍和省科学院所在区域的总称。

③作者自注：董时为湖北省哲学社会科学研究所副所长。

侯按：辩证法正是属于哲学学科，正是在董冰如所管辖的机构研究的范围以内，所以说他们"人携辩证法同居"。

④【国风】这里以"国风"代指全部《诗经》。

作者自注：高曾全译《诗经》。

方印中《聂绀弩诗三百首》："'门对珞珈山不远，人携辩证法同居'，每句7字，都用1/6句式，以散文句法入诗，自有其畅达之意，细看还是由内容而决定句式的。"

高启洁复侯井天1988年1月18日请教信中说："绀兄到我们家时，我这个烧火姥，炒的菜咸的咸，淡的淡，不堪入口，他就大呼'菜味殊'了。""我们既不抽烟，也不喝酒，烟酒都是我从小洪山之巅到水果湖街上临时采购的，而且要他一人包干。喝得他晕头转向，烟，可以放进袋里。酒，我就不让他喝完了。我们本留他住下，喝完酒再走，他又要走看另一老友。我本想叫一辆小汽车送送，但两位老党员，又都制止我……我们俩一直送他坐上街车，我们才慢步上山回家。只有微弱的路灯闪烁，情景黯然，真是一别成永诀，散宜生诗却留下了永恒的友谊！"

高朗《良师益友散宜生》："第二天，他送来《赠董冰如高启洁夫妇于武昌》诗一首，随后就独自游长江大桥去了。"（侯按：1962年10月和1964年7月，聂绀弩两次到武汉。）

罗孚:"高洁董冰如,语义双关。"

沁园春·赠木工李四①

马恩列斯,毛主席书,左拥右搋。②觉唯心主义,抱头鼠窜;形而上学,哑口无言。滴水成冰,纸窗如铁,风雪迎春入沁园。披吾被,背《加皮塔尔》,鱼跃于渊。③　　坐穿几个蒲团,遇人物风流李四官。④藐鸡鸣狗盗,孟尝宾客;蛇神牛鬼,小贺章篇。⑤久想携书,寻师海角,借证平生世界观。⑥今老矣,却穷途罪室,邂逅君焉。⑦

①【木工李四】李世强,1948年生,北京市人。1968年8月前在铁道部长辛店铁路学校学习。1968年8月—1975年3月坐牢。无罪获释。曾在北京木材公司工作。现经营三味书屋。

②【左拥右搋】(有"左拥右抱"成语。《战国策》:"左拥幼妾,右抱嬖女。")聂绀弩《脚印·序》:"拙作《沁园春(赠李四)》一开始就说'马恩列斯,毛主席书,左拥右搋',有人以为吹牛,其实是真的。"(见《聂绀弩全集》第9卷112页)

③【加皮塔尔】英语 The Capital(《资本论》)的音译。

【鱼跃于渊】《诗经·大雅·旱麓》:"鸢飞戾天,鱼跃于渊。"

聂绀弩《脚印·序》:"'背《加皮塔尔》',也是真的。一部书几百万字,怎么背呢?您真迂,背一百字或五十个字,只要是《资本论》上的,不也叫背《资本论》么?"《脚印·怀监狱》:《资本论》"我看了十遍(第一卷)"。"其他各卷多者也不过三四遍。"(见《聂绀弩全集》第9卷112页,第4卷312、314页)

④宋/苏轼《念奴娇·赤壁怀旧》:"浪淘尽,千古风流人物。"

【官】宋朝时对男子的尊称。

⑤【小贺】李贺（790—816），字长吉，唐代诗人，原籍陇西，迁居福昌（今河南省宜阳县）。（侯按：李贺26岁就死了，所以聂称其"小贺"。再，避其姓与"李四官"用字重，称"小贺"而不称为"小李"。）

唐／杜牧《李长吉歌诗叙》："鲸呿鳌掷，牛鬼蛇神，不足为其虚荒诞幻也。"

⑥【海角】宋／张世南《游宦纪闻》："今之远宦及远服贾者，皆曰天涯海角。"

⑦【罪室】关押所谓犯了"现行反革命罪"的聂绀弩的牢房。

李世强《途穷罪室，童叟无欺》："原题是赠李四，后收入《散宜生诗》中，却在'李四'前加上'木工'二字，乃是因为我出狱后一度在木材公司工作，老聂因此戏称为'木工'。"（见《聂绀弩还活着》）本诗集内"李四""小李"均指李世强。梁羽生《笔・剑・书》："'李四'可能是一个知名文化人的化名。"误。

李世强说：词写于1973年冬天，在稷山看守所。"精彩地描述了我们这一段学习（马列著作）的情景，以及他所达到的境界"。

舒芜读诗笔记："沁园春是一个词牌名，又（是）曲牌名。原指汉代沁水公主的园林。沁水在山西。聂绀弩此词说的是他关在山西稷山县时之事，故借用'沁园春'，拆开成文。"

罗孚："'风雪迎春入沁园'，非真有沁园，不过因毛泽东有《沁园春・雪》词，点化成句耳。背书而有鱼跃于渊之乐。与鸡鸣狗盗、牛鬼蛇神同处罪室。"

李世强1987年6月21日给侯井天的信中说："我是从1970年4月20日起和聂伯伯在一起——稷山县看守所同号同铺——到1974年底分手，共约不到五年时间。其间在聂伯伯影响下，和聂伯伯一起学毛著和马列著作，颇受教益。由于不以监狱为苦，潜心学习，兼有聂伯伯的指教，常能有所悟。每有新说，聂伯伯惊喜非常，得意处常有诗赠。褒奖过甚，我亦知其激励之意。"

方印中《聂绀弩诗三百首》："诗人虽身处'穷途罪室'，但有唯物主义辩证法这样的世界观，于是就有了勇气、正气，等等"。"词的语言八方挥洒,却又一气贯通,格调高昂,于人虽'今老矣',于气则融冰销铁,迎春入园,鱼跃于渊。这首词,堪称从古至今的监狱诗的无可替代的绝唱。"

推水同李四[①]

孰后谁前各自猜,你追我赶在轮台。[②]
君形曲屈伤书卷,吾道迂回碍酒杯。
天下人方勤汲引,地中海莫久徘徊。[③]
游周斗室三千里,南极翁携白鹤来。[④]

①侯按:旧式戽斗汲水车,一挂长形"U"字形链斗,推动后有一半戽斗带水上行,到顶端,一戽斗跟一戽斗地倒入水槽中,水外流浇地,总保持一半空斗下行,循环往复。

②【轮台】新疆维吾尔自治区县名,这里借指装有轮子的提水的井架。

③【汲引】《汉书·楚元王传》附刘向上封事:"昔孔子与颜渊、子贡更相称誉,不为朋党;禹、稷与皋陶传相汲引,不为比周。"

舒芜读诗笔记:"'汲'和'引'本来都是把水从低处打(汲)上来,引上来,比喻互相提拔。聂诗又从真正的推水,直到汲引。"

【地中海】作者自注:暂作地下水解。

④【南极翁携白鹤来】南极仙翁、白鹤童子,《封神演义》第三十七回:"子牙上昆仑……元始……命南极仙翁取'封神榜'"交子牙。南极仙翁送子牙,"忙唤:'白鹤童儿那里?'……'你快化一只白鹤'。"

1987年10月19日在北京崔宗汉家,李世强当面对侯井天说,"南极翁携白鹤来"是他回赠聂绀弩诗的最后一句。侯按:南极仙翁、白鹤童子,一老一少;聂绀弩、李世强也是一老一少。

聂绀弩《脚印·怀监狱》:"李四……曾和我在监狱推水"。(见《聂

绀弩全集》第 4 卷 311 页）

李世强提供情况：在山西稷山县看守所推水车，车水浇看守所院里的菜地。

王存诚 1994 年 7 月 22 日给侯井天的信中说："此二句（第 3、4 句）均双关，应对读，以字面上看'形曲屈'和'道迂回'是描摹二人推水车时狼狈的情形，其中又隐含了对二人所处地位和生活道路的比喻。屈曲是低头弯腰的形象。'伤书卷'字面上是说读书多，少锻炼，一干体力劳动就显得狼狈，背后又有'太书生气才使自己沦入这一地位'；'碍酒杯'字面上看，喝多了行路不稳，背后意思是'直言贾祸'。"

王济昭 1995 年 8 月 6 日给侯井天的信中说："'吾道迂回碍酒杯'只解因果之因，实应两解，既是因亦是果：即吾道迂回是因为好喝酒，同时又妨碍了喝酒。"

重到海城呈彭母（二首）①

一

别名小莫斯科好，胜地暌违卅八春。②
宫厦城墙红作姓，妇婴儿女战为魂。③
一时才俊无遗冢，何处江山不故人。
遥指木棉花下路，似犹旗笠万农民。

二

风云龙虎彭三杰，宇宙光荣母一家。④
母意已成儿女志，此心犹着凤凰花。
人称九十为眉寿，我以沧桑纪岁华。⑤
社会主义春不老，孙曾艺圃枣将瓜。⑥

①【重到】聂绀弩《钟敬文·〈三朵花〉·〈倾盖〉及其他》："一九二五年春,我以国民党中央陆军军官学校(一般称为黄埔军校,因学校所在地名黄埔)第二期学生的资格"参加"讨伐负隅东江的叛将陈炯明","为北伐蓟除后顾之忧的第一次东征","很容易地进到了海丰"。(见《聂绀弩全集》第4卷273页)侯按:1925年10月中旬,东征军攻下惠州,22日占领海丰。诗第二句"胜地暌违卅八春",即1925—1964年的"卅八"年后"重到"。

【海城】海丰,县名,在广东省东部海边,东邻陆丰县,在无产阶级农民革命运动史上,并称"海陆丰"。

【彭母】周凤(1873—1975),彭湃的母亲。

②【小莫斯科】1927年12月海丰苏维埃政府成立,海丰人民以向往苏联社会主义革命的心情,叫海丰县城"小莫斯科"。

钟敬文《我与佛寺》:"我多年没有回到故乡了。海丰城,在我国现代史上是一个英雄的城市(当时它的别号是'小莫斯科'),也是一个深受灾难的城市——血腥的镇压、铁蹄的践踏……"

③【宫厦城墙红作姓】广东海丰县地方志编纂委员会1987年7月3日给侯开天的信中说:"红宫、红场是海丰苏维埃故址,周围墙壁多涂红色,红墙即指此。"

④【彭三杰】彭汉垣、彭湃、彭述三烈士。彭汉垣(1893—1928),第一次国共合作时曾任海丰县长。彭湃(1896—1929),中国共产党早期农民运动领导人之一,海陆丰农民起义的组织者。1921年加入中国共产党。1923年1月领导成立海丰县总农会。1924年任中共广东区委农委书记,在广州创立农民运动讲习所。1925年任广东省第一届农民协会副委员长。后至武汉中央农民运动讲习所工作。第一次国内革命战争失败后领导海陆丰农民起义,建立工农民主政权。中共中央第五届中央委员。"八七会议"被选为中央临时政治局候补委员。中共中央第六届中央政治局委员,直接参加江苏省委领导工作。1929年任中央农委书记,8月24日在上海被捕,31日被国民党反动派杀害于龙华。遗著有《海陆丰农民运动》。彭述(1903—1933),乳名亚西,号汉述,人们常叫他彭述。彭湃的胞弟,排行第七。1925年国民革命军第一次东征,彭述在海丰参加交通站、情

报站工作。东征军进驻海丰城时，参加共青团。同年 3 月任海丰县民主县政府第五区马鬃镇巡官；7 月辞巡官职务继续搞农运。1927 年协助海丰县委搞武装斗争。加入共产党。11 月调东江特委工作。1928 年 2 月下旬特委派彭述到香港与广东省委联系工作。3 月到潮汕工作。4 月任澄海县县委书记。1931 年到大南山区工作，任东江特委委员。1933 年秋，敌人"围剿"大南山，在战斗中牺牲。

⑤【眉寿】周代金文铭刻有"万年眉寿""眉寿无疆"等语。旧说或以为年寿高的人眉长是寿的象征，故说眉寿。《诗经·豳风·七月》："为此春酒，以介眉寿。"彭母 1964 年九十一岁。

⑥宋/范成大《千秋岁·重到桃花坞》："万桃春不老，双竹寒相对。"

【枣将瓜】枣将大如瓜。《史记·封禅书》："（李）少君言上曰：'……臣尝游海上，见安期生，安期生食巨枣，大如瓜……'"

陈绍哲《聂畸在海丰》："1964 年他专程来海丰探访……留下了一首诗和一篇题词。"〔侯按：指第 2 首和一篇题词，题词署"聂绀弩（原名畸）题。一九六四年五月十四日"。〕（见《聂绀弩还活着》）

吕尚《读聂诗的启示》："诗中的宫、厦、城、墙，是四个并列的建筑物，妇、婴、儿、女，是四个并列的不同年龄和性别的人。都是名词，可以相对……'红作姓'，即以革命为姓。全句意思是，这里曾经是革命根据地。'战'指革命暴动的武装斗争。'战为魂'即为革命而坚强不屈的精神。全句的意思是，这里的人民无论男女老少都是革命的。"

聂绀弩 1978 年 10 月 22 日致高旅信中说："在海丰时曾访彭湃烈士纪念馆亦即其故居，拜见彭母，曾与之合照相……我曾献寿一诗，今俱忘矣。彭母并令其孙（时为县长）设家宴请我，有一当年农运讲习所学员作陪，又访东平故居第二首，实即重访海丰之作。第三联为'一时才俊无遗冢，何处江山非故人'，较为自然。"（中共海丰县党史研究室 1998 年 7 月给侯井天的信中说："周凤孙子名叫彭洪，1927 年 6 月生，系彭湃与结发妻子蔡素屏（烈士）的第三个儿子……1964 年任中共海丰县委第一副书记兼县长……'八大'代表，1968 年惨遭迫害致死。"）

寓真《聂绀弩刑事档案》："诗中满含对彭湃烈士和农民运动的怀念

之情：'一时才俊无遗冢，何处江山不故人。遥指木棉花下路，似犹旗笠万农民。'"

方印中《聂绀弩诗三百首》："（第一首）尾联以高挺的英雄树，高举的红旗，映衬起义的海陆丰农民，形象鲜明，意境崇高。三十八年前，轰轰烈烈的革命情景，并未因时事沧桑而模糊，诗人襟怀之热烈可见一斑。""（第二首）首联对仗工巧，寓诗题的'彭''母'二字。'风云龙虎''宇宙光荣'，寥寥几字，高度概括了当年革命斗争的气势和意义"。"诗篇表现对革命的往事，对革命先烈，对革命老人的深情，令人感怀。"

另稿：聂绀弩1964年5月抄寄高旅手迹中，第1首题作"重到海城"；第3句"墙"作"场"。第2首题作《呈彭母》，有序："彭湃烈士（兄汉垣、弟述均烈士）老母，年九十余矣。与谈，竟忆三十九年前有军官生戴黑眼镜者曾至其家，真强记也。蒙命留字，勉呈。"第3句"女"作"子"。

柬钟三①

闻君七月有新诗，何以至今我不知。
一笑故人还故我，同伤多梦已多时。②
从来肝胆恩都少，如此风波怨便痴。③
五载堂堂空过了，以为不可孰期期。④

①【钟三】钟敬文（1903—2002），广东海丰人。散文家，民间文艺学家，民俗学家。著作有《近代民间文学史略》《钟敬文民间文学论集》等十数种，旧体诗词数百首。

聂绀弩1982年1月在《钟敬文·〈三朵花〉·〈倾盖〉及其他》中，说他和钟敬文"差不多六十年的关系"（"差不多"说，即1925—1982年）。"为什么称他为'钟三'呢？因为他写信给我，常尊我为'老大'，而自

谦为'三弟',盖以马醒为老二也。"(见《聂绀弩全集》第4卷281—282页）

②【故我】依然故我,仍然是旧日的我。《赠答草拾遗·游园赠敬文》:"三郎仍是旧三郎。"

③【肝胆】比喻关系密切。《庄子·德充符》:"自其异者视之,肝胆楚越也。"是说自其异者视之,虽以肝、胆这样接近,也会变得像楚、越一样隔绝。

④唐/薛能《春日使府寓怀二首》其一:"青春背我堂堂去,白发欺人故故生。"

【期期】《史记·张丞相列传》,汉代周昌口吃,有一次跟汉高祖争论一件事,说:"臣口不能言,然臣期期知其不可。"《朱子语类》:"先生曰'期','极'也。古人用'期'字,多作'极'字。周昌云:心期期知其不可。言极知其不可。口吃,故重一字也。"

蔡东藩《前汉通俗演义》:"楚人谓'极'为'綦',昌又口吃,读'綦'为'期',并连说'期期'。"周昌是江苏沛县人,正是把'极'读作'期'或'綦'。可以说司马迁用了一回当时的口语。

安德明《飞鸿遗影——钟敬文传》:"钟敬文……出生的时候,已经有两个哥哥和两个姐姐,几年后又有一个弟弟。""按照兄弟之间的顺序,钟敬文排行老三"。

舒芜读诗笔记:"钟敬文在1957年反右运动中被错划为'右派',1961年7月'摘去右派帽子',此所谓'有新诗',指'摘帽'后有新作的诗感念其事。"

黄道奇《让我们的思想更解放一些——从〈散宜生诗〉谈起》:"'闻君七月有新诗,何以至今我不知。'第二句有点不像诗,但把整首连贯起来,就浑成一体。"

陈光照:自古以来,凡是披肝沥胆的人,往往很少有得到惠泽的——"恩都少"。

侯按:自《柬钟三》以下,每见聂诗多出"痴"字。如"如此风波怨便痴"(《柬钟三》)、"画虎皆白痴"(《悠然五十八》)、"台边痴立雨迷濛"(《琴台》)、"河山信美奈人痴"(《吕剑索诗》)、"百千书卷使人痴"(《夜读》)、"至今七十九年痴"(《八十》)、"卿可为妻念近痴"(《赠梅》)、"鲁公应赏此情痴"(《步和史复见赠》)、"你画葫芦我发痴"(《满成老友六周年祭……》)、"十年空自笑专痴"(《谢夏公惠红专牌烟》)、"痴聋岳反劝翁姑"(《四绝句》)、"笋年弱冠易情痴"(《朱凤二友吉席》)、"楚囚偷笑有同痴""老夫越老越嗔痴"(《有答》)、"如何得卖许多痴"(《忆钟君》)、"今宵定卖历年痴"(《除夕奉怀》)、"道作者痴今尚谁"(《题雪芹著书图》)、"痴呆卖尽лучше来愁"(《叠韵答曙南》)、"痴男怨女此心死"(《黛玉》)、"更将何以对痴鼙"(《薛宝钗》)、"为若辈流总近痴"(《赠溥仪》)等。"痴"仅作"傻"解,于聂诗似不尽意。杨绛《将饮茶·记钱锺书与〈围城〉》:"我们无锡人所谓'痴',包括很多意义:疯、傻、憨、稚气、呆气、淘气等等。"赵世民《汉字悟语·痴》:痴的"根源却是智慧"。"大智和大巧若愚,都是痴"。"是痴把人性捧向耀眼的星空"。"痴,还真是一剂自救的良方"。"痴的另一极端是'颠'……别忘了'颠'里的'真',真性所至"(见《新华文摘》1995年第6期)。梁归智《周汝昌与红学研究》:"有了这种'痴',才一往情深,才无怨无悔,才生慧心,具慧眼,成慧业。"(见《新华文摘》2002年第7期)

陈明强1996年12月12日给侯井天的信中说:"肝胆'似应是……对联中那个意思'与有肝胆人共事,于无字处读书。真诚正直的人(肝胆)得到的恩宠少,从来如此,是规律。所以有下句'如此风波怨便痴'。"

罗孚:"'多梦''风波''五载'借指'反右'等事。"

另稿:山西狱中档案存稿,题作《柬静闻》,第5句"都"作"多",第7句"空过了"作"虚掷后",第8句"孰"作"谁"。

钟三往四清[①]

不是山西便河北,四清当去半年多。

三千师弟人谁老，百八朝昏别奈何。②
出问题时有毛选，得欢欣处且秧歌。
投身阶级斗争里，见汝诗材大马驮。③

①往四清，去参加农村社会主义教育运动。

【四清】1962年9月，毛泽东在中共八届十中全会上重提阶级斗争问题时，提出要进行社会主义教育运动。1963年2月的中央工作会议上，确定在农村普遍进行一次"四清"运动。5月中共中央在杭州召开工作会议，毛泽东主持制定了《中共中央关于目前农村工作中若干问题的决议（草案）》，各地训练干部，进行"四清"运动试点。9月中央通过了《中共中央关于农村社会主义教育运动中一些具体政策的规定（修正草案）》。1964年底至1965年1月，中共中央政治局召集全国工作会议，毛泽东主持制定了《农村社》，把"四清"规定为"清政治、清经济、清组织、清思想"。到1966年春，全国或有三分之一的县、公社进行了"四清"运动。1966年5月"文化大革命"开始后，"四清"运动便告结束。机关干部、军官、大学干部、教师、学生按期轮换，参加"四清工作队"，每期6个月，在农村和农民"同吃、同住、同劳动"。县为"工作团"，公社为"分团"，生产大队为"工作队"。每个工作队十人、十数人不等。

②【三千师弟】泛指参加"四清"的北师大干部、教师、学生的人数。借孔子有"三千门弟子、七十二贤人"的"三千"。

③【大马驮】传说东汉明帝永平十年（67），遣使蔡愔等赴西域求佛法，在月氏遇到来自天竺的迦叶摩腾和竺法兰，便迎入中国。当时用白马驮载经像而归洛阳，次年建寺，名白马寺。

钟三四清归①

陌上霏微六出花，先生归缓四清夸。②

忙中腹烂诗千首，战后人俘鬼一车。③
青眼高歌望吾子，红心大干管他妈。④
民间文学将何说，斩将封神又子牙。⑤

①【六出花】花分瓣叫"出"，"六出"就是六个花瓣。雪花六角，因用为雪花的别名。宋／李昉《太平御览》卷十二引《韩诗外传》："凡草木花多五出，雪花独六出。"

②【鬼一车】《周易·睽》："见豕负涂，载鬼一车。"朱熹注："见豕负涂，见其污也。载鬼一车，以无为有也。"

③唐／杜甫《短歌行赠王郎司直》："青眼高歌望吾子，眼中之人吾老矣。"

舒芜读诗笔记："吾子，指王郎，杜甫以'青眼高歌'之事望之。"

④【青眼】《晋书·阮籍传》："籍又能为青白眼。见礼俗之士，以白眼对之。及嵇喜来吊，籍作白眼，喜不怿而退；喜弟康闻之，乃赍酒挟琴造焉，籍大悦，乃见青眼。"

⑤【斩将封神】事见明／许仲琳编《封神演义》第九十九回《姜子牙归国封神》、第一百回《武王封列国诸侯》。共封了365位正神，斩了飞廉、恶来"不忠不义之贼"。

【子牙】齐太公望，姓姜名尚，字子牙。

舒芜读诗笔记："'青眼'对'红心'，'高歌'对'大干'，'吾子'对'他妈'，对得工巧自然。"

1993年2月21日舒芜给侯井天的信中说："'管他妈'当然说咱们（即诗人自己与此诗所赠之人即'吾子'）都不去管他吧。'红心大干'当然是当年的壮言豪语。"

王希坚《喜读〈散宜生诗〉》："（颈联）这一联不但'青眼'对'红心''高歌'对'大干'极为贴切，'吾子'对'他妈'更令人忍俊不禁，为之喷饭。"

柳苏《钟敬文和聂绀弩》："这样的句子只能使人叫绝。下一句的七个字和上一句的七个字，无一不对得工整，'红'对'青'，'心'对'眼'，

'大干'对'高歌','管他妈'对'望吾子',真是绝了,亏他想得到,对得出。除了他绀弩,还有谁敢做这样的对仗?文字上敢?政治上敢?真是管他妈呢,他老子就是对上了,写出来了。就是不对,一句'红心大干管他妈'也已经可以千古,比'满城风雨近重阳'更可以千古,至少在我们这个时代的人眼里,当然,对了就更妙!"(见《文汇读书周报》1993年1月23日)

侯按:冯英子《不胜天地古今情》:"六五、六六年之间",绀弩"请我到他家中吃饭,还写了几个条幅送我","其中有一条写了"《钟三四清归》。(冯引聂诗全首,此略)第六句是"红心大干老专家"。原来最初不是"管他妈"。因此,罗孚赞曰:"改'老专家'为此,真点铁成金也!"(见《聂绀弩还活着》)

何永沂《"借句"也是创作——赏聂诗札记》:"'青眼高歌望吾子'是杜甫的名句,出自《短歌行赠王郎司直》,这位王郎当时仕途并不得志,'抑塞磊落',杜甫青眼视之,高歌寄望,亲切地称为'吾子',全诗大有劝慰之意。清著名诗人黄仲则在他一首题为《赠袁陶轩》的古风中也借用了杜甫这一句,黄诗道:'……青眼高歌望吾子,莫将歌哭向时人,自有名山报知己',也是对失意朋友的开解鼓励。同样,聂绀弩借用这一句,其意就不言而喻了。这是紧扣诗题的'钟三'。杜诗'青眼高歌望吾子'的下句也是全诗的结句是'眼中之人吾老矣',一声长叹,跌宕悲凉。那么,聂绀弩借用这一句后,下一句如何对之呢?这是一首律诗中的一联,是要受对仗限制的。记得笔者第一次读到'红心大干管他妈'的对句时,初是愕然,再细看,不禁会心大笑,拍案叫绝。'青眼高歌望吾子'可以有多种对法,不是什么'绝对',但聂绀弩这样一对,却对绝了。'青'对'红'、'眼'对'心'、'高歌'对'大干'、'望吾子'对'管他妈',绝对工整,但这决不是三家村学童学对对子的'云对雨、雪对风、晚照对晴空'之类的文字游戏,因这一联句无重意,又一气呵成,内涵深刻。'红心大干管他妈'扣紧题目的'四清归'。'红心大干'是当年'左'派的豪言壮语,'管他妈'有两层意思,一是不管一切,不顾后果,干了再说……而另一个意思是有轻蔑之意,即'别管他那一套'。聂诗取哪一种意思,抑或两者皆取,尚待讨论,但'红心大干'这一时髦的政治口号后接上一句'管他妈',除了要有卓越的见识外,还要有很大的勇气,这是肯定的。本来标语、俚俗语入诗是诗家大忌,但'红心大干'接上'管他妈'就有了幽默感和讽刺味。更妙的是,这一现代的口号和口语一连起来居然与古代杜甫那文绉绉的'青眼高歌望吾子'对上了,简直天造地设。这是一个借句引出奇句的例子,笔者曾经对诗友开玩笑道:'千古姻缘'一句牵,不意近日看到钱锺书在《管锥编》上引康德的一段话:'解颐趣语能撮合茫无联系之观念,使千里来相会,得成配偶',方知这一层意思早已有学者道破。此联一雅一谐,谐中寓庄,可谓思力深、句法新、功底厚,充分展示出'聂体'的魅力。"(见《江西诗词》1997年第4期)

方印中《聂绀弩诗三百首》:"'红心大干管他妈'句,不宜解作'管他妈'的'红心大干',不是简单地对当年'红心大干'豪言壮语的否定……诗人最初送给朋友的条幅写为'红心大干老专家',这也说明上述分析是正确的。诗人之所以改'老专家'为'管他妈',应该是推敲对仗的结果。修改后,'红心大干'对'青眼高歌','管他妈'对'望吾子',何止工巧而已;以大俗话'管他妈'属对,何等贴切、自然,而表现出来的凌厉诗风,同杜甫的原句堪称妙对,无不及且略有过之。这样一看,最初的'老专家'一语,也就改所宜改了。"

读钟三民间文学理论史近著

千锤万斧劈山开,片语单言也费才。①
往论今朝从笔削,先生未死已书埋。②
雄奇文有悲风响,老懒人惟愧汗挹。③
中夜谁知吾意敬,起当窗月一诗裁。

①明/于谦《石灰吟》:"千锤万凿出深山,烈火焚烧若等闲。"
②【笔削】《史记·孔子世家》:"孔子为《春秋》,笔则笔,削则削。"
舒芜读诗笔记:"古时用竹简写文字,写上去叫'笔',有所改动时

则削之,故谓之'削'。""'往论'之'往'是'过往','先生'之'先'是'先前',字面正相对。"

作者自注：笔削为两事（笔则笔，削则削），书埋杜撰，本不能对，此取其字面耳。

③【愧汗】汗颜无地。唐/韩愈《祭柳子厚文》："不善为斫，血指汗颜。"

钟敬文《往事迢遥六十春》："我上面提到的一首（侯按：即此首），是我最欣赏的。因为它不但有'雄奇文有悲风响'等警句，就诗的结构说，也是比较完整的"。"当时我在他寓所里看过后，非常感慨。但觉得其中有一个字，从音律上看不大妥当。我当面坦率地给他指出了。那诗的第二句现在本子都作'片语单言也费才'，它的第三字'单'，原作'只'字，两字的意义虽然相似，但在音调上却大不同了。因为这句诗的音律是'仄仄平平仄仄平'，七个字中只有三个平声字。如果第三字用仄代平，全句就只有两个平声了，这不免是一点小毛病，原因并不在于合传统规定，而在于吟咏起来声音不谐美（诗语所以比较注意音乐性，究其原因，是出于诗歌内在的抒情性），当时，他似乎没有说什么……但是后来他确实把'单'代替了'只'了，在前后印出的诗草本子上可以充分证明。他的这种雅量，我想正和他的勇敢追求真理的思想分不开的。"（见《聂绀弩还活着》）

罗孚《聂绀弩诗全编·后记》："'雄奇文有悲风响'，何其庄严肃穆！"

陈光照："'雄奇文有悲风响'，可作聂诗的总评。"

另稿：《三草·赠答草》中题作《读钟三关于民间文学理论史近著》。聂绀弩1963年9月23日致高旅信中附抄诗手迹，题作《读敬文近著》，第2句"单言也"作"只言亦"；第3句"从"作"重"。

以拙集《杂文选》赠重禹系以一诗①

鬼谷先生立我前，乡人卖药兔开言。②
文盲局长翻身穗，万里长城笑死钱。③
自比乌鸦曹氏子，骗人阶级傅斯年。④
何来一炬阿房火，烧到干妈义养乾。⑤

①【重禹】即舒芜（1922—2009），安徽桐城人。原名方管，字重禹。现代作家，评论家。著作有《舒芜集》八卷。

②此句提及聂绀弩的三篇杂文：《鬼谷子》《韩康的药店》《兔先生的发言》。

【鬼谷】即鬼谷子，战国时纵横家之祖，传说为苏秦、张仪师。楚国人，籍贯姓氏不详，因其所居，号鬼谷子或鬼谷先生，著《鬼谷子》一卷，今本三卷二十一篇。

【乡人卖药】《后汉书·韩康传》："韩康，字伯休，一名恬休，京兆霸陵人，家世著姓。常采药名山，卖于长安市，口不二价，三十余年。时有女子从康买药，康守价不移。女子怒曰：'公是韩伯休耶，乃不二价乎？'康叹曰：'我本欲避名，今小女子皆知有我，何用药为？'乃遁入霸陵山中，博士公车连征，不至。"

侯按：上述三篇以及下面说到的六篇杂文，都收入《绀弩杂文选》中。（钟敬文《纪念老友绀弩同志九十冥寿》五六句："薄海传《三草》，吾心赏一文。"注云："我尝谓绀弩即使没有其他著作，但有《韩康的药店》一文，也足以不朽也。"见 1993 年 2 月 13 日第 6 期《文艺报》）

③此句提及聂绀弩的两篇杂文：《论六个文盲卫士当局长》《论万里长城》。

【文盲局长】香港某小报报道，标题为《穗六个公安分局长出身卫士，尽属文盲》。正文："六位分局长，都由现在高级将领的卫士提拔升充的，有些连一字也不识的。"

【笑死钱】钱，即钱穆（1895—1990），江苏无锡人。史学家。钱穆 1950 年 3 月 23 日在《华侨日报》发表《中国共产党与万里长城》的文章传播美联社、法新社所造的谣言，说中国共产党要拆除万里长城，他根据这个谣言，对中国共产党大加嘲笑，"发表了种种谬论"。

④此句提及聂绀弩的两篇杂文：《论乌鸦》《傅斯年与阶级斗争》。

【自比乌鸦】聂绀弩《论乌鸦》引胡适写于1917年、收入《尝试集》的《老鸦》一诗，胡适曾自比乌鸦："人家讨嫌我／说我不吉利／我不能呢呢喃喃讨人家的欢喜！""整日里又寒又饥／也不能叫人家系在竹竿头，赚一把黄小米！"聂绀弩引诗后写道：（胡适）"博士'豹变'后若干年，又有人引他的这首诗而自比乌鸦，那就是曹聚仁先生"。"曹先生现在就在上海发表皇皇大文"，"来打击中国现在的新生力量。'呢呢喃喃'大概很'讨人家欢喜'，同时也已'赚'得一把或几把'小米'了！"（侯按：曹聚仁20世纪30年代在上海办《涛声》周刊，刊头上印一只乌鸦，并引胡适这首诗，自比乌鸦。）

【曹氏子】即曹聚仁（1900—1972），浙江浦江人。现代作家，学者，记者。著有《国学概论》《文坛五十年》《鲁迅评传》等。

【傅斯年】（1896—1950），字孟真，山东聊城人。历史学家，文学理论家。1950年4月16日，《自由中国》第2卷第8期载傅斯年《共产党的吸引力》："他骗人的第一个宝贝是'阶级斗争'。"（见《傅斯年全集》）

⑤此句提及聂绀弩的两篇杂文：《第一把火》《有奶就是娘与干妈妈主义》。

【乾】即萧乾（1910—1999），祖籍内蒙，生于北京。著名作家，翻译家和新闻工作者。

侯按：赠重禹的是人民文学出版社1955年4月出版的《绀弩杂文选》。此书出版后，马上就是"肃反"运动开展之时。因为聂绀弩在"肃反"运动中受到"隔离审查"，所以此书没有怎么公开发行便停售了。"文化大革命"之后，约在1977年舒芜从人民文学出版社处理旧书当中买到这本《绀弩杂文选》，请绀弩在书上有所题识，他便题了这首诗。（据舒芜读诗笔记）

方印中《聂绀弩诗三百首》："以文题连缀而成，有'文字游戏'（《散宜生诗·自序》）的味道，但是，上述杂文，有歌颂建国后社会主义改造，有对反共狂言、奇谈怪论的批判，其文嬉笑怒骂，纵横辟易，横扫千军。诗人回忆往事，写赠诗的时候，当有感慨万千，读者自当细加体会。"

另稿：题作《自题〈杂文选〉呈迩冬政，已呈舒公，但此为修订本》；第 2 句"开"作"发"；第 3 句作"六家局长文盲穗"；第 4 句"笑死"作"史癖"；第 7 句"炬"作"把"。

重禹六十

男儿六十一枝花，说立书成两鬓华。①
非此无从觇岁月，有之何异犯风沙？
图南慷慨九万里，落户凄凉三两家。②
天问楼头天莫问，天心人意恐无差。③

①俗语："男子三十一枝花，女子三十老人家。"
②【图南】《庄子·逍遥游》："背负青天，而莫之夭阏者，而后乃今将图南。"
　唐 / 岑参《山房春事二首》其二："梁园日暮乱飞鸦，极目萧条三两家。"
　侯按：舒芜 1968 年秋至 1974 年底，被下放到设在湖北咸宁的国家文化部"五七干校"。"干校"规模虽然很大，有三千人之多，但"干校"所在的地方，确是"凄凉三两家"的小村子。
③【天问】战国楚 / 屈原《天问》，提出 170 多个问题来问"天"。

方印中《聂绀弩诗三百首》："'非此无从'与'有之何异'，是聂绀弩式妙对，对立的话语，反映出来的是一种矛盾的心态，一种两难的境地。""颔联表达的则是愿望同现实之间的反差——'慷慨'同'凄凉'，'九万里'同'三两家'，反差实在太大了。""尾联所表达的感情很无奈。书斋起名'天问楼'，是遇事、做学问都问个'为什么'，但现实中，'天心'要人'一句顶一万句','人意'则'唯上''唯书',都问不得,思想都得不到解放,这比之'凄凉',就更显得悲哀了。"

另稿:聂绀弩1982年4月18日致舒芜信中附诗,题作《重禹诗家六十初度呈以二诗(之一)》,第2句"说立书成"作"学就名成",第3句"觇"作"瞻",第4句"何异"作"奈似"。

赠《谁解其中味》一文作者重禹[①]

红学几家红,楼天一问中。
颦晴追妙可,猿鹤悯沙虫。[②]
肉眼无情眼,舒公即宝公。
女清男子浊,此意更谁通。

①【《谁解其中味》】舒芜1979—1981年间写的关于杂谈《红楼梦》的文章结集《说梦录》一书中第一篇。问答体,两万字。

②【颦晴追妙可】此句提及《红楼梦》中四个人物:林黛玉、晴雯、妙玉、秦可卿。

方印中《聂绀弩诗三百首》:"这首诗,称道舒芜在《红楼梦》研究中的独到眼光,以及对《红楼梦》精髓的透彻理解。首联的'几'同'一'对照,便表明了这种独到。在一座天问楼中,写作'楼天一问中',同'红学几家红'对仗而出,增加了诗趣。""颈联中的'肉眼'指一般人的眼光。'情眼'中的'情',不是闺房儿女之情,而是天地古今之情,站在历史、哲学高度的一种情怀。"

舒芜《谁解其中味》:"曹雪芹笔下的悲剧,又是通过贾宝玉的眼才看得出来的","如果不是从贾宝玉的角度来看,而是从贾母、贾赦、贾政、王夫人的角度来看,甚至从贾珍、贾琏、薛蟠的角度来看,黛玉、晴雯、鸳鸯、迎春、司棋、香菱……乃至所有女子的悲剧,肯定都不成其为悲剧"。侯按：聂诗句"肉眼无情眼"，即概括此意。

王存诚《为时代作证》："'红学几家红，楼天一问中'，'肉眼无情眼，舒公即宝公'。我曾在聂绀弩寓所当面受到向思庚先生的点拨，他告诉我《晴雯》一诗中'脱红绫袄心真碎'，该如何读法，由此我对聂绀弩咏红诗的深切内涵顿觉豁然"。"红学的笔墨官司打了这么多年，到今天又有'新'人辈出，无不自以为真'解其中味'，但有几家能具'情眼'而非'肉眼'呢？大政治家和大思想家的毛泽东如此重视《红楼梦》，甚至认真地敦促……高级干部去读《红》，原因何在？就是因为毛泽东是以'情眼'去读《红》的。这个情不是闺房儿女之情，而是古今天地之情。这种情眼要能够在当今世界，现实社会，党派团体，以至自己的灵魂内看到大观园，领悟红楼梦。'东风压倒西风'的著名论断借自林黛玉之口，就是证明。如果反回去以这个眼光再看林黛玉，岂非也可以增加一些新的认识么"？"聂绀弩无疑是以这种情眼看《红楼梦》的，因而不仅'舒公即宝公'，而且聂公'即宝公'，甚至聂公即晴雯了"。

答重禹二绝

一

追随鲁叟已徒然，应再读书三十年。①
忽遇多情吴季札，徐君未死剑先悬。②

二

五十年中世所无，凝寒积雪右军书。③
冬郎妙语尤惊座：千载何人释舅姑。④

①舒芜《记聂绀弩谈诗遗札》：1977年1月5日聂绀弩在给舒芜的信中说"本不知何者为诗，何者为文……再读书卅年亦未必能知之"。

②《史记·吴太伯世家》:"吴使季札聘于鲁……北过徐君。徐君好季札剑。口弗敢言,季札心知之,为使上国,未献。还,至徐,徐君已死。于是乃解其宝剑系之徐君冢树而去。从者曰:'徐君已死,尚谁予乎?'季子曰:'不然,始吾心已许之,岂以死背吾心哉?'"

聂绀弩1977年1月11日致舒芜:"诗真有聂体,文真五十年有此一家……我该何等飘飘然!何况生挂吴剑乎?"

③【凝寒积雪】作者自注:见王羲之《十七帖》。(侯按:《十七帖》:"顷积雪凝寒,五十年中所无。")

【右军】即王羲之,晋书法家,因任"右军将军",世称"王右军"。

④【冬郎】即唐代诗人韩偓,小名冬郎,此处借称陈迩冬。陈迩冬有时也自署"冬郎"。(据舒芜读诗笔记)

舒芜读诗笔记:"此处借陈姓代称陈迩冬,又变化'惊座'之意而用之,与原意不同。"

【释舅姑】《释舅姑》,见《聂绀弩全集》第8卷206—217页,作于1942年10月28日,聂时在桂林。1989年9月26日,侯井天拜访陈迩冬,陈对侯说,聂绀弩1963年60岁时,祝聂寿写《浣溪沙》词五首,其四第1、2句:"千载谁人释舅姑,惊才绝艳世间无。"

方印中《聂绀弩诗三百首》:"第二首一、二句把舒芜的话同王羲之的话联系在一起,是取字面巧合的趣味。"

舒芜《记聂绀弩谈诗遗札》:"他经常说得自己毫无学问,其实他能写出《释舅姑》《广古有复辅音说》那样有学问的文章,陈迩冬同志曾评为'千载何人释舅姑',我看并未溢美。""聂绀弩同志原是鲁迅以后第一流杂文家,近十年来,他又以杂文入诗,创造了杂文的诗,或诗体的杂文,并开前人未有之境。"1976年11月,聂绀弩从山西临汾监狱被释放回北京。12月21日聂绀弩手录四首诗稿给舒芜。在这(12月21日)之前舒芜去看望聂绀弩,当天晚上作了一首诗赠聂绀弩。诗为:"已成永诀竟生还,十载浑如梦寐间;久历波涛无杂感,重来京国是衰颜。金红三水书何在,雪月风花句早删;陌路萧郎莫回首,侯门更隔万重山。"1977年元旦,聂绀弩写信给舒芜,说"杂感实有之,不但今日有,即十年前也有"。"至于以杂感入诗,目前尚未臻此。假我五年,八十学诗,或可得其一二乎!"1月5日聂又写信给舒芜,说自己"本不知何者为诗,何者为文……再读书卅年亦未必能知",《答重禹二绝》"本事"即如上述。

另稿:《三草·赠答草》题作《答重禹二首》,第1首之第3句"忽遇多情"作"高谊何期"。

迟冬五十①

题诗今已满江湖,高适此年句有无?②
天下文章几人好?桂林山水一峰孤。
惯将新酒旧瓶意,画出沧江红日图。③
自捋虎须嗟弱小,谁云大事不糊涂。④

①【迟冬】陈迟冬(1913—1990),原名陈钟瑶,广西桂林人。现代作家,诗人,教授。编著有《最后的失败》《战台湾》《李秀成》《黑旗》《九纹龙》《闲话三分》《宋词略说》《它山室诗话》《读〈红楼梦〉零札》等。

②【高适】唐代诗人,字达夫,渤海蓨(今河北景县南)人。有《高常侍集》。朱正注云:"新、旧《唐书》本传都说他'年过五十始留意诗什'。"

③【新酒旧瓶】《圣经·马太福音》第九章:"没有人把新酒装在旧皮袋里。"这段话又见于《新约全书·马可福音》第二章,词句略有差异。比喻在文艺方面用旧形式表现新内容。

鲁迅《准风月谈·重三感旧》:"近来有一种常谈,是'旧瓶不能装新酒'。这其实是不确的。旧瓶可以装新酒,新瓶也能装新酒。"胡适1934年作《"旧瓶不能装新酒"吗》:"犹太人的古话,犹太人是用山羊皮袋装酒。"

④【捋虎须】《三国志·吴志·朱桓传》裴松之注引晋／张勃《吴录》："桓奉觞曰：'臣当远去，愿一捋陛下须，无所复恨。'（孙）权凭几前席，桓进前捋须曰：'臣今日可谓捋虎须也。'权大笑。"后因以"捋虎须"喻撩拨强有力者，谓冒风险。

【大事不糊涂】《宋史·吕端传》："太宗欲相端。或曰'端为人糊涂'。太宗曰：'端小事糊涂，大事不糊涂。'决意相之。"

陈迩冬1989年9月26日上午在家当面对侯井天说："第七句'虎须'是指我的胡须，当时我留着胡须。"虎，比喻威武，也是尊举别人的字眼，又谐"胡"音。

方印中《聂绀弩诗三百首》："以新瓶旧酒为比喻，以沧海红日图为形象，称赞陈的诗文。""'捋虎须'同'嗟弱小'则不一致，因而聂绀弩戏称陈大事'糊涂'。"

庄严、章铸《中国诗歌美学史·继承与创新的时代巨子（鲁迅—柳亚子—聂绀弩）》："聂绀弩在《迩冬五十》一诗中写道：……（庄、章引聂诗全首，此略）这首诗除了赞美陈迩冬之外，更重要的是，他用'惯将新酒旧瓶意，画出沧江红日图'这两句诗，表明了他对继承和革新旧体诗歌的执着追求。如果说，他是'画出沧江红日图'的第一人，那么继他而起的革新能手，便层出不穷。于是旧瓶虽旧，新酒愈新，也就应了鲁迅说过的话：'旧形式是采取，必有所删除，既有删除，必有所增益，这结果是新形式的出现，也就是变革。'聂绀弩的出类拔萃，正在于他自信地超前地加入了革新传统诗词的时代队列。"

另稿：朱正存作者手迹，第6句"出"作"作"，第8句"谁云"作"孰能"。

九日戏柬迩冬①

十年已在人前矮，九日思知何处高。②

风雨满城曾昨夜,江山如画又今朝。③
嵩衡泰华皆○等,庭户轩窗且Q豪。④
湖海元龙楼百尺,恰逢佳节不相招。⑤

①【九日】南朝梁/宗懔《荆楚岁时记》记载,九月九日有登高饮酒,佩带茱萸的习俗。说"未知起于何代。然自汉至宋未改"。1988年有的省经人大常委会议通过九月九日为"老年节"。(2012年12月28日,法律明确每年农历九月九日为"老年节",编注。)

②【十年】舒芜读诗笔记:"聂绀弩在1955年'肃反'运动中,受到'隔离审查',1957年'反右'运动中又被错划为'右派分子',自1955年至1962年,不满十年,这里说'十年',取其整数。"

【高】登高。南朝梁/吴均《续齐谐记》:"汝南桓景随费长房游学累年。长房谓曰:'九月九日汝家中当有灾,宜急去,令家人各作绛囊,盛茱萸以系臂,登高饮菊花酒,此祸可除。'景如言,齐家登山。夕还,见鸡犬牛羊一时暴死。长房闻之,曰:'此可代也。'今世人九日登高饮酒,妇人带茱萸囊,盖始于此。"后人因以夏历九月九日登高的风俗。唐/王维《九月九日忆山东兄弟》:"遥知兄弟登高处,遍插茱萸少一人。"

③宋/潘大临《寄无逸书》中说,他要作重阳诗,只作成一句"满城风雨近重阳",就被催讨交租的差役来打断了兴致,再也作不下去了。后因以为关于重阳的典故。

宋/苏轼《念奴娇·赤壁怀古》:"江山如画,一时多少豪杰。"

④【Q】阿Q。鲁迅小说《阿Q正传》的传主。

⑤【元龙楼百尺】百尺楼。三国时陈登,字元龙,有盛名,这里借以代称陈迩冬。《三国志·魏书·陈登传》里说,许汜有一次向刘备诉说道:陈元龙是个湖海之士,豪气没有除尽。我到他家,他一点也不讲主客之礼,自己睡大床,让我这个客人睡下床。刘备说许汜确有叫人看不起之处:你如果到我家去,我要让你睡在地下,我自己睡在百尺高楼上,何止上下床的区别?这个典故里,"百尺高楼"本是刘备说他自己的,但后来用典故,习惯于安在陈登身上。这里也是这样用的。

此诗全首是说，我十年来在人家面前矮了一截，今天想登高，站得高些。我想从高处一看，看到江山如画。我想从高处——哪怕是一间小房间里，阿Q一样地自豪一番，把名山看得等于零。可是你明明住在百尺高楼上，为什么遇此佳节不请我去登高呢？陈迩冬住北京安定门外兴化西里十二楼一单元第五层，故戏称之为"元龙百尺楼"。（据舒芜读诗笔记）

宋/陆游《秋思》："欲舒老眼无高处，安得元龙百尺楼。"

方印中《聂绀弩诗三百首》："'人前矮'虽寥寥三字，却道尽其间的压抑和辛酸。""'九日思知何处高'，是想在压抑之中让自己舒一口气。""'思知何处高'，'思知'而已，事实上不可能，于是'且Q豪'一番，又于是'嵩衡泰华皆○等'了。这一联有幽默谐趣，是阿Q式的，但骨子里却十分沉痛。"

聂绀弩《散宜生诗·后记》（增订、注释本）：胡乔木、程千帆、施蛰存、秦似"他们没说我还有阿Q气，我也只有《九日戏柬迩冬》中明提过一下……阿Q气是奴性的变种，当然不是好的东西，但人能以它为精神依靠，从某种情况下活过来，它又是好东西……哲学上的一分为二的辩证法，真是颠扑不破的真理"。

黄道奇《让我们的思想更解放一点——从读〈散宜生诗〉谈起》："'嵩衡泰华皆○等，庭户轩窗且Q豪。''○''Q'都用来入诗，这是前所未有的。"

邵燕祥《重读聂绀弩的诗》："'庭户轩窗且Q豪'……愈是谐趣盎然，犹如以乐境写悲，愈增其悲了。"

侯孝琼《也说聂绀弩体》："'庭户轩窗且Q豪'，是阿Q式豪语。你整我，要用惩罚式的所谓劳动来逼我低头就范吗？我却偏在劳动中发现诗意，发现美，感受到愉悦。"

罗孚《聂绀弩诗全编·后记》：（罗引聂诗全首，此略）"从重九登高的故事，从登高的高想到自己在'肃反''反右'中在人前的矮，又转而想到应在这个人人登高的日子登一下高，抬高自己，舒一口气，这是打油，奇思妙想的打油；也是沉痛。昨夜风雨满城，今朝江山如画，说得似是轻松，其实十分沉重。"

刘瑞清《论当代诗词的走向》："现代语言须经锤炼，方能入诗。""这一点，聂绀弩给我们做出了榜样，顺便举一首来说：……（刘引聂诗全首，此略）"（见《当代诗词》2000年第1期）

题迩冬诗卷

岂是江东日暮云，文教盲瞽辨疵醇。
逢兹百炼千锤句，愧我南腔北调人。①
王者生头难价值，士之存舌合僵皱。②
题完恐有阿私意，手把篇章一再巡。

①【百炼千锤】千锤百炼，清/赵翼《瓯北诗话》："诗家好作奇句警语，必千锤百炼而后能成。"

【南腔北调人】明/徐文长（渭）曾在住房里写过一副对联："两间东倒西歪屋，一个南腔北调人。"

②【王者生头】朱正注引《战国策·齐策》："昔者秦攻齐，令曰：有敢去柳下季垄五十步而樵采者，死不赦。又令曰：有能得齐王头者，封万户侯，赐金千镒。由是观之，生王之头，曾不若死士之垄也。"

【存舌】《史记·张仪列传》记张仪在楚国受辱归，"其妻曰：'嘻！子毋读书游说，安得此辱乎？'张仪谓其妻曰：'视吾舌尚在不？'其妻笑曰：'舌在也。'仪曰：'足矣。'"

陈迩冬1989年9月26日上午在家当面对侯井天说："五、六两句是'捧'我的诗。"

罗孚："非江东云下之李白，不过盲瞽之人而已，如何可以论尊诗而辨优劣（疵醇）？尊诗之贵，王者之头也难比其价值，善辩之士亦将舌僵或皱裂而难于言说。自恐或私心偏爱，一再巡读，此意不改。"

方印中《聂绀弩诗三百首》："'手把'句所述，是许多人在类似情境下所有的感受，被诗人写进诗里，就是人人意中所有、笔下所无的好句。"

李易《忆迩冬老》："于七十年代初曾仓卒拜望已故老报人张友鸾……问候未毕间即转身自箱底出一束，伏耳曰：'此聂翁绀弩旧体新作也……'我默诵再四而大惊奇！后返京，又尝得翁手赐《三草》油印册，并悉翁经与陈老研求而诗作得以奋进。""又忆及聂翁曾厉言我一入归平字必易为一意近之平声字，乃至倚卧医房病榻从形声意多角度书绘满纸。其后荒芜老亦曾函教：'……何不以相近之平声字代之，及阅边注，始知聂公早已有此说。'"（见《新文学史料》1991年第4期。侯按：此条不收，可惜。收入"注解"的何处，又很为难。筹思再四，附在此诗之尾吧。）

答迩冬托向人乞兰

早无车马肯临门，开口而今但饮醇。
史汉多篇无赖传，乾坤几个有心人。①
千诗举火羊头硬，六月飞霜狗脸皴。②
倘有幽兰当自佩，乞邻而与意逡巡。③

①齐白石《不倒翁》："乌纱白扇俨然官，不倒原来泥半团。将汝忽然来打破，通身何处有心肝。"

②【六月飞霜】东汉/王充《论衡·感虚》："邹衍无罪，见拘于燕，当夏五月，仰天而叹，天为陨霜。"唐/张说《狱箴》："匹夫结愤，六月飞霜。"

【狗脸】朱正注引清/蒲松龄《聊斋志异·席方平》判词："飞扬跋扈，狗脸生六月之霜。"

③【幽兰当自佩】战国楚/屈原《离骚》："户服艾以盈要（腰）兮，谓幽兰其不可佩。"意思是，家家把蒿艾佩满了腰带，反而说幽兰不可佩，美丑善恶全颠倒了。（据舒芜读诗笔记）

【乞邻而与】《论语·公冶长》："子曰：孰谓微生高直？或乞醯焉，

乞诸其邻而与之。"

陈光照:"(颔联)上句的'无赖'可直贯下句:天地间的无赖有几个是长心肝的。"

陈迩冬1989年9月26日上午在家当面对侯井天说:"1962年聂家住北京西直门半壁街邮电部家属宿舍,要他向他的邻居——邮电部谷春帆副部长要兰花,谷是养兰专家,兰花品种多;他不肯开口,周颖给我要了兰花。""三、四、五、六句诗,是聂针对一般世俗而言。"

聂绀弩信:"迩冬兄鉴:兰事主人每不在家,须得当一报,且恐言之不成或成而非心愿,故踟蹰中。不知兄与谷公关系如何,倘由渠言之或较好也。四倌谨上/十一月三日(1965)"

罗孚:"因无人光临,无可与言,乃无可开口,如开,但饮酒耳。世间无赖汉多,有心人少。狗脸多,焚人之诗甚至焚人之身以求官者正复不少。作者借此抒发愤慨。与养兰、乞兰不相干也。"

杨九如《简析聂诗》:"此律内涵丰富,意境深邃,造象生动,遣词兀突,几乎句句有典。"

迩冬七十病胃

松风水月唐三藏,绿脸红须窦二墩。①
早有文章惊海内,晚凭胃血浣乾坤。②
一洒九天霞万点,几瓶几钵几瓦盆?
八旬久病吾未死,君才七十初恙耳。
相将同向无尽行,濯缨濯足延河水。③
人也延,水也延,延它几百几千年。
一书捧献世人前,世人望子如神仙,
我借佛光作普贤。

①【松风水月唐三藏】《广弘明集》唐太宗《三藏圣教序》："松风水月，未足比其清华；仙露明珠，讵能方其朗润。"

【三藏】佛教典籍的总称。"藏"是梵文翻译过来的，本义是指盛放东西的竹筐，引申为容纳、收藏之意。"藏"共分三个部分，"经藏""律藏""论藏"，合称"三藏"。在佛教史上，凡是通晓"三藏"的僧人，便被称为"三藏法师"，唐僧——玄奘便是其中之一。"唐三藏"是对他的一种尊称。（见《咬文嚼字》2006年第1期姚博士答问）

作者自注："窦二墩者陈迩冬也。"迩冬某文中语，谓二墩与迩冬均陈字谐音。（侯按："陈"字拆开来是"耳""东"两字，故谐音为"二墩""尔墩""迩冬"。1989年9月26日上午陈迩冬在家当面对侯说："1946年在重庆《新民晚报》上一篇补白性质的短文，内有一语，'窦二墩即陈迩冬'。"诗中以"二墩"对"三藏"。）

【窦二墩】窦尔墩，清/无名氏作长篇小说《施公案》中人物。母姓窦，父姓陈。若从父姓，即是陈尔墩。

②唐/杜甫《有客》："岂有文章惊海内，漫劳车马驻江干。"

③【濯缨濯足】战国楚/屈原《渔父》："沧浪之水清兮，可以濯吾缨；沧浪之水浊兮，可以濯吾足。"

陈迩冬1983年2月4日致高旅函："去年十二月我因胃溃疡大出血住入医院……近始退院，还家七十初度。有一诗呈政：死隔纸一层，生还十步廊。临危神守舍，初度水充觞。天独怜幽草，人谁理旧狂。百凶成就我，七十只寻常。"

方印中《聂绀弩诗三百首》："'一洒九天'两句，是上句'浣乾坤'的形象化，以这样的形象和气势写大病，从古以来，难有其匹。""'八旬久病吾未死'，是九死一生以后之'未死'，因此才有这首诗中表现出来的对于生老病死之视若等闲，并以诙谐之心待之的旷达。"

陈迩冬1989年9月26日在家当面对侯井天说："1、2句，都是点出我陈迩冬一个'陈'字。唐三藏俗姓陈，窦二墩母姓窦，父姓陈。这两句用典有'深度'。""第10句'濯缨濯足延河水'，是因为我延安归来写的《浣溪沙·延安市景》中有'一塔刺天摇碧落，群山缩脚让延河'。""诗题说'病胃'。胃溃疡，我吐血、便血 2000CC，几乎死掉"。还说聂绀弩写给他的这五首诗，"时间均在 1962—1983 年"。

另稿：只有前 10 句，第 8、9 句作"君才古稀微差耳。相携并向期颐行"。

悠然五十八（四首）①

一

昔日新闻记，今朝古典编。
斯人面何鹄，春末袄犹棉。②
包袱三千种，心胸五百年。③
可怜邦有道，贫贱亦悠然。④

二

儿女非常事，英雄见惯人。
连枝烟大瘾，三斗酒微醺。
秃树撑窗外，悲风入枕垠。
此中乐谁解，醒眼望朝暾。

三

南京人报小，中国鬼才多。⑤
前有《神龛记》，继之《魔合罗》。⑥
奇文缺梨枣，沧海祭蛟鼍。⑦
白雪阳春好，吾头称此歌。

四

年方五十八,人赠六旬诗。
尊相何寒乞,寿章也预支。⑧
友鸾和绀弩,画虎皆白痴。
一杖随身细,王城信所之。⑨

①【悠然】张友鸾(1904—1990),笔名悠然,安徽安庆人。著名新闻工作者、中国古典文学专家。1922年入北平平民大学新闻系。1926年受李大钊委派任《国民晚报》社长。曾任南京《民生报》《新民报》、上海《立报》总编辑。与张恨水合办《南京人报》。抗战期间任重庆《新民报》主笔。南京解放后任南京市人民代表大会代表。1949年7月《南京人报》复刊,一直任总经理。1952年任南京市人民政府监察委员会委员。1953年任人民文学出版社高级编辑,二编室小说组长。著有《白门秋柳记》《沈万山》《汤显祖与牡丹亭》《魂断文德桥》《神龛记》《魔合罗》《秦淮粉墨图》《胭脂井》等。

②北周/庾信《小园赋》:"五月披裘见寻。"

③【包袱】毛泽东《学习和时局》:"提倡放下包袱和开动机器。所谓放下包袱,就是说我们精神上的许多负担应该加以解除。"

④《论语·泰伯》:"邦有道,贫且贱焉,耻也。邦无道,富且贵焉,耻也。"意思是在一个政治清明合理的国家里,各种人才都会受到重用,享受光荣,如果有人落得贫穷低贱,这是他的耻辱,说明他自己不行。在一个政治昏浊不合理的国家里,如果有人爬到富而且贵的地位,这也是耻辱,说明他的富贵是从昏浊不合理的途径得来的。解放后的新中国,本来是有道之邦,但在"左"倾路线之下,正直有才之士受到迫害,虽处困境,并不以为耻。(据舒芜读诗笔记)

⑤【南京人报】见本诗注①。

【鬼才】唐代诗人李贺,人称"鬼才",略近于"怪才"之意。(侯按:"多",似说张友鸾、张恨水、张慧剑和赵超构,当时并称"三张一赵"。)

⑥《神龛记》《魔合罗》均为张友鸾所著之小说。

⑦【奇文】张钰 1987 年 7 月 11 日给侯井天的信中说："老父……'昔日新闻记'时期,写过不少反映现实的作品;'今朝古典编'时期又写过不少有关古典文学作品的文章。前者多半是报纸连载,很少出单行本,后者也散见于报刊,未能结集出版。'奇文缺梨枣'当是这个意思。最近我已将后者有关文章汇编成 20 万字的集子,借诗中'古典编'一句,名为《古典编余录》。"

晋/陶渊明《移居二首》其一:"奇文共欣赏,疑义相与析。"

【梨枣】旧时印书,先雕版,木板多是用梨木、枣木。

【祭蛟鼍（tuó）】鼍,也叫"扬子鳄",俗称"猪婆龙"。唐/韩愈写过《祭鳄鱼文》。此处也有说悠然那些奇文"石沉大海"的意思。

⑧【寒乞】《宋书·明恭王皇后传》:"外舍家寒乞,今共为笑乐,何独不视?"

⑨清/梁章钜《巧对录》卷六:"相传钱虞山有一杖随身,自制铭刻其上云:'用之则行,舍之则藏,唯我与尔有是夫!'"（钱虞山即钱谦益）

【王城】指首都,原为古城名,西周的东都,故址在今河南省洛阳市王城公园一带。又,春秋时大荔戎筑以为都,故址在今陕西省大荔县东。

侯按:张友鸾（悠然）的女儿张钰在《没字碑寻白雪篇》（见《聂绀弩还活着》）一文中,对《悠然五十八》《悠然六十》多有说明。移抄解诗的文字,简注张钰,均此。

1955 年"肃反"到 1957 年"反右",人民文学出版社古典部,先被诬为出了个"独立王国",后又被诬为出了个"右派集团",据说以聂绀弩"为首"、张友鸾为"骨干"。张钰:"'昔日新闻记,今朝古典编。斯人面何鹄,春末袄犹棉。'是对困境中的父亲的风趣描绘。""'包袱三千种,心胸五百年。''儿女非常事,英雄见惯人。连枝烟大瘾,三斗酒微醺。'则是对父亲处逆境而达观的赞扬。"

罗孚:"第一首中,'面何鹄''袄犹棉',写人瘦衣肥,甚趣。包袱三千,何其沉重!而心胸五百,又何其宽广!""第二首'儿女非常事,英雄见惯人',乃倒装语,即非常儿女事,见惯英雄人,即俗语所谓'英雄见惯亦常人'。记者自是阅人多矣。非常之事则为悠然与妻崔伯苹素有张郎、崔娘之称。""（第三首）'白雪阳春好，吾头称此歌。'何以相称？头与雪俱白也。"

郭隽杰："友鸾和绀弩皆嗜烟酒，故有'烟大瘾''酒微醺'云云。"

张恬《今生完了"西厢"债》："外公吸烟很特别，那会儿没有过滤嘴，他总是把一支烟在桌上磕一磕，留出段空白，将另一支烟接上去，点着叼在嘴里。只一根火柴，就一支一支抽下去，难怪聂绀弩先生有诗写他：'连枝烟大瘾，三斗酒微醺。'"（见《张友鸾纪念文集》）

舒芜《忆"三同"张老——怀报界元老张友鸾》：（1951 年 12 月）"三反运动起来，他配合运动写出章回小说《神龛记》，受到欢迎，上海正要拍电影，不料《文艺报》上一篇大文章批判之为《一部明目张胆为反动资产阶级辩护的小说》，使他不能再在南京呆下去了。正好老朋友聂绀弩经过南京……便邀他参加人民文学出版社二编室。"（见《炎黄春秋》2004 年第 9 期）

舒芜读诗笔记："（第四首颈联）'友鸾'是人名，但拆成两个字，'友'对下句的'画'（'友'作动词用，'以之为友'之意。'画'也是动词），'鸾'对下句的'虎'，对得很工巧。'绀弩'是人名，但拆成两个字，'绀'对下句的'白'，'弩'（谐音为'驽'，'驽钝'之意）对下句的'痴'，也对得很工巧。"

悠然六十（五首）

一

状貌恂恂张子房，齿牙摇落鬓毛苍。①
日三斤酒半碗饭，断一回腰千次肠。②
坐老江湖波涌跌，起看天地色玄黄。③
寒梅未蕊黄花死，知倩何花佐寿觞。

二

始逢绿鬓春风面,初版白门秋柳时。④
二十岁人天怕我,新闻记者笔饶谁。
多情眷属西厢遇,革命文章子夜披。⑤
才气有棱扪不得,岂惟痛饮始吾师。⑥

三

廿年相识少谈攀,谈在金陵雨后山。⑦
明时耻为闲公仆,古典应须老稗官。⑧
本钦史笔追司马,况爱新民为友鸾。⑨
大错邀君朝北阙,半生无冤忽南冠。⑩

四

吾庐独破风雷雨,广厦宏开亿万千。⑪
自恨肝肠艰水土,谁憎日月照山川。
无弦琴会清商曲,没字碑寻白雪篇。⑫
耳眼通天茶醉后,乾坤袖手弈枰边。⑬

五

中书君倘尚中书,不是遂初也遂初。⑭
已拥人民原子弹,何忧国际执金吾。⑮
残年醉饱身容在,尽日讴歌地有余。⑯
子寿三千余礼拜,我诗五十六屠沽。⑰

①【恂恂】《论语·乡党》:"孔子于乡党,恂恂如也。"
【张子房】张良,字子房,汉初大臣,传为城父(今安徽亳县东南)人,刘邦的重要谋士。楚汉战争期间提出不立六国后代,联结英布、彭越,重用韩信等策略,又主张追击项羽,歼灭楚军,都为刘邦所采纳,汉

朝建立封留侯。张良、张友鸾都是安徽人，又同姓，借喻张友鸾。

《史记·留侯世家》："余以为其人计魁梧奇伟，至见其图，状貌如妇人好女。"

②汉/司马迁《报任安书》："是以肠一日而九回。"

③【天地色玄黄】《周易·坤》："夫玄黄者，天地之杂也，天玄而地黄。"

宋/王安石《葛溪驿》："坐感岁时歌慷慨，起看天地色凄凉。"

④【春风面】元/王实甫《西厢记·惊艳》："宜嗔宜喜春风面。"

张钰1989年6月27日给侯井天的信中说："《白门秋柳记》于1930年7月在南京出版，系通过一个知识分子求职过程中的故事，反映国民党政府建都南京初期官场上的腐败及种种矛盾现象……书名前冠以《新京野史》。"

⑤《西厢记》第五本第四折《清江引》："愿普天下有情的都成了眷属。"

张钰《恨水伯的啼笑姻缘》："1925年秋，我父亲进入《世界日报》与恨水伯共事……那时，我父亲还很年轻，我母亲在家乡教书，两人鱼雁不断，正在热恋中。因为一个姓张，一个姓崔，我父亲又正在研究《西厢记》，朋友们便戏称他们为张郎和崔娘。当我父亲1926年初回乡完婚时（2月11日张、崔结婚，侯注），恨水伯便做了一副喜联'银红烛下双双拜，今生完了西厢债'相贺。"（见《人物》1995年第2期）

⑥唐/杜甫《醉时歌》："忘形到尔汝，痛饮真吾师。"

⑦罗孚："'雨山后'，喻解放后。"

⑧【稗官】小官。《汉书·艺文志》："小说家者流，盖出于稗官。街谈巷语，道听途说者之所造也。"后世称野史小说为"稗官"。

⑨【司马】司马迁。

【新民】《新民报》，1929年9月9日在南京创刊。曾先后出南京、重庆、成都、上海、北平等版；有日刊和晚刊，抗日战争后期倾向进步。解放后上海《新民晚刊》继续出版。1958年4月1日起改名《新民晚报》，1966年8月22日停刊。1980年5月12日《新民晚报》复刊。

张友鸾《写下最后一个字》："《新民报》在南京创刊……我当了三年

总编辑，又当了一年经理……《新民报》迁往重庆……参加了重庆《新民报》的创刊工作，此后一干就是八年……两进两出，工作达十二年之久。"（见《飞入寻常百姓家：新民报——新民晚报创刊六十周年纪念册》）

⑩【北阙】古代宫殿北面的门楼，为臣子等候朝见或上书之处，亦用为朝廷的别称。

【南冠】《左传·成公九年》："晋侯观于军府，见钟仪，问之曰：'南冠而絷者谁也？'有司对曰：'郑人所献楚囚也。'"舒芜读诗笔记："钟仪是南方的楚国人，他虽被囚在晋国，仍然戴着楚国的南方式样的帽子，以示他不忘本国之意。这个'南冠'本是南方一般人所戴，因为有钟仪这件事，后来习惯用作囚人、罪人的帽子之意。"（侯按：张友鸾1957年被错划为"右派"，1959年"右派"摘帽。1979年3月错划"右派"被改正。）

⑪唐/杜甫《茅屋为秋风所破歌》："安得广厦千万间，大庇天下寒士俱欢颜，风雨不动安如山。呜呼！何时眼前突兀见此屋，吾庐独破受冻死亦足。"

⑫【无弦琴】朱正注引《晋书·陶渊明传》："性不解音，而畜素琴一张，弦徽不具。"

【清商曲】因声调比较清越，所以叫这名字。据郭茂倩《乐府诗集》，分为《吴声歌》《神弦歌》《西曲歌》《江南弄》《上云乐》《雅歌》六类，前三类中保存部分南朝民歌。

⑬【耳眼通天】佛教指六种神通力：即神境通、天眼通、天耳通、他心通、宿住通、漏尽通，也称六神通。见《俱舍论》二七《分别智品》七之二。

⑭【中书君】唐/韩愈《毛颖传》："上嘻笑曰：中书君老而秃，不任吾用。吾尝谓中书君，君今不中书邪？"《毛颖传》是一篇寓言，毛颖实指毛笔，文中说它被封为"中书君"。

【遂初】谓去官隐居，得遂其初愿。朱正注引《晋书·孙绰传》："少与高阳许询俱有高尚之志，居于会稽，游放山水，十有余年，乃作《遂初赋》以致其意。"侯按：在晋之前，汉/刘歆、葛龚，先后作《遂初赋》。

⑮【金吾】仪仗棒。晋/崔豹《古今注·舆服》："汉朝执金吾，金吾亦棒焉，以铜为之，黄金涂两末，谓为金吾。"

【执金吾】官名，掌管京师治安的长官。《汉书·百官公卿表》上："武帝太初元年，更名执金吾。"《注》："应劭曰：吾者御也，掌执金革，以御非常。"《后汉书·阴皇后纪》："（光武）后至长安，见执金吾车骑甚盛，因叹曰：'仕宦当作执金吾。'"

⑯聂绀弩1977年2月2日给舒芜的信中说，他"倒是觉得到处都是生活、天地、社会，山繁水复，柳暗花明（这是说主导的一面，其他暂略）以及歌不尽、颂不完的东西"。

⑰【屠沽】宋/魏庆之《诗人玉屑》卷三《两句纯好难得》："五言如四十个贤人，着一个屠酤不得。"（侯按：聂绀弩反其意，移用于七言律诗。）

陈光照1996年11月当面对侯井天说：（第1首5、6句）"指'反右'狂潮，风云陡变。"

郭隽杰："张友鸾生日为十一月十日，正当'寒梅未蕊黄花死'之时。"

张钰："'二十岁人天怕我，新闻记者笔饶谁。'才气有棱扪不得，岂惟痛饮始吾师。'更是表达了他（聂伯伯）的重才爱才之心。"

张钰："父亲和聂伯伯早在30年代就相识，那时父亲在南京《新民报》任总编辑。""1952年，作为人民文学出版社的副总编辑兼古典部主任的聂伯伯，到江苏调查有关《水浒传》作者的资料，来到南京。""'廿年相识少谈攀，谈在金陵雨后山'就是说的这次见面。"

张钰："聂伯伯谈到此行的目的，谈到他不仅准备重新整理《水浒传》，还想把许多优秀的文学遗产，逐步整理出版。父亲对这项工作表现出极大兴趣，谈到《水浒传》的整理，还提出许多自己的见解，聂伯伯很赞成这些见解，马上邀请父亲到北京和他一起工作，父亲欣然接受"。"聂伯伯在上述赠诗中说'明时耻为闲公仆，古典应须老稗官'就是由此而来的"。（侯按：1953年初张友鸾调到北京，任人民文学出版社古典部小说组组长。）

舒芜读诗笔记：（第3首5、6句）"'史笔'对'新民'，'司马'对'友鸾'，字面上都对，极为工巧。"

张钰："'廿年相识少谈攀'这句诗，他写出了与父亲从相识到相知，到邀父亲到北京，而后父亲被划为'右派'的事。他在这首诗中痛心疾首地自责道：'大错邀君朝北阙，半生无冕忽南冠。'父亲对此则付之一笑说：'在劫难逃，与卿何干？'"

张翅翔《仰怀绀弩先生》："自悔自责，抱憾终天。这'忽南冠'的'忽'字，容量很大。"（见《聂绀弩还活着》）

袁第锐《当代之离骚 诗家之楷模——关于聂绀弩诗体的重新评价》：（第3首）"此首尾联……是画龙点睛之作。'大错邀君朝北阙，半生无冕忽南冠'，友鸾半生为新闻记者，时谓'无冕王'，'忽南冠'指其被划为'右派'而作楚囚。在事实揭明之后，忽以己之'大错'承担责任，伤心之极，却未明言，读后不禁催人泪下。"

罗孚："无弦而有清商，与没字如见白雪，全在意会。宋人杜耒《寒夜》：'寒夜客来茶当酒'，是茶亦可醉。"

赠雪峰①

书买《五百〇四峰》，情关画虎与雕虫。②
娟娟月影来相照，恰恰君颜别又逢。
万里关山诗思涩，十年风雨故人同。
平生正坐无高着，看到绝棋更动容。③

①【雪峰】冯雪峰（1903—1976），原名冯福春，浙江义乌人。作家、诗人、翻译家、文艺理论家。有《雪峰文集》四卷。

②【《五百〇四峰》】作者自注：即《五百四峰草堂诗抄》，清人黎简著。

【雕虫】雕虫小技。对仅工词赋者的贬称，也作文人自谦之词。西汉学童习秦书八体，虫书、刻符为其中两体，纤巧难工。故以指词赋之雕章琢句，亦谓小技、末道。西汉/扬雄《法言·吾子》："或问：'吾子少而好赋？'曰：'然，童子雕虫篆刻。'俄而曰：'壮夫不为也。'"《隋书·李德林传》:"至如经国大体,是贾生、晁错之俦;雕虫小技,殆相如、子云之辈。"

③【动容】南朝梁/刘勰《文心雕龙·神思》:"悄焉动容,视通万里。"

罗孚:"鲍照《玩月》诗:'娟娟似蛾眉。'杜甫《寄韩谏议》诗:'美人娟娟隔秋水。'恰恰,自然、和谐。"

郭隽杰:"1957年,冯雪峰与聂绀弩均在人民文学出版社被错划为'右派分子'。此诗当是绀弩自北大荒返京后,为再与雪峰相见而作,故有'别又逢'之语。'十年风雨',指自人民文学出版社成立(1951年)至又逢时。"

聂绀弩1962年4月30日致高旅:"《赠雪》'险棋''动容',因他赠我有《观棋》一首,并谓某些事即使我辈去做亦未必好,故云耳。"

另稿:聂绀弩1962年4月8日致高旅信中附抄诗手迹,其中有《赠雪》三首,此即其一。

雪峰以诗见勖依韵奉答(二首)

一

新题材更新思想,新语言兼新感情。①
君每言之何切切,我能为此肯惺惺。
人逢寻壑常孤往,船到穿桥自直行。②
他日吾诗光景好,雪峰高耸大河横。

二

丁香花下读君诗,红在篇章紫在枝。
我本黔驴无武技,君之塞马有归时。③

在山凭定三分鼎，出水才看两腿泥。④
最解庄生齐物论，无非物论本非齐。⑤

①作者自注：首二句为雪峰勖我之词，非我自谓，有误解者，特注此。
②晋/陶渊明《归去来分辞》："既窈窕以寻壑，亦崎岖而经丘……怀良辰以孤往，或植杖而耘耔。"
俗语："船到桥下自然直。"
（侯按：这两句说，写诗独自探索、时势造就、顺乎自然。聂绀弩在《散宜生诗·自序》中说："诗有时自己形成，不用我做。"在《赠秦似》诗中说："我诗臆造本无法。"）
③【黔驴无武技】黔驴技穷。见唐/柳宗元《三戒·黔之驴》。
【塞马有归时】塞马，即"塞翁失马"。这里指冯雪峰1957年被划为"右派分子"。有归时，比喻有祸去福来的时候。（侯按：这是一种祝愿，实际上，冯雪峰逝世之后，1981年才得平反。）
④【在山凭定三分鼎】参阅晋/陈寿《三国志·诸葛亮传》、罗贯中《三国演义》第三十八回。定鼎，传说夏禹铸九鼎象征九州，历商至周，都作为传国重器，置于国都，后因称定都或建立王朝为定鼎。
【出水才看两腿泥】俗语，意思是脚在河泥中陷多深，出水时看腿上的泥就知道。
⑤【齐物论】《齐物论》，《庄子》中的一篇，即阐明上述"齐物"之理。但也有人解释，不是"齐物"之"论"，而是"齐"那些"物论"，即世间议论（物论）本来不一致（不齐），今以此篇之理协调统一（齐）之。聂诗借用此意，说对于冯雪峰这样的人，居然还有人冤屈他攻击他，这也不奇怪，世间议论本来就是不齐的，所以庄子才有《齐物论》哩。（据舒芜读诗笔记）
聂绀弩1977年4月13日致舒芜："庄公齐物论（认识论）不管有多少辩证法，总归结为相对论、不可知论……因为告诉人齐物之理，就必须先说物之不齐（唯物论）而后才涉及唯心的齐物。"

朱正《三家诗·序》："最自觉地在旧体诗中开辟新境界的，大约要推聂绀弩了（朱引聂诗1—4句，此略）。"

何项："'肯'即'岂肯'，意即'不肯'（古诗词'肯''敢'等一般都如此用）。'惺惺'，'假惺惺'，即我也不会虚情假意。"

罗孚："第一首末二句则既说自己他日的诗境，又赞雪峰为人气象，语意双关。""第二首中，丁香花紫，雪峰诗红，首二句令人叫绝。"

曹继万《聂诗打油说》："'雪峰高耸大河横'句，借姓名赞美冯雪峰先生是座冰清玉洁的雪峰。""'在山凭定三分鼎，出水才看两腿泥'则是雅语与俗语的工对。"

聂绀弩1984年9月23日致舒芜："谭优学教授《龙门阵》（期刊名，侯注）中之文……其题目《新题材与新思想》云云，谓为我自称所作，则为误会。此诗首二句为雪峰所望于我者，故三四为'君每言之何切切，我能为此肯惺惺'，言我未达到；然此可以人工努力和客观形势而致，故五六为'寻壑穿桥'云云。结联谓他日如能达到，则皆雪峰之力。'大河横'三字废字，凑句而已。意似很明，不知谭公何以误解。甚矣诗之难作也。谭公似曾以梁、黄二公见比，似亦过诶，梁、黄工力，终不敢望。"

舒芜读诗笔记："'出水才看两腿泥'，是现成的通俗谚语，此处用此对'在山凭定三分鼎'，恰好对得极其工整。"

王存诚1998年10月18日给侯井天的信中说："近在一书中（《雪峰文集》第1卷，侯注）见到冯雪峰三首遗诗，其中一首为《塞童》，标的日期为'63.8.30'，词为：'天赐塞童千里驹，塞童驰骋乐如痴。只因不学疏骑术，立即颠身变缺肢。从此永除壮士籍，徒然怅望将军旗。男儿不得沙场死，祸福玄谈只自欺。'……《雪峰以诗见勖依韵奉答》（二首）之二，恐怕就是答这一首的……聂诗有'君之塞马有归时'，在寄高旅信中的《七赠雪峰》这一联为'我似塞童矜得马，人谁樵子傻观棋'，大概冯的观棋诗也用的是同韵，（聂诗）也可能作于'63.8.30'之后。'奉答'（二首）看来并非同时之作，因为抄寄高旅是分着的。"

另稿：第1首，聂绀弩1962年4月8日寄高旅，题作《赠雪（三首）·之二》，第1句"更"作"与"；第3句"每"作"屡"；第7句"他"作"有"；第8句"耸"作"处"。第2首，3、4句作"我似塞翁矜得马，君犹樵子傻观棋。"

雪峰南寻洪杨遗迹（四首）①

一

手提椽笔向山川，细检王图入简编。②
草泽狐鸣惊大宝，鹑衣虎吼奋金田。③
风流人物何今古，水浒文章与后先。
我欲随行携一帚，为君纸上拂尘烟。

二

不有雄心与霸才，怎描今古烈风雷。
定知山水喁喁望，始见先生得得来。④
两粤狂潮吞日月，三江战骨掩蒿莱。
流风胜迹花千朵，都待冯郎梦笔开。⑤

三

天下兴亡几匹夫，沉沉胜广痛须臾。⑥
平分土地奴欺主，还我河山汉逐胡。⑦
大事何因终偾了，百年谁有一言乎？
知君此去胸襟阔，不仅雄风入画图。

四

千山俯首万山低，草地行军百鸟啼。
倾酒濯缨茅镇北，哦诗叱马夜郎西。
曾经龙虎风云会，最解天朝始末题。⑧

此日江南烟景好，风衣雨伞不须携。⑨

①冯雪峰 1961 年"摘去右派帽子"以后，写关于太平天国的长篇历史小说《小天堂》。1963 年冯雪峰 60 岁，5 月去广西、湖南、湖北等地进行考察，了解当地山川形势和太平军进军情况，8 月返回北京。洪杨，指洪秀全、杨秀清。

②【椽笔】大笔如椽。比喻笔力雄健或宏篇巨制的文词。《晋书·王珣传》："珣梦人以大笔如椽与之，既觉，语人曰：'此当有大手笔事。'"

【简编】古人或书于简，或书于帛，编次成书，后因泛称书为简编。

③【草泽】即草野沼泽之地。"泽"字在这里又巧为陈胜、吴广起义地点——大"泽"乡中一字，兼有实指意。大泽乡，地名，在今安徽宿州市西南蕲县西。

【狐鸣】《史记·陈涉世家》："陈胜……令吴广之次所旁丛祠中，夜篝火，狐鸣呼曰：'大楚兴，陈胜王。'"

舒芜读诗笔记："这实际上大概是派人假装狐狸这样叫，利用迷信的'预兆'来发动群众。这里只取发出起义呼声之意。"

【大宝】《易·系辞》下："圣人之大宝曰位。"后通指帝位。

【鹑衣】《荀子·大略》："子夏贫，衣若悬鹑。"鹑的尾秃，借指衣服破旧。

【金田】金田村。在广西桂平县北，近武宣县界。

④【喁喁望】晋/陈寿《三国志·诸葛亮传》："天下英雄，喁喁冀有所望。"

⑤【流风】前代流传下来的风尚。

【梦笔】南朝梁人江淹少时，梦人授五彩笔；晚年又梦一个自称郭璞的人，索还其笔，自后作诗，再无佳句，人称"江郎才尽"。又，梦笔生花。相传唐代大诗人李白梦所用之笔，头上生花，从此才情横溢，文思丰富。

⑥【天下兴亡几匹夫】天下兴亡，匹夫有责，语意本于清/顾炎武《日知录·正始》："保天下者，匹夫之贱，与有责焉耳矣。"而八字成文

句型则出自梁启超的《饮水室合集·文集之三十三·痛定罪言·三》："有顾亭林曰：天下兴亡，匹夫有责也。"

【沉沉】《史记·陈涉世家》："入宫，见殿屋帏帐，客曰：'伙颐！涉之为王沉沉者！'"裴骃集解引应劭曰："沉沉，宫室深邃之貌也。"

【胜广】陈胜、吴广，秦末农民起义领袖。

【痛须臾】陈胜、吴广起义，为我国历史上第一次农民起义，当年就失败了。

⑦【平分土地】1853年3月，太平天国定都天京后，颁布了《天朝田亩制度》，把全部土地按人口平均分配给广大农民。"凡天下田，天下人同耕"。

【奴欺主】清/王士禛《带经堂诗话》引唐/杜荀鹤诗："世乱奴欺主，年衰鬼弄人。"

【还我河山】河南汤阴县城岳飞庙，有岳飞手书"还我河山"四字刻石。

舒諲《扫叶集》有一文题为：《〈还我河山〉〈出师表〉帖并非岳飞遗墨》。

【汉逐胡】满洲贵族于1644年率兵入山海关后，建立清朝于北京。1851年太平军于广西金田村起义，为推翻满洲贵族的统治，历时14年，转战18个省份，1864年终于失败。1911年辛亥革命推翻清朝，建立民国。

⑧【龙虎风云】三国魏/应璩《与尚书诸郎书》："二三执事，以龙虎之姿，遭风云之会。"

【天朝】指太平天国。旧中国的皇帝的朝廷称为天朝。太平天国亦以此自称。

⑨唐/白居易《忆江南》："江南好，风景旧曾谙。"

邵燕祥《重读聂绀弩的诗》："'大事何因终偾了，百年谁有一言乎？'……他困境中犹不忘'咏旧小说'，再看他一些诗中透露的消息，他是希望有人以施耐庵、罗贯中（'臣力犹堪施与罗'）、曹雪芹（'一角红楼千片瓦，压低历史老人头'）的才力，写出一代兴衰的史诗来。"

王存诚1994年7月22日给侯井天的信中说："'百年谁有一言乎？'

我曾见过党内理论家华岗著的《太平天国史》，最近又出版了旧小说《洪杨演义》，其他还有剧本《李秀成之死》等，可见并非无人一言，此点似应注明。或者聂绀弩未及见，或者认为传统看法不足取，而雪峰的研究太平天国自有深意——取作现实的借鉴。"（侯按：阳翰笙著有《李秀成之死》《天国春秋》，陈迩冬著有传记《李秀成之死》，2000年7月10日中央电视台开播46集大型连续剧《太平天国》。）

另稿：聂绀弩1964年2月23日致高旅信中附诗手迹，题作《送人南寻洪杨遗迹四首》，第1首第5句"何"作"无"；第2首第8句"都待"作"要借"；第3首第3句"平分"作"收回"；第7句"胸襟"作"心胸"。山西狱中档案存作者手迹同此。

《倾盖集·呾堂诗》中同题组诗为三首，无第4首。

侯按：所有诗和注解中，太平天国的"国"都应是"口"里写"王"才对。

雪峰六十（四首）

一

早抛小布方巾去，时有普罗灵感来。①
刚见论争通俗化，忽惊名列索维埃。②
长征五岳皆平地，小饮三江一酒杯。③
回想西湖湖畔社，九天阊阖一齐开。④

二

小帽短衣傲一时，灵山献颂见襟期。⑤
头颅险在上饶砍，名姓岂惟中国知。⑥
扬州明月茅台酒，鲁迅文章画室诗。⑦
他人有此或非乐，我老是乡将不辞。⑧

三

荒原霭霭雪霜中,每与人谈冯雪峰。
天下寓言能几手,酒边危语亦孤忠。⑨
鬓临秋水千波雪,诗掷空山万壑风。
言下挺胸复昂首,自家仿佛即冯翁。

四

举酒邀花花面酡,以花挝马马欢歌。
隔年风雪都晴了,如此江山奈老何。⑩
津惜渔人归一棹,弈嗟樵子烂千柯。⑪
太平天国多才杰,臣力犹堪施与罗。⑫

①【小布】小布尔乔亚,小资产阶级。布尔乔亚,法文 bourgeois(资产阶级)的音译。韩沪麟《为"布尔乔亚"正名》:不能"把'布尔乔亚'与资产阶级等同"。也不能"把'小资产阶级'写成'小布尔乔亚'"。"在法国,这个词有其特定含义:昔时指享有特权的世民;如今指中产阶级或领导阶级的人,与工人、农民有严格的区分,扩而言之,不包括一切个体劳动者、手工业者和从商小个体户等。属于布尔乔亚这个阶层的人,生活相对优裕、相对较有文化、有教养、有情调,如教师、作家、记者、医生、经纪人、律师、企业经理等"。"小布尔乔亚决非指小资产阶级,而是指布尔乔亚家庭出生的孩子"。(见《文汇读书周报》1998 年 6 月 6 日)

【方巾】明代的一种头巾,处士及儒生所用,也叫角巾。《聂绀弩杂文集·谈〈野叟曝言〉》:"方巾气……我们把它想为三家村迂夫子的腐气、俗气之类,该不会错得很远……。所谓腐气,我的意思是指见识狭隘,食古不化,迂执顽固,不近人情之类……。所谓俗气,我是指那满口仁义道德,满脑子却是功名富贵、妻财子禄而言。"

②【论争通俗化】舒芜 1990 年 8 月 17 日给侯井天的信说:"论争通

俗化，当是大众化。"（侯按：从"左联"成立前后，到1932、1933年，以至冯雪峰离开上海后的1934年，关于"文艺大众化"问题，曾展开几次大规模的讨论，即聂绀弩在这里所说的"论争通俗化"。）

【名列索维埃】1933年12月中旬，冯雪峰调离上海，年底到瑞金中央苏区。1934年1月22日—2月1日在瑞金举行中华苏维埃第二次全国代表大会，被选为中华苏维埃政府中央执行委员会候补执行委员。索维埃，即苏维埃，苏联中央和地方各级的国家权力机构。我国第二次国内革命战争时期曾把当时的工农民主政权组织叫作苏维埃。

③毛泽东《长征》："五岭逶迤腾细浪，乌蒙磅礴走泥丸。"

《南山草·六十赠周婆》有"胸中五岳成平地"句。

唐/李贺《浩歌》："南风吹山作平地，帝遣天吴移海水。"

④【九天】战国楚/屈原《离骚》："指九天以为正兮，夫唯灵修之故也。"

【阊阖】战国楚/屈原《离骚》："吾令帝阍开关兮，倚阊阖而望予。"唐/王维《和贾舍人早朝大明宫之作》："九天阊阖开宫殿。"

⑤【灵山献颂】1941—1942年，冯雪峰在上饶集中营中作诗《灵山歌》。冯雪峰《灵山歌·小记》："灵山在江西省玉山与上饶县境。自玉山连绵至上饶北部，有九十余里；原是有名的山，其挺拔雄伟之美，令人神往。又因这地带即为一九二八年后工农民主革命军方志敏部的战区，而灵山常为其退守及生养之地，遂更有名，且为当地人民所隐秘地爱慕。"

⑥【头颅险在上饶砍】冯雪峰1941年2月26日被捕，即被囚禁于上饶集中营，至翌年11月始被保出治病。上饶集中营，抗日战争时期国民党囚禁与屠杀共产党员和革命人士的集中营之一。被囚禁的有皖南事变中被俘的新四军干部和第三战区境内的中共党员、抗日爱国人士。1942年6月日军侵占上饶时，集中营迁往福建。

⑦联语："司马文章元亮酒；右军书法少陵诗。"

【扬州明月】唐/徐凝《忆扬州》：天下三分明月夜，二分无赖是扬州。（侯按："无赖"就是天然的可爱。从此明月似乎成了扬州特有的风光。）

【画室】冯写诗所用笔名。

⑧朱正注引《飞燕外传》:"吾老是乡矣。"

⑨【危语】南朝宋/刘义庆《世说新语·排调》:"桓南郡与殷荆州语次……次复作危语。"

侯按:从1946年12月起,迫于政治形势,冯雪峰只得选寓言这种文学形式代替杂文,以记录时代风貌。迄1949年5月上海解放前一年多的时间,写寓言178篇,又编印度寓言98篇作《百喻经故事》刊行。

1979年11月17日为冯雪峰补开追悼会,当时远处外地、还没有完全恢复自由的胡风,分两次发来长长的唁电,其中说冯雪峰是"中国现代寓言的呕心沥血的创作者"。

⑩杜甫《渼陂行》:"少壮几时奈老何,向来哀乐何其多。"

⑪【津惜渔人】晋/陶渊明《桃花源记》:"武陵人,捕鱼为业……忽逢桃花林……林尽水源,便得一山。山有小口……便舍船,从口入……既出,得其船。"

【弈嗟樵子】南朝梁/任昉《述异记》:"信安郡石室山,晋时王质伐木至,见童子数人棋而歌,质因听之。童子以一物与质,如枣核,质含之不觉饥。俄童子谓曰:'何不去?'质起,视斧柯尽烂。既归,无复时人。"

⑫【施与罗】施耐庵、罗贯中。

季音《冯雪峰坎坷的一生》:(冯雪峰1958年4月被划为"右派"分子,开除党籍,时年55岁)"依然壮志满怀的冯雪峰,决定写一部太平天国的长篇。他为此几乎花了15年时间,断断续续搜集了大量史料,拟出了写作提纲,并且亲自跑到广西,去实地考察,体验生活。可惜,由于种种原因,最后未能写成这部他日思夜想的长篇巨作。"(见《炎黄春秋》2005年第5期)

聂绀弩1963年10月14日致高旅:"中秋前曾作寿雪峰六十诗四首,今抄呈赐正。"

彭燕郊《千古文章未尽才——绀弩的旧体诗》:"有些人以为,绀弩的旧体诗所以写成这个样子,是因为他至少还不太懂得做旧体诗的规矩。果真是这样的吗?他倒是很认真的。1942年,茅盾的长篇小说《霜叶红似二月花》,用杜牧诗句。绀弩说:茅公记错了吧,是'红于',不是'红似',而且这个'于'字,还该读作'窝'。《赠答草》里的《雪峰六十》四首之一有句'忽惊名列索维埃',也是这个意思。只能用'索',不能用'苏',否则不叶平仄。他就这么讲规矩。"(见《读书》1991 年第 10 期)

刘友竹《聂绀弩诗注释补正》:"聂翁非常注意避免'三平尾',如《雪峰六十》'忽惊名列索维埃',将'苏维埃'改译'索维埃',正是为了避免'三平调'。"

顾学颉《杂谈聂绀弩诗》:"'天下寓言能几手,酒边危语亦孤忠!'的确是冯雪峰,尤其后一句,说明了冯一生对他自己所信仰的事业的耿耿孤忠。"

杨九如《"天外诗星"写奇联——介绍聂绀弩七律中的颔颈联》:"'天下三分明月夜,二分无赖是扬州。'似乎只有扬州的月色才明亮。'茅台酒'享有国际声誉,不少筵席能独沽此一味,方显档次之高。谁能与之匹敌?现代只有鲁迅的文章、画室(冯雪峰的笔名)的诗了。一联上下句皆名词,自然风趣,格调高雅。"

姚锡佩《绀弩"识知这个雪峰后"》:"1940 年春末,绀弩被邵荃麟推荐到桂林任《力报》副刊《新垦地》主编。次年 1 月,就发生了震惊中外的'皖南事变'。雪峰未及时按邵荃麟之嘱撤至桂林,不幸被国民党逮捕,押至上饶集中营。在敌人、酷刑、苦役、疾病、死亡面前,他不仅誓不供认自己的真实身份,不在报上发表与共产党无关系的声明,还串联难友,策划越狱;而且透过铁窗,仰望遥遥相对的雄伟挺拔的灵山,神思飞扬,奋笔创作长诗《灵山歌》,歌颂曾在那里辗转战斗的太平军和方志敏烈士所率领的工农革命军。他还写下几十首短诗,结集为《真实的歌》,抒写了不为敌人脚镣手铐锁住的思想和灵魂。这些诗在两年后雪峰因病被保释出狱辗转至重庆时,陆续出版。其时,绀弩也在重庆,他读了这些正气冲天的长歌短诗,不禁针对那些无稽的诽语,表达自己由衷地推崇鲁迅文章画室诗,'他人有此或非乐,我老是乡将不辞'。"(见《炎黄春秋》2003 年第 6 期)

谢泳《旧人旧事·毛泽东为什么不喜欢冯雪峰》:"毛泽东读了冯的诗歌《火》《三月五晨》和寓言《火狱》《曾为反对派而后为宣传家的鸭》

《猴子医生和重病的驴子》,并批给当时中央的主要领导人刘少奇、周恩来等阅……毛的批件中有一句:'如无时间,看《火狱》一篇即可。'""黎之发表在《新文学史料》上的一篇回忆文章中说:'只记得胡乔木说过:有一次毛主席拿着冯雪峰的一篇文章说,冯雪峰的湖畔诗写得很好,怎么文章写得这么坏。不知是否指的就是《火狱》。不过胡乔木又补充说:有时主席一会儿这么讲,一会儿又那么讲。'"(侯按:毛泽东关于冯诗文的批示,时在1954年12月31日,见《建国以来毛泽东文稿》。)

李邦佐《试评〈倾盖集〉》:"'鬈临秋水千波雪,诗掷空山万壑风',神韵逼近盛唐名家,若置于少陵集中几可乱真。"

聂绀弩向党汇报自己的思想说:"把我划为'右派',开始想不通,现在通了。既然冯雪峰是'右派',我自然也是'右派',我是'雪峰派'嘛。不过我不是资产阶级右派,而是无产阶级右派。雪峰愿意去北大荒接受改造,我也去。雪峰走到哪里,我跟他到哪里。"(据陈早春、万家骥《冯雪峰评传》第十二章)

朱正《留一点谜语给你猜·忆老包》:"那天我去看他(指聂,侯注),他说:'说哭,我还真要哭呢!雪峰在世,那样对待他,不在世了,还这样说他。'"

罗孚:(第3首7、8句)"活活画出绀弩本人谈冯时之精神,诗中如此妙笔,他人罕见。"(第4首)"风雪过去,人已老迈,千古一叹!"

姚锡佩《绀弩"识知这个雪峰后"》:"(姚引聂诗第三首,此略)表达了绀弩在困苦中仍难忘雪峰高洁的品格和文学贡献。"

侯按:聂绀弩统观自己和冯雪峰的生平境遇,差不多像"渔人""樵子",落得个归来"一棹"、烂了"千柯",惜"津"嗟"弈",都无济于事了!太平天国,有不少英才硕学、英雄豪杰,冯雪峰有施耐庵、罗贯中一般的才力,能胜任表现他们的小说创作。

周汝昌《天·地·人·我》中《社长冯雪峰》一文:"忽然收到他(指聂,侯注)一封信函,打开看时,满目粲然——一幅五彩花笺,横长,恭楷写着十首七言律,题目是祝雪峰六十寿辰!""我那一份珍迹,也因自身遭事多端,出于畏祸'保身'的庸俗之念,把它交给了后期古典室主任(名杜维沫)……他们如何'处理'?希望不致毁掉或被人扣住而难求下落。"

另稿：聂绀弩1963年10月14日致高旅，题作《寿雪峰六十》（四首）。第1首，第3句作"方见争论大众化"；第4句"索"作"苏"；第6句"小饮"作"偶渴"；第7句"回想西湖"作"回首西泠"；第8句"一齐"作"已全"。第2首，第4句"惟"作"徒"。第3首，第1句作"荒原皑皑勤劳中"；第2句"与"作"有"；第4句"危"作"微"；第7句"言下"作"谈次"。第4首，第7句"杰"作"俊"。

有赠（四首）①

一

龄官戏串牢坑里，阿Q人生天地间。②
得半生还当大乐，无多幻想要全删。
百年大狱千夫指，一片孤城万仞山。③
客子休嗟泥滑滑，河洲定有鸟关关。④

二

谈孺子牛俯首甘，见先生馔口涎馋。⑤
儿童涂壁书忘八，车马争途骂别三。⑥
世有奇诗须汝写，天将大任与人担。
买丝若绣平原像，恐使嵇生更不堪。⑦

三

物无禾马东西海，人有主宾上下床。⑧
驴背寻驴曾万里，梦中说梦已千场。⑨
补天共比通灵玉，画虎人呼告朔羊。⑩

偷比老彭吾岂敢,一山溪水一汪洋。⑪

四

岂关风雨故人怀,自挈湖山入梦来。
净扫浮云瞻玉垒,同骑骏马觅金台。⑫
英雄天下诗千首,花月春江酒一杯。⑬
斯是海棠开日梦,至今重盼海棠开。

①侯按:凡是题为"有赠"的,都是不想说、不便说、不肯说或认为不必说出所赠的人的名字来。这四首《有赠》,都是赠胡风的诗。舒芜读诗笔记:"当时,所谓'胡风反革命集团'的冤案尚未平反,故诗题如此。"

②【龄官】《红楼梦》第三十六回,龄官道:"你们家把好好的人弄来了,关在这牢坑里学这劳什子。"

聂绀弩《怎样做母亲》:"从小我就觉得人生天地之间,不过是一个罪犯,随时都会有惩戒落在头上。"(见《聂绀弩全集》第1卷12页)

罗孚:"此指胡风遭遇亦如龄官","又似阿Q"。

③【千夫指】千人所指。《汉书·王嘉传》:"里谚曰'千人所指,无病而死'。"亦作千夫所指。鲁迅《集外集·自嘲》:"横眉冷对千夫指,俯首甘为孺子牛。"毛泽东《在延安文艺座谈会上的讲话》:"鲁迅的两句诗,'横眉冷对千夫指,俯首甘为孺子牛',应该成为我们的座右铭。'千夫'在这里是说敌人,对于无论什么凶恶的敌人我们决不屈服。'孺子'在这里就是说无产阶级和人民大众。一切共产党员,一切革命家,一切革命的文艺工作者,都应该学鲁迅的榜样,做无产阶级和人民大众的'牛',鞠躬尽瘁,死而后已。"

唐/王之涣《凉州词》:"黄河远上白云间,一片孤城万仞山。"

④【泥滑滑】竹鸡的别名、叫声。宋/梅尧臣《宛陵集·禽言·竹鸡》:"泥滑滑,苦竹冈,雨萧萧,马上郎。"宋/刘宰《开禧纪事二首》其一:"泥滑滑,仆姑姑,唤晴唤雨无时无。"

《诗经·国风·关雎》:"关关雎鸠,在河之洲。"

⑤【孺子牛】《左传·哀公六年》："女（汝）忘君之为孺子牛而折其齿乎？"孺子，指齐景公的儿子。齐景公曾跟儿子嬉戏，口衔着绳子，学做牛，让儿子牵着走。儿子跌倒，把齐景公的牙齿拉断。朱正《〈答客诮〉〈自嘲〉诗本事》：对此，冯雪峰作过解释，蒋路在一篇回忆文章中说："毛主席认为'俯首甘为孺子牛'中的'孺子'系指无产阶级和人民大众，雪峰同志承认这是'一个天才的解释'，但鲁迅先生的本意只是指海婴。"

【先生馔】《论语·为政》："有事，弟子服其劳；有酒食，先生馔。"

⑥【忘八】即王八。清/蒲松龄《聊斋志异·三朝元老》："一联云：'一二三四五六七，孝弟忠信礼义廉'……首句隐'忘八'，次句隐'无耻'也。"

【别三】即瘪三。

王存诚1994年7月22日给侯井天的信中说：这二句袭鲁迅意，《且介亭杂文二集·五论'文人相轻'——明术》中有："现在却大抵只是漫然的抓了一时之所谓恶名，摔了过去……汽车夫发怒，便骂洋车夫阿四一声'猪猡'，顽皮孩子高兴，也会在炒白果阿五的背上画一个乌龟，虽然也许博得市侩们的一笑，但他们决不因此就得'猪猡阿四'或'乌龟阿五'的诨名的。此理易明：因为不切贴。"

⑦朱正注引唐/李贺《浩歌》："买丝绣作平原君，有酒惟浇赵州土。"

【嵇生】嵇康，字叔夜，三国时魏国文学家、名士。谯郡铚（今安徽宿州西南）人，"竹林七贤"之一。今传《嵇中散集》十卷。

【不堪】朱正注引嵇康《与山巨源绝交书》："吾直性狭中，多所不堪。"并列举"必不堪者七"。

宋/苏轼《自金山放船至焦山》："展禽虽未三见黜，叔夜自知七不堪。"

⑧【物无禾马东西海】作者自注：见《孔子集语》。侯按：《孔子集语·寓言下》："孔子行道而息，马逸，食人之稼。野人取其马。子贡请往说之，毕辞，野人不听。有鄙人始事孔子者曰：'请往说之。'因谓野人曰：'子不耕于东海，吾不耕于西海也，吾马何得不食子之禾？'其野人大悦，相谓曰：'说亦皆如此其辩也，独如向之人？'解马而与之。"（罗

孚:"指世之巧辩。")

【上下床】见《赠答草·九日戏柬迩冬》注⑤。

罗孚:"上下床,意谓鄙视俗流。此或借指世有等级之分。"

⑨【驴背寻驴】俗语:骑驴找驴。宋/释道原《景德传灯录》卷二十八《洛京荷泽神会大师》:"诵经不见有无义,真似骑驴更觅驴。"

【梦中说梦】《大般若波罗蜜多经》卷五九六:"复次善勇猛,如人梦中说梦所见种种自性。"

唐/白居易《读禅经》:"言下忘言一时了,梦中说梦两重虚。"

⑩【通灵玉】通灵宝玉。见《红楼梦》第一回:"谁知此石自经锻炼之后,灵性已通,能大能小,因见众石俱得补天,独自己无材不堪入选,遂自怨自叹,日夜悲号惭愧"。"士隐接了看时,原来是块鲜明美玉,上面字迹分明,镌着'通灵宝玉'四字"。

【告朔羊】《论语·八佾》:"子贡欲去告朔之饩羊。子曰:赐也,尔爱其羊,我爱其礼。"舒芜读诗笔记:"用告朔羊之典,便不是指它实作祭品用之时,而专指它已无实用而摆摆样子,做做象征之时了。"

⑪【偷比老彭】《论语·述而》:"述而不作,信而好古,窃比于我老彭。"(罗孚:"汉代学者郑玄、王弼则以老彭非一人,老为老聃,彭为彭祖。绀弩于此有自谦意。")

⑫唐/杜甫《登楼》:"锦江春色来天地,玉垒浮云变古今。"

⑬【花月春江】《春江花月夜》,乐府吴声歌曲名。南朝陈/后主陈叔宝作。原词已亡。

舒芜读诗笔记:"'诗千首'对'酒一杯',来自杜甫《怀李白》(应为《不见》,编注):'敏捷诗千首,飘零酒一杯。'"

邵燕祥《梦边说梦·读聂绀弩》:"聂绀弩1945年初在重庆写过《伦理三见》……其三则批评了重庆坐滑竿或轿子的老爷太太们,他说'倘遇到上面坐的是十来岁的小少爷、小小姐什么的'……'我对于这种儿童的父母的憎恶和鄙视的情绪,远过于看见那儿童的父母们自己坐的时候所有的'。他说,'对于那些骑在人身上走路的家伙,向来不存什么幻想,比如希望他们什么时候自觉,变得像人样一点之类'。"查《散宜生诗》中,有'无多幻想要全删'句,我想同这意思是一贯的。"

舒芜读诗笔记:(第1首第6句)"此处取此现成诗句,与'百年大狱千夫指'相对,很工整。"

何永沂《"借句"也是创作——赏聂诗札记》:"'百年大狱千夫指',其意众所周知,不烦详析。对以王之涣的名句'一片孤城万仞山'(出自《凉州词》),真是顺手拈来,便成绝唱!王之涣的《凉州词》在当时已是广为传唱的名篇,因而有'旗亭画壁'的优美故事。'一片孤城'其远景是'黄河远上白云间',近景则是万仞高山,可见塞上戍城之地势险要,处境意,这是漠北戍边的城垒,此诗写的是征夫的愁绪、哀思,故紧接有'羌笛何须怨杨柳,春风不度玉门关'之怨。'一片孤城万仞山'不但与'百年大狱千夫指'成对,更重要的是用来形容胡风当时的处境和心境确实形象、贴切之至。所借一句与全诗的沉郁冷峻的调子融成一体,'最难得句不苍凉'(聂句),幽光狂慧,不禁亦令人惊叹:'才人伎俩,真不可测'。"(见《江西诗词》1996年第4期)

商为东《散宜生诗漫话》:(第1首)"作者借阿Q精神看待身不由己的'抓进抓出',同时指斥林彪、江青一伙人制造大量冤狱,在极人世之苦的处境中以清醒的头脑洞穿世事,对于前途仍充满乐观精神。"

罗孚:(第2首3、4句)"此联指无理取闹之胡说八道,使人顿忆某种批判与批评。"(第3首第6句)"俗语'画虎不成反类犬',此处变通为画虎类羊。此联虽同琢玉,人却以画羊视之。"(第4首)"'自挈湖山入梦来',第7句点明乃春梦——'海棠开日梦'。十律(侯按:罗指《风怀十首》)之中,此首情绪最欢欣,意气最轩昂,惟后来两人老境虽较佳,仍不如梦境之足喜也,悲乎!"

舒芜读诗笔记:"'忘八''别三'对得工巧。"

胡风和诗,和第1首:"掂毫至信探三昧,荷载孤忠走两间。古物愚顽今物傲,真人创作假人删。沱扬嘉岷流真水,华泰嵩衡笑假山。尽可韬光将剑铸,还该息影把门关。(1966.5.24)"

和第2首:"壮士怀仇难忍耻,穷儿挨饿更知馋。新诗懒比风骚雅,老友欣余一二三。恨海虽深曾敢跨,冤山再重也能担。果因互证何无定,矛盾相移怎不堪!"1966年"5月26日在成都"。又:"黄河不到死难甘,误尽苍生方解馋。无赖文宗今郑五，流氓黄帝古米三。党同伐异算萦纡，卖履公香苦负担。汰尽虚名何足惜，可怜九亿人难堪。"

和第3首："选美凝眸观赵璧，消闲坦腹据胡床。游仙任我开诗路，弄鬼由他作道场。物有忠诚尊蚁蚓，人无信义愧牛羊。虔心合浸三中海，快口争谈五大洋。5月26日在成都"，于1966年。

和第4首："难忘斯世见同怀，已往何堪况未来。能待旦因须守户，不悲秋也偶登台。崇优补选香花种，保健新停浊酒杯。失意情消留万虑，居然笑口可常开。"又："不到黄河不敞怀，终知假往始真来。难堪士路空文苑，莫奈官场大戏台。夺理有条挥巨棒，装情无泪莫三杯。韩康药店今何在？屡将招牌倒又开。5月26日在成都。"又："劫余那得有诗怀，万虑千愁滚滚来。厌看邪论污园圃，难逃神矢射灵台。不辞肝胆酬知己，忍对江山倾酒杯。但愿披荆净广宇，新喜迎得百花开。"

另稿：第1首，《聂绀弩诗全编》题作《风怀（十首）·之二》，第1句"坑"作"笼"；第3句"当"作"应"；第4句"要"作"待"；第5句"大"作"奇"。第2首，《聂绀弩诗全编》题作《风怀（十首）·之六》，第5句"有"作"尽"，"汝"作"尔"；第7句"若"作"偏"；第8句"恐使"作"欲起"，"更"作"补"。第3首，《聂绀弩诗全编》题作《风怀（十首）·之九》，第5句"共比"作"同似"；第6句"人呼"作"谁非"；第7句"偷"作"窃"，"吾岂敢"作"徒自诩"；第4首，《聂绀弩诗全编》题作《风怀（十首）·之十》，第3句"净"作"尽"；第4句"觅"作"上"；第7句"斯"作"此"。

赠周婆（二首）

一

添煤打水汗干时，人进青梅酒一卮。①
今世曹刘君与妾，古之梁孟案齐眉。②

自由平等遮羞布，民主集中打劫棋。③
岁暮郊山逢此乐，早当腾手助妻炊。④

二

探春千里情难表，万里迎春难表情。
本问归期归未得，初闻喜讯喜还惊。⑤
桃花潭水深千尺，斜日晖光美一生。⑥
五十年今超蜜月，愿君越老越年轻。

①【卮】古代盛酒的器皿。
②【案齐眉】举案齐眉，《后汉书·梁鸿传》："（梁鸿）依大家皋伯通，居庑下，为人赁舂。每归，妻为具食，不敢于鸿前仰视，举案齐眉。"
③【打劫棋】围棋中的"打劫"，取"永劫不尽"的意思。随盘面移动、蜕化，有时造成各种各样的"劫"，或者以此而起死回生，或者因此覆灭不救。围棋不是以打劫为主，然而从全局的经过来说，劫的成败，每每影响全局的成败。打劫棋有十种，是围棋棋艺中一种复杂的实践。
④【岁暮】指1976年11月2日聂绀弩从山西临汾回到北京家中。
【郊山】指北京东郊新源里。原稿为"燕郊"，北京的郊区。
⑤唐/李商隐《无题》："君问归期未有期，巴山夜雨涨秋池。"
⑥唐/李白《赠汪伦》："桃花潭水深千尺，不及汪伦送我情。"

张友鸾《聂绀弩诗赠周婆》："第一首腹联，是他们出于对'四人帮'的憎恶，不免痛定思痛的话。""伉俪之情，老而弥笃。在《赠答草》中，有《赠周婆》诗二首，不能算标准'聂体'，却可以看出他们近来的生活。"张友鸾这篇文章，发表在1979年4月14日的香港《文汇报》，说可以看出聂绀弩、周颖夫妇"近来"的生活。据此，这两首诗写的是聂绀弩1976年11月坐牢十年，获释回到北京家中的"生活"。因此，张友鸾解诗："第二首是说，周曾到山西探监，当时不知何日释放；后来突然回家，大出家人意外。用'探春''迎春'，也还是'聂体'的爱逗趣处。五十年为'金婚'，'蜜月'乃对此而发。"（侯按：1928年聂、周结婚，到1976年"岁暮"出狱时,为五十年。1989年9月13日上午周颖在她北京家中当面答侯井天问,说"张友鸾说得正确"。同月19日晚,侯见陈凤兮出示的这首诗的原稿,"郊山"原为"燕郊",更说明是北京郊区,而非虎林。因此,周健强著《聂绀弩传》中把这两首诗说成写于1959年2月周、聂夫妇在虎林离别时,显然错了。)

顾学颉《杂谈聂绀弩诗》:"'自由平等遮羞布,民主集中打劫棋。'以围棋术语'打劫'为喻,形象而确切。"

郭隽杰:当知《散宜生诗》初版本不收第一首时,绀弩极为恼火,曾对我说:"自己认为这是我最好的诗,这样的诗抽走,还出我的诗集做什么!'自由平等遮羞布,民主集中打劫棋'是言我夫妻之事,难道家庭里就不许自由平等、民主集中?"

山月《唱酬诗的品位、韵味及新味》:"诗坛大家风范已故诗人聂绀弩先生的二首诗:(山月引聂诗《赠周婆》一,《挽老舍》全首,此略)诗行如歌如许,婉约悲壮,情发于中,文行于外,言语诙谐,乐观,平仄格律严谨,令人感叹,令人折服。可谓'肺腑诗敲醒世音,独蹊咏律现时春'。如此评价,并不为过。"(见《江北诗词》2007年第3期)

王存诚1997年3月20日给侯井天的信中说:"'探春千里'和'万里迎春'似说两件事:一东北,一山西。"

方印中《聂绀弩诗三百首》:"试想,把探牢说成'探春',把迎接出狱说成'迎春',借用《红楼梦》中的人名的这样的说法,从古到今,诗歌里可曾有过?——而现在,在聂诗中就有。由于夫人远道前来探牢、迎接,诗人内心感受十分温暖,而本人又是《红楼梦》研究家,加之天性幽默,因此诗中就自然流出'探春''迎春'这样的特异之词。"

郭隽杰:"此二首作于1976年年底绀弩出狱返京不久,连同下《惊闻海燕之变后又赠》,为作者最宝爱之作,请尹瘦石书成条幅装裱,悬于床头。"

聂绀弩1977年3月1日致陈迩冬:"近日作赠周诗二首,亦颇自得。舒公(即舒芜)则估价太高,论时竟提及微之、易安、放翁。舒公对拙作时有论评,所论瑕瑜互见。瑕,溢美过甚;瑜,道得着,说得出,对我颇有教益。"

舒芜原信说:"赠周二首好。好就好在此种关系,古人所无,故从无人写;今人相同相似相近者不少,亦尚未见人写,而此诗真正写得出也。请恕我罔识忌讳,将悼亡感伤等拉杂一起。再说几句:从来写夫妻男女之间者,或是赏玩花鸟,或是膜拜仙灵,或是主之与奴,或是……元微之《遣悲怀》三首,不过平凡老实地写了贫贱夫妻,遂成空前绝唱。后来李易安跋《金石录》,虽亦写现实,然此现实本身,未免过于飘飘欲仙,故仍未能夺微之之席,又男女之情,仍专属少男少女,'此身行化稽山土,尤吊遗踪一泫然'者,仅见一放翁,故亦成空绝唱。然人伦惨变,存殁人天,兴感尚易。所以'斜日恩情美一生'之诗,又开放翁未写之境,我不说此诗如何空前,如何绝唱,只说它得时代之助,为古人所难遇,庶几不是'生致诔墓'乎。"

聂绀弩 1977 年"妇节"致舒芜:"赠周颖一'空山'改为'郊山',二'恩情'改为'晖光'。一因较实且不说它。二,改字似较不粘滞,也显得上联桃花七字较见作用,也显得较大气。"

另稿:1977 年 2 月 23 日致陈迩冬信中,题作《赠周大姐》;第 1 首第 7 句"郊"作"空";第 2 首第 4 句"初"作"突";第 6 句"晖"作"恩"。2009 年《中国作家》第 2 期,寓真《聂绀弩刑事档案》载聂绀弩手迹,第 1 首第 7 句作"天下文章吾事了(又作'皆误我')"。

惊闻海燕之变后又赠[①]

愿君越老越年轻,路越崎岖越坦平。
膝下全虚空母爱,心中不痛岂人情。
方今世面多风雨,何止一家损罐瓶。[②]
稀古妪翁相慰乐,非鳏未寡且偕行。

①【海燕】聂绀弩、周颖的独生女。1936 年 12 月 25 日生,1976 年

9月自杀，遗一儿（方瞳）一女（方娟）。生前为民族舞蹈演员。

②【损罐瓶】作者自注："不打烂坛坛罐罐，王明语。"侯按：毛泽东1936年12月《中国革命战争的战略问题·战略退却》："左"倾机会主义者"向着正确的原则作斗争……成立另一整套和这相反的所谓'新原则'……'不打烂坛坛罐罐'。"

李师金《聂绀弩旧体诗中的土语乡风》："湖北人把子女夭折说成'搭（摔破）损罐子'。"（见《当代诗词》1997年第1期）

聂绀弩《婵娟·父性》："同居十年才有这个孩子。""在肚子里就参加过鲁迅的葬仪。""我说：那就叫'海燕'。我并没有想到她真是暴风雨的象征，只是因为春天里和几个朋友办过一个刊物，那刊物的名字叫《海燕》。"（见《聂绀弩全集》第4卷98—99页）

郭力《聂绀弩之死》："可惜后来海燕所遇非人（方智训）……海燕内外交迫，异常悲观，终于在其父出狱前数月（侯按：一说出狱前一个月），服毒自杀。"（"上世纪40年代初期"……"18年后，我们在北京天桥剧场结婚"，"我们结婚后分居遥远的两地，难得见面，又都性格倔犟，3年左右，闹起离婚。"）

聂绀弩，1967年1月25日晚被捕，坐了9年8个月的牢，于1976年10月10日获释，11月2日回到北京家中。陈凤兮《泪倩封神三眼流——哭绀弩》："却不见海燕的踪影，她不是该第一个来到他面前的人么？但他不知道，海燕在他出狱前一个月逝世了。他询问，周颖编出各种理由来对付，但那是没有用的。绀弩思想女儿，心如火燎，马上病倒。进城就医时他暗问我们：'她到底是死？是活？是失去自由？是与爸爸划清界线？总得让我明白，我的心要爆炸了！'""经过老朋友们暗地商量，觉得绀弩并非承受不了这个打击的人，让我找机会为他解答这个问号。在一次愉快的片刻，我安静地告诉他：'海燕是去世了，与父亲的政治遭遇无关。'果然他听后定了一下神，泪水在眼眶内流动，他如释重负地说：'这有什么必要瞒着我的呢！陈帅贺帅们的死不是比海燕重要千万倍么？'"（见《聂绀弩还活着》）

这首诗写于知道海燕之变后当天夜里。第二天早晨，周颖进聂卧室，

"只见绀弩面朝墙睡着,半边枕上犹有湿痕。桌上的烟盒空了,地上有一堆烟头。笔筒压着一张薛涛笺纸,纸上是一首七律"。即本诗。

绀弩由山西监狱获释,回到北京家中,舒芜闻讯去看他时,本已知道海燕之变,刚要就此事表示慰问之意,忽然察觉绀弩似尚未知此事,立即转换话题,幸而绀弩重听,没有听清舒芜说了什么,便岔过去了。以后多次见面,均未提及此事。后来,就是陈凤兮所说绀弩进城就医之时,舒芜又去看他,刚一去,绀弩便默默地递过一张纸来,上面写着这首诗,表示他已得悉实情。舒芜看了,没有说什么,绀弩也没有说什么,这次始终未谈此事。(据舒芜读诗笔记)舒芜在《聂绀弩全集》第9卷382页"附言":"聂绀弩先生惟一的爱女海燕,1976年9月因家庭纠纷自杀。一个月后,绀弩先生自山西监狱获释回京,周颖夫人没有将爱女的噩耗告诉他,编了各种理由,掩饰她未在京、无音讯的缘故,直到1977年1月间,绀弩先生知道了真相,当夜写成此诗,大约即在那之后才二三天,我去看他,他便默默地递过一张纸,上面录了此诗,什么话也没有说。"

姚锡佩《我所认识的聂绀弩》:"聂老平时不爱随便流露感情,对他的妻子也是淡淡的,但是他那首题为《惊闻海燕之变后又赠》的'愿君越老越年轻'的诗篇,以其纯真的感情为世人所传诵。"(见《聂绀弩还活着》) 《重睹绀弩先生——读佚信佚文纪事本》:"(姚引聂诗全首,此略)这首怀有人间深痛和挚爱的诗句曾被世人广为传诵。正是这种'稀古妪翁相慰乐,非鳏未寡且偕行'的生活态度,使我在他们劫后余生的家中,总能感到一股奇特的温暖。"(见《新文学史料》2003年第3期)

侯按:"愿君越老越年轻",重复前首《赠周婆》诗尾句,作"又赠"的首句,是劝慰,也是强调。紧咬牙关,无可奈何!

1939年,聂绀弩写了一篇《婵娟》,七篇文字组成。第一篇写到海燕;第四篇写到海燕;第五篇《父性》,篇幅最长,专写夫妇二人与海燕之欢聚。《记周颖·鱼肝油》(见《聂绀弩全集》第4卷126页)也写到海燕。读了上述文字,更懂得诗人"心中不痛岂人情"这一包容万种痛苦的诗句。聂绀弩是这样希望着他的女儿:"我要好好地让她长大,好好地教养她,让她长得像一朵花一样;让她的性格、知识、思想、能力,就是在未来的她们的社会里,也像一朵花一样。"(同前75页)

林彦《南温泉前前后后》:"1980年初夏","我去青岛路过北京时",到"北京邮电医院","去探望他"。"我忽然想起他的女儿,那个穿红色背带裙的小姑娘:'小妹呢?''死了!'他若无其事的简单回答使我吃惊:'怎么死的?''一个反革命的家属,生存是困难的。'他回答仍很简单,但语调有些凄然"。(见《聂绀弩还活着》)

王林书、张盛荣《当代旧体诗论·说"绀弩体"》:(第3、4句)"以家喻国,推己及人。"

吴祖光《"哲人其萎"》:对夫人"竟以'方今世面多风雨,何止一家损罐瓶'相解相慰,真是宽容到极点了……绀弩就在这个多风多雨的世面写了这么多感人肺腑的好诗。"(见《聂绀弩还活着》)

包立民《聂绀弩与尹瘦石的诗画之交》:"以惊人的毅力克服了心中巨大悲痛和忧伤,还以'方今世面多风雨,何止一家损罐瓶'……的诗句来劝周颖和自我慰藉。"

顾学颉《杂谈聂绀弩诗》:"'方今世面多风雨,何止一家损罐瓶'可作十年动乱,亿万人家遭劫难(除极少数人例外)的总结语看待。"

郭省非《伟大聂绀弩,神奇格律诗》:"'方今世面多风雨,何止一家损罐瓶。'这是用大背景来开导小家庭,用整个国家的苦难重于一家一户的苦难释悲解痛。大情大义、至情至性让人惊心动魄、荡气回肠。"

王林书、张盛荣《当代旧体诗论·不废江河万古流——谈当代旧体诗词的生命力》:"'稀古妪翁相慰乐,非鳏未寡且偕行',当然能体会出'对生活始终保有乐趣甚至诙谐感'的聂老胸襟,但这实在是'文革'中苦大灾深的中国知识分子特有的令人不忍卒读的辛酸幽默。"

彭子冈《聂绀弩和他的旧体诗》:聂诗有三个特点,"……三是内涵深厚……几首是赠给老伴周颖的。古往今来,'赠内'(或者扩大为爱情诗)中的名篇可谓不少,但真正具有社会意义的却不太多。而聂绀弩的'赠内诗',如果稍加一点注解的话,我相信可以使每个读者惊心动魄!……《惊闻海燕之变后又赠》……让我们的读者从中去挖掘、去体会那丰富的感情内涵吧!"(见《读书》1982年第1期)

郭力《聂绀弩之死》:"'方今世面多风雨,何止一家损罐瓶。'那个时代,文化界更是首当其冲,有人粗略统计,历次政治运动,大多由文艺亲近作一首题为惊悉海燕之变后又赠用大姐诗曰愿居越边走越年轻路越崎岖越理平腾下令虚空母爱心中不痛岂人情方今卅雨多风雨何止一家损镜瓶稀古姬翁相慰乐邪归未穷且偕行 三月上旬廿七

界而起。"

惜醇《〈散宜生诗〉艺术魅力探微》:"他坐了十来年牢,放出来已年逾古稀,可他仍然高歌'桃花潭水深千尺,斜日晖光美一生'。还把与老伴的团聚比作结婚五十年后的'超蜜月'。谁知出狱后的第一个消息竟是他唯一的爱女已于一个月前同女婿先后自杀了。面对'老年丧子'这一人间巨痛,他仍宽慰自己的老伴:'愿君越老越年轻,路越崎岖越坦平……稀古妪翁相慰乐,非鳏未寡且偕行。'饱经沧桑而又童心未泯,这才是真正的艺术家。"

陈明强《聂绀弩旧体诗全编选讲》:"'稀古妪翁相慰乐,非鳏未寡且偕行',达观语催人泪下。'非''未'二字,斟酌分寸,工细如发。垂暮之年,衰病之身,十数年冤狱,尚能有此胸襟,使人想到一部书的名字:《钢铁是怎样炼成的》。"

罗孚《聂绀弩诗全编·后记》:"这不是也在极力平静地说话,把人死说成如损罐瓶来安慰自己的老伴么?当事者越是这样保持平静,就越使旁观者感到难以言说的沉哀。绀弩真有本领!他也哀痛朋友,'辈行情'的哀,父母'人情'的深痛,但又把一件哀痛的事说得似乎平平淡淡,寻寻常常,安慰自己的朋友和亲人。"

商为东《散宜生诗漫话》:"全诗沉郁顿挫,表现坚忍、沉痛,旷达而又凄苦的深微的情怀,以及患难夫妻间相濡以沫共担不幸命运的真挚友爱,任谁读来未有不动容者。"

代周婆答(三首)

一

大风吹倒水红楼,儿女英雄为尔愁。①
人比山中赤松老,令逢园里绿杨秋。
轻睃华盖摩唐俟,傲岸南冠厕楚囚。②

凭扯血书成粉碎,岂真吾道遂云浮?③

二

瓦罐长街一曲歌,风流忽似郑元和。④
日之夕矣归何处?天有头乎想什么?⑤
肺腑忠言多郁勃,江山间气有盘陀。⑥
行踪处处沧浪水,怕尔投诗当汨罗。⑦

三

十载寒窗铁屋居,归来举足要人扶。
慨乎住宅恩公论,难以搬家惠子书。⑧
草草杯盘重配备,翩翩裙屐早稀疏。⑨
一冬园圃光葵秆,瘦硬枯高懒未除。

①【水红楼】张友鸾《聂绀弩诗赠周婆》:"第一首首句所说的'水红楼',是因为他的书斋,原名"三水金红之室",这里是省称,并非有别于'大红'也。"(见香港《文汇报》1979年4月14日)

②【华盖】古星名。旧时迷信,认为人的运气不好,是有华盖星犯命,叫交华盖运。但据说和尚华盖罩顶是走好运。(侯按:鲁迅《华盖集·题记》:"人是有时要交'华盖运'的……华盖运在上就要给罩住了,只好碰钉子。"鲁迅《自嘲》:"运交华盖欲何求,未敢翻身已碰头。")

【唐俟】鲁迅的另一笔名。

③【血书】《血书》,聂绀弩杂文集,1949年8月上海群益出版社初版。收文40篇,《血书》是其中的一篇。聂绀弩在《血书》一文中说:"土改文件是一部用血写的圣书。"这篇杂文1948年7月下旬写成于香港,长12000余字。(侯按:据舒芜说,《血书》是聂绀弩心爱的一本文集。)

侯按:第7、8句原为《风怀十首》其五的第5、6句。关于《风怀十首》的篇目,见《赠答草拾遗·风怀》注①侯按。

④【郑元和】是元人石君宝据唐人白行简传奇《李娃传》所作杂剧

《李亚仙花酒曲江池》中的男主人公。知府郑公弼的儿子郑元和,到京后不进取功名,和妓女李亚仙相爱,钱尽,被赶出妓院,给出殡的人家唱挽歌讨饭吃,李亚仙看了唱道:"他面前称大汉,只待背后立高门。送殡呵须是仵作风流种,唱挽歌呵也则歌吟诗赋人。"李亚仙后来收留郑元和,激励他读书上进,一举成名,当了洛阳县令。(见臧晋叔编《元曲选·李亚仙花酒曲江池》)

⑤【日之夕矣】《诗经·王风·君子于役》:"日之夕矣,羊牛下来。"

【天有头乎】《三国志·蜀书·秦宓传》:吴使张温问秦宓:"天有头乎?"

⑥【间气】旧谓英雄豪杰上应天象,禀天地特殊之气,间世而出,称为间气。《春秋演孔图》:"正气为帝,间气为臣。"宋均注:"间气则不包一行,各受一星以生。"唐/柳宗元《祭杨凭詹事文》:"公禀间气,心灵洞开,翱翔自得,谁屑群猜。"

【盘陀】《水浒传》第四十七回:"好个祝家庄,尽是盘陀路,容易入得来,只是出不去。"

⑦唐/杜甫《天末怀李白》:"应共冤魂语,投诗赠汨罗。"

⑧【惠子书】朱正注引《庄子·天下》:"惠施多方,其书五车。"

⑨【草草杯盘】朱正注引宋/王安石《示长安君》:"草草杯盘供笑语,昏昏灯火话平生。"

【翩翩裙屐】裙,我国古时男子也穿裙子。屐,木制的便鞋。穿着裙子,踏着木屐,风流潇洒的样子,叫做"翩翩裙屐"。(据舒芜读诗笔记)

商为东《散宜生诗漫话》:"对于个人连遭厄运既抱超脱态度,又是刚正不屈的。诗中写道:'轻骏华盖摹唐俟,傲岸南冠厕楚囚。'一些国家元勋都难逃劫难,含冤死去;正直耿介之士宁以义死,不苟幸生。对此散宜生诗的笔调是绝对严肃的。"

方印中《聂绀弩诗三百首》:(第2首)"首联是写被抄家。'歌''风流'不是平常的轻松字眼,而是欲哭无泪,无可奈何。"(第3首第7、8句)"这里的'光葵杆',是借周婆之口的自喻。之所以会'光',是风雨摧残的结果。自喻中形神兼备,'瘦'是外形,'硬'是精神,'高'是外形精神兼而有之,'懒'则半是生活习惯,半是对于人生的洞察,其中也有丝丝无奈。"

李邦佐《试评〈倾盖集〉》:"'日之夕矣归何处?天有头乎想什么?'这在七律诗中更属破格之作。"

陈明强《聂绀弩旧体诗全编选讲》:(第2首)"'风流'二字,活画出绀弩'轻睨华盖'的神情。3、4句真是千古奇对,标准聂体。第4句尤奇。困极呼天,人之常情,前人呼天问天,悲愤怒怨,大都语气强烈,如'彼苍者天,曷其有极'!如'错勘贤愚你枉为天'!如屈原《天问》。此处却是'天有头乎想什么',文言问句与白话问句滑稽地结合,让人忍俊不住。发笑过后,才回味出困惑与辛酸。""古人苦读为求取功名,所谓'十年寒窗苦用心,只为功名到如今'。你却是:'十载寒窗铁屋居,归来举足要人扶。'万千感慨全在拆变'铁窗'为'寒窗铁屋'中,是赞是怜,四字包容。""尾联'葵秆',是聂绀弩曾用过的自喻(侯按:参看《北荒草·过刘后向日葵地》:'孤高傲岸逞风流。'),这里'周婆'借过来说:你这个经冬的葵秆呀,'瘦高'依旧,虽'枯'犹'硬',老样子,老脾气,连同你的懒散,一点也没改呀——正是妻子含笑带嗔打趣丈夫的口气……不宜理解为旁人懒得除葵秆。"

杨九如《"天外诗星"写奇联——介绍聂绀弩七律中的颔颈联》:(第2首)"在'忠言'和'间气'中多加推敲,更知其联之妙,其品之高。"(第3首)"'住宅'对'搬家','恩公'对'惠子',对得巧,对得奇;若将'恩公'与'惠子'之典弄个明白,更会使人拍案叫绝……诗人有慨乎'住宅'问题至今百年未得较好地解决,言外之意:即使'搬家',这么多书也难以搬动。寓庄于谐,自讽亦自慰。"

王林书、张盛荣《当代旧体诗论·高江急峡雷霆斗——谈当代旧体诗词的崇高美》:"聂绀弩集多为七律,'古怪而又美妙'(钟敬文评语)。其实他的七律引杂文入诗,俚句、俗句、拗句、奇句充满其中,完全是七古格调。试看《代周婆答》其二:(王引聂诗全首,此略)根本看不见严整、雕琢的痕迹,甚至忘却了是讲究平仄、粘对的七律。这是一种排炮齐射的方式,与重炮猛轰实际上一样,都出于作者心头强烈的不可遏止的激情,落到读者心灵自能激起同样的轰鸣。"

舒芜《绀弩"诗案"的侦破》:"正如他自己的诗说:'十载寒窗铁屋居,归来举足要人扶。'路都不大会走了。"(见香港《大公报》1996年8月26、27日)

王培元《感受绀弩》:"漫长的监狱生活,严重地摧残了他的身心。《代周婆答》有诗云:'十载寒窗铁屋居,归来举足要人扶。'起初,偶或还能下床走动,后来,每天只能待在一张挨着窗户的床上,背后垫几床棉被,斜倚着,膝盖上放一块木板,手指间夹着一支烟,仍读写不辍。"

郭力《聂绀弩之死》:"他出狱后感慨万分,悲喜交集,写了十余首以抒怀,读可窥视诗人的心情:'十载寒窗铁屋居……''人有至忧心郁结……'(郭引聂诗《代周婆答》之三、《对镜》之一全首,此略)"

张友鸾《聂绀弩诗赠周婆》:"三首第六句未免夸张,其实他回京之后,仍然被指为'诗坛祭酒',虽居郊外,而座上客常满哩。"

黄苗子《吊绀弩·附记》:"'一冬园圃光葵秆,瘦硬枯高懒未除。'我理解为绀弩借'光葵秆'自喻,外形亦颇相称。"

题韩羽画盗御马①

大盗盗家国,小盗盗御马。
盗马将何为?马上打天下。
彼时天骄罢凤麟,是非颠倒日月昏。②
绿林崛起窦二墩,誓为中夏扫胡尘。③
虽有此心功未立,天下英雄长叹息。
韩羽画人不画马,须发皆动如生者。
龙潭虎穴闯不怕,令人羞死黄天霸。④

①【韩羽】1931年生,山东聊城人。漫画家。原名韩森林。作品有《野猪林》《十五贯》《白蛇传》《让路》《红楼梦人物绣像》《聊斋志异插

图》《闲话闲画集》《杂烩集》等。

【盗御马】见清代小说《施公案》七集第一回：窦尔敦被黄三太镖伤后，愤至口外连环套聚义。十数年后闻梁九公出口外行围，携有清帝所赐御马，忆及前仇，乃下山暗入梁营，将御马盗去，并留下黄三太姓名。（据陶君起《京剧剧目初探》）

②【天骄】天之骄子的略语。《汉书·匈奴传》："南有大汉，北有强胡。胡者，天之骄子也。"后用"天骄"称强盛的边地民族。

③【中夏】中土、中州、中夏，都是为了区别于边疆地区而言。

【胡】中国古代时对北方和西方各族的泛称。

【胡尘】这里指清朝满族的统治。

④【龙潭虎穴】元/王实甫《丽春堂》三折："潜入那水国渔乡，早跳出龙潭虎窟。"

【羞死黄天霸】"梁九公失落御马……乃调其子记名总兵黄天霸问罪……黄天霸乔装镖客出口外，遇窦部下贺天龙，擒之，闻窦名，故释之，假意拜山；诱窦自承盗马，黄先用软语求告，窦疑之，黄道出真名，又以语激窦，约次日比武，得脱下山。朱光祖夜入连环套，盗窦双钩，而将黄之刀插留案间，次日反责窦无勇，窦中计，怒献御马，随黄到官。""窦尔敦中计至官……黄天霸无罪且升官职。"（据陶君起《京剧剧目初探》）

李汝伦《蜂蝶无缘·"大盗盗国家，小盗盗御马"》："'大盗盗国家，小盗盗御马'是已故诗人、杂文家聂绀弩的两句诗，诗是题给画家韩羽所画京剧《盗御马》的。画中主人公窦尔敦……河间府里坐寨，分金亭上分赃。他为报仇，盗了皇帝的御马，再向仇人栽赃。按说这样的盗应属'大盗'一级了，但诗人称之为小盗。原因是还有比他大得多，也堂哉皇也的盗，能把国家盗去，是谓'窃国大盗'。""历史上的一切帝王，都无非是窃国大盗。"

题韩羽画虹霓关①

一道长虹出险关,旗开得胜房生还。
将军何技真神武,美目盼兮万马翻。②

①【虹霓关】原作"红泥关"。唐代故事。秦琼攻虹霓关,守将辛文礼出战,为王伯当射死,妻东方氏(名赛金,东方煌的妹妹)为夫报仇,阵上擒获王伯当。慕其英俊,促丫环做说客,降顺瓦岗,改嫁伯当。伯当于洞房中,斥其夫仇不报,杀死东方氏。(据陶君起《京剧剧目初探》)

②【神武】《易·系辞》上:"古之聪明睿知,神武而不杀者夫。"
【美目盼兮】《诗经·卫风·硕人》:"螓首蛾眉,巧笑倩兮,美目盼兮。"

韩羽《闲话闲画集·〈虹霓关〉杂想》:"聂绀弩公为拙画《虹霓关》题曰:(韩引聂诗,此略)第……三句当指王伯当,四句石破天惊,'秋波'直赛过喀秋莎大炮也。此固诗之夸张语,然细思之,的确言之甚恰,一触即溃或不触溃于'美目'者何止百千?"

另稿:题画诗第1句"长虹"作"虹霓";第2句作"画师几笔媚千般";第3句"何技"作"绝技"。

遇有光西安①

黄河之水自天倾,一口高悬四座惊。②
何处相逢谈兴少,片时不见旅愁生。
人讥后补无完裤,我恐先生是岁星。③
举碗自谦茶博士,乐游原上马蹄轻。④

①【有光】周有光(1906—2017),江苏常州人,原名周耀平。语言

文字学家。著有《中国拼音文字研究》《字母的故事》《汉字改革概论》《中国语言的现代化》等。

②唐/李白《将进酒》："君不见黄河之水天上来。"

【一口高悬】口若悬河。南朝宋/刘义庆《世说新语·赏誉》："王太尉云：'郭子玄语议如悬河泻水，注而不竭。'"唐/韩愈《石鼓歌》："安能以此上论列，愿借辩口如悬河。"

③【后补无完裤】作者自注：周裤有补巴，倪海曙同志笑其为"后补"（候补）。

【岁星】每十二年在空中绕行一周，每年移动周天的十二分之一，以岁星所在的位置，作为纪年的标准。即木星。朱正注引《汉武故事》：东方朔"是木帝精为岁星，下游人中，以观天下，非陛下臣也"。

唐/杜甫《题郑十八著作虔》："祢衡实恐遭江夏，方朔虚传是岁星。"

④【茶博士】善于烹茶的人和卖茶的人，都称"茶博士"。唐/封演《封氏闻见记·六·饮茶》："茶毕，命奴子取钱三十文酬煎茶博士。"宋/孟元老《东京梦华录·二·饮食果子》："凡店内卖下酒厨子，谓之茶、饭、量酒博士。"

【乐游原】汉、唐长安游览胜地，在今陕西省西安市南郊。汉宣帝神爵三年（前59），在此建乐游苑，辟为休息之地。唐代建城时将乐游原西北部围入城内。高宗时太平公主在原上建亭游赏，玄宗时赐与宁、申、岐、薛诸王。此原地势高爽，每逢三月三、九月九，京城士女多到此登高游览，文人墨客尤多赋咏。

周有光1989年9月1日给侯井天的信中说："那一年（1990年6月26日，周有光给侯井天的信说，现已查明这次会议"1964年8月17日"起开会）在西安举行'普通话教学成绩观摩会'，绀弩同志和我都是'普通话推行委员会'的委员，一同担任'评比委员'工作，每天同住同吃，有如同校同学，早夕谈笑，满屋春风。我穿一条西装裤，是我解放初期回国的时候带回来的，破了补上两个补丁，很像今天青年裤子上故意补的补丁。上身穿当时一律的蓝布人民装。看上半不看下半，很像样；一看下半，露出了马脚：不中不西、半旧半新！于是成了谈笑资料。这就是他诗中所讲的'候（后）补'。我给同室朋友们的茶杯里冲开水，一位朋友偶然问我是什么博士，我联想从前茶馆中冲开水的茶博士，于是应声说：茶博士。同室大笑！这就是他诗中所讲的'茶博士'。"据此推定此诗写于1964年8月。

另稿：据周有光1994年3月28日给侯井天的信，周存有作者原稿，第3句"少"作"扫"，第6句作"此示先生少俗情"。

有光枉过

驱炎雨过晚凉天，好客登楼在月先。①
谁主谁宾茶两碗，蓦头蓦脑话三千。
愁君学博心多累，恨我时平见每偏。
倘有幽花同此座，不知今夕是何年。②

①《重订增广贤文》："有花方酌酒，无月不登楼。"
②唐/韦瓘《周秦行纪》："共道人间惆怅事，不知今夕是何年。"

周有光1989年9月1日给侯井天的信中说：周、聂同在西安参加"普通话教学成绩观摩会"，"西安归来后，我去看他，那是在一个晚上。记得他一间大屋子，一张八仙桌，桌子（上）放着文房四宝，这是'一桌两用'：书桌兼饭桌。屋子里还有几张小板凳。除此以外一无所有。可是这空空的房间，充满着悠悠的友情。他的一谈一吐，如幽兰芬芳，阵阵散发出来，可闻其香，不见其形。辞别回家，茫然者久之！"据此可以推定此诗写于1964年8月底9月初。

1989年9月14日上午，侯井天到北京周有光家面访，问"幽花，如果是人名，是谁？"周笑："记不起了。"

方印中《聂绀弩诗三百首》："周有光夫人名张允和，'幽花'是聂绀弩的戏谑之语。"

赠浩子（二首）①

一

几千几百万斤土，两手双肩挖并挑。
天下何人无伟力？人间一臂莫虚骄。
昂头自骋溜缰马，迎面忽来独木桥。②
江泰姣妻谁不羡？而今只剩女儿幺。③

二

昔人访戴曾千里，今我家居戴自来。④
南口风沙苹果树，北京鱼肉牡丹牌。⑤
棉衣棉裤三天跑，小女小儿一见才。⑥
最后晚餐须烂醉，明朝赤膊石头抬。⑦

①【浩子】戴浩（1914—1986），湖北武汉市人。著名影视人员，参加演出话剧《马门教授》《雾重庆》《北京人》，电影《保卫我们的土地》等。曾任华北影片公司经理、中国电影器材公司副经理、中国电影发行总公司业务处长、北京电影制片厂制片主任。

②【独木桥】宋／释道原《景德传灯录》卷九《福州大安禅师》："如人负重担从独木桥上过，亦不教失脚。"谚语："双桥好过，独木难行。"

③作者自注：浩子曾演曹禺剧本《北京人》中的江泰。

黄苗子《相对如梦寐》：江泰这个角色被他演活了，在文艺界朋友间就把江泰、戴浩"合二而一"了，称戴浩为江泰。

【姣妻】戴浩之女戴行健1987年8月20日给侯井天的信中说："江泰姣妻谁不羡"这句诗是指父亲本人及母亲"。虞静子（1918—1986），江苏无锡市人，1937年与戴浩结婚，一直在戏剧、电影界工作。

④【访戴】见《赠答草·一缘居士丈枉过失迓》注④。

⑤【南口】在北京市昌平县西郊，当燕山山脉和华北平原交接处，与居庸关、八达岭同为交通要冲。

【牡丹牌】"牡丹"香烟,北京、上海卷烟厂出品。
⑥【小女小儿】戴浩女行健,时年14岁;次子大全,时年19岁。
清／金和《守陴》:"土囊万个左右堆,羊肠小道通车才。"
清／严廷中［北仙吕·一半儿］《扬州春事》:"杏花谢了豆花才。"
⑦【最后晚餐】《最后的晚餐》,朱正注云:达·芬奇根据《新约·马太福音》所绘的著名壁画。此处系借用字面成趣,与原意无涉。

黄苗子《相对如梦寐——悼戴浩》:"记不清楚是张瑞芳还是谁第一个叫戴浩作'耗子咪儿',反正三四十年代,'耗子咪儿'在重庆、上海、长春和北平的戏剧电影圈子里,知名之高——恕我冒昧,兴许不下于今天的大导演李翰祥。"

黄苗子《半壁街忆语》:"每到休息日,就到聂家来享受点'物质',弥补弥补'精神'。'几千几百万斤土,两手双肩挖并挑'。'南口风沙苹果树,北京鱼肉牡丹牌',想是浩子当年穷吹自己如何有劲,如何一顿饭吃四个窝窝头,如何受到表扬……到现在还是音容如昨。"

舒芜《我思,谁在》424页:"聂绀弩赠戴浩诗云:……(舒引聂诗其二,此略)写的就是戴浩作为'右派',派在南口长期参加绿化大队的劳动,某次回北京市内,与小儿小女一见,为缝制棉衣棉裤跑了三天,最后在聂家晚餐,第二天去南口赤了膊抬大石头等等情况。"

赠戴行健姑娘①

蓬头灶下小丫鬟,八十衰翁赖尔安。②
天下姓羞军统笠,吴家名喜女儿山。③
日抄文史千行少,夜梦江湖万顷干。④
年已三旬心胆小,大门常怕独开关。

①【戴行健】1949年生于北京,在中国电影艺术研究中心工作。

②【八十衰翁】聂绀弩时年75岁。

③【军统笠】戴笠（1897—1946），浙江江山人，国民党最大的特务组织之一"军统"的主要头子。

【吴家名喜女儿山】戴行健1987年7月19日给侯井天的信中说："我女儿名吴蓓。吴山，是聂伯伯为她起的名字。我女儿上中学时才改名吴山。"

王存诚1994年7月22日给侯井天的信中说："吴山这名字有一典故，据《辞海》：'吴山，清当涂女子，字岩子，有诗名，亦长小令，工书画，与顾横波友善，著有《青山集》。'这大概是聂绀弩取这个名字的来由。"

④【夜梦江湖万顷干】戴行健给侯井天的上述同一信中说："聂伯伯念这首诗的'夜梦江湖万顷干'这句时对我说：'你白天在家照顾我，晚上做梦想妈妈。'"（侯按：时戴母在无锡太湖之滨，此句有"望穿秋水"之意欤？）

戴行健给侯井天的上述同一信中说："1979年3月初，我从湖北单调回北京……工作还未联系好，我想乘此机会去无锡看妈妈。3月下旬聂伯母派一人找我，希望我能去她家照顾聂伯伯，我马上答应了。这样，从1979年3月24日起我就搬到聂伯伯家住，照顾他的饮食起居……这首诗写于1979年5月份……我看后很满意，只是不太喜欢第一句'蓬头灶下小丫鬟'。正好我父亲来看聂伯伯，说这句写得好，很可爱。我也就认可了。""1979年我整30岁，虽然已到而立之年，可在长辈眼里我似乎是个永远长不大的孩子。记得有一天晚上9点多钟，我和聂伯伯（聂伯母去参加第四届全国政协会，住会不在家）都各自在看书，屋里很静，忽听门外有人在用拳头擂门，条件反射使我想起了'文化大革命'时的红卫兵抄家运动，心有余悸，不敢前去开门。我轻声地对聂伯伯说有人敲门，并让他站在走廊里看着我去开门，帮我壮胆。等我把门打开一看，原来是收水电费的。我说怎么不轻一点敲门？收电费的人说，怕屋里二位老人耳背听不见。真让人哭笑不得。这两句诗就指这件事。聂伯伯这里写的'常怕'比较夸张了点，但也无妨。"

侯按："军统笠""女儿山"，句式似鲁迅《阻郁达夫移家杭州》："坟坛冷落将军岳，梅鹤凄凉处士林。"

即事用雷父韵[1]

虽邻柳巷岂花街,不为借书死不来。[2]
枯对半天无鸟事,凑齐四角且桥牌。
江山间气因诗见,今古才人带酒怀。[3]
便是斯情何易说,偶因尊句一诙谐。

①【即事】眼前的事物。多用来做诗题——即事、即景。

【雷父】黄苗子(1913—2012),别号雷父,广东中山县人。书法家、美术评论家、诗人。美术论著有《美术欣赏》《画家徐悲鸿》《白石老人逸话》《古美术杂记》《吴道子事辑》《八大山人传》等。诗词文集有《货郎集》《敬惜字纸》等。

②【柳巷】北京街道名。罗孚:"半壁街附近有柳巷,乃明末北京之妓院区,多年后八大胡同兴而柳巷废。"

【花街】柳巷花街,旧指妓院聚集之处。宋/释惟白《续传灯录》卷十二《庐州广慧冲云禅师》:"诸佛出兴,随缘设教,或茶房酒肆,徇器投机;或柳巷花街,优游自在。"

③【江山间气】见《赠答草·代周婆答》注⑥。

黄苗子《半壁街忆语》:"一九六三、六四年间,写寄绀弩翁的一首打油诗。诗题记得是《半壁街访耶翁借书,因同至川馆小酌》:'西直门边半壁街,几还几借几回来。残书微憾红楼续,古刻同夸水浒牌。南郭几边庄子梦,西楼月下美人怀。何当更赏川西辣,牛肚开堂味最谐。'"(侯按:据黄诗可知聂《即事用雷父韵》写于1963或1964年。"耶翁"即聂翁——"耳耶"乃其笔名。)"我为抄点美术史料,曾旁搜到各种小说,第一次到半壁街访绀弩和周婆,就发现绀翁的藏书颇丰富。于是先从《唐代丛书》借起,到《明清笔记小说丛刊》《清稗类钞》之类,借抄殆遍,大约一月二三次,布包总是挟几函书回家。""老头、周婆、浩子和我这'三公一母'唯一的出路就是'打桥牌'……只不过为了抛却那可怕的'枯对半天'罢了。"

王培元《感受绀弩》:"他过着一种似乎是'优哉游哉,聊以卒岁'的散淡的日子。在给黄苗子的和诗中,他写道:'枯对半天无鸟事,凑齐四角且桥牌','男儿足迹当天下,万里襟期愧不才','自摸伸手此头在,未报彼苍涓与埃'……(王引聂诗后四句见《拾遗草》"柴"字叠韵诗,侯注)满腹经纶的聂绀弩,赋闲在家,毫无用武之地,一肚皮的不合时宜。胸中的郁积和块垒,心里的酸楚和愤懑,只能在诗中排遣、倾吐与宣泄出来。"

北山《管城三寸尚能雄》:"一首诗,光有谐趣,还不易成为高格。聂绀弩同志的谐趣,背后隐藏着另一种情绪:沉郁。……集中有许多诗不是上联有谐趣,下联见沉郁,就是一句有谐趣,一句见沉郁。这个创作方法,聂绀弩同志自己说明了:'江山间气因诗见,今古才人带酒怀。便是斯情何易说,偶因尊句一诙谐。'……正是以谐趣寓不易说之情,所以这谐趣成为一种破涕之笑,创造了诗的高格。"

罗孚《聂绀弩诗全编·后记》:"首联和颔联谐矣,颈联一转而严肃,尾联更说明偶然谐了一下罢了,而且还是因足下你先诙谐我这才诙谐起来的,真是何其'洁身自好'!"

另稿:据寓真《叠韵联翩见诗才——新发现的聂绀弩二十七首遗诗》(见《山西文学》2005年第9期),狱中存稿第5句"因诗见"作"凭诗祭";第6句"才"作"奇";第7句"斯"作"此";第8句"诙"作"诽"。《三草》中题作《即事赠雷父即用其韵》。

南行别雷父用其饯送韵

前面山高后面低,杜鹃啼罢鹧鸪啼。[①]
桃花雨堕春将暮,人影竿长日已西。
谁把老残游记续,但欣雷父饯诗题。
君能从我情知好,骑个驴儿一伞携。

①宋/辛弃疾《贺新郎》:"更那堪,鹧鸪声住,杜鹃声切。"

聂绀弩《脚印·怀监狱》:"从稷山转到临汾","我所在的叫'老残队',我的打油诗曾有句:'谁把《老残游记》续',想不到真作'老残游'"。

舒芜读诗笔记:(第7、8句)"此是暗用洋典。西班牙塞万提斯小说《堂·吉诃德》中,堂·吉诃德又高又瘦,骑一匹瘦马。他的仆人潘查又矮又胖,骑一匹驴子,跟在后面。聂绀弩高瘦,黄苗子矮胖。所以聂此诗开玩笑说:你如果能跟我去南方,那才有意思哩,你可以骑上一匹驴,就同潘查跟着堂·吉诃德了。"

另稿:题赠蔡季眉手迹,第7句"从"作"伴"。山西狱中档案存稿,题作《次韵敬酬苗公辱送大作,即呈教政》,第5、6句作"谁写老残续游记,但增苗子小诗题";第7句"从"作"伴";第8句"一"作"把",下注:"原唱自比山差(即潘查)"。

辛之赠印①

一头城旦一胥靡,刀捉床头两刻之。②
矫若游龙穿大壑,温如寡母抚幺儿。③
天边暴虎凭河久,海内寻师觅友迟。④
感子明珠先暗掷,还君五十六浮词。⑤

①【辛之】曹辛之(1917—1995),江苏宜兴人,现代诗人、美术家。
②【城旦】秦汉时刑名。《史记·秦始皇本纪》三十四年:"令下三十日不烧,黥为城旦。"《集解》如淳曰:"城旦,四岁刑。"
【胥靡】《汉书·楚元王传》:"胥靡之。"颜师古注:"联系使相随而服役之,故谓之胥靡,犹今之役囚徒以锁联缀耳。"

【刀捉】南朝宋／刘义庆《世说新语·容止》："魏武将见匈奴使，自以形陋不足雄远国，使崔季珪代，帝自捉刀立床头。既毕，令间谍问曰：'魏王何如？'匈奴使答曰：'魏王雅望非常，然床头捉刀人，此乃英雄也！'"（侯按：曹辛之、曹操都姓"曹"。刻章须拿刀，刻章用以固定图章的木匣又叫"床"，所以比附为戏。）

③【游龙】三国魏／曹植《洛神赋》："婉若游龙。"

④【暴虎凭河】《诗经·小雅·小旻》："不敢暴虎，不敢凭河。"又见《论语·述而》。

【觅友迟】曹辛之1987年8月21日给侯井天的信中说："指我们青年时代曾都彼此相知，但无交往，直到晚年才开始接触。"

⑤【明珠……暗掷】明珠，比喻珍爱的人或美好的事物。西汉／邹阳《狱中上梁孝王书》："臣闻明月之珠，夜光之璧，以暗投于道，众莫不按剑相眄者。何则？无因而至前也。"唐／高适《送魏八》："此路无知己，明珠莫暗投。"

曹辛之给侯井天上述同一信中说："大约是1976年，他出狱不久，曾托友人（舒芜还是尹瘦石记不清了），要我为聂老治印，我给他刻了方两面印（即在石章的两端都刻上字）……他收到印章后，便写了这首《辛之赠印》。"

曹辛之《曲公印存·后记》："我和聂老虽神交已久，但从未谋面。一九七六年，他从山西返京，曾托舒芜为他治印，我给他刻了方两面印，他写了首诗给我：（曹引聂诗全首，此略）接着，他又要我刻方姓字章，他仍以诗相谢：（曹引聂诗《又谢辛之赠印》，此略）后来，我又为他揭裱了漫漶残损的王大令的《十三行帖》，他又给我写了首诗（见《拾遗草·谢辛之先生揭裱王帖》，侯注），并附来他和夫人合影的影片一帧。聂老的这番深情厚意，我早应该去当面致谢求教，奈琐事羁身，终未获机会前往拜谒，直到他离开人世的时候，我正出差在外，竟连最后一面也未见着。这是我终生感到遗憾和内疚的。"

聂绀弩1977年3月2日致舒芜："曹辛之同志素不相识，即蒙赠刻图章，感何言！请叱名叩谢。曹公义举乃兄之力，亦当谢兄。"

（聂绀弩）（聂）（绀弩） 曹辛之篆刻

方印中《聂绀弩诗论稿》:"聂诗喜欢逗趣……'一头城旦一胥靡,刀捉床头两刻之',对曹辛之赠印而言,也是开玩笑。"

方印中《聂绀弩诗三百首》:"由曹辛之而联想到曹操,由刻章的刀而联想到曹操所拿的大刀,由刻章时用以固定图章的木匣子(也称'床'),联想到曹操站立的床头,字字贴切,而又字字生趣,用典之神妙,足见大家手笔。"

又谢辛之赠印

白地红文姓字章,曹公刻就话衷肠。①
雕虫刻鹄臣能作,叫姓叱名君久伤。②
往以红心遭白眼,行看大印闪金光。
衰翁笑道须晴日,青眼高歌踵尔堂。③

①【公】对祖辈和年老男人的称呼,泛为尊敬。
②【刻鹄】汉/马援《诫兄子严、敦书》:"效伯高不得,犹为谨敕之士,所谓'刻鹄不成尚类鹜'者也。"
【叫姓叱名】曹辛之1987年8月21日给侯井天的信中说:"大概是指我们被划为'右派'后,长久遭人白眼,谁也不把你看作同志,只是叫姓叱名",失去人的尊严。
③毛泽东《沁园春·雪》:"须晴日,看红妆素裹,分外妖娆。"

曹辛之给侯井天上述同一信中说:"不久,聂老又要我给他刻一方姓氏章(单刻一个'聂'字),他又写了《又谢辛之赠印》一诗。"

聂绀弩1977年4月4日致舒芜:"苗公带上谢辛稿改稿想已收到。"附抄此诗。

秦似夜话①

友谊诗情卅载强,奇肥怪瘦话连床。②
昔人无字无来历,今子一言一慨慷。③
仰望银河星欲滴,回思野草意方长。④
高谈未已鼾雷作,悄把天花扫入囊。⑤

①【秦似】(1917—1986),原名王扬,广西博白人。现代作家,翻译家。著有《感觉的音响》《时恋集》《两间居诗词丛话》等。

②【卅载强】1940年4—5月,聂绀弩到桂林。周健强《聂绀弩传》183页:"绀弩和宋云彬、孟超、秦似等过从甚密。"三十多年以后,是1970年以后。舒芜读诗笔记:"这首诗实际上写于1976年'四人帮'被粉碎之后。"

唐/白居易《雨中招张司业宿》:"能来同宿否,听雨对床眠。"

③【无字无来历】宋/黄庭坚《答洪驹父书》:"老杜作诗,退之作文,无一字无来历。"

④【野草】《野草》,文学月刊,1940年8月20日创刊于桂林。秦似任主编,夏衍、孟超等任编辑。以提倡和发表短小精悍的杂文、时评为其特色,兼登短篇创作、评论和翻译,揭露国民党的黑暗统治。《野草》的刊名是聂绀弩提出,大家一致通过的。

⑤唐/李白《春夜宴桃李园序》:"幽赏未已,高谈转清。"

【天花】《维摩诘经·观众生品》:"时维摩诘室有一天女,见诸天人闻所说法,便现其身,即以天华(花)散诸菩萨大弟子上。华(花)至诸菩萨即皆堕落,至大弟子便著不堕。"

张鑫《京山人要关心京山人嘛!》:"他的话匣子常常是夜间拉开,我陪他住招待所上十天,每天都是晚上开始聊天,东拉西扯,常常聊到半夜五更,甚至到黎明。"

宋云彬《桂林日记》:"(1940年5月19日)偕林山进城,去开明,访孙陵于文协会,六时应《力报》聂绀弩之邀,去美丽菜馆,来客甚多,与夏衍等畅谈。(5月20日)午后进城,应夏衍之邀也。在东坡酒家小饮,商谈出一专载杂文之期刊,座有王石成、秦似及绀弩。(8月1日)日记中断了半月……这半月内颇有几桩值得记的事情……替秦似解决了《野草》月刊的出版问题……"(见《新文学史料》2000年第3期)

舒芜2000年8月30日给侯井天的信中说:"宋云彬是老作家……当时在桂林,也是《野草》几个基本作者之一。所说5月19日盛宴,显然是为了《野草》之事,带有打招呼的交际性质;次日小饮,才是约几个基本作者深谈。可以看出夏衍是领导,绀弩是出面的主将,秦似是具体办事的……5月下旬开始筹备,7月下旬解决了出版问题,不算慢了。"

方印中《聂绀弩诗三百首》:"以'昔人无字无来历',衬托'今子一言一慨慷',这样的夜话,就不是言不及义的聊天了。"

铭德季惺金婚[1]

造次相逢六十年,陶朱西子五湖船。[2]
名城处处新民报,水上鸳鸯陆地仙。[3]
走马兰台晨鼓阔,佣书楚馆夜灯薦。[4]
愚夫妇亦八旬了,未似君家过一天。

[1]【铭德】陈铭德(1897—1989),四川长寿人,著名现代报人。1929年创办《新民报》,任社长兼总经理。

【季惺】邓季惺(1907—1995),女,四川奉节县人,著名现代报人。与友人合编《新民报》的《新妇女》周刊。《新民报》并入《北京日报》后,邓任顾问。

[2]【陶朱】即范蠡,字少伯,春秋末期政治家,越国大夫。原为楚国宛(今河南南阳县)人。越为吴所败时曾赴吴为人质二年,回越后助越王勾践刻苦图强,灭亡吴国。后游齐国。到今山东省定陶西北,改名陶朱公,以经商致富。

【西子】西施，一作先施，春秋末年越国（今浙江诸暨）人。由越王勾践献给吴王夫差，成为夫差最宠爱的妃子。传说吴亡后与范蠡偕入五湖。

③【陆地仙】朱正注引晋／葛洪《抱朴子·论仙》："中士游于名山，谓之地仙。"后称未居官而享清福者为陆地神仙。唐／卢照邻《长安古意》："愿作鸳鸯不羡仙。"

④唐／李商隐《无题》："嗟余听鼓应官去，走马兰台类转蓬。"

【佣书】受雇抄书。《后汉书·班超传》："（班超）家贫，常为官佣书以供养。"

邓季惺1990年6月29日给侯井天的信中说："聂老出于赞誉，但用典有欠贴切。铭德和我举办的《新民报》为发展我国新闻事业奋斗大半生，除领取工资，从无陶朱公之念，也未借报馆经商谋私利，一生不蓄个人私产。"

《陈铭德先生生平》："抗战胜利后……在南京、重庆、成都、上海、北平五地出版了8种《新民报》的日报和晚报，被称为拥有'五地八版'的大报业系统。"

舒芜读诗笔记："'佣书楚馆夜灯荧'句，以章法论，不该是绀弩自谓。应该还是说陈、邓夫妇。疑指陈、邓1957年双双被错划为'右派'之后，撤掉领导职务，降职做抄写工作而言。但陈、邓夫妇被错划为'右派'后，具体处境如何，是否做过抄写工作，不大清楚。故未敢臆断。解作绀弩自指，总有些欠妥的感觉。最好能调查一下陈、邓1957年以后的具体情况。"（侯按：邓季惺1990年12月4日给侯井天信中说："老聂诗中'佣书楚馆夜灯荧'一句，我也不理解何所指。五七年我俩被错划为'右派'后，次年到中央社会主义大学学习二年。嗣后，领导上让铭德在全国政协主持书画室工作。"）

方印中《聂绀弩诗三百首》："'陶朱'句的用典，是形容陈、邓婚姻快乐，而非指陈如范富有。颔联的'水上鸳鸯'句也是这个意思。以上两联写陈、邓。颈联、尾联则对照写诗人自己。在汉代，兰台也用以指史官。在诗中是指诗人在政协文史小组（侯按：全国政协文史资料委员会）任职。古人听鼓声更点到官所，诗中是说自己在政协文史小组只是挂名而己。'佣书'句，也就是《赠戴行健姑娘》一诗中'日抄文史千行少'的意思"。(侯按：如果依方解，"楚馆"即指聂的住所——聂即湖北楚地人。)

冷阳春1997年2月20日给侯井天的信中说：这首诗"只有颈联有对仗。这是诗人不以形式束缚内容的自由表达所造成的。这是一种特殊的变格"。

赠周而复①

五十年前大学生，文场左翼任纵横。②
忆编动向承投稿，曾有宣言共列名。③
小说大书晨上海，口碑一传夜神京。④
而今势已云泥隔，多谢车因故旧停。⑤

附记：约莫五十年前在沪时，君与蒋弼、田间、马子华等同属左联光华大学小组，我代表组织出席，诸人都是《动向》基本作者，同办《文学丛报》，同签名于拥护鲁迅口号的宣言。所谓"文化大革命"时，我在狱中与人谈《上海的早晨》，以为周而复竖碑立传罪被斗。出狱后很长时期故人来探者惟君一人，故末联云云。

①【周而复】（1914—2004），原名周祖武，安徽旌德人。现代作家。作品有《上海的早晨》《白求恩大夫》《长江万里图》等。
②【五十年前大学生】1933—1938年，周而复是上海光华大学学生。周而复《数叶迎风尚有声——忆绀弩》："第一次见到绀弩是1935年春天前后吧。"（见《聂绀弩还活着》）周而复《乘理虽死而非亡——记周文》："周扬、聂绀弩、周文他们有时代表'左联'到光华大学来，和光华大学'左联'小组及其成员联系。光华大学'左联'小组成员记得有刘宗璜……

马子华……田间……当时,我在光华大学英国文学系学习。"(见《新文学史料》1995年第2期)

③【动向】《动向》,《中华日报》文学副刊,1934年1月1日创刊。

夏衍《绀弩还活着》:"1934年他接受林柏生的邀请,去编汪精卫的南京《中华日报》的副刊《动向》,我们有的人反对,他说,人家把地盘送给你,你还不要?可见他是有想法的,不是糊里糊涂的,后来组织上也同意了他去利用这块园地。"

黄源《在反文化"围剿"斗争中》:"聂绀弩曾在一九三四年打入国民党汪精卫改组派的《中华日报》,当时汪、蒋有冲突,所以该报对蒋介石时有攻击,聂绀弩便乘机在该报主编副刊《动向》,自当年四月十一日起创刊,至十二月十八日停刊,《动向》成为进步作家继《申报》的《自由谈》后的另一阵地,在反对国民党的文化'围剿'中起了很大的作用,鲁迅便是它的主要撰稿人之一。"在7个月又5天内,鲁迅在《动向》共发表文章25篇,"可见聂绀弩主编《动向》,鲁迅是自始至终支持的"。

【宣言】指《中国文艺工作者宣言》,最初发表在1936年6月15日《作家》月刊第一卷第三号上。签名者有鲁迅、巴金、曹禺、吴组缃、张天翼、靳以、吴奚如、聂绀弩、田间、马子华、胡风、萧军、萧红、周而复、欧阳山、黄源、周文等67人。

④【夜神京】"夜"对"晨","神京"应是对"上海"。"晨上海"指《上海的早晨》,"夜神京"是什么呢?周而复1988年11月13日答侯井天请教的信中说:"所谓夜者,据绀弩告我,他在狱中(或劳改中)夜谈《上海的早晨》,传诵一时,曾遭受批判,故有此句。"

舒芜读诗笔记:"'神京',旧时指京城首都,此处疑指北京。聂在监狱夜谈《上海的早晨》,大概是在北京监狱里,故以'北京的夜晚'对'上海的早晨'。"

⑤【云泥隔】《后汉书·矫慎传》:"虽乘云行泥,栖宿不同。"比喻地位悬隔,道路有异。

题刘再复《深海的追寻》①

春愁隐隐走龙蛇,每一沉思一朵花。②
天地古今失绵邈,雷霆风雨悔喧哗。
我诗常恨无佳句,君卷何言不作家。
深海定知深莫测,惟逢野草却新芽。

①【刘再复】1941年生,福建南安人。文艺理论家,诗人。著有《鲁迅和自然科学》《鲁迅美学思想论稿》《鲁迅传》《雨丝集》《深海的追寻》。《太阳·土地·人》等。

②【走龙蛇】笔走龙蛇,宋/辛弃疾《水调歌头·寿赵漕介庵》:"金銮当日奏草,落笔万龙蛇。"

舒芜读诗笔记:"鲁迅有散文诗《野草》。这里是说刘再复的散文诗《深海的追寻》,继承了鲁迅的传统,犹如那个'野草'所长出的新芽。"

读刘再复《太阳·土地·人》漫为三绝句

一

一部太阳土地人,三头八臂风火轮。
不知前辈周君子,知否莲花有化身。①

二

日月山川何代无,风流人物古今殊。
因人俯仰终奴仆,家数自成始丈夫。②

三

月落乌啼霜满天,一诗张继已千年。③

彩云易散琉璃脆,只有文章最久坚。④

①【周君子】指宋哲学家周敦颐。他在《爱莲说》里写道:"予独爱莲"。"莲,花之君子者也"。

明刊本许仲琳编《封神演义》第十四回《哪吒现莲花化身》:真人叫金霞童儿"把五莲池中莲花摘二枝,荷叶摘三个来"。"真人将花勒下瓣儿……绰住哪吒魂魄,望荷、莲里一推,喝声'哪吒不成人形,更待何时!'只听得响一声,跳起一个人来,面如敷粉,唇似涂朱,眼运精光,身长一丈六尺,此乃哪吒莲花化身"。聂绀弩有杂文《哪吒》(见《聂绀弩全集》第2卷,《聂绀弩杂文集》中题作《论莲花化身》)。

②【因人俯仰】俯仰由人。《庄子·天运》:"且子独不见夫桔槔者乎?引之则俯,舍之则仰,彼人之所引,非引人也,故俯仰而不得罪于人。"

【家数】清/文康《儿女英雄传》:"打拳的这家武艺,却与厮杀械斗不同,有个家数,有个规矩,有个架势。"

③【张继】唐代诗人,生卒年不详,襄州(今湖北襄樊市)人,天宝十二载(753)进士。其诗《枫桥夜泊》:"月落乌啼霜满天,江枫渔火对愁眠。"

④唐/白居易《简简吟》:"大都好物不坚牢,彩云易散琉璃脆。"

王济昭1995年8月6日给侯井天的信中说:"'家数自成始丈夫'一语泄尽天机。杂文大家的主要寄托,就在这淋漓挥洒,熔杜甫、白居易、李贺于一炉,铸高深险俗(通俗)于一体的不朽诗作。正是杜牧'欲把一麾江海去'而不得,只把将帅旌麾、节钺化作绝尘诗篇之理一致。"

读李锐《怀念十篇》①

多文为富更多情,心上英雄纸上兵。②
是泪是花还是血?频揩老眼不分明。

①【李锐】(1917—2019),湖南平江人。毛泽东研究专家,作家。著作有《毛泽东的早期革命活动》《论水利发电与河流规划》《论三峡工程》《龙胆紫集》《窑洞杂述》《热河烟云录》《庐山会议实录》《"大跃进"亲历记》《直言》等。

【《怀念十篇》】1983年出版。本书最早一篇写于1939年,最后一篇写于1982年,前后43年成书。作者说:"这43年的中国,真是充满了硝烟和血腥,战斗和创伤,苦难和欢乐"。"这十篇东西都是我的理智,尤其是我的感情,使我非写不可"。"记录了我钦敬的、亲切的同志的血迹,也记录我的心的痛楚,更记录了我的铭刻于心的怀念"。

②【多文为富】本意是指不以积累财富为财富,而以大量的文章著作为财富。《孔子家语·儒行》:"儒有不宝金玉而忠信以为宝,不祈土地而仁义以为土地,不求多积而多文以为富。"

李锐《我心中的人物·怀念廿篇·序言》:"《怀念十篇》出版之后……聂绀弩同志赋诗推荐,使我感激,也使我不安。"

朱正《飞橡蘸海愧虚褒》:"李锐的《怀念十篇》出版了,送了一本给绀弩,让我带去的。他读了,说,李锐的条件比我好,他的交游多是这些人。我却是那么多污七八糟的社会关系,我就写不成一本这样的书来。他给这书题了一首诗:(朱引聂诗全首,此略)我把这诗抄下来,寄给姜德明兄,很快就把它在《人民日报》副刊登了出来。"(见《新文学史料》2003年第3期)

解晋途中与包于轨同铐,戏赠①

牛鬼蛇神第几车,屡同回首望京华。②
曾经沧海难为泪,便到长城岂是家?③
上有天知公道否,下无人溺死灰耶?④

相依相靠相狼狈，掣肘偕行一笑"哈……"

①【解晋】1967年1月25日深夜，聂绀弩在北京家里被捕入狱。先被关在北京功德林第二监狱，后在北京半步桥看守所。1969年10月中旬以后聂绀弩等一批"政治犯"被押送离京，先到山西临汾第三监狱，1970年4月20日转解稷山县看守所，在此与包于轨同号。

【包于轨】1903年2月21日生于北京，名括，祖籍浙江绍兴。天津水产学校毕业。新中国成立前曾在天津造币厂任职、天津私立志达中学任教。曾在日伪安徽省府民政厅、天津市社会局任秘书。曾任国民党热河省府民政厅、唐山市政府秘书，鞍山钢铁公司副管理师。新中国成立后曾任北京市政协秘书，后调北京市第六建筑公司工作。1957年申请离职。曾被北京工艺美术学院聘教书法。"文化大革命"前在王府井举办过个人书法展览。书法、诗词、文史造诣较深，尤长于对联之作。1971年7月26日病逝于山西稷山县看守所。

②【牛鬼蛇神】见《赠答草·沁园春·赠木工李四》注⑤。（侯按：1966年6月1日《人民日报》社论标题是《横扫一切牛鬼蛇神》。8月8日，中共中央八届十一中全会通过《关于无产阶级文化大革命的决定》，提出要"揭露一切牛鬼蛇神"。从此，凡"文化大革命"中被揪斗、蹲牛棚、关监狱的人，统统归于"牛鬼蛇神"一类。毛泽东早在1957年3月12日《在中国共产党全国宣传工作会议上的讲话》中，几处提到"牛鬼蛇神"。其中一处说："凡是错误的思想，凡是毒草，凡是牛鬼蛇神，都应该进行批判，绝不能让它们自由泛滥。"）

唐/杜甫《秋兴八首》其二："夔府孤城落日斜，每依北斗望京华。"

③唐/元稹《离思五首》其四："曾经沧海难为水，除却巫山不是云。"

④作者自注："公道不公道，只有天知道。"京剧《女起解》解差登场白。

朱正注引《史记·韩长孺列传》："蒙狱吏田甲辱安国，安国曰：'死灰独不复然乎？'田甲曰：'然即溺之。'"

曹承容《聂绀弩诗创新浅谈》："'上有天知公道事'，实是对不公道的抗议。'下无人溺死灰耶'，以一种鄙夷不屑的口气，斥责那些助纣为虐的小人落井下石的卑劣行径。"

方印中《聂绀弩诗三百首》："欲哭无泪，又无家可归，在悲苦无告之时，便只有问天问地。颈联上句问有否，下句问无耶。有否就是无——天也不知道；无耶就是有——有人还在施虐。""'溺死灰'，就有使永世不得翻身的意思……上下联'上'对'下'，'有'对'无'，句末语助词，很有特色。""既然颔联已写'难为泪'，何以这里却一笑'哈'呢？颈联问天问地，然而天地无言，最后还得从自己导得解脱。这里的'哈……'就是一种精神的解脱，是悲苦无告的解脱，是置荣辱生死于度外的解脱，是'曾经沧海难为泪'，历经各种政治活动的磨难以后的一种解脱……再回诗题的'戏赠'，则轻松的只是字面，沉痛的是在内心。短促的一笑'哈'，内含的是冷峻与刚傲，压抑的是痛苦与愤慨，是以笑当哭。"

《邵燕祥诗抄·打油诗·八月七日立秋遥寄李汝伦兄岭南》："镇日都难一笑哈"。"'一笑哈'从聂绀弩诗偷来。后见李叔同作校园歌曲有'一笑哈'句，聂诗竟无一语无来历耶？"

商为东《散宜生诗漫话》："在'一笑哈……'中，看似绑赴刑场途中的阿Q相，但与阿Q精神不同的是，在这严酷而被写成滑稽的场合，作者压抑下多少痛苦与愤慨，而表露的则是异常的冷峻与刚傲。"

何永沂《"K字楼"是监狱》："此诗形象地描述了他从北京监狱转押往山西监狱的情景。聂绀弩和包于轨，一对狱中的难友，一位是老共产党员，一位是有'历史问题'的知识分子，同沦为'牛鬼蛇神'，'相依相靠相狼狈'，带铐同行'一笑哈'……这首充满谐味的诗，定格了那段特定历史的滑稽场面。初读令人哭不得笑不得；二读觉得沉痛哀愤，欲'哈'不能；三读则令人掩卷长叹，深思不已，这就是'聂体'的魅力所在。"

王树声《奇人奇诗聂绀弩》："这首可称是奇诗中的奇诗。戴上手铐押解登车之际，此老还有诗情，且以哈哈一笑对此屈辱，这是蔑视的冷笑。这些被当作'敌人'、称之为'牛鬼蛇神'的人，离京之际'屡同回首望京华'，这是什么感情？这是屈原的'出国门而轸怀兮，甲之鼂吾以行'；这是杜甫的'每依北斗望京华'，那种对祖国不能忘怀的感情。在欲哭无泪、前途莫卜、上无公道可讲、下有助纣为虐的小人的处境中，只得一副狼狈相，参加到这个荒唐可悲的闹剧中来。对待这一切，只能以哈哈几声苦笑来回答。这是歌以当哭、笑中写痛的反语。"

胡风八十①

不解垂纶渭水边，头亡身在老形天。②
无端狂笑无端哭，三十万言三十年。③
便住华居医啥病，但招明月伴无眠。④
奇诗何止三千首，定不随君到九泉。

①【胡风】（1902—1985），原名张光人，湖北蕲春人。文艺理论家，诗人，文学翻译家。1955年被定为"胡风反革命集团"，1980年平反，恢复自由。有《胡风全集》十卷。

②【垂纶渭水边】姜太公，名尚，又称吕望，帮助周武王伐纣的功臣。《武王伐纣平话》卷中："姜尚因命守时，直钩钓渭水之鱼，不用香饵之食，离水面三尺，尚自言曰：'负命者上钩来！'"相传周文王出猎遇到钓鱼的姜尚，请姜尚同坐一辆车回来。姜尚时年八十岁。

【形天】一作刑天。《山海经·海外西经》："形天与帝争神，帝断其首，葬之常羊之山。乃以乳为目，以脐为口，操干戚以舞。"

③作者自注：君有一时期神经失常。

苏曼殊《过若松町有感示仲兄》："无端狂笑无端哭，纵有欢肠已似冰。"

梅志《我和胡风风风雨雨三十年》："1973年，将我送到大竹县第三监狱胡风那里，我们算是分别五六年后，在监狱里又得以相见！""他带着恐怖的样儿告诉我：'你知道我是什么人？我不是过去的胡风了，我是无期徒刑犯人，我是即将正法的犯人了，我是罪大恶极的……'""那惊慌失措害怕的样儿，使我明白他现在脑子里已经混乱到了不能控制自己的地步了。""当天夜里,他的病就发作了。他突然要起床,说是有人要来带走他,还握手和我告别。""1979年"末,"他的脑病却由于脑供血不足而复发了。这时,我才知道这是所谓'心因性的精神病'"。"1981年,他被送到上海去治疗,病情大有改善,精神状态基本正常了"。(见《文艺家的爱情世界》)

张翅翔《仰怀绀弩先生》:"'三十万言三十年'是惨痛数字的连缀……胡风因这三十万言书遭受长达近三十年非人世所堪的毁灭性打击,使人悲愤。"

毛泽东《关于胡风反革命集团材料》的按语:"三十万字的上书言事。"(《毛泽东选集》第5卷163页)

【三十年】1955年5月,胡风失去自由。1979年初出狱。1980年、1985年、1988年前后三次清理胡风积案,至1988年6月才算"彻底"。1955年5月—1988年6月,整整三十三年。

④梅志《胡风沉冤录·尾声》:"1982年我们搬了新居,终于又有了自己的家,他可以在敞亮的客厅里扶杖走动了。"

三国魏/曹植《箜篌引》:"生存华屋处,零落归山丘。"

宋/苏轼《水调歌头·明月几时有》:"转朱阁,低绮户,照无眠。"

张钰《没字碑寻白雪篇》:1982年9月7日张友鸾去看望聂绀弩。10月末前后,郑拾风在聂绀弩家,张钰在座。郑拾风"说起上海昆剧院上演他编的《钗头凤》,兴致勃勃,还拿起一张纸,把戏中陆游最后一段唱词写给聂伯伯看"。"聂伯伯接过来默默地看着。然后翻转这张纸,写下了'不解垂纶渭水边……定不随君到九泉'"。(侯按:这首《胡风八十》手迹存张钰处。)

罗孚:(首句)"胡风固不知如此迎合上意也。""三十万言书换来三十年苦难,可称奇祸。此一诗可称句句奇诗。两个'无端'与两个'三十'相对,亦联之奇者也。" 《聂绀弩诗全编·后记》:"'无端狂笑无端哭,三十万言三十年。'虽不怎么对,却感慨无限,感人至深。" 《九年辛苦出奇书》:"聂绀弩赞胡风的狱中诗'奇诗何止三千首,定不随君到九泉',实际上他的诗比胡风的更奇……"

方印中《聂绀弩诗三百首》："'形天'这一形象在诗中有多方面的含意，'头亡身在'，有思想观点被批掉的意思。""'无端狂笑无端哭'……这句诗，正是'头亡身在'的形象而又凄惨的写照……'无端……无端……'，虽然直接描写的是神经失常的状态，但也点染了冤案之所以成为冤案的'无端'。'三十……三十……'是数字的重复、连缀，两个'三十'互相对照，正说明胡风案是'奇冤'。而两个'无端'对照两个'三十'，在律诗中也是奇句。以奇句表达奇冤，形式和内容高度统一，这一联，也有聂绀弩本人的写照。""作为祝寿诗，尾联最后还是增添了一笔情意，'头亡'了，但诗人还在，并且是'奇诗'，并且还是'何止三千首'，这也算是八十人生的最后一点慰藉了。"

韩三洲《旧瓶新酒有"打油"》："'无端狂笑无端哭，三十万言三十年'，这句血泪交迸的诗句，是聂绀弩对'胡风反革命集团'冤案最具体、最形象的描述。其实，这又何尝不是他本人最真实的人生写照。他一生有多少辛酸、多少孤愤，都蕴藏在这无端的哭笑中了。"

章诒和《斯人寂寞——聂绀弩晚年片断》："聂绀弩受胡风事件牵连数十年，数十年间不断地怀念胡风，不停地写诗赠故人……无端狂笑无端哭，三十万言三十年……"

另稿：聂绀弩1982年11月22日致高旅信手迹，说"近作《寿人八十》一首录呈"，即此首，第5句"华居"作"岑楼"。

吕剑索诗[①]

落日燕山吊子之，河山信美奈人痴。[②]
千年苦戍千山雪，万古梅花万首诗。
月满中庭春睡早，星辉北斗酒醒迟。[③]
思凭电话询君梦，才拨三江忘四支。[④]

①【吕剑】（1919—2015），山东莱芜人。原名王聘之。诗人，散文家。著作有《进入阵地》《一剑集》等。

吕剑1988年2月3日给侯井天的信中说："我于1983年由东城迁至西城新居，房前有地半分，自成一院，因命曰'半分园'。不少朋友赠诗相贺，有的朋友建议，不妨遍征'倾盖'同人之诗，成一长卷，亦一盛事。此事经舒芜兄转告聂翁（当然也是告诉他我搬了家），不久即蒙寄来一诗"。"诗写于1984年2月14日"。

②【子之】战国时燕国国王子哙，把王位让给子之。孟子认为这件事做得不好："子哙不得与人燕，子之不得受燕于子哙。"（《孟子·公孙丑下》）朱熹注云："诸侯土地人民，受之天子，传之先君，私以与人，则与者受者皆有罪也。"现在吕剑在燕山之下，给自己划出一个"半分园"来，也将被指责为私受燕之土地了，岂不也是痴气。（据舒芜读诗笔记）又，吕剑在上述信中解释说："这时聂翁已移居东郊，西望寒斋，故有'落日燕山吊子之'之句。"

③吕剑在上述信中说："这些话是聂翁想象新居之词。"

④【三江四支】做旧体诗要押韵。哪些字是同一个韵，有专门的韵书加以规定。在自明代即已通行的《礼部韵略》上，"上平声"第三部是"江"字部（凡与"江"字同一韵之字），标题"三江"。第四部是"支"字部（凡与"支"字同一韵之字），标题"四支"。（其他各韵类推）如"一东""二冬""五微""六虞"等等，这里戏借指电话号码，拨了"三"忘了"四"，与诗韵无关。（据舒芜读诗笔记）

方印中《聂绀弩诗三百首》："首联从诗人自己的角度着眼写。上句的'吊'，用的是'吊民伐罪'的'吊'字义，作怀想慰问解……吕剑也有'苦戍'……的经历，所以用'吊'字。"

吕剑在上述同一信中解释说："聂翁曾流放北大荒，我亦曾流放'塞外'，故有'千年苦戍千山雪'之句。"吕剑1989年9月17日下午在北京家中对侯井天说：他"1958年4月下放涿鹿董家坊村，1962年4月回北京"。

聂绀弩1984年3月致舒芜："我与吕公向无交往，不知其任何行事，这诗如何做法,只好空而不灵。似也不错。又,像'半分园'征诗之类雅事,平生未作,亦不喜人作,吕公却与我反。鲁翁曾赏中郎吊董卓及雄阔海托闸门事,曾说中国少抚哭叛徒吊客——自己肩住因袭的闸门云云。我曾闻吕公早在背地诵我诗,窃以其中郎乎?今我更比子之,实亦僭妄。我何尝如董、子诸公阔过一天!负我中郎矣。"3月6日致舒芜:"吕剑公已有信来,云兄云吊子之之诗绝妙,他亦以为绝妙,并如何如何措施,何故如此以肉麻为有趣!我的理解:绝妙者非好词也。一笑。"

另稿:吕剑存作者手迹,题作《心想做一诗赠吕剑诗家,及成,与题无涉,且自亦不解所谓,聊以塞责,呈政》,第2句作"此情当有鲁翁知";第3句"苦成"作"古成";第4句作"一树梅花一首诗";第7句"凭"作"传";第8句"才拨"作"拨了"。(侯按:《吕剑索诗》与《赠答草拾遗·步和史复见赠》,好几句相似,可参阅。)

散宜生诗 【南山草】

周健强问聂绀弩："你的《南山草》是什么时候写的呢？"答："这些诗大多是一九六二年冬天，自北大荒回来后写的。"问："为什么叫这个名儿呢？答："唐朝京城的对面有一座终南山，得意者上京城做官，失意落魄的就上终南山隐居……南山有仕宦之捷境的意思。杜甫云：'蓬莱宫阙对南山'……南山也有郊外之意。"（见周健强《聂绀弩谈〈三草〉》）

侯按：聂绀弩《谢伯恒兄题〈北荒草〉》："工部千年前已喻，蓬莱宫阙对南山。"《谢三流兄见怀并家因兄作书，步见怀韵》："南山山势近蓬莱，我算南山几颗埃。"

鹧鸪天

乍暖还寒懒种瓜，却沾涕唾钓青蛙。①新来避盏酣陈醋，老去著书艳苦茶。② 非为国，不当家，乒乓球赛也常夸。③填成一首西江月，献与春城二月花。

①宋／李清照《声声慢》："乍暖还寒时候，最难将息。"
【种瓜】《史记·萧相国世家》："召平者，故秦东陵侯。秦破，为布衣，贫，种瓜于长安城东，瓜美，故世俗谓之'东陵瓜'。"
舒芜读诗笔记：农村儿童钓青蛙时，用小棉花团蘸些涕唾之类作钓饵钓之。
②唐／杜甫《登高》："潦倒新停浊酒杯。"
③【乒乓球赛也常夸】1959年，容国团获得第25届世界乒乓球锦标赛男子单打冠军后，中国乒乓球运动员开始登上国际乒坛。两年后，第26届世界乒乓球锦标赛，中国选手又获男子团体、男子单打和女子单打三项世界冠军。从此，中国乒乓球运动技术水平居世界前列。

郭隽杰："据陈迩冬言，此词作于一九六二年或六三年，当时聂投闲置散，'放马南山'。"
楼适夷《说绀弩》："人是回来了，给他划'右派'的先生们，只当没了他这个人，也不替他作什么安排。他说：'是老朋友张执一，给我在政协文史小组挂了个名字，要不，得靠老伴养活了。'"
方印中《聂绀弩诗三百首》："《鹧鸪天》一词，有词牌而无词题，放在《南山草》最前，这很特别，因此，当为《南山草》的序词，这如《赠答草》之有《序诗》，这首序词，对于我们理解《南山草》这个篇什，对于理解诗人当时的思想感情，都很有作用。首句'乍暖还寒'，不是指自然气候，而是指政治气候……所谓'懒种瓜'，也是表明在流放之余，不可能有什么作为，而'却沾涕唾'云云，是比喻说法，是一种无关人事的排遣……'新来避盏'……是在投置闲散的情况下，已经豪情不在……'酣陈醋'，是对辛酸往事的回忆、口味……醋是陈的，茶是苦的"。"'非为国,不当家'……是那时的政治环境不可能让他关心……所谓'乒乓球赛也常夸'……越是'常夸',就越是显得无可奈何"。"'填成一首西江月'两句,是这首《鹧鸪天》满篇愁绪中的一线亮色,表明诗人的心态虽然苦闷,但并非低沉。之所以'献与春城二月花',有'闲书著就无人读'(《即事》)之意。'二月'的天气,正是词的开头所写的'乍暖还寒'。写的《鹧鸪天》,而说成'西江月',应该是由于词律的原因。"

即事(二首)

一

心似江南十里塘,秋来更见水泱泱。
渴思故旧诗盈咫,饱死侏儒粟一囊。①
三万六千日何少,鹅鸡狗兔事偏忙。②
闲书著就无人读,抛向山妻簿领旁。③

二

白苎临风原窈窕,黄葵捧日更崎嵚。④
休嫌西向三间屋,每到秋来一片阴。⑤
事有千头皆卧治,人余两眼但书淫。⑥
杀鸡为黍真长策,蟋蟀登床自鼓琴。⑦

①【咫】周代指八寸。谢梅庄1991年8月21日给侯井天的信中说:"'诗盈咫',疑是'盈尺',音形义皆近而误。""尺本量词,也是实物,好与囊对。"

朱正注引《汉书·东方朔传》:"侏儒长三尺余,奉一囊粟,钱二百四十;臣朔长九尺余,亦奉一囊粟,钱二百四十。侏儒饱欲死,臣朔饥欲死。"

②唐/骆宾王《乐大夫挽歌诗五首》其二:"百年三万日,一别几千秋。"唐/李白《襄阳歌》:"百年三万六千日,一日须倾三百杯。"

章太炎《书吕用晦事》一文,引吕用晦《人日》诗两句:"鸡狗猪羊马又牛,看来件件压人头。"章评曰:"犷厉之气可见"。

③三国魏/刘桢《杂诗》:"沉迷簿领书,回回自昏乱。"

④【嶔(qīn)】山势高峻。

⑤【西向三间屋】聂夫人周颖1989年9月13日当面答侯井天问:"指北京石碑胡同五号,聂绀弩所住过的三间东屋。"

⑥【千头】千头万绪。唐/吴兢《贞观政要》卷一:"以天下之广,四海之众,千头万绪,须合变通,皆委百司商量,宰相筹画。"

【卧治】朱正注引《汉书·张冯汲郑传》:汉武帝召汲黯拜为淮阳太守,汲黯以病,力不能任郡事,辞不就。武帝云:"吾徒得君重,卧而治之。"(侯按:吴丹丹《一束小白花》:"父亲的身体不好,加上他一生的习惯——喜欢躺在床上,有人开玩笑地称他'聂卧佛'。"

【书淫】《晋书·皇甫谧传》:"耽玩典籍,忘寝与食,时人谓之书淫。"

⑦【杀鸡为黍】《论语·微子》:"止子路宿,杀鸡为黍而食之。"舒芜读诗笔记:《论语》原意是杀鸡和为黍(做饭)两件事,聂诗借用,却是杀鸡当饭之意。

朱正注引《诗经·豳风·七月》:"十月蟋蟀,入我床下。"

高旅《〈散宜生诗〉序》:"或以为《北荒草》咏北大荒生活,《南山草》当在晋西南作。误。自北大荒归后,1961年初寄即为《即事两首》。"(侯按:聂绀弩1961年9月5日致高旅的信尾写道:"下面写两首旧诗,自谓尚冲淡,呈教,题为《即事》"。《马山集》中,收此第2首,题作《即事》。)

聂绀弩1961年10月5日致高旅:"我学旧诗……倒喜舍眼前事物而采现成词句或视句中需要何物,随之而行。故所谓即事亦非完全即事。例如所谓'西向三间屋',亦意在成诗,并非住屋真西向且仅三间也。"

舒芜读诗笔记:"东方朔的意思是嫌他自己所得和侏儒一样,侏儒的需要少,够了,他却不够。聂绀弩反用此典,是说我的工资减少了,但对我这小人物来说，也很够了。"

方印中："诗中的'侏儒'，并非诗人自认，而是指当时世俗的眼光，把人看'矮'了——'十年已在人前矮'"。"'三万六千日何少'，除了字面义以外，更有一层意思，就是当时在'靠边站'之日，日子过得很无聊……下联说的正事无聊，而琐屑事多，两相对照，更见无奈。这一联活用数字为对"。"尾联的字眼在一'闲'字，这个'闲'字贯穿全诗"（各联依次写的是：闲适、闲思、闲忙、闲空）。"诗人的'卧治'，事实上是说不能有所作为……诗中的'卧治'，就是'无为而治'"。

赵京战《融铸生活，别开诗境》：（第1首5、6句）"聂诗对仗中的数字则用得非常灵活。既与数字相对，又与形容词、名词、动词、副词、代词相对，可谓活用数字的大家。"

另稿：聂绀弩1961年9月5日致高旅附诗手迹，第1首第6句"鹅"作"鸭"，第2首第5句"千头"作"万端"。

杂诗（四首）①

一

辟户披襟细雨来，偶思独上妙高台。②
春风十里征花信，天下一匡扫霸才。③
何日读完书万卷，有时倾尽酒千杯。④
自怜本是红尘客，错爱孤山几树梅。⑤

①【杂诗】兴致不一、不拘惯例、遇物即言的诗。
②战国楚/宋玉《风赋》："有风飒然而至，王乃披襟而当之，曰：'快哉此风……'"

【妙高台】在江苏镇江市金山寺妙高峰的最高处，形势甚胜。宋僧了元所建，一名"曝经台"。"妙高"为梵语"须弥"的意译。

③唐/杜牧《赠别二首》其一："春风十里扬州路，卷上珠帘总不如。"

【花信】花信风的省称，即应花期而来的风。宋/程大昌《演繁露》："三月花开时，风名花信风。"

【天下一匡】一匡天下，见《北荒草·脱坯同林义》注②。

唐/温庭筠《过陈琳墓》："词客有灵应识我，霸才无主始怜君。"

④唐/杜甫《奉赠韦左丞丈》："读书破万卷，下笔如有神。"

⑤【孤山】在杭州市西湖里外二湖之间，一山耸立，宋代诗人林逋曾在这里隐居，不娶妻，种植梅花和养鹤，有"梅妻鹤子"之称。

郭隽杰："题曰'杂诗'，有如'无题'，在聂诗中可谓最为'语涩心艰'者，故'辨'臆度纷纭，难以确详作者命意因由。"

王济昭 1995 年 8 月 6 日给侯井天的信中说："（第 1 首）首联指和风细雨的'反右'之来，身受之后而不得其解，乃思探寻妙旨。'妙高'二字，实为全诗诗眼。"

方印中《聂绀弩诗三百首》："'辟户'就是开门，当年有'开门整风'之说。""在诗中，'妙高'二字，隐喻人间难以明白的道路。'独上妙高台'，就是想独自思索一番人世间这样的道理"。"'花信'，当年有'百花齐放，百家争鸣'之说。'天下一匡'，是指要达到思想上、政治上的统一。""'错爱孤山几树梅'，也就是错误理解了'春风十里征花信'，结果成了'扫'的对象。"

李维城 1990 年 8 月 23 日给侯井天的信中说："'天下一匡扫霸才'似乎也暗指对知识分子的一次大打击，大有扫除一切牛鬼蛇神的味道。"

王济昭在上述同一信中说："'花信'指人才，以'春风十里'的浓情盛意征求人才。'一匡'指天下安定之后，'霸才'指知识分子中的突出人物。"

二

衔名自署拥书侯,为太清闲故故愁。①
两字文章唯咄咄,三年劳顿且休休。②
语私七夕长生殿,秋在南湖烟雨楼。③
忧乐后先无我事,隔窗惟见白云流。④

①【拥书侯】唐代李泌贞元三年,拜中书侍郎……累封邺县侯,家富藏书,置架陈列。后世称人藏书富为邺侯架、邺侯书、邺架之藏。拥,持有。侯,古代五种爵位——公、侯、伯、子、男的第二等爵位。朱正注引《魏书·李谧传》:"每曰:丈夫拥书万卷,何假南面百城。"

《南山草拾遗·金台四首》之三:"马因闲死马堪哀。"

②【咄咄】《晋书·殷浩》:"浩虽被黜放,口无怨言,夷神委命,谈咏不辍,虽家人不见其有流放之戚。但终日书空,作'咄咄怪事'四字而已。"舒芜读诗笔记:这里聂绀弩变用此典,说自己整天写的文章只是"咄咄"两个字。"咄咄"等于歇后语,仍是"怪事"之意。聂绀弩对于自己一生为革命文艺事业奋斗,结果落得被打成"右派",不能接受,不能理解,表示愤慨。

朱正引宋/辛弃疾《鹧鸪天·鹅湖归病起作》其六:"书咄咄,且休休。"(《诗经·唐风·蟋蟀》:"好乐无荒,良士休休。"休休,朱熹注:"安闲之貌。")

侯按:"两字文章""三年劳顿",不但谐对,而且有因果关系:因为有了在右派"两字"上对聂绀弩所做的"文章",才有了聂绀弩在北大荒的"三年劳顿"。

③唐/白居易《长恨歌》:"七月七日长生殿,夜半无人私语时。"

【南湖烟雨楼】南湖即鸳鸯湖,在浙江嘉兴县西南,汇长水塘诸水成湖。烟雨楼,五代吴越/钱元璙所建,原在湖滨,明嘉靖年间移建于湖中小岛,历代均有修葺。

④宋/范仲淹《岳阳楼记》:"先天下之忧而忧,后天下之乐而乐。"

方印中《聂绀弩诗三百首》:"首联第1句的音步为:为太清闲故/

故愁。"" '语私七夕'两句,插在全诗中的含意,未得其解。""尾联是指遭遗弃,被排除在国家大事之外,成了一个边缘人,语带沉痛而诉诸笔端。"

商为东《散宜生诗漫话》:"(商引聂诗,此略)一个长期为党工作的老共产党员一旦蒙冤遭到遗弃后,心中悲苦无告,总不免要将个人沉重的思绪诉诸笔端。"

杨九如《聂诗管窥·辨"休休"》:"聂绀弩是不屑于同殷浩类比的,然而他与爱国诗人辛弃疾有相似之处。因此辛在《鹧鸪天》中写道'书咄咄,且休休'。聂诗的颔联可以说是从辛词蜕化而来。聂诗的尾联:'忧乐后先无我事,隔窗惟见白云流。'这种具有'先天下之忧而忧,后天下之乐而乐'的伟大情操,所谓'无我事',实乃沉痛的反语,较之辛词的后两句'不知筋力衰多少,但觉新来懒上楼'是同样沉郁,而豪迈则过之。"" '休休'也许是'三年劳顿',暂(且)不提(休)也罢(休)!"

王济昭1995年8月6日给侯井天的信中说:"诗人笔下词语时有截然相反的深意,这在'忧乐后先无我事'中最是浓烈。实际,这是此地无银三百两的标牌已深埋在土中的妙句。真是'无我事'就不写!甚至听到这种严肃的事都会自觉地'洗耳'。合光混食贵无名,只消作贩夫走妇而绝不提笔挥洒风云,岂不简单之至。真'无我事',早就一骋'凡心',经营'凡业'去,然则有我之事又在哪里呢,从政昌文虽不能逮而潜伏心底。《酬严霜》(即《赠答草拾遗·有酬》,编注):'梦为阗嚣迁广野,老于渊默伺春雷',就更概括了这'伏枥'之心。"

三

洞口迎人桃自夭,青山微以笑相招。①
美人四座周三匝,秋水千波窘二毛。②
燕子楼头听度曲,凤凰台上忆吹箫。③
书生老病何来此,未死凡心惹梦嘲。

①晋/陶渊明《桃花源记》：武陵渔人从一片桃花林"林尽水源"处，发现"山有小口"，从那里进去便是世外桃源。《重订增广》："相逢不饮空归去，洞口桃花也笑人。"《诗经·周南·桃夭》："桃之夭夭，灼灼其华。"

②【秋水】比喻清澈的神色、眼波。

【二毛】《左传·僖公二十二年》："君子不重伤，不擒二毛。"

③【燕子楼】在江苏徐州市。唐贞元年间，张尚书（张愔）镇徐州，筑楼以居家妓关盼盼。张死后，盼盼不嫁，居此楼十余年。

【凤凰台上忆吹箫】西汉/刘向《列仙传》："萧史者，秦穆公时人也。善吹箫，能致孔雀白鹤于庭。穆公有女字弄玉，好之，公遂以女妻焉。日教弄玉作凤鸣。居数年，吹似凤声，凤凰来止其屋，公为作凤台，夫妇止其上，不下数年，一日皆随凤凰飞去"。又，词牌名，宋/晁补之、李清照等皆有作。

李维城1990年8月23日给侯井天的信中说："'美人四座周三匝，秋水千波窘二毛'似乎是写批判'右派'大辩论。舒芜先生很表同意，说批判会上，原出版社女同志很多。从这个思路来理解，该诗首二句似乎是暗指'反右'斗争先大鸣大放、引蛇出洞之意。五、六句则把一些批判发言，比为'听度曲'和'忆吹箫'，对此满不在乎之意。"

毛泽东《文汇报的资产阶级方向应当批判》："有人说这是阴谋，我们说这是阳谋。"《人民日报》编《学习〈关于建国以来党的若干历史问题的决议〉》："'反右派'斗争被严重地扩大化了，甚至采用所谓'引蛇出洞'的手段，使一大批知识分子、爱国人士和党的干部被错划为'右派'分子，造成了不幸的后果。"1989年第1期《国情研究》载徐铸成文章，题目是：《"阳谋"——1957》。

方印中《聂绀弩诗三百首》："前三联是对'反右'斗争之前，以及'反右'斗争期间某些情景的回忆……尾联是对自己回忆的自嘲，往事不堪回首而又情不自禁涌上心头。"

四

欲揩老眼望山川，卷地西风漠漠天。①
久饭伊蒲思煮鹤，终披瑶草悔耕烟。②
穷途痛哭知何故，绝塞生还遂偶然。③
一树秃柯窗外立，向人高耸华嵩肩。

①宋/辛弃疾《浪淘沙·山寺夜半闻钟》："惊起西窗眠不得，卷地西风。"

②【伊蒲】斋供，素食。宋/胡继宗辑《书言故事·释教》："斋供食曰伊蒲馔。"清/赵翼《素食招梦楼佩香小集寓斋》诗："客中破寂赖吟明，小治伊蒲馔尚能。""伊蒲馔"亦省作"伊蒲"。

【煮鹤】焚琴煮鹤。本意是比喻糟蹋美好的事物。宋/胡仔《苕溪渔隐丛话前集》卷二十二引《西清诗话》："义山《杂纂》品目数十，盖以文滑稽者。其一曰杀风景，谓清泉濯足，花下晒裈，背山起楼，烧琴煮鹤。"今传李商隐《杂纂》无此语。舒芜读诗笔记：此处借用来形容馋极了，甚至想把鹤都吃了。

唐/李贺《天上谣》："王子吹笙鹅管长，呼龙耕烟种瑶草。"

③【穷途痛哭】《晋书·阮籍传》"时率意独驾，不由径路，车迹所穷，辄恸哭而反。"

唐/杜甫《羌村三首》其一："世乱遭飘荡，生还偶然遂。"

王浩天1995年8月8日给侯井天的信中说："纳兰性德《金缕曲·简梁汾》：'绝塞生还吴季子，算眼前、此外皆闲事。'指为顾贞观救吴汉槎事。汉槎被贬宁古塔，聂翁流放北大荒，性质既同，地区亦近。两人用的'绝塞生还'，重点均在'绝塞'，非如老杜世乱飘荡中之生还也。"（侯按：宁古塔，古地名，即今黑龙江宁安县城。宁安县城在牡丹江市西南40公里处；虎林县城在牡丹江市东北300公里处，宁安到虎林直线约330公里。）

张翅翔《仰怀绀弩先生》："诵读这部血泪凝成的诗集……汹涌的感情波涛一阵阵冲刷着我……'穷途痛哭知何故，绝塞生还遂偶然'。阮籍的恸哭穷途和杜甫的'生还偶然遂',是为人熟知的,用在这里却震撼了我。'知何故'是伤心的顿悟,'遂偶然'是愤懑的抒发。"

方印中《聂绀弩诗三百首》:"这首诗表达了复杂的思绪。同前面三首一样,都文笔优美而诗意朦胧。""'欲揩老眼望山川',意在得到'山川'的理解,但是不可能,依然云天漠漠。诗句中透露出满怀的失望。颔联所写的'思',是失望之余的反思;所写的'悔',是对当初的审视。'思'和'悔'都含某种困惑,甚至有'悔不当初'之意。""'穷途痛哭'的缘故,是想走,希望有路可走,而现实又无路可走,故而悲愤填膺。身处绝塞,本来就是人赴死地,生还是偶然,写诗时痛定思痛,'痛何如哉'……最后反思也好,失悔也好,痛哭也好,结论还是不改初衷,这就是尾联描绘的形象所包含的思想意义。"

章文龙 1990 年 2 月 17 日给侯井天的信中说:"聂诗《南山草》的四首'杂诗',为何叫'杂诗',是不愿(或不便)把每首诗的题意明白摊出,姑名之曰《杂诗》。我看其中的一、二、三首是(难免是猜谜或臆想了):回忆一生足迹而赋之以诗时,想到了青年时代除周颖以外的恋情的,出之诗只能用'谈龙录'说的一鳞一爪,如同李商隐的爱情诗,写得异常隐晦、朦胧,绰约有致。""第一首类序诗。'偶思独上妙高台','春风十里征花信',回想到青春时代的女性了。在此时期曾经'错爱孤山几树梅',这大概不是说的林和靖,而是自己的故事——爱了,失了……于是才有'南湖烟雨楼'的'七夕私语',才有'燕子楼'的听歌,'凤凰台'的吹箫(地名是实有的,行动是象征的)。结语是'未死凡心惹梦嘲'。现在还活着,在写诗,远逝的'梦'似乎嘲笑了自己。这是三首诗的基本内容,其他都是配搭,铺垫,使人眼花缭乱一点。把围攻'二毛'的女性们,也拉来'陪诗'了。"

侯按:1925 年,聂绀弩作为"一个黄埔学生""年青的军官",参加东征到海丰,发生初恋。"如果我是别人,不会遭到许多意外的打击,恋爱就可顺当地进行的吧。如果我爱的对象,不是一个顶活跃、顶美好的青年,我也不会遭到许多意外的打击的吧"。(见《聂绀弩全集》第 4 卷 120—121 页)

陈绍哲《聂畸在海丰》:"敖少琼是陆师学生……郎才女貌,互相爱慕……驻军撤离海丰，聂畸随队去后，又独自回海丰找敖少琼。不久之后聂去敖留。"敖后成烈士。

谢梅庄1991年8月21日给侯井天的信中说："杂诗四首，细玩诗意，是由今忆昔。感时自伤和忆旧绮情，两者皆有。"

朱怀真1991年8月29日给侯井天的信所附来的《读聂绀弩〈杂诗〉四首》文稿中说："文笔优美，而诗意朦胧"。"第一首是引言，从帮助党整风落笔；第四首是结束，写三年劳改又回到北京；中间二首则从'反右'前后的不同角度来叙事抒情，并非真是杂诗"。"使我想起李商隐的《锦瑟》和多首《无题》诗，正以文字优美意境朦胧而脍炙人口，赢得了后人的多少笺注，甚至争论不休，传为佳话。而这样的佳话又在今天复出，诗中所蕴含的时代内容，比李诗更为深沉广阔了"。

罗孚："《杂诗》一组，写作时间或可能有数年之隔。前者似为在京'肃反''反右'时作，末首则作于北大荒返京之后，乃有'绝塞生还遂偶然'之句。诗题曰'杂'，作者感情亦甚复杂，以所遇乃'两字文章唯咄咄'之怪事也。无端以'反革命'受嫌，继则'右派'受罪，虽获摘帽，曾陷另册，心情岂能平静如无事人乎？""诗中细雨来，岂非'和风细雨'之雨？扫霸才，有横扫一切'牛鬼蛇神'之意？忧乐无我事，已被隔离？桃花迎人，青山相招，是否近于引蛇出洞？美人四座，秋水千波，女同志之批判也。燕子楼头听度曲，凤凰台上忆吹箫，以'平静'对紧张事也。三年劳顿，乃北大荒之三年。久饭伊蒲，吃素也；思煮鹤，想荤想得不顾煞风景了，实则想吃鸡鸭耳。穷途痛哭，其故在此；'语私七夕'，七一亦七夕，'秋在南湖'，中共'一大'举行之处，耿耿此心，仍须历尽劫波，真乃'曾经沧海难为泪'也。虽悔耕烟，虽自知'哀莫大于心不死'，而凡心未死，此绀弩之所以为绀弩也。""语云：'诗无达诂。'上述种种自不免陷强作解人之讥。然以此一组《杂诗》与《拾遗草》中《反省时作》及与胡风唱和之作合并读之，细加体会，当有所得。"

另稿：聂绀弩1961年12月8日致高旅信附抄诗手迹，题为《杂诗（次序无意义）》者共7首，此第1、2、3首在内。第2首第4句"顿"作"困"，第8句"惟"作"但"；第3首第7句"来"作"须"。聂绀弩1961年12月15日致高旅信中说:"老余(侯按:余鸿翔)处久想写信并想写诗一首,每次握笔心无好句辄止,忽成一诗录呈",所录即此第4首,第1句"欲揩"作"莫抬"。

六十(四首)①

一

六十一生有几回,自将祝酒泻深杯。
诗挣乱梦破墙出,老踢中年排闼来。②
盛世头颅羞白发,天涯肝胆貌雄才。
藏书万卷无人管,输与燕儿玉镜台。③

二

缘何除夕作生日,定为迎春来世间。
渴饮中苏千里雪,饱看南北两朝山。④
西风瘦马追前梦,明月梅花忆故寒。
此六十年无限事,最难诗要自家删。⑤

三

阿婆三五少年时,西抹东涂酒一卮。⑥
囊底但教锥尚在,世间谁复肚常饥。⑦
行年六十垂垂老,所谓文章处处疵。⑧
已省名山无我分,月光如水又吟诗。⑨

四

不赞一词比夏游,敬观夫子著春秋。⑩

空中邈矣天鹅肉,镜里蔫然萝卜头。
生事逼人何咄咄,牢骚发我但偷偷。⑪
行年六十千行晚,秃笔支离仍此楼。⑫

①诗作于1962年夏历除夕,聂绀弩六十虚岁生日。
②宋／王安石《书湖阴先生壁》:"一水护田将绿绕,两山排闼送青来。"
③【玉镜台】玉制的镜台。南朝宋／刘义庆《世说新语·假谲》说晋代温峤随刘琨北征,得玉镜台;后丧妇,其姑母有女,遂以玉镜台下定。后以玉镜台引申作旧时婚姻男方给女方的聘礼。舒芜读诗笔记:"此处略变其意,泛指女孩子的化妆台。"
④宋／岳飞《满江红》:"笑谈渴饮匈奴血。"
舒芜读诗笔记:"这两句是概述生下来以后六十年间经历。因曾留学苏联,所以说喝过中苏两国的雪水。长期在南方的国民党统治区,也曾两次到过北方和解放区的首府延安,所以说看足了南北两朝的山。中国历史上有南北朝时期,是南方的汉族政权和北方的胡族政权并立的局面,此处借指南方的国民党统治区和北方的解放区两个地区。"
⑤金／元好问《长寿山居元夕》:"三十九年何限事,只留孤影伴黄昏。"
清／袁枚《随园诗话》卷四引王藻《剪梅》:"最难割爱似删诗。"
⑥朱正注引五代／王定保《唐摭言》:"薛监(逢)晚年厄于宦途,尝策羸赴朝,值新进士榜下缀行而出。时进士团所由辈数十人,见逢行李萧条,前导曰:'回避新郎君。'逢鞭然,即遣一介语之曰:'报道莫贫相,阿婆三五少年时,也曾东涂西抹来。'"(侯按:近人章太炎《新方言》:唐人自称阿婆,婆即"仆"之转音。)
⑦【锥】《新五代史·汉臣传》:"(史)弘肇曰:'安朝廷,定祸乱,直须长枪大剑,若毛锥子安足用哉?'三司使王章曰:'无毛锥子,军赋何从集乎?'毛锥子盖言笔也。"
孙中山《与报界的谈话》:"常言谓:一枝笔胜于三千毛瑟枪。"

毛泽东《临江仙·给丁玲同志》："纤笔一枝谁与似？三千毛瑟精兵。"

侯按：聂绀弩、周颖夫妇被错划为"右派"后，都降级降薪，生活出现困难。当时中国作家协会副主席兼党组书记邵荃麟，想了个办法——和主编《光明日报》副刊《文学遗产》的陈翔鹤商量，约聂绀弩写稿，给予较高的稿费，于是，聂绀弩连续发表了《以林四娘作比较》等七八篇文章。这是1962年6月间的事。（据周健强《聂绀弩传》）

⑧【文章处处疵】清/蒲松龄《聊斋志异·叶生》："一落孙山之外，则文章之处处皆疵。"

舒芜读诗笔记："此处是借用来指，一被错划为'右派'，平生所有著作都受到批判，被批得无一是处。"

⑨【名山】西汉/司马迁《报任安书》："仆诚已著此书，藏之名山，传之其人……虽被万戮，岂有悔哉！"

陈寅恪《壬寅元夕后七日，二客过谈，因有所感，遂再次东坡前韵》："名山金匮非吾事，留得诗篇自纪元。"（侯按：1962年2月26日，胡乔木、陶铸到陈寓所。）

⑩【不赞一词】《史记·孔子世家》："至于为《春秋》，笔则笔，削则削，子夏之徒不能赞一辞。"

【夏游】子夏、子游。卜商，字子夏，春秋末晋国人，一说卫国人，孔子得意门生，以文学见称。言偃，字子游，春秋末吴国人，孔子得意门生，以文学见称。

⑪唐/杜甫《秦州杂诗二十首》其一："满目悲生事，因人作远游。"

聂绀弩1979年3月27日致高旅："廿年前，我投诗给你，你见我牢骚满纸，曾劝我看开些。现在一两年中看你的诗除了别的，所发牢骚不减我之当年。到啥地步说啥话，你我实皆然也。"

⑫【支离】《庄子·人间世》："夫支离其形者，犹足以养其身，终其天年，又况支离其德者乎。"

谢梅庄1991年8月21日给侯井天的信中说："第1首3、4两句，意平常，而语却奇特，'排闼'大约是从'两山排闼送青来'而得之。"

陈凤兮《泪倩封神三眼流——哭绀弩》："绀弩的儿女情怀是动人

的……他曾寄很多希望于海燕，曾有诗：'藏书万卷无人管，输与燕儿玉镜台。'"

方印中《聂绀弩诗三百首》：（第2首）"首联从生日之'缘何'，带出'迎春'二字，仍有一丝乐观气息……（颈联）同首联'迎春'二字对照强烈，而'追前梦'也就包含无尽的今昔之叹。'故寒'，以二字道尽六十年间事，最为简练。但因是'明月梅花'之忆，所以格调并不颓丧。"（第4首）"'行年六十千行晚'，所谓'千行'，也是诗。看来诗是诗人坎坷六十年的产物。"

党沛家《人生随笔·"三红金水斋"访谈杂忆》："'西风瘦马追前梦'，对理想的追求还是那么执着。'明月梅花忆故寒'，对自己所献身的共产主义事业，反思之后更加死而无悔的坚定。'此六十年无限事，最难诗要自家删'则更能说明他那时的心情了。""他并非留恋过去的卑官小职，也不想出人头地，只是渴望能为国为民做些工作，幻想能够自由地发表文章而已。'不赞一词比夏游，敬观夫子著春秋'便是说文章只能由别人去写，而他只有看的份了。"

杨九如《聂诗管窥·浅析〈六十〉四首之四》："《六十》四首，绝妙奇辞。律中联语，反差对应。发白羞在盛世，人老却在天涯；真愁绪千种，感慨万端。革命底成，塞外只归，戎马一世，囊剩孤锥。名在另册，吾谋全非；牢骚发我，且但偷偷。这前三首可谓绵绵遐思，余音袅袅。""第四首的本身就存在着强烈反差……似乎诗人是什么也不说（赞）一句了，但又'牢骚发我但偷偷'。可见他还是忍不住要发牢骚；而忍不住的原因，就在于'生事逼人何咄咄'……'牢骚'和'生事'两个词组对仗可算工稳……绀弩已'行年六十'，即使能写诗'千行'，为时已'晚'，何况'秃笔支离''仍'然只能呆在'楼'上'偷偷'地发背'牢骚'罢了。""'空中邈矣天鹅肉，镜里嫣然萝卜头'，就是彼时彼刻生动而形象的写照。""绀弩在第四首的首联，还可能内涵汉/杨恽《报孙会宗书》的最后几句'方当盛汉之隆，愿勉旃，毋多谈'的语意。"

林千典《如此新声世所稀》："俚言俗语，也多见裁练入诗，而别具风味。如'空中邈矣天鹅肉，镜里嫣然萝卜头'。"

罗孚："空中邈矣天鹅肉（幻想无存），镜里嫣然萝卜头（现状可晒），谐趣使人失笑。萝卜头已可笑,况又蔫乎?"

李邦佐《试评〈倾盖集〉》:"《六十》七律四首更不乏佳句,如'诗挣乱梦破墙出,老踢中年排闷来',将'诗'与'老'都拟人化了,一'挣'字和一'踢'字,用来真能传神阿堵。'空中逸矣天鹅肉,镜里蔫然萝卜头',则以俗语入诗,属对极工,全然不受拘束,反倒更有感染力。"

寓真《聂绀弩刑事档案》:"他60岁生日所作,及同时赠给夫人周颖的诗中,都有一种掩饰不住的忧国忧民的情怀。"

另稿:第1首,《马山集》题作《六十》,第1句"有几回"作"只一回",第5句"羞"作"无",第6句"蔫"作"几",第7句"无人"作"人谁";聂绀弩1961年12月28日致高旅手迹,题作《六十》,第1句"有几回"作"难两回",第5句"羞"作"无",第6句"蔫"作"几",第7句作"输他明月清宵影",第8句"输与"作"似我"。稍后寄抄诗手迹,题作《六十自遣(二首)·之一》,第1句"有几回"作"只一回",第4句"踢"作"踏",第5句"羞"作"无",第6句"蔫"作"几"。

第2首,《马山集》题作《前题之二》,第6句"忆故寒"作"共岁寒"。1962年1月24日以前某日抄寄高旅手迹,题作《六十自遣(二首)·之二》,第6句"忆故寒"作"入汉关"。

第3首,《倾盖集·咄堂诗》,第6句"疵"作"痴"。

第4首,《三草·南山草》及《倾盖集·咄堂诗》,第8句"支离"作"伊吾"。

六十赠周婆(二首)

一

摇落人间六十年,补天失计共忧天。①
浮家湖海余心迹,报国襟期逐口禅。

尔我一生曾九死，夫妻不老证何缘。
寒荒万里独探狱，恰在今宵三载前。②

二

未谙水性水中泅，捻转陀螺却倒抽。③
此日冠裳凭雨立，几多人物误风流。④
胸中五岳成平地，户外双松亦白头。⑤
你是谁人谁是我，南山有鸟正啁啾。⑥

①【忧天】《列子·天瑞》："杞国有人，忧天地崩坠。"

②【独探狱】1959年1月27日是夏历除夕，这天是聂绀弩56岁生日。也是这天，周颖到达虎林。当时，聂绀弩因烧炕不慎，失火烧了房子，被关押在虎林县看守所。

③聂绀弩《三十万字和猖狂发言》："及至反省到这些都是不对的时候，又得到一个结论：不习水性，淹死在水里。"（见《聂绀弩全集》第10卷141页）

清／蒲松龄《聊斋志异·连锁》（荒山女鬼咏诗）："玄夜凄风却倒吹。"

④【雨立】《史记·滑稽列传》："优旃者，秦倡侏儒也……秦始皇时，置酒而天雨，陛楯者皆沾寒。优旃见而哀之，谓之曰：'汝欲休乎？'陛楯者皆曰：'幸甚。'优旃曰：'我即呼汝，汝疾应曰诺。'居有顷，殿上上寿呼万岁。优旃临槛大呼曰：'陛楯郎！'郎曰：'诺。'优旃曰：'汝虽长，何益，幸雨立。我虽短也，幸休居。'于是始皇使陛楯者得半相代。"后以"雨立"为侍从之典。金／刘迎《梁忠信平远山水》："独将妙意寄毫楮，我愧雨立随诸郎。"

⑤朱正注引清／黄遵宪《夜饮》："胸中五岳撑空起。"

《赠答草·雪峰六十》有"长征五岳皆平地"句。

⑥作者自注：除夜听赵州和尚唱"你是何人我是谁！"心气俱绝。似为金圣叹批书语，忘其为批何书（《西厢》？《水浒传》？）。此等语当有其他出处，我自取自圣叹。

明／张四维《双烈记》八出："须知，休得太痴，你是何人我是谁，有好处我难靠伊。"

明／冯梦龙《警世通言》：《庄子休鼓盆成达道》"庄生……把瓦盆为乐器……倚棺而作歌。歌曰：'……敲碎瓦盆不再鼓，伊是何人我是谁！'"

明／冯惟讷《古诗纪》："《彤管集》：韩凭为宋康王舍人，妻何氏美，王欲之，捕舍人，筑青陵之台。何氏作《乌鹊歌》以见志。歌曰：南山有乌，北山张罗；乌自高飞，罗当奈何！乌鹊双飞，不乐凤凰。妾是庶人，不乐宋王。"又见《绣谷春容·彤管集粹》《古诗源》。

寓真《聂绀弩刑事档案》："（寓真引聂诗第1首前4句，此略）意思是在人间度过了60年的坎坷生涯，补天的理想没有实现，现在仍然共同怀着忧国忧民的思想感情。曾经四海为家，到处漂泊，奋斗的印迹留在心中，报效祖国和人民的抱负常挂在嘴边，总是念念不忘啊！"

郭隽杰："聂绀弩与周颖结婚后在一起的时间极少，各自为革命奔走，均历尽危难。'尔我一生曾九死'，非泛言。"

杨九如《聂诗管窥·说"不老"》：（第1首5、6句）"老是死的讳称"。"绀弩在诗中'不老'是承上句'尔我一生曾九死'而来，就是夫妻'曾九死'有此'一生'（没有死成）是凭的什么缘分"。"诗中上句有一'死'字，下句避重，用'老'字代替"。"其实，绀弩是不讳言'我'之显得老的"。

惜醇《茶余诗话》："聂诗中不乏回顾自身经历之作，他一生大半'生活在难以想象的苦境中'（胡乔木语），可在诗中找不到一点怨天尤人的痕迹，能找到的只有'未谙水性水中泅，捻转陀螺却倒抽'这样的自省和'空中逸矣天鹅肉，镜里蔫然萝卜头'（见《六十（四首）》，侯注）这样的自嘲……聂绀弩真正跳出身外那样看自己。"

《散宜生诗·高旅序》："有句谓'胸中五岳成平地'，实则将胸中五岳，移至五十六字一组之诗中，遂成奇峰处处。"

方印中《聂绀弩诗三百首》："'胸中五岳成平地'不是豪语，是悲语，与棱角被磨平意思同类，只不过不见消沉，而显悲壮，两句都说的是写诗时的'现在'，而非写诗时的'将来'。""'你是谁人谁是我'，更是悲情大放，不能自已之言。"

罗孚："未谙水性，倒抽陀螺，合该倒霉！冠裳任雨淋，才华竟误事，时势可叹！北山张罗，则其悖犹存。"

另稿：聂绀弩1961年底寄高旅手迹，题作《六十赠内》一首，为此第1首，第1句"摇"作"已"；第8句"在"作"是"。1962年初抄寄高旅手迹，题作《六十赠内》（二首）：第2首第3句"凭"作"从"；第7句"你"作"尔"，第1个"谁"作"何"。

自遣

偶从完达赤松游，得道归来鸟鼠秋。①
我马既黄千里足，春风不绿老人头。②
他人饮酒李公醉，此地无银阿二偷。③
自笑余生吃遗产，聊斋水浒又红楼。

①【从完达赤松游】舒芜读诗笔记："汉代张良是开国功臣，功成退隐，从'赤松子游'，事见《汉书·张良传》。赤松子，是古仙人。跟随某某人学，叫作'从某某人游'。张良去跟随赤松子学道求仙，叫作'从赤松子游'。聂绀弩在完达山下劳动，常常要砍伐红松，《伐木赠李锦波》中就说'终日执柯以伐柯，红松黑桧黄波罗'，故此处借红松双关'赤松子'，把在完达山伐木，常常同红松打交道，诙谐地说成'从赤松游'。"

【鸟鼠秋】舒芜读诗笔记："唐/杜甫《秦州杂诗二十首》其一：'水落鱼龙夜，山空鸟鼠秋。'鸟鼠，山名，又名青雀山，是渭水的发源地，位于甘肃渭源县西南。即《禹贡》'鸟鼠同穴'之山。此处借以指山川一片秋色。"

②【我马既黄】《诗经·周南·卷耳》："陟彼高冈，我马玄黄。"（侯按：玄黄，病的样子，单称"黄"意思相同。）

宋/辛弃疾《鹧鸪天》："春风不染白髭须。"宋/王安石《泊船瓜洲》："春风又绿江南岸。"

③【他人饮酒李公醉】唐朝武后时，张易之兄弟掌权，李氏王朝大权旁落，曾有"张公吃酒李公醉"之谣。张公指易之兄弟；李公指唐朝皇帝。比喻一方取得实益，一方徒担虚名。宋/范正敏《遁斋闲览》："郭朏夜出，为醉人所诬，太守诘问，朏笑曰：'张公吃酒李公醉者，朏是也。'"比喻由于误会而代人受过。

【此地无银阿二偷】清/石玉昆《龙图耳录》四十回："见了大哥，就说柳兄没有到这边来。蒋平笑道：如此一说，那明是告诉大哥，柳兄在这里了，岂不是'此地无银三百两'么？"传说有人把银子埋在地里，上面插个牌子，写着"此地无银三百两"。邻人王二看见牌子，就把银子偷走，也插了个牌子，上面写着"隔壁王二不曾偷"。比喻想要隐瞒、掩盖真相，手段拙劣，反而彻底暴露。

作者自注：少时见《新青年》杂志有人引用"此地无银三百两，隔壁阿二不曾偷"，忘其何文及何出处。

黄苗子《半壁街忆语》："《自遣》，是半壁街时期的作品之一。""完达山深冬伐木，大队人马入山，在零下三十度左右用破棉手套裹着僵硬的手，拉动手锯，砍下红松（就是绀翁所说的'赤松'），北风怒号，锯声凄厉的情景还历历如昨，'得道归来'是颇不容易的，他却还是那么俏皮地写出'偶从完达赤松游'这样飘飘欲仙的妙句。"

林千典《如此新声世所稀》：（首联）"上句即指在完达山红松中的劳作，又可别解为与神话人物赤松子相游从，于是有了幽默感，下句的'道'也就有所寓托。"

刘友竹《聂绀弩诗用典的艺术特色》：（颔联）"字面轻松自如，似行云流水，但读者都明白上句是说遭到冤枉，下句则是说受到栽赃也。"（见《江西诗词》总第29期）

方印中《聂绀弩诗三百首》："这一联（颔联）很有特色，把当年（1955年的'肃反'、1957年'反右'）蒙受的政治的不幸，用极形象、极简练而又极耐人寻味的语言表达出来了。""全诗表达的经历、感受、情状,都很沉重,但情调上又是轻松,甚至幽默的。之所以如此,正说明诗题中的'自遣'二字。"

舒芜读诗笔记:"此诗作于从完达山归来之日,即1960年以后不久。(尾联)这两句是说,被划成'右派',文学创作的事不许我再干了,今后只好靠研究古典小说吃饭了。聂绀弩研究中国古典小说,其实始于'反右'之前,《中国古典小说论集》中所收的文章,写作时间跨度甚大,作者自序中说:'从开始第一篇到搜辑成集,将近三十年。'"周而复《数叶迎风尚有声——忆绀弩》说到《自遣》一诗:"末两句是指1980年1月(应为1981年1月,编注)他编辑出版的《中国古典小说论集》,谈了三本书:《水浒传》《聊斋志异》《红楼梦》。"误。

罗孚《聂绀弩诗全编·后记》:"(罗引聂诗全首,此略)不知道的人,还以为真是到完达山,从仙人赤松子学道而得道,又重回人间了,是一派悠闲自得的样子。马足虽黄,头发虽白,他人虽醉,阿二虽偷,我自钻进《聊斋》《水浒传》《红楼梦》这些古典小说中,吃这些遗产,度安闲晚年。其实这非常洒脱的'偶从'两句,背面却是北大荒劳改生活不同寻常的苦难。好一个绀弩!把一场'历史之大悲'也说成仿佛是游仙般的乐事。而最后的吃遗产,好像也很逍遥自在,其实是打入另册,另眼相看,连正式工作的权利也被剥夺了。"

王培元《感受绀弩》:"《自遣》诗有句云:'自笑余生吃遗产,聊斋水浒又红楼。'1981年1月,他出版了《中国古典小说论集》。他的研究《红楼梦》的系列文章,如《探春论》《论小红》等篇,多精警之论,为很多人所激赏。"

夜读

六十功名从我懒,百千书卷使人痴。[①]
谁当中国图强日,独拟梅花自寿诗。
初月一钩天黑早,青春双剪燕归迟。

荧荧灯火沉沉屋，得失兴亡某在斯。[②]

[①]宋/岳飞《满江红》："三十功名尘与土，八千里路云和月。"
[②]【某在斯】《论语·卫灵公》："师冕见，及阶，子曰：'阶也。'及席，子曰：'席也。'皆坐，子告之曰：某在斯，某在斯。"舒芜读诗笔记："师冕是瞎子，孔子接待他，在大家坐下以后，向他介绍'某人在这里，某人在这里'。"

聂绀弩1962年1月28日致高旅："快当天下澄清日，醉拟梅花自寿诗，偶得一联，不知何日凑成一首，先告。"但在信纸背面附抄诗2首中，其一即为已完成的《夜读》。

方印中《聂绀弩诗三百首》："首联的'懒'，是抱负不能实现的心灰意懒……'百千书卷使人痴'中'痴'的含义，一是痴迷，痴迷于书中……二是痴傻，就是书呆子气，不知世情，不会变通变，这个意思在诗中更重要。颔联的问句，问'谁'如何，这个问句问得好。联中的'谁'，到底何人？看来，这个'谁'，应具备以下气质和境遇：孤独、孤立无援；感情丰富，自伤，又能自慰，又有幽默感；有凌寒不凋的品格；能诗；更重要的是'不以物喜，不以己悲'，把国家的图强放在首位。这样一个'谁'，就是诗人自己。诗人不止一次问及这个'谁'，如'你是谁人谁是我'，都带有悲情口吻。""从'初月一钩'四字看，写这首诗的时候，已经是农历新年的初三、初四了……因为此时是岁暮年朝，远非大好春光之时，不会有尾巴分开像剪刀的燕子。诗人的青春已一去不复返，也不存在'归迟'或早的问题。""末句'某在斯'……同'谁当中国图强日'相照应。总之，诗人夜读时，萦怀的首先仍是国家大事、天下兴亡。所以这样沉郁凝重，而又诗怀坦荡的心声的流露，应该强烈振动读者的心弦。"

林千典《如此新声世所稀》："诗人身处逆境之时，个人的遭遇，所处的环境，和时代的社会的因素一起影响他的心境。集中有'荧荧灯火沉沉屋，得失兴亡某在斯'(《夜读》)、'忧乐后先无我事，隔窗惟见白云流'(《杂诗》)，这样抑郁凝重、感慨苍凉的诗句，这也正是一个正直的诗魂坦荡心声的流露，作为大量的、鲜明的豪旷之作的映衬，这些对诗人这段痛苦历史的记录,同样是可珍可贵的。与十年动乱过后,诗人抒写'道是迎春春早到,春江花月漾春城'(《〈花城〉以"迎春"为题索诗》)时的心境相比,上述诗作有着不可替代的认识价值和美学价值。"

于永森:"'某在斯',似不应拘典,而有虽然如上言,而'得失兴亡'我在此亦自知(冷眼旁观易得察也)。"

另稿:聂绀弩1962年1月28日致高旅信附诗手迹,第3句"谁"作"恰";第5句"初"作"淡"。

武汉大桥(十首)

一 桥上(二首)

其一

抽刀断水水还流,十里长廊窈窕浮。①
头上周行春试马,胸中正轨夜飞辀。②
长身尺蠖量天堑,短线针神补地球。③
江入楚宫腰自细,非关束带女儿愁。④

其二

更利长驱百万兵,拔河两岸戏龙争。⑤
西怜白帝刘玄德,东赏摩天聂士成。⑥
人物江天供俯仰,车船舟马自纵横。⑦
倚栏心事无沉苦,不羡遥空一雁轻。

①唐/李白《宣州谢朓楼饯别校书叔云》:"抽刀断水水自流,举杯消愁愁更愁。"

②【周行】《诗经·周南·卷耳》:"嗟我怀人,置彼周行。"

③【尺蠖】蛾科昆虫幼虫的统称。虫体细长，行动作伸缩性步行，休息时能直立如枝状。

【针神】三国/魏文帝（曹丕）所宠美人薛灵云，妙于针工，虽处于深帷之内，不用灯烛之光，裁制立成，宫中称为针神。后作精于针工者的敬称。

清/龚自珍《己亥杂诗》其一八五："九泉肯受狂生誉，艺是针神貌洛神。"

④《韩非子·二柄》："楚灵王好细腰，而国中多饿人。"后称女子细腰为"楚腰"。

⑤毛泽东《人民解放军占领南京》："钟山风雨起苍黄，百万雄师过大江。"

⑥【摩天】摩天岭，主峰在辽宁省本溪市偏西南。

【聂士成】（1863—1900），安徽合肥人，清末将领。中日甲午战争时率军抗日，取得摩天岭大捷，收复连山关，击毙日将富刚三造。

⑦晋/王羲之《兰亭集序》："仰观宇宙之大，俯察品类之盛。"

聂绀弩《三草·关于武汉大桥八首》："狱中曾作武汉大桥诗近四十首，被查号收去。凡正面咏桥者均不佳，亦多不记得。仅与桥有关者差胜，记录数首如次。"

聂绀弩1978年7月11日给舒芜的信："武汉大桥卅余首，曾抄以示人，其人了不措意，谓仅一联可取。旋被搜去，亦未念之。今思是亦有可忆存之处，忆之三日，仅得十余首。荒吟一盘散沙，可多可少。组诗则为整体，不及一半，缺欠自多，当更追忆，然亦苦矣。"

王存诚《聂绀弩生平数事考和旧体诗编年》：关于大桥组诗的回忆和补作"反映了聂绀弩要使自己珍爱的这些文学瑰宝保存下来和流传下去的坚强意志"。"这个'其人'以包于轨的可能性最大，这样大桥组诗当作于1970年或更早些。最值得注意的就是诗中所描绘的绚丽景象和所蕴涵的高迈情怀与作者的现实处境之间的强烈对比，武汉大桥在诗中的象征意义是十分明显的"。（见《新文学史料》2003年第3期）

方印中《聂绀弩诗三百首》：（第1首）"充分展开开阔的形象和雄伟

的气魄。颈联写得最好,诗人丰富的想象,幽默的个性,风趣的语言,形象的比喻,全融进十四字之中,是描写长江大桥无可代替的妙联。"

方印中(同上):(第2首)"以'拔河两岸'喻大桥,设想奇特。""'倚栏心事无沉苦',而'不羡遥空一雁轻'则是情景交融之笔,轻快的感情溢于言表,过去的'沉苦',一时间也得到些许解脱。"

周健强问聂绀弩:"'倚栏心事无沉苦'……这是什么意思?"聂绀弩答:"无沉苦就是既不沉重也不痛苦,也就是很轻松很坦然。我作为一个'右派',心境是很坦然的,并不羡慕那些在高空翻飞的轻轻松松的雁鹅……"(见周健强《聂绀弩谈〈三草〉》)

另稿:《三草·南山草》,第2首第4句"东赏摩天"作"南赏谅山"。

二　望桥

驱炎昨夜雨倾盆,百二阑干宿雨痕。
游女汉皋遥指点,老人圯上互温存。①
伊谁作画天开榜,似我题诗雁过村。②
当户天孙微叹息:人间有此不销魂。③

①《诗经·周南·汉广》:"汉有游女,不可求思。"(朱熹《诗集传》:"江汉之俗,其女好游。")三国魏/曹植《洛神赋》:"从南湘之二妃,携汉滨之游女。"舒芜读诗笔记:"(游女)借指武汉长江大桥上来往的女孩子。"

【汉皋】汉口的别称。

王沛霖1999年12月2日给侯井天的信中说:"'游女汉皋'即'汉皋游女'之意。因诗的平仄律的需要颠倒。'汉皋游女',相传周郑交甫游于汉皋台下,遇二游女,二女解佩相赠。"

【老人圯(yí)上】圯,桥。《史记·留侯世家》:"(张)良尝闲从容步游下邳圯上，有一老父，衣褐，至良所，直堕其履圯下，顾谓良曰：'孺子，下取履！'良愕然，欲殴之。为其老，强忍，下取履。父曰：'履我！'良业为取履，因长跪履之。父以足受，笑而去。良殊大惊，随目之。父去里所，复还，曰：'孺子可教矣。后五日平明，与我会此。'良因怪之，跪曰：'诺。'五日平明，良往。父已先在，怒曰：'与老人期，后，何也？'去，曰：'后五日早会！'五日鸡鸣，良往。父又先在，复怒曰：'后，何也？'去，曰：'后五日复早来！'五日，良夜未半往。有顷，父亦来，喜曰：'当如是。'出一编书，曰：'读此则为王者师矣。后十年兴。十三年孺子见我济北，谷城山下黄石即我矣。'遂去，无他言，不复见。旦日视其书，乃《太公兵法》也……后十三年从高帝过济北，果见谷城山下黄石，取而葆祠之。留侯死，并葬黄石（冢）"。舒芜读诗笔记："这里借指武汉长江大桥上行走的老人。"

②侯按："天开榜"，湖北汉剧剧目《天开榜》。

③【天孙】织女星。《木兰辞》："唧唧复唧唧，木兰当户织。不闻机杼声，惟闻女叹息。"

方印中《聂绀弩诗三百首》："首联写的是天气温凉，颔联写的是游人温情，前者烘托后者。但无论前者或后者，其实都是作者心态的流露。颈联写远望的观感，诗的语言气魄宏大，恰切地表现了大桥的规模宏大，这两句真正是诗中有画，画中有诗，而诗情画意又别开生面，为从来的旧体格律诗所从未表现过的。尾联再用'天孙'烘托'人间'，表现人间景象也有胜天上之时。"

三　桥夜（二首）

其一

尤物江东大小乔，为谁风露立中宵。①
空中车马惊驰走，水底星灯眩动摇。②

两两花开桥堡月,双双人到月宫桥。③
天街夜肃华清暖,旖旎云屏各自娇。④

其二
单衣凉露夜吹箫,桥划水天两把瓢。⑤
星烂月空银喷嚏,月泅星海玉身腰。
平生光景谁今夕,美死狂奴定此桥。⑥
只恨长江非止水,流将星月许多娇。⑦

①【尤物】《左传·昭公二十八年》:"夫有尤物,足以移人。"后来常指绝色的美女。又指珍贵的物品。宋/周密《癸辛杂识·后集·向氏书画》:"(吴兴向氏)多收法书、名画、古物……尤物多归之。"

【大小乔】三国时乔玄的两个女儿。大乔,吴/孙策妻;小乔,吴/周瑜妻。《三国志·周瑜传》:"乔公两女,皆国色也。"乔、桥二字互通。清/朱骏声《说文通训定声·小部》:"桥,假借为乔。"《诗经·郑风·山有扶苏》:"山有桥松。"(桥,通"乔"。)

舒芜读诗笔记:"此处借大小乔的谐音双关大小桥,指武汉长江大桥和相连的汉水大桥(由汉阳至汉口之间的公路桥)。"

清/黄景仁《绮怀》其十五:"似此星辰非昨夜,为谁风露立中宵?"
②唐/杜甫《阁夜》:"五更鼓角声悲壮,三峡星河影动摇。"
③【桥堡】桥头堡。设在大桥桥头的像碉堡的装饰性建筑物。
④冷阳春1996年11月18日给侯井天的信中说:"这两句诗,似以唐玄宗梦游月宫以比游人游览于大桥,否则'华清暖'一词难以理解。"

【天街】汉/班固《汉书·天文志》:"毕、昴间,天街也。"也称帝都的街市。这里借指宽阔的马路。

【华清】华清池。在陕西省临潼市南骊山西北麓,有温泉,唐贞观十八年(644)建汤泉宫,以后又名华清池,新中国成立后辟为公园,有温泉浴室、游泳池等。

唐/李商隐《为有》:"为有云屏无限娇,凤城寒尽怕春宵。"

⑤王浩天1997年2月15日给侯井天的信中说："'桥划水天两把瓢'……我的理解是'水天'乃指水下和天空，而不是水里的天空。大桥在天空划出了一把瓢，它在水里的影子又把水划出了一把瓢。这两首《桥夜》都是兼写空中和水下的。"

何项："一个葫芦锯开即成两把瓢，上瓢覆于上，下瓢仰于下，中以桥为界。"

⑥【狂奴】《后汉书·严光传》记载，东汉隐士严光，跟光武帝刘秀本来是同学，司徒侯霸也与严光有交情，有一次侯霸差人去请严光相见，严光写了一封信给来人，并亲口读道："君房（侯霸字）足下：位至鼎足，甚善。怀仁辅义天下悦，阿谀顺旨要领绝。"侯霸把严光这封信奏光武帝，帝笑着说："狂奴故态也。"

⑦【止水】《庄子·德充符》："人莫鉴于流水，而鉴于止水。"

陈明强《谈诗艺·略论"诗味"》："（陈引聂诗，此略）用谐音、拟人法，兼化前人诗句，创造了奇美的境界。""（陈引聂诗第2首1—4句，此略）'两把瓢'，俗得有趣。'银喷嚏'，绝了，亏他想得出。"

何永沂《"借句"也是创作——赏聂诗札记》："古人咏桥的佳句很多，如'小桥流水人家'；'回首烟波廿四桥'；'日午画船桥下过，衣香人影太匆匆'；等等，举不胜举。但咏现代化的大桥则难写得多，多写得死死实实，诗味全无。聂绀弩这首七律起句道：'尤物江东大小乔'，用《三国志·周瑜传》事：'乔公两女，皆国色也。'借'乔''桥'谐音，把武汉长江大桥和相连的汉水桥拟为吴国的绝色美女，已是出手不凡，甚见巧思；接句更妙：'为谁风露立中宵'借用黄仲则爱情诗《绮怀》的名句，有此一问，既点出《桥夜》之'夜'，又把双桥写得风情摇曳，大小乔呼之欲出，一句带活全诗，遂妙趣横生，诗意盎然。"

侯孝琼《也谈聂绀弩体》："聂诗既把桥比作美人，借此一问就非常自然。无生命的物——'桥'被形容得如此旖旎而有情致，令人叫绝！"

方印中《聂绀弩诗三百首》："二首之一的首联，'尤物江东'两句，堪称写武汉大桥的绝唱……诗中以'大小乔'谐音武汉长江大桥和汉水公路桥，以人中之美者喻桥中之美者，而谐音者、比喻者又在同一地域江东,这样,诗就有了巧趣……聂诗引用黄诗,是化用,为我所用……聂诗用于'桥夜'的意境,表达更多的是壮美。在这里,借用黄景仁诗句,是另一种意义的创造。把长江桥、汉水桥拟人为大乔、小乔。'为谁'句又是问句——到底为谁呢?这就给读者留下很多回味。颔联'空中车马惊驰走'句意,在前人诗中,如屈原《离骚》,如李白《梦游天姥吟留别》,只能是想象之辞,但在聂诗中却是写实——聂诗所写,毕竟是新时代的新事物了。'水底星灯'句,化自杜甫《阁夜》……杜诗表现的是悲壮情怀,聂诗表现的则是俯看的桥夜的景象。尾联的'天街'……在诗中形容高架半空的大桥的宽阔的路面,用词富有表现力。'华清',指华清温泉。'天街夜肃华清暖'的景象和感受,在同一时间游过长江大桥的人,都会佩服这句诗对于气氛的把握和描述的准确。而华清之所以'暖',归根到底,表达的还是诗人当时的心境。"

陈章《当代诗词传世一辩》:"王国维、陈寅恪、钱锺书的学养和技术经验,应不逊于聂绀弩,但这三位国学大师作起诗来,则缺少聂绀弩那诗仙般的灵气。如聂绀弩的《桥夜》诗'只恨长江非止水,流将星月许多娇'。这等诗句,就不是单凭学养和技术经验所能做得的。只能是有绝等诗者凭天赋诗感从心中自然流露。"(见《当代诗词》2001年第3期)
《双峰并峙,二水争流——聂绀弩、熊鉴诗词赏析》:"如此奇思妙想,恐怕李白读了,也要感叹'眼前有景道不得'了。把格律诗写到这个份上,已达到'文学的最高境界是无技巧'的境界,一切赞美、赏析都显得苍白、多余了……他的诗作,臻于化境,已为人所公认。"

方印中《聂绀弩诗三百首》:"这首《桥夜》之二,写出一个'平生光景谁今夕'的这样一个夜晚。颔联把夜空的群星,比作'银喷嚏'的唾沫,这一比喻,极新极妙极尖,与众不同甚至怪异。细品诗意,诗人在夜晚'单衣凉露'之时,很可能真的打过喷嚏,彼时彼景,以写诗的人的敏感,自然会有所联想,而妙手偶得,佳句天成。尾联是诗感从作者心中的自然流露,这种奇思妙想,已达到'文学的最高境界是无技巧'这样的地步"。"这首诗中,有纵情,无拘束、落拓不羁之意。'美死狂奴定此桥',奔放的感情由两个方面交互作用:一方面因桥而起,另一方面本来就有感情而寄托于桥。"

另稿:《三草·南山草》,第2首第4句"身腰"作"丰标"。

四　桥上望江(二首)

其一

长江桥上望长江,势挟巴巫过武昌。
卷土穿山真气力,兼天写地大文章。
青吴上下九千里,楚蜀纵横三万行。
汉水来归钦广阔,黄河远避畏清沧。

其二

楚尾吴头眺望开,更思桥上起楼台。①
蛟龙得水腾身去,日月经天耀眼来。②
无数名城灯火岸,几多沃土稻粱杯。
雷霆风雨千波立,一洗丘原涸鲋哀。③

①【楚尾吴头】宋/祝穆《方舆胜览》:"豫章之地为楚尾吴头。"(侯按:后来泛指江西北部和安徽中部一带。)

②【日月经天】《后汉书·冯衍传》:"其事昭昭,日月经天,河海带地。"

③唐/杜甫《朝献太清宫赋》:"九天之云下垂,四海之水皆立。"

【涸鲋】涸辙之鲋。《庄子·外物》:"庄周家贫,故往贷粟于监河侯,监河侯曰:'诺,我将得邑金,将贷子三百金,可乎?'庄周忿然作色曰:'周昨来,有中道而呼者,周顾视车辙中,有鲋鱼焉。周问之曰:鲋鱼来,子何为者耶?对曰:我,东海之波臣也。君岂有斗升之水而活我哉?周曰:诺,我且南游吴越之王,激西江之水而迎子,可乎?鲋鱼忿然作色曰:吾失我常与,我无所处,吾得斗升之水然活耳。君乃言此,曾不如早索我于枯鱼之肆！'"

何项："'更思桥上起楼台'。'楼台'即三峡大坝的诗化。"

方印中《聂绀弩诗三百首》："《桥上望江》二首都没有正面写桥。第一首极写长江的气势，'卷土穿山''兼天写地''青吴上下''楚蜀纵横'，气势极其宏伟壮阔。作者以诗人又兼文章家之眼，把宏伟壮阔的长江，比作'上下九千里''纵横三万行'的大文章，这样的比方，又多出了新意。尾联以汉水、黄河作烘托，更突出了长江的气势""长江的声势既然如此之大，则在长江上的大桥之宏伟，也自在不言中了""第二首从诗题的'望'字展开，写所见景象，多实写。《桥上望江》两首的感情，都是从诗人的胸臆流出，所谓观山则情满于山，观海则意溢于海，诗人桥上望江亦如此。这一首的末句，'一洗丘原涸鲋哀'，'涸鲋'显然有诗人自比之意，但诗人不愧为'狂奴'，精神境界毕竟不能为涸辙所困，是大大超脱的，而这，也是被广阔的长江所映照的广阔的胸怀。"

林千典《如此新声世所稀》："（林引《桥上望江》二首全首，此略）真是巨笔如椽，挥洒自如。它宛如一幅泼墨写意画，云烟满纸，境界开远，于生动的气韵中展现出壮阔的空间，流溢着昂扬的情调。"

五　桥夜想起赤壁

不是星稀是月明，南来乌鹊懔秋声。①
周郎火快船江昼，孟德诗高柄槊横。②
使我红桥能赠古，知他赤壁怎鏖兵。③
江山自是今时美，夜夜东风吻水情。

①三国魏/曹操《短歌行》："月明星稀，乌鹊南飞。"
宋/欧阳修《秋声赋》："噫嘻悲哉，此秋声也。"
②【柄槊横】《南齐书·垣荣祖传》："昔曹操、曹丕上马横槊，下马

谈论，此于天下不可不负饮食矣。"又，宋/苏轼《前赤壁赋》："孟德之困于周郎……酾酒临江，横槊赋诗。"

③【红桥】江苏扬州瘦西湖上有一座明末建的木桥，因桥上红色栏杆而称"红桥"。清/王渔洋《冶春绝句》："红桥飞跨水当中，一字栏杆九曲红。"清乾隆年间将木桥改为石拱桥，现名"大虹桥"。此处借指武汉长江大桥。

方印中《聂绀弩诗三百首》："把武汉长江大桥的建成，同当年的赤壁鏖兵联系起来，这样立意，就脱出前人窠臼。尾联的赞美是由衷的。诗人在《南山草》这个写作时代，焕发出这样的感情，足见胸怀的坦荡。而'夜夜东风'句，也使读者联想起当年赤壁之战时，诸葛亮借东风事——当年诸葛亮借来的是难得的一次东风，现在却是'夜夜东风'，这样，诗味也就更加深长。"

六　桥上有询黄鹤楼遗址不得而惆怅者

黄鹤早冲白云去，破楼时引黑风来。①
楼头春色传佳句，江上宏图费匠才。②
万里桥兴天下小，千年楼死世夫哀。③
桥楼代谢当狂乐，赠尔长江作酒杯。

①唐/崔颢《黄鹤楼》："黄鹤一去不复返，白云千载空悠悠。"

②【佳句】如，唐/李白《黄鹤楼送孟浩然之广陵》："故人西辞黄鹤楼，烟花三月下扬州。"宋/刘过《唐多令·重过武昌》："黄鹤断矶头，故人曾到否？旧江山浑是新愁。"明/李梦阳《夏口夜泊别友人》："黄鹤楼前月欲低，汉阳城树乱乌啼。"等等。

③【万里桥】朱正注云：成都有座桥，名叫万里桥。三国蜀/费祎出使东吴，诸葛亮于此饯别，祎称"万里之行始于此"，因称万里桥。唐诗

中屡见，此处借指武汉长江大桥。

【天下小】《孟子·尽心上》："孔子登东山而小鲁，登泰山而小天下。"

【千年楼】黄鹤楼相传于黄武二年（223）所建。武汉长江大桥1955年1月兴建时，拆掉黄鹤楼，这段时间为一千七百多年。

方印中《聂绀弩诗三百首》："对于'桥上有询黄鹤楼遗址不得而惆怅者'诗人认为这是'世夫'之哀，认为不但不该惆怅，相反应当'狂乐'。对于'桥楼代谢'的赞美，反映出诗人襟怀的另一可贵的方面。"

七　寿桥

武昌鱼佐寿桥杯，更有洪山美菜苔。①
昔日三分今一统，大江东去我南来。②
不知中外几天堑，欲问乾坤谁匠才。
老岂登临吟啸客，偶因桥迥一徘徊。③

①毛泽东《水调歌头·游泳》："才饮长沙水，又食武昌鱼。"

【菜苔】1987年9月23日武汉地方志编纂委员会资料室给侯井天的信说："菜苔又名芸菜苔、油菜苔、紫菜苔，因为产于洪山一带，故名洪山菜苔。这是武汉有名的一种蔬菜，历来作为向皇帝进贡的湖北特产，被封为'金殿玉菜'。"

②宋／苏轼《念奴娇·赤壁怀古》："大江东去，浪淘尽，千古风流人物。"

③东汉／王粲《登楼赋》："路逶迤而修迥兮。"

孙力1994年11月14日给侯井天的信："对联：'胜地南徐山北固；大江东去我西来。'"（此联为王万泰题至游堂，编注）

《贺捷诗文自选集》282页："聂绀弩同志咏武汉大桥九首，其中有若干曾于'文化大革命'前发表在《武汉晚报》上,后收入《散宜生诗》集中,字句颇有改动,愈益奇横恣肆。"

王存诚《为时代作证》:聂绀弩没有"沉溺于千古失意文人一例的消极颓唐心境之中。一经认识到'无多幻想要全删',他便摆脱了个人不幸命运的纠缠,'天马要空行'了。于是有1964年夏南行之举。从此他的诗也另开了生面。此行他横览江河,纵察历史,心胸大为开阔。如果我们把《武汉大桥》组诗断定为此次南行的产物(《寿桥》中有句'大江东去我南来',这是记实,也是他对自己人生道路的象征说法),从中可以体会到他当时的心情。大桥所在是他出生的楚地,大桥是他曾投身的大革命胜利的象征,大桥下奔流的长江和桥头的黄鹤楼遗址又刻印着中国几千年历史的痕迹。在这人生道路、革命前程和历史轨迹的交叉点上,他又饱蕴了昂扬之气:'倚栏心事无沉苦,不羡遥空一雁轻';'雷霆风雨千波立,一扫丘原涸鲋哀'"。"特别集中在他咏桥的那一组诗里,这些诗可以说是'革命浪漫主义'的,在瑰奇的意象中充满对时代的歌颂和对美好前程的憧憬。"

方印中《聂绀弩诗三百首》:"诗人写作《长江大桥》组诗的时间,正在六十岁时。六十岁时,诗人曾有自寿诗多首,现在,因桥而及人,因人而及桥,因而就涌起'寿桥'的深情。诗人'不以已悲','乐以天下',感情极其可贵。这大概也就是'老岂登临吟啸客,偶因桥迥一徘徊'的深层原因吧。"

颐和园

倘以舳舻资赤壁,何如郊薮起雕阑。①
吾民易有观音土,太后难无万寿山。②
开得一池春水阔,呈教八国联军看。③
此园撤尽千关锁,今义和团血尚斑。

①【舳舻】舳,船尾;舻,船头。舳舻,泛称船。《汉书·武帝纪》:元封五年,"自浔阳浮江……舳舻千里,薄枞阳而出"。

舒芜读诗笔记:颐和园是清光绪十四年(1888)为庆祝慈禧太后六十寿辰,挪用巨额海军经费1000万两银子重建的。后来,1895年中日战争,中国海军北洋舰队全军覆灭,这里是用反话来说,如果不建颐和园,那些钱都拿去建设海军,后来也不过葬送在大海里,还不如建造一个园林留下来哩。(侯按:新近有研究文章说没有"挪用"这么多。)

1949年5月1日,毛泽东与柳亚子游颐和园。毛主席诙谐地笑道:"建了颐和园,帝国主义拿不走,今天人民也可以享受,总比叫他们挥霍掉要好。"(见权延赤《走下神坛的毛泽东》)

②【观音土】也叫观音粉,一种白色的粘土。旧社会灾民常用来充饥。吃后不能消化,无法排泻,常因此而死亡。

③南唐/冯延巳《谒金门》:"风乍起,吹皱一池春水。"

方印中《聂绀弩诗三百首》:"首联是正话反说,把清廷挪用巨款建园,说成不过如此的'何如'。""颔联两句,须作因果句看:太后需有万寿山,因而吾民易有观音土……'易有'二字,字字沉痛,'难无'二字,讽刺深深。""颈联在表面的叙述语中,包含着历史义愤。""尾联的意思是说,颐和园虽成了公园(颐和园改皇家园林为公园在1928年),但不能忘记历史教训。""全诗以杂文入诗,有着杂文的犀利与深刻"。

梁羽生《笔·剑·书》中《杂记聂绀弩》:"绀弩诗文的大胆,的确是令人咋舌的,'文革'前他在北京养病,写了一首《题颐和园》的诗,借古喻今,诗道:……(梁引聂诗,此略)当时江青尚未如后来的得势,但已作威作福,每游颐和园就要把游人赶走。此诗写在大饥荒之后,'文革'之前。'太后'指谁,凡人皆知了。""一九六二年我到北京,靠朋友的安排,和他见上一面。承他录几首'近作'给我,这首诗就是其中之一。我珍藏了十多年,到'四人帮'被打倒之后,方敢将他的手稿在书刊制版刊出。"(侯按:《马山集》中,《颐和园》列为第10首。)

罗孚:"'吾民易有观音土,太后难无万寿山。'反之,正因为太后要有万寿山,而吾民乃有观音土,此杂文之笔,春秋之笔,令人叹绝之笔也!"

王存诚《为时代作证》："孔另境的《中国小说史料》引邓之诚《骨董琐记》中记载了一则慈禧太后与《红楼梦》的逸事……'颐和遥与大观辉映'……不料慈禧太后和邓之诚倒都能把红楼与清朝命运联系起来看。意味深长的是，聂绀弩恰又有一首《颐和园》诗，中云：'吾民易有观音土，太后难无万寿山'，梁羽生以为诗有所指。如此看来，这首诗竟可以当作聂绀弩咏《红》诗的外一首了。"

另稿：聂绀弩1961年12月29日致高旅附抄诗手迹，题作《题颐和园》，第1句"倘"作"若"；第5句"开"作"凿"；第6句"呈"作"献"；第7、8句作"我来已是群游时，绝顶朝朝任跻攀"。函云："此次寄上的颐和园，腹联原为他语，亦是题此园，但一抓到'献教八国联军看'这句，原联就变成极可笑的东西了。"1962年3月8日致高旅信中说："《颐和园》末句'跻'多读平，虽字典亦有仄读，而心常耿耿，得君论后改为：'此园落尽千关锁，今义和团血尚斑'。"《马山集》题作《题颐和园》，第1句"倘"作"若"；第5句"开"作"凿"；第6句"呈"作"献"；第7句"撒"作"落"。

斥鷃①

斥鷃横空怒以飞，周旋半里叹身肥。②
放诸四海诚皆窘，不下五洋焉得归。③
老想题诗天下遍，微嫌得句解人稀。
荧荧暮色苍茫里，转念班房铁板扉。

①【斥鷃】鹌鹑。

聂绀弩1976年12月27日将此诗寄舒芜，题作《管兄以诗见赠赋答》（侯注：舒芜姓方名管）。

②《庄子·逍遥游》："斥鷃笑之曰：彼且奚适也？我腾跃而上，不

过数仞而下，翱翔蓬蒿之间，此亦飞之至也"。"鹏之背，不知其几千里也，怒而飞，其翼若垂天之云"。

毛泽东《吊罗荣桓同志》："斥鷃每闻欺大鸟，昆鸡长笑老鹰非。"

③《礼记·祭义》："推而放诸东海而准，推而放诸西海而准，推而放诸南海而准，推而放诸北海而准。"

毛泽东《水调歌头·重上井冈山》："可上九天揽月，可下五洋捉鳖。"

侯按：此处"窘"与"准"、"归"与"龟（鳖）"谐音为趣。

罗孚："作者自喻为斥鷃。"

陈明强《聂绀弩诗话》之一："咏一种水鸟，偏要化用现代成句，易'准'为'窘'，显然是嘲笑鸟的同时，讥讽形而上学……号称'四海皆准'者，只能是某种天条和教义……绀弩以'窘'批评教条主义，捍卫马克思主义。"

方印中《聂绀弩诗三百首》："聂诗中斥鷃异于《庄子》中的形象，它也企图'横空怒以飞'，但因力气不足，翅膀短小而自叹，存在主观愿望和自身条件的矛盾，因此到处碰壁，'放诸四海诚皆窘'。这句话是诗人对自己坎坷的大半生的自嘲……诗人谐'准'音为'窘'，强化了自嘲的意味。所谓'不下五洋焉得归'，也就是经历磨难，'劳动改造'一类的事。""后两联回到现实，既不可能展翅飞翔而又不能高飞的'斥鷃'，孤独感油然而生，于是就有了'暮色'中的'转念'。"

程千帆《读〈倾盖集〉所见》："他又说'老想题诗天下遍，微嫌得句解人稀'。我希望绀弩这一顾虑是多余的。"（见《读书》1985年第11期）

舒芜读诗笔记："鹌鹑也想像大鹏那样怒而飞，可是，它没有大鹏那样的'垂天之云'似的大翅膀，对于鹌鹑的小翅膀来说，它的身子太肥了，飞不远，只能飞个半里路的样子便下来了。这是诗人对自己的坎坷一生的自嘲。下面说，像我这样的人，放诸四海，哪里都不合适，都困窘。不是下遍五洋，历经艰难，老天怎肯放我回家？现在我老了，很想尽情地写诗，题遍天下，可又担心能理解的人很少。在这样苍茫暮色之中，孤独地活着，实在没有意思，我倒是怀念起监狱铁门里的生活来了，那里不见得比现在更坏。"

侯按：1976年10月10日，聂绀弩获释，此诗应写于回京之后。聂绀弩《脚印》一书中收有《怀监狱》一文。说监狱里看病方便，能专心读书，伙食也不是太坏。

《高旅诗词》："绀弩近赐所作《南山草》诗集，中有新作《斥鷃》《六鹢》二首，其名皆出《南华》，今步韵作《鹪鹩》酬之，亦《南华》名也。鹪鹩落实弃之飞，见所畏人人自肥。旧井无禽何处所，芜城有赋喜同归。三家马列今犹是，六十孔丘昔以非。勿忆南华论社稷，安居檐下近门扉。"

余乔生《淮南集续集·读〈斥鷃〉诗效聂体》："斥鷃何曾欺大鹏，偶于蓬底见抟风。沧溟敢恨三千里，白屋难捅一窝蜂。斯老文章谁作主，当年帮派却称雄。岂知自苦无天补，野草狂花一代空。"

另稿：聂绀弩1976年12月27日寄舒芜，题作《管兄以诗见赠赋答》，第8句"念"作"忆"。

六鹢①

六鹢何因定退飞，秦人似比越人肥。②
仰止龙门登未得，浴乎汾水咏而归。③
谁知苦我天何补，说不赢君见岂非。
止水偷窥余信老，插它一朵小红薇。

①【六鹢】《春秋·僖公十六年》："六鹢退飞，过宋都。"杜预注："鹢，水鸟。高飞遇风而退。宋人以为灾，告于诸侯，故书。"《史记·宋微子世家》："六鹝（同'鹢'）退蜚，风疾也。"后以指灾异或局势逆转。

②聂绀弩《"六鹢退飞"》："'六鹢退飞'，是中国语言的本来说法，也是文字的惟一的记录法，无论谁要表达这意思，这四个字的次序都非这样排列不可（侯注：聂把"六鹢退飞"四个字的次序排列了23式），其

中毫无秘密，毫无匠心，也就毫无'春秋笔法'之类。""至于六鹢退飞，这事本身，更是子虚乌有，没有鸟能够退飞，如果《春秋》纪录的是作者自己所见，那是他的错觉，像齐襄公看见野猪了以为是公子彭生一样。如果是传闻，那是无中生有，捕风捉影，以讹传讹。"（见《聂绀弩全集》第8卷340页）

【秦人】唐/韩愈在《争臣论》中指责身为谏议大夫的阳子"未尝一言及于政"。文中打个比方，说阳子"视政之得失，若越人视秦人之肥瘠，忽焉不加喜戚于心"；批评阳子，"问其政，则曰我不知也"。春秋时秦在西北，越居东南，相居甚远。此用典喻疏远隔离互不关心。

③【仰止】《诗经·小雅·车辖》："高山仰止。"

【龙门】禹门口，在山西省河津市西北、陕西省韩城县东北，黄河至此，两岸峭壁对峙，形如阙门。旧时比喻被有力的人引荐、提拔而地位顿然升高，叫登龙门。朱正注引《后汉书·党锢列传》："（李）膺独持风裁，以声名自高，士有被其容接者，名为登龙门。"〔侯按：东汉/辛氏《三秦记》（清/王谟辑本）："江海鱼集龙门下，登者化龙，不登者点额暴鳃。"〕

《论语·先进》："浴乎沂，风乎舞雩，咏而归。"（侯按：聂绀弩先后在山西省稷山、新绛、临汾坐牢七年多，这些地方，都是汾河流经的地方，所以他仿《论语》句调说"浴乎汾水咏而归"。）

舒芜读诗笔记："《论语》说的是一天之内的春日郊游乐事，此仿其句调说的是十年之久的坐监狱之事，并且故意说成轻松愉快的样子，正话反说，愈见其沉痛。"

方印中《聂绀弩诗三百首》："上一首诗《斥鹦》，是诗人自喻，这一首《六鹢》，也是诗人自喻——当然喻的内容不同。""首联的意思是，自己现在的处境是一天不如一天，如六鹢退飞，原因就是言及政事，同阳子不一样，谈及如同秦人、越人如何的见解，结果因言获罪。""颈联的'苦我'，照应的是上面的诗句，指的就是'仰止龙门登未得'的'点额暴鳃'事，以及汾水七年牢狱事。'说不赢君'，照应的是首联'秦人似比越人肥'的政治争论。""由于上述种种，因而'余信老'，在年龄上确实老了，但是更确信自己的政见不错——'见岂非'。因此，末尾的'插它一朵小红薇'，就更显得是对见解的坚定和执著。"

尚弓《一株浥血含笑的奇花——〈散宜生诗〉》："这'小红薇'，正象征着他那一寸丹心。"

罗孚："绀弩又自喻为鹬。""'说不赢君见岂非'，足见自信，坚强如故。老头插花，亦自妩媚。"

船屋（二首）

汕尾渔民新村有拖船上岸而居之者，晋南监号均作窑洞形，酷似船舱，因忆咏之。

一

船尾船头尽是花，船山老景赤城霞。①
曾经沧海难为水，从此桃源便是家。②
蕉岭楼台机着陆，蔗田风雨岸浮槎。③
旁人那解人飞跃，错比蛟龙困在沙。④

二

庐即是舟舟即庐，舟中贮满美人鱼。⑤
何年政少渔苛税，此日人方陆定居。
岂有天涯漂泊者，不欣海内又安乎？⑥
舱明二十八星宿，夜赶千间广厦图。⑦

①【赤城霞】浙江天台县城北，为天台山南门，因土色皆赤，状似云霞，望之似雉堞而得名。晋/孙绰《游天台赋》："赤城霞起而建标。"

②【桃源】即桃花源。见晋/陶渊明《桃花源记》。侯按：聂绀弩说

自己"文化大革命"期间被关监狱，简直等于进了陶渊明理想中的极乐世界——桃花源。人称世外桃源。楼适夷问聂绀弩："坐在牢里是什么滋味？"聂回答说："比你们在外边好一些，没有高帽子，没有喷气式，没有大批判和红卫兵！能安安静静地读书！"

刘友竹："'桃源'指监狱。"

③【机着陆】1987年3月14日侯井天在北京舒芜家当面请教"楼台机着陆"。舒芜说他记得聂绀弩曾对他说过渔民把船拖到岸上来，当房子住，一家一家的"房舍"，好像飞机停在陆地上。

④【蛟龙困在沙】京剧《四郎探母》，杨延辉唱："我好比浅水龙被困在沙滩。"

⑤侯按：船拖上陆，渔民拿船当屋居住，屋里主要是人不是鱼，重在"美人"二字，因有"美人鱼"一说，所以捎带上"鱼"字。美人鱼游戏之笔耶？1935年，人们送女游泳员杨秀琼绰号为"美人鱼"。

⑥【乂安】朱正注引《史记·平津侯主父列传》："是时，汉兴六十余载，海内乂安，府库充实。"

⑦【二十八星宿】星宿，管星的官。二十八宿的名称是：角、亢、氐、房、心、尾、箕、斗、牛、女、虚、危、室、壁、奎、娄、胃、昴、毕、觜、参、井、鬼、柳、星、张、翼、轸。

聂绀弩1977年1月16日致舒芜信中说："过去，曾在汕尾参观渔民新村（把渔民迁上岸），见有船屋（即将渔船拖上岸住之）颇觉新奇，曾咏几首，后在临汾见监号作窑洞形，自其内视之，颇似船舱，乃改旧作二首，觉是船是屋是号是人，混为一矣，诚为作诗所遇之最高境界。但诗仍寻常耳。"

央柳《关于"船屋"问题的商榷》："虽然聂老于序中有言：'汕尾渔民新村有拖船上岸而居'"，"依我理解，拖船在汕尾一带是指渔民，是代名词，莫要把'拖'作动词。把船拖上岸居住则为'船屋'"。（1998年10月30日央柳给陈主编的信——载《岭海风骚》）

罗孚："'船山老景赤城霞'，指船屋如山，夜灯明亮。"

侯孝琼《也谈聂绀弩体》："末联反问，旁人怎么知道囚徒们已觉境遇有了一个飞跃,竟以为他们是困在沙滩上的蛟龙!说是'错比',实际上,他们不正是困在沙滩上的蛟龙吗!"

方印中《聂绀弩诗三百首》:"诗人在诗前有一小序,说明忆咏的原因。从这一小序看,汕尾(地处粤东)渔村的情景,同诗人所蹲过的晋南监狱的情景,会有某些相似之处,诗也会有某些相关之语,但这些双关语,都在似有若无,若即若离之间。""'舟中贮满美人鱼'句,是特有的诗歌语言;'舱明二十八星宿',是鲜明的诗歌形象。颔联与通常七字句4/3句式不同,为2/5式句,颈联为流水对,用语助词'者''乎',既是整齐的对仗,又一气流走,颇有聂诗语言特色。"

舒芜读诗笔记:"(第2首7、8句)杜甫希望能有千万间高房大厦,给天下没有好房屋住的寒士来住,这是杜甫忧国忧民的伟大抱负。现在一排排渔民的船屋,晚上看去,灯光灿烂,也像杜甫的愿望实现了,这是一层意思。可是我们住的监牢,又像那一排排船屋一样,杜甫所希望的广厦千万间,现在是牢房千万间,给我们这些'寒士'来住了,这对于杜甫的希望又是一个讽刺,这是又一层意思。"

罗孚:"1964年绀弩南行,曾至其地,有《渔民新村二首》之作(见《拾遗草》)。此《船屋二首》则系七十年代在晋南狱中回忆而写,虽属思昔,亦有抚今,如第一首之'从此桃源便是家','错比蛟龙困在沙',均语意双关。"

吕烈2002年4月7日给侯井天的信中说:"1953年特大台风,使以船为屋,浮海为家的渔民生命财产遭受极大损失。政府才动员他们把船拖上岸,在汕尾西郊的海沙滩固定下来。'此日人方陆定居'。'拖船上岸'即指此事,非'拖船渔民'上岸居住。船离开海日久受支离,仍以石块支撑,使保存船型。'初时径以船为屋,随后又教屋似船'。以后,政府虽然出资建了很多新屋,但出于习惯,仍有不肯搬入屋者……白茫茫的沙滩上停放了近千艘船屋,就像机群停放在机坪一样,'错比蛟龙困在沙'……我就读的汕尾中学与渔民新村只有一墙之隔"。"1964年后……原来的'瓯船渔民'的'浅海渔队'易名'中海渔队'。'男子风波深浅海'应是易名前之事"。"改革开放后,渔村面貌发生了飞跃变化,渔民都盖起楼房,船屋不复存在,'陆舟波眼鲜'的景象,只保存在电影《南海潮》中了"。

另稿：聂绀弩1977年1月16日致舒芜信中附抄诗，第1首第7句"人"作"吾"；第2首第5句"岂有"作"曾见"。山西狱中档案手迹，第2首第3句"年"作"时"，第5句"岂有"作"曾见"。

疍户①

疍家儿女疍家装，赤脚挑鱼上市场。
男子风波深浅海，母亲心事旦昏香。
宵灯斗宿争明灭，晓梦鱼龙辨现藏。
万顷波涛卓竿立，天苍苍处水茫茫。

①【疍（dàn）户】旧时广东等地水上居民，也被称为疍民、疍家。

陈少平《1964年汕尾仍有"船屋"——与央柳商榷聂绀弩"船屋"诗中的时间问题》："在汕尾市沿海，渔民因所处的生活环境和生产工具不同，遂分为'浅海渔民'（也称陆上渔民）和'深海渔民'（也称'拖船'渔民和'瓯船'渔民）。他们在半深海和浅海作业，一直到现在。瓯船渔民起初全家出海生产，但这样危险性太大，一旦遇上台风袭击，往往全家覆没，后来便改为有劳动力者出海，其家眷则住在小船屋里，游居于浅海或岸边，所以有'浮水乡'之称。'男子风波深浅海，母亲心事旦昏香。'就是说丈夫和儿子出海了，做母亲的早晚二次焚香祈祷，让海神或'妈祖'保佑他们平安归船。建国后，虽然瓯船渔民的生活和待遇都相对改善和提高了，但因为没有今天的天气预报，出海翻船的可能性仍无法避免。如1953年7月，因遭台风袭击，居住在汕尾新港的疍户和'船屋'灾难惨重，死伤渔民达一千多人。为了使渔民有个安稳的住所，当地政府于1954年兴建'渔民新村'，地点在汕尾西郊海滩上，材料为土木结构。于是大部分渔民迁入'新村'定居，但由于渔村房屋供不应求，还有少部分渔民在'船屋'暂住。汕尾市离休干部、诗人许慕石来信对我说：

'1964年，我曾与省及中央卫生检查团多次到汕尾渔民新村作卫生检查，该村无论是房屋或船屋卫生都很好、特别是船屋擦得很干净……当时因房屋不够供应，故还有部分（渔民）船屋暂住。这就是聂绀弩于1964年在汕尾见到的'船屋'场景。""这也就构成了'渔民新村'与'船屋'同时存在的现象（其实聂诗《船屋》二首已写得十分清楚）。'庐即是舟舟即庐'（《船屋》）、'初时径以船为屋，随后又教屋似船'（《渔民新村》）。也就是说，有'渔民新村'后，仍有渔民住在'船屋'里"。"事实上，在五六十年代的汕尾，由于生产力水平低，海上生产工具落后，物质生活资料紧缺，大部分渔民生活仍十分艰苦，瓯船渔民，难以充分享受与'陆上'居民平等的待遇。因此我敢断言，聂绀弩《船屋》（二首）的腹稿产生于押解山西监狱不久，即产生于1964年在汕尾见到'船屋'的3年后不久，是'似为忆昔，实则讽今，借题发挥'（何永沂）之作。这就是聂老对当时中国社会将面临的重大危机的天才预见"。（见《岭海风骚》1999年6月×日）

另稿：后4句作"田园鸡犬桃千树，蓑笠楼台水一方。我指新村向人论，此间人事最沧桑。"山西狱中司法档案存手抄稿，题作《船娘》，第2句"挑"作"担"，第4句"心事"作"习惯"，第6句"晓梦鱼龙"作"雨枕龙蛟"，第7句作"斜日扁舟人顾影"，第8句"茫茫"亦作"苍苍"。

七十

死灰不可复燃乎？戏把前程问火炉。①
败絮登窗邀雪舞，残冬恋号待诗除。
卷中兵哲人填鸭，梦里荤蔬獭祭鱼。②
七十衰翁观世界，从心所欲矩先逾。③

①侯按：聂绀弩1967年1月25日被捕，七十岁生日时在狱中。"文化大革命"中，"绝不让"这个、那个"死灰复燃"的口号，塞满聂绀弩耳朵，所以他忽发奇想，为"实事"求一番"是"，问问火炉子，熄灭的燃料灰，到底能不能"复燃"？

②【卷中兵哲人填鸭】聂绀弩《脚印·怀监狱·监狱是学习的圣地》中记载：读过的书有《毛泽东选集》《反杜林论》《唯物主义和经验批判主义》《价值、价格及利润》《政治经济学批判》《哲学之贫困》及《资本论》1—4卷。

【獭祭鱼】《礼记·月令》："（孟春之月）鱼上冰，獭祭鱼。"獭，兽名，通常指水獭。还有旱獭、山獭等。《说文》："獭，如小狗也，水居食鱼。"獭捕得鱼后，不立即吃完，一个个陈列水边，犹如祭祀时陈列牺牲，称为"獭祭鱼"。后来把罗列典故，堆砌成文叫獭祭鱼。宋/吴炯《五总志》："唐李商隐为文，多检阅书史，鳞次堆积左右，时谓为獭祭鱼。"

③《论语·为政》："子曰：……七十而从心所欲，不逾矩。"

方印中《聂绀弩诗三百首》："诗人七十岁时以严刑之身，情况如同死灰，但仍在问'死灰不可复燃乎'，并且还有'前程'一词，似乎对前程还有所期待。但对于'前程'的发问是向着'火炉'的，这里值得体味。'火炉'既是火生起的地方更是烧物成灰的地方，所以，拿前程去问火炉，就用了一个'戏'字，就是开玩笑。同谁、同什么开玩笑？既同死灰，也同火炉；既同自己，也同命运；既同现实，也同前程。含意深长。""颔联所写，七十岁虽然环境是严酷的，但情调并不低沉，还很有几分活气——并不是'死灰'形象和心态。""颈联一句写在狱中的学习，一句写梦境……既然如此学习，就表明心并不如'死灰'。梦见鱼肉荤蔬，毕竟也是一种心理追求，也不是'心如死灰'。""尾联所写，表明在严酷的现实中，诗人还有相当程度的心态自由，二者形成反差。诗人的'从心所欲'，同孔子所说的'从心所欲'，并不完全相同，区别就在于'不逾矩'和'矩先逾'。而'矩先逾'，虽寥寥三字，却几乎可以作为诗人七十年来行事、性格、气质的高度简练的概括。"

寓真《聂绀弩刑事档案》："（寓引聂诗前4句，此略）囚中已过六个除夕,尚不知挨到何年,平日未卜,只能将前程问火炉而已。侧耳听着铁窗外风雪狂舞,寂寞以吟诗来奈何残冬的时光,心境何其苍凉!"

罗孚:"狱中自寿,盼死灰能复燃;狱中读书,如人填鸭;梦里所见则食有鱼,如此而欲从心所欲,又焉得不逾矩也?"

吴海发《聂绀弩:半生坎坷换得诗千秋》:"这是抒怀的诗,首联提出了自己死灰复燃,昭雪平反的理想与呼号,只能问火炉,不敢问狱卒,也不敢问公检法。""聂绀弩诗句反《论语》之意,他盼望着'逾矩',等待着平反昭雪。这句诗唱出了'牛鬼蛇神'们的心愿。物极必反,矛盾会转化的,问题在于时间长短。毛泽东逝世,'四人帮'垮台,'死灰复燃'成了事实。这是不以人的意志为转移的。"

毛大风、王存诚《聂绀弩先生年谱》:"(引聂诗全首,此略)先生光明之志,灼然可见。"(见《新文学史料》2003年第3期)

对镜(三首)

出狱初,同周婆上理发馆,览镜大骇,不识镜中为谁。亦不识周婆何以未如叶生之妻,弃箕帚而遁也。仓卒成诗若干首,此其忆得者。①

一

人有至忧心郁结,身经百炼意舒平。②
十年暌隔先生面,千里重逢异物惊。
最是风云龙虎日,不胜天地古今情。
手提肝胆轮囷血,互对宵窗望到明。③

二

近态狂奴未易摩,仙人岛上借吟哦。④

孙行者出火云洞，猪八戒过子母河。⑤
天上星辰曾雹击，人间岁月已硎磨。
大风吹倒梧桐树，宝鉴其能讲什么？⑥

三

孤山与我偶相携，我赠孤山几句诗。
雪满三冬高士饿，梅开二度美人迟。⑦
吾今丧我形全槁，君果为谁忆费思。⑧
纳履随君天下往，无非山在缺柴时。⑨

①【出狱初】聂绀弩1976年10月10日从山西监狱获释。周颖赶到临汾接聂绀弩。

【叶生之妻】清／蒲松龄《聊斋志异·叶生》：叶生死后，灵魂不知自己已死，外出多年后回家，"逡巡至庭中。妻携簸具以出，见生，掷具骇走。"

聂绀弩《漫谈〈聊斋志异〉的艺术性》："《叶生》篇，叙叶生返家时：'妻携簸具以出，见生，掷具骇走。'只十二个字，对当时应有情景，何等逼肖！"（见《聂绀弩全集》第7卷284页）

②侯按：第1首第1句"心郁结"原作"心白发"；第2句原作"诗经大厄句长城"。

③【肝胆轮囷（qūn）】唐／韩愈《赠别元十八协律六首》其四："穷途致感激，肝胆还轮囷。"轮囷，盘曲貌。

④【狂奴】《后汉书·严光传》："帝笑曰：狂奴故态也。"详见《南山草·桥夜》注⑥。

舒芜读诗笔记："此反用之，易'故态'为'近态'，意思是故态早已没有了。"

【仙人岛】清／蒲松龄《聊斋志异》中一篇小说题名《仙人岛》。

⑤《聊斋志异·仙人岛》：王勉"慨然诵近体一作，顾盼自雄，中二句云：'一身剩有须眉在，小饮能令块垒消。'……芳云低声曰：'上句是

孙行者离火云洞，下句是猪八戒过子母河也'。"

⑥【大风吹倒梧桐树】传为元末明初罗贯中编撰《平妖传》九回："地方邻里见是宦家，又是有名的泼皮公子，谁敢出头开口，只是背地里暗笑。正是大风吹倒梧桐树，自有旁人说短长。"

【宝鉴】《新唐书·张九龄传》："初，千秋节，公、王并献宝鉴，九龄上事鉴十章，号《千秋宝鉴录》，以伸讽谕。"后人用作书名，取可以借鉴的意思。

舒芜读诗笔记："聂绀弩在这里说理发馆里的镜子，又双关历史借鉴之意。"

⑦明/高启《梅花六首》其一："雪满山中高士卧，月明林下美人来。""饿""卧"谐音为戏。（据舒芜读诗笔记）

⑧朱正注引《庄子·齐物论》："今者吾丧我"，又："形固可使如槁木"。

⑨【纳履】拔鞋（鲁西说"提鞋"或"穿鞋"）。《乐府歌辞·君子行》："君子防未然，不处嫌疑间。瓜田不纳履，李下不正冠。"

元/无名氏《看钱奴买冤家债主》第二折："我则道留下青山怕没柴。"明/凌濛初《初刻拍案惊奇》第二十二卷："留得青山在，不怕没柴烧。"

方印中《聂绀弩诗三百首》："《对镜》三首，题材独特，感受独特，语言独特。唐人李益有《罢镜》：'纵使逢人见，犹胜自见悲。'宋人有句：'贫女如花只镜知。'清人有句：'朱颜谁不惜，白发尔先知。'这些感受都远不如聂诗深刻。"

张翅翔《仰怀绀弩先生》："《对镜》三首的序：……（张引序文，此略）九死一生归来，形如鬼影，这是怎样的创巨痛深，令人不忍卒读。"

尚弓《一株泅血含笑的奇花——〈散宜生诗〉》："（尚引聂诗，此略）读其诗，他那洞察了政治波澜和社会人生，大彻大悟、奇骨嶙峋的崇高形象，恍在眼前。"

朱静芳《回忆聂绀弩出狱前后》："从临汾'三监'出来，老聂第一站是理发店。周颖要给他清扫一身晦气，进店落座，对面是一面明镜，举目对视，老聂大惊失色，这镜子里人不人鬼不鬼的，是他聂绀弩吗？坐牢近十年，他从来没照过镜子，几乎忘了自己是什么长相，如今镜里相见，心头蓦地冒出两句诗：'十年暌隔先生面，千里重逢异物惊。''异物惊'，惊为异物也。""老聂出狱后，我帮他抄诗，问起'叶生之妻'是什么典故。他解释道：……我如今出狱，好比叶生死而复生，所以'吾今丧我'。"（见《人物》1995年第2期）

方印中（同前）：（第1首）"'十年暌隔'，'千里重逢'，'百炼'之后的自己，同镜中的'自己'在时间空间上竟有如此大的距离……而自己却以自己为'异物'，大惊失色，这是多么强烈的内心震撼啊！因此'十年'、'千里'，就不是一般的数量词，而是'情语'。'先生'一词，诙谐、亲切，足见十年以后的心情。但是此词的含义不仅于此……这样，诗人从五十年代前期的'同志'，到其后的'右派'，到其后六十年代前期的'先生'，到'文化大革命'中的'现行反革命'，到八十年代的'同志'，走了一个轮回，这就不仅是'十年暌隔'了。""诗人中青年时，是血性男儿，现在垂垂老矣，但仍然满腔热血，'手提肝胆轮囷血'，仍是'我以我血荐轩辕'（鲁迅）的豪情。末句是大奇句，远超过一般人'对镜'所能想到的，以无尽的情意引发读者的遐思。"

王存诚1994年7月22日给侯井天的信中说："'互对宵窗望到明'似应指本人和镜中之我，因为诗题是'对镜'，全诗中所说的'尔''我'均应做如是解。"

方印中（同前）：（第2首）"经过十年炼狱，'狂奴'虽然还是'狂奴'，但已经不是'狂奴故态'，而是狂奴的'近态'了。人因时而异，情随事迁，这'近态'一时不易言传。""用诗的语言写当年的那场浩劫，程度之烈，时间之长，诗句颇有概括力。'曾霆击'的'天上星辰'，从开国元勋，到文艺界、教育界、科技界等等，真是天上星星数不清。""'大风吹倒梧桐树，自有旁人说短长。'梧桐树，是中国古人心目中的美木，凤凰所栖。'文化大革命'这场风暴，把梧桐美木都摧毁了，破坏力是巨大的，由此引出历史鉴戒，也是深长的。'宝鉴其能讲什么'，含不尽之意在言外。"

舒芜读诗笔记："王勉诗句的意思是，我这一身虽然经过多少磨折，可是男子汉大丈夫的气概还在，作为男子汉的表征的胡须眉毛还在，我们小饮一杯酒，能够使我心中的郁积（块垒）消除掉。芳云讽刺他说，一身的须眉都还在，可不是孙行者从火云洞的大火中出来时的模样么？喝一杯便能把腹中的郁积消除掉，可不是猪八戒喝了落胎泉，过了子母河这一难的情形么？聂绀弩又借这两句自嘲经过磨难，形容尽致。"

王存诚1994年7月22日给侯井天的信中说："这两句原来并不是诗，而是芳云用来讽刺王勉那两句诗（一身剩有须眉在，小饮能令块磊消）的。聂绀弩在此处的'借'真可谓入神，把两层意味和形象都用到了。"

周健强《聂绀弩传·梅开二度》：聂绀弩浩叹："现在让我写，逼我写，我也特别想写，可惜又太晚了，不能写了。正是'梅开二度美人迟'呀……"

方印中（同前）：（第3首）"首联，近十年未照镜，现在当然是'偶相携'。'我'向镜中的'我'赠诗，是互道心曲，更是自白心曲。颔联二句，一句写过去的'我'，一句写如今的'我'；过去是饥饿的'高士'，现在是迟暮的'美人'。无论'高士'还是'美人'，都是人中品格高美者。""颈联写尽'对镜'的形状、神态、心思，字字妙语。《庄子·齐物论》有句，'今者吾丧我'，又'形固可使为槁木'。诗人化为一句，全是写自我，与下联璧合，而成妙联。""尾联的'我'，已从镜中走出，要有所行动，有所作为，镜中'君'要'天下往'，当然更是镜外的'我'愿'天下往'。'无非'二字，虚词表达实意。轻轻二字，表达的却是'踏遍青山人未老'似的雄心。""第3首《对镜》，写镜外的我与镜中的我的对话与感情交流，构思奇特，把'对镜'二字写到极妙处。"

周健强说："聂伯伯，您给我讲讲这首诗吧！"——《对镜》之三。聂绀弩答："这是我刚从临汾监狱放出来写的。第一句是说我几十年前曾到杭州孤山游玩，雪满三冬应该是瑞雪兆丰年，收成好，而高士却忍饥挨饿……第四句，有个唱本叫《二度梅》……梅开二度固然好，可惜过了时令。把我放出来当然好，就是太晚了……五六句，十年囹圄，面目全非，偶然对镜，吓了一跳，不识镜中瘦鬼是谁？第七句，提起鞋子和你去天下闯荡一番。末句，留得青山在，不怕缺柴烧也……"（见《聂绀弩谈〈三草〉》）

王存诚1994年7月22日给侯井天的信中说："'无非山在缺柴时'表现的是一种豪壮的气势，而不是无可奈何的心情，用的正是'留得青山在，不怕没柴烧'的本意，纵然眼下缺柴也没什么了不起，我仍然要去闯天下（所谓"随君"其实是自下决心）！"

高旅（1977年7月）《绀弩自山西劳改场返京（二首）》："一、雨打白头下石苔，赢蹄蹉跌谁扶抬。曾嫌笔底太无忌，已掩人前小有才。便给机锋添口舌，空余墨迹染悲哀。昔贤荷戟惊秋肃，却似预言今日来。二、关关管管别山西，免费专车昼夜栖。何日京华烦考据，今年草树力攀跻。盈阶马屁颂今是，一代牛倌逾古稀。月俸消寒数二九，作家此日方看齐。"

另稿：聂绀弩1981年11月致杨玉清信中附抄诗，题作《对镜（初出狱时，与颖姊同上理发店，见镜中之我，不识为谁，成此）》，第3首，首句"携"作"知"。第2首，1980年聂绀弩与胡风、萧军合影于北京邮电医院，聂用以题照，而将7、8句改为"三人同照一张相，所失文章共几多。"

钓台①

五月羊裘一钓竿，扁舟容与下江滩。②
昔时朋友今时帝，你占朝廷我占山。
有客才眠天象动，无人不羡御床宽。③
台前学钓先生柳，却以纤腰傲世间。④

①【钓台】古迹名，有多处。这里指浙江桐庐县富春江滨的东台。传为东汉严子陵（光）隐居垂钓处。

②朱正注引《后汉书·逸民列传》："有一男子披羊裘，钓泽中。""帝疑其光，乃备安车玄纁，遣使聘之"。

【容与】战国楚/屈原《九章·涉江》："船容与而不进兮。"

③【天象动】《后汉书·逸民列传》：光武帝召严光至洛阳，"共偃卧，光以足加帝腹上。明日，太史奏：客星犯御座甚急。帝笑曰：朕故人严子陵共卧耳"。

④【先生柳】晋/陶渊明有《五柳先生传》。唐/王维《老将行》："门前学种先生柳。"

方印中《聂绀弩诗三百首》："这首诗通过咏怀古迹，抒发某种感伤时事、引古射今的意思。"

张翅翔《仰怀绀弩先生》："拟严子陵口气：'昔时朋友今时帝，你占朝廷我占山。'平起平坐，分庭抗礼，一股无视当今皇朝、啸傲山野草泽的夺人气势扑面而来。"

姚锡佩《杂文大家聂绀弩的坎坷路》："那时，凡进过黄埔军校和中山大学的国民党员，只要向蒋介石表示忠诚，即可飞黄腾达。对此聂绀弩焉能不知？然而他竟一直未领国民党证，也未在黄埔同学会登记。当他的同学如谷正纲、王陆一、郑介民、康泽等一个个爬到蒋介石身边，成为炙手可热的权贵时，绀弩的心依然是淡淡的。他有自己的人生准则，诚如后来在《钓台》诗中所云：'昔时朋友今时帝，你占朝廷我占山。'""绀弩占的'山'，便是搞文学创作，编报纸杂志，尤喜欢编那活泼多彩的副刊。"

罗孚《聂绀弩诗全编·后记》："'文革'前读到绀弩的这些句子：'吾民易有观音土，太后难无万寿山'（《颐和园》）；'昔时朋友今时帝，你占朝廷我占山'（《钓台》），就有着如读杂文的颤栗。颤栗起于鞭笞的深刻。心想，最精练的杂文也不如它们的精练吧，只不过寥寥十四个字的一联。"

鲁戈《历尽沧桑的聂绀弩》："'昔时朋友今时帝，你占朝廷我占山。'只有透过沧桑的岁月，深谙世态冷暖的人才能写出这样让人颤栗的诗句……在人生的路上，友情是多么短暂，政治是何等残酷。"（见《黑龙江日报》1995年11月15日）

谌震《旧体诗特有的魅力》："'昔时朋友今时帝，你占朝廷我占山'，写严子陵与汉光武故事，何等贴切，又别出心裁。这简直像孔子说的'从心所欲不逾矩'，有化腐臭（朽）为神奇的本事了。"

毛大风《当代屈原聂绀弩》："富春子陵台，自东汉以降近两千年间，历代文人雅士凭吊诗作何止千百首，而聂公以'昔时朋友今时帝，你占朝廷我占山'的警句，压倒前人，后无来者，成为'千古绝唱'。"

王镜《吟边胜说》："'昔时朋友今时帝，你占朝廷我占山。'……如此奇特绝妙的对仗，前不见古人。可谓有新土，得活法矣。是对仗艺术的创造性发展。"（见《当代诗词》2007年第2期）

刘友竹《聂绀弩诗注释补正》：（尾联）"此联是运用拟人化手法，描绘那钓台之柳腰虽纤而不折，骨本傲而峥嵘，严、陶品性兼而有之，实为聂翁言志之作。'傲'者，高傲也，傲岸也，不当视为'傲慢'。"

琴台①

汉阳秋树落匆匆，果否牙期此地逢？②
一曲高山流水后，千年长叹永思中。
风云际会知何似，儿女情缘讶许同。
我自无琴音不识，台边痴立雨迷濛。

①【琴台】古迹名。相传为俞伯牙弹琴、钟子期听琴处，在今湖北省武汉市汉阳镇。

②唐/崔颢《黄鹤楼》："晴川历历汉阳树，芳草萋萋鹦鹉洲。"

【牙期】俞伯牙、钟子期。

王存诚《为时代作证》："《金台》《钓台》《琴台》几首诗中透露了一种惘然的情绪，他痛心'马因闲死马堪哀'，又不愿'却以纤腰傲世间'，当时他唯一感到欣慰的是'黄金今不预人才'，他在苦苦思索今后的道路，他还要战斗！"（侯按：《金台》见《南山草拾遗》）

方印中《聂绀弩诗三百首》："这首诗的写作时间，当与《武汉大桥》大致相同。（"秋树"一词所指，是一种气氛，在时间上不必拘泥。）此时的诗人，内心感情无处倾诉……这首诗借琴台，表达了一种不遇知音的'长叹永思'的怅惘之情。"

另稿：聂绀弩1962年10月14日寄高旅手迹，第5句"情"作"姻"。

没字碑①

天后陵前没字碑，荡妇妄题一句诗：
"暗照则天而则之。"②
东施效颦人尽嗤，岂汝称孤道寡时？
骑虎难下终需下，君问归期未有期。③

①【没字碑】也称"无字碑"。西安西北乾县梁山的唐高宗李治与皇后武则天合葬墓——乾陵，有"述圣碑"和"无字碑"。无字碑竖立起来，但没有刻字。

②【照则天而则之】《论语·泰伯》："子曰：'大哉，尧之为君也！巍巍乎！惟天惟大，惟尧则之。'"

王存诚函侯井天说："于此可见'则天'之取义。"

③【骑虎难下】《晋书·温峤传》："今之事势，义无旋踵，骑猛兽安可中下哉！"

【君问归期未有期】唐/李商隐《夜雨寄北》："君问归期未有期，巴山夜雨涨秋池。"

方印中《聂绀弩诗三百首》："《没字碑》这首诗，异于《散宜生诗》的任何一首，只有七句，非律非古，完全是出于义愤而率意写成，'君问归期未有期'句戛然而止，正是'义愤填膺'情态，这是一首大智大勇、惊世骇俗之作……现在读者们重读《没字碑》，仍然会为诗人的胆识而震撼——这首诗是中国诗史前无古人的一页！"

万枚子《哀绀弩》："孰敢挥毫批吕雉？今当举檗吊诗狂。"万于

1987年7月7日复侯井天信，抄示诗数首，在"孰敢"两句下，自注："诗揭江青丑态，当时敢写反诗者，三草一人而已！"

冯亦代《缅怀聂绀弩》："我和他最后一次吃饭，是在王府井大街的一家小饭馆里，他喝了几杯酒，便大谈林彪、江青，说江青是个妖物，今后一定会把中国弄成翻江倒海了，林彪则是个鸦片鬼。（侯插按：2000年第4期《百年潮》黎勤、郑淑云《林彪扎毒与傅连暲之死》：1950年"毛泽东……命傅连暲请几位全国有名的专家为林彪检查身体，傅连暲吃惊的是林彪已染上扎吗啡毒品的恶习"。）这时街上叫卖晚报，我们买了一份，上面是第一次看见打倒彭、罗、陆、杨的消息。他看了之后，对同座的黄苗子和我说，以后不要去找他，少出门，言谈小心，日子会越来越难过的，他的话不幸而言中了。"（见《今晚报》1993年1月29日）

侯按：1966年4月10日，中共中央批准了《林彪同志委托江青同志召开的部队文艺工作座谈会纪要》，聂绀弩才骂林彪、江青。5月4日至26日中共中央政治局扩大会议上，错误地批判了所谓彭真、罗瑞卿、陆定一、杨尚昆的"反党错误"，并决定停止和撤销他们的职务（据《中共党史大事年表》）。1966年4月26日过后，冯亦代说"不幸而言中"，指说鸦片鬼、妖物后九个月——1967年1月25日——聂绀弩被捕，判无期徒刑。坐牢九年又八个月，1976年10月10日出狱。

刘坦宾《当朝诗史活〈春秋〉——聂绀弩〈散宜生诗〉谐笔欣赏》："在《没字碑》这首诗中仅写了七句即戛然而止，虽短斤少两却小节难拘、行止有节地止于不可不止……使你无法不默许其为反常合道、锐意创新、惊世骇俗之作。"

华清池

少女玩过又赐死，居然多情圣天子。
长生殿同长恨歌，不及华清一勺水。
华清池水今尚温，书已封建鬼道理。

我见华清感更深，中有马嵬陈玄礼。①

①【陈玄礼】唐将领。初任果毅都尉，从玄宗起兵反对韦后，玄宗在位期间，守卫宫禁。安禄山叛乱，他随玄宗入蜀，在马嵬驿（今陕西兴平西），与士兵杀杨国忠，逼玄宗缢死杨贵妃。后封蔡国公，上元元年（760）辞官。

聂绀弩《〈聊斋志异〉的思想性举隅》："杜甫诗'不闻殷周兴，中自诛褒妲'，和白居易的《长恨歌》，都是美化马嵬坡事件的。六七十岁的老头霸占一个二十几岁姑娘做小老婆，危急的时候又用这个姑娘做替死羔羊。一个把这个老家伙说成是圣明天子，一个则说他是情种。这些都是奴隶思想。"（见《聂绀弩全集》第7卷294页）

罗孚："'中有马嵬陈玄礼'，岂以其只反妃子，不反皇帝，亦'封建鬼道理'乎？"

王济昭1995年8月6日给侯井天的信中说："深味白居易《长恨歌》，当知其不是歌颂，聂老岂不识之。今如此说，借以讽今尔。'赐死'不可死解，弃置亦可谓赐'死'。首联兴也，封建是'鬼道理'，故不封建尔。此照应弃置与殿盟也。陈玄礼，感当时有之，斯时无也。"

方印中《聂绀弩诗三百首》："诗由'见华清'而有所感，由华清池而马嵬坡兵变，表现对'封建鬼道理'的否定。""'居然'二字，明显是对'圣天子'的批判。""借《长生殿》和《长恨歌》，进一步发挥对'圣天子''多情'的否定。《长恨歌》对唐皇本有讽刺，聂诗只是借题发挥。""'道理'之前修饰以'封建'，以'鬼'，表明诗人批判之烈。""因为'中有马嵬陈玄礼'，表现出对'封建鬼道理'的反感'更深'。"

咏旧小说（五首）

一 水浒

百万流徒带锁来，江湖满地起雄才。
天罡地煞风雷吼，花石生辰齑粉灰。①
一代真朝在水国，几批降将拜山隈。
人民多少肮脏泪，端赖斯编取次揩。②

①【天罡地煞】《水浒传》中梁山一百〇八位英雄，据说都是天上星宿之神降临人世，其中又分二等：一是"天罡星"三十六员，一是"地煞星"七十二员。

【花石生辰】花石纲、生辰纲。北宋末年，徽宗在东京（今河南开封）建"万寿艮岳"。崇宁四年（1105）使朱勔主持苏杭应奉局，凡民间一石一木能用的，即直入其家，破墙拆屋，劫往东京，这种运送花石的船队，号为"花石纲"。北宋末年，蔡京当国，权势显赫。遇生日，地方州郡皆有馈献，号太师"生辰纲"。《杨志押送金银担，吴用智取生辰纲》，见一百二十回《水浒传》第十六回。

②【肮脏】刚直倔强。唐/李白《鲁郡尧祠送张十四游河北》："有如张公子，肮脏在风尘。"唐/陆龟蒙《纪事》："感物动牢愁，愤时频肮脏。"

方印中《聂绀弩诗三百首》："这首咏《水浒传》诗，写出农民起义的'风雷吼'般的声势，歌颂了《水浒传》的人民性。'人民多少肮脏泪，端赖斯编取次揩'，形象地说明了《水浒传》这部书，反映了人民群众的愿望。"

另稿：聂绀弩1961年10月5日寄高旅诗手迹，题作《古今小说九咏·水浒》，第3句"天罡地煞"作"地天罡煞"，第8句"端"作"向"。（按：《古今小说九咏》所咏依次为：《创业史》《青春之歌》《林海雪原》《六十年的变迁》《水浒传》《红楼梦》《花月痕》《老残游记》《孽海花》。）

二　聊斋志异

鬼神驱服人民务，妖异作为世俗看。
陆判刚肠情悱恻，叶生敝袖泪阑干。①
悲关物我人天际，道在闺房儿女间。
调笑风流讽辛辣，成章生色璧微斑。②

①【陆判】《陆判》，见清/蒲松龄《聊斋志异》卷二，写姓陆的鬼判官，"绿面赤须，貌尤狰狞"，却很重感情，用神异的手段，帮助人得功名，得美妻。

【叶生】《叶生》，见《聊斋志异》卷一，写叶生一生考不上功名，穷途潦倒，死了，自己还不知道，还要去考。

②作者自注：《牛成章》《金生色》两篇，封建气最浓，作者甚至称"金氏子其神乎！"《聊斋志异》一书，封建糟粕占多数，其多少具民主思想者，不过十分之一耳。

舒芜读诗笔记："《牛成章》见《聊斋志异》卷十四（应为卷七，编注），《金生色》见《聊斋志异》卷十一（应为卷五，编注），都是写女子死了丈夫之后，与别的男子恋爱结婚，受到前夫的鬼魂严厉惩罚的故事。"

雷群明《"思想锥心坦白难……"》："朋友周君在香烟壳的反面抄给我一首聂咏《聊斋志异》的诗，极力推荐，诗曰：……（雷引聂诗全首，此略）此老居然也对《聊斋志异》感兴趣，未免使我有'引为同道'之感，立觉亲近；但看他的'自注'，说什么……（雷引聂自注，此略）又莫名其妙地有些不高兴，觉得这位老先生贬低了我心目中的好书，但还是佩服他的坦白、直言……不过对这首诗，总觉得有些'怪味'。"（见《博览群书》1993年第3期）

方印中《聂绀弩诗三百首》："这首诗以简练的语言写出了《聊斋志异》的内容特色——'鬼神''妖异'故事其实反映的是世俗人情，人生感悟和道理是通过凡人琐事表达出来的。颈联语言精警，概括深刻。""因律诗平仄格式，'驱鬼神服务人民'这个意思，写成'鬼神驱服人民务'

（'服'为入声字），句子本身就有怪异色彩，显示聂诗语言不拘一格。"

另稿：聂绀弩1962年7月5日致高旅信说："《题〈聊斋志异〉》诗改动如次"（改动前初稿见《拾遗草·题〈聊斋志异〉》），改后第8句"斑"作"瘢"。

三 花月痕①

客舍悲秋秋有痕，平倭十策向谁论。②
从来红粉青衫泪，末世官僚地主魂。③
北里诗歌淹日月，中华儿女挽乾坤。④
狗头霸迹君知否，江北江南处处存。⑤

①【花月痕】《花月痕》，清代狭邪小说，十六卷五十二回。题"眠鹤主人"编次。作者实为魏秀仁（1819—1874），字子安，福建侯官人。小说叙述韦痴珠、韩荷生两个才子与名妓秋痕、采秋相好。韦风流文采，倾动一时，但穷困潦倒，落魄死去，秋痕也以身殉情。韩则先为达官的幕僚上宾，又因镇压农民起义有功，累迁高官，终至封侯，采秋也得一品夫人封典。两个人物的不同遭遇，寄寓作者潦倒失意的哀伤和飞黄腾达的幻想，其中大量狎妓生活的描写，充满庸俗无聊和消极颓唐的情调。鲁迅在《中国小说史略》中说："诗词书启，充塞书中，文饰既繁，情致转晦。"

②【平倭十策】小说中人物韦痴珠作。倭，倭寇。14世纪到16世纪屡次骚扰、抢劫朝鲜和我国沿海的日本海盗。

③【红粉青衫泪】舒芜读诗笔记："红粉，妇女化妆用的胭脂和粉，用以代指美女。青衫，古时低品级的小官着青衫，科举制中最起码一级的秀才也着青衫。唐代诗人白居易被谪贬做江州司马时，有《琵琶行》一诗，写他在浔阳江头遇到一个身世飘零的美人对众弹琵琶，乐曲很悲凉，听的人都为之流泪，而白居易流的泪最多，把青衫都沾湿了，所谓'座中

泣下谁最多,江州司马青衫湿'。后世因以红粉青衫泪为失意的文人与飘零的美女互相怜惜之泪。"

④【北里】唐代长安平康里,在城北,也称"北里",其地为妓院所在,故为妓院的代称。

⑤【狗头】作者自注:书中狗头,人谓即"四眼狗"陈玉成。

朱正注云:狗头为书中妓院仆役名。影射太平天国英王陈玉成,事既不经,意亦极恶。

另稿:聂绀弩1961年10月5日寄高旅诗手迹,题作《古今小说九咏·花月痕》,第2句"向"作"复";第3句"粉"原作"袖";第5句"北里诗歌"作"绮语雕虫";第6句"中华儿女"作"侍儿跃马";10月21日信中将第3句"袖"改为"粉"。朱正存作者手迹题作《韦痴珠(〈花月痕〉)》,第2句"论"作"陈"。

四　孽海花①

既非孽海也非花,无主无从入散沙。
醉饱君臣皆体国,娇憨夫妾共乘槎。②
相公幺女笄年玉,才士名姬绮貌麻。③
何幸生逢奴乐岛,纵谈革命亦何加。④

①【孽海花】《孽海花》,清末民初人曾朴著,长篇"谴责小说",共三十回,前五六回为金天翮所写。由曾朴修改并续成全书,附录五回。以金雯青和傅彩云的婚姻故事为线索。金、傅影射洪钧和赛金花。穿插着写了大量活跃在当时政治舞台上的人物,反映了清末同治初年到"甲午战争"三十年间的社会面貌。表现了作者对最高统治者和封建专制政体的批判,揭露了帝国主义的侵略野心,主张识洋务,进西学,谋富强之道。特别对当时官僚名士的腐朽生活,进行了辛辣的讽刺。小说还以同情的态度

赞扬了资产阶级革命党的活动。作者晚年思想趋向反动，1928 年修改《孽海花》时，曾将其中具有明显革命倾向的内容和激烈的词句予以删削。新中国成立后重印了三十四回本，1962 年出版增订本，将三十一至三十五回作为附录收入。

②【醉饱君臣皆体国】参看《孽海花》第十八回等章节。

【娇憨夫妾共乘槎】《孽海花》第八回写雯青娶傅彩云为妾。第九回写雯青携彩云乘船离上海，出使德国、俄国。郑逸梅《清娱漫笔·赛金花生在吴门萧家巷》："赛在吴门做娼妓，榜名'富彩云'，《孽海花》小说把'富'字改为'傅'字，那洪文卿状元纳她为妾，也是在吴门。"（吴门即苏州，侯注。）

【乘槎】槎，竹木筏子，泛指船。舒芜读诗笔记："晋/张华《博物志》：'天河与海通，近世有人居海渚者……去来不失期。人有奇志，立飞阁于槎上，多赍粮，乘槎而去。'梁/宗懔《荆楚岁时记》引此，谓此人即张骞。张骞是实有的历史人物，汉武帝元狩元年（前 122）张骞奉武帝之命，出使西域（今中亚一带诸国和我国的新疆），多见远国异物，民间传说便把许多神异的故事附会到他身上，上述乘槎到天河之事即是其一。后世因用'乘槎'或'星槎'的典故，指奉皇帝之命出使到异国或远方。"

③【相公】对宰相的尊称，书中的威毅伯，实影射李鸿章。

【幺女】《孽海花》第十四回："你知道威毅伯有个小姑娘吗？年纪不过二十岁，却是貌比威施，才同班左，贤如鲍孟，巧夺灵芸，威毅伯爱之如明珠。"

【笄年】笄，束发的簪子，古礼女子十五岁戴笄，后来以笄年指女孩子到了可以许嫁之年。

【姬】古代妇女的美称。

【麻】《孽海花》第六、七回，祝宝廷在浙江的"江山九姓船"上娶了个女子为妾，脸上却有麻子。第六回祝宝廷作诗自嘲道："江山九姓美人麻。"清人李慈铭《越缦堂日记》说这是前人嘲祝宝廷的诗。（据舒芜读诗笔记）

④【奴乐岛】《孽海花》第一回："如今先说个极野蛮自由的奴隶国。

在地球五大洋之外，哥伦布未辟，麦哲伦不到的地方，是一个大大的海，叫做'孽海'。那里头有个岛，叫做'奴乐岛'。""而且那个岛从古不与别国交通，所以别国也不晓得他的名字。从古没有呼吸自由的空气，那国民都自以为是：有'吃'，有'着'，有'功名'，有'妻子'，是个'自由极乐'之国。"

舒芜读诗笔记："其实影射封建统治、闭关自守、人民不觉悟的古老中国。"

另稿：聂绀弩1961年10月5日寄高旅诗手迹，题作《古今小说九咏·孽海花》，第1句"也"作"更"；第5句"笄年玉"原作"才咏絮"；第6句原作"宗室名流美爱麻"；10月21日信中将第5、6句修改为现状。《马山集》题作《题孽海花》，第1句"也"作"更"，第7句"生"作"身"。《倾盖集·咄堂诗》题作《古今小说九咏·八、孽海花》，第5句"幺"作"幼"。

五　老残游记①

贪官不恨恨清官，君子小人也一般。②
南革北拳皆祸水，外洋中土竟他山。③
歌声白妞形容绝，冰影黄河斗宿寒。④
不是全书全不是，只今读者有羞看。⑤

①【老残游记】《老残游记》，中篇小说，二十回，题"洪都百炼生"撰，实为清末刘鹗作。作品通过江湖医生老残在旅游途中的见闻及活动，反映了晚清社会的黑暗现实。在艺术方面有一定成就，但结构松散，情节也欠提炼。

②候按：关于贪官、清官的话，见《老残游记》第十六回，是作者自

己写的"原评"。说"赃官可恨","清官尤可恨","小则杀人,大则误国","有揭清官之恶者,自《老残游记》始"。

聂绀弩《论青天大老爷》:"对于青天大老爷的怀疑,在作者中,我只碰见写《老残游记》的刘铁云一个。"(见《聂绀弩全集》第1卷425页)

③【他山】《诗经·小雅·鹤鸣》:"他山之石,可以为错。""他山之石,可以攻玉"。

侯按:《老残游记》的作者借书中人物之口,提出自己的观点,即认为义和团运动和改良运动、革命运动是"天降奇灾",把义和团比作"疫鼠""害马",把改良和革命辱骂为"獒犬""毒龙";认为"北拳南革"是"乱党""恶人",都是"阿修罗王部下的妖魔鬼怪";等等。(见《老残游记》第十一回中黄龙子反动的咒詈)

④【歌声白妞】《老残游记》第二回"明湖湖边美人绝调"。

【冰影黄河】《老残游记》第十二回"寒风冻塞黄河水"。

⑤【羞看】(1957年4月)人民文学出版社编辑部《〈老残游记〉出版说明》:(刘鹗)"曾向清廷建议借外资兴筑铁路、开采山西煤矿,事情虽非经刘鹗手办成,但在帝国主义列强对我国虎视眈眈,全国人民同仇敌忾的时候,这种不惜有损主权以维护清廷腐败统治的主张,显见违反人民的利益和愿望,遂被目为'汉奸'。"

另稿:聂绀弩1961年10月5日寄高旅诗手迹,题作《古今小说九咏·老残游记》,第4句"竟"作"定",第8句"有"作"总"。《马山集》题作《题老残游记》。

红楼梦人物(七首)

一 宝玉与黛玉

家庭底事有烦忧?天壤何因少自由?

不做夫妻便生死，翻教骨肉判恩仇！
潇湘梦歇珠魂杳，木石盟虚衲影秋。
一角红楼千片瓦，压低历史老人头。

方印中《聂绀弩诗三百首》："聂绀弩用诗歌语言，对《红楼梦》八个人物的某些方面作了评论。这些咏红之作，凝聚了他深深的情感，把《红楼梦》的儿女之情扩大为国家之情，有许多弦外之音。"

杨九如《"天外诗星"写奇联——介绍聂绀弩七律中的颔颈联》："聂绀弩又是著名的红学家。所咏《红楼梦人物》七首，首首卓见，一针见血。（颔联）宝玉与黛玉是在封建时代的男人和女人，若相处以情，做不成夫妻，不是生离就是死别，即使是骨肉（姑表血缘关系）也立判恩仇。黛玉在焚稿离魂之际，直声叫道：'宝玉！宝玉！你好……'充分表示了由爱转恨，由恨生仇！带着绝望而离开人世。此联见解卓越，以少许胜多许。"

胡适《〈红楼梦〉考证》："高鹗竟然忍心害理的教黛玉病死，教宝玉出家，作一个大悲剧的结束，打破中国小说的团圆迷信。"

王存诚1994年4月12日给侯井天的信中说：（末句）"我体会应解作压得历史老人抬不起头来，感叹因袭的重担至今仍然毫不见减轻。"

聂绀弩1961年12月8日之后，12月15日之前——这两信之间，有只署"布衣"而未署日期的致高旅信，信中道："我的诗自己完全不知好坏，你说末两句小气，大概是真的。据写作过程说，八句诗，我往往只会作六句，有时只会作四句（起联已勉强），末两句多数是凑上去的。你说末两句不好，与过程恰合。但你只一般地说，没有举例，我还是不解哪些小气，哪些不。我很怕你指的是'一角红楼千片瓦'之类，那就与我所理解的相反了。我希望你能把那些小气的一一举出来，无论对不对，对我都很有用。"

方印中（同前）："首联直奔悲剧这一主题，从多种矛盾（'有烦忧'）以及缺少自由这一角度展开。""颔联承上，'生死''恩仇'，都是充满悲剧色彩的词语。两个问句，两个陈述句，语气都十分强烈。颈联描写'梦歇''盟虚''杏''秋'几个词语,都渲染了浓重的悲剧气氛。尾联用鲜明的形象,比喻的说法,道出宝黛悲剧的沉重历史意义。"

另稿:聂绀弩1961年10月5日寄高旅诗手迹,题作《古今小说九咏·红楼梦》,第1句作"家庭谁说定须愁",第4句作"殊怜骨肉亦仇雠",第5句"杳"作"渺";10月21日信中改第1句为"家庭底事多烦忧",改第4句为"翻教骨肉判恩仇"。

二 晴雯

削肩纤爪水蛇腰,命贱何妨气性膘。①
往日千金难一笑,从来谣诼痛离骚。②
脱红绫袄心真碎,补雀金裘力早抛。③
以被蒙头君且去,人天自此路迢遥。④

①【削】《周礼·考工记·筑氏》:"筑氏为削,长尺博寸,合六而成规。"指合六削成一圆形。晴雯肩膀形状像一个圆的六分之一。

【命贱】《红楼梦》对晴雯有"心比天高,身为下贱"的感叹。

②【千金难一笑】《红楼梦》第三十一回"撕扇子作千金一笑":宝玉笑道:"古人云,'千金难买一笑',几把扇子,能值几何!"

南朝梁/王僧孺《咏宠姬诗》:"再顾连城易,一笑千金买。"

朱正注引屈原《离骚》:"众女嫉余之蛾眉兮,谣诼谓余以善淫。"

【离骚】发泄不平之气。《离骚》为《楚辞》篇名,战国楚人屈原作。"离骚"旧解释为离愁,也有解作遭忧的,或解释为牢骚,都有"发泄不平之气"的意思。

③【脱红绫袄】《红楼梦》第七十七回:晴雯"将贴身穿着的一件旧红绫袄脱下",给宝玉作为纪念。

【雀金裘】沈从文《中国古代服饰研究·一六二·清初妇女装束》:

"'晴雯补裘'所叙用孔雀毛织成的'雀金泥'(其实是平铺孔雀羽毛线,界以丝线而成,即明代的洒金绣法)。"《一七六·清代大宴蒙古王公图》:"孔雀毛捻线作满地,平铺,另用细线作横界(宋代名为'刻色作',明代名为'洒线')。"(红学家)吴世昌写过一篇考据文章《从马王堆汉墓出土的"羽毛贴花绢"到〈红楼梦〉中的"雀金裘"》。

④《红楼梦》第七十七回:"'二人自是依依不舍,也少不得一别。晴雯知宝玉难行,遂用被蒙头,总不理他。宝玉方出来。'"

舒芜《毁塔者的声音——论聂绀弩的妇女观(下)》:"歌颂了晴雯'命贱何妨气性慓'。用'慓悍'之美来赞美女性,这是聂绀弩的审美观。他赞美女作家萧红的为人及其代表作《生死场》时,也用这种审美观。他的《再扫萧红墓》的诗里说:'生死场慓起时慓,英雄树挺有君风。'两处都用'慓'字来赞美女性,平常很少有人这样用的。"

吕尚《读聂诗的启示》:"最后两句写晴雯病危时,贾宝玉去探望她时,她以被蒙头不让贾宝玉看见她颜色憔悴、形容枯槁的病态。全诗用重彩把晴雯从外表到内心渲染得如此形象,真是呼之欲出。"

另稿:1963 年 6 月 20 日寄高旅诗手迹,题作《红楼人物八咏·晴雯》,第 2 句"气性慓"作"性自高";第 6 句"早"作"尽"。(按:《红楼人物八咏》所咏依次为:黛玉、晴雯、紫鹃、鸳鸯、尤三姐、龄官、妙玉、探春。)

三 紫鹃①

秋悲春困困潇湘,我在佳人锦瑟旁。②
爱海珠荒全是泪,情炉铁冷怎成钢。③
亦闻蜇语传金锁,故撰危词耸玉郎。④
绣口锦心参至计,侍儿肝胆照姑娘。⑤

①紫鹃：林黛玉的贴身丫头。

②唐/杜甫《曲江对雨》："何时诏此金钱会，暂醉佳人锦瑟旁。"

③【珠泪】朱正注引《太平御览》中所引晋/张华《博物志》："鲛人从水出……泣而成珠满盘。"

④【蜚语传金锁】蜚语，明/文秉《先拨志始》卷下："或巧布流言蜚语，或写匿名文书。"早亦作"流言飞文"。蜚语传金锁的情节见《红楼梦》第五十七回"慧紫鹃情辞试莽玉"。

⑤【绣口锦心】唐/柳宗元《乞巧文》："骈四俪六，锦心绣口。"

【肝胆照】肝胆相照，宋/文天祥《与陈察院文龙书》："所恃知己肝胆相照，临书不惮倾倒。"亦作"肝胆照人"。

舒芜《毁塔者的声音——论聂绀弩的妇女观（下）》：聂绀弩"歌颂了紫鹃一心希望成全黛玉的爱情，她对黛玉是'肝胆照人'"。

聂绀弩1984年6月5日致舒芜："又将写一篇《紫鹃论》，紫鹃说（对黛玉）'我又没有教你做坏事'，这是弱点，她应该教黛玉做坏事，或者大事会成功。从来的丫头都是帮、劝、替小姐做坏事而得到好处的。"

舒芜《聂绀弩晚年想些什么》："他以前有咏紫鹃诗云：……（舒引聂诗全首，此略）那时他认为紫鹃已经给黛玉出了'至计'，现在他进一步，认为紫鹃应该教黛玉做'坏事'，这才是'至计'，或者大事会成功。这虽是'怪论'，细想未尝没有道理。"（见《新文学史料》2003年第3期）

方印中《聂绀弩诗三百首》："这首诗以'侍儿肝胆'四字赞扬了紫鹃的心地。前三联以紫鹃的语气道出，首联那个'我'字，是作者感情的流露，也使读者对紫鹃平添几分亲切感。尾联则是诗人的语气，是对紫鹃的总评。"

另稿：1963年6月20日寄高旅诗手迹，题作《红楼人物八咏·紫鹃》，第4句"冷"作"死"，第6句"耸"作"悚"。

四　鸳鸯①

南山有鸟北山罗，罗作老奴小老婆。②
此日鸳鸯冲铁网，一天星斗乱银河。③
三军夺帅情何迫，匹女忘威事可歌。④
便作夫人谁便往，斯言绝决胜投梭。⑤

①【鸳鸯】贾母的贴身丫头，服侍贾母非常周到，颇受宠爱。因地位低下，仍受其他主子的侮辱。她性格刚强，坚贞不屈，贾母死后，她上吊死了。

②【南山有鸟北山罗】见《南山草·六十赠周婆（二首）》注⑥。

【老奴】骂人的话。南朝宋/刘义庆《世说新语》记温峤娶妇故事，结婚之夕，新妇曰："果是老奴。"此处指贾赦。

③《红楼梦》第四十六、四十七回，贾赦硬要鸳鸯做他的小老婆，贾赦之妻也帮着丈夫对鸳鸯施加压力，鸳鸯的嫂嫂也来劝鸳鸯顺从。鸳鸯把嫂嫂大骂一顿，并且向贾母哭诉。贾母离不开这个服侍得力的丫头，"气得浑身打战"，狠狠地教训了邢夫人，叫她告诉贾赦不许打鸳鸯的主意。贾母大发脾气时，甚至连与此事不相干的王夫人都责怪上了。这就是所谓"此日鸳鸯冲铁网，一天星斗乱银河"。（据舒芜读诗笔记）

④【三军】周制，天子六军、诸侯大国三军，后因以"三军"为作军队的统称。与现代海、陆、空三军之意无关。

【夺帅】《论语·子罕》："子曰：三军可夺帅也，匹夫不可夺志也。"

⑤【投梭】朱正注引《晋书·谢鲲传》："邻家高氏女有美色，鲲尝挑之，女投梭折其两齿。"

《红楼梦》第四十六回，鸳鸯向平儿表明她不肯做贾赦小老婆的态度道："别说大老爷要我做小老婆，就是太太这会子死了，他三媒六聘的娶我去做大老婆，我也不能去。"

杨九如《"天外诗星"写奇联——介绍聂绀弩七律中的颔颈联》："此联是对《红楼梦》人物鸳鸯极准确，也是最高的评价。'匹女'对'三军'对得既奇且工。"

方印中《聂绀弩诗三百首》："诗只涉及关于鸳鸯的一件事……诗中有叙述，有议论，在叙述议论中设引比喻和典故，对鸳鸯的反抗精神给以最热烈的歌颂，充分反映了诗人对被压迫妇女的思想倾向。"

舒芜《潘金莲》："鸳鸯誓死不做贾赦的小老婆，聂绀弩曾有诗颂之曰：……（舒引全诗，此略）真是'大赞大颂'，令人扬眉吐气！"（见《舒芜小品》）

另稿：聂绀弩1963年6月20日寄高旅诗手迹，题作《红楼人物八咏·鸳鸯》。

五　尤三姐①

一夕叱羊皆化石，五年插柳未成阴。②
全倾种种衷肠话，只获悠悠道路心。③
尤物尤人情激越，巫山巫峡气萧森。④
寒光闪处青锋血，恨比晴雯似更深。

①【尤三姐】尤老娘之女，贾珍妻尤氏的同父异母妹，她同尤二姐都是尤老娘从别姓改嫁带到尤家来的。出身贫寒，地位低下，不得不来依附宁府这门富亲戚。

②【叱羊化石】把"叱石化羊"颠倒来用。《太平御览》引晋/葛洪《神仙传·皇初平》：十五岁的初平在山上放羊，遇一道士，被收为徒，道士领初平到金华山一石屋里，教他神奇本领。四十年后初平与其兄初起相遇，兄问弟羊在哪里？答说近在山东。兄去看不见羊，仅仅见到白石头。兄弟一起去看，初平叱曰："羊起！"于是白石变成羊，有数万只。

舒芜读诗笔记："此处反用其事，指《红楼梦》第六十五回，贾珍、贾琏调戏尤三姐时，尤三姐跳起来一场痛骂，'吓的贾琏酒都醒了。贾珍也不承望三姐儿这等拉得下脸来。兄弟两个本来是风流场中耍惯的，不想今日反被这个女孩儿一席话说的不能搭言。'"

【插柳】明/冯梦龙《古今小说·赵伯升茶肆遇仁宗》："着意种花花不活，无心栽柳柳成阴。"

尤三姐倾心柳湘莲五年之久，但厌恶宁国府道德败坏的柳湘莲误解了寄居宁国府的尤三姐，尤三姐有口难辩，最后在柳湘莲面前悲愤自刎，表明自己的清白和对柳湘莲的心迹。见《红楼梦》第六十五回"尤三姐思嫁柳二郎"，第六十六回"情小妹耻情归地府"。

③唐/张谓《题长安主人壁》："纵令然诺暂相许，终是悠悠行路心。"

④唐/杜甫《秋兴八首》其一："玉露凋伤枫树林，巫山巫峡气萧森。"

王林书、张盛荣《当代旧体诗论·新旧体诗的决裂与融合》："一首诗不仅写出尤三姐自刎而死的沉痛，在传统的比兴意义后面我们也看到了聂老自己沉痛的内心，也在三复咏叹中，看到了中国封建社会可怕的难以摆脱的阴影。"51页："借尤三姐所爱非人，终至被遗弃自戕的悲剧，指出比晴雯、黛玉更深的悔恨是爱得深沉、死得惨烈，但为不识人间真伪，有眼无珠，上当受骗，才'全倾种种衷肠话，只获悠悠道路心'，轻信盲从是遗恨之源。"

方印中《聂绀弩诗三百首》："诗的首联即属对，巧用典故，比喻和双关……颈联的'激越''萧森'，气象恰似尤三姐其人。尾联写出惨烈，用语深沉，留给读者深深的思索……七首诗所写的人物中，晴雯、尤三姐、探春都有诗人本人的某些气质，而以尤三姐为最。在这首《尤三姐》的字里行间，似乎晃动着诗人的身影，在尤三姐的悲剧中，似乎可以感受到诗人沉痛的内心。"

另稿：1963年6月20日寄高旅诗手迹，题作《红楼人物八咏·尤三姐》，第3句"全"作"尽"；第7、8句作"寒光闪掣惊天地，事比晴斠恨更深。"

六　妙玉①

木鱼清磬伴弥陀，栊翠庵中恨儿多。
天上玉人离玉府，人间天女遇天魔。
谁堪白璧青蝇玷，其奈红颜薄命何。②
寄语惜春休继躅，无尘埃处有风波。③

①【妙玉】大观园里栊翠庵中带发修行的尼姑。她"祖上也是个读书仕宦之家"。她虽是出家人，受教律的束缚，与宝玉交往后，却不免生出儿女之情。后被强盗劫去。

②唐/陈子昂《宴胡楚真禁所》："青蝇一相点，白璧遂成冤。"
《红楼梦》第一百十二回，妙玉被强盗劫去污辱。

【红颜薄命】元/马致远《汉宫秋》三折："自古道红颜胜人多薄命，莫怨春风当自嗟。"

③【惜春】宁国府贾敬之女，贾珍胞妹，与贾赦、贾政的女儿排在一起称四小姐。她亲眼看到三个姐姐的不幸结局和贾府的败落，便向往佛门净地，终于也做了尼姑。

曾敏之《绀弩独创聂体诗》："绀弩来了广州……在惠如茶楼对我们谈到他研究《红楼梦》的问题，他想以诗、书法为金陵十二钗题咏，他很推崇妙玉，写过《妙玉论》，认为不论是黛玉、宝钗、史湘云，'都不是最美的形象，不过各具一美罢了，妙玉才是十二钗中最美的'。'妙玉的诗才，钗、黛、湘云都压不倒，而高洁的人品，更在他们之上'。但是妙玉的结局却令绀弩难过，他考证之后，说妙玉恐怕沦为妓女了，'这真是悲剧的一生'！他从而提了一句哲理的判断：'悲剧是把美的东西撕毁给人看的。'"（见香港《大公报》1998年5月31日）

方印中《聂绀弩诗三百首》："句句写的妙玉，气氛、人品、感情、命运，无一不具备妙玉的特殊性……妙玉的悲剧则在于目下无尘，孤高自许，最后却是'一块美玉，落在污泥之中'。"

另稿：1963年6月20日寄高旅诗手迹，题作《红楼人物八咏·妙玉》，第2句"中"作"留"；第8句"有"作"也"。《倾盖集·咄堂诗》，第8句"有"作"也"。

七 探春①

何处飞来一绣囊，满园雏婢尽倾箱。②
三姑娘手快天下，王善保家尝耳光。
之子与人家国事，颠风休动女儿裳。③
大妈不悦吾何恐，拼嫁荒山抑远洋。④

①【探春】贾政之女，侧室赵姨娘所生，排行第三，称三姑娘。她在下人面前，虽年轻却颇有威严。

②【绣囊】《红楼梦》第七十三、七十四回：贾府的丫鬟司棋，敢于自己选择情人，不慎将表兄赠送她的定情之物绣囊，遗失在大观园中，被邢夫人发现，引起对大观园中所有丫鬟进行搜查的轩然大波。

③舒芜读诗笔记："旧时认为女子嫁到夫家，才是她真正的家，至于未出嫁以前的娘家，尽管是她的出生之家，但家政全由父母兄嫂等做主，未出嫁的姑娘无权过问。抄检大观园事是贾府的复杂矛盾的一次大爆发，探春打王善保家的一耳光，表示她对这次查抄的抗议，以一个未出嫁的姑娘身份而态度鲜明地干预了这件她不该表态的大事，所以说她'与人家国事'。"

【之子】代词，"这位"之意。子，这里指女子。《诗经·周南·桃夭》："之子于归。"

【颠风】朱正引宋/苏轼《大风留金山两日》："塔上一铃独自语，明日颠风当断渡。"

④【大妈不悦】贾赦是贾政的哥哥，探春是贾政的女儿，邢夫人是贾

赦之妻——自然是探春的伯母——大妈。"绣春囊"风波是邢夫人掀起的,王善保之妻是邢夫人的"陪房",秉承邢夫人意旨扩大事态,建议并积极执行抄检大观园,探春打了她,所以说不怕伯母不高兴。

舒芜读诗笔记:"《红楼梦》第七十五回,探春说:'告诉你罢:我昨日把王善保家的老婆打了,我还顶着徒罪呢。也不过背地里说我些闲话罢咧,难道他还打我一顿不成?'徒刑是流放之罪。探春是说气话,并不是认为自己真犯了流放之罪。聂绀弩的意思是,探春终于远嫁了,好像流放一样,探春说不怕流放,好像成了'拼嫁荒山抑远洋'的预兆了。"

李邦佐《试评〈倾盖集〉》:"'三姑娘手快天下,王善保家尝耳光',这样的妙句着墨不多,便把一个有胆有识的探春栩栩如生地刻画出来了。"

聂绀弩《探春论》:"'有佛菩萨焉,运五指之峰,作巨灵之擘。香风盖去,春雷与新笋齐生;翠袖翻来,鸿爪共乌泥并现。嘻!此何声也,其殆博浪椎之嗣响乎!……蛾眉吐气,为大白浮者三;老魅杀风,为舞剑起者再。'这是读花人'王善保家的赞',人同此心,心同此理,探春赏了王善保家的一个耳光,大快人心,古人早已感到;比之如'博浪椎',简直就是说她不仅打了王善保家的,并且也打其用意在王夫人了。然而古往今来,王夫人、王善保家的何其多;而探春何其少也!"(见《聂绀弩全集》第7卷429页)

方印中《聂绀弩诗三百首》:"'之子'的'子',在古代有时兼指男女。《诗经·周南·桃夭》:'之子于归'。'国家'是复词偏义,意义偏在'家','国'字在诗中无义。"

罗孚:"或曰,读此《红楼梦人物》,可于《红楼梦》外另作体会,如'脱红绫袄心真碎',应着眼于'脱'字'红'字,大反'右派'也;如'爱海珠荒全是泪',应着眼于'珠'字,三年困难米珠之荒也;如'情炉铁冷怎成钢',应着眼于'钢'字,全民大炼钢铁也。如此等等,姑存此说。"(1993年4月20日,向思庚在他北京西郊家中对侯井天、戴行健谈到聂绀弩对他解说《红楼梦人物》诗中"爱海珠荒全是泪""情炉铁冷怎成钢"等句内涵,即罗孚此处"或曰""姑存"之"说"。)

寓真《聂绀弩刑事档案》中"1965年初向思庚的一次谈话":"(老

聂）他真有才华，现代作诗像他那样也少，他的诗不落俗套，没有一句是前人气息，但又是很好的旧体诗，这个人真聪明。有些诗是发个人牢骚的，比如红楼梦那几首，写晴雯，有'红袄脱身'的句子，指开除他出党；'补裘'指给党作过许多事，诗里大意是你开除就开除，我自己找我自己的路子。像这些诗，说他反动，真冤枉。这些诗一般人看不出问题，我们老朋友知道他的，才明白是有所指的。"

王存诚《为时代作证》："诗集中咏《红》之作凝聚了他最深沉的情感……这集中反映了他对时下'红学'的看法，侯注中引用了向思庚先生指示的《晴雯》一诗中'脱红绫袄心真碎'等句的读法，使人对聂绀弩咏《红》诗的深刻内涵顿觉豁然。聂绀弩是以'情眼'读《红》的，在他的咏《红》诗中处处可听到弦外之音：'不做夫妻便生死，翻教骨肉判恩仇'；'全倾种种衷肠话，只获悠悠道路心'；'谁堪白璧青蝇玷，其奈红颜薄命何'；'之子与人家国事……拼嫁荒山抑远洋'；'三军夺帅情何迫，四女忘威事可歌'。这些无不是儿女之情，又无不可扩大为国家社会之情。这两种感情（或实际上只是一种）在聂绀弩胸中激荡，就流出这些激动人心的诗句，这决不是人为雕琢能够作出的。固然，'脱红绫袄心真碎'可以借喻他本人被加上'反革命'罪名的痛苦；'爱海珠荒全是泪，情炉铁冷怎成钢'或许也可以理解成是在暗示困难时期和大炼钢铁。但这还只不过是表象上的偶然联系，是诗人胸中激烈的感情与眼前的现实撞击出来的耀眼的火花。这些火花固然是火，那些不那么耀眼的部分也无不是火，而且可能温度更高，因为经过了更长久的燃烧。聂绀弩不仅走进了历史的大观园，而且又一直从历史的大观园走进了现实的大观园（不知多少人身处'大观园'而不自觉！），这就是他做为一位红学家的高超之处。"

另稿：聂绀弩1963年6月20日寄高旅，题作《红楼人物八咏·探春》，第2句"雏婢"作"深夜"，第3句"快"作"妙"，第8句"抑"作"复"。朱正存手稿，题作《红楼梦人物四首·4探春》，第2句"雏"作"仆"。

水浒人物（五首）

一 鲁智深

肉雨屠门奋老拳，五台削发恨参禅。①
姻缘说堕桃花雨，儿戏蹴翻杨柳烟。②
豹子头刊金印后，野猪林伏洒家前。③
独撑一杖巡天下，孰是文殊孰普贤。

①《水浒传》第三回："鲁提辖拳打'镇关西'。"第四回："鲁智深大闹五台山。"

②《水浒传》第五回"'花和尚'大闹桃花村"。第七回"'花和尚'倒拔垂杨柳"。

【姻缘】鲁智深说的本来是"因缘"，是佛家一种说世间万事因果缘分的宣讲。此处因所说有关婚姻之事，故写成"姻缘"。（据舒芜读诗笔记）

【桃花雨】佛家故事里，有天花乱坠如雨的情节，此处因鲁智深在桃花村自称能向桃花山寨大王"说因缘"，所以说他能说得桃花乱坠如雨。（据舒芜读诗笔记）

【杨柳烟】杨柳泛指柳树。高大的柳树，枝叶茂盛，远望如带烟。（据舒芜读诗笔记）

③《水浒传》第八回："林教头刺配沧州道，鲁智深大闹野猪林"。

【金印】宋时，犯人徒流迁徙时，脸上刺字，却取个好听的名称，唤作"打金印"。

《水浒传》第九回："松树背后雷鸣也似一声……跳出一个大胖和尚来。喝道：'洒家在林子里听你多时'"。

【洒家】关西人自称"洒家"，洒即"咱"的转音。

方印中《聂绀弩诗三百首》："《水浒传》人物众多，为什么写鲁智深、林冲、董超、薛霸？这就同诗人的身世之感有关。""尾联认为，鲁的见义勇为，打抱不平，比文殊、普贤而有过之，赞扬之情溢于言表。"

另稿：1982年11月5日投《光明日报·文学遗产》稿改定手迹，题作《〈水浒〉人物五题·一　鲁智深》，第2句"削"作"落"；第4句"蹴"作"拔"，"杨柳"作"柳树"；第8句作"不是文殊定普贤"。

二　林冲（二首）

其一　休妻

一夜夫妻百夜恩，休书一纸忍呈君？①
谁知落雁沉鱼者，竟是招灾贾祸人！
万里关山长路险，千行涕泪短檠昏。②
两心相照期无患，以假为真莫认真。

其二　题壁③

家有姣妻匹夫死，世无好友百身戕。
男儿脸刻黄金印，一笑心轻白虎堂。
高太尉头耿魂梦，酒葫芦颈系花枪。④
天寒岁暮归何处，涌血成诗喷土墙。

①元/石君宝《秋胡戏妻》第一折："正是一夜夫妻百日恩，破题儿劳他梦魂。"

②唐/韩愈《短灯檠歌》："长檠八尺空自长，短檠二尺便且光……一朝富贵还自恣，长檠高张照珠翠。吁嗟世事无不然，墙角君看短檠弃！"

③《水浒传》第十一回：草料场大火后，林冲被迫上梁山，在枕溪靠湖的一家酒店，"乘着一时酒兴，向那粉白墙上写下八句"诗。

④【花枪】旧时兵器，像矛而较短。《水浒传》第十回："把花枪挑了

酒葫芦。"

陈七《耳耶病榻遗墨》:"1982年秋,蔡季眉(名'土序',侯注)兄去北京探视聂老,我请他把我手抄的《耳耶诗抄》带给聂老订正,并请为手抄本署端,及抄示所作。季眉兄回汉时,说聂老在医院病榻上为我题写了书名,还抄示近作二首,我真是大喜过望。接着聂老的《散宜生诗》出版,未见抄示的《补水浒人物二首》"《一、林冲休妻》、《二、林冲娘子》"。(见《长江日报》1986年7月2日)(侯按:这说明《休妻》和下边的《林冲娘子》,写于1982年下半年。)

方印中《聂绀弩诗三百首》:"《休妻》一诗,写得曲折回肠,或许是诗人从经过的历次政治运动,所见夫妻关系的波澜,有所感而发。""颈联对仗工整,一句写林冲的现实,一句写想象中的妻子,互相对照,表达的是尾联'两心相照'的意思。""尾联所写的'以假为真',同《水浒传》第八回所写略有不同,这或许跟诗人的某种寄托有关。"

王浩天1995年8月8日给侯井天的信中说:"'千行涕泪短檠昏',我总以为是指林妻说的。或是写两人当时同下泪,也似可以。"

舒芜读诗笔记:"书中林冲休妻,是真的,他是怕自己发配之后,妻子独居家中,无人保护,高俅更会来打主意,所以要解除妻子同他的婚姻关系,好让妻子另找个丈夫,有个保护。聂绀弩却另有解释,说林冲休妻是假的,也许有感于现代中国历次'左'的政治运动中,受迫害的人,为免得牵累妻子(或丈夫),而与妻子(或丈夫)假离婚之事,借林冲以表此意。"

尹瘦石1987年5月11日给侯井天的信说:"聂尚要我画《林冲题壁图》","画于'文革'中抄失"。应侯井天之请,尹瘦石于1990年7月上旬"重绘"寄侯。题字曰:"林冲题壁　庚午仲夏重绘　瘦石。"

侯按:此诗原题《题林冲题壁图寄巴人》,收入1981年香港野草出版社出版的《三草》,1982年人民文学出版社出版《散宜生诗》时,"听人建议"未收入,事后,聂"感到惋惜,表示再版时要补进去"(据刘岚山《为散宜生祝寿——关于聂绀弩旧体诗集〈散宜生诗〉》)。1985年人民文学出版社出版增订、注释本《散宜生诗》,即题为《题壁》者。又,

《新文学史料》1990年第1期载包立民《〈马山集〉失而复见始末》："'题水浒'一诗，偏偏题的是高俅陷害发配的林冲，又恰恰是一首题'林冲题壁'之诗，岂不是借林冲在火烧草料场后'涌血成诗喷土墙'来隐喻他发配北大荒的身世遭遇吗？这首诗原题'寄巴人'，巴人本名王任叔，故后来改题'寄王巴'。为什么要寄巴人？因为巴人是他在人民文学出版社的顶头上司，是一个'左派'，在'反右'中'左'得出奇，批聂绀弩也批得离奇。所以聂绀弩要在诗题上刺一下巴人。"

陈落《聂绀弩二、三事》："第二次见面在1978年……谈起一连串运动中的遭遇，他讲得很简单，态度淡然，好像不是自己的事情。同去的朋友提到反右，他说'王任叔抓到一些材料，整了我，不料后来他的遭遇，比我还惨。'言下不胜感慨。"（见《晚霞报》1992年6月16日）

黄永玉《太阳下的风景·往事和散宜生诗集》："他咏林冲的两句诗'男儿脸刻黄金印，一笑心轻白虎堂'充实了我那段时期全部生活的悲欢，感受到言喻不出的未来的信念。"

张翅翔《仰怀绀弩先生》："'男儿脸刻黄金印，一笑心轻白虎堂。'何等凛然气概！这样的人可杀而不可辱，他是《山海经》上那个与天帝抗争的神话人物刑天的嫡裔。"

黄苗子《半壁街忆语》："描写林冲的十四个字：'男儿脸刻黄金印，一笑心轻白虎堂。'有朋友读了，怅触前尘，感怀身世，曾经写信给我说：'慷慨悲凉，令人泣数行下！'"

姚锡佩《杂文大家聂绀弩的坎坷路》："震撼文坛的'胡风反革命集团案'，追查他和胡风的长期交情，他便给自己扣了一顶帽子'比胡风分子还要胡风分子'"。"肃反运动……顺理成章地遭到隔离审查"，"夫妻双双被打成右派"，"遭此接连飞来的横祸，绀弩倒有了比林冲洒脱的感觉：'男儿脸刻黄金印，一笑心轻白虎堂'。一种慷慨悲凉之情，促使他以半百之年，坚持要求参加流放北大荒的'右派'行列，不愿在京城看故旧变了颜色，做愚弱国民的示众材料。"

罗孚《聂绀弩诗全编·后记》："绀弩另有一联名句：'男儿脸刻黄金印，一笑心轻白虎堂'……是用的《水浒传》……故事。这是打油，却是严肃的打油。"

商为东《散宜生诗漫话》:"'男儿脸刻黄金印,一笑心轻白虎堂'这充满刚烈之气的赞语,张扬了中国人民硬骨头精神。"(见《团结报》1993 年 3 月)

党沛家《读〈北荒草〉谈绀弩及侯注》:"'男儿脸刻黄金印,一笑心轻白虎堂'的蔑视与愤慨。"(见 1997 年第 2 期《当代诗词》)《续读〈北荒草〉》:"看了这样怒发冲冠、铮铮铁骨的慷慨悲歌之词,怎能不为其所动容?还能责怪他有阿 Q 气吗?(他本有阿 Q 气的)谁能不说绀弩是一位顶天立地的好汉呢?在他的无所畏惧、充满天地之正气的凛然气概之下,那些太尉之流又怎能不渺小!真是教当年那些无辜的受难者,为之扬眉吐气而大快其心了,所以一经传出便受朋辈激赏。"

韩三洲《旧瓶新酒有"打油"》:"'男儿脸刻黄金印,一笑心轻白虎堂',这是聂绀弩以林冲误入白虎堂而遭受冤屈的历史故事,反其意而用之,不仅仅在诉说对自己命运的愤懑与不平,也是诗人在那种万马齐喑年代里的一声抗争与呐喊!"

方印中《聂绀弩诗论稿》:"'男儿脸刻黄金印,一笑心轻白虎堂',充满了好汉志士刚烈之气,悲愤之情,联系诗人自己的坎坷遭遇和硬骨头精神看,这两句诗与其说是林冲的心绪,不如说是诗人为林冲代言,是诗人借《水浒传》之酒杯,浇自己之块垒。"

寓真《聂绀弩刑事档案》:"'男儿脸刻黄金印,一笑心轻白虎堂。'既是悲歌,又是啸傲,仅仅十四个字,铿锵有力,掷地有声……表达了他的深沉的悲愤,与凛然的正气。'"'右派'的'金印',不仅是刻在一个男儿脸上的耻辱,而且是永远刻在他心灵中的创痛。这种心灵的创痛,不只是痛之于个人的患难和荣辱得失,而是与国家民族悲剧紧密相系的。""1965 年 2 月某日,聂对某某人说:——《水浒传》《红楼梦》的诗,人家要挑起来也成问题。拿那首写林冲的诗来说,人家问你'英雄脸刻黄金印,一笑身轻白虎堂'是什么意思?'脸刻黄金印'不是指戴'右派'帽子吗,你怎么回答?再问你'白虎堂'指的是什么?你怎么办?所以要有问题都有问题。"

方印中《聂绀弩诗三百首》:"《水浒传》书中,林冲'脸刻黄金印'以后,一再委曲求全,并无'一笑心轻'事,所以,这首诗中的'一笑心轻白虎堂',其实是诗人借林冲故事,表达自己的身世之感、郁勃之气、悲凉之气、刚烈之气。'脸刻黄金印'对'心轻白虎堂',是诗人提炼的妙对。"

党沛家《续读〈北荒草〉》:"'高太尉头耿魂梦,酒葫芦颈系花枪',犹如一把利剑,在陷害无辜的小人头上,闪耀着正义的寒光。"

舒芜读诗笔记:书中并未说这首题壁诗是喷血写的,聂绀弩的意思是这样的诗,等于血写的。

聂绀弩《林冲杨志合论》:"林冲世系不详……千不该,万不该,林冲不该有个漂亮的老婆,老婆不该让高衙内看见,高衙内又不该是顶头上司高太尉的义子,林冲更不该不肯乖乖地把娘子献出!他就只好刺配,只好风雪山神庙,火烧草料场了。"(见《聂绀弩全集》第1卷415页)

邵燕祥《重读绀弩的诗》:"绀弩为林冲题壁写的诗,有'天寒岁暮归何处,涌血成诗喷土墙'之句,吐尽盖世的苍凉。一部聂绀弩诗也当作如是观。这是至痛至愤的'怒书'。"

顾学颉《杂谈聂绀弩》:"他的诗作中,有许多镌刻而一语破的之句,有意无意之间,透露出心中郁勃之气。如《题〈林冲题壁〉寄巴人》……(顾引聂诗全首,此略)这首诗未必真的寄给了巴人,不过在纸上发发怒气而已。'男儿脸刻黄金印,一笑心轻白虎堂'。林冲脸上刻金印去充军,不就是高坐白虎堂上的高俅的阴谋造成的吗?当然巴人还没有高太尉那样的权力。不过,用来比拟,也不算过分。连堂堂的高太尉,尚不在林冲的眼下,区区巴人,又值什么而不'心轻'呢?林冲'涌血成诗喷土墙',正好表明作者题此诗的心情。"

《舒芜口述自传·平静的日子不平静》:"把聂绀弩这样级(别)的干部打成'右派',不是王任叔(巴人)一个人有权决定的;但在决定过程中,他起了关键性的作用,却是不争的事实。所以聂绀弩有这样一首诗:……(引诗全首,此略)明明把王任叔比做陷害林冲的高俅。'脸刻黄金印',比喻戴上'右派'帽子。"

何永沂《涌血成诗喷土墙——熊鉴诗试评(代序)》:"聂绀弩的名句'涌血成诗喷土墙',这句诗大多数读者着眼于'血'字,而我对那个'墙'字别有一种特别的感觉,'文化大革命'后期,笔者在粤北山区一间小卫生院工作,旁边就是一所有名的省级监狱……里面关着不少'政

《林冲题壁图》 尹瘦石绘

治犯'，这些新的墙就是他们自己砌的。多年后，当我第一次看到聂诗这个'墙'字时，便情不自禁地想起那一道'犯人'自己砌来关闭自己的高墙。"（见《当代诗词》2001年第2期）

舒芜2002年1月15日致何永沂："解'涌血成诗喷土墙'之'墙'尤出人意外，顿开茅塞。"

方印中《聂绀弩诗三百首》："'天寒岁暮归何处'，的确是林冲当时处境的描绘，但同时也的确是诗人自己在政治运动中，经历过的处境的描绘，所谓'日之夕矣归何处'（《代周婆答》），情调是完全一样的。""比较起来，林冲的题壁诗，叙述为多，悲情为多；而聂诗《题壁》，则抒情为多，愤怒为多。（诗中的'一笑'，也是极怒的冷笑。）"

另稿：《休妻》，聂绀弩1982年10月15日在北京给陈七所录，题作《林冲休妻》，第4、5句作"无限关山长路窄，有穷涕泪短檠昏"。

《题壁》，聂绀弩1963年2月末日寄高旅附诗手迹，题作《题〈林冲题壁图〉》，第1句"家"作"室"。《三草》中题作《题〈林冲题壁图〉寄巴人》，列于《北荒草》。

三　林冲娘子

天下英雄唯我夫，无端陋质竟妨渠。①
人逢艳福天生妒，虎落平阳犬不如。②
万里流徒君善摄，千年寡室妾能居。
身无彩凤双飞翼，泪透萧郎一纸书。③

①【陋质】长得不好看。自谦之词。
【妨】俗称相克。元/关汉卿《诈妮子调风月》第四折："妨公婆，克丈夫。"

②清/钱彩《说岳全传》四〇回："虎落平川被犬欺。"

③唐/李商隐《无题二首》其一："身无彩凤双飞翼，心有灵犀一点通。"

【萧郎】本指梁武帝萧衍。后以泛指所亲爱或为女子所恋的男子。

唐/崔郊《赠去婢》："侯门一入深似海，从此萧郎是路人。"

唐/杨巨源《崔娘》："风流才子多春思，肠断萧娘一纸书。"

方印中《聂绀弩诗三百首》："这首诗以林冲娘子的口气写，隐约之间也见诗人情怀。如'虎落平阳'句，也是诗人的遭遇。"

另稿：聂绀弩1982年10月15日在北京给陈七所录，第3句"逢"作"多"；第5、6句作"仓皇君就流徙往，岑寂妾当孤室居。"

四　董超薛霸①

解罢林冲又解卢，英雄天下尽归吾。
谁家旅店无开水，何处山林不野猪？②
鲁达慈悲齐幸免，燕青义愤乃骈诛。③
佶京俅贯江山里，超霸二公可少乎！④

①【董超薛霸】董超、薛霸，《水浒传》小说中人物，是开封府派出的专门监押发配犯人的两个"防送公人"。

②《水浒传》第八回：董超、薛霸定下奸计，在旅店里以给带枷的林冲洗脚为名，把林冲的脚按进"薛霸去烧的一锅百沸滚汤"里烫伤。

③【鲁达慈悲】《水浒传》第九回："洒家不看兄弟面时，把你这两个'都剁作肉酱'。"

【燕青义愤】《水浒传》第六十二回：燕青用箭射死了薛霸、董超，救了卢员外（卢俊义）。

④【佶京俅贯】赵佶、蔡京、高俅、童贯。赵佶，北宋皇帝，庙号徽

宗。他起用"六贼"蔡京、童贯、李彦、朱勔、王黼、梁师成。定司马光、文彦博、吕公著、韩忠彦、苏轼、范祖禹、秦观、黄庭坚等百余人为"元祐奸党"，章惇等人为"元符党人"。他和"六贼"滥增捐税，搜刮民脂民膏，血腥镇压起义农民。后被金兵俘去，死在五国城（今黑龙江依兰）。蔡京，北宋末年大臣，"六贼"之首，三次入相，搜刮天下，打击异己，挑起边衅，镇压湖南瑶民。高俅，北宋官员，徽宗时任殿前都指挥使、太尉、开府仪同三司，与蔡京等"六贼"专权用事，为时人所恨。童贯，北宋末年宦官，性巧媚，善顺承，任武康节度使兼陕西、河东、河北宣抚使，领枢密院事，钦宗即位后任东京留守。时人称蔡京为"公相"、童贯为"媪相"。

聂绀弩《从〈击壤歌〉扯到〈封神演义〉》："《水浒传》写得最清楚：蔡京、高俅、童贯，三位大人物在上面一摆，教天下如何不乱呢？"（见《聂绀弩全集》第1卷412页）罗孚："人称京为'公相'，贯为'媪相'。上有此等君臣，其下又焉能少得了董、薛之徒？"

商为东《散宜生诗漫话》："《董超薛霸》一诗的首联'解罢林冲又解卢，英雄天下尽归吾'，生动地入木三分地刻画了董、薛一类人的心态与嘴脸。林、江一伙及其爪牙不也正好归入此类吗？"

韩羽《杂烩集·画、话水浒·"英雄天下尽归吾"》："'尽归吾'三字活画出小人飞扬跋扈颐指气使的嘴脸。看那林冲、卢俊义本天下数一数二的英雄豪杰，在他们面前偏偏忍气吞声逆来顺受，甘为俎上之肉。哀其不幸，怒其不争，却也活该。大闹飞云浦的武都头，就不受这窝囊气。"

陈明强《聂绀弩诗话》之一："'何处山林不野猪'。野猪林，解差谋杀犯人的地方。拆开，野猪作山林的谓语，把险象丛生的严重世态说得颇滑稽，沉重感叹中混合着嘲讽意味。"

林千典《如此新声世所稀》："在咏旧小说、红楼人物、鲁迅人物等品评之作中，语言风格往往是大胆泼辣，警策峭拔的。这充分体现了作者原是杂文大家的当行本色，他继承发扬了鲁迅杂文那种纵横捭阖、嬉笑怒骂的风格传统，不仅于杂文，也于旧体诗中体现出来。"（见《江南诗词》1986年第3、4期）

"老潘"于 2002 年 5 月 18 日 03：03：32 在乐趣园［华夏知青论谈——广泛天地］发表："聂绀弩写有《水浒人物五首》，其中一首题为《董超薛霸》。诗云：……（引聂诗全首，此略）历来为水浒人物作评点，少有谈及董超、薛霸这两个差役的。聂绀弩当过'右派'，当过'鬼'，常常和董超、薛霸一类人打交道，感受很深，故有此作。""全诗的点睛之笔是最后两句：'佶京俅贯江山里，超霸二公可少乎！'""（佶京俅贯）都是当时的权臣。意思是说，在昏君权臣统治下，哪能少得了董超、薛霸这类卑劣凶残的小角色呢？""我们知道，董超、薛霸要害林冲和卢俊义并不是自出心裁，而是受人差遣，奉命行事。本来也是，差役和他们看管押送的犯人往日无冤，近日无仇，何苦法外施刑，必欲置之死地而后快？当然差役中不乏虐待狂，专以折磨他人为乐事，但就是这类差役也不是不知轻重，他们很善于领会上面的意图，很知道哪些犯人是不可以随便折磨的，哪些犯人是可以随意折磨的，甚至是折磨得越凶越是讨上面高兴的。"

曹承容《聂绀弩诗创新浅谈》："以评咏人物为题材的旧体诗，其评咏对象都是帝王将相、才子佳人、英雄豪杰、文人墨客等等，而走狗爪牙之流的卑劣小人，向来为人所不齿，罕有入诗者。聂诗却以《水浒传》中两个臭名昭著的走狗董超、薛霸入诗，刻画入木三分——'谁家旅店无开水，何处山林不野猪'，评价准确深刻——'佶京俅贯江山里，超霸二公可少乎'，是拓展人物诗题材的力作。"

方印中《聂绀弩诗三百首》："这首诗用漫画笔法，刻画了董超、薛霸作为'佶京俅贯'的爪牙的嘴脸。他们以整人为能事，为威风，落井下石，无所不为。为什么诗人咏《水浒传》人物，专为董、薛搭上几笔呢？原因也就是在诗人自身经历中，多见这类人物，并且吃过他们的苦头——董、薛，是过去了的政治运动中常见的一类人的嘴脸。这首诗也可以作为一篇短小精悍的杂文看，笔调大胆泼辣，嬉笑怒骂皆成文章。"

另稿：聂绀弩 1979 年 5 月 24 日致高旅信："近作打油一首，咏超霸二公者，呈笑"，第 1 句"罢"作"了"；第 5 句"慈悲"作"仁慈"；第 6 句"乃"作"始"；第 7、8 句作"思烧长锭三千串，知我二公哂纳乎？"1982 年 11 月 5 日投《光明日报·文学遗产》稿改定手迹，题作

董超、薛霸 韩羽绘

《〈水浒〉人物五题·五 董超薛霸》，第5句"齐"作"方"；第8句"可少乎"作"怎得无"。

人境庐诗①

主题当日粗诗史，思想千年旧士夫。
坚敌人民难卒读，所忧家国未全虚。②
镜花缘里真天地，奴乐岛中好画图。③
最是侈言诗改革，浪抛书卷慑群迂。

①【人境庐诗】《人境庐诗草》，黄遵宪著。黄遵宪（1848—1905），字公度，近代诗人，广东嘉应州（今广东梅县）人。

②作者自注：人境庐诗反太平天国处，不下金和。金和诗集名《秋蟪吟馆诗钞》。

汪秉笔1995年5月22日给侯井天的信中说："聂翁《人境庐诗》自注：……正是聂翁将黄遵宪比作反动的金和，斥责之言，如闻其声。"

③【镜花缘】《镜花缘》，李汝珍著。李汝珍，清代小说家，今北京市大兴县人。晚年经二十多年的努力，著成此书。

【镜花缘里真天地】作者自注：《镜花缘》写外域，均据中国旧书臆造如女儿国之类，人境庐诗《伦敦大雾行》首句"苍天已死黄天立"，奇警且工，极为叹服。集中所写外国乃真外国也。

【奴乐岛】见《南山草·孽海花》注④。

陈明强《聂绀弩诗话》之一："（陈引聂诗1、2、7、8句，此略）从中可以看出他对于诗改革的态度，鄙弃士大夫情调，反对迂腐的不着边际的空谈。他是实践家，顺乎性情，袒露胸臆，以不羁之才俯仰宇宙，拥抱人生。"

另稿：《马山集》题作《题〈人境庐诗草〉》。

岁暮焚所作

自著奇书自始皇,乾坤袖手视诗亡。
诗亡人岂春秋作,身贱吟须釜甑妨。①
自嚼吾心成嚼蜡,尽焚年草当焚香。②
斗牛光焰知何似,但赏深宵爝火光。③

焚稿一题不过表一时心情,与下题显然有相犯者,以非同年作也。我诗曾全失去,若干年后始陆续搜得其小半,除极少数外,均忘其作年,故其次序无意义。

①朱正注引《孟子·离娄下》:"《诗》亡,然后《春秋》作。"
【釜】炊器。敛口,圆底,或有两耳,置在灶上。
【甑(zèng)】古代蒸食炊器,底部有许多透蒸气的孔格,如同现代的蒸锅,也有无底另外加箅的。
②【嚼蜡】《楞严经》卷八:"当横陈时,味如嚼蜡。"
鲁迅《野草·墓碣文》:"……痛定之后,徐徐食之。然其心已陈旧,本味又何由知?"
③【斗牛光焰】《晋书·张华传》记宝剑龙泉、太阿埋在封城地下时,斗牛星座间带有紫气,后由张华友人雷焕掘地,"得一石函,光气非常,中有双剑……其夕斗牛间气不复见也"。
【爝火】朱正注引《庄子·逍遥游》:"日月出矣,而爝火不息,其于光也,不亦难乎?"

黄苗子《半壁街忆语》:"'乾坤袖手视诗亡'……他还是那么满不在乎地一笑置之,在朋友和文学爱好者,却有拔箭舔伤的感觉。"
罗孚:"自始皇,自为焚书之秦始皇。嚼心嚼蜡,谓嚼心之作,自觉如嚼蜡之无味,不如焚之。年草,当年诗草。爝火即火炬。此一时也,心情不佳而焚诗;彼一时也,心情佳时又自珍所作矣。因以附记明之。"
李遇春《阿Q·屈原·江湖——论聂绀弩旧体诗的精神特征》:"自己

焚诗稿，自己当自己的秦始皇，在那个历史的暗夜里，这种难言的苦痛是深沉而峻急的。"（见《新华文摘》2008年11月21日）

寓真《聂绀弩刑事档案》："烧诗的心情，真是复杂而委婉。"

方印中《聂绀弩诗三百首》："焚诗稿虽然是诗人一时心动，但写得奇崛而大气，首联就充分体现了这一点。聂绀弩不愧为聂绀弩，连焚所作也与众不同。从诗中看，焚所作的直接原因是'身贱''嚼心'四字。颈联的'嚼蜡'是对'嚼心'而言，首先，还不是说品诗味同嚼蜡，虽然二者有联系。尾联隐然把焚诗的'爝火光'，同斗牛星宿的'光焰'比照，这样的聂诗也不会是味同嚼蜡的。焚诗稿也痛快，也大气、大度，自著自焚自赏之间，诗人情态毕现，所以这首诗的情调，虽然也有几分哀伤，但是并不颓唐。"

除夜题所作

春夏秋冬一敝庐，古今天地几迂愚。
梅花与雪无消息，诗兴随人感岁除。
不见北风南屋暖，忽当中夜此身孤。
凭君笑我干蝴蝶，自宝偷儿弃所余。①

①【干蝴蝶】见《赠答草·步酬怀沙以诗勖戒诗》注③。

方印中《聂绀弩诗三百首》："虽然写的是'敝庐''迂愚'，但有了'春夏秋冬'，'古今天地'此等大背景，气象就迥乎不同——这是个什么样的'敝庐'和'迂愚'呢？梅、雪、诗常是共生的，所谓'梅雪争春未肯降，诗人搁笔费评章'，可见三者关系。颔联所写，无梅无雪，但仍然兴感诗情。颈联暖中有冷，冷即是孤，孤则寄情于诗，因此也就有尾联的'自宝'。"

另稿：《倾盖集·咄堂诗》，题作《除夜题所作二首·之二》，第7句

"笑"作"嘲"。

《花城》以"迎春"为题索诗[①]

鸟啼山客睡初醒，雨雨风风昨夜惊。
万紫千红犹似梦，落花流水偶牵情。
文章报国谈何易，思想忧天老或曾。
道是迎春春早到，春江花月漾春城。

[①]【《花城》】双月刊，是粉碎"四人帮"以后全国最早创办的大型文艺刊物之一，主办单位是广州花城出版社。

方印中《聂绀弩诗三百首》："'雨雨风风'，形容过去频繁的政治运动……一个'惊'字，包含着诗人些许余悸。首联有孟浩然《春晓》意象，但内涵完全不同，粉碎'四人帮'以后，中国政治上的春天毕竟来到了。""'万紫千红'，'落花流水'是眼前春景，'似梦''牵情'，则是1978年这个特定的历史交替时期在诗人感情中的反映。""'文章报国'是主观心愿，'谈何易'是客观使然，这一点，在诗人一生经历中得到充分说明。'思想忧天'其实何止'或曾'，'或曾'只是诗人的谦词"。"尾联点题，上下句重叠四个'春'字，充分表现了春城广州春意荡漾的气氛，也是诗人内心生命活力的涌现"。

罗孚："诗有春到之喜，亦有报国之忧，昨宵风雨，犹有余悸也。"

聂绀弩对周健强说："'道是迎春春早到，春江花月漾春城'，当初本没有水中花月之意，别人向我提起，我才恍然大悟。"（见周健强《聂绀弩谈〈三草〉》）

另稿：朱正存作者手迹，第4句"偶牵"作"太关"，第6句"或"作"始"。另一手迹，第4句"偶牵"作"偶关"。

八十（三首）

一

子曰学而时习之，至今七十儿年痴。①
南洋群岛波翻笔，北大荒原雪压诗。②
犹是太公垂钓日，早非亚子献章时。③
平生自省无他短，短在庸凡老始知。

二

饮马长城东北东，牵牛七夕乱山中。④
小园枯树悲风劲，下里巴人楚客工。⑤
十载班房资本论，一朝秦镜白头翁。⑥
居家不在垂杨柳，暮色苍茫立劲松。⑦

三

窗外青天两线交，文章拱手世贤豪。
此地无银三百两，前身相马九方皋。⑧
生谓不辰胡老迈，死如得所定燃烧。
五台师范花和尚，狗肉喷香诱戒刀。⑨

①《论语·学而》："子曰：学而时习之，不亦说乎？"
【七十几年】聂绀弩《七十年前的开笔》："即辛亥革命的前一年，宣统二年。这年正月十六日发蒙。"（见《聂绀弩全集》第4卷211页）1910年聂绀弩7岁上学，到80岁，"学而时习"之了73年，所以说"七十几年"。

②【波翻笔】聂绀弩《华民政务司》："我们在新加坡碰见《新国民日报》和《南铎报》打笔墨官司，《新国民日报》拥护孙中山，《南铎报》拥护陈炯明。使我吃了一惊，世上还有人拥护陈炯明！就禁不住写了反驳《南铎报》的论点的文章，前后写了两篇，在《新国民日报》发表。""1923

年，忘记了是上下期，我在吉隆坡（今马来西亚首都）半山巴运怀义学（小学）当教员。""英国政府统治殖民地马来西亚的中国人的机构""华民政务司""找我谈话"，还反问我"你不是左派或右派（指国民党，侯注），新加坡的两派报纸论战，你怎么拿起笔来写文章，帮这一派打那一派？"（见《聂绀弩全集》第4卷249、246、252页）

③【亚子献章】柳亚子1949年3月28日，写《感事呈毛主席》诗。

【亚子】柳亚子（1887—1958），初名慰高，后更名弃疾，字亚子，诗人，江苏吴江人。有柳亚子诗集、词集、文集。

④【饮马长城】《乐府诗集》中《相和歌辞·瑟调曲》有《饮马长城窟行》。

⑤【小园枯树】北周/庾信有《小园赋》《枯树赋》。

⑥【十载班房资本论】聂绀弩《脚印·序》，谈到读《资本论》的事；《脚印·怀监狱》："当未看时，不知从什么地方听来的：《资本论》难懂。作文字工作几十年，也未见有人真看这书的。在稷山看守所时……最初替我买了一部小《毛选》，后来又替买了《反杜林论》《唯物主义和经验批判主义》以及别的。看这些书时，忽然想起：一不做二不休，何不趁此读读号称难懂的《资本论》呢？""我看了十遍（第一卷）"，"其他各卷多者，也不过三四遍"。

【秦镜】相传秦始皇有一面镜子，能照见人的五脏六腑，知道心的邪正。（见晋/葛洪《西京杂记》卷三）

⑦【垂杨柳】北京街巷名。聂绀弩1982年8月16日致高旅："我家在广渠门外，与垂杨柳相接。"

【暮色苍茫立劲松】毛泽东《为李进同志题所摄庐山仙人洞照》："暮色苍茫看劲松，乱云飞渡仍从容。"侯按：聂绀弩生前最后的居住地在北京劲松1区111楼5门302号。他把毛泽东句"看"劲松，换成"立"劲松；意为八十岁人的"暮"年，像一棵劲松立在大地上。

⑧【此地无银三百两】见《南山草·自遣》注③。

宋/陈与义《和张矩臣水墨梅五绝》其四："意足不求颜色似，前身相马九方皋。"

⑨【狗肉喷香】《水浒传》第四回：鲁智深下山走到一家傍村小店，

"猛闻得一阵肉香","你家见有狗肉,如何不卖与俺吃?"

【戒刀】旧时和尚所佩带的刀,按戒规只用来割衣服,不许杀生。

郭力《聂绀弩之死》:"八十自寿诗第一首……畅述了自己淡泊宁静,虚怀若谷的胸怀。"

方印中《聂绀弩诗三百首》:"第一首是生平总述。第一句是奇句——不是奇在文,而是奇在诗。""自从《论语》作为经典,两千多年间,有谁胆敢这样入诗?引文入诗,又字字切合平仄,作为起句,奇峰突起……结穴之字是'痴',八十岁时,总评一生,唯此'痴'字……可以说,没有'七十几年'凝成的这个'痴'字,就没有了诗人聂绀弩。""'波翻笔',很有气势,也是当年的真实写照。'雪压诗'的'压',也不是颓败,而是在重压之下的喷发,是压力转为动力。诗人何其不幸,诗史又何其幸,没有此时的'压',也就不会有后来的诗史上的'奇花一株'(胡乔木语)——《北荒草》了。""颈联抒发感慨:时事已非五十年初期那种相对融洽的人际关系;处境依旧,才不见用,凤志未酬,自嘲不会再遇文王了,词句中吟出轻轻的叹息。""尾联感慨平生,叹息是深长的。平生是'自省'而非自诩,可叹一。'无他短',又有'波翻笔''雪压诗'的不凡往昔,而谓'短在庸凡',可叹二。是'太公''亚子'一类人,而自短'庸凡',可叹三。对此'庸凡',平生未知而'老始知',可叹四。'痴'是异质,而成'庸凡'之谓,可叹五。由此也可以说,诗人之谓'庸凡',也是此生此世'时''日'之使然。"

赖丹《艺窗琐记·波翻雪压》:"解放战争时,俘获了国民党特务头子第二号人物康泽。当时聂绀弩在香港写了一篇《记康泽》……震动香港文坛。这与他另一个题为《天壤》的短篇小说名作,堪称为震惊香港和海外文坛的双壁瑰宝。一时,海外各报竞相转载,出现了争阅聂绀弩作品的热潮。'南洋群岛波翻笔',这一恰有分寸的诗句,堪称聂绀弩作品在海外备受欢迎的自况和真实写照了。""粉碎'四人帮'后,得庆生还,他虽曾有'人身经得几拳头'的浩叹,但更有'狗肉喷香诱戒刀'的许诺和尝试了。"

曾敏之《三忆绀弩》:"所谓'犹是太公垂钓日',自嘲不会再遇文王了，而'迥非亚子献章时'，却是指柳亚子于五十年代解放初期题诗献给毛主席的一段往事。'迥非'二字，极为含蓄，意指今昔异势，已不能再依文人的不拘小节来看待人与人之间的关系了。"（见《聂绀弩还活着》）

张任伟《赠诗表信念》："显然是以太公自比，只不过姜太公八十遇到了文王，再不必钓鱼了，而他到八十岁时仍然在那里垂钓。"

何永沂1994年8月28日给侯井天的信中说："'时'非指年龄，而是指'时势'……（第1首）此诗第3、4句是忆旧事，第5、6句却重在抒感慨。这两句内涵很深，可结合《钓台》一首来细细玩味。"

楼适夷《说绀弩》："平生自省无他短，短在庸凡老始知"，"绀弩不是讲假话的人，我不理解他自述的庸凡指的是什么内容，可他已经无言，我不能向他询问；更不能和他去辩论。只好由我自己来说说：在我看来……如果庸凡的内容也包含世故的一点，他本应该是最懂得世故的人了，可他恰恰就是一个最不懂世故，也就是最不庸凡的人物。""他的目光是锐利的，在狭小的病房里，望见'窗外青天两线交'，透出他心灵中有广阔的天地和永远炎炎燃烧着的生命的火。"

姚锡佩《杂文大家聂绀弩的坎坷路》："（姚引聂诗《八十》其一，此略）以上可谓老人在历尽坎坷后识得的人生真谛。老人以久病之身，坚持不断著述，从中可见他自谓'散人''庸人'，实是以此作为战胜天命、人意的精神力量，非消极颓废之言，但其悲凉之情已溢于言表……莫非人一定要自贬到庸凡后才适宜于生存吗？"

林东海《人间怪杰——记聂绀弩先生》："'平生自省无他短，短在庸凡老始知。''壮不如人空老大，死能得所定燃烧。'（人民文学出版社古典文学编辑室）编辑室同人读了绀弩《八十虚度二首》……对两首诗赞不绝口，诗语是再平实不过了，然而诗意却极其曲折，令人回味无穷。""我接着问'窗外青天两线交'作何解释，是从'一线天'化来的？他点了点头，眼睛转向窗外的高楼。原来他把高楼当高山。山有'一线天'，而楼有十字路，故云'两线交'。"（见《文汇读书周报》2001年5月12日）

吴洪激《聂绀弩和他的热血诗》："'平生自省无他短，短在庸凡老始知。'聂老的诗'庸凡'吗？否。他的人品和诗品从来就不庸凡，且为文艺界所津津乐道。"

罗孚：（第2首7、8句）"有不为杨柳，愿为劲松之意，非尽写实也。"

王浩天1995年8月8日给侯井天的信中说：（第2首7、8句）"聂诗常常是见景生情，虚实兼写，正因为两地距离极近，他才这样借题发挥。"

王树声《奇人奇诗聂绀弩》："（王引《八十》之二，此略）这首诗是以笑谑双关的手法，写诗人及后半生的遭遇与节操。把到北大荒的劳改，说成是饮马长城，把山中放牛说成是七夕牵牛，巧谐为国远征、夫妻离别之意，极具幽默感。借庾信《小园赋》《枯树赋》、下里巴人之典以抒情自况，在委婉含蓄中别有韵致。后两联则绝妙双关语：'十载班房《资本论》'，既叙聂老在狱中曾精读《资本论》四遍之事；又解作十载班房之厄运乃因曾读《资本论》，相信革命道理之意；与文天祥'辛苦遭逢起一经'之意同。'一朝秦镜白头翁'，表面之意为对镜始见满头白发，秦镜又有古镜可鉴妖邪之说，引而伸之，有'秦之魔镜之意'。故又可解作：壮志年华皆为秦镜消磨尽之意。聂老时住北京劲松小区，'垂杨柳'为附近地名。'居家不在垂杨柳'，意谓不因风便折腰之意；'暮色苍茫立劲松'，则从语意双关中抒发了人虽老矣而凌霜厉雪之节操仍在之情，与陈毅同志的'要知松高洁，待到雪化时'之诗意同。这些诗句妙语双关，含蓄遥深。"

方印中《聂绀弩诗三百首》：（第2首）"'饮马'对'牵牛'，是劳动情景的真实，又巧妙的对仗《古乐府诗集》有《饮马长城窟行》。'牵牛七夕'是神话传说，在诗中双关与周婆分处二地。""'小园'独处，悲风劲吹，在此期间补作、忆作北大荒时期的劳动诗。'下里巴人'是自谦，也是自得，从'楚客工'三字看，诗人对这些劳动诗是颇为得意的。""'一朝秦镜'"句，指在山西，'出狱初，同周婆上理发馆，览镜大骇'事。""劲松是诗人生前最后居住地北京劲松区。七、八两句均语意双关：不为纤弱杨柳，晚年仍如劲松挺立。这两句是见景生情，虚实兼写。毛泽东题《庐山仙人洞照》有'暮色苍茫看劲松'句，聂诗改一字，含意迥然不同。毛泽东为叙述、描写，聂诗为述志。敢于拿毛泽东诗句换字为我所用，这不拘一格的勇气，大概也只此一家而已。"

王希坚《喜读〈散宜生诗〉》："'此地无银三百两，前身相马九方臯'两句都是现成的成语和古人的诗句,一字未改,凑起来却表达了他的微妙意境。"

方印中《聂绀弩诗三百首》:(第3首)"诗人此时,只能成天躺在床上,看到外面的天地,必定会想到一生中与之为命的文章——自己先前所热爱和擅长,现在却力不从心"。"(颔联)前一句是成语,后一句是古人诗句……'此地'句联系上下句看,也应同文章之事有关——因为'老迈',因为无生活素材('无银三百两')文章之事,就只好'拱手圣贤豪';但在赏识、推许文学新人方面('相马九方臯'),是可以有作为的。""颈联的'生'、'死'之言,也须联系上下文(颔联、尾联)看。颔联仍希望在'相马'方面有所作为,尾联之'诱戒刀'也还是希望有所作为,所以颈联里的'定燃烧',就不是死火而是生火,他'永远炎炎燃烧着的生命的火'(楼适夷《说绀弩》)"。"尾联以花和尚鲁智深比自己……鲁智深的梗直、刚烈、不守戒律,正是诗人的写照"。

另稿:第1首,聂绀弩1982年4月12日寄高旅信附诗手迹,题作《八十虚度二首》之第1首,第6句"早"作"迥",句下自注"亚子献章仅六十许"。圆彻存稿,题作《八十自寿书赠圆彻诗二首·之一》,第7句"省"作"审"。分别书赠陈凤兮、李健生、朱静芳三位大姐时,第8句"始"改为"姐"。

第2首,寄陈迩冬,第1句"北"作"复";第3句"劲"作"虐";第7、8句作"吾身处处能行乐,微觉乐忧每互通"。

第3首,聂绀弩寄高旅上述同一信中作第2首,第2句"贤"作"人",第3、4句作"寒厨自寿一杯酒,天下惊闻三月韶",第5句作"壮不如人空老大",第6句"如"作"能"。(编者按:第3首之另稿为编者所加。按侯井天后记,"同一首律诗,若8句中有3句以上不同,即在本编的《拾遗草》中单列一条",但《拾遗草》中未见此条,现列于此,以供参考。)

散宜生诗

【第四草】

哭周总理

于无声处响惊雷，天下呜呼恸哭谁？①
总理今朝登假去，斯民卅载沐恩来。②
风流人物谁无死？痛彻乾坤此一悲！③
祖国山川伤瘦瘠，化吾身骨作肥灰。

①【于无声处】鲁迅《戌年初夏偶作》："于无声处听惊雷"。

舒芜读诗笔记："意思是，人民被压迫之下，不敢发出呼声，我却在这一片沉寂之中，听到没有发出来的惊雷之声，人民就要怒吼起来。这里变其意，说中国人民在'四人帮'的压迫下，本来是沉寂无声，周总理的逝世，一下引发了全国人民哭周总理、声讨'四人帮'的惊雷之声。"

②【登假】同"登遐"。对人死去的讳称。《礼记·曲礼下》："登假。"郑玄注："登，上也；假，已也。上已者，若仙去云耳。"

【卅载】1949 年 10 月—1976 年 1 月，周恩来任总理职 27 年。

【沐恩】唐/许敬宗《奉和初春登楼即日应诏》："沐恩空改鬓，将何谢夏成。"（侯按："来"字和前边"沐恩"的"恩"字，在句中巧连成周总理的名字——"恩来"。）

③宋/苏轼《念奴娇·赤壁怀古》："大江东去，浪淘尽，千古风流人物。"

毛泽东《沁园春·雪》："数风流人物，还看今朝。"

宋/文天祥《过零丁洋》："人生自古谁无死，留取丹心照汗青。"

方印中《聂绀弩诗三百首》："首联首句，本鲁迅《无题》'于无声处听惊雷'，为表达情意的需要，改'听'为'响'；于'无声处'四字准确地表达了 1976 年初的情景。""一个人死去，可以说成'痛彻乾坤'的，周总理足以当之，颈联对仗奇特，'风流'一词，在联中解成主谓式，与'痛彻'成对。""在诗人全部旧体诗中，以'哭'字为题的，《哭周总理》是唯一的一首，以聂绀弩的性格和气质，而能道出一个'哭'字，可见诗人对周总理爱戴和景仰之深。"

杨九如《"天外诗星"写奇联——介绍聂绀弩七律中的颔颈联》："'风流人物'对'痛彻乾坤'、'谁无死'对'此一悲',唯周总理足以当之。这种对法,唯'绀弩体'可诵到。伟人千古,奇句永传。"

尚弓《一株泚血含笑的奇花——〈散宜生诗〉》："对于民心所向的老一辈无产阶级革命家,作者是由衷爱戴和景仰的,若干悼诗充分表露了这种感情。如……(尚引聂诗《哭周总理》5—8句,《挽贺帅》1、2、5、6句,《挽陈帅》之三第5—8句,此略)有的悼诗,是在服无期徒刑中偷偷写成的。居'穷途罪室'而以心中的红薇一朵遥祭英灵,其诚可鉴天日!"

郭隽杰:"聂绀弩对周恩来总理有特殊的私人感情,1924年在黄埔军校相识,在以后的生活和斗争中,每到关键时都有幸得到周恩来的指点和帮助。周恩来戏称绀弩为'妹夫',因周颖的姐姐周濂与邓颖超同学,情同姐妹。""尾联用'吾'字,人称一变,充分表达了周总理'鞠躬尽瘁,死而后已'的精神。"

另稿:朱静芳存聂绀弩手迹,题作《哭总理》,第1句作"突如平地一声雷";第5、6句作"每于报纸瞻容表,似见宾筵祝酒杯";第7句"伤"作"多",署"哭总理一首呈凤兮大姐雅鉴绀弩未是草"。聂绀弩1980年4月1日致舒芜信中说:"《哭总理》第三联改为'掀天揭地平生事,救死扶伤岁暮哀。'似胜。"

挽陈帅(三首)①

一

浊浪淘沙百战鏖,进攻神速又迂包。②
江东子弟娴兵甲,天下英雄爱堑壕。③
谋画帐中虎皮椅,声威马上鬼头刀。
东风暮雨周郎便,打打吹吹娶小乔。④

二

枪十万枝笔一枝,上鞍杀贼下鞍诗。⑤
犬儒惜墨如金处,虎将涂鸦以血时。⑥
水侧磨刀工部句,楼头看剑稼轩词。⑦
酒酣抓笔当枪弹,一弹洞穿膏药旗。⑧

三

世间何物谓之癌?百战功高挽不回!
绝代风流戛焉止,人生七十夭如哀。⑨
江山故宅思文采,淮海丰碑伟将才。⑩
噩耗雷惊难掩耳,楚囚偷写吊诗来。

①【陈帅】陈毅(1901—1972),中华人民共和国元帅。1972年病逝于北京。

②【迂包】毛泽东1936年给红军第四方面军西路军的电报:"主力从两翼包围,并以有力一部迂回至敌后。"

③【江东子弟】秦末,项羽称与江东子弟八千人渡江而西。此诗的"江东子弟"指新四军。

舒芜读诗笔记:"鲁迅一生提倡'壕堑战',他说:'对于社会的战斗,我是并不挺身而出的,我不劝别人牺牲什么之类者就为此。欧战的时候,最重"壕堑战",战士伏在壕中,有时吸烟,也唱歌,打纸牌,也在壕内开美术展览会,但有时忽向敌人开他几枪。中国多暗箭,挺身而出的勇士容易丧命,这种战法是必要的罢。'(《两地书·二》)'至于费去了许多牺牲,那是无可免的,但自然愈少愈好,我的一向主张"壕堑战"就为此。'(1934年6月3日给杨霁云的信)"

④唐/杜牧《赤壁》:"东风不与周郎便,铜雀春深锁二乔。"

舒芜读诗笔记:"这是说,假设当年赤壁之战,周瑜不是借了东风的方便,火烧了曹操的战船,赢得了胜利,那么胜利将属于曹操,曹操会把东吴之主孙策的夫人大乔和东吴主将周瑜的夫人小乔(二乔)一起作为战利品抢去，锁在他的铜雀台中了。此处变其意，说陈毅指挥战争常得胜利，犹如周瑜得到东风的方便而得胜利一样，陈毅这位文采风流的主将（周瑜也以文采风流著称），便在打打吹吹之中娶了小乔那样美丽的张茜。"

侯按：1940年1月28日，中央革命军事委员会新四军分会副书记、新四军第一支队司令员陈毅和张茜在江苏溧阳县水西村结婚。陈风兮《泪倩封神三眼流——哭绀弩》："陈总与张茜的结合还是他（指聂绀弩，侯注）做的'大媒'。陈总写的第一封情书，就由绀弩与丘东平送到张茜手里。"（给张茜的信中附诗一首：春光照眼意如痴，愧我江南统锐师。豪情念载今何在，输与红芳不自知。）

⑤侯按：《陈毅诗词选》收红军时期、抗日战争时期和解放战争时期（1929—1949）二十年间所写的诗词80余首。

⑥【犬儒】哲学史上指希腊腊犬儒学派哲学家。因当时一些人认为此派中人自命不凡、玩世不恭，不信他人之所作所为出于诚意，以冷嘲热讽的态度看待一切，故在西方各国语言中"犬儒"也泛指具有这些特点的人。

舒芜读诗笔记："聂绀弩这里是指那些陋儒，他们自以为笔墨很珍贵，不肯随便写诗，尤其不肯写歌颂、记述战争的诗，可正是这种诗，陈毅用鲜血大写特写。"

唐/卢仝《示添丁》："忽来案上翻墨汁，涂抹诗书如老鸦。"

⑦唐/杜甫《前出塞九首》其三："磨刀鸣咽水，水赤刃伤手。"

【工部】工部即杜甫。因为他有检校工部员外郎的官衔，故后来称杜工部。

【稼轩】辛弃疾，字稼轩。有词《破阵子·为陈同甫赋壮诗以寄之》："醉里挑灯看剑，梦回吹角连营。"

⑧【膏药旗】一幅白布中间贴上一帖红色膏药的旗，是我国人民在抗日战争时期，对日本国国旗形象化的蔑称。

⑨【人生七十】唐/杜甫《曲江二首》其二："人生七十古来稀。"侯按：陈毅生于1901年，死于1972年，终年71岁。

⑩【江山故宅】唐/杜甫《咏怀古迹五首》其二："江山故宅空文藻，云雨荒台岂梦思。"

罗孚：(第1首5、6句)"'虎皮椅'对'鬼头刀'，巧。"

寓真《聂绀弩刑事档案》：(第1首)"先以'浊浪淘沙'渲染战争气氛，接着对具体的战事作了描述。第三联以'虎皮椅'对仗'鬼头刀'，凸现英豪气势，极为形象，有古代边塞诗之遗风。""'东风暮雨周郎便，打打吹吹娶小乔。'事指陈毅与张茜结婚，而且放在《挽陈帅》三首之首，难道诗人在惊闻噩耗之时，首先想到的和首先要表达的是当年的那段姻缘佳话吗？这和挽诗的主题太不谐配。"

章文龙："打打吹吹娶小乔"，轻松诙谐地写战争中结婚，是陈毅的风格，也是聂的风格。

袁和风《读侯井天〈聂绀弩旧体诗全编〉——丙寅十年祭》："《挽陈帅》以小乔喻张茜，悼词带丽，颇累大雅，或失之疏忽。然以聂作全部观之，九牛之一毛耳。"(见《凤矗五年》)

臧克家1962年在《文艺报》发表《陈毅同志的诗词》："上马杀敌，下马写诗，将军原来是诗人啊。一方面是枪、弹、刀、剑，另一方面是笔、墨、诗、词，两者统一在'将军诗人'身上……在当代将帅中独一无二，从古至今也罕有。""'涂鸦'在他处常常带贬义，此处则不然。一位将军诗人，不屑于寻章摘句，大笔挥洒，并且以'血'，这就大异于庸人眼中的'涂鸦'。""这一联字字工对，以至于官职对人的别号，词性也字字入扣。'抓''洞穿'二词语，极有力度。总之，这首诗正如陈帅其人，完全是豪放气派。"

杨九如《"天外诗星"写奇联——介绍聂绀弩七律中的颔颈联》：(第2首5、6句)"此联字字工对，连名'工部'对'稼轩'是官号对人名，在联律上本可不必讲究的词性，他绀弩都注意到了，拆开来词性相符，平仄相叶，实在难得。"

寓真(同前)：(第2首)"'上鞍杀贼下鞍诗'，是拟用'上马击狂胡，下马草军书'的古诗意……尾联用笔作枪弹、洞穿敌旗之语，以夸张手法写出了胜利的豪情。"

方印中《聂绀弩诗三百首》：(第3首)"首联严词发问，深深感叹，强烈的语气反映出深长的哀悼。""颔联的'风流'与毛泽东词'《沁园春·雪》里的'风流'同义，指文采武功兼备。'人生七十夭如哀'，以陈帅不能满百岁为憾事，感情十分深厚。""尾联'噩耗惊雷'，见陈帅逝世对诗人内心引起的震撼，'偷写吊诗'，则是历史的悲哀。"

罗孚："'七十夭如哀'，视七十如夭，恨不百岁也。"

彭子冈《聂绀弩及其旧体诗》："挽陈帅的三首七律中，既有对其赫赫战功的具体描绘，如'谋画帐中虎皮椅，声威马上鬼头刀'；也有对其儒将风度的特写镜头，'酒酣抓笔当枪弹，一弹洞穿膏药旗'；甚至还有其个人婚姻的轻松闲笔，如'东风暮雨周郎便，打打吹吹娶小乔'……有了这些具体刻画之后，再发出'世间何物谓之癌，百战功高挽不回'喟叹，就格外感人了。"（见《聂绀弩还活着》）

寓真（同前）：（第3首）"此诗极其悲愤、苍凉、感人。开笔第一句是问号：'世间何物谓之癌？'接着第二句是感叹号：'百战功高挽不回！'这一问一叹，就似有千钧之力。中间四句，是对陈毅一生的精彩概括和高度评价。最后云'楚囚偷写'，融入了自身的遭际，哀人伤己，悲愤倾注，读来让人锥心落泪。"

孙亦英《挽聂绀弩同志》："楚囚偷写吊诗来，几读君诗几泪垂。"

刘声祥《直写中华正气歌——读聂绀弩诗》："聂翁既不能参加追悼会，又不能堂堂正正地为他写一首吊诗，怎不令人心碎呢！……于是愤慨之情溢于言表。你能禁得了吗！君不见：楚囚偷写吊诗来！这就是聂绀弩的性格。"

另稿：聂绀弩1977年10月22日致高旅信中抄诗手迹，第1首第1句"百"作"血"。1980年7月8日致潘际坰信中抄诗，第1首后自注"即《人民文学》发表的。"第3首末自注"我时在山西稷山狱中。"

挽贺帅①

洪都见峙弹痕墙，更访洪湖系马桩。②
叱咤风云天变色，荡平阶级地留创。③

是谁仇敌谁朋友，不死沙场死铁窗。④
安得菜刀千百把，迎头砍向噬人帮。⑤

①【贺帅】贺龙（1896—1969），湖南桑植人。中国人民解放军的创始人和主要领导者之一，中华人民共和国元帅。1969年6月9日，在林彪、"四人帮"迫害下病逝。

②【洪都】旧南昌府的别称。

【弹痕墙】1927年7月26日贺龙率部到达南昌后，指挥部设在子固路193号中华圣公会。圣公会礼拜堂临街的一面墙上，至今弹痕历历可见。南昌起义军和章江路藩台衙门第五方面军警卫团曾在此激战。

【洪湖】湖北省南部的湖名、县名。

③【叱咤风云天变色】唐/骆宾王《代李敬业讨武曌檄》："暗呜则山岳崩颓，叱咤则风云变色。"

④【是谁仇敌谁朋友】毛泽东《中国社会各阶级的分析》："谁是我们的敌人？谁是我们的朋友？这个问题是革命的首要问题。"

【铁窗】安上铁栅的窗户，借指监牢。（1967年夏天，贺龙生活的一切，已经完全被林彪所控制，窗帘拉得严严的，床上没有被褥，手臂当枕头，接雨水洗脸、漱口，有病胡乱下药，病危不施抢救……1969年6月9日下午3时零9分，贺龙死在北京中国人民解放军301医院。）

⑤【菜刀】薛明（贺龙夫人）《向党和人民的报告——忆贺龙同志遭受迫害的那些日日夜夜》："1916年春天，他用两把菜刀砍了芭茅溪的盐税局子，拉起了最初的那支打富济贫的队伍。"（见《回忆贺龙》）

【噬人帮】即"四人帮"的谐音，又指出这帮人是咬人、吃人的。

谢梅庄1991年9月4日给侯井天的信中说："把'四人帮'写作'噬人帮'，等于把国民党写成'刮民党'，更见嫉恶如仇，讽刺形象化。"

罗孚《聂绀弩诗全编·后记》："绀弩也不是时时作悠闲状的。敢怒、敢骂、敢歌、敢哭是他本来的性格，就在哀悼死者时，他大声呼喊出：'安得菜刀千百把，迎头砍向噬人帮'。"

李良辉《简评聂绀弩诗》："他的诗记录了'整风反右'到粉碎'四

人帮'这一历史时期光怪陆离的社会现象，写出了知识分子被折腾时的挣扎和奋斗，写出了极左路线的危害和人民的呻吟。他尽管受到监管、折磨，但却敢歌、敢哭、敢怒、敢骂。如……（李引《挽贺帅》7、8句，《挽陈帅》之三7、8句，《哭周总理》1—6句，此略）他的诗充满了时代内容，紧扣社会脉搏，感人至深，韵味无穷，堪称'史诗'。"

邱勋《好诗端在夕阳锹》："在全编中金刚怒目式直抒胸臆之作也有，如'安得菜刀千百把，迎头砍向噬人帮'等篇，但数量不多"。（见《齐鲁晚报》1997年3月22日）

挽老舍

骆驼祥子我曾耽，茶馆何人不讲谈。
君以一尸谏天下，世惊虎吼跃龙潭。①

①【尸谏】《韩诗外传》七："昔者卫大夫史鱼病且死，谓其子曰：'我数言蘧伯玉之贤而不能进，弥子瑕不肖而不能退，为人臣生不能进贤而退不肖，死不当治丧正堂，殡我于室足矣。'卫君问其故，子以父言闻。君造然召蘧伯玉而贵之，而退弥子瑕。徙殡于正堂，成礼而后去。生以身谏，死以尸谏，可谓直矣。"后世称以死谏君为"尸谏"。

老舍《诗人》："……社会上真有了祸患，他会以身谏，他投水，他殉难！"

商为东《散宜生诗漫话》："对于老舍的义不受辱，投湖而死，挽诗云'君以一尸谏天下，世惊虎吼跃龙潭'，颂扬了天地间的正气。"

杨九如《聂诗管窥·为了难忘的纪念——重读聂绀弩写的悼诗》："前二句敬佩老舍的著作；后二句异峰突起，诗人对老舍投入太平湖是不太平的，是对'天下'以'尸谏'，其声震惊尘世，正如虎吼之跃入龙潭，其比兴之形象，其声音之巨大，精练，凝聚于寥寥十四字中，真正震撼了千万人的心扉,留下了充满天地的法音。"

侯按:太平湖位于北京西直门外西北角,南面是护城河。这一带从前叫观音庵,现在叫葡萄院。湖已填平,北京地铁仓库就建在这里。当时,太平湖是个偏僻的小公园,没有名气,不收门票,游人稀少。湖分前湖、后湖。老舍死于后湖。(据舒乙编《老舍之死》)

方印中《聂绀弩诗三百首》:"一、二句写老舍作品的影响。三、四句写老舍先生虽是文人,却死得壮烈。奇峰突起,震惊世俗。"

另稿:约1978年6月致舒芜信中附抄诗,题作《老舍先生骨灰安放仪式因病未赴窃吊一诗》,诗曰:"《骆驼祥子》世犹耽,何用骨灰瘗罐坛。十二年前一枝笔,因逃虎口跃龙潭。"随后一信,诗句改为"《骆驼祥子》我曾耽,《茶馆》何人不讲谈。身后骨灰干鸟事,生前虎吼跃龙潭。"

挽雪峰(二首)

一

狂热浩歌中中寒,复于天上见深渊。①
文章信口雌黄易,思想锥心坦白难。
一夕尊前婪尾酒,千年局外烂柯山。②
从今不买筒筒菜,免忆朝歌老比干。③

二

天色有阴必有晴,物如无死定无生。
天晴其奈君行早,人死何殊睡不醒。④
风雨频仍家国事,人琴一恸辈行情。
枕箱关死千枝笔,忆鲁全书未著成。⑤

①鲁迅《野草·墓碣文》:"于浩歌狂热之际中寒"。"于天上看见

深渊"。

刘绍棠《如是我人·热衷》:"我把当年的'划右'称为政治上中风。"

侯按:自此以下有"狂热浩歌中中寒"(《墓碣文》)、"狂热浩歌老中寒"(《有赠》)、"浩歌狂热鬼神嗤"(《全撕某诗稿》),聂诗中凡四见,足证感慨之深。

②【婪尾酒】唐/苏鹗《苏氏演义》下:"今人以酒巡匝为婪尾。又云:'婪,贪也。'谓处于座末,得酒贪婪。"

③【朝歌】古都邑名,在今河南淇县。商代帝乙、帝辛(纣)的别都。

【筒筒菜】蕹菜,也叫无心菜、空心菜。明/许仲琳编《封神演义》第二十六、二十七回:纣王听了妲己的话,要挖忠心耿耿的比干的心给妲己吃——据说可以治妲己的病。比干大骂昏君纣王,然后自己挖出心来,却没有死。骑马出午门往北跑去,约走五六里路时,听路旁有一妇女叫卖"无心菜",比干对卖菜人说,菜无心必死,人要是无心,将怎么样呢?那卖菜人说,人无心即死。比干大叫一声,跌下马来,立即死去。

④《重订增广贤文》:"莫道君行早,更有早行人。"

⑤【枕箱】即枕匣、枕函,中间可以放置物件的匣状枕头。

李永《高似山峰,洁如白雪》:"在他(冯雪峰)癌细胞已扩散,病情严重失声的时候","对儿子夏熊说","我没有能写一本新的关于鲁迅比较完整的书"。

李汝伦《在中华诗词学会成立大会上的发言》:"(第1首3、4句)这是聂绀弩的名句,是讽世的,也是哲理的,流露了诗人沉重的历史感慨,对仗也工整。"(见《当代诗词》1987年总第13期)

曾敏之《三忆绀弩》:"绀弩的诗,在朋辈中称之为聂体,自有其风格。""可说是含蓄讽刺兼而有之,如'文章信口雌黄易,思想锥心坦白难',就高度概括了知识分子在历次政治运动中的痛苦遭遇。"

夏衍《绀弩还活着》:"'文章信口雌黄易,思想交心坦白难',真是深刻的名句。"

柳苏《绀弩、胡风、周扬》:"(第1首3、4句)人人都为这两句诗叫好,但又几乎人人都为它叫屈,认为原来更好,绀弩后来把它改坏了,这就是昔人诗话中常说的'点金成铁'。改动的只是一个字,把'思想交心'改为'思想锥心'。'交心'是现成的词,有现实的意义,用在这上面显得深刻有力,不知道绀弩为什么要去改它?"(见《文汇读书周报》1992年1月4日)

王浩天1995年8月8日给侯井天的信中说:"'交心'、'锥心'的'点金成铁'之说不敢苟同。'锥心'更形象,更深刻,是别人在锥你的心,怎么说比'交心'更好。柳说作为一家之言,自然可以有自己的看法,但说'几乎人人'如何如何,就太过了。(同页引曾敏之文就不是这样看的)。"

何满子《漫说宗教忏悔礼》:"交心则要人人过关,还可以想见的这顾虑那顾虑,所以连阅历甚深的聂绀弩,也有'思想交心坦白难'之叹。"(见《随笔》1994年第6期)

舒芜读诗笔记:"'信口'对'交心','雌黄'对'坦白',拆开来字字都对,所以说'对仗工稳,令人叫绝'。"

雷群明《"思想锥心坦白难"……》:"'文章信口雌黄易,思想锥心坦白难。'聂诗的可贵就在于他的诗正是弃'易'就'难',鄙弃随世俯仰、'信口雌黄'之恶习,体现了惊人的'锥心'般的'坦白'。读着他的一首首诗,我们看到的是一个赤诚的'真人',而不是一个随风摇摆的小人。这位早年的黄埔军校学生,一贯追随革命,对中华民族的解放事业倾注了满腔的热情。"

李慎之《毛泽东是什么时候决定引蛇出洞的》:"其实,'反右'斗争一开始就可以说是大获全胜……可是毛主席不依不饶,非要他们'缴械投降'不可,可怜他们根本没有什么'械'又如何'缴',只好搜索枯肠,挖自己的反动思想,这就是聂绀弩的名句'文章信口雌黄易,思想锥心坦白难'的由来。"(见《六月雪——记忆中的"反右"运动》)

方印中《聂绀弩诗三百首》:"(第1首颔联)这一联是讽世的名句,在对仗上很有特色,每词工对。'雌黄'对'坦白',是借对,是无可更易、最为贴切的借对。而'易'对'难',首先是文字对仗,而是一种情状和道理的强烈对比。"

陈明强《聂绀弩诗话》之二:雪峰因在主持《文艺报》时未登载李希

凡、蓝翎两个年轻人批判老红学家俞平伯的文章，百般检讨不得过关。他的检讨书上批示说他是"自觉地……用各种方法向马克思主义作坚决斗争"。性质既定，由过去"左翼"作家论战中雪峰的对立面积怨很深的人主持批判，自然是"文章信口雌黄易，思想锥心坦白难"。这位1927年入党的老党员，别无他求，只希望保留党籍。但锥心泣血无法表白，挨整20年，1976年1月"文化大革命"结束前夕含冤去世。1984年夏衍《懒寻旧梦录》，又翻30年代旧帐，向雪峰泼冷水。绀弩痛心疾首："说哭，我还真哭呢！雪峰在世，那样对待他，不在世了，还那样说他。"这便是"复于天上见深渊"的感慨内容。"从今不买筒筒菜，免忆朝歌老比干"。读之，催人泪下。

侯按：冯雪峰1976年1月31日逝世，聂绀弩同年10月被释回京，1976年12月21日手录《挽雪峰前辈四首》给舒芜。（据舒芜《记聂绀弩谈诗遗札》）1979年4月4日，中共中央批准《关于冯雪峰同志"右派"问题的改正决定》，恢复了冯雪峰的党籍和政治名誉。

刘岚山《为散宜生祝寿——关于聂绀弩旧体诗集〈散宜生诗〉》："聂绀弩与冯雪峰同志为莫逆的老战友，他《挽雪峰》诗，情深意厚，痛往昔之艰难，庆今日之新貌，确实是'以热血和微笑'凝成的。"。

罗孚《聂绀弩诗全编·后记》："（罗引聂诗第二首，此略）把死生说成是阴晴一般平常，说有生必有死，雪峰死了，可悲的是他死在天晴——昨朝风雨、今朝天晴的日子里，走的（得）早些罢了，不过死也无非是人长睡不醒而已……这些话说得悠闲，其实沉痛。"

方印中（同前）：（第2首）"上一首几乎句句用典，这一首则全不用典，但感情同样深沉。""'物如无死定无生'，'人死何殊睡不醒'，是对生死的极度豁达之语，同时又是对雪峰之死的极度哀痛之语。""'人琴一恸辈行情'，是这种情谊交往的感人描写。""尾联写出对冯之死的遗憾——这也是'人琴一恸'的知音之语。"

另稿：第1首，《倾盖集·咄堂诗》中《挽雪峰》5首为第4首，聂绀弩1976年12月21日致舒芜信附抄诗《挽雪峰前辈》4首中为第3首，第1句"中中寒"作"既中寒"，第4句"锥心"作"交心"，第7句

"筒筒菜"作"疼吞菜";1977年1月16日寄舒芜信中又说:"挽冯之第三首五、六句,有人认为晦,已窃易之为'君掬君情陈上帝,我以我血荐轩辕'。"

第2首,聂绀弩1976年12月21日致舒芜信附抄诗《挽雪峰前辈》4首中为第4首,第2句"定"作"便";第4句"睡不醒"作"酒后醒";第8句"未著成"作"著未成"。

挽荃麟[①]

不但人忘己亦忘,三十年曾写文章。[②]
参加《讲话》纪念会,乃我荃麟苦相将。
提携种种皆无益,世人不许狂夫狂。[③]
天苍苍兮地茫茫,踵上江东父老堂。[④]
空屋置我一杯酒,也无肴核也无糖。
其时三年大灾害,谁家有酒备客尝。
举杯一饮无余沥,泪落杯中泪也香。
临行两包中华牌:老聂老聂莫再来,
我事非尽我安排。
独携大赦出君门,知今何世我何人![⑤]
十载铁窗无限事,多少心思念荃麟。
出狱惊闻君骨灰,意不欲悲心自悲。[⑥]
君身奇骨瘦嶙峋,支撑天地颤巍巍。
天下事岂尔可为?家太高明恶鬼窥。[⑦]
被斗失智老妻犹自盼君归!

①【荃麟】邵荃麟(1906—1971),原名邵骏运,浙江慈溪人。现代作家、文艺理论家。"文化大革命"初期,被逮捕入狱,1971年1月10

日含冤而死。一生写过很多文章。1981年出版《邵荃麟评论选集》两卷。

②【三十年】据邵荃麟女儿邵济安《怀念聂伯》一文，此诗作于1979年。从1979年上推三十年左右，"三十年曾写文章"的"三十年"，当指1949年前后的年份——这时邵、聂都在香港。

③唐/杜甫《狂夫》："欲填沟壑唯疏放，自笑狂夫老更狂。"

④【江东父老】邵荃麟是浙江人，地处古江东地域。这样说，主要还因为聂绀弩被划为"右派分子"，觉得"无颜见江东父老"。《史记·项羽本纪》："项王乃欲东渡乌江，乌江亭长舣船待……项王曰：'……籍与江东子弟八千人渡江而西，今无一人还，纵江东父兄怜而王我，我何面目见之？'"

【堂】高大的房子，也是尊称别人。

⑤唐/李贺《吕将军歌》："独携大胆出秦门。"

⑥王存诚（邵荃麟、葛琴之婿）"并代葛琴、邵小琴（邵济安）"1994年4月12日给侯井天的信中说："'出狱惊闻君骨灰'一句也应加一点注解。荃麟1971年死于狱中，当时给他在江西干校的女儿小琴发了一个通知，但军宣队不准许她回京。及至事后多方查询，始终无法知道骨灰何在。有一说法是，'上级有指示，不叫留下任何东西'，因此至今八宝山烈士公墓中有的只是荃麟的衣冠冢。"

⑦【家太高明】汉/杨雄《解嘲》："高明之家，鬼瞰其室。"

三国魏/李康《运命论》："木秀于林，风必摧之；堆出于岸，流必湍之；行高于人，众必非之。"

邵济安（小琴）《怀念聂伯》："1979年秋，小琴把中央要给父亲平反并开追悼会的消息告诉聂伯，希望聂伯能写点什么，聂伯当即答应。等小琴再去时，聂伯又病了。周颖阿姨偷偷告诉小琴：'写挽诗时，他太动情，太伤感了，彻夜未眠。'"（见《新文学史料》2003年第3期）

聂绀弩在荃麟追悼会上送了手书挽联："荃麟千古/一鸟高骞，俯瞻天地古今邦家宵小；众声同悼，不再心胸肝胆锦绣文章/聂绀弩哀挽。"

王存诚《敢当诗史聂绀弩》："'独携大报出君门，知今何世我何人！'这说的是在被诬划"右派"后，他曾登门去找过主管关系又是老朋友的邵荃麟，因为他认为荃麟应该是了解他的。不料荃麟竟也说不能做主。这种令双方都极为尴尬的情景，聂绀弩写在挽诗里，既不觉得有愧于亡友，也不觉得有愧于自己。所谓披肝沥胆者，孰过此！"（见《聂绀弩百岁诞辰纪念集》）

王存诚在上述同一信中说："《挽荃麟》一诗的句解，我们是当事人，觉得应该做一点修正。原诗句为'被斗失智老妻犹自盼君归'，解的是'被斗失去理智……'不确切。实际情况是，葛琴在囚禁中发生脑意外，直到生命危急才送医院，才通知子女。一月后未及治愈即被赶出医院，而且不准回家，在偏瘫失语的状态下仍被关押在干校。后经邓颖超大姐干预才得以回家养病。但由于耽误了治疗，从此丧失了说话和文字表达自己意愿的能力，至今已21年……但她神志却很清醒，每有老战友来看望，她都激动不已，表现出强烈的感情。关于荃麟已于（19）71年去世的消息，家里人一直瞒着她。她多次用手比成八字（指爸），向大家询问。直到荃麟开追悼会前夕，我们觉得不能再隐瞒，提前一个月将她送进医院，一边检查疾病，一边逐步让她知道真情，并有思想准备，能够承受追悼会上悲痛的场面。这些情况都是我们去聂绀弩家里探望时告诉他的，因此才有这样的诗句。"

商为东《散宜生诗漫话》："几乎全用口语写成"。"（商引聂诗3—6句、11—23句，此略）情真意切，哀痛凄绝，是所写挽诗中最为催人泪下的佳篇"。

袁和风《读侯井天〈聂绀弩旧体诗全编〉——丙寅十年祭》："挽邵荃麟二十八句，二百余字，边诉边哭，直吐私衷，其因昔日聂公枵腹之秋，无人同情之时，得其饭乎？"

方印中《聂绀弩诗三百首》："《挽荃麟》激越，热泪滂沱"。"有描写，'君身奇骨瘦嶙峋'两句；有议论，'天下事岂尔可为，家太高明恶鬼窥'两句。全诗又贯串、融合抒情——'世人不许狂夫狂'的压抑，'知今何世我何人'的慨叹，'意不欲悲心自悲'的哀伤"。"全诗一气贯注，不假语词修饰"。

另稿：《散宜生诗》（初版）无第7句"天苍苍兮地茫茫"至第21句

"多少心思念荃麟"。

聂绀弩1982年9月3日致舒芜信中说:"又改作《挽荃麟》一首",第3句"参加《讲话》"作"参与谈话";第12句"有酒备客尝"作"备酒请客尝";第13、14句作"邻室座客谈侃侃,我泪落杯泪也香。"第17句"我事非尽我安排"后,多2句:"我自知君君知我,相知何事在形骸!";第18句"独"作"默";第20句"载"作"年";第21句作"也曾微念及荃麟";第22句"惊闻"作"方惊"。

挽孟超①

独秀峰前几雁行,卅年分手独超骧。②
文章名世无侥幸,血写轲书李慧娘。③

①【孟超】(1902—1976),现代作家。山东诸城人。著有《冲突》《残梦》《长夜集》《未偃草》《骷髅集》《水泊梁山英雄谱》《李慧娘》等。

②【独秀峰】又名紫金山,在广西壮族自治区桂林市王城里,平地拔起,孤峰耸立,四壁如削,端严秀整,侧视如卓笔。

【雁行】《诗经·郑风·大叔于田》:"两服上襄,两骖雁行。"

【卅年分手】1943年上半年聂绀弩离开桂林,和孟超分手。

③【轲】孟子名轲。此处借孟轲的姓,来指孟超。

【李慧娘】《李慧娘》,孟超根据明/周朝俊《红梅记》改编的昆曲《李慧娘》,1961年发表,北方昆剧院演出,在社会上引起强烈反响,获得一片赞扬声。1961年8月31日《北京晚报》发表廖沫沙《"有鬼无害"论》。1963年3月29日,中共中央批转文化部党组《关于停演"鬼戏"的请示报告》,报告中首先点了新编剧《李慧娘》的名。1963年5月6、7日《文汇报》发表江青通过柯庆施在上海组织的批判文章《驳"有鬼无害"论》。1965年3月1日《人民日报》正式宣布《李慧娘》"是一株反党反社会主义的毒草"。由于《李慧娘》一案,老一辈文艺家被株连者不知多少。孟超被迫害致死。1979年《李慧娘》案得到平反，孟超得以昭雪。

冯锡刚《"好学生"（指柯庆施，侯注）的最后十年》："江青在1967年4月的军委扩大会议讲话中还透露了这样一个事实：第一篇真正有分量的批评'有鬼无害'论的文章，是在上海柯庆施同志支持下，由他组织人写的。"（见《随笔》2002年第4期）

《陈丕显回忆录》：1963年5月6日，上海《文汇报》刊载了一篇题为《"有鬼无害"论》的文章，署名"梁璧辉"。"柯庆施便把批判'有鬼无害'论的任务交给华东局宣传部副部长俞铭璜……柯又让张春桥大加修改后才发表。'梁璧辉'——取'两笔挥'之谐音，意即两人合写"。

吴冷西《从学术讨论到"文化大革命"·抓阶级斗争》：（1964年，吴任《人民日报》总编辑兼新华社社长）"毛主席6月21日在人民大会堂福建厅召开一次政治局常委会议……会议一开始，毛主席就对着我说，今天找你来是要批评你，批评《人民日报》提倡鬼戏。他说，《人民日报》1961年发表了赞扬京剧《李慧娘》的文章，一直没有检讨，也没有批判'有鬼无害'论"。"毛主席这里批评《人民日报》宣传鬼戏的文章，是《人民日报》1961年12月28日发表的题为《一朵鲜艳的红梅》赞扬京剧《李慧娘》的文章。该文认为这出戏改编得好，并批评那种把鬼戏一律看作迷信的观点。后来报社文艺部收到一篇批评'有鬼无害'论的文章，我审看时认为不必由《人民日报》出头大张挞伐，而且毛主席指定袁水拍（曾任《人民日报》文艺部主任）编辑的《不怕鬼的故事》才出版不久，也不宜此时发表批评鬼戏的文章，于是把此文转给《文艺报》处理了。因此《人民日报》一直没有认为发表赞扬《李慧娘》是错的，也没有批评'有鬼无害'论。编辑部一直认为，不能说一切鬼戏都是坏的，禁止一切鬼戏也是不对的。毛主席这次批评，比前几次批评《人民日报》不重视学术理论要严重得多。很明显，毛主席这时已开始抓意识形态领域的阶级斗争了。"（见吴冷西《忆毛主席：我亲身经历的若干重大历史事件片断》）

陆沉《刘少奇终于未能保护他们》：（"笔者曾有较长时间担任中共中央组织部部长安子文的秘书"）"我父亲孟超，不幸竟是江青的同乡、邻居"。"1962年,江青、康生强要江苏省京剧团公演孟超的剧作《李慧娘》。当时江苏方面提出公演不具备条件,既无经费,也无服装道具等,江青打保票说给予支持,并很快从上海等地为之借来了戏装,解决了演出经费等。不料公演后,江青回京即向毛泽东汇报说鬼戏泛滥,并以《李慧娘》为靶子,大造围剿舆论。当时,刘少奇另有所闻,对此事持保留态度,曾让安子文弄清楚演出《李慧娘》的来龙去脉。安子文即让我回家问清楚是怎么回事"。"作为受害者的女儿,自己将终身引为遗憾的,就是当时没有将此事的经过和江青、康生的阴险狡诈彻底了解和认识清楚,进而让父亲知道并向中央报告"。(见《百年潮》1998年第6期)

舒芜《我思,谁在?·猴子的长尾和皇帝的圣讳》:"我马上联想到康生。他和孟超是同乡同辈,一道出来参加革命,一向关系很近。孟超写剧本《李慧娘》,康生出主意一定要有鬼出场,'没有鬼,我不看'。他看过他演出的专场,非常赞赏,等到一得到风声要批判鬼戏,康生抢先作报告,把孟超和《李慧娘》批得狗血淋头,罪该万死。"

楼适夷挽孟超联:"人而鬼也,鞭尸三百贾似道;死犹生乎,悲歌一曲李慧娘。"

聂绀弩《怀孟超》:"忽然听说孟超写了一个了不起的剧本《李慧娘》,非常卖座,谁知风向一转,他是'写鬼戏者','借古喻今者',不知还是什么者。"(见《聂绀弩全集》第9卷100页)

夏衍《生命之光·忆孟超》:"孟超在写完昆曲《李慧娘》初稿后,送到我家来要我提意见……当时我问了一声:'这个剧本现在能上演吗?'孟超说,这是'康老'鼓励他写的。'康老'就是康生……那么写成了之后有没有看过呢?孟超只说了四个字:'他说很好。'……真想不到,说这出戏是反党反社会主义的,正是那位'康老'。"

屠岸《永别了,张真!》:"(张真撰文评析马健翎的秦腔《游西湖》)他说,李慧娘的鬼魂形象不是迷信,而是人民群众的愿望以幻想的形式出现。人民要求李慧娘向奸相贾似道复仇,人民要求李慧娘与裴生结合,但事实是李慧娘已被贾似道杀害了,怎么办?于是以鬼魂的形象登场。这正是一种理想主义……'有鬼无害论'实肇始于张真,廖沫沙是后来者。"(见《芳草地》2008年5、6期)

方印中《聂绀弩诗三百首》："'文章名世无侥幸'，简直可以成为反映极左路线时期文艺界一种情况的警句，而这正是历史的悲哀。""《李慧娘》案成为中国现代文化史上'血写'的几行。而这首《挽孟超》也将因此而成为中国现代史的一个注脚。"

另稿：油印本《南山草》，第1句"几"作"一"，第2句"独"作"忽"。

挽云彬[①]

尊前小户不干杯，受子犹输棋偶围。[②]
山水相逢天下甲，文章小可我兄推。[③]
在京多少人憔悴，与子三千年久违。[④]
读破诗书撑破肚，愁看腹笥火成灰。[⑤]

①【云彬】宋云彬（1897—1979），浙江海宁人。文史学家，杂文家。著有《东汉之宗教》《王守仁与阳明理学》《宋云彬日记》《宋云彬杂文集》等。

②唐/白居易《醉后》："犹嫌小户长先醒，不得多时住醉乡。"

【受子】围棋术语。即白方让黑方先在盘上指定处放置两个以上的子，再由白方投子。此时，白方亦称"授子"，黑方则称"受子"。终局计算输赢，黑方须还给白方被让子数的一半。这叫"让子棋"，也叫"饶子"。

③宋/王正功嘉泰元年（1201）诗："桂林山水甲天下"，见独秀峰南麓古刻摩崖。（罗孚："首题'桂林山水甲天下'者，实为宋代李曾伯。"）

④唐/杜甫《梦李白》："冠盖满京华，斯人独憔悴。"

⑤【腹笥（sì）】比喻满腹经纶。笥，藏书之器。《后汉书·边韶传》："腹便便，五经笥。"

唐/李颀《送陈章甫》："腹中贮书一万卷，不肯低头在草莽。"

方印中《聂绀弩诗三百首》："'受子犹输棋偶围'句，由于平仄而改变句序，形成诡谲句式。颔联首句同此。"

吴海发《聂绀弩：半生坎坷换得诗千秋》："此诗一句一事，蕴藉丰厚，写实为主，愁情悠长，哀挽沉痛，长吁短叹，不哭之哭也。"

另稿：《三草·赠答草》，第4句"小"作"稍"。

挽柏山①

山外青山楼外楼，人身禁得几拳头。②
崖边报道苏区景，想是反苏错报仇。③
冯唐易老老彭难，何似当初美孔颜。④
八百岁时一回马，再活八百也等闲。

①【柏山】彭柏山（1910—1968），原名彭炳盛，曾用笔名冰山、柏山，湖南茶陵人。作家。因胡风案被错误处分，先后到青岛、福建、河南教书。1968年4月3日含冤逝世于河南农学院。1980年昭雪。

②宋/林升《题临安邸》："山外青山楼外楼，西湖歌舞几时休。"

作者自注：初以为柏山死于杭州，故用前人咏杭州语，后知为郑州。但已发表，亦不必改正。郑州当亦有山有楼也。

③作者自注:《崖边》，柏山著小说。为最早报道我国苏区实况的名作。

④【冯唐易老】唐/王勃《滕王阁序》："冯唐易老。"冯唐，西汉人，有才干而一直不受重用，身历三朝，还只做一个职位很低的官，到汉武帝时，举为贤良，但年事已高不能为官。

【老彭】彭祖，传说中的人物。姓篯名铿，颛顼玄孙，生于夏代，至殷末时已七百六十七岁，一说八百岁。殷王以为大夫，托病不为政事。事见《神仙传》及《列仙传》。旧时以彭祖为长寿的象征。柏山姓彭，故诗中既提老彭，又提八百岁。

【美孔颜】《论语·雍也》中，孔子答哀公的问话时说："有颜回者好学,不迁怒,不贰过。不幸短命死矣!今也则亡,未闻好学者也。"

王希坚《喜读〈散宜生诗〉》:"聂绀弩的诗里还喜欢套用古人的诗句,在这二百多首诗里援引古诗就不下二十多处,同样也是借花献佛,别有用意。如'山外青山楼外楼,人身禁得几拳头'。上句是宋林升《西湖》(《题临安邸》)诗中的原句,下句却忽然转到另一件现在的事上,如果只把古诗的出处找出来,就无法解释他这里的运用之妙。"

方印中《聂绀弩诗三百首》:"聂诗套用古人诗句,但用在自己诗中已生出新意。如首联'山外青山楼外楼'。''人身禁得几拳头',是'文化大革命'中司空见惯的'武斗'"。

朱微明《彭柏山和胡风事件》:"1980年,柏山将要平反的消息传出去后……聂绀弩同志,抱病写了一首挽诗,题《挽柏山》。"(见《新华文摘》1989年第3期)

王林书、张盛荣《当代旧体诗论·新旧体诗的决裂与融合》:"其新意常闪现在文言基础与口语珠玑的巧妙结合上,如聂绀弩的《挽柏山》:……(王引聂诗1—4句,此略)"

挽胡明树[1]

菩提非树镜非台,豹象文牙岂便灾?[2]
倨卧新诗柴积顶,城门失火误延柴。[3]
我觉青山犹妩媚,青山浼我话劫灰。[4]
桂平腊鸭沙田柚,没了诗人莫再来。[5]

[1]【胡明树】(1914—1977),原名徐善源,广西桂平人。现代作家、诗人、文学翻译家。

[2]【菩提非树镜非台】朱正注云:明/瞿汝稷《水月斋指月录》中记载,五祖弘忍大师命徒众七百余人"各自随意述一偈,若语意冥符,则衣

法皆付"。神秀"乃于廊壁书一偈曰：身是菩提树，心如明镜台，时时勤拂拭，莫使惹尘埃"。时慧能"在碓坊忽聆诵偈"，和之曰："菩提本非树，明镜亦非台，本来无一物，何处惹尘埃。"即受衣法，是为六祖。

【豹象文牙】朱正注引《左传·襄公二十四年》："象有齿以焚其身。"《庄子·山木》："夫丰狐文豹，栖于山林，伏于岩穴……然且不免于网罗机辟之患，是何罪之有哉？其皮为之灾也。"（侯按：《庄子·应帝王》"且也虎豹之文来田"句，郭象注曰："此皆以其文章技能系累其身。"）

③【柴积】朱正注引《史记·汲郑列传》："陛下用群臣如积薪耳，后来者居上。"

【城门失火】北齐/杜弼《为东魏檄梁文》："城门失火，殃及池鱼。"东汉/应劭《风俗通义》："旧说池仲鱼，人姓字也，居宋城门，城门失火，延及其家，仲鱼烧死。又云：宋城门失火，人汲取池中水，以沃灌之，池中空竭，鱼悉露死。喻恶之滋，并伤良谨也。"

④宋/辛弃疾《贺新郎》："我见青山多妩媚，料青山、见我应如是。"

⑤桂平县志编纂委员会1987年4月29日给侯井天的信中说："腊鸭，就是像'腊肉'那样把鸭子肉腊起来。""沙田柚，是泛指柚子。容县之沙田产柚子，桂平各地亦产柚子。桂平产的柚子与容县沙田产的柚子一样名贵。外地人不分产地，但见柚子，辄呼之曰沙田柚，本地人随之，因而柚子又别称沙田柚。"

侯按：这首诗的7、8两句，据手稿，曾有"桂平腊鸭沙田柚，人物与诗不再来"；"何年何月何时日，曾送沙田柚子来"。据此可以推定诗人胡明树在某年月日曾带当地土特产来看望聂绀弩。如今诗人胡明树殁了，人、诗、物不会再来了。人是不可能再来了，连诗人那里的土特产也不愿再见到——见物及人，触物伤情。

方印中《聂绀弩诗三百首》："首联由胡明树的名字，巧引古典，翻出新意，极为巧妙。"

另稿：朱正存作者手迹，题作《挽诗人胡明树》，第3句"倨卧"作"高崎"；第5句"犹妩媚"作"多媚妩"；第6、7、8句作"青山悯我已衰颓。何年何月何时日，曾送沙田柚子来"。聂绀弩1977年末或1978年初致舒芜信中说:"《挽树》第七句(按:指'何年何月何时日')太空,前六字拟改为'社会主义学院'"。

挽包于轨

我思闻道耳偏聋,君以邯郸故步封。①
鬼话三千天下笑,人生七十号间逢。②
岁寒松柏凋当后,室隘芝兰臭更浓。③
浩荡东风吹涸辙,误穿只鲤尺书胸。④

①【闻道】《论语·里仁》:"子曰:朝闻道,夕死可矣。"

【邯郸故步】《庄子·秋水》:"且子独不闻夫寿陵余子之学行于邯郸与?未得国能,又失其故行矣,直匍匐而归耳。"

作者自注:包在狱已不能步。

舒芜读诗笔记:"此处只借其不能行走之意,与'学步'无关。"

②侯按:鲁西方言称把嘴凑到耳边说悄悄话叫作"鬼话"。聂绀弩年老重听,同包于轨交谈,在监号里不能高谈阔论,所以也可以把"鬼话"另解如此。

③【松柏凋后当】《论语·子罕》:"岁寒,然后知松柏之后凋也。"

【芝兰臭】朱正注云:《易经·系辞上》中有"同心之言,其臭如兰"的说法。臭,指气味,嗅觉所感之物。

④《乐府诗集·相和歌辞·瑟调曲·饮马长城窟行》:"客从远方来,遗我双鲤鱼。呼儿烹鲤鱼,中有尺素书。"

作者自注:书,原为信件,此处借作胸中有书卷。

李世强《途穷罪室,童叟无欺》:"包于轨(李文原作'鲍玉轨',谐音之误,编注)初到稷山时已不能行走……一九七一年夏病死监房的窑洞中。还在春天里,老聂曾给我看一首七言律诗,是赠包于轨的,诗云:

'我思闻道耳偏聋……'（李引全诗，此略。侯按：李引聂诗7、8句为：'移椅倚桐同玩月，无头公案话包公。'）"

侯按：聂绀弩在1983年夏历端午节，为《散宜生诗》增订、注释本写的《后记》中说："包于轨瘐死了。"李世强1987年6月21日给侯井天的信中说："包于轨……和我们同一号房，1971年7月26日病死狱中……草葬于狱内空地下。"狱，指山西稷山县看守所。

王存诚1994年8月25日给侯井天的信中说："前四句应一起来理解，中心一句是'鬼话三千天下笑'，这是指的将二人关进监狱的罪名或根据——全是令世人发笑的'鬼话'，是站不住脚的。因此前两句'耳偏聋''故步封'就不仅说的是身体状况，而同时说了思想状况——都是'不服'，结果只能是'人生七十号间逢'了。"

舒芜读诗笔记："古无'嗅'字，只有'臭'字，兼嗅觉之嗅与香臭之臭两义。聂诗巧借双关，文字上是从芝兰之臭（气味）说下来，其实双关狭隘的牢房里的污臭之味，很浓重。"

王存诚《为时代作证》："'文化大革命'又将他送入死地——被投入监狱，而且判了无期徒刑。但这次他已做好了思想准备，在这一时期及出狱后写的咏牢狱生活的诗篇中，他是以一个真正的战士的姿态出现的。对于加给他和难友的诬枉，他傲然标榜'我思闻道耳偏聋，君以邯郸故步封。鬼话三千天下笑，人生七十号间逢'；对于远放晋南囚禁，他当作'仰止龙门登未得，浴乎汾水咏而归'；他在狱中带青年难友一起钻研《资本论》，身在铁窗心情却是'风雪迎春入沁园'，'鱼跃于渊'。出狱对镜虽不禁'千里重逢异物惊'，却昂然高唱'纳履随君天下往，无非山在缺柴时'。如果说《南山草》和《马山集》时期，他的诗里还不无旧文人的伤时和自伤，现在铁与血的考验已将这一扫而光了。"

方印中《聂绀弩诗三百首》："这首挽诗写得特别含蓄，几乎句句双关"。"首联字面上是写实：聂是'耳偏聋'，而'包在狱中已不能步'（作者自注）。但另一方面双关：对于无端加在他们头上的一套罪名（道），不为所动——依然故我。在狱中，诗人依然是个强者。颔联字面上是写实：包于轨善言谈，话语风趣。但另一方面又双关：'四人帮'加在他们头上的'罪名'，全是'鬼话'……颈联上句，言外之意，当后凋者却早凋,包于轨不得其时而死。下句也双关:狭小的牢房污臭气味浓重。诗中的'臭',音xiù,气味。相关义是气味难闻的'臭'(chòu)。尾联'洄辙'相关监狱,胸有尺书的'只鲤'比喻有学问的包于轨。"

另稿:油印本《赠答草》,第4句"人生七十"作"古稀岁月"。李世强《途穷罪室,童叟无欺》文中称,此诗"是赠包于轨的",第7、8句作"移椅倚桐同玩月,无头公案话包公。"

挽王莹[1]

红氍毹上一惊鸿,万里雄飞震白宫。[2]
奴乐鞭声随处响,鞭梢翔影倏无踪。[3]
老归大泽菰蒲尽,露冷莲房坠粉红。[4]
抬头忽见天边月,五十年前忆旧容。[5]

【王莹】(1913—1974),女,原名喻志华,又名王克勤,安徽芜湖人。话剧、电影艺术家,作家。"文化大革命"中受江青迫害,1967年入狱。1974年含冤去世。粉碎"四人帮"后昭雪。1980、1982年,其长篇小说《两种美国人》《宝姑》出版。

②【氍毹(qú shū)】毛或毛麻混织的毛布、地毯之类。

舒芜读诗笔记:我国古时戏曲演出,没有舞台,就在一方红氍毹上进行,四围观众。后因以红氍毹代指舞台。

【惊鸿】三国魏/曹植《洛神赋》:"翩若惊鸿,婉若游龙。"后作美人的代称。

【震白宫】李润新《洁白的明星王莹》:"1943年春,王莹在东西文化协会的安排下,应美国政府的邀请,到白宫演出街头剧《放下你的鞭子》和中国抗战歌曲《卢沟桥》《游击队之歌》《义勇军进行曲》等。"

③作者自注:奴乐岛见《孽海花》。

作者自注：抗日战争初期君以演《放下你的鞭子》蜚声中外。最初见君演剧是"九·一八"前。

④作者自注："老归"鲁迅句，"露冷"杜甫句。

鲁迅《亥年残秋偶作》："老归大泽菰蒲尽，梦坠空云齿发寒。"

唐/杜甫《秋兴八首》其七："波漂菰米沉云黑，露冷莲房坠粉红。"

⑤【五十年前】聂绀弩于1931年的"九·一八"前"见君演剧"，"五十年"后，即1981年。1974年王莹逝世，1976年聂绀弩出狱，1976年粉碎"四人帮"后王莹得到昭雪，1977年8月25日晚聂绀弩致向斯庚信中说："两小时（前）发《吊王莹》诗给你"，诗应作于当时。

关捷《中国话剧与电影的最后元老》："1931年夏陈鲤庭回到上海，挥笔写了一幕短剧《放下你的鞭子》，剧本写的是街头卖艺难民的故事。卖艺的姑娘有气无力的表演，卖艺的老汉急得在一旁用鞭子抽打他。狠心的鞭打激怒了观众，一个青年跳出来大喊：'放下你的鞭子！'姑娘却对青年说老汉是她的父亲。原来家乡连年灾荒，苛捐杂税多如牛毛，官匪兵痞，骚扰不断，实在没有活路，才逃到这里卖艺糊口。姑娘声泪俱下请求大家原谅她的父亲，她说父亲打她是爱她，打她是为了让她好好表演多赚一点钱填饱肚子。说到这里，父女抱头痛哭，抱怨老天不公。于是，青年说该抱怨的不是老天，而是人，他告诉老汉要把鞭子指向那些造成人民流离失所的罪魁祸首。""1932年，《放下你的鞭子》在上海演出。当台上演员提出把鞭子指向谁时，台下的观众纷纷跳上舞台高呼口号。上海因此沸腾。各大剧社纷纷排演这个剧，可谓盛况空前。抗战爆发后，陈鲤庭妙笔一动，将难民改成从东北逃来的，矛头直指日本侵略者。《放下你的鞭子》迅速轰动了全国……很多爱国青年看完演出，立即报名去了抗日前线。艺术家们在军营演出的时候，台下往往是杀声震天。"（见《人物》2002年第4期）

刘友竹《论杜甫对聂绀弩的影响》："'老归大泽菰蒲尽，露冷莲房坠粉红。'此联系集句……王莹在'文化大革命'中被江青迫害致死，此联是哀惋她老境凄凉，甚至无充饥之菰蒲；冤死囹圄，正如坠落之红莲。"（见《杜甫研究学刊》1998年第3期）

方印中《聂绀弩诗三百首》："颈联渲染了一种凄冷的气氛：没有菰蒲的大泽，沾着冷露的莲房。这种气氛强化了哀挽的情调。""尾联以眼前景寄托无限怀念，以'天边月'指王莹五十年前的'旧容'，富于诗情。"

扬帆口述，丁兆甲整理《断桅扬帆：蒙冤二十五年的公安局长》中，《江青的复仇步骤》："1967年2月，江青还派人以'中央文革'的名义去北京香山王莹家里抄家。王莹原来是著名演员，也是党员，三十年代在上海因和她争当主角不成而结仇。抄家以后不久，又把王莹捉起来关在秦城，最后也冤死狱中。"

另稿：朱正存作者手迹，末句后自注："1929年初次见君演丁西林剧本《酒后》。"

追念伍禾（三首）

一

少日昂头嗔屋矮，中年驼背笑天低。
江湖水阔吾犹念，桃李无言下自蹊。①

二

记忆无端自涨沉，玉壶赊得片冰心。②
相携同到琴台哭，你恨无琴我昧音。③

三

正道人间海又桑，廿年生死两茫茫。④
何年何月何因死，剩否诗魂恋武昌？⑤

①【桃李无言下自蹊】《史记·李将军列传》："谚曰：'桃李不言，下自成蹊。'"

②唐／王昌龄《芙蓉楼送辛渐》："洛阳亲友如相问，一片冰心在玉壶。"

③聂绀弩《我和伍禾》："（伍禾说）我的感情太激动了，还没有写（文章）就哭了，一哭就不可收拾，越哭越好哭"，"有时我问他：'你常哭么？'他说'常哭'。'什么时候？''读书有时也哭，哭得读不下去'"。（见《聂绀弩全集》第4卷300—301页）

④毛泽东《人民解放军占领南京》："天若有情天亦老，人间正道是沧桑。"

宋／苏轼《江城子》："十年生死两茫茫，不思量，自难忘。"

⑤【何年何月何因死】"在'文化大革命'中，伍禾又受到冲击和批判……1968年12月22日过早地离开了人世，终年55岁。"（见伍禾《行列》附录《伍禾小传》）错案平反、昭雪后，1981年3月举行了骨灰安放仪式。

聂绀弩《我和伍禾》："伍禾是个诗人，不，伍禾是首人诗。"聂绀弩问伍禾，人死了，"剩否诗魂"。（见《聂绀弩全集》第4卷299页）

方印中《聂绀弩诗三百首》：（第1首）"怀念伍禾的品格气质：话语不多，但很有幽默感……行为高尚，受人尊敬。"（第2首）"'涨沉'，是复词偏义，由于七字句而用，义偏在'涨'。"诗人与伍禾俱善饮，因此有'玉壶'句……三、四句是说彼此知心，有感情，但憾于未能尽情吐露。无琴和不识音律，是比喻的说法"。（第3首）"'何……何……何……'追念之意，言之切切。"

另稿：聂绀弩1979年5月8日致聂碧莲（伍禾夫人）信中说："伍禾去世，久已听说，但未得确息。去年我曾作三首七绝纪念他。"第1首，第1句"嗔"作"憎"；第2句"笑"作"怨"。

浣溪沙·扫萧红墓（在香港浅水湾）

浅水湾头浪未平，秃柯树上鸟嘤鸣。海涯时有缕云生。①
欲织繁花为锦绣，已伤冻雨过清明。琴台曲老不堪听。

①【嘤鸣】《诗经·小雅·伐木》："嘤其鸣矣，求其友声。"

【缕云生】聂绀弩《在西安》题词引《西青散记》："何人会写萧红影，坐断青天一缕霞。"（见《聂绀弩全集》第4卷134页。）

清/史震林《西青散记》卷一："萧红者，兰陵女子也。降时，嫌乩重，不洁，赋七言律一首而去……越三日，萧红至……自黄昏问萧红，夜至半，语琐碎已多，恐萧红倦，欲谢之……梦乩代为辞曰：'仙家事劳苦，境乃无聊，倦且成疾，既相闻矣。但未知栖所安在，游宴何家，意何事不忘，仙子状貌何若，可得见否也？幸再以诗答，揖仙子归。'题诗云：'叶短幽兰冻紫芽，春光又比旧年差。冷囚月姊蜂王宅，夜祭花神燕子家。救月疏成忙未奏，医花方漏苦难查。何人会写萧红影，坐断青天一缕霞。'"（侯按：聂《在西安》引文有误，"会写"引作"绘得"，今据《西青散记》代为改正。）

王存诚2001年11月20日给侯井天的信中说："可见萧红是一位乩仙，诗是萧红在扶乩时所作，回答'记者问'的。实在应该是史震林所作（也可能是乩社中某人所作，大概不会真是仙人作的）。聂绀弩借用末二句来赞美现实的萧红。"

高旅《最后和最早》：（聂绀弩1951年3月离开香港）"他临行之前，去浅水湾吊萧红墓，写了一首词，即……《浣溪沙》一首，刊在《文汇报》上。"（见《聂绀弩还活着》）

方印中《聂绀弩诗三百首》："词的上阕，全用景物烘托感情：'浅水'句，状不平静的怀念之情。'秃柯'句，状墓场情景凄凉……'鸟嘤鸣'，是怀念的心声，是同逝者交流的心声……'海涯'句，状思念之感不断涌现。""词的下阕，'欲织'句是愿望，'已伤'句是时不我待，愿望不能实现，由此而'伤'。此时，心声已由'鸟嘤鸣'而至'琴台曲老'，以'不堪'的曲调，全词戛然而止。""这篇作品充分展示了以词这种体裁表达怀旧的长处，全首词写得声情并茂，凄惋有致。"

程千帆《读〈倾盖集〉所见》："'欲织繁花为锦绣，已伤冻雨过清明。'他虽然是在说萧红，实际上也是说自己。"

史复《聂绀弩传·序》："在香港时他也偶有旧体诗词的吟咏，严肃的，或严肃的打油的，也真是偶一为之，那首'欲织繁花为锦绣，已伤冻雨过清明'的《浣溪沙（扫萧红墓）》就是仅有的了。"

曾敏之《三忆绀弩》："这首词写得凄惋有致，堪称佳作。"

另稿：梁羽生《笔·剑·书》引聂诗，题作《某岁过萧红墓》；第2句"秃"作"独"。

梁羽生《笔·剑·书》中《浅水湾头浪未平》："聂绀弩有《浣溪沙》词一首，题为《某岁过萧红墓》"。"绀弩后来把'独柯树'的'独'字改为'秃'字，作为'定稿'，但我觉得还是原作较好，'独'字可以表现她死后的'寂寞'。"

再扫萧红墓（四首）

一

匍匐灵山玉女峰，暮春微雨吊萧红。①
遗容不似坟疑错，碑字大书墨尚浓。
生死场嫖起时懦，英雄树挺有君风。②
西京旧影翩翩在，侧帽单衫鬓小蓬。③

二

流离东北兵戈际，转徙西南炮火中。④
天下文章儿儿女，一生争战与初终。⑤
狼牙啮敌诗心蛊，虎胆修书剑气虹。

蒋败倭降均未见，恨君生死太匆匆。⑥

三

奇才末世例奇穷，小病因循秋复冬。
光线无钱窥紫外，文章憎命到红中。⑦
太平洋战轩窗震，香港人逃碗甑空。⑧
天地古今此遥夜，一星黯落海嵎东。

四

闻近弥留絮语中，一刊期与故人同。
悠悠此恨诚终古，渺渺予怀忽甘冬。⑨
浅水湾头千顷浪，五羊城外四山风。
年年虎吼龙吟处，似以新篇傲我侬。⑩

①【玉女峰】山名。一在陕西华山，一在福建武夷山。这里喻萧红为"玉女"。唐/李白《江上答崔宣城》："太华三芙蓉，明星玉女峰。"

②【起时懦】鲁迅《生死场·序》，称萧红将给读者"以坚强和挣扎的力气"。

③聂绀弩《在西安》："朦胧的月色布满着西安的正北路，萧红，穿着酱色的旧棉袄，外披黑色小外套，毡帽歪在一边，夜风吹动帽外的长发。"（见《聂绀弩全集》第4卷135页）

④朱正注引唐/杜甫《咏怀古迹五首》其一："支离东北风尘际，漂泊西南天地间。"

⑤王存诚1994年7月22日给侯井天的信中说："是否可以两句一气读，这样意思就是：天下有几个写文章的儿女能像你这样，一生都未脱离征战呢！赞誉的程度就更高，因为不止限于女性作家。"

⑥侯按：萧红终年仅31岁。

⑦唐/杜甫《天末怀李白》："文章憎命达，魑魅喜人过。"
舒芜读诗笔记："'到红中'，疑是麻将牌中的'白板''红中'，言萧

红文章憎命，穷途潦倒，只好打麻将消遣也。萧红最后是否打麻将，不敢确说。"（侯按：聂绀弩《散宜生诗·后记》："我用的典故……甚至赌具麻将牌"，此外，诗中再无"麻将牌"典，可证。）

⑧【甑】见《南山草·岁暮焚所作》注①。

⑨【廿】1942年萧红病逝，1964年聂绀弩到广州"再扫萧红墓"，时为21年多。

宋/苏轼《前赤壁赋》："渺渺兮予怀，望美人兮天一方。"

⑩【我侬】吴方言，即我。

侯按：1957年7月萧红骨灰从香港迁回广州，安放在广州银河墓地。

梁羽生《笔·剑·书》中《萧红墓的迁葬》："聂绀弩和萧红的感情很深，他是萧红墓迁葬前回内地的，恰好在迁葬那年，他被打成'右派分子'。"（聂于1957年成为"反右"斗争对象，1958年年初被定为"右派分子"，编注。）

曾敏之《三忆绀弩》："六十年代初，绀弩一度悄然来到广州……我与胡希明、陈芦荻宴请他于惠如楼头……绀弩悄然南来，却不忘记去银河为萧红扫墓。"

聂绀弩1964年"七月十五日"给王其力信的手迹："我四月中旬起，曾到广东、湖北两省去旅行过，归来尚未半月，共耗时两月半。"聂绀弩1964年4月15日致高旅："我将于19日赴穗一游。"此后一信未署月日："我已抵穗两日。"5月6日致高旅："日内即将往海丰一行，三数日即归。"附抄《红墓》4首和"红墓第五首"，请"慎兄正之"。5月9日致高旅，《红墓》修改16处，说"改后似较佳"，问高旅"尊意云何？"在海丰聂有诗《呈彭母》；有题词，聂绀弩署"一九六四年五月十四日"。侯按：以上述为据，1964年4月21日—5月6日，半月之内，聂绀弩在广州扫萧红墓，作《红墓》诗即此《再扫萧红墓》。

王林书、张盛荣《当代旧体诗论·悲天愤人一卷诗——读李汝伦的旧体诗词》：（第1首）"聂绀弩的这首诗并非他的代表作，并无他风格上的幽默、旷达、纵横等重要特点……全诗紧扣他万里奔波而来，跌跌撞撞的姿态，恍恍惚惚的目前景象，清清晰晰的过去回忆，传达出他内心急切如归的激动和深沉的永无遏止的怀念。一气呵成，长歌当哭，有聂绀弩一贯的'狂热浩歌中中寒'风格。"

方印中《聂绀弩诗三百首》：（第1首）"'灵山''玉女峰'都不是实指，前者指坟墓，后者形容墓碑。'暮春'是扫墓的时间，'微雨'渲染了一种迷蒙恍惚的情调。""颈联上句是历史回放，下句则是从眼前景写人……以英雄树形容'起时懦'的萧红的风格，十分形象，十分恰当。""尾联'旧影'，是由颔联'遗容'而来的联想，是颈联'君风'的又一形象化表现。"

方印中（同上）：（第2首）"这一首诗写萧红'匆匆'的几个小片断……在战乱中流浪，从东北而至西安、重庆、香港。""颈联辞锋犀利，气势如虹，既是萧红'慓'风的展示，也是诗人自己人风文风的展示。'狼牙'句是上一联'一生争战'句的形象与发挥，'虎胆'句是上联'天下文章'句的形象发挥……'生死太匆匆'，是萧红、也是诗人的遗憾。"

王存诚1994年8月25日给侯井天的信中说："'文章憎命到红中'似承上文'奇穷'而来，以'红中'作为打麻将的代词，即是说连打麻将也总是要输。另外，'红中'属杂牌，一般来说在打牌时是不受欢迎的。"

杨九如《聂诗管窥·释"红中"》："这一杜甫《天末怀李白》的名句，绀弩移来《再扫萧红墓》，可谓千古一辙，同声一恸。"

于永森《红禅室诗词丛话》："'光线无钱窥紫外，文章憎命到红中'，信手拈来，感慨极深。"

方印中（同前）：（第3首）"这一首写萧红在战争环境、在'奇穷'境遇之中，'一星黯落'，不幸而死。""'奇才末世例奇穷'的这个'例'，包括了萧红、诗人自己、以及其他许多'奇才'的莫大悲怆。""颔联'光线'句承上申述'奇穷'，文章句承上申述'末世'之'例'。""'红中'解作萧红一生之中，不作别解，如麻将牌的'红中'。原因是：1.'紫外'是两个词，紫光之外，'红中'也应为两个词，萧红之中；2.连'窥紫外'这等要事都'无钱'，又如何有钱打麻将？3.打麻将同'憎命'一词的气氛，同全诗的气氛，格格不入。""后两联写在太平洋战争环境中萧红去世，末联在情景交融中寄托无限哀思。"

李冰封《商市街夜寻萧红故居》："聂绀弩在六十年代初期，到广州为萧红扫墓。聂绀弩当时已过花甲,反胡风和反右运动中受到诬陷和牵连,被送去北大荒劳改过,这时他的心情,正是他在咏林冲诗中写的:'男儿脸刻黄金印,一笑心轻白虎堂。'当被召回北京后,他去了一次广州,在暮春微雨中,专程去凭吊了萧红墓。什么感情驱使他这样做呢?对萧红的真挚的友情,对不堪回首的往事的回忆,对左翼文学的热爱,对中国痛失一代才女的哀思,对权势者摧残人才的抗议,我想,诸多感情都是交织着的。此行聂绀弩写下六首感人肺腑的诗篇。""很沉痛地概括了萧红的一生。"(见《随笔》1992年第2期)

王存诚《为时代作证》:"他又到两广去追寻了自己革命之根","拜访了烈士的老母和故居,祭扫了战友的茔墓,于是我们读到了'老母八旬披鹤发,默迎儿子故人来','浅水湾头千顷浪,五羊城外四山风',这些震撼人心的诗句。没有具体的工作任务,又使他能够以一定的距离感来审视自己乃至一代革命知识分子在历史长河中的地位"。

方印中(同前):"第四首是诗人抒怀。""'弥留絮语'所表达的期望,此情切切,既是萧红口中出,同时也是诗人的遗憾。'悠悠''渺渺'深长绵远,哀思无尽。""'浅水湾头'两句,'渺渺'的'余怀',忽转为激情千顷,这表明诗人已从哀境中脱出。这两句诗气象万千,似是悼念萧红而天造地设、无可移易之句。"

另稿:此组诗经过多次修改,1964年5月初寄高旅最初稿,题作《红墓》,共5首,第1首,第1句作"千里古人聂绀翁";第2句"暮春"作"一天",第7句"在"作"甚"。第2首,第1句"流离"作"饥寒";第3句"天下"作"千载";第4句"生"作"身","与"作"贯";第5、6句作"森罗树石银河墓,缥缈云山玉女峰";第7句"败"作"遁","均"作"都"。第3首原为另一首(参阅《拾遗草·萧红墓上六首·三》)。第4首,第5句"千顷"作"沧海";第7句"年年"作"频年";第8句"新篇"作"雄文"。

《三草》中题作《萧红墓上六首》(另两首参阅《第四草拾遗·萧红墓上六首·三、六》),第1首,第1句作"千里古人聂绀弩";第2句"暮春"作"南来"。第2首,第5句"虎胆"作"虎口"。此第3首列第4,

诗句同。此第 4 首列第 5，诗句同，末有自注："萧红墓原在香港浅水湾，解放后迁广州银河公墓"。

访丘东平烈士故居（三首）①

一

英雄树上没花开，马福兰村有草莱。②
难弟难兄此墙屋，成龙成虎各风雷。③
才三十岁真雄鬼，无第七连也霸才。④
老母八旬披鹤发，默迎儿子故人来。

二

任是尸山血海行，中华儿女志干城。⑤
哀兵必胜古兵法，时日偕亡今日程。⑥
游击战中遭遇战，一书生死万民生。
人间换后江山美，百丈碑刊勇者名。⑦

三

小仲谋追大仲谋，有人间倚几阳秋。⑧
壮哉野泽三春草，赌掉乾坤两颗头。⑨
此日登堂才拜母，他生横海再同舟。⑩
范张鸡黍存悲殁，蘸笔南溟画虎丘。⑪

①【丘东平】（1910—1941），原名丘潭月，字席珍，笔名东平，广东海丰县人。现代作家。《东平选集》收中短篇小说 17 篇。
②【草莱】《南史·孔珪传》："门庭之内，草莱不剪。"
③侯按：丘东平兄弟八人，他排行为六。二兄国珍、五兄汝珍、七弟

丘俊和东平（席珍）兄弟四人，1932年"一·二八"淞沪抗战中，同上抗日战场。（据《新文学史料》1987年第3期载杨淑贤《丘东平传略》）

④【雄鬼】战国楚/屈原《九歌·国殇》："身既死兮神以灵，魂魄毅兮为鬼雄。"

⑤【干城】干，盾牌。城，城墙。《诗经·周南·兔罝》："纠纠武夫，公侯干城。"

⑥【哀兵必胜】《老子》："故抗兵相加，哀者胜矣。"

【时日偕亡】《尚书·汤誓》："时日曷丧，予及汝偕亡。"舒芜读诗笔记："《孟子·梁惠王》引此两句，朱熹注云：时，是也。日指夏桀……桀尝自言：'吾有天下，如天之有日，日亡吾乃亡耳。'民怨其虐，故因其自言而目之曰：'此日何时亡乎？若亡，则我宁与之俱亡。'盖欲其亡之甚也。聂诗此句又以'日'双关日本侵略者。"

⑦毛泽东《浪淘沙·北戴河》："萧瑟秋风今又是，换了人间。"

⑧【小仲谋……大仲谋】《三国志》注引《吴历》："曹公（操）出濡须，作油船，夜渡洲上。（孙）权以水军围取，得三千余人……公见舟船器仗军伍整肃，喟然叹曰：生子当如孙仲谋，刘景升儿子若豚犬耳。"（侯按：孙权字仲谋。孙权胞兄孙策，聂绀弩指称为"大仲谋"。）

【闾倚】倚闾。《战国策·齐策六》："王孙贾年十五，事闵王。王出走，失王之处。其母曰：'汝朝出而晚来，则吾倚门而望；汝暮出而不还，则吾倚闾而望。'"

【阳秋】晋避简文宣郑太后阿春讳，改春为"阳"。晋/孙盛《晋阳秋》，皆"阳"字代"春"字。

⑨唐/孟郊《游子吟》："谁言寸草心，报得三春晖。"

【两颗头】章太炎《狱中赠邹容》："临命须掺手，乾坤只两头。"

⑩侯按：据陈绍哲《聂畸在海丰》：聂绀弩有署名聂畸的"一九六四年五月十四日"的题词和"六四年五月""拜谒革命寿母彭太夫人留念"的诗，同时拜望在海丰乡下的丘母，当在情理之中。

朱正注引《三国志·周瑜传》："（孙）坚子策与瑜同年，独相友善，瑜推道南大宅以舍策，升堂拜母，有无通共。"舒芜读诗笔记："后因以拜见朋友的母亲为好朋友之间应有的礼节。聂诗的意思是，我和你的儿子是好朋友，早应该登堂拜见您老人家了，可惜迟到今天你儿子早已牺牲之后，我才有机会来拜见您。"

⑪【范张鸡黍】《后汉书·独行列传》载，范式（字巨卿）与张劭（字元伯）为生死之交。范、张同游太学。告归，式约二年当过拜尊亲，乃共克期日。至期，元伯白母鸡黍待之。母曰："二年之别，千里结言，尔何相信之审耶？""巨卿信士，必不乖违。"至其日，式果至，升堂拜母，尽欢而别。

【虎丘】山名，在江苏省苏州市西北阊门外，一名海涌山。相传春秋时，吴王阖闾葬于此。相传葬后三日有虎踞其上，故名。（侯按：以"虎丘"双关丘东平和墓中所埋已"成虎"的东平。）

寓真《人物钩沉二题》："聂绀弩本人是一个恃才傲物的人，他有诗曰：'天涯肝胆藐雄才'，能让他真正钦羡的人并不多。在他的诗文中流露出的对丘东平的敬爱的感情，是很特别的。在上海'左联'时期，聂绀弩就结识了东平，后来在新四军他们又有过一段并肩战斗的经历。他对东平的了解一定很真实，东平无疑是一朵早谢的天才之花。""（寓引聂诗第一首，此略）'英雄树'明指木棉，而语意双关。既'没花开'，且'有草莱'，烈士故居的苍凉气氛扑面而来；由此自然引出了东平弟兄们如龙似虎、搏击风雷的往事怀想。东平兄弟八人，上海'一·二八'淞沪抗战中有他兄弟四人同上战场。1938年东平进入新四军，1941年牺牲，时仅31岁，所以说是'才三十岁真雄鬼。''无第七连也霸才'，是反衬的写法，正面表述应该是：'你留下了《第七连》这样卓越的作品，在文学上占据着的地位当然是更加凸显了！'七律的最后两句，以鹤发老母相迎而收结。全诗意境由近及远，再由远而近，概括了东平的家庭身世，凝注了深刻的思念，首尾相衔，一气呵成。"

方印中《聂绀弩诗三百首》：（第1首）"颈联以'雄鬼''霸才'赞丘东平，的为确论。这两句诗，句式新奇、突兀，从早期诗作中，聂诗的风格已隐然可见。尾联形象动人，'默'字深含无尽的怀念和哀思，老母的情状如在目前。"

寓真《聂绀弩刑事档案》：（第2首）"血海尸山，斗志干城，以一人献身，换取万民生息，仅此二三语，烈士壮气已跃然纸上。"

方印中（同前）：（第2首）"诗的首联，寥寥十四字，写尽抗日战争的惨烈、牺牲、中华儿女的志气，可作为抗日战争诗史的一页读。'任'字、'志'字，大义凛然"。"在聂诗中，'日'又双关日本侵略者"。"后二联颂烈士功绩，寄永志不忘之意"。

方印中（同前）：（第3首）"颈联'此日''他生'，充分写出诗人访丘东平烈士故居的意真、情真。"

聂绀弩《给战死者》："东平：得到你战死的消息，正是从乡下到城里去参加鲁迅先生五周年纪念大会的路上……我的心更扰乱了！""一个人类的天才死了已经五年，一个智慧的光芒熄灭了已经五年……而你，东平，一个正在成长中的人类的天才，一个行将日见光大的智慧的火，一个身背着民族解放的重负，在前线与民族敌人搏斗了三四年的战士的战死……我悲哀，我愤怒……""你写过《第七连》和《一个连长的战斗遭遇》，那都是抗战以来最伟丽的诗篇，我相信你自己的战死，一定不会缺少同样伟丽的场景……但对于我们民族的前途，对于和你一同战斗的你的友人们，这损失是巨大的，无可挽回，无法弥补的呀！"（《聂绀弩全集》第4卷43、44、46页）

彭燕郊《千古文章未尽才——绀弩的旧体诗》："绀弩比较认真地写旧体诗，大约是从吊萧红墓、访东平故居诗开始的，那已是四九年秋，他到北平参加第一次文代会，逗留大约三个月，又南下回香港的时候了。那首吊萧红墓《浣溪沙》，不过平正而已，并无特色。但已显出他的旧体诗的独特之处，'天下文章几儿女，一生争战与初终'，'光线无钱窥紫外，文章憎命到红中'，'才三十岁真雄鬼，无第七连也霸才'，'哀兵必胜古兵法，时日偕亡今日程'。这些叫读惯了到处可见的旧体诗的我们感到突兀、新奇，甚至有些凌厉之气的诗句，出现在其他一些不免使人感到有些面善的诗句中，今天读来，就好像听到了走向'三草'和赠胡吊胡诗的最初的脚步声。"

高旅《绀弩赴海丰山间探丘东平母有诗》："其事即诗也。孟子云'诵其诗，读其书，方可知人论世'，殆即此意。东平去后未归山，见客犹疑见子还。草色迷蒙多野路，秋风萧飒两衰颜。旧情觅向故人处，老母归从荒陌间。向谓君诗高格调，不知当代几人攀。"

胡风《次耳兄悼东平原韵（五首）》其一，和聂诗第1首："一树红花喷血开，万家墨面没蒿莱；难堪酷冷烧罢火，为扫阴霾起迅雷！天若有情应常勇，地非无耻也怜才；朝中党内多沉痛，岂有真亡假不来？"

胡风《次耳兄悼东平原韵》其四、其五，和聂诗第3首："有勇何尝定有谋，空传关羽读春秋。途穷豫让悲涂面，境绝严颜怒斩头。吊友倾情终挂剑，寻仇矢志敢沉舟。时移景换凭君看，野貉家狐共一丘。""除奸曾敢斥权谋，博得孤囚十度秋。林黛玉终还爱泪，眉间尺竟索仇头。难投破旧千枝笔，待泛汪洋一叶舟。翘首南天春正盛，何当一掬吊虎丘。"

胡风《次耳兄悼东平原韵》其二、其三，参阅《第四草拾遗·访丘东平烈士故居（又六首）》附胡风和诗。

另稿：第1首，聂绀弩1964年5月9日寄高旅，题作《访丘东平故居（四首）·之一》，题注"宅在海丰梅垅镇麻佛垅村"，第1句"没"作"无"；第2句"马福兰村"作"麻佛陇边"；第3句"墙"作"茅"；第6句作"以第七连最霸才"。

第3首，初稿为聂绀弩1964年5月9日寄高旅《访丘东平故居（四首）·之四》，参阅《第四草拾遗·访丘东平烈士故居（又六首）》其四。

聂绀弩1978年10月22日致高旅信中说："你说没有访东平故居诗，今抄奉。原六首，后因其中两首与他身份不合，改作挽陈帅用了。"所抄诗题为《访丘东平烈士故居四首》，第1、3、4首即此第1、2、3首，诗句全同。

与海燕公园看牡丹，以其意成一绝句

（我素不善为绝句，存者亦少，今特存此示悼吾儿）

三十六宫万点霞，玉环飞燕共乘车。①
何来白日红楼梦，贫贱人看富贵花。②

①【三十六宫】汉/班固《西都赋》:"离宫别馆,三十六所。"意指宫殿之多。

唐/李贺《金铜仙人辞汉歌》:"三十六宫土花碧。"

②【富贵花】宋/周敦颐《爱莲说》:"牡丹,花之富贵者也。"

聂绀弩1963年6月2日——"儿童节次日"致高旅:"春间曾过公园看过一两次牡丹芍药之类,此等前所未有,故一奉告。"侯按:据此,诗作于1963年"春"无疑。

方印中《聂绀弩诗三百首》:"父女在公园里看牡丹,霞光万点,色彩缤纷,美姿各异,可是所引起的感觉,不是现实中的愉悦,而是梦幻般的悲哀,由富贵花而想到人,一切都落脚到'贫贱'二字,而二字其实就是一个'贱'字。这个'贱'字,是六十年代前期,政治地位低下,受排斥、受歧视的写照。在鲜花盛开的公园,父女二人心头涌起的却是挥之不去的悲凉,真是情何以堪!这首诗,是典型的以乐境写悲。"

为鲁迅先生百岁诞辰而歌(二十二首)

一 题《鲁迅全集》

晚熏马列翻天地,早乳豺狼噬祖先。①
有字皆从人着想,无时不与战为缘。②
斗牛光焰宵深冷,魑魅影形鼎上孱。③
我手曾摊三百日,人书定寿五千年。

①【晚熏马列】鲁迅1927年到上海,认真研究马列主义。1936年去世。

【乳豺狼噬祖先】瞿秋白《鲁迅杂感选集·序言》:"鲁迅是莱谟斯,

是野兽的奶汁所喂养大的,是封建宗法社会的逆子,是绅士阶级的贰臣……他从自己的道路回到了狼的怀抱。"

②聂绀弩《鲁迅——思想革命与民族革命的倡导者》:"鲁迅先生一生的历史就是战斗的历史","自始至终,为'人'而呐喊、战斗"。(见《聂绀弩全集》第1卷182—183页)

③【斗牛光焰】见《南山草·岁暮焚所作》注③。

朱正注引《左传·宣公三年》:"昔夏之方有德也……铸鼎象物,百物而为之备,使民知神奸。故民入川泽山林,不逢不若;魑魅魍魉莫能逢之。"

侯按:《鲁迅诞辰百年纪念集》收入聂诗22首,后注"1981年3月北京邮电医院"。实际上《题〈鲁迅全集〉》这首诗早收入聂绀弩1962年3月自编的《马山集》中,在这组诗的写作时间上,这一首及另外若干首取自旧作者是例外。

姚锡佩《我所认识的聂绀弩》:"我所在机关计划编辑一部《鲁迅先生百年诞辰纪念集》,我奉命去请鲁迅生前好友聂绀弩撰文。""在邮电医院的病榻上",写了"《题〈鲁迅全集〉》的七律旧体诗"。"自此以后,竟然诗兴大发,不可遏止,陆陆续续写了二十余首"。"在创作这组《为鲁迅先生百岁诞辰而歌》的旧体诗时,他曾多次手捧《鲁迅全集》,重新阅读,敬崇地赞颂鲁迅'人书定寿五千年'。"

姚锡佩《杂文大家聂绀弩的坎坷路》:"他依循鲁迅'有字皆从人着想'的思想,剖析了反映在中国古典小说中的一系列仁和礼,在诗中疾呼:'何处不是人肉宴,古久帐簿几篇章。'(《题〈狂人日记〉》)责问:'女人何故属男人!'(《祥林嫂》)悲叹读书人:'浑身瘦骨终残骨,满面伤痕杂泪痕。'(《孔乙己》)由庄子所指的'逍遥恣睢转徙之途',念及'不恣睢'必'桎梏'的天下,乃清醒于'大权操在老子手,整错杂种敢何词'(《阿Q》)的有权无法社会,敲响了'方生未生将生者,倘不全苏定永沦'(《淡淡的血痕中》)的警钟。"

袁和风《读侯井天〈聂绀弩旧体诗全编〉——丙寅十年祭》:"聂公诗云:'有字皆从人着想,无时不与战为缘。'今从聂公一生行为观之,颇符此意。"

王存诚 1994 年 7 月 22 日给侯井天的信中说:"'魑魅影形鼎上犀',此句直接袭鲁迅意,《且介亭杂文二集·题未定草(六至九)》:'所以我以为此后该有博采种种所谓无价值的别人的文章,作为附录的集子。以前虽无成例,却是留给后来的宝贝,其功用与铸了魑魅魍魉的形状的禹鼎相同。'鲁迅在编杂文集时就用了这种令那些施放明枪暗箭的无耻之徒现形的做法。"

马蹄疾《鲁迅和他的同时代人》:"在鲁迅诞辰一百周年时,聂翁以七十八岁高龄,在病中写了十二题二十二首诗歌,歌颂鲁迅一生的光辉业绩。现录其第一首《题〈鲁迅全集〉七律》云:……(马引聂诗全首,此略)"

方印中《聂绀弩诗三百首》:"《题〈鲁迅全集〉》四联,分别写了四个方面:鲁迅思想的发展过程,鲁迅思想的内容特点,鲁迅文章的风格,对鲁迅作品的崇敬与赞颂。"

另稿:聂绀弩 1961 年 12 月 28 日寄高旅及《马山集》,第 1 句"晚熏马列"作"马恩晚醉";第 2 句"早乳豺狼"作"狼乳早酣";第 8 句"人"作"此"。

二　题《狂人日记》

知是人狂是我狂?人肉筵宴四开张。
仁义道德为纱幕,骨血心肝作羹汤。①
彼吃人者终被吃,将被吃者亦来尝。②
上倨中外高贵神圣客,下剥八文一斤小儿郎。③
吁嗟乎!
祥单二嫂谁更苦?阿 Q 小 D 乏一双。④
闰土又生小闰土,孔乙己酒债终未偿。

瑜儿颈血痊病否？连殳、纬甫寂寞亡！
吁嗟乎！
一百八将落日景，十二金钗薄命娘。
贞节奇坊好述传，金瓶梅喷肉味香！⑤
廿年目睹怪现状，万古孽海又官场。⑥
何处不是人肉宴，古久帐簿几篇章。
如斯大梦谁先觉，先生荷戟独彷徨。⑦

①【仁义道德】鲁迅《狂人日记》："我翻开历史一查，这历史没有年代，歪歪斜斜的每页上都写着'仁义道德'几个字。"

【骨血心肝】鲁迅《狂人日记》："几人便挖出他的心肝来，用油煎炒了吃。"

②鲁迅《狂人日记》："他们会吃我，也会吃你，一伙里面，也会自吃。""我未必无意之中，不吃了我妹子的几片肉，现在也轮到我自己。"

③【高贵神圣客】朱正注引鲁迅《坟·灯下漫笔》："所谓中国的文明者，其实不过是安排给阔人享用的人肉筵宴。"

【八文一斤小儿郎】朱正注引鲁迅《坟·灯下漫笔》："有吃烧烤的身价不资的阔人，也有饿得垂死的每斤八文的孩子。"

④聂绀弩《〈蛇与塔〉题记》："女人死了丈夫，如果不幸而生在稍有所谓'体面'的家庭，就有什么'好马不配双鞍，烈妇不事二夫'，'礼无再嫁之文'等等鬼话来束缚她。于是一个寡母，带着一个或几个孤儿，在所谓'家庭'里面度着悠长的黑暗的日子的事，就到处都是。中国的妇女，成千成万，成十万成百万地无声无息，不生不死地活着；上天无路，入地无门地死掉。"（见《聂绀弩全集》第9卷21—22页）

谢泳《旧人旧事·中国传统文化中的寡母抚孤现象》："王富仁曾详细分析过鲁迅的这几篇小说。他认为《祝福》写的是'不节烈'之苦，《明天》写的是'节烈'之苦，是一个守节妇女的'精神上的惨苦'……祥林嫂因改嫁而难以立足于当时的社会，单四嫂因不改嫁而熬受着长期的痛苦。"

⑤【好逑传】《好逑传》，又名《侠义风月传》，清代才子佳人小说。题"名教中人编次"。叙述铁中玉、水冰心婚姻故事。所写主要人物"既美且才，美而又侠"，对恃强凌弱的社会恶势力有所揭露，但宣扬名教，强调妇女的贞节观念。

⑥此联提到三部晚清谴责小说：《二十年目睹之怪现状》《孽海花》和《官场现形记》，均揭露腐败政治，抨击社会时弊。

⑦《三国演义》第三十八回："大梦谁先觉，平生我自知。"

鲁迅《题〈彷徨〉》："两间余一卒，荷戟独彷徨。"

林千典《如此新声世所稀》："《题〈狂人日记〉》一篇古风，明快犀利，酣畅淋漓，鞭辟入里，激情涌荡，令人一唱三叹，余韵悠悠，有杂文风的诗章所独具的风采。"

方印中《聂绀弩诗三百首》："从《狂人日记》的主题，中国社会的历史是'吃人'的历史发挥。全篇五个层次。'知是人狂是我狂'六句，就《狂人日记》内容说。'上偒中外高贵神圣客'两句，是用鲁迅《灯下漫笔》文章引申说。'祥单二嫂谁更苦'六句，举鲁迅其他小说人物形象发挥说。'一百八将落日景'六句，引中国古典小说的内容，作进一步的发挥。篇末四句以赞扬《狂人日记》的启蒙意义作结。全诗记叙、议论、抒情融为一体，两个'吁嗟乎'，包含深刻的感叹和思考。"

三 小说三人物

其一 祥林嫂

人果无魂抑有魂？女人何故属男人？①
生前一饭方无地，死后双夫各半身！②
垂死愚氓苦思想，平生俚俗蚀精神。
祥林嫂早归天了，岁岁人家祝福频。③

①鲁迅《祝福》:"祥林嫂问:一个人死了之后,究竟是有没有灵魂的?"

②鲁迅《祝福》:"柳妈对祥林嫂说:你将来到阴司去,那两个死鬼男人还要争,你给了谁好呢?阎罗大王只好把你锯开来,分给他们。"

③【祝福】"祝福是方言,专指岁暮祀神的大典,与你们有福了那普通用语不同。"(见周作人《知堂集外文〈亦报〉随笔》)绍兴"乡下年底"有"祝福的仪式"。(见周遐寿(作人)《鲁迅小说里的人物·祝福的仪式》)

舒芜《毁塔者的声音——论聂绀弩的妇女观(下)》:"祥林嫂先嫁了一个丈夫,丈夫死后,她完全是被迫地改嫁了,于是她就属于两个男人占有,当时迷信观念便认为她死后要被锯成两片,一个丈夫分得一片,这是关于丈夫的占有权观念的最残酷的表现。聂绀弩沉痛地歌唱道:'……(舒引聂诗1—4句,此略)'生前没处吃一顿饭的女人,死后要受大锯分身的酷刑,前夫后夫各分半片,不是因为别的,仅仅因为女人属于男人,因为丈夫对妻子的占有权绝对不许动摇的缘故。"

另稿:聂绀弩1981年3月26日寄高旅信中抄诗手迹,第4句"双"作"两";第6句"俚"作"礼"。又,《鲁迅诞辰百年纪念集》,第6句"俚"作"礼"。

其二　孔乙己

我原天下读书人,大患人生在有身。①
虽半秀才苦难得,第三妙手饿频伸。
浑身瘦骨终残骨,满面伤痕杂泪痕。②
酒债今生还不了,咸亨粉板十余文。

①【有身】马王堆汉墓帛书《老子·道德经》:"吾所以有大患者,为吾有身也。及吾无身,有何患?"

聂绀弩《漫谈〈聊斋志异〉的艺术性》："老子之言曰：吾之大患，在于有身（未对原文）。不管原意云何，可以说这是被压迫者的想法。若压迫者，则正因为有身，才能压挞他人，何足为患？"（见《聂绀弩全集》第7卷280页）

启功《启功絮语·古诗二十首》其八："老子说大患，患在吾有身。斯言哀且痛，五千奚再论。佛陀徒止欲，孔孟枉教仁。荀卿主性恶，坦率岂无因？"感慨深沉！

②苏曼殊《本事诗》："袈裟点点疑樱瓣，半是脂痕半泪痕。"

方印中《聂绀弩诗三百首》："首联借孔乙己的口气，以议论开头。这两句话，在小说《孔乙己》中并没有，但符合孔乙己的性格，其中也有诗人自己的感受。""颔联、颈联的对仗精巧，言简意足，且有弦外之音，以诗记事，这两联极称妙笔。"

另稿：聂绀弩1981年3月26日致高旅信附抄诗手迹，第6句"面"作"脸"；第7、8句作"欲追醉饱三千界，尚欠人家十九文"。《鲁迅诞辰百年纪念集》：第4句"第"作"惟"；第6句"杂"作"又"；第7、8句作"欲寻醉饱三千界，尚欠人家十九文"。1981年9月15日聂绀弩《关于鲁迅先生百岁诞辰》一文（见《聂绀弩全集》第2卷432页）中说，"原书430［页］《咏〈孔乙己〉》七八两句'欲寻醉饱三千界，尚欠人家十九文'平仄均错，改为：'酒债寻常何处有，咸亨粉板字曾存'。"《散宜生诗》（初版），第7、8句即为"酒债寻常何处有，咸亨粉板字曾存"。

其三　阿Q

白盔白甲白旌旗，牙床抬到土谷祠。①
手执钢鞭将你打，假洋鬼子复何为。②
此虽幻想与妄语，倘真得意料如斯。
将以天下为桎梏，人君倘尚不恣睢。③
大权操在老子手，整错杂种敢何词。④

古今上下多阿Q，人的觉醒知者谁，
文艺复兴重来此其时。⑤

①【白盔白甲】鲁迅《阿Q正传》中描写阿Q要"革命"的时候，曾经听到谣言说"革命党"要进城，"个个白盔白甲，穿着崇祯皇帝的素"。

【牙床】鲁迅《阿Q正传》中描写阿Q想"革命"的时候，心里想过"把秀才娘子的一张宁式床先搬到土谷祠"。"阿Q没有家，住在未庄的土谷祠里"。

【土谷祠】绍兴市地方志办公室1995年7月6日给侯井天的信："土谷祠即土地庙。土谷，指土地神和五谷神。旧时绍兴城乡各地均有土地庙之设。"

②鲁迅《阿Q正传》中描写阿Q要"革命"的时候，也高兴地唱过"手执钢鞭将你打"；被送往刑场杀头的路上，阿Q想在看热闹的人面前显显自己的"志气"，心里决定唱一句"手执钢鞭将你打"。——这是一出很流行的绍剧《龙虎斗》中的唱词。

【假洋鬼子】鲁迅《阿Q正传》中的人物。阿Q要"革命"，去见假洋鬼子，"洋先生扬起哭丧棒来"要打阿Q，骂阿Q"滚出去"。"洋先生不准他革命"。

③《史记·李斯列传》李斯上奏二世书："故申子曰：有天下而不恣睢，命之曰以天下为桎梏者。"桎梏，手铐、脚镣。

寓真《聂绀弩刑事档案》：1966年5月中旬，聂绀弩与人相约到和平餐厅喝咖啡。聂说："庄子有些道理确是很高明的。'有天下而恣睢，是以天下为桎梏也'，这句话很有道理。"

作者自注："人君"句，秦二世语。据《史记·李斯传》。

④【整错杂种敢何词】作者自注：见《人民日报》中《啊，父老兄弟》一文，忘其作者及刊载时日。（侯按：此文载1980年11月8日《人民日报》，作者祖慰。）

聂绀弩《从〈狂人日记〉说到天门县的人民——为鲁迅先生百年诞辰作》："打手说：'你告老子的状，老子叫你尝尝告状的滋味！'有个对象嘴巴被打肿了，打手故意问：'嘴巴怎么肿的？'对象只敢说是牙齿痛肿的。打手冷笑一声说：'杂种，老子要你吃了亏还不敢说！如果你说了，老子还要整得你死不死，活不活，要你认得老子的厉害。权在老子手里，把你搞错了没没关系！'"（见《聂绀弩全集》第2卷420页）

⑤聂绀弩《略谈鲁迅先生的〈野草〉》："'五四'运动，有人比之为欧洲的文艺复兴；文艺复兴的思想主潮，被称为人的觉醒，'五四'运动也正是这样……自然'五四'运动中的各个战将的思想，都离不开人的觉醒这一主潮。但就每个人的全部战绩全部历史看来，最足以作为代表的却只有鲁迅先生。"（见《聂绀弩全集》第3卷384页）

姚锡佩《我所认识的聂绀弩》："他又怀着对中国封建习惯势力深恶痛绝的心情，以诗的形式分析鲁迅的作品及其人物，惊呼：'古今上下多阿Q，人的觉醒知者谁，文艺复兴重来此其时。'他多么渴望一个振兴中华的新时期早日到来！至此，我才窥探到绀弩同志'文章报国'的一番苦心。"

方印中《聂绀弩诗三百首》："这是一首古风，共13句，只有前面四句叙述阿Q的故事的两个小片断，诗的大部分是借此议论……'将以天下为桎梏'四句，是议论的重点。这四句不是就阿Q事论阿Q事，而是包含诗人对社会历史现象的某些见解及自身经历的一点感受。例如：关于'整错杂种何敢词'。''古今上下多阿Q'三句，综结全诗，提出一种深切的希望，表明诗人的慧见卓识，渴望一个振兴中华的新时期早日到来。在诗人心目中，阿Q的印象一直很深，在《散宜生诗》的后记中，一再提到阿Q，只是取义不同。"

赖丹《艺窗琐记·可遇又可求》："《散宜生诗》拜读之后，不仅对其哀悼冯雪峰、邵荃麟、孟超等文艺界战友（的）挽诗感到情真意切，恳挚动人；特别对其一组评介古典小说及对《红楼梦》中人物和鲁迅小说中人物的品评诗赞，更令我击节叹赏。那是精湛的文学素养及慧见卓识的高度结晶。"

四　题《示众》

愚弱国民示众材，围观不下百人来。①
何因示众无人晓，嘲弄千言告示牌。②

　　①鲁迅《呐喊·自序》："凡是愚弱的国民，即使体格如何健全，如何茁壮，也只能做毫无意义的示众的材料和看客，病死多少，是不必以为不幸的。"

　　②鲁迅《彷徨·示众》中写大家围观一个被示众的人，一个工人向人请教"他犯了什么事啦"。大家都愕然看他，怪他问这句话，看得他"仿佛自己就犯了罪似的局促起来，终至于慢慢退后，溜出去了"。本来是有告示牌写明示众的事由，写在犯人的白背心上的，但是，秃头弯了腰"去研究背心上的文字，终于读起来——'嗡，都，哼，八，而……'"这样读"示众"告示，简直是对告示的嘲弄，也表露了我愚弱国民的无知……

　　方印中《聂绀弩诗三百首》："示众的一方面，是被示众者，诗人认为，作为示众材料的人，是'愚弱国民'。示众的另一方面，是围观的众人，诗人认为，'何因示众无人晓'的围观者，同样是'愚弱国民'。""鲁迅先生多次提示'围观'现象表现出来的愚弱的国民性。""当然，除了被示众者和围观者两方以外，还有第三方，就是诗中以'告示牌'出现的封建统治者，这是造成国民愚弱的主因。"

五　题《药》兼吊秋瑾①

轩亭口畔夕阳斜，颈血能教百病差。②
全泄古今天地秘：瑜儿坟上一圈花。③

　　①【秋瑾】（1875—1907），字璿卿，号竞雄，别署鉴湖女侠。近代

民主革命烈士。浙江山阴（今绍兴人）。工诗词，作品宣传民主革命，笔调雄健，感情奔放。有《秋瑾集》。

②【轩亭口】在绍兴市内，秋瑾在这里被杀，1930年建"秋瑾烈士纪念碑"。

③鲁迅《药》："分明有一圈红白的花，围着那尖圆的坟顶。"

侯按：据鲁迅著作研究者说，《药》是为纪念秋瑾烈士而作。《药》中人物夏瑜（瑜儿）的姓名系由秋瑾而来。"夏"对"秋"，"瑜"似"瑾"。

聂绀弩1980年12月28日或1981年1月4日（"星期"）致姚锡佩："（颈血能教百病差）此句意胜，似未经人道过。"

姚锡佩《重睹绀弩先生——读佚信佚文记事本》："查《辞海》，'差'是一个多音多义词，除了有通'瘥'的音义外，多作chà去声，有各种意思，其中有一义通'诧'（出人意外），我觉得与聂诗意合。记得绀弩先生曾跟我多次说过'酷政的结果有时是出人意料的'，这不正是古今天地阴阳祸福盛衰变换的奥秘所在吗？颈血之类的治民愚民术，结果往往是官逼民反，这也就是诗的最后一句'瑜儿坟上一圈花'的由来吧。可以说这是绀弩先生对鲁迅思想继承和发展的一例。"

聂绀弩致姚锡佩上述同一信中："末句表人类有希望，意似晦，且不管它。鲁迅原意实亦如此。"

周作人《知堂回想录·秋瑾》："及至安庆的枪声一响举世震惊，秋女士只留下'秋风秋雨愁煞人'的口供，在古轩亭口的丁字街上被杀。革命成功了六七年之后，鲁迅在《新青年》上发表了一篇《药》，纪念她的事情，夏瑜的名字这是很明白的，荒草离离的坟上有人插花表明中国人不曾忘记了她。"

方印中《聂绀弩诗三百首》："《药》反映了辛亥革命时期中国社会现实的一个侧面——为推翻封建制度而英勇就义的革命者夏瑜的鲜血，竟成了贫民华老栓夫妇为独生子治病的'药'，这一发人深省的故事，表现了群众的愚昧和革命者的悲哀。"

六　改《野草》七题为七律

其一　题辞

野草浅根花不繁，朝遭践踏暮芟删。①
我将狂笑我将哭，哭始欣然笑惨然。②
明暗死生来去际，友仇人兽爱憎间。③
实时沉默空开口，天地有如此夜寒。④

①鲁迅《野草·题辞》："野草，根本不深，花叶不美。""当生存时，还是将遭践踏，将遭删刈，直至于死亡而腐朽。"
②鲁迅《野草·题辞》："但我坦然，欣然。我将大笑，我将歌唱。"
③鲁迅《野草·题辞》："我以这一丛野草，在明与暗、生与死，过去与未来之际，献于友与仇，人与兽，爱者与不爱者之前作证。"
④鲁迅《野草·题辞》："当我沉默着的时候，我觉得充实；我将开口，同时感到空虚。"

其二　秋夜

梦中微细小红花，有瘦诗人泪灌他。①
道是冬随秋去后，行看蜂与蝶争哗。②
夜游恶鸟刚飞过，睒眼鬼天快亮吗？③
火引青虫破窗入，刺天枣树尽桠杈。④

①鲁迅《野草·秋夜》："我记得有一种开过极细小的粉红花，现在还开着，但是更极细小了。她在冷的夜气中，瑟缩地做梦，梦见春的到来，梦见秋的到来，梦见瘦的诗人将眼泪擦在她最末的花瓣上。"
②鲁迅《野草·秋夜》："梦见瘦的诗人将眼泪擦在她最末的花瓣上，告诉她秋虽然来，冬虽然来，而此后接着还是春，胡蝶乱飞，蜜蜂都唱起春词来了。"

③鲁迅《野草·秋夜》："哇的一声，夜游的恶鸟飞过了。""鬼䀹眼的天空越加非常之蓝，不安了。"

④鲁迅《野草·秋夜》："后窗……有许多小飞虫……从窗纸的破孔进来的"。"后园……有两株……枣树……他们简直落尽了叶子……默默地铁似的直刺着奇怪而高的天空"。

另稿：聂绀弩1963年寄高旅诗手迹，题作《鲁迅先生忌日以〈野草〉中语意为诗得九首·二　秋夜》，第1句"小"作"粉"。

其三　影的告别

落拓依人没主张，何如分手各徜徉？①
虚空占否心灵罅，暗黑生于日月光。②
不愿随君归地狱，还愁带我上天堂。③
吾今事事惟孤往，影也来为告别忙。④

①鲁迅《野草·影的告别》："我不想跟随你了。"

②鲁迅《野草·影的告别》："我愿意只是空虚，绝不占你的心地"。"倘若黄昏，黑夜自然会来沉没我，否则我要被白天消失，如果现是黎明"。

③鲁迅《野草·影的告别》："有我所不乐意的在天堂里，我不愿去；有我所不乐意的在地狱里，我不愿去。"

④鲁迅《野草·影的告别》："我独自远行"。"人睡到不知道时候的时候，就会有影来告别"。

另稿：《鲁迅诞辰百年纪念集》，第2句"各"作"自"。

其四　希望

我心孤寂欠安平，无乐有哀少色声。①
今日毒仇刀血火，何时星月蝶鹃莺？②

青春此世如乌有，迟暮于人亦等○。③
绝望之虚似希望，茫然回首望东明。④

①鲁迅《野草·希望》："我的心分外地寂寞"。"青年们很平安"，"我大概老了"。"没有爱憎，没有哀乐，也没有颜色和声音"。

②鲁迅《野草·希望》："我的心也曾充满过血腥的歌声：血和铁，火焰和毒，恢复和报仇"。"我早先……以为身外的青春固在：星，月光，僵坠的胡蝶，暗中的花，猫头鹰的不祥之言，杜鹃的啼血，笑的渺茫，爱的翔舞"。

③鲁迅《野草·希望》："我早先岂不知我的青春已经逝去了？""难道连身外的青春也都逝去，世上的青年也多衰老了么？""我就还要寻求那逝去的悲凉缥渺的青春，但不妨在我的身外，因为身外的青春倘一消灭，我身中的迟暮也即凋零了"。"纵使寻不到身外的青春，也总得自己来一掷我身中的迟暮"。

【迟暮】战国楚/屈原《离骚》："惟草木之零落兮，恐美人之迟暮。"

④鲁迅《野草·希望》："桀骜英勇如Petofi，也终于对了暗夜止步，回顾着茫茫的东方了。他说：绝望之为虚妄，正与希望相同。"

侯按："绝望之为虚妄，正与希望相同"这句话，鲁迅在《野草·希望》和《南腔北调集·〈自选集自序〉》两文中引用。此语出自匈牙利诗人裴多菲（Petofi）1847年7月17日致友人凯雷尼·佛里杰什的信："当时我内心充满了绝望"，"但是，我的朋友，绝望是那样骗人，正如同希望一样"。

另稿：聂绀弩1963年寄高旅诗手迹，题作《鲁迅先生忌日以〈野草〉中语意为诗得九首·四　希望》第1句"欠"作"但"；第2句作"无爱无憎无色声"；第3句"刀"作"铁"；第5句"如"作"倘"。

其五　好的故事

柳下青青一丈红，种由村女抑村童？①

花开影落清池里,妆就人窥宝镜中。②
天送白云来作伴,鱼游绿藻每相逢。③
我方凝视惊奇美,何处飞来一石咚!④

①鲁迅《野草·好的故事》:"河边枯柳树下的几株瘦削的一丈红,该是村女种的罢。"
②鲁迅《野草·好的故事》:"大红花和斑红花,都在水里面游动。"水中的"青天上面,有无数美的人和美的故事"。
③鲁迅《野草·好的故事》:水中的大红花的影子被拉长成红锦带,"带织入狗中,狗织入白云中,白云织入村女中"。"水里的萍藻游鱼一同荡漾"。
④鲁迅《野草·好的故事》:"我正要凝视他们时","仿佛有谁掷一块大石下河水中"。

另稿:聂绀弩1963年寄高旅诗手迹,题作《鲁迅先生忌日以〈野草〉中语意为诗得九首·五 好的故事》,第3句"池"作"溪";第8句作"何事定吹皱水风"。

其六 墓碣文

狂热浩歌中中寒,复于天上见深渊。①
以心糊口情何恻,将齿咬唇意岂安!②
我到成尘定微笑,君方入梦有初欢。③
谁人墓碣刊斯语,瞥见其腔少肺肝。④

①鲁迅《野草·墓碣文》:"于浩歌狂热之际中寒;于天上看见深渊。"
②鲁迅《野草·墓碣文》:"抉心自食,欲知本味,创痛酷烈,本味何能知?""痛定之后,徐徐食之。然其心已陈旧,本味又何由知?"
③鲁迅《野草·墓碣文》:"待我成尘时,你将见我的微笑!""我梦

见自己正和墓碣对立,读着上面的刻辞。"

④鲁迅《野草·墓碣文》:"我绕到碣后,才见孤坟……即从大阙口中,窥见死尸,胸腔俱破,中无心肝。"

梁羽生《笔花六照·挽聂绀弩联》:"'我到成尘定微笑'一句,亦可移作聂的'自挽'。"

另稿:聂绀弩1963年寄高旅诗手迹,题作《鲁迅先生忌日以〈野草〉中语意为诗,得九首·八 墓碣文》,第8句"见"作"得","腔"作"尸"。

其七　淡淡的血痕中

苦酒微温酌与人,非醒非醉但微醺。①
废墟上矗新荒冢,草野中留淡血痕。②
谁是地天间勇士?这般造物主良民!③
方生未死将生者,倘不全苏定永沦。④

①鲁迅《野草·淡淡的血痕中》:造物主"日日斟出一杯微甘的苦酒,不太少,不太多,以能微醉为度,递给人间,使饮者可以哭,可以歌,也如醒,也如醉,若有知,若无知,也欲死,也欲生。"

②鲁迅《野草·淡淡的血痕中》:"几片废墟和几个荒坟散在地上,映以淡淡的血痕。"(侯按:聂绀弩诗"草野"就是草野,论正说与上句"废墟"对应,是词,不应颠倒后作"野草"解释。"草野",旧时指民间。鲁迅原句则无此意,故解"草野"为野草丛中。)

③鲁迅《野草·淡淡的血痕中》:"叛逆的猛士出于人间"。"这些造物主的良民们"。

④鲁迅《野草·淡淡的血痕中》:"深知一切已死,方生,将生和未生"。"他将要起来使人类苏生,或者使人类灭尽"。

另稿:聂绀弩1963年寄高旅诗手迹,题作《鲁迅先生忌日以〈野草〉中语意为诗得九首·九淡淡的血痕中》，第1句"温"作"甘"；第2句"非醉"作"未醉"；第3句"上矗"作"凭吊"；第4句"中留淡"作"探寻旧"；第7句"未死"作"已死"。

侯按：

《野草》组诗的写作、修改和发表有一个过程：1963年聂绀弩寄高旅诗："《鲁迅先生忌日以〈野草〉中语意为诗得九首》：一、题词，二、秋夜，三、影的告别，四、希望，五、好的故事，六、死火，七、失掉的好地狱，八、墓碣文，九、淡淡的血痕中"诗后分三行署"高旅先生吟坛教正""弟布衣未是草""一九六三"。这是最初的写作时间。

1979年夏，聂绀弩手书诗稿交邵荃麟之女邵济安。有《小引》："荃麟同志出生入死，孜孜不倦，为党工作四十余年。其为人也，口无恶声，胸有成竹，急人之急，损己利人，抗战期间在金华、桂林、重庆等处，解放后在北京，均与之相处有日，知之较深，不幸于一九七一年受'四人帮'迫害致死。因以鲁迅先生《野草》意诗数首，聊致哀思。工拙与关合与否，均非所计。"

1980年交《倾盖集·咄堂诗》稿，题作《挽荃麟九首·荃麟同志受"四人帮"迫害致死。以鲁迅先生〈野草〉意为诗吊之》。1984年《倾盖集》印成。删《死火》《失掉的好地狱》《淡淡的血痕中》。1986年4月8日《羊城晚报》以《挽荃麟同志》为题、署"绀弩遗作"发表"小引、一 题词、二 秋夜、三 影的告别、四 希望、五 好的故事、六 墓碣文"。有黄秋耘《附记》："一九七九年夏，绀弩同志以上述六首挽诗示我，嘱我代投报刊，由于种种原因，只有两首获得发表。其后《散宜生诗》亦未得广泛流传。今绀弩同志已长辞人世，我不忍他这几首以血泪写成的遗作长期湮没，再一次抄录投给报刊。抄录毕，也情不自禁地悲从中来，泪湿青衫了。"1998年6月10日舒芜给侯井天的信中说："这几首诗实作于先前，我就见过，最初并不是专为悼荃麟而作，而是作成之后，到了悼荃麟之时，觉得好适用，乃抄给邵之家属。"

1979年，诗稿由罗孚带至香港，1981年《三草》印成。题作《鲁迅忌日以〈野草〉数文意为诗八首》，无《失掉的好地狱》一首。

聂绀弩1980年12月28日或1981年1月4日写信对编辑《鲁迅诞辰百年纪念集》的姚锡佩说:"改〈野草〉几题为律,最后一首《淡淡血痕中》诗删,因与赠鲁迅一题相犯也。至恳!"

1981年,《鲁迅诞辰百年纪念集》收入,题作《改〈野草〉六题为七律》。删《死火》《失掉的好地狱》《淡淡的血痕中》。

1982年,《散宜生诗》印成,题作《改〈野草〉六题为七律》。删同上。

1985年7月,《散宜生诗》增订、注释本印成,题作《改〈野草〉七题为七律》。删《死火》《失掉的好地狱》。

聂绀弩为什么改《野草》数文意为诗?为什么祭鲁迅又不计"关合与否"用吊荃麟?兹抄聂绀弩1940年10月所作《略谈鲁迅先生的〈野草〉》一段文字,似乎可以回答。

"郭沫若曾有一首诗,题为《天狗》,大意是说天狗为热情所苦,无可奈何,把太阳也吃了,月亮也吃了,而且把自己也吃了。《野草》中也有如此情况,那是由于许多苦痛的经验教训所养成,觉得天下无一事可为,也不知如何为,而偏又不能不为。为则四面碰壁。扶得东来西又倒,甚至连自己也被淹埋在唾骂中;不为又目击一般'造物的良民们',生而不知如何生,死不知如何死,生不如醉,死不如梦,而人类的恶鬼则高踞在这些活的尸骨、死的生命上,饕餮着人肉的筵席。而自己偏是这些良民中间的一个,而自己偏是这些良民中间的觉醒者!婉转呻吟,披发大叫,遍体搔抓,捶床顿足,自己也不知道在干什么,为什么,要什么。文艺是苦闷的象征,也许还有多少商讨余地,但在对鲁迅先生的《野草》的场合,却极为确切。""《野草》就是旧的世界观发展到极致,走到绝境,碰到现实的壁上所爆发出来的灿烂的火花。"《野草》"是理解"鲁迅的"锁钥"。(见《聂绀弩全集》第3卷382、385、386页)

朱正《人与书·聂绀弩用〈野草〉意挽荃麟七首》:"《野草》是散文诗。把其若干篇什的思想、意境、形象,用七律的形式表达出来,应该说是一种别开生面的《野草》研究吧。这就证明了:只要是诗,不论用什么体裁来表达,都是诗。"

商为东《散宜生诗漫话》:"《为鲁迅先生百岁诞辰而歌》(二十二

首）组诗中，用诗的语言凝炼了鲁迅的伟大思想及鲁迅作品中的人物形象，贯穿了在社会主义时期作者对鲁迅精神的新的理解与弘扬。渗透着剧烈的思辨，真诚而炽烈地呼唤着伟大的鲁迅精神。"

七　题歇脚庵抄鲁诗手卷（三首）①

其一

鲁迅文章天下知，狂人日记起沉思。
偶于深夜瞒星斗，自乐微吟几首诗。②

其二

岂有豪情似旧时，翻山夜访鲁翁诗。③
大风欺烛难书写，信笔纵横满纸缁。④

其三

四十余年一霎时，先生诗变古人诗。⑤
无声处早惊雷响，恨少斯翁起咏之。⑥

①【歇脚庵】台静农（1903—1990），斋名歇脚庵，现代作家。安徽霍丘人。著有《地之子》《建塔者》《关于鲁迅及其作品》《淮南民歌集》。

台静农1973年退休，10月4日后写《歇脚偈》："行者歇脚，法螺打碎。不禅不戒，得大自在。仁者出来，意何悲慨。金迷梦醒，良时难再。河山大好，几番更代。伊谁慧黠，去来无碍。葫芦没药，担粪卖菜。瓶酒钵肉，何妨醉态。日暮掩扉，任他狗吠。癸丑重九后静农于台北龙坡里之歇脚庵。"

【歇脚庵抄鲁诗手卷】舒芜《忆台静农先生》："静农先生自己曾手写鲁迅全部旧体诗为一长卷，那时鲁迅旧诗尚未汇集出版，这个长卷我曾看过，表示过非常喜爱，临行之际，静农先生特地检出来赠别留念，并且加题一个长跋：'一九三七年七月四日，余自青岛到平，寓魏建功兄处之独后来堂。又三日，卢沟桥事变起，余遂困居危城，不得南归。时建功兄方辑鲁迅遗诗，钞写成卷，余因过录两卷，此一卷抄成于八月七日……今检斯卷赠重禹兄……静农记于白苍山庄一九四六年八月二日'。""幸喜这个诗卷我因循着没有付装裱，就那么一个纸卷夹在书箱的缝隙中，很不起眼，得以逃过十年浩劫；浩劫过后，我请了曹辛之先生裱好，又请了聂绀弩、萧军、钟敬文、陈迩冬四位先生题跋，请了启功先生署签，现在还珍藏在我这里，相信今后将永存天壤吧。"（见《新文学史料》1991年第2期）

②王存诚1994年7月22日给侯井天的信中说："'自乐微吟几首诗'，似应指的是鲁迅。鲁迅的文章闻于天下，他的诗则是'偶于深夜''自乐微吟'的结果。"

③鲁迅《悼杨铨》："岂有豪情似旧时，花开花落两由之。"

侯按：在台静农抄的鲁迅诗手卷上，聂诗此句本作"少日伴狂不自知"，诗末又自注道："首句改岂有豪情似旧时。"

④【大风灭烛】1930年3月《浙江潮》第2期文诡《浙声》论述明朝亡国的史实，中有"荒天绝叫，鬼哭磷飞，无涕可挥，大风灭烛；我方伸手疾书，悲鸣击节"等语。（据《鲁迅全集·集外集·序言》注）

⑤【四十余年】指从1977年上推到鲁迅逝世的1936年，为41年。

⑥郭沫若《翻译鲁迅的诗》："当时中国在三座大山压迫之下，民不聊生，在苦难中正在酝酿着解放运动……不要以为'无声的中国'真正没有声音。"（见《人民日报》1961年11月10日）

王存诚《为时代作证》："从聂诗中随处都可以看到他对鲁迅先生的崇敬，但他特别钟情于鲁迅先生的《野草》和《且介亭杂文》。这不是偶然的，因为从《野草》到《且介亭杂文》也正是聂绀弩后半生的道路。《野草》是在五四新文化运动的大潮低落之后，鲁迅先生'荷戟独彷徨'时心灵的写照。《且介亭杂文》则正如聂诗所咏：'斗牛光焰宵深冷，魑魅影形鼎上屏。'写作《且介亭杂文》就是这战斗的光辉记录，也是留给后

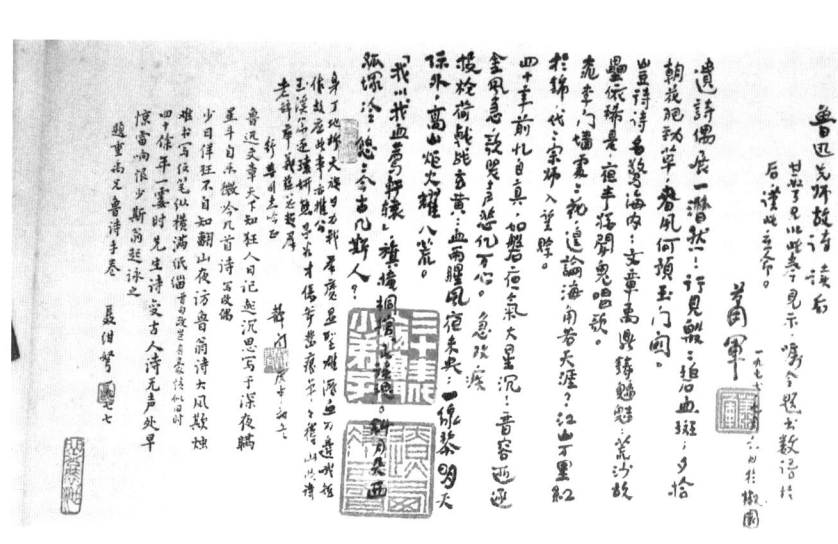

抄鲁诗手卷（局部）

人的禹鼎,使后世的魑魅在它面前也无所逃其形。聂绀弩与鲁迅不同,他有幸参与了一场伟大的革命。尽管在革命队伍中,他是一个'大自由主义者',但在各个需要做出选择的关头,他没有走多少弯路。他还有幸在'左联'与鲁迅共同战斗了好几年。因而直到全国解放,他应该没有鲁迅先生曾有过的彷徨;因而他的杂文集整个是积极战斗的记录。在《血书》中,他是以新中国的代言人的姿态出现的。他在解放前夕和稍后在香港写的那些文章,是对《毛泽东选集》第四卷中那些战斗檄文的最有力的响应。尽管这一阶段他基本上没有什么诗作,但他的这种精神状态在他后来的诗里也不是没有反映的。"

八　杂诗(三首)

其一　有赠①

(用"曾惊秋肃"韵)②

精神奴役人谁有,战斗主观论未端。③
留尔头颅为活鬼,亏他面目似灵官。④
岁朝除夕贫多嘴,狂热浩歌老中寒。⑤
诗以穷工将杜甫,名须死著岂方干。⑥

①侯按:此诗赠胡风。从"精神奴役""战斗主观"用语推定。

②用鲁迅《亥年残秋偶作》(第一句"曾惊秋肃临天下")诗韵:端、官、寒、干。

③【精神奴役】胡风《论现实主义的路》:"在带有精神奴役的创伤的人民里面去担受那带着血痕和泪痕的人生","但随时随地都潜伏着或扩张着几千年的精神奴役的创伤"。

【战斗主观】"主观战斗精神",是胡风1942年底提出的文艺思想论点。胡风强调作家的"主观精神"在其文学实践与生活实践相互关系中的作用,提倡"主观战斗精神和客观真理的结合和融合"。

茅盾《回忆录》:"(胡风)如此强调作家的个人意志的作用,强调发扬'主观战斗精神',也并非通向现实主义之道。"

聂绀弩《鱼水篇》:"主观精神,人格力量,是和人民隔离了的唯一依据,就是'一粒沙可以看全世界','无处没有斗争','人民身上充满奴役的创伤'等理论,都是与人民隔离了才想出的……至于人民身上有奴役的创伤,那是专就离开了集体的个体的人民立论。"(见《聂绀弩全集》第1卷279页)

聂绀弩1982年9月3日致舒芜:"(胡风)他的全部思想,除了精神奴役一点以外,无甚可取。于题材搏斗说尤谬,不过要人写非生活经验的东西而已。"

④【灵官】王灵官,亦称"玉枢火府天将"。道教所奉祀的神,相传姓王名善,宋徽宗时代,曾从林灵素弟子萨守坚传符法,死后由玉皇大帝封为"先天主将",司天上、人间纠察之职。明永乐中封为"陆恩真君",道观内多塑王灵官像,赤面、三目、执鞭,作为镇守山门之神。

⑤侯按:此联正话反说,表示出聂绀弩对胡风至诚至义。

⑥【诗以穷工】宋/欧阳修《梅圣俞诗集序》:"非诗之能穷人,殆穷者而后工也。"

【方干】字雄飞,唐末诗人,今浙江富阳西南人。宣宗时举进士不第,后隐居会稽镜湖,终身不仕。以诗闻名江南,死后门人私谥为"玄英先生"。所写诗篇,多以流连风物和发泄牢骚为主题,也描写羁旅之思及消极出世思想。有《玄英先生诗集》。

朱正注引清/袁枚《随园诗话》卷七引陈浦《醉后题壁》:"放眼古今多少恨,可怜身后识方干。"

罗孚:"岂方干,岂止方干。"

方印中《聂绀弩诗三百首》:"颔联上句,意思是说,胡风虽然活着,但形体已被折磨得像鬼样。下句那个'他',是指在政治中'左'得出奇,专门整人的人。"

罗孚:(颈联)"此处劝胡风少以言贾祸,莫狂热闯祸。"

王存诚《为时代作证》："聂绀弩对老友胡风感情之深在存诗中是随处可见的，这当然是由于他们共同的战斗生涯和不幸遭遇，然而他对胡的文艺观点却基本上持否定的态度。他在《杂诗》（三首）之一《有赠》中有明确的评论说：'精神奴役人谁有，战斗主观论未端。'聂绀弩唯一肯定的胡风的文艺观点就是'精神奴役说'，这一点很值得注意。精神奴役是精神解放的对立物。人们在批判代表奴隶心态的阿Q精神时，往往忘记了造成这种群众心态的背景——厚重的传统文化中反人民的部分所加给群众的精神奴役。对待这种精神奴役的态度才是判别真假思想家的试金石。因此自认阿Q精神者未必渺小，而动不动就对弱者挥鞭的人真正可憎。对弱者'骄'与对强者'谄'都是精神奴役的产物。聂绀弩是痛恨这些东西的，包括自己身上曾经有过的。我们在聂绀弩的诗里也是难得找到这些东西的。"

其二　挽同劳动者王君①

（用"运交华盖"韵）②

华盖运骄尔自求，乾坤何只两三头。
酒逢知己千杯少，泪倩封神三眼流。③
凉水泉边同饮马，完山顶上赛吹牛。④
于君鲁迅堪称寿，才得四旬又一秋。⑤

①【王君】王觉，见《北荒草·送王觉往东方红农场》注①④。
②用鲁迅《自嘲》（第一句"运交华盖欲何求"）诗韵：求、头、流、牛、秋。
③【酒逢知己】元/杨暹《西游记》杂剧第五本第十九出："酒逢知己千钟少，话不投机一句多。"
作者自注："《封神》人物，多有具三眼者，所多不知何用，意者其泪多乎？"
④【凉水泉】虎林县一地名，位于虎林市西南约30公里处，在密虎

铁路南穆棱河北。1955 年 1 月 850 农场一成立，5 月组成 3 个垦荒大队，分别在凉水泉、辉崔和清河破土犁地。（见张惟《雁行集》）

唐／李商隐《马嵬》："此日六军同驻马，当时七夕笑牵牛。"

蔡东藩、许廑父编著《民国通俗演义》第一三三回：反复全凭能拍马，纵横应得学吹牛。

⑤侯按：鲁迅终年 56 岁。

尚弓《一株浸血含笑的奇花——〈散宜生诗〉》："共患难的朋友死去了，他泪如泉涌流不尽，竟幻想让《封神演义》中的三眼神如杨戬者，替他将泪水流个痛快淋漓。其深情高谊，实在令人铭感心肺。"

方印中《聂绀弩诗三百首》："'酒逢知己千杯少'是俗话，'泪倩封神三眼流'是书典，两句雅俗相谐，相映成趣。"

刘南陔《聂诗语词的故土化情愫研究》："'凉水泉边同饮马，完山顶上赛吹牛'——人们读到这里，在忍俊不禁的同时，仿佛听到了聂公对那个是非颠倒、理性缺失的社会的质问！"

罗孚《聂绀弩诗全编·后记》："以《封神榜》入诗，以吹牛入诗，当然是打油了。'酒逢知己千杯少'是成语，居然用'泪倩封神三眼流'对之，真是奇绝！打油的封神三眼流泪，一对上千杯少的知己，呈现的却是一种苍凉沉郁的深情。尾联的意思，鲁迅只活了五十六岁，本来算不得长命，比起你的只有四十一岁来，却又'堪称寿'了，这就又加深了哀痛之情。"

其三　记梦

（用"惯于长夜"韵）①

知是秋时是夏时，风方片片雨<u>丝丝</u>。②
普天下士骄红日，八五〇场拔白旗。③
万烛风前齐有泪，何人笔下敢无诗？④
一场冬梦醒无迹，依旧乾坤一布衣。⑤

①鲁迅《南腔北调集·为了忘却的记念》一文有一首律诗（第一句"惯于长夜过春时"），诗韵：时、丝、旗、诗、衣。

②明/汤显祖《牡丹亭·游园》："雨丝风片。"

③【八五〇场】郑加真《北大荒移民录·5·时间终于到了》："1954至1956年，经中央军委同意，铁道兵司令员王震将军命令铁道兵二、三、四、五、六、九、十一师的复转兵，近两万人马，来北大荒安营扎寨，开荒造田。打头阵的是五师上校副师长余友清，这个雇农出身的顽强的瘦削老头，带领五百四十多个转业复员兵来到虎林西岗建点……1955年元旦，在老师长和战士敲脸盆、打油筒的庆贺声中，这个新建的农场宣布成立，沿用当时铁道兵部队番号，定名为'中国人民解放军八五〇部队农场。'"

聂绀弩1958年7月底离京到虎林，在850总场4分场第2队。

【拔白旗】1958年8月29日，中共中央发出《关于今冬明春在农村中普遍开展社会主义和共产主义教育运动的指示》。指示错误地提出："在运动中要充分发扬'拔白旗，插红旗'的共产主义风格"，"应该把一切'白旗'以至'灰旗'统统拔掉，把'红旗'普遍插起来"。（据《中共党史大事年表》）

④侯按：1958年9月13日至20日，中共中央宣传部召开文艺创作座谈会。会议提出文艺工作各方面也要争取"大跃进"，放"卫星"。10月，全国文化行政会议又脱离实际地提出群众文化活动要做到：人人能读书、写诗、看电影、唱歌、画画、舞蹈、表演、创作。（据《中共党史大事年表》）写诗的情况，见聂绀弩《散宜生诗·自序》。1958年去北大荒10多万人；1959年2月中旬在农场各队普遍号召、动员也是命令，人人写诗。无电灯，在大草棚子或新搭的草房子——集体宿舍里，一人一支蜡烛或一盏油灯照明写诗，"万"烛有泪，并非夸张。

毛泽东《1959年3月在郑州工作会议上的讲话》："写诗只能一年一年的发展。写诗不能每人都写，要有诗意，才能写诗。几亿农民都要写诗，那怎么行？这违反辩证法，放体育卫星，诗歌卫星，统统取消。"

⑤虞愚《次绀弩〈赠答草·序诗〉韵》：已成铅椠千秋业，依旧乾坤一布衣。

冷阳春1997年1月28日给侯井天的信中说:"《记梦》其颔联乃律诗之变格……若以词性而言,却成对仗:'普天下'对'八五〇',乃数量词对数量词;'士'对'场',名词对名词;'普天下士'与'八五〇场'又是名词对名词,因此,可以说,该联诗句对得相当高古、奇妙,非大手笔不能为也。"

郭隽杰:"《记梦》实系对北大荒生活的反思。"

另稿:参阅《第四草拾遗·记梦》(为初稿)。

九　赠鲁迅

(用《野草·淡淡的血痕中》末段)

叛逆猛士屹人群,洞见一切废墟与荒坟。①
重叠淤血敢凝视,记得深广久远之苦辛。②
深知一切已死方生将生未生者,
要使全苏或永沦。③
怯弱造物羞惭忙逃匿,眼中天地久沉昏。④

①鲁迅《淡淡的血痕中》:"叛逆的猛士出于人间,他屹立着,洞见一切已改和现有的废墟和荒坟。"
②鲁迅《淡淡的血痕中》:"记得一切深广久远的痛苦,正视一切重叠淤积的凝血。"
③鲁迅《淡淡的血痕中》:"深知一切已死、方生、将生和未生","他将要起来使人类苏生或者使人类灭亡"。
④鲁迅《淡淡的血痕中》:"造物主,怯懦者,羞惭了,于是伏藏。天地在猛士的眼中于是变色。"

方印中《聂绀弩诗三百首》:"鲁迅的作品《野草》,是鲁迅本人的心声。现在用其人之文,转而为诗,回赠其本人,可以说,这是诗人聂绀弩同鲁迅先生之间的一次心灵的、诗意的交流。"

另稿:《鲁迅诞辰百年纪念集》,第6句"要使全苏或永沦"作"要使人类全苏或尽灭,这些造物主良民"。

十　尘中望且介亭不见①

钻知坚否仰弥高,鳌背三山又九霄。②
室有文章惊海内,人无年命见花朝。③
遭逢春雨身滋润,想象天风影动摇。④
且介亭高空自耸,尘昏眼瞀望徒劳。⑤

①【且介亭】鲁迅有《且介亭杂文》《且介亭杂文二集》《且介亭杂文末编》。这里则借指鲁迅及其著作。"且介"即"租界"二字的拆用。
②《论语·子罕》:"仰之弥高,钻之弥坚,瞻之在前,忽焉在后。"这是颜回崇拜他的老师孔丘的话,说仰望他的人格,越发觉得他崇高;钻研他的学问,越钻越觉得坚固。
【鳌背三山】见《北荒草·背草赠李泽传王海宸》注②。
③唐/杜甫《有客》:"岂有文章惊海内。"
【年命】《汉书·刑法志》:"功成事立,则受天禄而永年命。"
【花朝】夏历二月十二日(一说二月初二或二月十五),相传为百花生日,号花朝节,又称花朝。
④唐/杜甫《阁夜》:"五更鼓角声悲壮,三峡星河影动摇。"
⑤【瞀(mào)】目眩。

方印中《聂绀弩诗三百首》:"首联是对全部鲁迅著作而言,但突出的是《且介亭杂文》。颔联用形象的语言写出《且介亭杂文》给自己的教益和影响。从颔联'花朝'一词对照看，尾联的主要意思应该是，且介亭时代已经成为历史的久远了。"

侯按：1981年6月《三草》印成。7月间，聂绀弩对周健强说："前不久写的《尘中望且介亭不见》一首诗的后四句……本是信手拈来，谁知写成之后，竟有意无意回答了鲁迅先生若活到今天会怎么样这个问题……"（周健强《聂绀弩谈〈三草〉》）

外一首　题朱正作《鲁迅传略》①

朱衣皂帽戟髯雷，声彻九幽万鬼靡。
八大山人一张纸，飞椽蘸海画钟馗。②

①【朱正】1931年生，湖南长沙人。曾任湖南人民出版社总编辑、编审，鲁迅研究家。著作有《鲁迅传略》《鲁迅回忆录正误》《鲁迅手稿管窥》《人和书》。

【《鲁迅传略》】朱正25岁时著，初版于1956年。1982年人民文学出版社新一版，20万字。

②【八大山人】朱耷（1626—约1705），江西南昌人，明末清初杰出画家。

【椽】大笔如椽。见《赠答草·雪峰南寻洪杨遗迹》注②。

侯按：鲁迅一生如捉鬼或辟邪的钟馗。朱耷画了钟馗像，朱正著了一本《鲁迅传略》书。

朱正1988年2月13日给侯井天的信中说："1982年底或（19）83年初，《鲁迅传略》修订本出版，我为了对他示敬，送去了一本，没想到他真看了。那天去坐，谈起我这本书，我就说：那么你就题一首诗吧。他说我想想看。下次我去，他坐在床上，随手取过一张纸，写了这首诗给我看，'飞'原作'挥'。他说八大山人也姓朱。我带去的提包中正好有一本《传略》，就拿出来，请他写在书上，他写了。"又，朱正在1983年12月4日为聂绀弩《高山仰止》写的《编后记》中说："今年4月又作题赠拙作《鲁迅传略》绝句一首。"这就是说，这首诗写于1983年4月。

舒芜《聂绀弩这十年》："题朱正的《鲁迅传略》……这样横绝一时之作，谁会相信出自'一段呆木头'似的八旬老人之手呢？"（见《当代诗词》1986年8、9期合刊）

方印中《聂绀弩诗三百首》："这一首诗色彩浓烈，形象鲜明，气魄壮阔。一、二句言《鲁迅传略》，三、四句言'朱正作'。简练的四句诗便把题意的深刻内涵释放出来。这首诗的构思奇特，由朱正而想到同姓的朱奔，由朱正的作品而想到朱奔的作品，由鲁迅传略而想到钟馗。上述各二者一一贴合，所以，全诗虽没有一字《鲁迅传略》，也没有朱正其名，但题意却很显豁。全诗包含诗人对鲁迅先生深浓的崇敬感情，以诗来题写《鲁迅传略》，这是横绝一时，无可替代之作。"

另稿：题赠朱正原稿，第4句"飞"作"挥"。

后记

一

我说过,我是个穷乡僻壤的小学生,其实大半还是私塾生。读过几本书?知道几个典故?我用的典故不过是《三字经》《千字文》《论语》《封神榜》《笑林广记》,甚至赌具麻将牌(其他出自这书那书的,有的我连书名也不知道,不知从何处捡来),想不到这种东西还要注解。

但这决不是坏事而是好事。这是五四新文化运动、白话文运动大获全胜,人们从新文化、白话文学会学得了更多更好更新的东西,而且能掌握了之后,迟早会出现的一种回归现象。既致力于新东西的学习,就不免有人对旧东西有所冷淡乃至生疏。回头再看旧东西,不免有所隔膜,以致《三字经》《千字文》都算"典故"。这不过是其中的小事。大事是学会了白话文,回头去看八股文、骈文、"古文"。读了巴尔扎克、托尔斯泰、罗曼·罗兰的皇皇大著,回头去看唐宋传奇及明清小说;学了《论持久战》,回头去看孙吴兵法;读了几百万字一部的科学巨著《资本论》,回头去看千百字一篇篇凑成的诸子百家以及历代著作;学会了辩证唯物主义与历史唯物主义,回头再看中国的整个历史和历史上的任何文献。因为有了新东西所造成的理解力,采撷其中的精华,使它作为一种因素来丰富社会主义文化,这是今天提倡精神文明、重印某些古书的基本内容,和五四时期以泰戈尔的《东与西》一文为纲领的反五四精神的所谓"精神文明"

或"东方文明"是内容根本不同或刚刚相反的两种概念。在这样一个伟大运动中,当然没有人来看我的这可怜的几首歪诗。但万一有,用这注解替他们减少一些新旧间的隔膜,也不算毫无意义吧。

二

我作诗只是一种文字游戏,说得漂亮一点,是一种不须惊动别人而自得其乐的文娱活动。我有很多的低级趣味,写文章本是从报屁股上的滑稽小品开始的,至今结习未净。胡乔木同志的序说我对生活有诙谐感。程千帆教授赠我的诗说"滑稽亦自喜",施蛰存(北山)先生评我的诗,把人家说是什么气魄、胸襟之类的句子,指为诙谐。诙谐、滑稽就是打油,秦似教授当面说我打油。(我早已写信给高旅说我好打油又怕打油。)都是内行话,不仅知诗,而且知人。但他们没说我还有阿Q气,我也只在《九日戏柬迩冬》中明提过一下。在所谓"文化大革命"中,狱中同号包于轨君说:他不喜鲁迅,因为他反对阿Q气。人没有阿Q气怎能生活?他年已七十,在"缧绁之中",甚至还"非其罪也",阿Q气就成为他的救心丹。我在《赠徐迈进》中,头一句就是"丘家有几女孩儿",早已发抒这种阿Q气。次联"自己班房何所惧,浑身胖病早当医"。虽是迈进常说的话,也是由我的阿Q气采用的。瞧!挑起一担水,自谓挑起"一担乾坤"(《挑水》);挑土和泥,自谓"九合诸侯,一匡天下"(《脱坯》);何等阿Q气,岂只诙谐、滑稽、打油而已哉!阿Q气是奴性的变种,当然是不好的东西,但人能以它为精神依靠,从某种情况下活过来,它又是好东西。(包于轨瘐死了,莫非阿Q气还未到家么?)哲学上的一分为二的辩证法,真是颠扑不破的真理。

但就一般情况而论,阿Q气总是不好的。如果我的诗真有读者,请千万戒备,不要受其毒害。

三

我的诗如果真有什么特色,我以为首先在写了劳动,同时代写劳动的诗人当不会少,但我多未见,且不管它。古人也有写劳动的,就知道的若干篇章说,他们是在劳动旁边看劳动,在较高的地位同情他们的辛苦。我却是自己劳动,和别人一齐劳动,也看别人劳动,但都不是同情,而是歌颂,勉强歌颂,以阿Q精神歌颂。不但歌颂别人,而且歌颂自己。这只是指《北荒草》。千帆对人说过"三草"只《北荒草》有特色。也是此意。

其次,我的某些诗诚然用了"典故",但最自喜的,是什么典故都没有用的那些联句(整首不举)如:

> 高材见汝胆齐落,矮树逢人肩互摩。——《伐木赠李锦波》
> 四手一心同一锯,你拉我扯去还来。——《伐木赠尊棋》
> 马上戎衣天下士,牛旁稿荐牧夫家。——《放牛》
> 口中白字捎三二,头上黄毛辫一双。——《女乘务员》
> 男儿脸刻黄金印,一笑心轻白虎堂。——《林冲题壁》
> 谁家旅店无开水,何处山林不野猪?——《董超薛霸》

没有人读了我的诗而想学做诗的吧!如果有,我劝他学我不用典的方面,不用一典也可成诗。这对于旧诗将起推动作用,使它向空口白话方面发展。那些注解之类,可以不需。它只是指出了典故,并没有解诗。但也希望那些典故,吓住青少年:原来要读这多书,能加运用,才能作诗!于是下决心不学旧诗,改学别的较好的东西。我又恨用的典故太少了。

四

多谢朱正同志勤奋地找书,认真地作注,很快就把工作完成了。错漏如果不免,我看也是很少的。这点工作要我自作,一年两年也未必能完成。而最可感的,不是我或出版社请他,而是他自告奋勇作的。用个"典故":毛遂自荐。

就此也感谢乔木同志的序和加注的提议,高旅的序,静闻的题签,会昌(千帆)、启公的赠诗,蛰存、永玉和子冈同志在刊物上的推荐。这些都是早当鸣谢而拖到现在才办的——模仿夏公一篇文章的题目(今典)。

古人哪怕是李白、杜甫,他们的诗都是身后别人替他们搜集的,都是抄本;印刷、笺注就更后了。时代多么不同呵,我的这几首歪诗,谈得上什么呢,却让我及身看到它们的印本、注本,甚至还是"朱注"。(算不算典故?)

作者

一九八三年旧历端午节

附记

　　正如绀弩同志在后记里说的,我是自告奋勇来作注的,其实我也并不怎么有闲。主动揽回这一任务,只是因为我爱读这些诗。从传抄的一些篇什开始,接着是油印本,接着是香港版,我都读过。

　　我的爱读这些诗,恐怕是和爱读杂文有关。许寿裳曾经把鲁迅的杂文称之为诗,那么,散宜生诗为杂文之一体,就更属天经地义了。我想此说当可得到绀弩同志首肯,你看他在自己杂文集的序言中,不是把《离骚》和《茅屋为秋风所破歌》都算作杂文了么?

　　仅仅说到这一点是不够的。这些诗中总是有着某种特殊的因素,才如此吸引着我。也许,是作者和读者都有着某种经历,才容易引起共鸣的吧。说起经历来,当然,"一山溪水一汪洋",不可比的。但尽管有汪洋与山溪之别,其为水则一也。他有"十载班房资本论"的经历,我岂不也在班房里啃过几卷马恩全集么?容易引起共鸣的,其实还不是多少有些相同的经历,而是相同或相近的精神状态。这些诗作显示出来的是怎样的精神状态呢?胡乔木同志在序言中指出:"作者虽然生活在难以想象的苦境中,却从未表现颓唐悲观,对生活始终保有乐趣甚至诙谐感,对革命前途始终抱有信心。"作者认为这种评论"不仅知诗,而且知人",大约他也正是这样看待自己的诗的。不过他评论自己的诗作,却不能说得如此冠冕,而将这种精神状态归结为阿Q气。后记中,绀弩同志谈到自己一些诗句之后,自评道:"何等阿Q气,岂只诙谐、滑稽、打油而已哉!阿Q气是奴性的变种,当然是不好的东西,但人能以它为精神依靠,从某种情况下活过来,它又是好东西。"我读后记手稿到此处,不禁会心一笑。在绀弩同志写这后记的一年以前,我写过一封信给李锐同志,诉说自己在三十年间遭遇到横逆,信中说:"何况我这人还很有一些阿Q精神,并不认为自己吃了多少亏,因为这对我也是一种特殊形式的锻炼……"我把这信拿给丁玲同志看过,她看到此处也笑了起来,说:"你说你是阿Q,那天我还和陈明在说,我们都是阿Q!"呵呵,原来这些人全是阿Q,要不然,怎么能过了二十年又是一条好汉呢。

  正是由于有了这么一点共同的东西,我读这些诗就倍觉亲切,甚至觉得一些诗句似乎曾经朦胧地存在于我的心中,只是由于自己缺少诗才,写它不出来罢了。也不觉得这些诗有多少费解之处,不论"天下苍生风马牛"之类的古典,或是"丈夫白死花岗石"之类的今典,都能稍具会心。正因为自以为差不多都能懂得,才敢于毛遂自荐的。谁知甫一动手就苦字临头了:许多似曾相识的典故全想不起它的出处。这当然只怨自己读书太少。虽说也曾稍稍补过一点课,胡乱看过几本线装书,只是补课时却又跳了班,跳过了《三字经》等等童蒙课本这一级,这也给注诗带来了困难。不过我比仇兆鳌、王琦、冯浩……这些注诗的古人幸运,可以直接向诗人请教。好些注文是经作者指明线索才查到写出的,一些误注是作者改正的,一些注不出的地方,就干脆请作者自注了。

  关于作注的体例,这里只说明两点,一是只注不释,即仅仅指明若干典故的出处,至于对诗的理解欣赏,那是读者自己的事情。二是尽量从简。这样就不免弄得颇不合通常作注的体例:常常不是注明最初的出处。例如注"斗牛光焰"不据《晋书·张华传》,而引稼轩《水龙吟》;注"两字文章唯咄咄,三年劳顿且休休",要是引《晋书·殷浩传》和《唐书·司空图传》,真是说来话长,于是也就引稼轩《鹧鸪天》句了事。这样的注本当然不能入于学术著作之林,但只要它有助于部分青年读者对诗的理解,我也就心满意足了。

  最后,感谢老友王镜海、王果两兄,他们给注稿提了不少很好的意见。

朱正
一九八三年十月